T0243384

Recuerdos del río volador

Daniel Ferreira

Recuerdos del río volador

ALFAGUARA

Papel certificado por el Forest Stewardship Council®

MIXTO
Papel procedente de
fuentes responsables
FSC® C117695

Penguin
Random House
Grupo Editorial

Primera edición: octubre de 2023

Printed in Spain – Impreso en España

ISBN: 978-84-204-7496-0
Depósito legal: B-22448-2022

Impreso en Huertas Industrias Gráficas, S. A.
Fuenlabrada (Madrid)

AL74960

Sigue a los navíos. Sigue las rutas que surcan las gastadas y tristes embarcaciones. No te detengas. Evita hasta el más humilde fondeadero. Remonta los ríos. Desciende por los ríos. Confúndete en las lluvias que inundan las sabanas. Niega toda orilla.

ÁLVARO MUTIS, *La nieve del almirante*

No se puede vivir sin amar.

FRAY LUIS DE LEÓN citado por
MALCOLM LOWRY en *Bajo el volcán*

Primera parte
El que nunca volvió

CHIVO CLAUSEN INVITA A TODOS LOS HABITANTES A LA LLEGADA DEL PRIMER BIPLANO DE LA SAV PALCOS, MÚSICOS Y SIFÓN GRATIS... TOME CERVEZA CHIVO CLAUSEN

El día de la llegada del primer biplano anunciaron por telégrafo que había aterrizado en Conucos y luego en un descampado de Berlín, al otro lado del cañón, y la noticia fue transmitida de voz a voz porque ya volaba hacia nosotros. Todo el pueblo fue engalanado con la bandera de Colombia para el viaje de apertura de la línea. Ahora aterrizaría en el potrero a las afueras de nuestro pueblo y luego seguiría a otros anunciando la buena nueva de que el departamento contaba con una línea propia para el correo aéreo y para pasajeros que prefirieran llegar volando a la capital, al mar o a Panamá.

Estaba tripulado por Joseph Miller, y para recibirlo pusieron una pancarta que decía *Welcome-Bienvenido, Mr. Miller*, y por eso la gente pensó por error que se llamaba Bienvenido Miller. Era norteamericano. Un veinteañero delgado como un fideo y con bigote delineado que se integró como piloto en la flotilla de la Santandereana de Aviación SAV. Esa empresa se quebró años más tarde tras una serie de siniestros porque sus aviones eran esos biplanos de palito como pájaros encañonando.

La gente se amontonó alrededor del potrero: las mujeres con vestidos blancos, guantes y sombrero, los hombres con corbata y zapatos de vestir, pero a los niños no nos dejaban acercar hasta el sitio porque podría ser una maniobra peligrosa. Solo el cura y los monaguillos ocupaban el palco principal junto a la banda de vientos.

Mi hermano Alejandro diseñó un plan para burlar la presencia de nuestra madre, que estaría en el sitio. Ella nos había prohibido ir porque tenía un mal presentimiento debido al anuncio de la cerveza gratis, o eso dijo.

Alejandro decidió que iríamos por los solares y no por la calle principal, como hacía toda esa romería de vestidos de gala. Ramiro y yo acatamos su plan, porque él era el mayor de los tres y el que mandaba desde que se había muerto nuestro padre.

Nos esconderíamos debajo del palco principal, donde estaban las autoridades y el cura y el gremio de comerciantes.

Mi madre era una de las invitadas entre las personalidades del pueblo, porque era la jefe del hospital, pero como estábamos debajo no nos veía desde el burladero. Ella era la distinguida viuda del doctor Plata, enfermera educada por las hermanas teresianas en el Hospital de la Misericordia, y estaba acompañada de los alcaldes de los pueblos de la serranía que habían ido a presenciar el aterrizaje como invitados de la SAV.

Alejandro iba vestido con sus pantalones cortos, las polainas de siempre y boina. Yo iba también con lo mejor que tenía: camisa manga larga y sombrero. Ramiro, el menor, iba sin camisa y descalzo porque era patiamarillo, le gustaba andar sin ropa y trasegar la calles de piedra del pueblo como un chueco marrano.

Cuando llegamos al campo de aterrizaje, vimos dos grandes astas con las banderas de Colombia y de Estados Unidos clavadas en el campo aéreo improvisado en el potrero de vacas, y la multitud aburrida a lado y lado del pastizal. Nos escondimos debajo del palco como había dicho Alejandro, y allí, entre los escupitajos y la algarabía, después de que el telégrafo anunció el inminente paso del biplano sobre el cañón del Chicamocha, pasamos el tedio de esperar bajo una lluvia de tusas de mazorcas asadas y papirotes de coco con melao y botellas vacías de cerveza la aparición de aquel raro insecto de cuatro alas como las libélulas, que al comienzo era una mancha en el aire y luego un sonido distante como un radio mal sintonizado. Pasó sobre el cañón y luego planeó en dos ocasiones sobre la meseta erosionada del pueblo.

Era un rumor casi inaudible, pero cuando se aproximó, zumbaba, luego se agrandó y se fue convirtiendo en una enorme libélula que se nos venía encima y volvía a ganar altura y volvía a aproximarse hasta que despuntó en la cabecera de la pista de tierra y aterrizó a trompicones sobre sus tres ruedas.

«¡Aterrizó el hijueputa, viva Colombia!», gritó Alejandro, y yo vi sus ojos relucientes cuando se quitó la boina y se alzó por encima de las gradas de madera del palco y salió del escondite.

La gente daba vuelta a sus pañuelos rojos y hacían volar los sombreros. Todos se pusieron de pie y quedaron lívidos por la sombra del avión que les pasó rozando por la cara.

A mí lo que me sorprendió fue la mirada de mi hermano antes de salir. Era algo súbito, una curiosidad insaciable y feroz.

Ahí supe que él miraba siempre hacia otro lado distinto a donde los demás mirábamos. Me acordé de la foto familiar de conjunto en que se nos nota a todos el parentesco, pero mientras todos miramos a la cámara de cajón de mi padre, Alejandro mira hacia el zenit.

Mi hermano era así. Sentía fascinación por las máquinas y por lo nuevo. Cuando yo lo vi antes de salir tenía la mirada de un poseído y su ojo izquierdo parecía ligeramente desviado.

A los que nos quedamos, la multitud no nos dejaba ver el biplano. Solo veíamos tobillos de señoras debajo del palco.

Por fuerza debíamos abandonar las gradas para ver el biplano y al piloto, y exponernos así a que nuestra madre nos descubriera desobedeciendo su mandato.

Alejandro se salió por la primera hendija que encontró entre las piernas de las señoras mientras el estruendo de la banda de cobres rompía el silencio rumiante del potrero y sonaba la fanfarria del himno nacional.

Lo vi tropezar en las tablas y caer y al segundo levantarse como una rata y luego saltar a la primera hilera cubierta por una cortina de faldas.

Yo lo llamaba desde el burladero, pero él no podía oírme ya. Así que también abandoné el escondite y lo seguí hasta donde pude. Entonces lo vi sobrepasar la cerca de madera de la

13

corraleja que habían armado como si fueran ferias y lo vi entrar en el potrero de vacas convertido en pista en el mismo momento en que el avión tocó tierra.

Bienvenido Miller, al descubrir que el potrero era muy corto, menos de cuatrocientos metros, y que estaba lleno de gente al final y de vacas indiferentes, tuvo que aplicar todos los frenos y el avión dio tumbos y se fue ladeando antes de detenerse con un estropicio, saliéndose un poco de la recta y trastabillando en un nido de fiques erectos. Las vacas huyeron despavoridas.

Nuestra madre había sido abordada por el alcalde del pueblo del Cacique. Un hombre más bajo que ella, vestido de blanco y con sombrero que la tenía tomada de gancho. Al advertir la aparición de su hijo Alejandro en medio del espectáculo pareció perturbada y soltó al alcalde, que se quedó con la palabra en el aire. Cuando poco después lo vio corriendo a campo traviesa ya cerca del avión en medio del potrero, se sostuvo las enaguas para bajar las escaleras del tablado pidiendo permiso y empezó a llamarlo de arrebato, pero Alejandro ya no atendía razones ni prohibiciones de nadie, se había transformado en un hombrecito, y estaba trepándose al biplano usando como escalera el ala doble del avión y luego saltando encima como un energúmeno y sujetando de las muñecas de piloto a Bienvenido Miller, que alzaba los brazos en júbilo.

El piloto no alcanzó a quitarse los lentes oscuros y la especie de escafandra, pero logró sacar una bandera de Estados Unidos en una mano y los dos dedos con la enseña de la victoria en la otra. La multitud se echó sobre la nave y la hizo tambalear. Bienvenido Miller cayó sobre una red de brazos levantados. Lo alzaban lanzándolo por los aires como un mico flaco y entre aquellos que lo zarandeaban estábamos los hermanos Plata, hijos del difunto doctor Plata y de doña Mariquita Serrano.

Después, la misma fuerza humana de brazos arrojadizos enderezó el aparato, lo alzaron como si fueran hormigas y empujaron el avión a la cabecera del potrero para disponerlo al despegue entre tunos y fiques erizados.

Algunos campesinos con azadones y picas alzaron las piedras sobresalientes que podrían obstruir la maniobra y allí estuvieron emborrachándose hasta que los radiadores de cada ala del avión se llenaron y se enfriaron para alzar vuelo e inaugurar otro campo aéreo en otro pueblo.

Yo volví sin mis hermanos. Por la calle oí el sonido del motor del avión y me quedé tieso pensando que iba a estrellarse en el techo de las casas. El avión volaba ahora por encima del pueblo para virar luego hacia el puerto del Cacique.

Se vio mientras eludía las montañas de la serranía y luego se convirtió en una ceja negra sobre el azul hasta desvanecerse como los pájaros que buscan llegar al sol.

El menor apareció después de mi madre, aún sin camisa y sin zapatos con una bandera de Colombia en la mano, y dijo que no sabía nada de Alejandro, salvo que se había ido con unas internas del colegio de monjas que saltaron las cercas para ver el avión y acaso estaban bailando en secreto en el salón del club con los propietarios de la aeronave.

Cuando Alejandro volvió estaba irreconocible. Llevaba la ropa nueva untada de aceites y combustible, pero tenía puestas las gafas de sol de Bienvenido Miller, el piloto norteamericano de la SAV.

«¿Qué cree que estaba haciendo en la pista?», dijo mi madre.

A lo que él ripostó: «Salí a conocer el mundo».

Ella fue rotunda con él: «Uno puede conocer el mundo sin confundirse con los mediocres. Su papá siempre fue el mejor en todo y ustedes deben ser mejores aún que él, que en paz descanse».

No sé de dónde sacó la insolencia para contrapreguntar a nuestra madre: «¿Y usted por qué estaba de gancho con el alcalde del pueblo del Cacique? ¿Así es como respeta la memoria del doctor Alejandro?».

Mi madre lo abofeteó.

«Usted no tiene por qué darle órdenes ni exigirle cuentas a la mamá».

Luego nos ordenó a los tres hermanos que nos bañáramos y nos reuniéramos con ella en el comedor.

Sentados a la mesa, vestidos los tres con los piyamas a rayas que parecían uniformes de galeotes, nos informó que había aceptado ser la directora del hospital del pueblo del Cacique, al otro lado de la serranía, y que a partir de la siguiente semana solo viviríamos en casa con Matea, y ella vendría a vernos una vez por mes. También nos dijo que habría una mesada individual para los gastos personales de los tres y que en manos de nosotros estaba si despilfarrábamos ese dinero o lo gastábamos con sobriedad en necesidades verdaderas y no como los mediocres. Así llamaba a los borrachos, los mediocres.

Ya nos estábamos haciendo grandes y podríamos decidir lo bueno y lo malo con la educación moral que nos habían inculcado los hermanos salesianos.

Sobre el acto de desobediencia que había presenciado entre las tunas del potrero, no añadió palabra. Luego entró en el cuarto que había sido de mi padre y volvió con sus reliquias para entregárnoslas porque ya no guardaría en su relicario el ajuar del difunto marido.

A mí me dio la carabina, el telescopio y el traje de paño. A Ramiro la cámara de cajón, el violín y el estetoscopio. A Alejandro el revólver, la máquina de escribir y la bandola. «Aquí tienen, para que conquisten el mundo», dijo. No quedamos conformes con la repartición.

Yo quería la máquina de escribir y el revólver. Ramiro quería la carabina, la bandola y el violín. Alejandro, el traje de paño, la cámara de cajón y el telescopio. Pusimos todo en la mesa y lo intercambiamos. Nadie quería tener el estetoscopio. Era algo que simbolizaba la profesión de médico de nuestro padre, y ninguno quería ser médico. Así que mi madre lo tomó de la mesa después de que nos fuimos y se lo llevó entre sus ocho maletas al otro pueblo.

Fue una repartición providencial. Yo me convertí en secretario de juez, por lo que llevé el revólver y la máquina siempre conmigo. Ramiro se convirtió en empleado ferrocarrilero, parrandero y cazador, así que le quedaron bien los instrumentos y la carabina. Y Alejandro se convirtió en trabajador petrolero, andariego y fotógrafo. Ella, una mujer en la treintena, se quedó con el Studebaker, al que subió la cuna donde nos crio y ocho maletas con lo indispensable para irse a vivir y fundar otra familia en el pueblo vecino.

Nos informó que en tres meses se casaría en segundas nupcias con el alcalde del pueblo del Cacique, don Domingo Gómez Albarracín. Así que el año del biplano fue también el año en que mi madre se desentendió de nosotros, Alejandro, Timoleón y Ramiro, los hijos de su primer matrimonio.

Alejandro se metió debajo del trapo negro de la cámara de cajón y miró la imagen para encuadrarnos en el lente, como hacía cuando ayudaba a papá a producir los negativos en papel para luego pasarlos a positivo en un balde de agua. Yo me fui a trabajar en los juzgados de los pueblos solitarios del Chicamocha. Ramiro, el menor, se fue a trabajar en el ferrocarril de Wilches y luego al del Catatumbo y guardó distancia con ella desde el día en que se casó en segundas nupcias con don Domingo hasta que Ramiro murió a causa de la diabetes, al igual que nuestro padre.

Alejandro, el mayor, fue el primero en marcharse porque ese era el año de su graduación en el Colegio Salesiano. Se fue al puerto del Cacique a trabajar en la concesión, no sin antes pasar a visitarla en la hacienda Buenos Aires del pueblo del Cacique, donde la llevó a vivir don Domingo, y luego siguió enviándole cartas y fotos, y en esa década nacieron ustedes, los medio hermanos.

La casa de los pájaros

—El árbol va a caerse —anuncia la niña.

Lo dice al notar que los pájaros que viven ahí se mudan. Saltan al aire y abandonan los nidos. Cabezas rojas de carpinteros y pajas que se agitan en el agujero. Briznas secas que caen. Chillidos que son el clamor de los pichones. Anuncios de lo que solo los pájaros saben.

La mujer mira el árbol. Tiene ramas retorcidas como brazos suplicantes y calabazos secos. Los pájaros se mudan. Ella los ve desde el balcón de la casa de madera. Sacude el polvo y mira. Se sienta y mira, desde la ventana del cuarto, ese árbol viejo y retorcido con arrugas, frutos globosos, estrellas de epífitas y barbas de musgo. Se va a dormir y lo alumbra con su linterna. Las hormigas también se marchan de noche.

—¿Por qué se irán todos?

Al día siguiente, el árbol se cae solo.

La mujer sujeta con una mano un puñado de hojas del árbol caído. Las huele. Huelen a clorofila y a madera podrida y a chinches.

La mujer mira a la niña, señala uno de los grandes huecos que tenía el tronco y sentencia:

—Murió de viejo.

Ha muerto el árbol, pero los pájaros, las hormigas y la niña sabían que iba a caer.

Ahora es la niña la que toca el tronco mohoso de aquel árbol antiguo y muerto. Unas ramas que aun en tierra resultan más altas que ella, de un árbol tan alto como la casa de madera en que vivían, al otro lado de la carretera de tierra y que se llenaba de globos verdes y de insectos de colores que cazaban los garrapateros y ríos de termitas que servían de alimento a los pájaros carpinteros.

Se acerca la niña al tronco añoso.

Las raíces del árbol se habían aflojado y sus ramas empezaron a convertirse en un espectro. No hubo tormenta ni ventisca, solo un cacho de luna creciente sobre la carretera. El árbol se derrumbó en la oscuridad.

El corazón del árbol estaba seco debajo de la luna.

—¿Cómo saben los pájaros que un árbol va a caerse, mami?

—Dímelo tú que ya lo sabías, pajarito.

—No sé. Lo sentí aquí, más abajo de la barriga.

La mujer había dicho en clase que para comprender a un árbol había que conocer su semilla y la tierra en que crece. Pero no había mencionado sensaciones bajo la barriga.

Entró en la pensión Casa Pintada sosteniendo el estuche de la máquina de escribir en la mano y preguntando por misiá Bárbara. Una mujer negra ataviada con cofia y delantal fue al fondo de la casa y lo dejó solo, a la espera, en el primer patio donde había una pila de agua vacía en la que sobrevolaba un torbellino de zancudos. La luz se reflejaba en el tono rosa de las paredes, y las puertas que daban a los dos zaguanes ajedrezados estaban todas cerradas. En la pared que dividía el fondo de ese patio del zaguán que conducía al siguiente había dos cuadros de gran tamaño. Eran pinturas hechas con manchas y líneas, a blanco y negro, trazos chispeantes y regueros sobre la tela, como si el pintor más que ceñirse a un boceto se encargara de descifrar y aislar formas escondidas con una espátula y detalles con el pincel luego de lanzar chorros azarosos de pintura sobre la tela blanca. Uno era un retrato y otro un torso, el retrato de un hombre que miraba fijamente entre los claroscuros, y el del torso, como si estuviera siendo sometido a una tortura, un cuerpo retorcido por el dolor.

Por el zaguán que llevaba hacia el otro patio había una serie de cuadros más pequeños hechos en papel y carbón. En ellos figuraban personas individuales, mujeres que desempeñaban distintos oficios. En la pared paralela, una serie de grabados, en los que predominaban multitudes, hombres reunidos en un velorio con trajes y sombrero, huelgas con abanderados, procesiones, mujeres lavando en un río. Rostros que observaban fijamente o mostraban gestos enigmáticos, expresiones de rabia o de fatiga. Aunque eran técnicas distintas, todos los cuadros estaban hechos por la misma mano, porque el estilo de los trazos era igual. Estaban firmados por dos iniciales, U. A., y la hoz y el martillo en la esquina inferior derecha.

Misiá Bárbara apareció en el umbral del zaguán que daba al segundo patio y avanzó con el bamboleo de su cuerpo hinchado . Era una mujer pesada y coja, de voz carrasposa y pelo grisáceo, y se ayudaba a caminar con un bordón pulido que acababa en un tacón de llanta. Tenía la cabeza cubierta por una pañoleta roja. Iba vestida completamente de blanco, con el vientre inflado bajo un delantal de dos bolsillos, y sudaba de la frente hasta el pecho y opacaba con su humor corporal los collares de acero con dijes de alpaca que colgaban de su cuello grueso reblandecido por los años.

—Si se le ofrece una habitación, tengo que informarle que la pensión está llena y solo habrá cupos el mes entrante, cuando me las desocupen tres obreros que se van del puerto.

—Soy Timoleón Plata. Mi hermano Alejandro Plata tenía arrendada una habitación aquí.

—Pobre don Alejandrito, mi Dios lo lleve con bien.

—Tengo una carta de autorización firmada por la madre para recoger sus cosas.

Le entregó la carta. La mujer avanzó hasta la claridad del patio y alzó de entre sus cadenas colgadas al cuello las lupas gruesas de hipermétrope que agrandaron sus ojos para poder leer. Reconoció la firma de la mujer que le dirigía la carta y luego dejó caer de nuevo las gafas sobre su pecho desplomado.

—Lo esperé seis meses, pero como no volvió, tuve que desocupar la habitación para poder arrendarla. Pero no se preocupe que tengo todas las cosas de Alejandrito inventariadas y bien guardadas en San Alejo. Yo soy muy organizada y legal porque soy ocañera. Con esta carta basta, porque conozco el dolor de una madre. Disculpe que no me haya presentado, me llaman misiá Bárbara. Para entregarle las pertenencias de Alejandrito necesito eso sí que me pague los meses que mantuve la habitación sin huésped.

Timoleón extrajo un fajo de billetes que traía en un carriel de cuero de vaca aún con pelo. La mujer contó el dinero dos veces y después llamó a la empleada. La misma mujer con cofia y delantal apareció por el zaguán que conducía al segundo patio.

—Présteme la llave de San Alejo, Merceditas.

La mujer extrajo una llave gruesa del manojo de llaves maestras y se la dio a misiá Bárbara.

—Siga para más adentro.

Y lo condujo a trancos por zaguanes idénticos que conducían a los tres patios de la casa.

El siguiente era un patio más amplio empedrado con media docena de mesas sombreadas por una lona templada con cuerdas. Se usaba de comedor y sitio para pasar el bochorno de la tarde. El decorado en todas las paredes de la pensión Casa Pintada seguían siendo aquellos cuadros con figuras de hombres y mujeres que se adivinaban entre las manchas de pintura hechas indudablemente por el mismo pintor.

Ayer conocí a un pintor bolchevique. Pinta lumpen y proletariado. Pinta la gente que vende en el puerto, en el mercado, en la calle. Pinta a los trabajadores, la clases populares. Pinta hombres y mujeres sin ropa. Pinta a los negros. Hace pinturas rápidas sobre papel con carboncillo o con tinta: lanza la pintura como si estuviera en trance directamente sobre la tela y luego busca las formas entre las manchas. Los óleos solo los usa en su estudio para pinturas lentas. Su estudio es una habitación vacía al lado de aquella donde se hospeda y están unidas por una puerta interna. Vive en uno de los patios de la misma casa donde yo vivo. Pinta de pie. Y también bebe de pie. Y los cercanos le preguntan si también hace el amor de pie. «También», responde, «y con todo lo que me pongan». Le salieron llagas en las pantorrillas de estar parado. Los que lo respetan le dicen maese.

Me pidió que posara con la cámara de cajón en uno de los pasillos de la pensión para un retrato, le dije que sí, siempre y cuando después me permitiera fotografiarlo. Aceptó complacido, porque le pareció un justo intercambio. Le gusta pintar en el patio cuando hace mucho calor en su taller. Mientras pintaba, me interrogó. Le conté que me habían echado del trabajo porque el ingeniero pensó que me robaba materiales de construcción porque era el capataz. Como no tenía trabajo me puse a usar mi cámara de fotografiar. Había un concurso del club y yo quería presentar mi trabajo para optar al premio, que era una cámara.

Preguntó qué fotografiaba y le dije que hacía exploraciones por calles o puertos o parajes aislados y fotografiaba lo que me llamaba poderosamente la atención. Pero estaba tratando de hacer fotos cercanas de la gente, aunque era difícil porque la gente cuando se siente observada deja de ser para aparentar que tiene el control. Me dijo: «¿Te has preguntado qué es dibujar a alguien?». Me quedé callado, pensando una respuesta. Contestó por mí: dijo que consistía en simplificar. Siguió pintando en silencio. Solo se ocupaba de enjugarse el sudor de la frente con un trapo para que no cayera y le deformara el papel. Usaba una mesa de escuadra para dibujo erguida como un flamenco, formando un ángulo recto, la más alta que he visto, soportada en dos patas plegables. Me indicó dónde ponerme y cómo poner la cámara. Pidió que pusiera el codo sobre el cajón y mirara fijamente por encima de su cabeza. Usó como marco la ventana y la pared de su taller. Algunos huéspedes pasaron y se quedaron viéndonos, pero el maese no los saludó. Parecía indiferente a tener público, de lo acostumbrado que debe estar a pintar en la calle con distracciones. Terminó de frotar el papel después de estar durante más de una hora con aquel yeso negro.

Observé el dibujo de trazos rápidos y aquel ojo separado del otro con lo que enfatizó mi mirada. Leí una inscripción que hizo en la parte baja del papel. Decía: «El hombre de la cámara». Le pregunté si yo tenía los ojos así de desviados y la mirada así de hierática.

«Aún no. Pero el tiempo también pinta. Lo importante en ti es que tienes los ojos más separados que los de los demás, como los de las vacas, y esa característica aumentará con el tiempo. Pero es una buena señal de que verás muchas cosas en este mundo».

Dijo que luego lo llevaría al óleo. Después fuimos a comer mangos en el patio de atrás de Casa Pintada. Él mismo los bajó con una vara. Era menos intenso el calor en ese patio por la sombra que daba el árbol. Comimos el mango con la cabeza hacia adelante para no mancharnos con las gotas que escurrían y luego fuimos a la pileta para lavarnos las manos pegajosas y vi los peces que le habían servido de modelo. El agua estaba también tibia, recalentada por el sol. Me tendió su pañuelo para secarme las manos. Estaba tan manchado de pintura como su bata. Sacó una botella de ron y compartimos un trago. Me dijo: «Yo pinto rápido porque encontré pinturas rápidas. Los cuadros lentos me toman mucho tiempo. La vida es corta y hay que hacer la revolución». Me mostró las dos habitaciones que había alquilado, una para su taller. Había cuadros en todos los espacios, unos amontonados sobre otros. Vendedora de pescado. Vendedora de ollas de barro. Costurera. Linotipista manchado. Niño voceador de periódicos. Embolador de zapatos. Carnicero. Perspectivas de calles. De vías del tren, de paso de vapores en el río. Pinturas de cuerpos semidesnudos, cuerpos extenuados, cuerpos heridos o flagelados, músculos tensionados como haciendo grandes esfuerzos, las odaliscas de los burdeles, indiferentes y expectantes, los bagres bigotudos con rayas de tigre y los pájaros del río con sus patas zancudas. Su obra parecía infinita y todo lo había visto en las calles del puerto del Cacique. Dijo: «Yo solo pinto lo que veo». Comentó que el fraile Angélico había sacado su arte de las miniaturas de los libros de horas y magnificó en los altares esas anunciaciones, ángeles en tablas cubiertas de oro en polvo, convirtiendo la mitología bíblica en tema de todos, iluminando los claustros de los monasterios y las celdas de los monjes. Él en cambio iluminaba las barracas de los obreros, las cantinas, los burdeles y los hoteles de paso porque cada quien era hijo de su tiempo. Luego se encerró a dormir una siesta en las horas de más calor bajo las aspas del ventilador de su cuarto.

Más tarde lo encontré en el Club Nacional. Estaba borracho hasta los zapatos y reclinado en la barra sostenido de un codo y en una pierna y después de varias horas cambiaba de lado para sostenerse de la otra pierna. Me dijo tres cosas: que la revolución bolchevique apenas empezaba y que no llegaría mañana, sino que se iba a demorar más de un siglo. Pero que ya pronto iban a dar el primer golpe contra la burguesía porque se habían reunido las condiciones y el Comité Central Conspirativo tenía listo el bandazo para el año entrante. Los obreros se alzarían contra los puestos militares, tomarían los cantones, ahorcarían a los caciques políticos y a los gamonales que fungieran de alcaldes y el gobierno caería en Bogotá cuando la inspección de las tropas por parte del ministro recibiese un bautismo de fuego. Dijo que la masa de obreros recibía el trato de esclavos de la Colonia y que los amos yanquis y sus agentes nativos habían diseñado un esquema perfecto para neutralizar la revuelta importando negros yumecas. Las habitaciones mejor adecuadas eran para esos trabajadores de Jamaica, y el resto, más de tres mil, vivíamos en campamentos que llamábamos ergástulos o en pensiones de medio pelo y hoteles de mala muerte, y la empresa solo contaba con dos médicos para atenderlos a todos. A los trabajadores nacionales los medicaban sin examen y siempre recetaban quinina, aspirina y yodo, y al que se enfermaba de gravedad lo despedían antes de que se declarara impedido para no tener que asistirlo con una pensión. La Gringa, como llamaban a la compañía, instaló una alambrada para separar la ciudadela de los extranjeros de los barrios de obreros nacionales, y no obedece a la policía porque tiene un grupo de comisarios que reprime y se amangala con los esquiroles para aniquilar cualquier brote de protesta en sus predios. Dijo que yo debía estar listo para la revolución, con el ojo abierto y la máquina Kodak siempre a la mano, para fotografiar el día en que los obreros rompieran las alambradas y entraran en los comisariatos exclusivos a llevarse los enlatados y las sopas Camps. Me pidió que le tomara una fotografía y se puso al frente del salón. El Club Nacional estaba atestado de gente de los buques cargueros y negros de los braceros y desbrozadores del oleoducto de la otra compañía, la Holandesa. Fotografié todo el conjunto.

—Don Alejandrito dejó pagados tres meses por anticipado —repitió la mujer—. Supongo que pensaba regresar en menos tiempo. Pero el caso es que nunca volvió. Pasados seis meses saqué sus cosas y arrendé el cuarto. Y hasta el sol de hoy.

Mientras seguía a la mujer, cuyo bastón taconeaba por aquellos pasillos y patios que olían a cáscaras de naranjas secas y a sudor, se dedicó a observar los cuadros por momentos. La mujer notó el interés prestado a aquel cuadro que lo hizo detenerse porque presintió un aire familiar. Era un hombre que posaba junto a una cámara de cajón con el codo reclinado sobre el aparato. Ella explicó que era un retrato de su hermano, realizado por otro de sus huéspedes, maese Goya, como le decían al pintor Ulises Álvarez, autor de la totalidad de los cuadros que rodeaban los patios de la pensión Casa Pintada. Lamentablemente, añadió, el pintor fue asesinado por la policía del pueblo del Cacique en 1929 cuando el alzamiento bolchevique. En una época le gustaba hacer cuadros en yute, esa tela ordinaria a la que echaba pintura en todas direcciones y le gustaba colgarlos sin marco o pintar directamente en pedazos de madera o en muros de cantina. El hermano del pintor quiso reclamar los cuadros para venderlos, pero ella no se los entregó porque Ulises Álvarez tenía una mujer que era su asistente y modelo y había tenido un hijo con ella, así que antes de irse a hacer la revolución bolchevique había dejado arreglado para que ella, la madre de su hijo, tuviera la potestad de la obra. La mujer del pintor regresó, pero solo se llevó los cuadros a color y los que estaban firmados con su apellido y no con aquella bandera comunista que a veces ponía en la esquina inferior derecha. Entonces colgó los cuadros por toda la casa, aunque tenía muchos más en el cuarto de San Alejo, pero no los ponía todos más por falta de paredes que de espectadores. Alejandro y el pintor habían sido buenos amigos y por eso lo había retratado.

La mujer continuó andando hacia las habitaciones del fondo de la pensión.

El último patio era un solar con árboles frutales, lavadero al aire libre y cuerdas para extender sábanas con ropa puesta a secar. Había un naranjo al que no se le quitaban las frutas que caían mohoseadas o colgaban secas de las ramas, había un gran hormiguero en el tallo. El palo de mango había extendido una de las ramas sobre el techo de barro sin llegar a rozarlo. En la rama había varias iguanas embobadas de calor.

El cuarto de San Alejo era el último. Como no tenía ventana, el haz de luz del día penetró en el cuarto como un puño resplandeciente cuando la mujer abrió la puerta rasgando la oscuridad. Había una torre de catres de hierro montados unos sobre otros, escaños de madera, sillas rotas, espejos de hierro del mismo tamaño, cajas herméticamente selladas, baldosas blancas y negras como las que tapizaban todos los zaguanes, bidés, lavamanos, una mecedora sin mimbre, un triciclo de niño y un andamio donde había amontonado el resto de los cuadros del pintor.

Junto a los cuadros, había dos baúles de compartimentos forrados en cuero y remachados con taches, bisagras y cerradura y una bicicleta.

—Es todo lo que dejó don Alejandrito. El pobre solo se llevó una maleta de cuero y un maletín de mano. Eso sí iba bien vestido, porque elegante sí era. Pero tenía un ojo chungo de los golpes que le dieron en el calabozo.

—¿Estuvo preso?

—El ojo colombino se lo cubrió con un parche de pirata para que se le quitara la visión doble. Donde mi hijo no lo ayude, si más lo matan, cuando estuvo preso. A mi hijo no me lo dejaron llegar a coronel, pero me dieron una condecoración con su cadáver. Por eso le digo que sé bien lo que es perder un hijo. Cuando mi hijo supo que don Alejandrito estaba en el calabozo del batallón se arriesgó y pudo sacarlo vivo. Don Alejandrito se despidió de mí y se fue en el carro de uno de sus amigos.

—Yo no sabía eso.

—Si quiere saber más, pregúnteles a ellos, sus amigos. ¿Cómo va a hacer para llevarse ese trasteo? Esa máquina de escribir se ve que le pesa y usted solo tiene dos manos. ¿Le consigo una zorra?

Le pidió que le permitiera mantener las cosas guardadas en el cuarto de San Alejo mientras encontraba un lugar para alojarse en el puerto, y luego pasaría a recogerlas.

—Lo que sí puede llevarse ahora son las cartas.

—¿Qué cartas?

El pintor me dijo que le gustaba dibujar en papel porque era más rápido acabar un dibujo en las horas de calor y más fácil almacenar la obra en papel, porque los lienzos ya no cabían en las paredes de Casa Pintada. Quiso ver las fotos que había tomado y después de ver los retratos que hacía usando como fondo el terciopelo negro me dijo que no fotografiara con decorado, ni tratara de suplantar a la pintura, que eso era puro teatro, que debía salir a la calle y fotografiar directamente a la gente en sus actividades cotidianas. Que aprendiera de la pintura: desde La Comuna de París la pintura había desterrado a los reyes y había puesto a los dioses junto a los artesanos y los trabajadores y los estudiantes. Por eso *La Libertad guiando al pueblo* de Delacroix marcha descamisada sobre una pila de muertos. Por eso Rembrandt iba a las clases de Medicina donde diseccionaban cadáveres. Por eso Caravaggio pintó al enemigo al que dio muerte y se incluyó en la escena en que Judas entrega a Jesús en el monte de los Olivos. Courbet se puso del lado de La Comuna. Por eso Goya se había dado cuenta de dónde estaba lo importante y sacó a los reyes de sus cuadros y metió a los jorobados y a las ancianas chuchumecas. Porque el arte estaba en la calle. El protagonista era el pueblo. «¡El impresionismo es el arte de la burguesía!», se exaltó. «El arte debe ser como piedra dura», concluyó en su arrebato estético.

Un ayudante joven que lo escolta a todos lados, y que figura en algunos cuadros como su modelo, sonrió disimuladamente como si ya estuviera acostumbrado a esas intervenciones enérgicas como los discursos de mítines que se hacen durante las quincenas en la plaza pública. Luego el pintor habló, siempre estando de pie, de santería. La historia de los dioses domésticos que trajeron los esclavos en el barco negrero. No eran dioses para celebrar, eran dioses para proteger y hacer daño al esclavizador. La riqueza de América eran los indios, no las minas. Pero como los mataron, trajeron a los negros. Toda la riqueza la sacaban para engrandecer las ciudades de Europa y en América solo dejaban miseria. Aquí me pareció que quienes lo rodeaban ya estaban muy borrachos y nadie ponía atención a los arrebatos veintejulieros del pintor, por lo que resultaba un tanto patético. Me fui al bar y lo dejé vociferando.

Después me enteré de que el pintor era uno de los oradores en la tarima que Mahecha instalaba los sábados en el Parque Nariño y que había alternado con María Cano, la Flor del Trabajo, y era uno de los miembros del Comité Central Conspirativo (del Partido Bolchevique Revolucionario) y leía en los dormitorios de los obreros boletines de noticias que llegaban desde París y desde Moscú y desde Hamburgo. Las noticias de los obreros eran impresas en una prensa portátil de propiedad del pintor y se leían en voz alta para que los trabajadores analfabetos pudieran comprender las contradicciones del mundo que los esclavizaba.

El pintor, al que llaman «maese Goya» desde la época en que instaló en el puerto el taller de grabado Maese Goya, tiene una llaga en la pantorrilla que se cubre con vendas, se llama Ulises Álvarez y creo que lo que me dijo esa tarde me hizo cambiar la forma de mirar el puerto del Cacique con las bandas de gallinazos acechando en las cuerdas de la luz, prestos a destripar el primer burro o perro muerto que encalle en el río, estos carros de lujo estacionados en perpendiculares, esas mansiones gringas soterradas con porche y barandales de madera, esos almacenes llenos de enlatados y electrodomésticos, los lujos de los petroleros y las carencias de la gente que no tiene nada y que hace fila en la esquina de los varados y solo espera que los contraten para otro frente de obra y así trabajar en la Gringa mientras esperan que cambie su destino malviviendo en las chozas que se construyen en las barrancas de sedimento de arena que el río ha amontonado por los siglos de los siglos. «El privilegio hará que los obreros se llenen de odio de clases y rompan los alambres de la opresión», dijo. Pero entonces uno de la patronal le contestó: «No se le olvide que los obreros desean vivir también en mansión y comprar en el comisariato de los gringos y tener automóvil, maese». El pintor respondió: «Los revolucionarios queremos privilegios burgueses para todos, pero para eso necesitamos tomar el poder». Unos meses después fuimos al Club Nacional con mi amigo Rubén y nos enteramos de que el pintor se había ido a organizar la revolución en el pueblo del Cacique.

—Don Alejandrito recibía y enviaba muchas cartas. Todas las que recibió las tengo yo guardadas en la caja fuerte de la pensión.

La mujer abrió el armario de puertas dobles y le pidió el favor de que le acercara uno de los bancos amontonados. Aposentó en el banco sus nalgas pesadas, sacó del seno encorsetado una llave larga y abrió una compuerta que dejaba a la vista la perilla de una caja fuerte empotrada en la pared. Le pidió a Timoleón que se diera vuelta y giró la perilla hasta combinar la clave que desaseguró la palanca. Abrió la caja fuerte y buscó una lata de galletas saladas marca Nacional. La tomó y cerró la caja fuerte con un golpe recio. Cerró la compuerta, luego cerró el armario y se levantó apoyándose en el bastón.

—Alejandrito me dijo que si el ejército venía por sus cosas, dejara que se llevaran todo, pero que no les entregara esta lata porque ahí estaban las cartas con la gente más cercana y las direcciones, así que después de que pasaran los militares debía prenderles fuego para proteger a los remitentes, pero los militares nunca vendrían a registrar la casa de la mamá de un capitán. Yo no miré lo que contenían, para no meterme en problemas. Guardé todo esperando que un día él volviera y podérselas devolver, pero como no volvió, en tus manos encomiendo mi espíritu. Mi hijo me dijo un día que habían encontrado un ahogado en la Laguna del Miedo en Cazabe y que estaba irreconocible, pero que la descripción de su ropa coincidía con la de don Alejandrito. Chismes que corren en el puerto. Pero yo estoy segura de que no era él, porque él se fue en septiembre y el cadáver que le digo apareció en enero.

El puerto del Cacique

Cuando llegué al puerto del Cacique me había vestido con la ropa de mi padre como si fuera para la universidad: un traje verde que fue de él y me quedaba al cuerpo, pajarita, botines puntudos de cremallera lateral. Así imaginaba que se vestían los que iban a la universidad, porque así era como vestía mi padre, a quienes todos llamaban el doctor Plata.

Mi pobre padre era médico. Dedicó media vida a estudiar el funcionamiento del cuerpo humano y otra media a cuidar las fallas en los cuerpos de sus pacientes, siempre soñó con darle la vuelta al mundo y, como no pudo hacerlo, por estar siempre ocupado sanando los cuerpos de los demás, se compró artefactos que simulaban el movimiento para engañar su anhelo de aventura.

Tenía caña de pescar y carabina para cacería. Tenía bandola y violín para amenizar las fiestas. Se compró un telescopio para ver las estrellas y una cámara de cajón que hacía instantáneas sumergiendo una placa en un balde de agua. Y un Studebaker, que era uno de los tres carros que había en circulación, y como aún no existía la carretera para llegar al pueblo, tuvieron que traerlo por partes, por el camino de piedra, a lomo de mulas. No había quien lo ensamblara, así que trajeron al herrero que arreglaba los coches de caballos y le mostraron los planos. En dos semanas, ante los ojos de todos, el herrero logró armar el carro como indicaba el plano. Luego le dieron manivela y el Studebaker encendió en un ataque de tos metálica y se quedó temblando como un caballo a punto de salir al gran Derby ante la mirada atónita de todos, y el herrero se puso a bailar de contento, entonces mi padre le pagó un curso en Bogotá para que aprendiera ese nuevo oficio, la mecánica del automóvil, y así fue como Clímaco «Carroloco» cambió de oficio.

Luego mi padre se aficionó a otros instrumentos. Así llegó a casa la cámara Kodak de cajón y placa para intentar detener el paso del tiempo, pero esa pasión la interrumpió una diabetes que primero lo fue dejando ciego y en menos de cinco años le arrebató las piernas, el único vehículo que debió haber usado para irse por el mundo.

Pensé, al llevar su mismo traje, y nombre, que me había transformado en él, y que tenía la encomienda de realizar ahora todo lo que él no pudo hacer por estar estudiando el cuerpo humano.

Por eso me puse esa ropa, porque iba a donde estaban el trabajo, el progreso y el dinero: el puerto del Cacique, la llanura lacustre de la concesión petrolera donde retozaron de amor los dinosaurios y donde desde el fondo de la tierra manó una lluvia de aceite negro que convirtió una aldea de pescadores en una fabulosa ciudad de hierro, quemadores y chimeneas que fabricaba dólares, en cuyas avenidas anchas y asfaltadas transitaban más carros que en la capital de la república y a donde iban a dar todos los que deseaban cambiar de suerte para intentar convertirse en los mejor pagados de la familia, con camisas desabotonadas, pantalones de mezclilla y botas de petroleros, antes de que la sangre de la tierra se agotara y la refinería estuviera más yerta que un brontosaurio y su osamenta de drenajes, escapes y tuberías fuera abandonada por las hormigas a orillas del río de la suerte.

Mientras bajábamos de la serranía al valle de La Magdalena y veía esas llanuras interminables atravesadas por nubes de polvo, pensaba menos románticamente en la universidad. La gente que iba a la universidad desde mi pueblo no volvía. Pero eran pocos los que iban a la universidad. Casi todos iban al seminario, con vocaciones erróneas inspiradas por los hermanos salesianos. Y las mujeres iban a que las momificaran en los conventos, adoctrinadas de beatitud por las hermanas betlemitas, y si no se casaban a los dos años de salir del internado entonces era porque iban a vestir santos o a ser los bordones de la vejez de sus padres. Iba malherido del corazón. Me había trozado las venas por una venezolana interna en el colegio de las monjas. Sus padres vinieron por ella en noviembre y se la llevaron de regreso a Mérida. Se llamaba Miranda como el precursor y tenía el pelo rubio, los ojos azules y los labios rojos como la bandera de ambos países. Ni siquiera nos permitieron despedirnos. Se la llevaron a la madrugada, advertidos por las monjas de que el único visitante de su hija en las tardes de domingos aburridos de ese año había sido yo, el hijo borracho de doña Mariquita, la jefa del hospital, cuyo padre era un médico que había muerto con el hígado cariado de cirrosis, según ellas, pues su moralina les impedía diferenciar entre una hepatitis y una diabetes. Era el año de mi graduación y esa pena de amor lo decidió todo. Me emborraché frente al internado de señoritas y empecé a romper las botellas vacías contra el paredón intentando borrar de un golpe su recuerdo, hasta que quedé exhausto y me senté en el andén a verme los zapatos. Entonces vi mis brazos largos cruzados de venas azules y se me ocurrió pasarme el pico de una botella y me rayé la muñeca, pero fue una herida superficial que mi madre desinfectó y vendó cuando caí dormido como una piedra en la hamaca de mi padre.

«Qué le pasa», me reclamó en el desayuno. «¿Se va a matar por la primera mujer que se encuentra en el derrotero de la vida? Esa no es ni la primera ni será la última chigüira de Venezuela, porque usted apenas empieza a abrir los ojos. ¿Qué es lo quiere en la vida?».

Quería irme de ese pueblo de seminaristas y mamasantas. Ser como esa palabra que encontré en el diccionario, andariego, y que mi madre usaba para todos los forasteros que venían a trabajar en los tabacales y un día se marchaban dejando todo, las botas y el sombrero, y se iban al puerto petrolero. Ser un sin rumbo, cruzar la serranía y subirme al primer buque de vapor que surcara el río de La Magdalena.

Le dije a mi madre que me ayudara a llegar al puerto del Cacique y ella habló con su nuevo marido, el alcalde del pueblo vecino, el pueblo del Cacique. Ellos lo arreglaron todo para que yo olvidara a Miranda, la venezolana.

Yo me iba entonces del pueblo, pero no iba a la universidad. Iba a probar suerte en el puerto del petróleo. Llevaba una carta de un alcalde para ser incorporado a la cuadrilla del ingeniero Krone Nepper, quien había hecho la misma carretera de tierra por la que yo viajaba entre el pueblo y el puerto.

Mi pueblo levítico quedó detrás de la serranía con sus casas blancas y sus solares de geranios alargados y sus caneyes pardos, las calles solas y las puertas abiertas como un cementerio abandonado. Lo dejé atrás sin remordimiento, alejándome por aquella carretera de equilibristas por la que solo cabía un vehículo de ida. Había que romper las nubes de la serranía y descender luego al pueblo del Cacique, cuna de liberales donde vivía gente hosca que vigilaba a los del pueblo de al lado como enemigos políticos y donde la mirada de los de fuera no entendía nada de lo que allí pasaba. Ambos pueblos dependían de la carretera que se abrió para romper la serranía y descender a las planicies del chapapote donde estaba el puerto del Cacique. Los campos petroleros fueron los terrenos que el pueblo del Cacique perdió a manos de la concesión cuando los pescadores vendieron sus tierras y la riquezas del subsuelo a un falso arrendador, y empezó la extracción de la sangre de la tierra, que atrajo a las compañías extranjeras en menos de doce años. Tuve que detenerme brevemente en el pueblo del Cacique, antes de seguir al puerto, para recibir la carta de presentación del alcalde. De allí en adelante la carretera se iba haciendo más caliente y polvorienta mientras se alejaba de la serranía hasta entrar en el espejismo vidrioso del nivel del mar.

El bus dejó de bambolearse por la carretera de tierra y avanzó por una avenida de gravilla asfaltada que recorría una llanura con altozanos, algunos islotes de monte con bombas extractoras de petróleo y sus balancines cabeceando día y noche entre potreros de pasto nuevo y caños evaporados.

Un hedor a pescado y a vómito de bebé al interior del bus se vio de pronto contaminado por un olor acre más intenso, el del diésel de los quemadores que expulsaban humo negro y que saturaba todo el ambiente de los campos petroleros. De pronto vi las primeras construcciones metálicas e indescifrables y solitarias como ciudadelas de hierro en medio de la nada que la compañía norteamericana, a la que todos llamaban la Gringa, había instalado en terrenos de la concesión, como si fueran talleres de extraños navíos que aún no hubieran sido inventados. Vi fugazmente y de cerca una torre de taladro en su bucle incesante de extracción de petróleo. Luego pasamos junto a un edificio blanco que semejaba una mansión norteamericana y a lo lejos vi una serie de hangares que eran talleres de mecánica para carrotanques y maquinarias, y más allá depósitos cilíndricos de petróleo crudo, y luego carreteras que se subdividían en ramales que proseguían hacia los innumerables perforadores petroleros que bombeaban al mismo tiempo en la llanura de la concesión. De repente vi los bungalows del barrio de los extranjeros.

Había un reverdecido campo de grama donde un grupo de mujeres con faldas blancas y hombres vestidos también de blanco y con zapatillas jugaban a pasar una pelota blanca por encima de un charco, y luego vi las canchas de tenis de tierra colorada y la enorme construcción del Club Extranjero. Eso fue como una aparición fantasmal, como haber tenido la visión fugaz de estar entrando en otro país.

El bus pasó un tramo de selvas de mangos, con los árboles más altos de esta especie que yo hubiera visto hasta entonces, y después de bordear una serie de ciénagas entró a los truculentos barrios de tabla y techos de palma y zinc que habían brotado como hongos directo de los bancos de arena mientras se tendía la avenida del ferrocarril, barrios de andariegos que habían llegado recientemente al puerto en busca de trabajo como obreros rasos en la compañía petrolera. Luego siguió a los barrios de ladrillo sin pintar de los obreros casados y luego a los bungalows del barrio obrero de solteros contratados por la compañía, seguido por el comercio con sus calles grasientas por el aceite vertido por carrotanques y construido a molde por la compañía. Así avanzó el bus por varias manzanas idénticas hasta las calles principales. Aquella avenida con ferrocarril en medio de talleres, graneros, billares, llegaba hasta el paseo del río y seguía hasta el puerto, donde nuestro bus al fin se detuvo.

Al bajarme sentí el calor que vino a recibirme. Era un calor que provenía de todos lados. Nunca imaginé ese bochorno afiebrado que había en el puerto del Cacique y que me hizo arrepentirme del atuendo elegido y desanudarme la pajarita porque al descender estaba todo empapado de sudor. El sol era implacable y hacía correr más lento el tiempo y había en el ambiente una atmósfera líquida con olor a barro seco. Cuando me limpié el sudor de la frente todo apestaba a algo podrido, como a reptil y mortecina. Abrí la boca para dejar de olfatear el ambiente. Al ver la línea de vapor líquido en la reverberación del horizonte y sentir en el cuerpo la hinchazón de la fiebre del mediodía, me sentí pesado, cansado súbitamente, mirando todo con las pestañas como cortinas semicerradas, respirando hondo. Me quité el saco y desabroché el chaleco y solté los botones superiores de la camisa ensopada.

Entonces vi las altas torres de la refinería en las que vomitaban fuego los quemadores de los alambiques. Al echarme a caminar casi arrastrando los pies sobre esa tierra caliente me perseguía la marejada del calor como el aliento de una paila de azúcar derretida. Era un calor pegachento que me empapaba las axilas. Mientras transpiraba y caminaba, percibía mi propio olor de caballo asustado.

Llevaba una maleta de cuero, la cámara de cajón de mi padre, la carta de recomendación del alcalde, cien pesos que me dio mi madre y toda la fuerza de los diecinueve años.

En una cancha de tierra, un grupo de niños sin camisa y sin zapatos jugaban a patear una pelota de trapo que ya se estaba desvistiendo o que acaso había sido hecha con la ropa que les faltaba a los jugadores. Había uno vestido solo con el calzoncillo roto.

Doblé el saco y el chaleco y los puse dentro de la valija de cuero. Me anudé el pantalón con la corbata y me quedé en mangas de camisa, con los ojales del pecho desabotonados. Los niños pensaron que yo iba a jugar con ellos y me lanzaron la pelota de tela. La pateé y por poco la meto en el espacio imaginario entre dos piedras que les servía de meta. Pero el arquero descamisado la desvió de un puñetazo. Vi un arrume de periódicos junto a la cancha y tomé uno. El niño que jugaba de arquero, al verme, empezó a vocear la noticia central: «LA MANCHA NEGRA, PLIEGO DE PETICIONES DE LOS OBREROS NACIONALES, SI LA COMPAÑÍA NO ACEPTA EL PLIEGO IRÁN A HUELGA». Le pregunté cuánto costaba y me indicó tres centavos con el índice el anular y el corazón de su pequeña mano sucia. Le dejé cinco sobre el arrume de periódicos.

Caminé en busca de un hotel hacia la calle del Molino y me detuve varias veces a ver las vidrieras de los almacenes. De un balcón colgaba un canasto y tenía un cartel: «LA PESCA MILAGROSA: deposite aquí un centavo y obtendrá un regalo fabuloso». Deposité la moneda y el canasto subió y desapareció en el balcón. Pensé que me habían despojado de la moneda tontamente, pero luego el canasto volvió a descender como si desenvolvieran una caña de pescar. Adentro había un regalo con una tarjeta: EL QUE NO PESCA, NO GOZA. Lo desenvolví. Había un portarretratos de madera muy bien pulido. Como estaba vacío, busqué en mi billetera una fotografía de mi padre y madre con sus tres hijos pequeños sentados en el capó del Studebaker. Le quedaba perfecta. Luego guardé el portarretratos en un bolsillo externo de la maleta. Sentía el cuello pegoteado y el pelo recalentado de caminar bajo el sol. Me recliné contra una pared para que el sol no me pegara directo, y un vendedor ambulante de sombreros de toquilla me dijo que no me asoleara más, así que le compré uno, y al verme recién llegado me recomendó el mejor aposento para andariegos, Casa Pintada: una pensión diagonal a la torre de correos, al fondo de la calle del Molino, reconocible porque tenía las paredes pintadas de color rosa.

Le hice caso porque usó esa palabra, andariegos, gente como yo. Llegué hasta allí caminando bajo el sol con mi sombrero de toquilla nuevo y reconocí la torre de correos coronada con un capitel que en lugar de pilastras tenía dos cariátides con mirada serena y las manos apoyadas sobre espadas colosales talladas en piedra que vigilaban la entrada y miraban hacia el río. La calle terminaba interceptada por el molino de viento que extraía agua subterránea. Allí empezaba la albarrada y el paseo del río hasta el fondeadero del puerto donde estaban los burdeles y la estación del tren de la compañía y una de las ocho entradas de la ciudad de hierro de la refinería. En la esquina se había amontonado la gente, porque frente al molino había un par de actores cómicos con trajes de don Quijote y de Sancho Panza. Una mujer hacía de Sancho y se había inflado la cintura con almohadas y se había pintado una barba de preso. El actor no necesitaba disfraz, de lo flaco que era, y aun así usaba una armadura de cartón plateado sin camisa debajo, por lo que al alzar la lanza se le veían las costillas. Estaban montados en sendos caballo y burro, de madera, y don Quijote amenazaba al molino con irse lanza en ristre mientras la Sancho de gordura y barba postiza le decía que no eran gigantes. «Non fuyades cobardes y viles criaturas, que un solo caballero es el que os acomete», y se rompía la crisma contra la pared inmutable del molino. La gente se echó a reír con su locura quijotesca y con las contradicciones sanchopancescas. Ellos también eran andariegos, como yo, pensé. Los dejé atrás y caminé hasta la pensión.

Casa Pintada era un hotel de rastacueros, vendedores ambulantes y aspirantes a obrero. Las habitaciones parecían barrios: barrio de intrusos, barrio de aventureros, barrio de andariegos, barrio de los gringos. Y así olían. Los mejores, con ventanales abiertos y cortinas blancas. Los más baratos, cuartos compartidos y revueltos olorosos a pecueca. Lo atendía misiá Bárbara, una mujer regordeta con los pechos rígidos que despuntaban bajo el camisón de holán bordado en sedas de colores. Era de Ocaña. Me vio sentado en una silla de la primera sala, mirando el tejido del sombrero en mi mano, sudando a chorros y despatarrado, y preguntó de dónde venía a sancocharme de calor en el puerto del Cacique. Al oír el apodo que le habían puesto a mi pueblo de montañeros de a pie, Alpargatoca, no pudo evitar fruncir las cejas como si algo le molestara y dijo que me daría la habitación más barata y me condujo al último patio, donde daba sombra un palo de mango. En el piso había un tapete de mangos rajados cubiertos por una capa de moscas que se alzó cuando pasamos. La habitación era ciega, sin ventana, y apenas cabían una cama y un pupitre escolar y tenía un baño con azulejos que hervía de calor como un baño turco.

En Casa Pintada, informó, había piezas por una noche como en los hoteles, o residencia con pensión de diferentes precios. Aquella era habitación de una noche porque se usaba exclusivamente para el amor. «Las más baratas tienen cama y toalla, pero solo necesita un trapo para arroparse, porque el calor le puede quitar el sueño».

Tal vez pensó que no tenía cómo pagar una pensión, pero luego me di cuenta de que insinuaba que yo provenía de tierra de gente tacaña, y le dije que quería un cuarto de pensión con derecho a todo: desayuno, lavado y planchado, vistas a la calle o a uno de los patios internos.

Dijo que esos eran los cuartos más caros, que solo podían permitirse aquellos que ya tenían trabajo. Le dije que no me importaba el precio porque yo ya tenía trabajo y entonces me llevó de regreso al primer patio donde había una alberca de piedra en la que zumbaba el agua de la llave y unos pájaros caían en picada para bañarse y luego volar de nuevo al techo.

Para demostrarle que no era tacaño, le pagué todo un mes por anticipado. Ella pareció impresionada y preguntó si estaba huyendo de mi pueblo, porque aún dudaba de mi generosidad, no de mi solvencia. Le dije que venía a trabajar, y pregunté dónde estaba la oficina de la Gringa.

«Sí, joven, es lo que dicen todos cuando llegan, dónde está la Gringa», comentó desilusionada, pero me informó que las oficinas de la patronal y la gerencia estaban en un edificio enorme en terrenos de la concesión y había que ir en tren y tener una cita para que dejaran entrar, pero en el Parque Nariño estaba el edificio de Servicios Administrativos donde contrataban obreros ocasionales, y enseguida me indicó cómo llegar.

La habitación tenía una cama sencilla con mosquitero de gasa, una mesa con un taburete de cuero de babilla y una gran puerta como ventanal que daba a la calle, desde donde podía ver el pecho firme y la mirada altiva de las dos cariátides.

Las llamé las romanas Anita y Consuelo, porque se me parecían a las de una ilustración de arte romano, y todas las mañanas al rasurarme les hablaba, les contaba cómo iba la obra, o les leía en voz alta estas cartas para que me ayudaran a corregir los errores con un carboncillo.

Salí de allí en busca del ingeniero Krone Nepper y caminé guiándome por la torre del agua hasta la plaza principal. Junto al edificio de la alcaldía estaba el edificio de Servicios Administrativos de la Petroleum Company. Una secretaria general me informó cuál era el cubículo de su oficina. Me atendió otra secretaria que me anunció enseguida tras una puerta metálica. «Puede seguir, lo estaba esperando», dijo para mi sorpresa. El ingeniero estaba en su oficina y me esperaba, así que sospeché que, además de recomendarme, mi padrastro lo había llamado para hacerlo personalmente.

Entré en esa oficina y vi un escritorio con un mapamundi, una estantería con los veinte tomos de la enciclopedia *El tesoro de la juventud*, un cuadro con una escena de cacería y un hombre fumando en pipa y sentado en un sillón en medio de un escritorio diagonal de dibujante lleno de planos revueltos.

El ingeniero era de corta estatura, pero de hombros firmes y brazos fuertes, con el pelo cortado a cepillo y peinado hacia atrás, fijado con gomina y los ojos del azul diáfano del cielo a las cinco de la tarde.

Me presenté y le extendí la carta del alcalde.

La leyó y la releyó y observó la firma y el nombre. Dijo que debía hacerme una prueba y luego dijo que lo acompañara y me llevó a los billares del Club Nacional, que olía a cerveza y a tortillas de huevo recién hechas y a la rancia nata del pan con mantequilla de la lonchería. Allí me presentó al dueño del lugar, el propio señor Hayita escondido en un estanco de cajas de cerveza apiladas hasta el techo.

Era un anciano de ceño fruncido y deslenguado que dejó de leer el periódico y se puso feliz al detectar la presencia del ingeniero y enseguida hizo traer al mesero tres cervezas heladas. Bebimos varias rondas. En cada cerveza deslizábamos chupitos de ron. El ron no hace sudar las copas como la cerveza helada. Tampoco el cuerpo. El ingeniero pidió permiso a Hayita para apartarse y se fue al orinal, y Hayita me dijo en su ausencia que tuviera cuidado, porque el ingeniero Krone no contrataba a nadie sin someterlo antes a pruebas de aptitud difíciles, razón por la cual los obreros contratados solían llamarlo a sus espaldas el ingeniero K-brone.

Cuando acabamos la segunda botella ya empezaba a bajar el sol en el puerto del Cacique y la luz se hacía más amarilla en el horizonte. El calor no menguaba y de pronto estábamos en silencio, como anclados por un magnetismo que hacía todo más y más lento en el calor. Una lentitud que parecía hacer flotar las botellas vacías. El ingeniero se levantó de nuestro lado de la barra como si concentrara todas sus fuerzas para apartar la modorra y aferrarse a una idea y dijo: «Ya es hora de matar patos, Hayita». El viejo entró en la trastienda y regresó con tres carabinas .30 y una caja de balas. Nos dio una carabina a cada uno y caminamos hasta el embarcadero de la ciénaga a pocas cuadras de allí. Afuera hacía más calor que adentro. Un calor viscoso por el que la camisa se pegaba a la piel. Una vez allí subimos a su canoa y el remero nos llevó a la otra orilla donde planeaban los patos migratorios en busca de alevinos y cangrejos. Sentimos la brisa de la inercia de la barca que se impulsaba sola. Había pájaros lejanos de patas largas, pico curvo y colas verdes, eran ibis, me informaron. También había garzas blancas.

La ciénaga estaba secándose y esa era la causa de tantas moscas. Donde el agua había retrocedido se veía un tapete verde de taruya con parches negros de quema que se extendían hasta llegar a un playón de barro seco. Hayita apuntó a unos matorrales y árboles amontonados en la orilla y nos dijo que debíamos disparar cuando la bandada de patos se elevara. Disparamos y los patos se dispersaron graznando en todas direcciones. Ningún pato cayó. Sin embargo, con el estruendo aparecieron de entre los matorrales cuatro personas. Caminaban lentamente y nos estaban mirando. Hayita miró al ingeniero y le hizo una señal casi imperceptible con la vista. «¿Ve esos parches negros? Son ellos los que están quemando la ciénaga». Le pregunté intrigado por qué lo hacían. Hayita escupió y dijo que cazaban manatíes para hacer bolas de manteca y venderlas en el mercado del puerto. Luego calló y siguió mirándolos. Cuando la ciénaga estaba seca, dejaba esos grandes terrenos pantanosos donde se encallaban los manatíes. Al quemar la taruya los manatíes alzaban alaridos delatando inocentemente su ubicación. Entonces los tipos iban y los atravesaban con una lanza que les partía el corazón.

Pasó una ráfaga de viento y vimos un fuego que se avivó cerca de donde estaban los matadores de manatíes. Un águila roja de incendios planeó sobre la columna de humo. Dijeron que no habláramos mientras el viento iba en dirección a ellos porque el aire arrastraba las palabras al otro lado de la ciénaga y podían oír lo que decíamos como si estuviéramos junto a ellos. Probablemente acaban de escuchar lo que decíamos, añadió el ingeniero, porque se detuvieron a mirarnos. Seguimos caminando en silencio pero las pisadas en la taruya crujían con un ruido espantoso. El viento sopló un rato en la misma dirección y el fuego se extendió en torno a ellos. Pero luego ya no hubo viento y el incendio también se detuvo. El ingeniero dijo que había que ir a inspeccionar y recordarles con delicadeza que por decreto del alcalde estaba prohibida la caza de manatíes en la ciénaga, porque estaban acabando con la especie. Vamos, les dije, esmerándome para parecer preocupado como ellos por los animales. Ellos se miraron de una manera extraña. «No podemos ir todos, porque pueden volverse violentos. Debemos mantenernos alejados uno del otro por si pasa algo, y solo puede ir uno de nosotros a hablar con ellos, desarmado».

El sol había empezado a descender sobre la ciénaga y todo resplandecía de un amarillo ocre. Entonces vi que los dos estaban mirándome. «Vaya usted», me dijo el ingeniero. Hayita me quitó la carabina como si fuera una orden marcial. Recordé que me había hablado de la dificultad de las pruebas que imponía el ingeniero Nepper a los aspirantes a trabajar con él. Beber era una, porque era el pasatiempo preferido de los obreros, y un obrero con «mal beber» podría emborracharse y armar pleitos. Otra prueba era enviar a un obrero de compras a establecimientos de precios conocidos con una suma considerable y probar así su honestidad, me había prevenido Hayita. Pero entonces supe de manera súbita que la invitación a beber era el preámbulo para la verdadera prueba que me impondría el ingeniero K-brone ese atardecer.

Pensé que si me negaba a ir a hablar con los cazadores de manatíes, bien podría pasar al regreso del hotel por mi maleta de cobarde y regresar al pueblo de seminaristas o irme a la universidad y ser una copia de mi padre y obtener un título antes de intentar siquiera conseguir trabajo con él.

Entonces me eché a andar sobre la taruya hacia los matadores de manatíes, decidido. Con cada paso, apretaba los puños y mis pies hacían crujir las hojas secas y me daba la impresión de estar haciendo un ruido infernal que asustaba a los pájaros y ponía en guardia a los cazadores. Me daba la impresión de que los cuatro tipos intentaban aumentar la distancia alejándose de nosotros, pero la ciénaga era tan grande que no podíamos estar afuera de su perímetro solo caminando. A medida que me acercaba noté que llevaban sombreros de ala ancha y ponchos que les servían para envolverse parte de la espalda y la cabeza para así proteger el cuello y las orejas del sol. Llevaban también unas varas largas y afiladas que eran las que debían usar para matar a los manatíes o, llegado el caso, a entrometidos como yo.

Cuando los vi hurgar la tierra con esas lanzas, me detuve. No sabía si entenderlo como una señal de amenaza. Era como si me advirtieran que estaba cruzando una invisible línea roja. Estaba a diez metros de ellos. Podía percibir su olor montuno. Ver sus ropas rotas y manchadas en el resplandor del crepúsculo.

Caminé hacia ellos decididamente, pero creo que iba aguantando la respiración de puro miedo. Cuando les hablé, alzaron la vista y me miraron con indiferencia. No me contestaron el saludo, pero no esperé su respuesta para soltarles un cuento.

«Mis amigos apostaron a que no era capaz de venir a decirles que el alcalde prohibió la caza de manatíes y el comercio de su grasa».

Ellos dejaron de mirarme y volvieron a punzar la tierra con sus lanzas.

«Dígales que ambos perdieron la apuesta, porque lo que estamos buscando es tortugas galápagas».

Me limpié el sudor de las manos con las faldas de la camisa y perdí el miedo con su respuesta. Me acerqué más. Ahora los detallé y me di cuenta por sus andrajos de que eran gente muy pobre que vivía en los ranchos de invasión que había visto a lo lejos cuando subimos a la canoa, y que aquellas lanzas eran varas de corozo afiladas con machete, y si bien podrían atravesar un manatí, habría que ser muy diestro para usarlas como arma de defensa contra un oponente humano.

«Dígales también que en esta ciénaga ya no hay manatíes».

Me acerqué al caparazón de tortuga que uno de ellos encontró entre la taruya y que barrió con la lanza y rodó a mis pies. Estaba hueco. Significaba que otros cazadores de tortugas se les habían adelantado. Miré el caparazón abierto por un lado con un puñal y olí su vacío de algas. Alcé mi brazo y les hice señas al ingeniero y a Hayita para que vinieran. Ellos se acercaron a pasos lentos con las carabinas atravesadas al hombro para demostrar que no eran hostiles. Los cazadores siguieron hurgando la taruya sin prestarles atención. El ingeniero les preguntó cómo iba la galapagada, y ellos lo saludaron como si fuera un viejo conocido:

«Ni una, ingeniero, ya no hay ni tortugas en esta ciénaga. Solo sapos».

Hayita parecía estar disfrutando del momento y de que me llamaran «sapo» en mi presencia. Me devolvió la carabina, nos despedimos de los cazadores y volvimos a la canoa dando un gran rodeo a la ciénaga mientras el último rayo de luz se extinguía y el sol se apagaba como el ojo de un girasol seco en el cielo canicular.

La canoa se deslizó entre los cantos de las bandadas de aves y chillidos de ranas nocturnas y el reflejo de las casas que bordeaban la orilla, y pude ver fugazmente el interior de aquellas casas iluminadas con lámparas de petróleo, pisos de tierra apisonada y ropa puesta a secar en barandas de cañabrava, mujeres con niños desnudos a horcajadas en las caderas que nos miraron pasar y el cuerno de la luna menguante que rielaba sobre el agua.

Volvimos al Club Nacional y llegaron los contertulios de Nepper. Eran extranjeros que detestaban el Club Gringo porque estaba fuera de la ciudad y lejos del río, en medio de la nada. El chef Giordaneli. El piloto Joseph Miller, a quien yo ya conocía, pero que no se acordaba de mí. Todos mantenían una botella de cerveza al alcance. Cuando alguno se iba al baño, los otros aprovechaban para pedir una nueva ronda y hablar mal del ausente.

«Hace componendas y testaferrato y es traductor de los gringos que fuman la mariguana que traen los toreros mexicanos. Estaba prohibido que se casaran con colombianas y este vergajo tiene una mocita de dieciséis que es toda una grosera. Nada de mencionar en su presencia que la reunión de mañana es para crear un sindicato porque nos delata, pilas que ahí viene con su nadadito de perro».

Y el otro se iba al baño y entonces decían que el chef Giordaneli era un turco peluquero. Ya lo habían averiguado con los otros cocineros. Cuando peluqueaba en el Líbano solía echarles alcohol a los clientes para quemarles las orejas peludas, pero hubo uno al que no pudo apagar y se le incendió toda la cabeza con quemaduras de tercer grado, y por eso los hermanos del quemado lo iban a matar y se fue en un barco que lo llevó a Valencia y de ahí a Barranquilla donde al desembarcar fue a desayunar, le sirvieron un tamal y se comió las hojas, y entonces alguien comentó: «Este no es un árabe de Barranquilla sino un costeño del Líbano, dele kibe, no joda».

Hayita puso en la mesa una botella de whisky, de parte del ingeniero, y los demás dieron alaridos de festejo. Entonces el ingeniero habló. Dijo que mi padrastro, el alcalde, había sido quien le tendió la mano cuando llegó a Colombia graduado de ingeniero pero sin el título y sin el idioma, es decir un «rastacuero», como decían en el puerto. Se sintió forastero los cinco años que le tomó aprender el idioma y tuvo que trabajar domando caballos en varios puertos del río hasta que lo contrataron en el puerto del Cacique para herrar la caballería de la hacienda El Plan al otro lado de la serranía, pero el viejo Juan de la Cruz Gómez Rueda, padre del alcalde, dudó de sus capacidades como herrero al saber que era extranjero. Tuvo que vencer sus reticencias, como si fuera la más dura de las pruebas. Así que permaneció en el amansadero y herró sesenta y dos bestias en un día, sin almorzar y sin fallar un clavo. Cuando el alcalde fue a almorzar a la casa de su padre se enteró de la proeza de aquel extranjero que apenas balbuceaba frases llenas de incorrecciones y quiso conocerlo. El alcalde invitó al extranjero a hacer un recorrido a caballo por la hacienda desde la que se veía el pueblo y le preguntó su historia. El extranjero le hizo un resumen de su vida. Le dijo que era ingeniero, pero que su título se había quedado en Austria cuando huyó de los reclutamientos tras la muerte del archiduque, y entonces el alcalde preguntó si era capaz de construir la plaza de ferias del municipio usando tanto hierro y hormigón como si fueran a sufrir un bombardeo aéreo. Krone Nepper aceptó así su primer contrato y se quedó cinco años en ese pueblo, en donde hizo con el mismo sistema de defensa antiaérea en hierro y hormigón no solo la Plaza de Ferias sino el Café Latino, el edificio Tivoli, el Teatro Cervantes, la casa de Ángel Miguel Ardila, las bodegas de la Federación de Cafeteros y cuarenta kilómetros de carretera para conectar el pueblo del Cacique con el puerto del Cacique.

Al concluir esa obra la compañía petrolera lo contrató para extender la vía férrea del yacimiento inicial al segundo yacimiento de la concesión. Así que le debía más de un favor a mi padrastro, y por eso me iba a contratar sin ponerme a prueba.

Yo lo miré estupefacto por haberme equivocado al juzgar que enviarme con los cazadores era solo una treta para probar mi suerte con gente hostil como acaso eran los obreros con los que iba a tener que lidiar a diario. Preguntó qué habilidades tenía yo. Le dije que acababa de graduarme del bachillerato con los curas salesianos y que, aparte de carpintería y soldadura aprendidas en el taller del colegio y calcar planos y dibujo técnico y declinaciones de latín, no sabía mucho más, y aún no me había decidido a ir a la universidad. Preguntó si quería ser asistente de topografía, para que aprendiera los rudimentos de la organización de un terreno, y yo le dije que sí.

Yo no supe cuál era mi estado cuando volví al hotel diagonal a la torre de correos. Estaba tan borracho que esa parte se borró de mi mente, pero amanecí en mi habitación de la pensión Casa Pintada aún vestido y con la corbata atada como cinturón. Estaba descalzo pero en el piso, y aparte de mis botines de cremallera había también unas botas de cuero con puntas metálicas que en algún momento de la noche me dieron de dotación. Misiá Bárbara, la dueña del hotel, dijo que me habían traído dos tipos sosteniéndome y cantando canciones yumecas y que me dejaron en la habitación y se fueron también cantando. Uno de ellos parecía ceñirse a la descripción del ingeniero.

Salí de la pensión para comprarme camisas de lino para el calor y caminé hasta el Bazar Francés, donde había ventas de telas turcas, lino y zaraza, sastrerías, trajes a la medida, corbatas, tirantes, barbería y peluquería, una casa de empeños, restaurante, café, taberna, y en una de las esquinas que daba al Parque Nariño estaba el «Club Nacional, salón de billar, cantina y onces», donde me había emborrachado. Entré y pedí cerveza, porque solo se podía vivir en ese puerto y mitigar el sudor con la cerveza helada.

El viejo Hayita me preguntó: «¿Se encuentra bien, joven? Anoche estaba muy contento y después muy mal, no podía ni caminar porque parecía tener piernas de trapo».

Y al ver la botella condensada por el cambio de temperatura lo dije en voz alta: «Nunca me había sentido mejor».

Así empezó mi vida en el puerto del Cacique, con el ingeniero K-brone, bienamada.

Siempre en mi corazón,

Alejandro

LOS FUSILAMIENTOS

Uno de los diez reos sin camisa que se apearon de la volqueta era un anciano con barba. Otro era joven, con perilla. Los dos caminaron hacia la orilla donde se abría el abismo. Parecían la misma persona en dos extremos de edad, porque eran parientes, pero sus captores no lo sabían. La niebla quedó extendida a sus pies como un sudario.

La sustancia blanquecina de la neblina hacía visible y les devolvía su propia respiración. Gotas finas se acumulaban en los filamentos del pelo. Ráfagas de viento traían aquellas burbujas de rocío que despedían cuatro caídas de agua que rociaban los bosques de cedros altos empinados junto al abismo.

Los demás presos fueron saltando de la carrocería donde poco antes se asían de un lazo atado a los adrales. Caían aturdidos al suelo, donde de inmediato se llevaban las manos a la nuca y caminaban para disponerse en medialuna sobre la carretera.

Los que llevaban las armas y los rodeaban iban arropados con ponchos de arrieros y sombreros de ala ancha que también goteaban. El sitio donde la volqueta se detuvo era un precipicio en la falda de una montaña invisible a causa de la niebla.

El que mandaba caminó hasta la orilla del precipicio. En la mano llevaba los documentos de identidad de cada uno. Los fue nombrando, para devolvérselos y el mencionado tenía que alzar la mano para que se los entregara. Solo el más joven no tenía aún la libreta de ciudadanía, porque no había alcanzado la edad adulta.

—¿Cómo se llamaba usted?

—Me llamo Lucas Melo.

—¿Y usted? —preguntó al anciano en el otro extremo de la medialuna.

—Pedro Pablo.

—A comer se dijo, Pedro Pablo Varón —y dobló la libreta de identidad y caminó hasta el viejo y se la puso a la altura de la boca para que la mordiera y la tragara.

El anciano empezó a ablandar el cartón con dificultad y repugnancia chupándolo, pero era inútil porque no tenía dientes.

Entretanto, a todos les fueron devueltas sus libretas.

—A mascar, porque ustedes sí tienen buenas las muelas —dijo el comandante, y los hombres al borde del abismo se miraron antes de empezar a masticar sus libretas de cuerina color yodo con el escudo del país troquelado en hilos dorados.

A un gesto del comandante, los de los ponchos rodearon a los cautivos.

Los faros de la volqueta en que habían llegado estaban encendidos a lo lejos iluminando la cortina de niebla que se abría y se cerraba sobre la carretera. Un hombre descendió de la volqueta y salió de entre la niebla movediza con una ametralladora. La posó en tierra sobre sus dos patas desplegadas.

Solo el de la ametralladora apuntó a los prisioneros. Los demás vigilaban. Los presos se separaron un poco cuando el comandante les dijo que quienes ya habían tragado sus libretas de identidad dieran un paso al frente.

Los que dieron el paso miraron las nieblas fugitivas como algodón de azúcar y más abajo se abrió la boca del abismo y se entrevieron el basurero y el relieve rocoso del barranco de Chanchón.

Ya tenían el pelo aplastado por la llovizna cuando sus custodios se pusieron detrás de la ametralladora.

No hubo los tradicionales preanuncios para abrir fuego. Antes de que la ametralladora escupiera cuarenta balas por minuto y humo, el más joven saltó al vacío y cayó en silencio agitando las manos. Cayó no directamente sobre el basurero sino en las copas de los cedros del bosque que rodeaba la gran olla del basurero. Los captores reaccionaron de inmediato y dispararon desde el voladero, pero el hombre alcanzó a sostenerse de las frondas y luego se hundió entre las ramas y desapareció.

Al no ver rastro del fugitivo porque las copas de los árboles lo impedían, el comandante dio la orden de volver.

—Ahorren los tiros. Para estos cachiporros es lo mismo caer que quedar colgando.

Casi al instante hizo la señal previamente convenida con la mano y el de la ametralladora disparó.

Nueve hombres sin camisa cayeron acribillados al basurero de Chanchón.

El que saltó al barranco cayó vivo y escapó.

[*Se llamaba Lucas Melo.*]

LAS MONTAÑAS GEMELAS

La niebla bajaba como un manto de novia y cubría las montañas gemelas, Montefrío y Montaña Redonda. Sabíamos que luego de penetrar en los bosques y difuminar las cumbres, el banco de niebla cerraría la vista de la carretera y de la peña de piedra blanca del barranco de Chanchón.

Cuando estaba despejado y podía caminarse a la cima de Montaña Redonda, desde la cumbre veíamos la cuchilla y otras cimas recortadas de la serranía. Y a lo lejos la mancha gris del pueblo del Cacique y más allá dos mesetas y el solitario cerro de La Magdalena como un pico de águila, y más lejos aún las tierras bajas del valle del río con sus tormentas eléctricas y las luces del puerto con las altas torres de fuego de la refinería petrolera visibles solo en las noches despejadas.

Había una leyenda que nos fue contada por niños que habían nacido en ese paraje. La leyenda del cacique. La venganza del cacique a quien el conquistador quitó a su mujer y quien se refugió detrás de las montañas gemelas, donde estaba el nacimiento del río que atravesaba su pueblo abandonado por la derrota de la guerra. El cacique prometió que bajaría de aquella serranía, con el torrente de una laguna desbordada para arrasar los cimientos de aquellos que acabaron con su gente. Un cura lo entretuvo durante años, dándole a fumar unos tabacos rezados que nunca se acababan y cuyo humo se convertía en la niebla que cubría los bosques y las cimas de las montañas gemelas, llamadas en esos tiempo el cacique y su mujer, y después, cuando los nativos ya habían sido olvidados, el Montefrío y la Montaña Redonda. Pero los tabacos conjurados se acabaron después del aguacero que duró tres días, y las aguas de la laguna desbordada descendieron arrasando a su paso troncos y piedras del mismo tamaño de las casas que se edificaron sobre los cimientos del pueblo indio quemado. «Bajó el indio», dijeron los que vieron las grandes piedras, después del desastre que barrió con el pueblo del Cacique.

Cuando yo iba por la carretera en días despejados veía las dos cumbres y pensaba en esa leyenda. La carretera estaba pegada a la peña y solo cabía un vehículo en un único sentido, así, quien pasara debía dejar sonar un bocinazo antes de dejar atrás el paso de Chanchón para avisar al otro extremo, en la cuchilla, que se abstuvieran de venir en dirección contraria.

La nube siempre estaba flotando en el camino. A veces por encima de las montañas o a veces por abajo. Y a veces la niebla se vestía con el traje del atardecer, como algodón de azúcar con anilina en las ferias del pueblo. Yo solía pensar, cuando caía la neblina difuminando las distancias entre los árboles, que se había borrado mi casa y, con la casa, también había desaparecido mi mamá.

Ese pensamiento me ponía fuera de mí, salía a correr en la dirección donde debía estar la escuela, y atrás de mí ladraba la perra Petra, que era la perra de la mujer que aseaba la escuela, Bernarda, y que cuando me veía se me pegaba y se iba a mi lado avizorando.

A veces la niebla desaparecía de súbito como asustada y volvían a verse la carretera, el abismo, la Tienda Nueva, la quebrada del Medio, el vado por donde chorreaba el agua y que se había formado por un desprendimiento de roca milenario que cayó y encajó en medio de la grieta abierta entre las dos montañas. Allí, al pasar la curva, seguía el árbol de totumo vigilando la escuela de Las Nubes, una casa de tapia rodeada de bosque.

Una vez mi mamá me oyó chillar porque me había envuelto un banco de niebla y fue a buscarme y no me encontraba. Hasta que nos tropezamos como unas idiotas y nos reímos con los nervios de punta. Ella me abrazó.

No pasó nada, nada. Aquí estoy, Elena. Cuando haya niebla usa el chal amarillo para poder verte.

Lo mismo hacía cuando me despertaba a las cuatro de la mañana chillando por terribles pesadillas. Me abrazaba y me hablaba hasta hacerme dormir.

Yo iba hasta la Tienda Nueva por la carretera, y de paso por la fama de carne, siempre me encontraba a la perra Petra. Cuando la perra se iba conmigo, no tenía miedo de cruzar el vado. Era una perra negra con una raya amarilla que iba de la cabeza al rabo como una leona. Me veía y se me pegaba y me cuidaba. A mí me daban miedo solo dos partes del camino: el vado donde el agua de la cascada cruzaba la carretera en la quebrada del Medio y chorreaba por la grieta, y el paso por el barranco de Chanchón, la peña de basalto, única parte descubierta como una peladura en la rodilla de aquellas faldas forradas de bosques misteriosos. La basura la traían del pueblo del Cacique y de otros pueblos del otro lado de la serranía para echarla allí.

Había un sendero por donde los campesinos habían abierto ramales para cruzar a las veredas del otro lado de la grieta. A ese ramal lo llamábamos el camino de la Paloma, un descenso menos abrupto que se ramificaba en otros senderos y que llegaba hasta un pueblo, Betulia, que nunca pude conocer.

Si uno seguía el camino de la Paloma se encontraba con la zaranda. Era una canasta de hierro que colgaba de un grueso alambre tendido sobre la cabecera del río. El río se formaba en el fondo de la grieta, con las aguas de todas las cascadas que caían de las cimas. A la canasta subían de a cuatro personas para cruzar y había que empujarla halando un lazo.

Al otro lado vivía Carlos, el papá de la Paloma. Ella era una niña que solo pudo estudiar con nosotros hasta tercero en la escuela de Las Nubes, porque murió. Su papá motilaba en las fincas. Cuando había varios mechudos, le avisaban para que fuera el papá de la Paloma a motilarlos a todos. Don Carlos alistaba una bolsa de fique con tijeras, navaja, lociones, cepillos y los zapatos de su hija. Bañaba a la niña y la llevaba con él por los ramales.

Después de motilar, regresaban. A veces la Paloma llevaba la bolsa de fique con las herramientas de corte porque su padre volvía borracho. Se ponía el cabestro en la frente y se adelantaba por los caminos con la bolsa a la espalda. El padre, que daba tumbos, la alcanzaba en la zaranda para cruzar. Pero un día la encontró muerta en el descenso del camino angosto. La Paloma resbaló y la tijera puntuda de motilar se le clavó en un pulmón. El padre la encontró tirada en la tierra suelta del camino rodeada de hormigas, y desde entonces solía decir que cuando miraba hacia esa parte de la montaña veía subir una nube solitaria con la forma de una paloma. Por eso la llamamos así, la Paloma. Y allá íbamos a jugar con el alma de la Paloma.

Jugábamos a lo que veíamos. Como veíamos vacas enlazadas en el poste del carnicero, jugábamos con lazo a enlazarnos la cabeza. Como veíamos que los grandes iban al pueblo y no nos llevaban, jugábamos a que nos llevaban al pueblo. Nos molestaba cuando alguno por fin iba, porque volvía con algo nuevo para presumir. Los sábados, que pasaba el bus de escalera de la línea, la chiva, vigilábamos la casa del que habían alistado para llevar al pueblo y nos robábamos algo que fuera suyo, su camisa blanca del uniforme colgada en la cuerda del patio, o su animal favorito. Un día mi madre me llevó al pueblo y volví con una muñeca de porcelana del tamaño de un bebé. Cuando me volvió a llevar, los otros niños vinieron a la escuela por mi muñeca y la decapitaron con un hacha por la envidia que les daba.

Como veíamos matar marranos, jugábamos a matar el marrano. Al marrano lo mataban con una puñalada en el cuello y luego le quemaban los pelos en la hoguera. Cuando me dijeron que yo era el marrano, me llevé las manos al cuello. Ellos tenían ya un cuchillo listo. Me dijeron que era de mentiras, que no me harían nada. Me tocaron el cuello por el lado sin filo y yo chillé y me revolqué fingiendo ser un marrano herido. Luego encendieron el fuego para quemar los pelos del marrano. Acuéstese, dijeron. Me acosté. Me alzaron de pies y de manos y empezaron a mecerme pasándome rápidamente sobre el fuego. Mi pelo comenzó a oler igual que los marranos chamuscados, pero como pasaba tan rápido sobre la hoguera, el fuego no me quemaba. Luego dijeron: ahora vamos a despresar a este marrano.

Al marrano le cortaban las patas, el rabo, la cabeza, y lo abrían en canal para arrancarle el cuero chamuscado. Cuando me pusieron el cuchillo en el dedo pulgar izquierdo el filo entró y me salió un chorro de sangre. Me puse pálida. Me llevaron a la cascada para que me lavara la mano en el pozo que se puso aún más rojo de lo que era con mi sangre, porque la sangre no atajaba. Trajeron un trapo y me envolvieron la mano. Me fui a la escuela con la mano alzada y mi mamá al verme herida sacó de un baúl antiséptico, hilo de sutura y aguja y dijo: «Cierre los ojos». Me cosió la herida. Aún tengo la cicatriz que parece una carrilera y a veces imagino que una locomotora de juguete que tuve circula por los rieles de la carrilera que surca mi mano.

Me gustaba ver las cascadas. Presentirlas en las curvas por el fragor de la brisa, olfatear su humedad. Me quedaba viéndolas, con una fascinación que solo sustituyó después la contemplación del mar. Me gustaba ver chorrear el agua como capas de plumas y el susurro constante del agua sobre las lajas. Pero no me acercaba al agua del pozo, porque era roja como agua-sangre.

Me daba miedo tocar esa agua. Cruzaba sobre un puentecito de orillos de troncos cortados que habían hecho los campesinos a un lado del vado para no mojarse los pies. La perra Petra sí vadeaba entre el agua. Le gustaba chapalear en el agua. En todos los charcos se metía. Y si estaban sucios, mejor para ella, pero lloraba si le tocaba baño con agua tibia. A mí no me gustaba el agua de ese pozo, porque además de roja, era helada.

Por las madrugadas mi mamá me envolvía en un cobertor de lana cruda y me llevaba cerca del fogón que Bernarda siempre mantenía encendido. Me sentaba frente al ojo de fuego envuelta en el cobertor, prendía el radio de tubos y se iba con una linterna a bajar astillas de la hacina de leña para avivar la estufa de hierro que mantenía seca y caliente la cabaña de madera junto a la escuela y alejados los zancudos y las moscas con el humo. Los huecos de la estufa, cuando el fuego se avivaba, brillaban como los ojos de los zorros en la oscuridad, y la puerta del horno parecía la boca de un demonio. Mi madre me hablaba mientras yo observaba los gestos de ese demonio. No recuerdo sus palabras. Me contaba historias. Las leyendas que leía en un libro. Pero alguna vez me dijo, mientras me acariciaba la cabeza para hacerme dormir de nuevo: «Elena, usted tiene que estudiar; estudiar es lo más importante. Tiene que estudiar más para que no sea como yo».

Han pasado sesenta años y aún resuenan esas palabras en mí. Tengo el pelo todo blanco, pero todavía no entiendo por qué no quería que yo fuera como ella: una maestra de escuela en la soledad del campo. ¿Qué de malo había en ser como ella era?

—Voy a hacer otra foto si usted me lo permite, maese Goya.

—Déjeme acabar el cuadro y luego me hago donde quiera.

—Déjelo que registre todo el proceso, maese, no sea tan tiquismiquis —dijo Rubén Gómez Piedrahita sentado en otra de las mesas del burdel. El pintor ocupaba una sola con los pinceles, el godete y caballete.

Ulises Álvarez dejó el pincel en el aire como si pensara y clavó una mirada intensa en el esternón de la modelo. Luego corrigió una pincelada matizándola con otras tres.

—Un retrato mío solo puede contemplarse cuando está terminado.

—Es que el maese es impresionista.

—Ya te he dicho que no hables de lo que no sabes, Luis. Disculpen a mi hermano. Todo lo que dice lo leyó en una *Historia del arte*. Lo que ocurre es que yo no hago bocetos. Pinto directamente lo que me sale del forro de la güevas y hallo las formas ocultas entre las manchas.

—La pensión de misiá Bárbara está llena de cuadros. Yo le digo que hagamos una exposición para el pueblo, con todos esos papeles y yutes y lienzos nos hacemos millonarios. Pero él no quiere venderlos. Ni siquiera quiso venderle al gerente de la compañía el retrato de la Flor del Trabajo, y el gerente está enamorado de esa gatica con voz de leona, con bufanda y boina predicando la revolución bolchevique al lado de la estatua de Nariño. Quien lo ve con su nadadito de perro, nadie se imagina que la Flor del Trabajo le posó para otro cuadro como Dios la trajo al mundo, arropada solo por una bandera comunista, y coronada con laurel trenzado como la diosa griega de la Revolución.

—No le hagan caso a mi hermano. Ahora confunde a Diana comunista con la Flor del Trabajo —desmintió el pintor.

—Pero se parece a la Flor del Trabajo.

El hermano intentó ahora explicar, a los que observaban, la técnica del maestro. Mientras la mano seguía corrigiendo y retocando pinceladas, el rostro plasmado en la tela era cada vez más parecido a la muchacha que modelaba en medio del antro, un salón con dos pasillos que se prolongaban hasta las habitaciones con puerta de tela de las muchachas. En la pared, iguanas de todos los colores miraban a los clientes reunidos en sillas plegables en torno a mesas cuadradas atestadas de botellas de cerveza. Decían que aquel mural de las iguanas lo había encargado la matrona al pintor, que lo hizo a cambio de que le consiguiera modelos para sus pinturas.

Una mesera se acercó con la bandeja de cervezas heladas.

Alejandro hizo una fotografía de la mesera que cambiaba las botellas de cerveza vacías por botellas de cerveza helada, y al notarlo se quedó congelada y desplegó una sonrisa tímida.

—Don Alejandro, ya le dije que no me tome fotos vestida.

—Yo también prefiero hacérselas con menos ropa, Nubia, pero aquí solo le posan gratis al maese.

El grupo de contertulios rio, se repartieron las cervezas y encendieron cigarrillos pasándose el mismo mechero de mano en mano.

—Maese Goya tiene una pintura que no le muestra a nadie.

—Ya te dije que no hables de eso.

—¿Cómo es eso, Ulises? Los comunistas no guardamos secretos.

El pintor Ulises Álvarez ignoró la infidencia del hermano entrometido y siguió concentrado en corregir la nariz de la modelo. Luego dejó solitaria la mesa que parecía un flamenco, se acercó a la modelo y le hizo elevar la barbilla con el cabo del pincel. Después regresó al dibujo y siguió concentrado.

—Es un cuadro estorboso y con historia. Pero la historia solo se puede contar después del tercer litro de ron.

—¿Puedo contarla yo?

—Ya estoy harto de ti, Luis. No solo tengo que pagarte las comilonas y las francachelas sino que quieres vender todo lo que hago y contar todo de mí a la gente, como si al mundo entero le interesara saber las cosas que solo mi mamá sabía de su hijito. Deja de ser tan chismoso.

El hermano pareció abrumado por la reprimenda en público. Y el pintor pareció aún más abochornado por salirse de casillas con las impertinencias de un hermano menor que lo admiraba. Se bebió una copa de ron de un trago y le ofreció otro a su hermano llenándole la copa y pasándole la mano por la cara como si acariciara a un niño pequeño.

—Discúlpame, Luis. Puedes contar lo que quieras, pero no me interrumpas cuando estoy pintando.

El hermano pareció feliz de que lo perdonara y le dejara contar a gusto, se tomó la copa de ron, cruzó una pierna sobre la otra y esperó abrazado a la rodilla con las dos manos entrelazadas, hasta que el pintor hizo una pausa para corregir de nuevo a la modelo.

—Primero tienen que imaginarse la pintura. En la parte más alta de la pintura está el Capitolio Nacional, de estilo grecorromano, con el presidente y los gringos con sombrero yanqui. A la derecha la huelga con los líderes en la tribuna y las banderas de triple 8. A la izquierda unas plantas de bananos, los trenes y los soldados con las bayonetas caladas. Abajo la plaza con el quiosco árabe y la estación de tren y en medio de esos espacios todo el horror de la masacre, con las ametralladoras disparando y la gente huyendo y un niño en medio de los cuerpos mirando fijamente hacia el futuro donde nosotros estamos mirando indiferentes.

—¿Saben qué es más vil que usar al ejército para masacrar al propio pueblo? Usar al ejército para masacrar al propio pueblo por defender a una compañía extranjera.

—El maese estaba en Ciénaga el 6 de diciembre cuando los soldados mataron a los obreros para defender los intereses de la bananera.

—¿De veras usted estaba allá, maese?

—¿Y cómo salió vivo del matadero de Cortés Vargas?

—Esa es la historia detrás de la pintura de mi hermanito: Mahecha lo sacó ileso, con los cuadros de Partido Bolchevique Revolucionario del interior que lideraron la huelga. El maese y los otros huyeron por la ciénaga hacia el río en un lanchón, porque los trenes estaban llenos de cadáveres y bananos ensangrentados para echarlos al mar. A los líderes locales los metieron presos y al forense lo hicieron matar por su propia mujer, tal como Clitemnestra mató a Agamenón, enredándolo con la propia red de pescar con ayuda del amante, para que las actas de defunción de los cadáveres acribillados por el ejército no fueran al debate del Congreso. El cuadro que pintó el maese es monumental. Mide ocho de largo por cuatro de altura. Solo cabe en la pared del zaguán de Casa Pintada y hay que hacerse en el patio para poder verlo. Si se exhibiera habría que ponerlo en el frontispicio de la iglesia.

—O en un teatro. Lo pinté sobre un telón de boca que me vendieron cuando el gerente cambió los telones del Teatro Cervantes para cambiarlo por la pantalla de cine y ahí está enrollado.

El pintor estampó la hoz y el martillo en la esquina inferior, señal de que la pintura estaba terminada. Era un desnudo de la muchacha. El pintor dio unos pasos para sacudir las piernas cansadas de pintar de pie y se alzó la bota de la pierna y se entrevió una llaga de várices aceitunadas cubierta por una venda, puso en los labios otro cigarrillo, volvió al lienzo para retocar con el pincel un detalle minúsculo del pelo y se puso frente a la cámara para que el fotógrafo pudiera retratarlo junto a la obra terminada mientras la modelo desnuda se cubría el pecho con una combinación de seda y se perdía por una de las puertas de tela del fondo del salón.

—Lo que importa es donde estamos ahora, Rubén. Que no seamos indiferentes y que triunfe la revolución bolchevique.

—Queremos ver la pintura de las bananeras, maese.

—Cuando gusten, búsquenme en la pensión, pero vayan todos, para que me ayuden a extenderlo en el muro del zaguán porque es pesado. Vengan pronto, porque me di cuenta de que la revolución no puede ser únicamente obrera, tiene que ser campesina, negra, india, y por eso me voy del puerto en quince días a organizar la asonada en el pueblo del Cacique, y el cuadro será exhibido en el Capitolio Nacional cuando triunfe la revolución.

Unos días después los curiosos fueron a la pensión Casa Pintada a ver el telón. Lo desenrollaron y colgaron de unos ganchos. El cuadro tenía la misma dimensión del muro y lo ocupaba de extremo a extremo. Para verlo en conjunto había que alejarse al centro del patio. Pero la misma dimensión obligaba a verlo por partes, siguiendo cada parte como una secuencia de la tragedia donde los poderosos usaban al pueblo para reprimir al propio pueblo. El hermano empezó a explicarles el cuadro.

—Este es Cortés Vargas y este el presidente de la república. Este es el Tío Sam y este es Hoover el presidente de Estados Unidos. Esta es la Flor del Trabajo. Y este es Mahecha. Y este es el perrito de La Iguana Tuberculata. Y son retratos exactos. Este es un espejo roto donde se reflejan de espaldas. Se preguntarán por qué. Pues porque hay un espejo en *Las meninas*. Y es así de monumental porque hay mucho que contar.

—¿Cuántos muertos hubo?

—Eso solo lo saben unos pocos: nuestro señor Jesucristo, las viudas, la conciencia del coronel Cortés Vargas y Alonso el forense. Pero Jesús es mudo, a las viudas no les creen, el coronel no tenía conciencia, ni cerebro, ni alma, y el forense pescó un Alonso en la ciénaga. Esto lo pintó la culpa. El arte debe ser como piedra dura, mi amigo.

—¿Se siente culpable?

—De no haber hecho nada por esa pobre gente.

—Los culpables son los asesinos. Usted hizo una obra de arte.

—Culpa de huir cuando hay que ser valientes, colega. De agachar la mirada cuando hay que sostenerla. De no poner el pecho a las balas.

—El ruido de las ametralladoras asusta al más valiente.

—Salí huyendo y vi a la gente que caía diezmada como bananos desmanados sin poder hacer nada. Había de todo en esa huelga: negros, mujeres con el vestido manchado, vi un niño paralizado en medio de esa marea de gente, pero cuando intenté agarrarlo solo palpé el aire. Bajé la vista y lo vi a unos pasos de mí, quieto, mientras todos corríamos, muy tranquilo y con los ojos muy abiertos. El niño sí pudo detenerse a mirar el horror, permaneció allí, mientras los cuadros revolucionarios huíamos y les dábamos la espalda. Ese niño fue más valiente que yo. Por eso nos mira desde el pasado como testigo. El gobierno echó los muertos al mar, pero nosotros los echamos al olvido porque fuimos incapaces de reclamar los cadáveres. Nosotros volteamos la mirada.

—¿Y por qué huyó si era parte de la asamblea?

—Porque soy un cobarde. La vida no me dará nunca otra oportunidad para ser valiente. Y ya cumplí cincuenta. No hay más oportunidades cuando ya tienes llagas en las patas y la mano se cansa de solo sostener el pincel, porque ya la vida no da para más y se pondrá peor, pues la vejez es eso: estar siempre cansado. La única esperanza que nos queda es que la revolución bolchevique triunfe antes de que acabe este año.

EL CLUB NACIONAL

Se hospedó en uno de los hoteles del paseo del río. Puso la máquina de escribir sobre la mesa y abrió la única ventana. Hacía menos calor allí porque la brisa del río penetraba, pero en cambio olía mal. Había gallinazos amontonados en los cables de la luz y del teléfono y otros corriendo a saltos por la calle, comiéndose un mortecino encallado en la barranca. Ni siquiera el paso de los carros por la calle lograba espantarlos.

En la noche fue a ver la orilla del río y los gallinazos seguían comiéndose la mortecina. Debía ser el cadáver de un animal grande, a juzgar por la sombra que se disputaban en la orilla, aunque no podía saberse claramente con la luz baja del farol. Del otro lado del río se veía un resplandor tenue, como si hubiera un pueblo.

Al día siguiente caminó hasta el Parque Nariño y entró en el billar de la esquina donde titilaba un letrero en neón: Club Nacional. Desde la puerta de entrada se veía el tapiz verde de las mesas de juego con lámparas cenitales que intensificaban el rojo, amarillo y blanco de las bolas y el multicolor de las escuadras de pull armado. Por efecto de las lámparas cenitales se veía a los jugadores de pie alumbrados desde el pecho sobre el rectángulo de las mesas aterciopeladas, y en lo profundo del salón otras mesas con botellas de cerveza y bebidas gaseosas frente a hombres sentados, concentrados en juegos de mesa.

Parecía que aquel lugar era uno de los favoritos de los obreros. Entró y volvió a acordarse del calor. Adentro del local el calor del día parecía intensificarse, y unos ventiladores de hojalata removían el aire caliente girando las aspas lentamente. Al ver que todas las mesas de los que no jugaban estaban ocupadas se aproximó a una debajo de un ventilador donde solo parecía estar una persona. Era un hombre calvo que había dejado su kepis sobre la mesa para recibir aire caliente en la cabeza. Sostenía un periódico desplegado.

—¿Puedo sentarme en esta mesa?

—Adelante, esto se va a poner bueno, porque hoy es quincena y todos están gastándose hasta lo que no tienen. A la medianoche abren el cabaret de las francesas y todos se van de aquí para allá en el paseo del puerto. ¿Sabe cómo llegar? Usted no parece de aquí.

—Estoy de paso. Vengo buscando el rastro de un hermano mío que está perdido. Trabajaba con el ingeniero Nepper.

—Debe ser hermano de Alejandro Dinero.

—Alejandro Plata. Propios hermanos. ¿Lo conoce?

—Por supuesto. Él me echó del trabajo. Es un favor difícil de olvidar.

—Cómo va a ser.

—Pero me echó por justa causa: falta de honradez. Aunque en esa cuadrilla que hacía frentes de obra para la compañía no se echaba a nadie sin el consenso de todos los trabajadores porque Nepper los cooperativizó. El ingeniero fue víctima de su propia generosidad. Me echaron entre todos por esto: yo era desbrozador, tenía que limpiar la maleza de la planta de materiales y de las obras en construcción, pero empecé a beber en el trabajo y a buscar cómo sacar materiales con ayuda del pagador, y cuando nos descubrieron desafié a pelear al jefe... Bueno, ni para qué le cuento mis penas. Dicen que a su hermano lo mataron los militares. Pero yo qué voy a saber.

—¿Quién dice eso?

—Dijeron. Yo soy un loro: solo repito, señor...

—Timoleón.

—Me llamo Olmedo, pero me dicen Victrola porque bailo lo que me pongan, para servirle. Hoy seguramente viene Buenahora, o está ya por acá, en alguna de las mesas, pero cómo saberlo con esta calor y este gentío. Ellos eran muy amigos, dizque tenían un club de caza, pero todos eran las ovejas borrachas de la familia, así que el club, cualquiera que fuese la naturaleza de la membresía, era un pretexto para vagabundear y emborracharse. Borja, el editor del periódico, se murió de cirrosis, y al sobrino que trabajaba en el ferrocarril no se le volvió a ver por estos lares. El que todavía anda por aquí es ese que fue gerente del teatro y después puso un laboratorio de fotografía que se incendió, y la casa que tenía la perdió jugando a los dados: Buenahora. Usted lo reconoce fácil porque tiene la cara gorda y lavada como de bohemio o de celador. Ellos eran manirrotos. Despilfarraban la plata. Bueno, aquí todos somos así. Es la maldición de este puerto. Dormimos sobre un mar subterráneo de petróleo, pero la fortuna se va en vicio, en lenocinio y en compraventas. Iban de cacería a las ciénagas. Vea, allá está el gordo ese. Háblese con él, pero no le preste plata para el póker que no paga, está arruinado y se viste como un yanqui en este calorón. Vea, es ese, el que tiene cara de jamón, como si se la hubieran amarrado con un hilo, el que se limpia el sudor con un pañuelo como un político en campaña, el de las gafas negras, que cuando se las quita parece taimado y conchudo por la miopía, pero es una abeja, le dicen Leo 12 y nos odia a nosotros los costeños. Vaya y pregúntele usted mismo.

Vine al puerto del Cacique después de trabajar en un cine en Barranquilla. Estuve cinco años en ese trabajo, pero quería probar suerte en el interior y olvidarme del paseo Bolívar y sus paredes orinadas en las que había luchado desde niño, siendo huérfano y sin conseguir nada más que ascender de barrendero hasta proyeccionista y mano derecha del gerente. Así que cuando me ofrecieron la gerencia del cine Cervantes en el puerto del Cacique no lo pensé dos veces y me embarqué en ese vapor que remontó el río lentamente y vi cuatro amaneceres en el horizonte de la selva, flechas de patos migratorios y bandadas de garzas que se elevaban al paso del vapor de rueda sobre el espejo de agua gris. Recuerdo las chozas de pescadores en las orillas y las grandes ceibas solitarias y las crecientes que vomitaban otros ríos con troncos y animales muertos. El olor del río flotaba en las orillas y se podía sentir, tocar y ver moverse el calor. Llegué en un abril que pareció ser abril para siempre, porque en abril también me incendiaron el local y me embargaron los bancos. Yo soy un empresario de los de antes, aunque esos hijos de puta me hubieran arruinado y quemado mi local. Un hombre de traje de cuando el mundo era a blanco y negro y brillaba en el hall de bombillas del Teatro Cervantes un letrero de publicidad en neón que anunciaba las películas de la semana: *El ciudadano Kane*, *Tarzán de los monos*, *Santa*, *La oveja negra*.

Cuando miro las fotografías de ese tiempo, comprendo que mis recuerdos tampoco tienen color. El color es imaginario. Las cosas tienen el color y el olor que uno les pone. El puerto de mis recuerdos es también a blanco y negro y huele a diésel. Había oído tantas historias del puerto donde estaban los dólares que acabé por querer confirmar si eran leyendas. La primera es que había cabarets con prostitutas francesas atraídas por los dólares y la mejor cerveza. Entonces entré en el Club Nacional donde tocaba la flauta el músico descalzo Crescencio Salcedo y ahí estaban Rubén Gómez Piedrahita y su tío Borja, el editor de *La Mancha Negra*, y un pintor al que llamaban maese Goya, y su hermano, y un grupo de cachacos mamando ron. Pero no había mujeres.

Pregunté que dónde estaban las mujeres o si es que todos eran maricones y me mandaron a comer mierda por sapo y por costeño.

Alguien me dijo que si quería fuera al Chapapote, el único burdel abierto entre semana, porque las francesas de La Iguana Tuberculata abrían y bailaban únicamente cuando había quincena. Las atraían los salarios de los obreros como la miel a los osos. Cuando no había plata, se acababan el bembé y el despiporre: aquellas casetas del malecón permanecían solas y los hombres sin plata se refugiaban en los bares de cazadores de caimanes de la calle del Molino, o en el Club Nacional, donde se reunían los apostadores y el casino de «bolcheviques cimarrones».

Estaba obsesionado por tener un poco de dinero y acababan de darme ese empleo: gerente del cine Cervantes de la ciudad. «Aquí no respetan a un gerente», les dije. Y me senté en la barra.

«Gerente de las putas», dijeron.

«Gerente del teatro», respondí, pero no pude distinguir quién lo dijo.

Entonces me rodearon esos cinco tipos. Parecía que iba a ser el comienzo de una pelea desigual, pero me invitaron a un chico de billar y, como les gané, me acogieron.

En ese tiempo todos eran como yo. Rastacueros en busca de incautos para estafar, oportunidades para dar el brinco y engancharse en la Gringa o en la Holandesa. Si hubiera sabido entonces que para pertenecer a algún sitio había que implicarse con la realidad de ese sitio, degustar su comida servida en hojas bijao, sufrir las mismas penurias de los vecinos, sudar el paludismo, si hubiera sido más cauto en los negocios y ahorrador en la bonanza, entonces habría aprovechado cada peso y tendría una digna vejez y no estaría sufriendo este calvario. Pero estaba más interesado en mí que en los demás. Así que me dediqué al juego y al placer y a hacer negocios para enriquecer a otros.

Ya no recuerdo si hubo algo que nos dijimos por primera vez con su hermano. Tengo la impresión de que queríamos lo mismo y de que fuimos socios desde el primer momento. Por él fue que se me ocurrió la idea de poner una franquicia de la Kodak en el puerto.

Dejó al hombre leyendo el periódico y fue hacia Leonardo Buenahora, que jugaba billar con un grupo de trabajadores de la compañía impecablemente ataviado con una americana blanca en medio de los hombres vestidos de mezclilla marrón, que era el uniforme de la petrolera estatal. La música cambió y empezaron a sonar un acordeón, una caja y una charrasca con un canto vallenato.

—Mierda, cambien esa música de costeños polígamos y mamaburras. Quieren que todo el mundo cante llorando, y desde que llegaron en este puerto hace más calor.

—Vamos a darnos en las muelas, Leo 12.

—Vamos, pero de a uno para sonarlos a todos, costeños caremondá.

—¿Leonardo Buenahora?

—Para usted, sí. Para estos costeños malucos que no respetan, soy Leo 12.

—Me presento: soy Timoleón Plata, hermano de Alejandro Plata.

—Qué bueno que lo veo, porque su hermano me quedó debiendo una apuesta.

—Los hermanos no pagan deudas de juego.

—Los buenos hermanos, sí.

—Quisiera hacerle una consulta sobre asuntos de mi hermano.

—Ni más faltaba, pero me va a tener que invitar a almorzar porque con hambre no tengo gasolina para hablar.

—Por supuesto.

—Pero antes juguemos un chico de billar. Y también lo va a tener que pagar usted, y las cervezas, porque estoy seco. ¿Sabe? Tengo algo que fue de su hermano. El problema es que la tengo empeñada. Es una cámara de agüita. Si usted la paga y me reconoce algo por haberla salvado del incendio de mi local, yo se la doy.

Hablaba sin preguntarle. Luego salieron del billar y caminaron hasta la calle del Molino. La calle estaba atestada de carros perfectamente alineados. Fueron a la compraventa llena de electrodomésticos. En un estante del fondo, soportada sobre las tres patas, estaba la cámara fotográfica de cajón que Alejandro heredó del padre y que siguió conservando, aunque la mantuviera en desuso. Estaba cubierta por la gruesa tela negra que el fotógrafo debía usar para cubrirse y tomar la fotografía que después revelaría en un balde con agua.

—Me la prestó unos meses antes de irse, cuando ya estaban a punto de embargarme en el banco, y me dijo que con ella podía hacer fotos de transeúntes en el Parque Nariño y vender las copias si me quebraba. Era un plan b que tenía para él mismo por si algún día se quedaba sin trabajo: hacer fotos callejeras como vio a los fotógrafos de la Séptima en Bogotá.

—Si usted la necesita, la puede seguir usando.

—No, aquí hago entrega oficial. Yo soy un hombre legal, no como los banqueros ni los costeños. Ya no voy a vivir más en este asqueroso puerto donde lo que mueve todo no es el petróleo sino la envidia. Compré con un hermano una mina de oro en la serranía de San Lucas y nos vamos a tapar en plata. Necesitamos un socio capitalista, así que si usted tiene plata y quiere participar en un negocio archimillonario, es ahora o nunca, mi socio. ¿Qué me dice?

[*«Alejandro sabía tanto de fotografía porque compraba los prospectos de la Kodak. Recuerdo una de las primeras historias que me contó sobre las placas originales del fotógrafo Gavassa de Bucaramanga, que se murió ya mayor y, pasados pocos años de su desaparición, la mujer, al enterarse de que las hermanas teresianas necesitaban vidrio para la ampliación del colegio, mandó a la cachifa a lavar con lejía los haluros de plata de las placas, y así se fueron, lavados, los negativos con las primeras imágenes del siglo XX*

convertidas en ventanas en un colegio de monjas. "Las viudas tie-
nen una memoria muy corta", decía Alejandro.

»Recuerdo que era aficionado al cine mexicano porque decía
que de niño fue ayudante del proyeccionista del cine de su pueblo,
como yo. Así que yo lo dejaba entrar a ver películas gratis. A Ale-
jandro le quedó la costumbre del cine y por eso iba todos los sába-
dos a la matutina y a la vespertina del Teatro Cervantes. Ese cine
sin techo, construido por la Gringa, era el mejor dotado de Sura-
mérica en ese tiempo. Recuerdo que Alejandro y "los bolcheviques
cimarrones" iban a ver los noticieros cinematográficos para después
salir a discutir las noticias del mundo en el Club Nacional».]

—Tendría que pensarlo.

—El que piensa dos veces ya perdió.

—Vamos a almorzar y de paso hablamos de mi hermano.

—Claro que sí, ni más faltaba. Pero invíteme otra cerveza
para esta calor tan arrecha.

—Por supuesto, Leonardo.

—Dígame Leo 12, como cualquier socio, ya que estamos
en confianza.

Entraron en una taberna de la calle del Molino. Mientras
se tomaban la cerveza le dijo que debía tener cuidado porque
había muchos espías en el puerto, todos se vestían con gabardinas y sombreros y eran del Ministerio de Correos y Telégrafo,
donde respondían directamente al general Rojas. Así que le
recomendaba que no hablara ni mandara mensajes sobre el
asunto de su hermano porque todo era leído por el espionaje.
Él tenía un secreto que tal vez podría ayudar a esclarecer el
asunto. Pero le habría de costar.

—Tengo plata.

—¿Cuánto tiene?

—Aquí tengo cien pesos, pero puedo conseguir otros doscientos que tengo en el banco.

—Muy bien, con eso puede alcanzar.

—Quédese con todo, con la cámara, si quiere, pero ayúdeme a encontrar a mi hermano.

[«*En una asociación entre la franquicia de la Kodak y el periódico* La Mancha Negra *organizamos un concurso de fotografía al que acudieron todos los miembros del club fotográfico y aficionados de las ciudades cercanas. Recibimos catorce propuestas entre las que debíamos seleccionar cinco finalistas y exponerlas en cinco lugares de la ciudad: el Bazar Francés, la estación terminal del tren, el Hotel del Cacique en el paseo del río, el Club Kiwanis y el Teatro Cervantes de la avenida Bolívar. Expusimos retratos exóticos de un fotógrafo callejero que ponía a la gente con telones pintados de lugares famosos como las pirámides de Egipto, fotos de toda la flotilla de vapores de la naviera, fotos de trenes, fotos de la Semana Santa en Girón, fotos de difuntos y fotos de lugares insignes del puerto. Hubo un trabajo que yo quería exhibir, pero Patricio Borja, editor de* La Mancha Negra, *se oponía a su exposición porque podía espantar a los patrocinadores: eran veinticuatro fotos de mujeres desnudas y semidesnudas que nos remitió un fotógrafo que firmaba Casanova. Borja no se oponía porque fuera pudoroso, sino porque los patrocinadores del premio nos podían cerrar los lugares cedidos para la exhibición. Yo sugería que las exhibiéramos en La Iguana Tuberculata, uno de los burdeles más amplios y atractivos del malecón, para atraer a los machos y no fustigar a las buenas conciencias del puerto. Los obreros irían a verla y probablemente sería el ganador, si consultáramos con los asistentes sus impresiones, pero decidimos escribir una carta a Casanova para que se presentara de inmediato en el club fotográfico y discutir si aceptaba el lugar de exhibición. Las mujeres que aparecían allí eran las mismas putas del local. Queríamos confirmar la identificación y además hacer miembro honorario al nuevo fotógrafo al natural de la ciudad, pero Casanova nunca apareció. Así que empezamos a sospechar de los propios miembros del club fotográfico y a sugerir que Casanova se escondía bajo seudónimo. Yo solía bromear con todos mis conocidos desde entonces: "Abre el ojo y trata bien a tu esposa, o si no viene Casanova y te empelota a tu mujer". Rubén Gómez Piedrahita sospechaba que Alejandro era el mismísimo Casa, pero no había ninguna prueba en su contra, porque de las fotografías que enviaba a revelar a mi estudio ninguna fue de desnudos. Pero*

no sabemos de las que revelaba él mismo, aunque sí tenemos certe-
za de que él revelaba, porque yo mismo le enseñé los químicos.
Total, Alejandro y no Casanova ganó ese concurso. Envió la serie
de la protesta obrera del 27, en que contaba, como si fuera una
historieta, todo lo que ocurrió: las asambleas, el desfile de banderas
socialistas, la llegada del regimiento en el vapor Hércules, la repre-
sión desatada, un obrero muerto, el cortejo fúnebre rumbo al ce-
menterio, el entierro de los compañeros sacrificados y el discurso de
Mahecha junto a una de las viudas que lloraba al lado del estrado
en pleno panteón. Las fotos se exhibieron en la torre de correos y fue
la serie más frecuentada por los obreros y los familiares de los obre-
ros. Se ganó una cámara y por eso dejó de usar este armatoste».]

—¿Sabe qué? Se ve que usted es un buen hermano, no
como estos costeños pendencieros. Deme solo la mitad de lo
que tiene. Lo que le voy a contar vale oro, pero se lo cuento
porque su hermano y yo fuimos grandes socios. Salgamos de
aquí que hay muchos espías.

Miró en torno, pero nadie parecía coincidir con la idea que
se había hecho de esos espías. Eran solo obreros y ninguna mujer a la vista.

En el almuerzo dijo que el incendio de su local fue provocado. Se exaltaba y alzaba la voz al recordarlo. Dijo que había
sido a las dos de la mañana. El gerente de la compañía saliente
quería las fotos originales de los asesinatos del ejército ocurri-
dos en terrenos de la concesión. Esas fotos las había revelado él
en su local, pero se las había entregado a Rubén Gómez Piedrahita para que las publicara en el periódico *La Mancha Ne-*
gra, y desde entonces esas fotos estaban perdidas y el ejército los
quería muertos. Días antes del incendio, cuando llegó a abrir el
local, lo encontró allanado. Se habían metido a las dos de la
mañana como le confirmó un vigilante del Bazar Francés forzando los candados de la cortina de hierro, pero los que se
metieron no encontraron las fotos, simplemente porque él ya
no las tenía. Días después se incendió el local, pues como no
encontraron las fotos, decidieron borrar todo lo que hubiera y
le metieron candela.

Después del almuerzo se emborrachó y se puso más vehemente. Los ojos se le inyectaron de venas y miraba a todos con desprecio.

—El incendio fue provocado por la gente que quería esas fotos, aunque los bomberos de la compañía dijeron que había sido provocado por los fosfatos de latas de películas. En mi local solo había una película, que fue rodada por el club fotográfico, pero como ellos no pudieron acabar de pagarla, tampoco se las pude entregar.

Afirmó que Joseph Miller, el aviador, estaba en el complot. Era amigo del gerente de la compañía y fue la última persona que vio vivo a Alejandro, lo que lo hacía sospechoso de primer nivel.

—Ese capitán Miller es un espía gringo, ya lo comprobé. Es amigo del coronel José Joaquín Bohórquez y se amangualaron para que la Gringa indemnizara al descubridor del petróleo a quien De Mares y sus socios de Barranquilla dejaron por fuera del negocio de la concesión. Yo vi el documento del municipio firmado por De Mares con el subarriendo a los socios gringos, y Bohórquez quedó fuera siendo el legítimo dueño de los terrenos y descubridor del petróleo. Ese apellido, De Mares, debería ser sinónimo de «traidor» en toda Colombia. Pero la palabra le queda pequeña a un vendido a los gringos. Miller sacó tajada de la indemnización que le pagaron en Estados Unidos a Bohórquez y con esa plata se compró un hidroavión. Miller tuvo privilegios con todos los gerentes. Su padrino fue Ratliff, de Sisterville, quien llegó como supervisor de campo y saltó a subgerente de la concesión en la huelga del 47 y ahora se fue al Perú. Desde hace tiempo Miller se emborrachaba con los gerentes de la Gringa y de la Holandesa en el cabaret de las francesas. María K., la dueña, me lo confirmó. El gerente Shannon fue el que lo puso como piloto a volar hasta los pozos de los Llanos y Robert Wellch, que puede ser el último gerente si no se deja tumbar, antes de que se acabe la concesión, lo tiene como su piloto de confianza. Miller está de parte de ellos. ¿Sabe usted cuál es la única forma de guardar un secreto entre cuatro?

Liquidando a los otros tres. Es a él a quien debe buscar. Yo tengo algo de su hermano que le puede interesar. Es uno de los rollos de la película que no se quemó. Ahí aparece su hermano.

Luego se quedó mirándolo fijamente:

—Se acabó la cerveza, se acabó la información. Eso es todo lo que sé. Ahora le toca averiguar a usted cuál es la verdad.

BAÚLES

Despertó temprano y salió a buscar café en el paseo del río. Había una mujer vendiendo comida en el puerto. Tomó el café, encendió un cigarrillo y caminó hacia el resplandor del amanecer. Luego vio los gallinazos en la calle y recordó súbitamente el olor a mortecino. Los gallinazos se peleaban algunas tirajas de enjundia y se las llevaban a saltos y otros caían desde la calle sobre la carroña. Se asomó a la orilla y entonces vio que ya se habían comido al animal muerto. Se veían los huesos del costillar y trozos de cuero. La cabeza del caballo no tenía ojos ni lengua. Solo se veían las muelas de la carraca y las moscas pegadas a los huesos mondos.

En el Club Nacional revisó las dos cartas que le escribió Lucía Lausen a su hermano. Eran cartas urgentes escritas una antes de irse de la escuela y otra una vez dejada la escuela, ya en Bogotá.

Después de leerlas desenfundó la máquina de escribir Olivetti y le escribió a su madre el resumen de la conversación que tuvo con Leo 12, uno de los últimos amigos con quien su hermano tuvo contacto antes de perderle el rastro, y quien había revelado en su estudio los negativos de algunas de las fotos tomadas por Alejandro años antes y decía poseer una película donde él aparecía.

Mamá:
Lo poco que pude sacarle a Buenahora, que es un estafador y todo el tiempo quiso sacarme plata, es que la últi-

71

ma persona que vio vivo a Alejandro es el piloto Joseph Miller. Ese piloto logró conseguirle, a través del presidente saliente de la Gringa, un pasaje en un barco de la flota carguera Liberty, y el piloto puso a disposición el hidroavión de la compañía holandesa para transportar a mi hermano hasta una estación de bombeo, la de Tamalameque. Todo eso me parece sospechoso: que altos cargos de las compañías se interesaran en ayudar a huir a un capataz cualquiera y que el piloto se quedara con una maleta donde probablemente estaba la mayor parte del material fotográfico hecho por mi hermano. Según Buenahora, Alejandro se fue en el hidroavión de Miller, así que el piloto es una de las últimas personas que lo vieron antes de su desaparición. A Buenahora, que tenía una filial de la Kodak (se incendió después de la desaparición), le dejó la misión de revelar unas fotos comprometedoras, pero esas fotos Buenahora se las envió una vez reveladas a Rubén Gómez Piedrahita, quien debe tenerlas en su poder. Pudiera ser que el presidente de la Gringa quisiera obtener esas fotos a como diera lugar, presionado por el ejército, pero Alejandro los despistó a todos. En cualquier caso, parece que una persona clave es el aviador y que tiene más información sobre el último viaje de mi hermano, pero aún no logro localizarlo porque no vive en el puerto. En síntesis: Alejandro huyó del puerto. ¿Por qué? Porque corría peligro su vida. Misiá Bárbara, la casera que me entregó los baúles con ropa y una bicicleta panadera, me dijo que su hijo, quien era capitán para la época, ya fallecido, ayudó a escapar a mi hermano del cuartel. Los militares lo tenían en el calabozo, después de que un cabo lo capturó. (Eso fue antes de escapar en el hidroavión). Contacté a la gente del palacio de justicia del departamento para averiguar el nombre de los cabos segundos asignados a las tropas de esta región en ese año. Recibí cinco nombres. Todos tuvieron investigaciones de la justicia militar por actos del servicio. El único que tuvo no una sino varias investigaciones por abuso de autoridad, asesinato y tratos inhumanos es el cabo Florido. Estoy intentando localizar en dónde se encuentra para hablar con él, si es posible. No pongo los nombres aquí porque es un asunto delicado y dicen que el Ministerio de Correos tiene interceptado todo el correo nacional, pero antes tengo que verificar con mis amigos del tribunal si un individuo así sigue en el ejército.

No es una explicación descabellada pensar que Alejandro logró escapar con vida, se fue para protegerse y acaso sigue vivo para la tranquilidad de todos. En fin, nadie lo ha vuelto a ver en estos pagos, ni en Casa Pintada, donde tuve que pagar los tres meses de pensión que misiá Bárbara, la dueña, guardó de más sus pertenencias, ni en el billar del señor Celestino Hayita ni en el Bazar Francés del Parque Nariño que frecuentaba.

Como algunos obreros de la cuadrilla donde trabajaba dicen que pudieron haberlo matado en el descenso por el río, habría que buscarlo en Tamalameque, o en el registro de muertes en el cementerio de El Banco, también, si figura registrado en hoteles de Mompox o en la estación de bombeo de Santana, donde también pudo estar. Se sabe que había estado enfermo de un ataque de paludismo en los meses anteriores a su partida.

Ya le escribí a Rubén Gómez Piedrahita en Honda para obtener información del material delicado mencionado por Buenahora.

Para hacer esa búsqueda se necesitan solo dos cosas: tiempo y plata. Y francamente estoy descapitalizado. No puedo volver a trabajar en el juzgado de Cepitá porque es tierra asolada por los enemigos del liberalismo. Para resolver el misterio de mi hermano se necesitaría un investigador privado porque para nuestro sistema judicial el que se pierde no está muerto.

Disponga usted si tiene recursos para pagar la búsqueda o resuelva lo que se debe hacer, madre. Me ofrecieron un cargo como secretario en el juzgado de Capitanejo, que es un pueblo liberal desde la guerra del novecientos, y como necesito una fuente de ingresos y al pueblo de Cepitá no puedo volver porque me matan, creo que la tomaré porque oportunidades así no se presentan dos veces en la vida.

Le estoy enviando lo que pude encontrar de las pertenencias de mi hermano: dos baúles con prendas y cachivaches, las cartas que le escribió una mujer llamada Lucía Lausen a mi hermano, a quien francamente no sé cómo localizar, la bicicleta y la cámara de cajón que fue de mi padre y que Alejandro le dio a Buenahora en prenda (aunque también esa prenda tuve que pagársela).

Intentaré averiguar el paradero de esa mujer y tengo mañana una nueva cita con Leonardo Buenahora, que habrá de entregarme, o venderme, algo muy importante que dijo que me puede interesar: la película donde aparece mi hermano. Espero que sea cierto, aunque no me fío mucho de él porque es alcohólico y tal vez solo busca plata para financiar su vicio. Ayer terminó llorando y abrazándome y diciendo que a mi hermano él lo quiso como si lo hubiera parido y después empezó a berrear y a gritar: «dónde te fuiste, mi socio, no seas gran malparido», yo me avergoncé y me retiré a mi hotel. El tipo prometió que me ayudaría a localizar al ingeniero Nepper, a los trabajadores que fueron compañeros de Alejandro y a Rubén Gómez Piedrahita para que respondan por lo que le hicieron a mi hermano. Creo, me parece, que la quiebra económica lo dejó loco. Pero algo en él, tal vez su gordura o su elegancia, da la impresión de que es un buen tipo. Tal vez porque es un costeño que habla mal de los costeños.

EL CAIMÁN

Fue a fotografiar al caimán que habían cazado «los tortugos», sus amigos cazadores. Era un saurio de tres metros de largo ya fermentado por el calor. Tenía tres agujeros, uno en un ojo, otro en el lomo y otro en el costado. Insectos zumbaban cerca de las heridas y de las mandíbulas flojas. Había algo más en el ambiente. Olía a algo nunca percibido. Se descalzó y se quitó la camisa para poder meterse en el barro. Necesitaba estar casi tan desnudo como los pescadores para soportar el calor y la hediondina. Se metió entre el agua para ayudar a tirar y extender el cadáver en la arena. De pronto, sintió asco de tanta putrefacción, de tanto insecto y de las burbujas en el agua sangrosa, el barro pegajoso y verde pasando entre los dedos de los pies, el espejeo del sol, la arena enfebrecida, las hojas de las palmas inclinadas hasta el agua, las raíces podridas de los matorrales en la orilla, los pájaros carroñeros que sobrevolaban por encima de sus cabezas, el animal muerto. Lo que hedía era el olor putrefacto de sus entrañas de animal de tierra y de agua. Había oído la leyenda de un hombre que se había tomado un mejunje para ver a las mujeres bañarse, pero la pócima lo dejó convertido en mitad hombre y mitad caimán. Así debía ser el hálito de un hombre reptil.

Los hermanos tortugos le habían disparado en el ojo y luego lo habían rematado desde arriba de la canoa mientras flotaba muy cerca como un tronco en la ciénaga, abriéndole boquetes en la piel achicharrada de la panza. Les sorprendió que la sangre del caimán fuera roja como la sangre humana. Cargaron el animal en la canoa y lo llevaron al otro lado de la ciénaga hacia los troncos clavados como atracadero donde estaban las casas de palma de los tortugos. Los niños se habían amontonado para ver de cerca el extraño cargamento que traía la canoa. El caimán era casi tan largo como la barca.

Tendido en la arena de aquella aldea con la nube de moscas metalizadas zumbando sobre su piel verde cuarteada como el chicharrón, y rodeado de niños, parecía un animal inofensivo. Casi le daba malestar que hubiesen matado a un animal de ese tamaño.

Los tortugos venderían su piel en el puerto, junto con las tortugas galápagas que colgaban vivas en los fogones de sus casas de pescadores, o las bolas de manteca de manatí que vendían para fritar. No sabía por qué sentía ahora conmiseración por un caimán si la gente que vivía del río comía lo que el río les daba: pescado en tiempos de subienda, tortugas en tiempos de tortugas, caimanes cuando había caimanes. Tal vez surgía de ver a las familias parándose encima de la bestia ya inofensiva que atraía sobre todo a los niños. La gente les temía por sus ataques feroces, pero la ferocidad se había refugiado en las ciénagas porque en las orillas del río los mataban desde los barcos. Corrían rumores de que los niños desaparecían, mientras sus madres lavaban, por ataques arteros de caimán, y sin embargo cada vez era más difícil atisbar uno para fotografiarlo vivo.

Había que ir con los pescadores a las ciénagas o a los estuarios de los ríos que tributaban al agua oficial para poder verlos en los médanos.

Fue por su cámara a uno de los ranchos. Había fogones encendidos y ramadas con las redes extendidas que los hombres tejían, y se limpió las manos con la camisa. Luego regresó a la arena para tomar la fotografía del animal muerto, con los hermanos tortugos posando con sus escopetas.

Entonces descubrió que todo lo que le provocaba aquella sensación de conmiseración con el animal provenía específicamente del ojo abierto que le había quedado.

Era el ojo bueno, porque el otro quedó desfigurado por el disparo. También él tenía un ojo ligeramente desviado, y un médico le había augurado que de no usar un parche acabaría por perder la vista por ese ojo y esforzando el otro hasta quedar bizco. Acaso lo que veía en el animal era una proyección. El ojo bueno del caimán era un globo brillante envuelto por una costra gris de barro. Tenía la placidez y el sosiego y el cansancio de los ojos de los animales que envejecen lentamente. Imaginó por un instante cuánto habría vivido en ese río para alcanzar a tener aquel ojo de caimán longevo y la envergadura normal de un saurio. Uno de los niños se había subido descalzo sobre el lomo del animal y caminaba sobre la bestia muerta como si fuera una alfombra. Era lo que necesitaba, un contraste entre vida y muerte, entre una infancia de humano y vejez de dinosaurio. Encuadró la cámara y disparó. En ese instante se reunía lo más inocente con la idea mayor de ferocidad. Y aun así la inocencia parecía más terrible que la ferocidad. Parecía que la ferocidad del animal era pasajera, mientras que la inocencia podría derivar en innecesaria crueldad infantil sin mayor problema. No podía capturar toda la esencia de lo que ese ser de río era, simplemente porque ya no estaba vivo.

Entonces les pidió a sus amigos los tortugos que pusieran las escopetas en la forma que dispararon y que posaran junto al cadáver como si fuera un trofeo.

Así fotografió a los tortugos con el caimán.

¡FELIZ AÑO NUEVO, 1937!

—¿Por qué tienes que fotografiarme sin arreglar?

—La luz está perfecta.

—La luz. Pero yo no me he peinado, tengo aliento de iguana y llevo la misma ropa con la que ya me has sacado otras fotografías.

—Mira ese haz de luz entrando por la ventana. Es lo único que se necesita para fotografiar: una ventana luminosa. Y no tengo a nadie más.

—¿Y las francesas, amor?

—Las francesas cobran.

—¿Solo por eso?

—Cobran por prenda.

—Ah, ¿sí? ¿Y cuánto cobran por unas medias de encaje como estas? A ver, ¿cuánto estás dispuesto a pagar por esta falda plisada tejida en pata de gallo, y por estas enaguas de seda inglesa, y por este sostén de nailon hecho en Alemania, y por estos calzones de encaje de Medellín?

—Lo que me pidas.

—¿Así estoy bien? ¿O necesito aprender el secreto de las francesas? ¿Me vas a contar cuál es el secreto? Debe ser la atención. O acaso que los atienden a varios al mismo tiempo.

—El secreto de las francesas es que no son francesas. Fingen serlo, se disfrazan de cualquier país lejano. No te muevas.

—¿Hago cortesía francesa o cortesía nacional? No pienses mal de mí. Solo estoy siendo amable. Te ayudo solo porque eres un artista y no lo sabes.

La maestra vivía en la casa que estaba a un kilómetro del puente de la ferrovía en construcción. Era un edificio prefabricado estilo bungalow que donó la compañía petrolera para servir de escuela a los hijos de los obreros nacionales. A pocos días de haberla visto por primera vez en la estación, no lograba despejar de la mente el recuerdo insistente de su perfil, así que se atrevió a visitar la escuela con el fin de verla más de cerca, pero con un pretexto peregrino: buscaba un libro para leer.

Ella no tuvo misericordia y desempolvó de la biblioteca escolar dos tomos de Balzac: *La piel de zapa* y *Seraphita*.

—¿De qué tratan?

—De cuando los ángeles pierden la gracia por el amor y se hacen humanos y de cuando la rueda de la fortuna gira para mal.

—Suena aterrador.

—Sufrimos por lo que deseamos.

Desde entonces él solo deseaba volver a hablar con esa maestra que olía a agua de rosas, cargaba respuestas rotundas y cola de caballo roja y aprovechaba los descansos de la construcción del puente del ferrocarril para merodear, pedir prestados nuevos libros y fotografiar los alrededores. La maestra era indiferente y distante con él, como lo era con los estudiantes. Estaba interesado en hacer un retrato de su rostro de perfil, con el pelo cobrizo desmadejado que sostenía con lápices clavados como palillos chinos, pero no se atrevía a solicitarlo de buena gana porque el trato que ella imponía era solo cordial y demostraba una firmeza pasmosa, con cierta inclinación al formalismo, como si estuviera acostumbrada a tratar con los padres bruscos de aquellos hijos de peones venidos de todos los rincones a la concesión.

El formalismo de las visitas no alcanzaba para entablar conversaciones personales. La maestra, sin embargo, tomó la iniciativa y le pidió que dejara de pasearse con la cámara como un cazador furtivo y en cambio hiciera una serie de retratos de los diez niños que estaban por graduarse del último año lectivo. Ella las enmarcaría en cartón paja para proporcionar a los padres un recuerdo de los logros de sus hijos.

Él aceptó y una semana después llegó vestido de frac con un sombrero de copa de capitalista que tomó en préstamo de la sastrería de trajes de alquiler y con la vieja cámara de cajón de su padre. La puso frente al grupo, se hundió en el trapo y sacó de dentro de la tela una paloma mansa. Los niños quedaron asombrados. Pero solo empezaron a creer que era un verdadero mago cuando se alzó el sombrero de copa y había un conejito acuclillado en su cabeza. Ella observó la presentación y les dijo a los niños que su amigo, el mago, les haría fotos y pedía para él un aplauso, mientras se llevaba el conejo y lo dejaba correr libre fuera del salón. Cuando regresó los niños se reían porque un gato cachorro que llevaba entre el sacoleva empezó a asomar la cabeza en medio de las solapas. Ella estiró la mano para recibir al indisciplinado asistente y también lo sacó del salón. Mientras tanto él levantó un modesto estudio de fotógrafo de ferias desenrollando un tapete persa y una tela de terciopelo negro con lo que cubrió la pizarra y el piso del salón y acomodó el escritorio de la maestra con un mapamundi, ábaco y una pluma fuente Parker por todo decorado. La maestra añadió una bandera en miniatura para acentuar la misión del Estado en la educación de los niños.

Cada niño debía pasar a sentarse en el escritorio y fingir ante la cámara lo que ya sabían todos: leer y escribir, pero mirando al cajón que manipulaba el mago, y permanecer lo más quieto posible para que la fotografía no quedara barrida. Para llamar la atención de los niños a la cámara y para que permanecieran quietos, él les hacía preguntas sobre los misterios del mundo: «Si un pato vuela de Colombia a Venezuela y pone un huevo en la frontera, entonces ¿de quién es el huevo?», «De nadie porque los patos no ponen huevos». «¿Qué es moraleja?», «Un animal que habla». «Si usted es el maquinista de la locomotora y esta va a 100 kilómetros por hora con 200 pasajeros, 10 mujeres y 190 hombres, entonces ¿cuántos años tiene el maquinista?». «7». «¿Cuál fue el consejo que le dio el burro al gringo?», «No-sea-pin-go». «¿Cuál es el derecho de los niños?», «El derecho a la vida». «¿Qué le cambiaría a la maestra Lucía?», «Los ojos de la espalda».

Cuando terminó de hacer los retratos, sintió que aquella escenografía había logrado aproximarlos más que una conversación vacua y le pidió a la maestra que se dejara fotografiar posando con el terciopelo como fondo. Ella se excusó un momento para ir a retocarse el peinado y él aprovechó para sacar un ramo de flores del baúl y esconderlo con la complicidad de los niños bajo el trapo de la cámara.

Ella volvió y se puso frente a la tela.

Él le dijo que mirara hacia el cielo sin alzar el mentón y así logró hacer que ella poco a poco girara el cuello largo de cisne que tenía. Luego obturó. Salió del trapo con el ramo de flores y se las entregó. Ella las recibió, sorprendida.

Entonces le mostró el mecanismo del papel fotográfico y cómo debía tomar el negativo de cada foto y volverlo positivo en un balde de agua. Cuando ella vio aparecer su propia imagen en el papel mojado, sonrió.

En la treintena, su rostro empezaba a marcarse con un relieve de valles y ríos que afirmaban los gestos de su carácter firme. Tenía la cabellera roja y frondosa. Y las tres marcas en el ceño de las mujeres que observan el mundo con seriedad y distancia. Tenía nariz afilada de volcán. Tenía en la cara hoyuelos de mandarina que se le formaban al sonreír y la piel marcada con diminutas pecas pálidas. La fuerza de sus palabras estaba coordinada con el movimiento de las manos y en cada gesto su mirada era atenta y altiva.

Los niños se fueron y ellos pudieron hablar mientras recogían la escenografía.

—Así que eres un verdadero mago —dijo ella.

—Soy más bien un mentalista.

—Hipnotizas a la gente.

—A todos menos a usted.

—Si puedes hacer aparecer conejos, ¿puedes hacer que yo desaparezca?

—Solo puedo desaparecer objetos del tamaño de mi sombrero. Pero puedo hacer algo mejor con usted: puedo leer su mente.

—¿Verdad? ¿Y qué estoy pensando?

—Quiere que yo la bese.

—Ese es un buen truco.

Entonces fue ella quien lo besó para llevarle la contraria.

Por primera vez se miraron fijamente como reconociéndose después del largo camino solitario donde se encontraron.

El puente del ferrocarril estuvo terminado para noviembre, y en un amanecer cruzado por parvadas de garzas se oyó el pitazo de la locomotora. Lo llamaron el puente de La Dragona porque sus arcos parecían convertirse en las patas de la locomotora cuando pasó por primera vez vomitando fuego infernal con sus vagones de obreros cansados que iban del puerto a los campos petroleros después de atravesar la avenida del ferrocarril. En uno de los vagones iba el fotógrafo alzándose la boina para saludar a la maestra Lucía.

Alejandro fue a visitar la escuela una vez más para devolver los libros tomados en préstamo. Y la encontró haciendo el inventario de materiales con el maestro sucesor. Pereció perturbado al verla conversar animadamente con aquel extranjero. Le pidió conversar en privado, con lo que el maestro extranjero pasó a retirarse y ella le aclaró el malentendido.

—¿Quién es ese?

—Hernest Trumper, el nuevo profesor de inglés.

—¿A dónde vas?

Ella dijo:

—Más cerca del cielo.

Él enarcó las cejas y dijo:

—¿Estás enferma? ¿Te vas a morir?

—Qué romántico.

Luego le explicó: para ella el cielo se llamaba Xigua de Quesada y alguna vez fue parte del departamento de Quesada, donde nació.

—Entonces vuelves a tu tierra.

La explicación le hizo cambiar el semblante y entonces la invitó a pasar la Navidad en su compañía en el Hotel Ferrowilches, como despedida, dijo, resignado a su partida.

Allí habría un encuentro en el templo de los masones, que encubría en realidad una cumbre secreta entre el sindicato de ferroviarios de las bodegas de la naviera y los contratistas externos de la petrolera, entre los que estaban su jefe Nepper y el editor del periódico *La Mancha Negra*, con el fin de ayudar a organizar el sindicato de braceros de Wilches, y él la había puesto, sin conocerla, en la lista de los invitados especiales.

Ella aceptó ir a Wilches para pasar el fin de año. Acordaron que tomarían el tren en la estación Café Madrid y viajarían por el resto de la línea hasta la última estación, donde estaba el hotel junto al río.

Ella llegó a la estación en la fecha convenida con un vestido largo de lunares negros y el pelo en una cola de caballo. Él la estaba esperando vestido de lino color marfil. Usaba un pantalón embolsado y ya no aquellos pantalones de torero con que ella se había acostumbrado a verlo como inspector de obra, mancornas de oro, mocasines con los que había reemplazado las polainas del trabajo pesado en la ferrovía. Llevaba una boina de cuero color tabaco y una cámara de fuelle que ya no era el armatoste de cajón de los retratos escolares porque podía cargarse terciada en una cinta de cuero y llevarse a todos lados.

La saludó con un beso en la mejilla en el andén de la estación y ella percibió en el aire la fragancia de su loción Yardley. Luego le pidió que se posara en la escalerilla trasera del vagón. Pero ella no se atrevía a subir por la advertencia de ese letrero que decía: «Prohibido viajar en este lugar», así que él la instó a subir. Le pidió que se hiciera en el marco que trazaba la compuerta del vagón y le hizo una fotografía. Luego entraron en el tren y tomaron asiento, y cuando la máquina se puso en marcha, observaron la pequeña sierra de montañas azuladas por las que descendía el tren a las tierras bajas, divisaron el cañón del río Lebrija, y luego el tren fue parando cada ocho kilómetros por las sabanas del tigre: le mostró los ríos blancos de caliza y los pozos petroleros y los pantanos de serpientes y los guayacanes que amarillecían dos veces al año, y la explanación para la primera estación de bombeo del oleoducto a donde sería trasladado el frente de obra el siguiente año, y luego penetraron en los cañaduzales peinados por el viento, y cuando el tren de vagones de madera se detuvo en aquel pueblo de techos de zinc encendidos por el resplandor del mediodía, junto al meandro del río lento, él le pagó a uno de los cargueros para que llevara las dos maletas y se fueron caminando al Hotel Ferrowilches entre bramidos y ladridos y la mirada impávida de los gallos de pelea.

El hotel era una mansión de dos pisos de madera rodeada de zaguanes pintados de blanco y azul pastel. El techo estaba sostenido por altas columnas zampeadas de las que colgaban canastas con helechos manto de novia. Las amplias ventanas con persianas de las habitaciones daban a los pasillos a vuelta redonda, donde había salas de estar con sillas de mimbre y mecedoras momposinas. El corazón del primer piso era el comedor, convertido en salón de baile, y las barandas externas habían sido adornadas con guirnaldas. Desde los barandales de los cuatro costados podían verse los jardines externos y el sendero entre palmeras que llevaba al puerto donde atracaban los vapores de rueda para cargar leña de los bosques aledaños.

—¿Habitación para solteros o casados?

—Solteros —se adelantó ella.

Les asignaron habitaciones separadas. Luego cruzaron el vestíbulo que olía a cera y subieron las escaleras con espejos laterales de marco dorado. A mitad de los escalones la mano de él buscó la mano sudorosa de ella y la aferró.

Una vez en el segundo piso siguieron al botones sin soltarse de las manos por aquel pasillo de helechos y geranios encendidos en materos de barro hasta que las manos se soltaron antes de que el botones lo notara porque dormirían en las habitaciones separadas de los no casados.

Él se sentó en una de las sillas mecedoras para esperar a que la condujeran a la habitación del fondo.

—¿Me permite, dama? —dijo el botones con la impostada cordialidad de un gran hotel.

—Por favor, joven —dijo ella buscando algo que decir para responder a la atención con cordialidad.

El botones abrió las dos hojas de la puerta empujando con las dos manos y la invitó a pasar a una amplia habitación en la que se veían dos sillas bajas pegadas a la pared y una división con un cancel de arabescos en cuyos huecos refulgía el verdor del sol resplandeciente entre el camino de cocoteros.

Se encontró con un dormitorio adornado con esteras y canastos tejidos y la cama cubierta por la malla del mosquitero. Había una peinadora y radio de perilla en la mesa de noche y el amplio ventanal de persianas venecianas por donde corrían las brisas frescas, y un tramo de la curva del río quedaba a la vista. Pasando el tabique de la división estaba el baño y había una tinaja de barro dentro de una jaula. Al lado, un aguamanil de peltre para sacar el agua de lavarse.

Desde adentro de la habitación abrió de par en par la ventana y lo vio acomodando en el barandal la cámara dispuesta para un encuadre, tal vez con la intención de hacer la fotografía del buque de vapor que entraba en el puerto. Era un vapor de doble rueda con el nombre en letras amarillas, azules y rojas: Nueva Granada.

Esperó a que terminara de hacer la fotografía y le dijo desde la ventana que era un hotel muy cómodo para estar en un lugar tan desolado. Él respondió que era un hotel para conspiraciones sindicales y para los amores prohibidos, y ella lo miró incrédula.

Quedaron de darse una hora para acabar de instalarse y dar un paseo por el pueblo. En una habitación idéntica a mitad del corredor él pidió al botones que descolgara la hamaca y la extendiera entre las dos argollas clavadas a las paredes y que dejara la valija de cuero sobre la cama. Una vez la hamaca blanca estuvo colgada pasó a pagar la propina al joven botones. Cuando se hubo ido, se desnudó y buscó el pomo de crin de caballo y la navaja de afeitar y se embadurnó con espuma.

En el primer cuarto del pasillo ella desdobló las prendas de su maleta y las distribuyó en el armario.

Para imaginar la combinación más adecuada para el baile nocturno puso sobre la cama la falda de boleros que había comprado en España, una blusa de seda blanca con botones de perlas y un chal negro. Separó los zapatos de tacones bajos y luego se desvistió.

En el espejo redondo se soltó el pelo rojizo para volverlo a recoger en la cola de caballo y acercó la lámpara para verse.

Buscó un pintalabios, se marcó la boca, pero luego se la desmarcó, aunque el pintalabios no se fue del todo, y se dijo para sí: «No sirves para esto». Se limpió con una toalla humedecida el sudor del cuello y una hora después volvió a salir con la misma ropa que había llevado en el viaje y un sombrero de ala ancha. Él la esperaba en el barandal.

Fueron caminando hasta el embarcadero y se quedaron viendo la cubierta principal del vapor de ruedas laterales de la naviera, perfectamente barnizado con los colores de la bandera y con banderitas de papel para las fiestas de Año Nuevo, y los tres pisos de pasajeros que asomaban en los balcones y que se dirigían a los puertos del interior.

—Un día nos iremos juntos hasta el mar en el vapor Nueva Granada —dijo él, y ella no supo si era una propuesta o una promesa.

Mientras trataba de descifrarlo con la mirada, él se alejó a explorar la pared de las bodegas de la naviera. Ella pasó ante las grandes estructuras y de repente se detuvo al ver una solitaria estatua de la Virgen del Carmen bendiciendo el río.

Él se giró para sorprenderla y le hizo una foto junto a la estatua de la Virgen que bendecía el río, luego hizo una fotografía de las grandes bodegas junto al camino, mientras ella intentaba calcular la edad de Alejandro.

Tenía algunas canas visibles en sus sienes peinadas hacia atrás y disimuladas por la boina, algunas líneas bajo los párpados que se pronunciaban al sonreír. En la manera en que se abstraía para manipular la cámara, la serenidad de su mirada y la fuerza con la que movía las manos al hablar demostraba no pasar de los cuarenta, así que tenían casi la misma edad.

Visitaron más adelante el templo de los masones y la torre del agua, a donde se trepó con destreza adolescente para hacer una foto cenital del caserío mientras ella observaba sus movimientos precisos teniéndose el sombrero para que no se lo arrebatara la brisa. Luego fueron al bungalow de las oficinas del gerente del ferrocarril, un edificio ataviado como la residencia de un embajador, con piscina y quiosco y bar, y luego de dar un rodeo por el arenal donde los pescadores habían levantado chozas y cercas de cañabrava revocadas con barro y otras de tapia delgada pintadas con cal y techo de palma, vieron de cerca las ventas de pescado seco y los toldos del mercado, y volvieron al hotel cuando caía el sol sobre el río resplandeciente para cambiarse de ropa y sumarse a la fiesta.

En el salón del hotel había una tarima donde ya aguardaban los instrumentos de los músicos que tocarían en la noche, Los Diablos del Son. Había doce mesas con la loza dispuesta sobre manteles largos para un centenar de comensales y una amplia pista de baile sobre azulejos de todas las formas, y al final un ponqué enorme de cinco terrazas con el número del Año Nuevo.

En ese lugar esperaron el Año Nuevo con los ferroviarios y los socialistas, a los que se sumaron en las mesas externas los pasajeros del Nueva Granada que habían visto entrar al puerto y los contratistas externos de la compañía petrolera. Alejandro le presentó a su jefe, el ingeniero Nepper, a Rubén Gómez Piedrahita, que era por entonces el presidente del sindicato de ferroviarios, y al tío de este, propietario y editor del periódico *La Mancha Negra*, Patricio Borja.

Cada vez que alguno se ausentaba, todos hablaban mal del ausente. Del piloto Bienvenido Miller, Leo 12 contaba que había llegado a Colombia en un avión robado. Cuando el piloto volvía a la mesa, Buenahora se apartaba y entonces Miller decía que su amigo Leo 12 odiaba a los extranjeros por ser extranjeros, pero que tenía una novia brasilera en el cabaret de las francesas. Luego se ausentaba Borja y los demás decían que iba a ser ministro de Correos y Telégrafos porque el presidente lo había llamado con el fin de pedirle ayuda para defenderse de las calumnias del periodista conservador Mamatoco y para vigilarlo. Y así, historias que ella no lograba llegar a creer, como que el chef Giordaneli se había comido las hojas de un tamal en Barranquilla cuando arribó al país desde el Líbano, hasta que comprendió que era un juego en que se denigraban y se adjudicaban aventuras que eran incapaces de hacer o chascarrillos que les habían ocurrido a otros y que pasaban como anécdotas propias. Luego ella notó que había tomado muchas copas de champaña y tuvo que ir al baño.

—¿De dónde sacó esa francesa?

—De un lago.

—Su cara tiene buen jeme, como decía el maese. Debe tener la carne rosada como la trucha roja.

—Es profesora.

—Qué pescaíto. La tiene loca, Dinero. Tenga cuidado porque a mí me gustan las truchas y las pelirrojas, socio.

Al regresar vio que él estaba bailando con una mujer de pelo corto que llevaba un vestido muy escotado en la espalda y una tela muy ligera que se le pegaba al sudor de la piel y tacones de puntilla como los que ella había sido incapaz de ponerse sin dar un traspié.

Él bailaba bien. Se balanceaba cómodamente en sus huesos, y aunque parecía tieso de la cadera parecía suelto de los hombros. Algo le dijo al oído a aquella mujer con la que bailaba que la hizo reír. La mujer parecía encantada con la compañía. Estaba peinada con su pelo corto a la moda de la revista *Elite,* cuyo figurín había visto antes en la venta de periódicos de la estación del Café Madrid.

Más tarde le confesaría en su primera carta que sintió celos de aquella muchacha de pelo corto, «pero sobre todo me sentí sin atractivo ni gracia, con mis zapatos de suela baja, el pelo largo apenas cepillado y sostenido con una cola de caballo y ese atuendo de recatada mientras aquella muchachita mostraba parte del pecho y media espalda y bailaba en tacones y sacudía el pelo corto como el figurín de la revista *Elite*».

Luego la vio separarse de él y ponerse ante su cámara. Tenía de fondo los músicos y las mesas del banquete y sonrió cuando él le hizo la foto.

Entonces ella abandonó el salón por una de las puertas laterales y se alejó por el camino de las palmeras hacia el río.

Se detuvo junto a la estatua solitaria de la Virgen del Carmen, y allí la encontró él abrazándose a sí misma.

—Te vas a perder la quema de Judas. ¿Estás aburrida?

—Hacía demasiado bochorno. Vine hasta acá porque me trajo la brisa.

—Una vez te vi en la iglesia del puerto, sentada en la última banca. Fue después de que nos conociéramos. Yo estaba del otro lado del Parque Nariño, en las mesas de ajedrez del Club Nacional y te vi entrar en la iglesia, entonces tumbé el rey, dejé de jugar y te seguí.

—De modo que persigues a mujeres solas.

—Quería hablarte sobre el libro que me habías prestado, *La piel de zapa*. Pero al entrar estabas tan silenciosa y sola rezando que preferí no molestarte.

—No rezaba. Entraba en la iglesia, pero no rezaba.

—¿Y por qué no rezabas?

—Creo que se me olvidó rezar.

—¿Y por qué?

—Porque las palabras no llegan hasta allá.

Los Diablos del Son volvieron a tocar en el hotel, así que regresaron por el sendero entre palmeras y en la oscuridad él volvió a buscar su mano para aferrarla. Esta vez la alzó hasta los labios y la besó. Ella entonces se detuvo. Lo miró en la oscuridad. Tocó su cara y se acercó. Percibió su aliento de cardamomo y el olor de su loción Yardley y entonces él posó sus labios en los de ella.

Los Diablos del Son estaban disfrazados de diablos. Cuando volvieron a la mesa Patricio Borja la invitó a bailar y no se conformó con una pieza sino con la tanda entera. Bañados en sudor, al terminar la tanda, los músicos vestidos de diablo se retiraron y las parejas bailadoras se disolvieron y volvieron a ocupar las mesas.

Para amenizar la cena el maestro de ceremonias llamó a Crescencio Salcedo, y subió al estrado un músico descalzo y acompañado de un flauta que cantó sus composiciones mientras los comensales iban a los samovares y se servían guisado de tortuga, bagre en leche, tostones de plátano, arepas de yuca, arroz de coco, caldo de coroncoro, viudo, sabaletas fritas. La muchacha de pelo corto se acercó a Alejandro mientras se servía en el plato y lo que se dijeron no lo alcanzó a oír Lucía, pero ambos rieron. Luego volvieron a la mesa con la comida.

—Es una linda muchacha, y muy lindo su corte de pelo y vestido. En cambio yo parezco vestida para una corrida de toros...

—¿Qué tiene tu ropa?

—¿Te gusta?

—Si quieres una opinión, creo que le sobra algo de tela.

—Esta falda y este chal los compré en España hace años.

—Es por eso. Aquí no necesitas ese chal. Te queda bien, pero allá el sol pesa una tonelada menos y esa falda es para bailar pasodobles porque va entubada hasta la rodilla y suelta abajo para el taconeo, marca bien tu bella figura y deja libres los pies, pero con la cumbia te vas de culo.

—¿Tú también lees la revista *Elite*?

—Yo leo todo lo que vende el pregonero.

—Hoy me di cuenta en el espejo de que yo no sé vestirme.

—A ti todo te queda bien.

—Eres muy amable. Pero no deberías ser tan amable.

—¿Por qué dijiste que eras sola?

—No he dicho eso.

—Me acusaste de perseguir mujeres solas.

—Tú mismo lo confesaste. Pero yo no dije que era sola.

—¿Estás felizmente casada?

—Estoy felizmente divorciada.

—Qué bien, así que te puedes volver a casar.

—Uno sabe con quién se casa, pero no de quién se separa.

—Pero no hay manera de saberlo si no te arriesgas.

—Tienes razón, pero antes de casarse hay que dar con la persona indicada. Esa es la parte difícil.

—Podríamos casarnos y probar si somos la persona indicada para el otro.

—¿A todas les propones matrimonio sin conocerlas?

—Solo a ti.

Cuando Crescencio Salcedo acabó de cantar *Mi cafetal*, todos habían dejado de comer y estaban en silencio mirándolo. Llovió una salva de aplausos y Patricio Borja invitó a los de su mesa a la partida del año y a la quema de Judas.

El Judas de ese año era un monigote de aserrín revestido como el Führer alemán. Lo trajeron al hotel montado en un caballo, y el muñeco de aserrín con bigotito parecía cabalgar entre sus huestes. Los asistentes miraban con indiferencia, sin aplaudir.

La partida del año empezó con el lanzamiento de cohetones y el estallido del monigote lleno de pólvora ruidosa, cuyas detonaciones parecían una batalla y alargaban las sombras de las paredes y postigos y relucían en los rostros de los huéspedes del hotel asomados en los balcones y corredores. Luego todo quedó en un gran silencio oloroso a pólvora.

Se abrazaron y se desearon un feliz Año Nuevo.

Entonces Patricio Borja les repartió máscaras de madera que había comprado al mascarero del Pedral y los invitó a ir con una retreta a llevar regalos que había donado el italiano Guido Giordaneli a los hijos de los braceros en los dormitorios junto a los rieles.

Ella eligió de la caja un antifaz y él una máscara de jaguar y los demás se convirtieron en bogas y animales del río, tigres y caimanes y garzas y mohanes, y en esa noche, mientras los cuerpos se movían al ritmo de los tambores y las gaitas y visitaban pesebres y humildes casas hechas de tabla o cañabrava iluminadas con velas de sebo y candiles de aceite de piedra y repartían regalos y recibían frituras y tragos de ron y los niños cantaban villancicos ante sus pesebres, Lucía tuvo la impresión de que con máscara y algunas copas de más se sentía menos acosada por esa timidez adolescente que la cohibía ante desconocidos y respondía a esa felicidad corporal y bailaba tan desinhibida como la muchacha de pelo corto y las demás mujeres y se fue llenando de intriga por aquella mano que la aferraba con tanta insistencia en medio de la comparsa para que no se extraviaran, pero también para permanecer juntos. Por momentos se soltaban y para buscarlo intentaba descifrar en el aire el olor de la loción Yardley.

Luego volvieron al hotel. Los meseros habían despejado los platos de las mesas, y ahora estaban servidas las rebanadas del pastel y copas de cristal. Poco a poco las voces sonaban más exaltadas y las mesas se llenaron de botellas de whisky, ron y soda.

Como había mucho ruido dentro y ya habían conversado lo suficiente de la unión de los sindicatos y de la derrota de los republicanos en el Ebro y el sitio de Madrid, ambos se hicieron una señal con la mirada y salieron a tomar el aire fresco que venía del río y caminaron por el camino de los cocoteros poniéndose las máscaras.

Allí, ante los candiles navideños que adornaban el vapor y el gran edificio del hotel Ferrowilches, él le quitó el antifaz, se alzó la máscara de tigre a la coronilla y la besó.

—Apuesto a que nunca te había besado un jaguar.

—Y yo te apuesto a que nunca le habías quitado el antifaz a una cortesana.

—¿Yo?, jamás.

Volvieron a entrelazar los dedos de las manos y caminaron hacia las escaleras del fondo que llevaban a las habitaciones del segundo piso. Una vez arriba percibieron la música de un conjunto de cuerdas que cantaban paseos vallenatos y ella se dejó aferrar por la cintura y llevar sujetada como si estuvieran en la pista de baile hasta el fondo del pasillo donde estaba la puerta de su habitación.

—Está abierta —le advirtió.

—Me permite, dama —dijo el jaguar, abriendo la puerta y comportándose con la misma solemnidad del botones del hotel.

—Aquí tiene, joven —le dijo ella extrayendo una moneda de su bolso como si fuera una propina.

—¿Puedo quedarme?

—Estamos en habitaciones de solteros, ¿recuerdas?

—Pero podemos fingir que estamos a punto de casarnos.

—Fingir algo así trae mala suerte y después los fingidores olvidan lo que fingían.

—Entonces qué te parece si nos casamos en serio.

—Me parece que hemos tomado demasiado y la gente suele arrepentirse de lo que dice embriagada.

—Entonces me voy.

—No... No sé lo que digo, pero quédate.

—Te puedo contar mis secretos, a cambio de tus prendas.

—Entonces así las desnudas: con promesas y chistecitos.

—No, con mis manos.

Cuando la puerta crujió a sus espaldas al cerrarse y dos dedos de mujer intentaron apagar la luz halando la cadena del benjamín, la mano de él inmovilizó la muñeca y otra mano aferró uno de sus pechos por debajo de la blusa. Aún como si bailaran la empujó más cerca de la cama y de repente puso una de sus piernas entre las de ella. Ella se quitó el antifaz con la mano libre y lo lanzó al piso entablado. Sintió el calor de las manos que liberaban sus pechos de la prisión del sostén por debajo de la blusa y ella misma se soltó los botones, y con sus dos piernas apretó la de él pero aun así no pudo detener el ligero temblor, hasta que una de las manos de él se metió bajo su falda. Percibió el aliento del jaguar que le mordió el cuello y cerró los ojos. Entonces la falda cayó en el tablado y ella cayó vestida solo con su ropa interior sobre la cama. El jaguar la cubrió de besos y la fue desnudando antes de entrar en su cuerpo.

Despacio, para no despertarla, el jaguar se fugó de la habitación antes del amanecer con el fin de lograr algunas fotos de la partida del buque de la naviera, que se deslizaba con su tripulación borracha sobre el río de acero, y para asistir a primera hora a la asamblea del sindicato en el templo masón.

REVELADO

—Al comienzo solo lograban plasmar la imagen. Pero no lograban capturarla. La imagen se imprimía con el químico. Emulsionaban solo una. Y la imprimían en una lámina de cobre, como en el heliograbado. Solo lograron tomar la fotografía y fijar la imagen en un estudio hasta 1843. Esta fue la primera fotografía que yo tomé en mi estudio. ¿Nota el barrido? Tuvimos que exponerla durante doce horas en un salón cubierto con velos negros. La foto más antigua la tomó Joseph Niépce, una perspectiva de Les Gras, en Francia. Y la primera de Colombia también la tomó el barón Gros, un diplomático francés, y es la calle del Observatorio en Bogotá. La fotografía nació para eso: para que nos pudiéramos aferrar a lo visible. Llegar a ese pequeño artefacto, la máquina de fotos, tomó siglos. Se necesitaron el lente astronómico de Galileo, el microscopio de Leeuwenhoek, incluidos otros simulacros ópticos como la cámara oscura con la que experimentaba Da Vinci, que después se invirtió para hacer el efecto contrario y proyectar la imagen, la linterna mágica de Athanasius Kircher. ¿Sabe cuál es la primera foto de estudio del mundo?

Y hundió el papel fotográfico en el revelador.

—Es la de un tipo al que le están embolando los zapatos, entonces el tipo se quedó quieto. Tengo entendido que le pagaron para que se quedara quieto. A mí una viuda quiso que le fotografiara al marido muerto y doctores me pagaron para que hiciera fotos de sus amadas sin ropa, y en una época todos querían una foto de la madre para cuando ya no estuviera. Un día conocí en un baile en el salón del Hotel del Cacique al capitán

Díaz, del ejército, que estaba por casarse con la hija de un petrolero, aunque las hijas de los extranjeros tenían prohibido por ley casarse con nacionales, pero lograron sobornar al notario y acabaron contrayendo matrimonio en la iglesia masónica de Wilches con la bendición del padre Luis Francoise, un cura liberal que había estudiado y había hecho una gramática en Francia y había dado clases en la Sorbona. Yo no pude hacerle las fotos al capitán Díaz, pero envié a Alejandro y se hicieron tan amigos con el capitán esa noche que dos años después el capitán le salvó la vida a Alejandro cuando cayó preso en el puerto del Cacique —dijo Buenahora, ya sobrio y con la foto recién revelada en el estudio de su casa. Era una placa del río hecha por Alejandro.

[*En aquella foto se veía que el río en sus dos direcciones se había evaporado como un perfume por la temporada seca, y su lecho acumulaba sedimento. Bancos de arena se explayaban y se iban poblando de garzas y patos y bandas de ibis negros, y las orillas incendiadas por los cazadores de tortugas galápagas mostraban el retroceso de los árboles talados para los buques de vapor y las huellas y los múltiples caminos que el río había trazado a lo largo de siglos de crecientes y de sequías. En las dos sequías del año el río olía a arena caliente y los caños eran charcos pútridos y el agua era solo esa mancha marrón cuando los ríos pierden fuerza; las ciénagas olían a la brea que las patrullas de sanidad de la compañía vertían en los pantanos para exterminar la malaria. El río arrastraba la espuma industrial de la pequeña ciudad sitiada por la refinería que invadía más terrenos, y sus torres de alambique llameaban y ahumaban el cielo, y el aceite de los residuos en las mañanas se balanceaba entre la espuma y se pegaba a los cascotes de los trasbordadores que entraban con ganado en el puerto.*]

POSTALES DEL RÍO, 1931

Después de la primera temporada de crecientes en septiembre el río olía a madreselva, a moho, a tierra removida, y en

94

noviembre el agua llegaba a las rodillas en el paseo del río y las primeras calles del puerto, y entonces las sirenas que instaló la compañía petrolera para marcar las ocho horas de trabajo de los obreros en la refinería anunciaban la inundación.

Dos temporadas de inundaciones al año irrigaban las ciénagas, donde en la sequía desovaban los peces que después se darían a la fuga en la subienda y se lanzarían a la aventura del río. En aquellas ciénagas descendían bandadas de patos migratorios que formaban escuadras y al caer hacían un ruido similar al de los aviones de guerra, y los manatíes encallados lloraban a berridos como plañideras, y se petrificaban los caimanes y sobrevolaban las águilas de fuego que cazaban en los incendios de taruya y de noche merodeaban los jaguares y todo olía a pescado descompuesto. Después de seis meses dejaba de entrar agua en la ciénaga y entonces olía a piel de perro mojada de nuevo. Aquellas ciénagas eran inundables porque estaban por debajo del nivel del río y el agua recuperaba su memoria y llenaba las depresiones formando una red de ciénagas conectadas. Había dos temporadas de lluvias al año. En ellas la niebla del río flotaba sobre la corriente en las madrugadas y el espíritu del río subía y se iba volando a las cordilleras.

Tal vez no podía fotografiar el olor del río, pero sí podía fotografiar los cambios del rastro de su lecho, y, en lontananza, un barco de vapor que traía un planchón con ganado en la proa, o a la gente amontonada en los puertos, o al malecón de El Banco con sus escalinatas empinadas en la última luz de la tarde.

Quería fotografiar eso, la vida del río: sus cambios de temperamento, los surcos y derivas como caminos descartados con los siglos, las aguas achocolatadas y las ciénagas negras y verdosas con olor a vómito de caimán, la bruma del amanecer y el atardecer con espejismo en el horizonte, el cielo cayendo sobre la tierra como una sábana incendiada en el crepúsculo, la intensidad de la luz cálida desvaneciéndose en franjas de colores y deslumbrando los altos cúmulos de nubes y el suelo enfebrecido después del calor del mediodía y la larga espera de los

95

aguaceros. El enigma de ese río. Sus fantasmas. Las aguas bajas y las escuadras de pájaros en el cielo. Las orillas con las torres encendidas de la refinería. El arrobamiento ante el azul de sueño de un amanecer tibio. El río bajo el cielo de acero de una tormenta. El río de enero con su tono verdoso, sus arenales de tortugas petrificadas por donde tenían que caminar los pasajeros de los vapores para embarcarse. El mes de octubre parsimonioso con sus juncos y troncos arrancados de raíz y las empalizadas y los animales muertos tripulados por gallinazos que se pegaban a las canoas. Los puertos soterrados en las curvas para embarcaciones pequeñas de pescadores. Las casas flotantes junto a las barrancas. Los puertos de leña para que los vapores de la naviera cargaran carbón a sus calderas. Los puertos en toda regla con escalinatas, aduana y malecón franqueado por bodegas atestadas de mercancías que venían de otros países. Las albarradas de piedra suelta y los diques de piedra encementada y las escalinatas de hormigón. Las islas de la sequía, de arenas blancas tibias y reflejando la luz del sol. Los niños saltando al agua radiante con sus huesos flexibles. Las mujeres lavando la ropa en las ciénagas con senos tumefactos y los pezones garrapiñados, sus muslos descubiertos y las escupidas de tabaco para despercudir la ropa blanca. Los perros que perseguían a los vapores de rueda mojados hasta las orejas como solo puede estar mojado un perro.

Los últimos rayos de la tarde que se arrastraban por el suelo perseguidos por las manchas de sombras de las nubes. El resplandor del cielo enrojecía y los algodones de garzas en las copas de los árboles se espulgaban las jorobas de plumas y los cuellos largos y aguardaban la noche con el pico metido en las alas mientras los zancudos letales abandonaban sus miasmas y volaban sobre las cabezas. Pronto entraría la noche y el cielo se llenaría con la mancha blanca de la galaxia.

[«*Recuerdos del río volador*», *anotó detrás de una de las postales.*]

Caminó con la cámara de cajón hacia donde rayaba el sol de los venados. Y luego dio media vuelta. La luz proyectaba sombras largas en los árboles y demarcaba las formas en la orilla. El río se iba poniendo oscuro como el plomo derretido para las atarrayas. La luz se fue callando y la noche llenó sus ojos con una penumbra suave.

—No se puede fotografiar el fin del día.

Rubén Gómez Piedrahita le preguntaba al ver tantas pruebas de la misma foto por qué gastaba tantos cartuchos de 120 mm si podía hacer un truco y recortarlos para obtener tres negativos de 35.

—Quiero atrapar ese momento. Cuando los pájaros callan y hablan los grillos. Los animales nocturnos empiezan a despertar, los ñeques se acercan a beber a las playas de la ciénaga. Ese momento especial que hay entre las últimas garzas y los primeros murciélagos. No se puede captar solo el río, ni el cielo, ni la tierra sola. Hace falta algo más de luz. Puede ser que falte el color.

—Ah, mijo —dijo el otro—, se nota que usted no ha visto amanecer en Medellín. Allá ya le pintan las fotos.

Era un proceso meticuloso y largo el de colorear las fotos, explicó Rubén. Había que enviar los acetatos a negativo, luego revisar, marcar y devolver al laboratorio con un instructivo señalando la gama de colores del bromóleo. Y esperar a que devolvieran de Medellín, dos meses después, una copia con los colores fijados.

[*En una carta que le envió a Rubén en 1936 le pidió el favor de que le hiciera colorear algunas fotos en esa técnica, bromóleo, y le detallaba las emulsiones que debían tener y le adjuntaba una, marcada con flechas y recuadros en lápiz, en franjas: una color azul para el río, la franja de la ribera verde con una tenue franja gris que la diferenciara y aumentara el tamaño de la cortina de árboles y el cielo amarillo.*

Eligió tres imágenes favoritas porque tenían tercios diferenciados: la primera de la serie estaba dedicada a vapores que surcaban el río. De esa serie había preferido la de tres franjas paralelas bien definidas: la franja ancha de ese río color ceniza en tiempo de lluvias y de aguas limosas en la sequía, la franja de árboles distanciados de la orilla cada vez más lejana y la franja azul del vasto cielo. El vapor de pasajeros se mecía en el limo. Este no llevaba color.

Eligió maquinarias, de otro grupo de acetatos: la locomotora número 2 del Ferrocarril de Wilches, en la entrada de la estación de Sabana, la cual envió con la indicación precisa de colorear el paisaje en verde sinople para tratar de recrear la escena de la máquina cuando irrumpía entre gramalotes y vacas asustadas. Un cabrestante remolcando un buque varado. Una plataforma del tren llevando los obreros al yacimiento de Chapapote al rayo del sol.

Y por último, para enviar a iluminación manual en colores eligió la foto que se tomó con el niño repartidor de periódicos del puerto y el trofeo del primer premio del concurso de fotografía de la Kodak #3 de Medellín.

En el primer plano de esa foto está la estatuilla de vidrio con la leyenda conmemorativa del premio que reza: Primer concurso nacional de fotografía, Kodak Junior 3A, 1930. Al centro, el niño con los periódicos en una mano y la caja del premio en la otra —la cámara Kodak Six 20 de serie #4—. Junto al niño figura Alejandro, con la primera plana del periódico La Mancha Negra desplegada. En la portada puede verse con lupa el retrato de la hija de un obrero asesinado en la huelga del 27 —ella sentada junto al representante del sindicato, en un taburete y, a sus pies, la tumba del difunto, y en el fondo un relieve de cruces blancas disgregadas, que no es otra cosa que el Nuevo Cementerio del puerto del Cacique—.

La indicación expresa que dejó en la carta de instrucciones para iluminar sus fotos era la de usar amarillo ocre —color insignia de la Eastman Kodak— para la caja con el premio que sostenía el niño en la mano, azul cobalto para el cielo en la profundidad del campo y verde para la vegetación de la ribera. Tenía veintinueve años en ella, y fue una de las fotos que su madre llevaría siempre en la cartera, muchos años después, tras su desaparición, para buscarlo.

La exposición fue de cinco segundos —una de las tres patas de la cámara estaba metida en el agua y equilibrada sobre una pie-

dra, y tuvo que arremangarse la bota del pantalón y meterse en el agua para enfocar—. Le hizo una señal a Rubén Gómez Piedrahita para que obturara y tomó el periódico que le había tendido el niño voceador y lo alzó en una mano para exhibirlo. Sobre el playón de arena quedó el trofeo, que era una cariátide de cristal en ese enero cuando el calor pesaba como brea y rajaba las piedras.

Pero el resultado de las fotos coloreadas no le gustó, se quejaba en otra carta. Era una composición artificiosa de la realidad, con colores de acuarela verde turquesa y amarillos de esperanza, que en nada se parecían al mundo en sus verdaderas tonalidades, donde predominaban el verde espinaca y los ocres y amarillo quemado. La gente quedaba peor: personas maquilladas, cuya calidad dependía de la mano maestra del iluminador de bromóleos, pero los ojos siempre quedaban oscuros como si tuvieran ojeras. El resultado era solo decorativo, a medias entre foto y cuadro. Rubén Gómez Piedrahita le había hecho llegar iluminada a mano la foto que tomó del general Vásquez Cobo, y a Alejandro se le pareció a un soldadito de plomo de los que usaban los niños como juguete después de la guerra con el Perú.

«Están vendiendo la película que capta más de cinco colores distintos», informaba Rubén en otra carta.

«Cambié de opinión. Más de cinco colores no nos dejan ver. El mundo es más misterioso en blanco y negro», respondió por escrito.]

HOTEL DEL CACIQUE

Cuando Lucía bajó la escalinata del buque y pisó la arena prieta y recalentada del fondeadero unos años después, él ya llevaba un momento examinándola entre la gente que esperaba el barco, pero ella no lo reconoció.

Era la misma maestra espigada de la escuela de la concesión, aunque con el cambio natural de haber pasado cuatro años sin verla. La recordaba con su elegancia de figurín de la noche del baile en el Hotel Ferrowilches, pero venía vestida ahora con pantalones de paño y camisa cerrada hasta el cuello, pelo corto y lentes oscuros, la imagen de la mujer justa en que se había convertido la altiva maestra delgada y pálida, con faldas blancas como un lirio, que enseñaba a leer años antes a los niños de la concesión.

En esos cuatro años que habían pasado, la guerra civil de España se volvió un recuerdo y la guerra de Europa ocupó el centro de las conversaciones, y al presidente que implementó el *New Deal,* Alfonso López, lo sacó del cargo un escándalo periodístico, la muerte del panfletario conservador Mamatoco, y lo sucedió un periodista, Eduardo Santos, con la misma oposición sanguinaria del Partido Conservador resentido por no poder recuperar la hegemonía, pero a él le dio la impresión de que nada había cambiado en el mundo tanto como ella con el solo gesto de cortarse el pelo y la demarcación de sus rasgos en el final de la treintena y la desenvoltura y aplomo de mujer madura.

El cambio más notorio estaba fuera de ella. Era esa niña que la acompañaba. Una niña con flequillo rebelde cortado recto en medio de la frente, pantalones cortos de niño y camisa de cuadros. Bien podría tener los mismos años que llevaba sin verla, y hasta ser hija suya, por el modo en que iba vestida igual a la madre, pero no se parecían, la niña era morena, de pelo liso y negro, y sería de corta estatura, y la madre era alta y pelirroja. Además nunca mencionó en las cartas que se hubiese convertido en madre.

Las cartas no fueron continuas, ni eran respuestas a las anteriores. Eran espontáneas. Él le enviaba fotos de la obra en que trabajaba y del río. Y ella le contaba minucias de la escuela, momentos de su pasado y estados del clima. Hubo un silencio de trece meses mortales de interrupción de las cartas en que la ausencia de las mismas pudo haberse malinterpretado como desinterés o despedida, pero luego llegó ese telegrama sorpresivo, «traslado Nueva Granada buque naviera sábado», que anunciaba el retorno de la maestra al puerto del Cacique desde Salgar.

Se movía en la barahúnda de pasajeros del puerto con la agilidad de los que no cargaban su equipaje. Detrás venía un encaletador con los baúles y las maletas. La siguió con la mirada luego de reconocerla de lejos, sin encontrar aún las palabras precisas para el reencuentro.

Las vio salir del puerto caminando y solo se detuvieron un momento en la calle que desembocaba en una de las compuertas de la refinería a mirar las torres del alambique de petróleo que empezaron a echar fuego como dragones, mientras el fragor de los cargadores y el movimiento de pasajeros y los alaridos de los vendedores se intensificaron cuando el motor del vapor de la empresa naviera se detuvo y volvió a oírse el rumor del puerto.

Después de mirar un rato las torres de la refinería, a la niña se le entró una mosca en el ojo y Lucía se inclinó para expulsar la basurilla, que era uno de los flecos rebeldes de su pelo recortado en la frente. Le sopló en el ojo y le acomodó el peinado con los dedos. Liberada la molestia, la niña se quedó mirándolo. Había una nube de mosquitos que se habían enloquecido al removerse el agua del puerto con el oleaje del vapor y rondaban las cabezas. Algunas personas se protegían de la invasión de mosquitos espantándolos a manotazos. Como la niña no dejaba de mirarlo hizo el gesto de atrapar en un lance un puñado de mosquitos que luego simuló meterse en la boca y masticar. La niña pareció perturbada por la visión. La mujer observó la ruta indicada por el estibador y luego tomó a la niña de la mano, cruzaron la calle y alcanzaron a pie el Hotel del Cacique siguiendo de cerca al hombre que cargaba el equipaje.

Las alcanzó cuando se registraban en la recepción del hotel. Era un edificio blanco como una mansión entre palmeras, con una pequeña terraza en la suite presidencial, ventanas de arco que miraban al río y decorado con mampostería de yeso y pisos de azulejos árabes, rodeado por senderos que llevaban a quioscos externos, y una piscina interna en la que confluían los tres bloques de habitaciones. Lucía estaba sola junto a los grandes cestos faraónicos que decoraban el vestíbulo. La niña no estaba a la vista, porque había entrado al baño. Le tocó el codo y se puso frente a ella. Lucía volteó y pareció turbada de ver su rostro iluminado por el reflejo de la luz del sol que entraba por el arco principal y reflejaba en los azulejos inundando la entrada de luz, pero luego cambió a un gesto de alegría y se quitó los lentes de sol.

—Como se dice en estos casos, ¿por qué te casaste con ese tipo?

—Porque tú dejaste de escribirme esas hermosas cartas donde fingías que me amabas.

—Yo sabía que ese hombre no era bueno para ti, que tarde o temprano te iba a dejar, pero no sabía que te iba a dejar con una bendición.

—Como se dice en estos casos: él no es el papá de este hijo. Escribir fue cada vez más difícil y no alcancé a contarte mi secreto más preciado.

El tono cambió de la parodia a las preguntas urgentes.

—¿Entonces conociste a alguien más en estos años? Y yo aquí esperándote como un gasolinero enamorado.

—¿Conociste tú muchas mujeres en estos años en este puerto de petróleo y lenocinio donde me esperabas? Tu pregunta no tiene sentido. Conocí a mucha gente, como tú, en estos años, ¿o acaso no sigues yendo al grill de las francesas todos los sábados con tus compinches? ¿Todavía vienen las francesas a derretirse como chocolatinas en este bochorno?

—Yo te esperé cuatro años, dos meses y veintidós días.

—Y aquí estoy. Nunca prometí que volvería, porque una promesa es un voto irrenunciable para una mujer como yo que cumple su palabra. No voy a quedarme en el puerto porque es un nombramiento rural. Voy a la serranía, a la Escuela de las Nubes. Ya compré el pasaje en la línea de las seis, para mañana.

—Estamos en obra. Solo podré ir a visitarte dentro de tres meses.

—Ve cuando puedas. Ahí estaremos, esperándote.

—¿Esa niña...?

—No tienes derecho a hacerme esa pregunta. Tienes que ganártelo. Si quieres saber si es mía, la respuesta corta es sí, pero más adelante, si te ganas el derecho, te contaré la respuesta larga. Ahí viene. Se llama Elena. Finge que acabamos de conocernos y no le des la mano porque es esquiva.

—Prometo no preguntar nada, siempre que vengas a mi habitación esta noche.

Y se dirigió al dependiente:

—Quiero una habitación con vista al río.

—Claro que sí. Permítame su documento, señor.

—Esa no es la forma de cortejar a una dama digna a la que hace cuatro años no ves.

—Cuatro años, dos meses y veintidós días. De tanto esperarte se me olvidaron las buenas formas.

—Las buenas formas son para los hombres que solo saben fingir las formas.

—¿Vendrás?

—Mami, ese es el señor que se come las moscas.

Lucía se quedó viéndolo con una ceja levantada y una mirada incrédula. Él le hizo un guiño como si una basurilla se le hubiera entrado en el ojo. Se sacó la mano del bolsillo y la llevó al ojo para frotarse el parpado y al retirarla en su ojo había una moneda.

—Hola, yo me llamo Alejandro. ¿Quieres que te haga una fotografía? Mira, esta es mi cámara. ¿Has visto alguna vez una fotografía? Te mostraré una. ¿Ves? La hice aquí cerca, junto al río. Háganse las dos ahí en el jardín del hotel, junto a las palmeras. ¿Cómo te llamas?

La niña no contestó, pero no dejaba de estudiarlo con interés.

—Elena —dijo la madre.

—El nombre de la mujer más bella.

Les pidió que se pusieran juntas donde el resplandor del sol en el agua les iluminaba la cara y les hizo la fotografía.

Luego mostró a la niña cómo hacer fotografías y la dejó ir a merodear los jardines con su cámara Kodak Brownie colgada del cuello.

—Aquí tiene su llave, señor.

—Mira, es la 222. Nunca dejes a un gasolinero enamorado esperando.

—Si eres capaz de esperar a una mujer con obligaciones, espérame.

Semanas después, al revelar las fotos hechas por la niña, encontró una barriga de lombriz, una tuna en forma de cornamenta, unos calzones de seda sobre la cama.

Dejó constancia en el respaldo de las fotografías.

[«*Fotos tomadas por Elena en el Hotel del Cacique*».]

LAS SABANAS DEL CHAPAPOTE

Querida y recordada mamá:

Reciba mis votos por su bienestar y el de todos en casa. Esta breve carta para contarle que llegué bien al campamento. La sequía ha hecho innavegable el río Lebrija. Playones con pájaros migrantes y tortugas petrificadas esperan en el arenal. Las ciénagas ahora tienen un tono verde y claro porque el sedimento se asentó. En lo que queda de los pantanos, caimanes cubiertos de barro duro se protegen del sol. El suelo tiene fiebre. Los caballos patean la tierra cuarteada bajo los aceitunos solitarios de la orilla para que la lluvia llegue pronto. Hasta los perros con la lengua colgando hozan y olfatean el viento tratando de adivinar el rumbo del aguacero. La sequía es eso, madre: una larga espera.

[*Le contaba que estaba poco amañado en el cañón del río Lebrija, pues era incómodo vivir. Todo lo necesario había que hacerlo traer por río desde los puertos.*]

El clima es ese calor de resolana que se levanta en las tardes y emboba a las iguanas, y la brisa del atardecer que a veces refresca no es muy agradable porque hay humo de quemas y no pueden verse a la distancia más que las frondas amarillas de los guayacanes y los copetes lila de los chingalés que por esta época están todos florecidos. El humo borra los caminos de chapapote que está abriendo la Gringa para llegar a los nuevos pozos de petróleo.

[*Decía que los trabajadores estaban silenciosos porque los zancudos no dejaban hablar, se metían en la boca como vecinos chismosos. Los llevaban desde el campamento de Chapapote al frente de obra, en Chingalé, sentados encima del planchón del tren, y mientras la máquina avanzaba, sobre todo después del enorme puente de acero de La Leona, el calor era menos intenso. La Leona, que era una quebrada sin agua, cuya acequia recogía las lluvias de dos cerros lejanos, había crecido en abril con las precipitaciones y el torrente socavó uno de los estribos y hubo que reforzarlo y además alzar una barricada con muros de hormigón y toneladas de piedra para hacer una barrera capaz de desviar futuras crecidas. Todo indicaba que la falla del terreno bajo el puente seguiría moviéndose. Extender un ferrocarril por un terreno tan irregular era una verdadera proeza de los ingenieros, de la máquina y del esfuerzo físico de los obreros. Los ríos de sabana que venían de la serranía cambiaban de curso. Socavaban los terraplenes de los rieles de un día para otro. Desmoronaban los taludes. Donde no se pensaba, aparecía una ciénaga. Iban a extender el ferrocarril antes de que saliera el sol y alcanzaban a ver el amanecer desde el tren. Las garzas alzaban el vuelo espantadas por la locomotora. Por el camino se encontraban las baterías de pozos petroleros ya en producción, el cabeceo de los balancines. Campamentos de compañías de obreros petroleros ya desmantelados. Vallas blancas con el número del kilómetro y otras amarillas con el nombre de la compañía gringa y propagandas de llantas y películas de Hollywood. Los búfalos de una hacienda ganadera que limitaba con los terrenos de la concesión y que miraban pasar el tren con indiferencia. Al apearse ya estaba la ropa pegachenta de sudor. Alrededor del frente de obra, el manigual. A veces se asomaba un venado desde la orilla del monte, miraba de lejos a los trabajadores que alargaban la línea del ferrocarril y luego desaparecía. Se oían en la manigua ruidos extraños, susurros, un acezar de bestia, luego el crujir de las copas de los árboles, travesías de micos tití o algún estruendo entre las ramas que acababa en un sonido de zambullida, pero el pesado animal que caía al pantano era invisible y entonces los obreros decían que se trataba del jaguar que ya había matado varias vacas de las ganaderías. Las noches alrededor del campamento eran ruidosas. Los obreros preferían dormir en hamacas, siempre sudando como afiebrados, incapaces de renunciar y desempeñar cualquier otro trabajo por la misma pereza que producía el calor que no se aplacaba ni de día ni de noche, anhelando la cerveza helada que estaba prohibida en el campamento, confiando en que algún día saldrían vivos de ese horno caliente para visitar a sus familias.]*

Hay que estarse moviendo constantemente para que los zancudos no traspasen la ropa. Pero cada paso aumenta el sudor, así que hay que estar tomando todo el tiempo gaseosas, que permanecen heladas en cajas herméticas llenas de hielo y al alcance de todos y espantan la sensación de calor pero hacen sudar aún más. De noche todo ese calor acumulado en el día se apacigua con un baño, pero después solo puede estarse en la hamaca fumando tabaco puro para espantar con el humo a los zancudos sin moverse para no quedar de nuevo empapado de sudor, porque sudar es el verdadero trabajo para el que nos contrataron. Le cuento que el diecinueve de este mes como a las cinco de la mañana se sintió un temblor de tierra que se mantuvo un buen rato y nos hizo madrugar a todos en el campamento. El ganado en la hacienda cercana se arrodillaba. Por fortuna, no ocurrió nada grave y la obra del ferrocarril avanza. Todo transcurre en la misma monotonía de motosierras y palas mecánicas y niveladoras, salvo que ahora hay mucho zancudo y sus picaduras traspasan hasta cuatro pantalones y comemos cápsulas de quinina como las gallinitas comen maíz.

[Mandaba algunas fotos de la sequía de ese año. Y añadía descripciones del río al respaldo.]

El árbol donde se sientan los obreros a comer es una gran ceiba solitaria que perdió las hojas y suelta motas de algodón que el viento mantiene suspendidas lentamente en el aire como si el tiempo flotara entre nosotros.

[*Le explicaba en la carta que eran fotos tomadas con la nueva cámara que compró al chef de la compañía, Giordaneli, una Berning Robot II que hacía el doble de fotos con la misma película.*]

La maleta se me dañó durante el viaje que hice después de visitarla. Como me fui por el cerro de La Paz para hacer el camino real hasta Botijas, me desvié por la falla de Aguacaliente donde parte el camino hacia la primera explotación de la concesión, pero yo no quise ir hasta el puerto y tomar el tren, sino conocer otra ruta, la de Botijas, para salir a Sabana y a Chingalé, así que había que internarse a pie por esa tierra de ríos y tigres. Tuve que armarme de mucho tinto y paciencia y venirme en mula hasta el puerto de Botijas porque no encontré quién me trajera la maleta. Al comienzo había al menos una trocha por la que difícilmente podría avanzar un carro pero que me llevó, después de un tramo que me dejó muy agotado, a las tierras bajas. Luego la trocha se volvió un camino que se metía al monte. Me adentré en el monte solo con la cámara terciada y la bestia se desbocó en el camino, quizá amedrentada por alguna culebra coral. Empezó a correr por la orillita donde se veía un voladero y si no me fui al fondo fue porque empecé a apretarle las costillas al animal con mis rodillas tan fuerte pero tan fuerte que quizá le faltó el aire y empezó a bajar la velocidad hasta que se detuvo lejos del peligro. Me bajé del animal y recliné la espalda en un árbol para calmar la agitación del esfuerzo. La mula se alejó y mis pies se acalambraron. Estaba sin zapatos dándome masajes y buscando la bestia con la mirada por el camino de herradura donde se amontonaban los alcaravanes y desplegaban las alas alertados por el canto de un águila, cuando de pronto vi salir a unos niños entre matorrales. Eran indios.

Hace cinco años atacaron un puerto en el Lebrija y mataron a cinco cristianos. Eran varios. Iban desnudos, con flechas. Pintados de achiote para protegerse del sol, con el pelo recortado en la media frente, y llevaban mochilas alargadas que eran nidos de pájaro macuá. El indio, la india, los hijos, un anciano. Había oído hablar de ellos pero pensaba que eran leyenda. Decían que iban a robar hasta el puerto de Botijas. Les metían flecha a los Manducan que comerciaban en El Pedral. Ellos tenían unas bodegas donde dejaban la carga. Ahí la depositaban en unos champanes y la llevaban al Puerto Marta. Y lo demás lo dejaban en el municipio de Olaya Herrera, que es la Bodega Central de los lanchones. La mercancía se echaba al barco y luego subían por el río Lebrija hasta Puerto Santos. Los indios atacaban esas cargas cerca de aquí, por los lados de Cayumba, con flechas, pero ellos, los Manducan, contestaban con escopeta y los indios se iban enseguida. Imagínese: qué va a hacer una flecha ante una escopeta. Mi sorpresa es que ahí echado por los calambres en el camino yo confirmé la existencia de los carares. Todas estas tierras habían sido de ellos, pero a los últimos los sacaron a bala por la concesión del petróleo. Yo no tenía cómo defenderme si me atacaban a flechazos. Me quedé perplejo allí, pero no acabó ahí mi sorpresa porque luego vi algo extraordinario: habían domesticado a una danta y a un venado y atravesaban el camino con la danta cargada idéntica a como nosotros cargamos las mulas y el venado los seguía detrás, mansito. Entonces cantó el águila en el cielo y le respondió la alharaca de los alcaravanes que cuidaban sus nidos, y fue ahí cuando me descubrieron echado en el suelo, junto a las raíces de un árbol. Me miraron como si yo fuera parte del inventario del monte. Me ignoraron hasta que les apunté con la cámara que llevaba terciada al hombro. Entonces el hombre me apuntó con su arco y flecha. Yo bajé la cámara. Él bajó el arco.

Cruzaron el camino la pareja con sus dos hijos, con la danta cargada y el venado y un mico que iba con uno de los niños abrazado al cuello y el abuelo lampiño, y desaparecieron. Yo hubiera podido regresar con la prueba de que aún vivían en esas tierras, una foto de los carares, pero no pude mover ni un músculo de lo asustado que estaba.

En la siguiente casa del camino hasta la ferrovía me tocó seguir a pie y dejar a resguardo la maleta para que luego me trajeran el equipaje y los equipos los muleros de Botijas, sin saber si el camino me quedaba de para arriba, de modo que tuve que quedarme sin ropa y oler a berrinche unos días porque los de las mulas no aparecieron. Después la mandé traer desde aquí, pero el que me la trajo al campamento de Chingalé seguramente se emborrachó por el camino y la dañó, porque le tumbó los remaches y llegó asegurada con una chipa de alambre. Para la traída del cofre de compartimentos no la molesto porque eso es pereque ponerse a buscar quien lo traiga. Póngalo al sol unos días para que no se le impregne el olor a guardijo. Ya mandaré a un obrero que es de allá cuando salga en licencia para que vaya a la casa y pida el cofre que él me lo trae, pero me avisa por teléfono si puede, para yo ir al puerto de Botijas a recibirlo. Lo que quiero es que me haga este favor: vaciar el cofre de compartimentos, guardar lo que tenga en el ceibo de la pieza donde duermo cuando voy a visitarla, el mismo armario donde está guardado el gabinete de luz, y me lo envía desocupado para yo proteger mis cosas de la polilla y la humedad. Se lo entrega al que vaya a reclamarlo. También le anuncio que dentro de unos días le voy a mandar una cosa que se encuentra por aquí en esta sequía, que es huevos de tortuga, pero apenas están empezando a salir. Nada más por ahora.

Todo lo mejor, querida madre.

Su hijo el andariego, que siempre la recuerda,

Alejandro

—Voy a desaparecer a alguien.

—¿Va a echar al río a alguien?

—Es un truco de magia. Voy a desaparecer a un voluntario.

—Yo —dijo Rubén.

—Leo 12, usted extienda esta tela negra ahí donde cae ese haz de luz.

—¿Aquí?

El eco llenó el recinto del Teatro Cervantes.

—Donde el sol se refleja. Use la tela como un espejo negro. Así. Y ahora Rubén se hace de frente y yo cuento hasta tres. Cuando haga la señal debe moverse rápidamente y luego parar en una nueva posición, puede ser mirando al oriente, para que la luz refleje en su espalda, se está quieto otra vez tres segundos y cuando haga la señal sale rápidamente de la tela y se pone a la sombra.

Los tres tomaron posiciones para el truco. El de la tela negra la sujetaba sobre un asta como la capa de los toreros. Rubén Gómez Piedrahita posó primero de perfil siguiendo las indicaciones, luego adoptó una posición de cumbiambero, con el sombrero en la mano derecha y el otro brazo muy estirado y un pie cruzado sobre el otro. Luego desapareció en la sombra al salir del haz de luz que se filtraba por la escotilla.

Cuando llegaron las fotos reveladas al Club Nacional, Alejandro se las enseñó al resto del grupo. Una fotografía mostraba la silueta de un hombre con sombrero que primero estaba de perfil y sus bordes centelleaban por el reflejo de la luz, de ahí se desprendían hilos brillantes como las volutas de humo y la misma figura se veía transformarse en un bailarín con los brazos desplegados y las piernas juntas a punto de ejecutar una serie de giros, y luego los vapores de luz se arrastraban creando sombras y la figura parecía danzar en el aire antes de ingresar en la penumbra que el teatro acababa por tragarse como si fuera una porción negra del espacio sideral.

—Eres un mago, hiciste desaparecer a Rubén en una foto-grafía.

[*Los miembros del club fotografiaban el hospital, los huérfa-nos, los encaletadores del puerto, los comisariatos con sus productos importados, los vapores, el tren, los bares y las putas, los deformes y los mendigos, la refinería, los frigoríficos, los tanques de almacena-miento, los turbogeneradores de la planta eléctrica, la represa, la flota fluvial, la zona industrial, los talleres, los sucesos públicos, hacían «safaris fotográficos», publicaban postales y álbumes colec-tivos. El objetivo era «registrar el progreso», decía un lema de pro-moción, y lo definían como aquello que no vuelve atrás, solo mejora la vida y es probable que sea la última vez que se use por-que detrás viene una tecnología mejor.*]

La huelga

Alejandro sugirió al gerente del Teatro Cervantes, Leonar-do Buenahora, asociarse a Patricio Borja, que tenía su taller de impresos en el Bazar Francés, con el fin de solicitar a la Kodak la franquicia para instalar un laboratorio de revelado en el puerto, debido a la gran demanda del personal extranjero de la compañía que requería el servicio para revelar los carretes de sus máquinas, pero que tenían que remitirlos por encomienda a la filial de la Kodak en Medellín o al laboratorio del italiano Quintilio Gavassa en la capital del departamento. En vez de asociarse con Patricio Borja, Leonardo Buenahora renunció a la gerencia del teatro e instaló frente al taller de Borja el estudio de revelado haciéndose él solo a la franquicia, y anunció el local con la imagen oficial de la Kodak.

Alejandro, que enviaba a revelar sus carretes en el taller de Borja, empezó a revelar directamente en la Kodak de Buenaho-ra y así ya no tenía que esperar a que el sobrino de Borja, su amigo Rubén, enviase a Medellín los carretes. Tenía la esperan-za de que Leonardo Buenahora algún día lo dejara pasar y ver por dentro el cuarto oscuro del taller y entrenarse en los químicos del revelado y en los fijadores de la imagen en papel de gelatina de plata, pero el hermetismo que manejaba por la franquicia de su negocio hacía inabordable este tema en las tertulias del Club Nacional.

Para su sorpresa, en enero de 1927, cuando estalló la huelga de trabajadores del petróleo, llegó la oportunidad de entrar en contacto con los químicos del revelado. Rubén Gómez Piedrahita le anunció que su tío, don Patricio Borja, lo invitaba al almorzar una Gallina Política. Cuando quiso saber qué implicaba esa invitación le dijo que se trataba de un almuerzo social con sancocho de gallina que ofrecía Borja. El editor del periódico *La Mancha Negra* lo mandaba a preparar en una de las fondas del Bazar Francés con el fin de que le sirviera como consejo de redacción, ya que invitaba a trabajadores, socialistas y políticos para enterarse de los malos manejos de la administración municipal y de las compañías extranjeras. Tomaba nota de lo que había oído y se ponía a investigar para después escribir el artículo central de su periódico. El invitado principal de la próxima Gallina Política sería Mahecha, cabeza de la huelga que se estaba gestando.

Sorprendido por el hecho de que una de las personalidades del puerto lo estuviera invitando a un almuerzo, a él, un simple inspector de obras en una empresa asociada a los Servicios Administrativos de la compañía, aficionado a la fotografía, lo predispuso para no dejarse interrogar sobre las obras que su jefe, el ingeniero Nepper, adelantaba con la compañía. Llegó al restaurante y vio a un niño aprendiendo a tocar piano y las meseras poniendo ocho puestos en una larga mesa y algunos invitados ya a manteles, pero no vio a Patricio Borja. Se dispuso a esperar en una de las sillas hasta que oyó una voz ronca que llenaba el recinto con una retahíla de insultos:

—Dígale esto al alcalde: no lo permitiremos. ¿Qué sería de nosotros sin la libertad de prensa? ¿Después de que me expropió el periódico ahora quiere comprar *La Mancha Negra* para terminar publicando loas a una compañía extranjera? Que primero arda la Patria Boba antes de ver arder en el inquisitorial a la prensa libre. Y dígale también esto a mi compadre Luna: la unión obrera no permitirá que una compañía extranjera juegue con los intereses del pueblo. Hay más de siete mil obreros en el puerto. Tenemos comida para mantener la huelga hasta tres meses, con el cierre de la llave de la refinería dejamos al país sin combustible. Si no aceptan hacer cumplir a la Gringa los acuerdos, se nos van a unir los braceros en Neiva y los ferrocarrileros de Berrío, de La Dorada y de Wilches. Si nos pulsean la turmas, van a ver la fuerza viril del proletariado unido.

La comitiva de Patricio Borja eran Leonardo Buenahora y el pintor Ulises Álvarez, que venían escoltando a ese hombre deslenguado y vestido de blanco garza hasta los zapatos, quien era el líder visible de la huelga: Raúl Eduardo Mahecha.

Mahecha era conocido entre los obreros, aunque no estuviera vinculado a la compañía, simplemente porque había instalado una bodega de abarrotes junto al puerto, y así surtía de alcohol y víveres de primera necesidad a los obreros nacionales de la petrolera, quienes no podían comprar en los mismos dispensarios de los extranjeros. Mahecha vendía productos nacionales que competían en calidad con los productos que compraban los extranjeros en sus dispensarios, y aprovechaba ese contacto directo con los trabajadores para organizar mítines y distribuir panfletos socialistas.

El niño que aprendía a tocar piano corrió hacia Patricio Borja, que fumaba un puro. El editor presentó el niño a Mahecha como su hijo, Joaquín, que vivía con la madre en el pueblo del Cacique, pero había ido de vacaciones con el padre legítimo al puerto del Cacique.

Al ser señalado por Rubén y advertido de su asistencia, Patricio Borja reaccionó como si Alejandro fuera un contertulio habitual y viejo conocido atragantándose con el humo del puro:

—Señor Plata, qué bueno que vino a la Gallina Política, porque lo que le tengo que decir hay que cucharearlo con cucharita de palo.

113

Tomaron asiento y dos meseras sirvieron el sancocho de gallina y pusieron un botellón con una etiqueta que decía: Jerez don Patricio. Era vino de damajuana reenvasado, del mismo que vendían en el comisariato de la compañía, pero la etiqueta hacía suponer que era importado especialmente para ese consejo de redacción. Patricio Borja parecía conocerlos a todos y examinarlos mientras fumaba su puro. Los entrevistaba de una manera sutil, preguntando por algo intrascendente para después hacer una pregunta precisa sobre un asunto pendiente. Después de la respuesta, tomaba notas rápidas en una libreta. El editor le mostró a Mahecha el número del mes anterior de *La Mancha Negra*. Este lo hojeó y enseguida notó que el artículo principal era una entrevista al ministro de Gobierno y que uno de los destacados tenía varias falsedades: el ministro decía que ocho años atrás el gobierno había dado permiso a la compañía para el bombeo petrolero, pero esto no era sí: el gobierno entregó la concesión a dos particulares que a su vez la traspasaron a la Gringa para la explotación y a la Holandesa para el bombeo. Así que el gobierno se dejó estafar varias veces, primero al entregar el petróleo al imperialismo, porque arrendó al arrendador para recibir solo el diez por ciento de las regalías, y luego al firmar las prórrogas de la concesión, lo cual hacía urgente crear una legislación sobre el petróleo y un Ministerio de Hidrocarburos para no dejar ir la riqueza a los bancos extranjeros. Después añadió que ese tipo de tergiversaciones ocurría por darles prioridad a los funcionarios del gobierno y no a los ciudadanos ni al obrero trabajador. El camino era nacionalizar la compañía y formar un sindicato obrero. Y la misión de la prensa libre era dar la palabra a la gente que vive y sufre las decisiones del gobierno, entonces el proletariado podría enterarse de la opresión en la que vive y organizarse para luchar, pero mientras se siguieran difundiendo como noticia las mentiras del gobierno, el pueblo permanecería engañado con palabras demagógicas maquilladas de frases rimbombantes.

Patricio Borja explicó los pormenores en que se dio la entrevista con el ministro, y Mahecha resumió el carácter del funcionario con una frase lapidaria: «Reyes tiene más estómagos que una vaca. El ministro defiende los mismos intereses de la compañía extranjera. Con ustedes se quitó la máscara. Quién sabe cuánto le estarán pagando.

—Si el gobierno no es capaz de hacer cumplir a una compañía extranjera los acuerdos pactados con los obreros desde el año pasado, el obrerismo colombiano debe enfrentar a los desmembradores de la patria. Todos los obreros del río unidos pueden paralizar el país en ocho días.

Patricio Borja sugirió empezar a comer antes de que la gallina se enfriara en los platos y lanzó al piso su puro encendido. Sin alzar la mirada del plato de su hijo donde cortó en pedazos un muslo de gallina, el editor habló al invitado que estaba sentado en el lado opuesto de la mesa:

—Lo invité al almuerzo porque necesitamos un infiltrado en la concesión para hacer inteligencia —explicó a Alejandro Plata ofreciéndole un puro—. Aquí en el puerto todos sabemos que el ingeniero Nepper lo usa a usted para tomar fotos y hacer seguimiento de los obreros. Lo que no sabemos es para qué usan esas fotos en la gerencia de la Gringa, tal vez para identificar a los sindicalizados. *La Mancha Negra* le pagará por cada postal el doble de lo que le paga la Gringa. Sabemos que usted comparte los mismos ideales políticos de los negros mandingas. Así que esperamos que contribuya a subir la moral en la próxima huelga de banderas socialistas.

No entendió el interés que podrían suscitar tales fotos, pero no aceptó el puro y en cambio encendió un cigarrillo Chesterfield y aceptó la copa de vino que las meseras sirvieron de la damajuana.

Le sorprendía que hubiera pensado en él para una estratagema y para hacer registro de los obreros. Nunca pensó que pudieran tenerlo en cuenta en el periódico por esa afición que había surgido cuando su madre le dio el aparatoso cajón del padre y que aumentó cuando compró su primera cámara, Kodak Six 20, con el primer salario que le pagó Nepper como inspector de obras del ferrocarril de la compañía.

—*La Mancha Negra* es un periódico ciego. Como en la tipografía no hay máquinas para ponerle fotos, tenemos que repartir postales entre las páginas del tabloide. Este paisano es un buen fotógrafo, Eduardo —explicó Patricio Borja a Mahecha, quien miraba a Alejandro con ojos rapaces—: Cada dos meses viene a revelar a mi taller, pero se cansó por la demora de enviar a Medellín y se cambió a la competencia de aquí el colega Leo 12, que si no fuera comunista yo creo que sería un infiltrado de la Kodak porque vive organizando a los aficionados para tomar fotos del puerto como si los gringos planearan independizar la concesión. Yo he visto sus fotos, y puedo decir que este paisano tiene más ojos que una araña.

Mahecha lo midió de arriba abajo tratando de estimar la fiabilidad y discreción en la expresión de su rostro. Leonardo Buenahora, el pintor Ulises Álvarez, el editor del periódico Patricio Borja y los demás invitados a comer gallina se miraron con miradas conspirativas, y fue Mahecha el que rompió el silencio:

—¿Por qué nos mirás así, Plata? Ni Patricio ni yo estamos pidiendo que matés al gerente, sino que tomés fotos desde adentro de la Gringa mientras dure la huelga.

—Yo solo no doy abasto para estar en todos los sitios y hacer el cubrimiento de la huelga —dijo Borja—. Además no tengo permiso para circular en los predios de la concesión ni en el complejo industrial ni en el nuevo campo de Chapapote. Tengo que escribir casi todo el periódico yo mismo como Dostoievski. ¿Se le mide, o no? Apúrele que al que le van a dar le guardan gallina política, pero el que guarda pa luego, guarda pal perro.

Fumó una bocanada de su cigarrillo antes de responder.

—Yo las hago, pero Leo 12 me tiene que enseñar a revelarlas.

Leonardo Buenahora intentó negarse, menos molesto por el mote que le habían puesto los del grupo, porque las doce era la hora buena para almorzar, y más por conservar el santo grial de la franquicia, el secreto de los químicos del revelado, pero los otros lo acorralaron con objetivos bolcheviques:

116

—Los secretos industriales también deben ser colectivizados, camarada. Hay que crear conciencia ahora de la unión de los trabajadores, porque pronto los obreros unidos tomaremos los medios de producción en las principales plazas y triunfará en nuestro país la revolución bolchevique. Ya están dadas las condiciones. Todos los sindicatos del río de La Magdalena están unidos. Falta que se unan los obreros agrícolas que sufren el imperialismo de la compañía bananera, pero estamos en eso, y solo ellos son más de veinte mil. Primero será nuestro el puerto del Cacique, después los miles que trabajan para la compañía bananera en la costa, y ya se están organizando los de Neiva, los de Bogotá y los de los puertos marítimos. A su debido tiempo, en una acción coordinada por el Comité Central Conspirativo del Partido Bolchevique Revolucionario, daremos instrucción a los cuadros locales para tomar las armerías y las capitales.

Le explicaron que para cubrir la huelga debía estar en la primera línea de todo lo que ocurriera entre los trabajadores. Luego se habló de la movilización por río de un regimiento que envió el gobierno, pero los obreros de Puerto Salgar se negaron a subir la carga de la munición, lo que retrasó la partida. Así que debía estar atento a la entrada en puerto del vapor Hércules y de los patrullajes de la tropa en las calles y la probable militarización de los campos petroleros y la refinería. De las fotos que tomara se harían series de postales para repartir entre el proletariado, y en las conferencias se leerían los artículos centrales del periódico. *La Mancha Negra* le facilitaría el acetato necesario y le pagaría por cada carrete.

Aceptó porque era una manera de estar cerca de gente de ese nivel de comprensión de las necesidades de los trabajadores, y además podría involucrarse con ellos.

—La causa obrera necesita imágenes que la engrandezcan. No podemos seguir publicando esa *Mancha Negra* con serigrafía y con dibujitos como en los tiempos de *El Papel Periódico Ilustrado*. Hay que imprimir las fotos como si fueran pruebas de la realidad. Ponerle ojos para que el obrero vea las condiciones de su inopia.

Raúl Eduardo Mahecha siguió mirándolo con ferocidad. Era un hombre desconfiado, audaz y prepotente, descendiente de un presidente, soldado legitimista durante la Guerra de los Mil Días en Panamá, ahora comerciante y fundador del sindicato, vestido de blanco inmaculado, moreno, rotundo, de cabeza pequeña y movimientos nerviosos y ojos desmesurados y perfil avizor y labios desdeñosos que se reían con estruendo, a borbotones de aire, como resuella un pavo.

Esa tarde le dieron a Alejandro la primera instrucción: fotografiar en secuencias de cinco o seis fotos que pudieran leerse como una historia. Una de las series podría ser la despensa del almacén de granos de Mahecha, donde los dirigentes socialistas acumulaban aquello que consideraban más importante para mantener en pie una huelga obrera: harina y sal. Otra, las conferencias de Mahecha en el Parque Nariño, y otra, las armas de los obreros y las banderas rojas con los tres 8 de Chicago que desplegarían cuando estallara la huelga.

Mientras oía los soliloquios verbales de Mahecha y repasaba sus facciones para descubrir ese parecido que tenía con un pájaro, le pareció que el líder de la huelga tenía un humor agrio labrado con chistes flojos, con reiteradas alusiones a órganos sexuales, además se jactaba siempre de grandes proezas ya pasadas y proyectaba el futuro de la huelga comparándolo siempre, justamente, con la huelga anterior, lo que mostraba una soberbia imperdonable que resumía la desmesurada fe que tenía en sí mismo. Su discusión ante las reservas de Patricio Borja empezaba siempre con esa fórmula de marras: «Como hicimos en el año 24 cuando el ejército quiso darnos caldo y le dimos seco y sopa». Siempre aludiendo a episodios pasados, a errores tácticos que no se podían permitir los revolucionarios en una huelga general, a riesgo de desandar el camino ya hecho.

Por eso eligió fotografiarlo de perfil, al considerar que era ese el ángulo que mejor captaba su espíritu a la vez alevoso y esquivo. El fondo lo eligió el propio Mahecha: la bodega con los costales de provisiones, que eran pilastras de sacos llenos de harina. En la foto que resultó, Mahecha posa reclinado en los costales del granero con la mirada oblicua de un dios fanfarrón, como Apolo, que acostumbraba a jugar con los deseos de los mortales.

Durante todo diciembre fotografió también para la serie de postales que se repartían con el periódico *La Mancha Negra* una panorámica de los conciliábulos en los que se debatía el proceder de los huelguistas para abordar la siguiente etapa de la protesta. Fotografió un desfile de banderas socialistas con el triple 8 en fondo rojo. Fotografió la llegada del vapor Hércules con el regimiento del ejército que venía a disolver el paro. Fotografió la pedrea en que los obreros atacaron al regimiento, y la respuesta de sangre del regimiento, que contestó con plomo a la piedra.

El trabajo de fotografiar las asambleas en los días de huelga le hizo imaginar la audacia de contar una historia visual del desarrollo de los hechos hasta conseguir el gran cierre: uno de los siete obreros muertos, tendido en la calle del Molino, rodeado de velas de parafina y, al día siguiente, el funeral multitudinario y el discurso de Mahecha, herido en el brazo, en el cementerio, pero sosteniéndose en pie, erguido, junto a la hija de uno de los obreros muertos durante la que llamó «Noche de San Bartolomé».

Dos días después de la represión, Mahecha y Patricio Borja fueron apresados y conducidos a la cárcel de Tunja por la carretera de la serranía.

Desde la ventana que daba al Parque Nariño, fueron testigos Leonardo Buenahora, el pintor Ulises Álvarez y Rubén Gómez Piedrahita de cómo los montaban a un camión, maniatados y amordazados, y luego se enteraron de que los condujeron por la carretera que iba desde el puerto del Cacique hasta el Socorro por la serranía, exhibiéndolos en cada plaza ante el escarnio público, y del Socorro a Tunja, donde los ingresaron a los calabozos de bandoleros donde tendían los brazos en medio de los barrotes de hierro. Del juicio abierto, y de los dos meses de cárcel que les impusieron, se enteró Alejandro más tarde por un periódico de Bogotá, el *Nuevo Tiem-*

po, enviado desde la cárcel a Rubén Gómez, que mostraba a Mahecha amarrado al cepo como el colgado de los naipes de las brujas.

El Comité Central Conspirativo dio la orden a Ulises Álvarez de ponerse a resguardo con los miembros activos de la célula y esperar órdenes para dar el gran golpe contra el gobierno en el momento indicado. Se esperaba que fuera la parada de la tropa de oficiales que se hacía cada año en la capital, pero la señal para preparar el golpe fue la crisis del capitalismo cuando el dólar se desplomó en noviembre y se extendió el sudario de la Gran Depresión. A la partida del pintor, Rubén Gómez y Leonardo Buenahora idearon la ampliación de algunas de las fotos que llevó Alejandro para hacerlas circular como postales, a falta de insumos para difundir *La Mancha Negra*. Leonardo cumplió su parte del trato y los dejó entrar al laboratorio de la franquicia de la Kodak y los inició en el misterio de revelar con ácidos sus propias fotografías y el papel con las partículas de plata que reaccionan a la luz.

Así surgieron las postales de la primera huelga obrera reprimida a plomo por el ejército. En esos meses, debido a esa misión, aprendió el proceso mediante el cual revelaría sus propias imágenes en un cuarto oscuro a la luz de una lámpara de petróleo con celofán rojo.

El proceso era simple pero inmodificable y preciso: poner en distintas cubas agua, ácido, fijador y más agua. Una alteración en los tiempos y las cantidades dejaría los negativos estropeados. Para el papel se usaban haluros de plata sobre gelatina, y al contacto con la luz los haluros reaccionaban y se creaba la diferencia entre blanco y negro y las zonas de grises.

El periódico *La Mancha Negra* se atrasó hasta la salida de su editor de la cárcel por el sellamiento del taller, pero las postales se distribuyeron en los conciliábulos de los socialistas. Cuando Patricio Borja volvió de la cárcel [*la llamaba «vacaciones en Tunja» para suavizar el estigma*] y vio las postales de la huelga que se pasaban los obreros de mano en mano y que vendían los niños voceadores en la torre de correos del puerto, los abrazó, emocionado, y le dijo a Alejandro, con su acento del otro lado del río:

—Tu ojo de fotografiar es el izquierdo, Alejandro Plata.

Como le inquietaba la destreza para tomar fotos en momentos de agitación, preguntó Rubén Gómez si no había sentido vergüenza al tomar la foto de aquel obrero muerto en la calle. La respuesta cortante que oyó se la dio Raúl Eduardo Mahecha y de paso fundó uno de los principios éticos del nuevo oficio: «Hay una diferencia fundamental entre indicio y prueba. La foto cambió la forma de ver y la verdad. Esto no es una foto: es una prueba judicial de la represión de la hegemonía conservadora. ¿Y qué hay después de la verdad? Justicia. Que es lo que reclama el pueblo. Vos recibime un consejo, y aprovechalo, porque casi nunca se los doy a nadie: primero sacás la foto del muerto y después le pedís permiso a la viuda».

Un mes después circuló en el puerto del Cacique el primer ejemplar de *La Mancha Negra* con fotos. Traía incluidas las fotos de Patricio Borja desde la cárcel y las de Alejandro en una serie completa sobre la huelga rotulada con los mismos pies de página que usaba el pintor Ulises Álvarez en sus grabados de mimeógrafo: «Obreros en huelga». «Desfile de cien banderas socialistas». «Obreros reunidos». «Obreros masacrados». «Muerto en su noche de San Bartolomé».

Antes de finalizar el año, *La Mancha Negra* en asocio con la Kodak ofrecieron un premio de fotografía, cuyo monto en metálico se componía del último modelo de cámaras de la compañía fotográfica (máquina Kodak Six 20 #4) y la publicación de la foto ganadora en la primera página del periódico.

Estaba dirigido a fotógrafos amateurs que tuvieran desde Junior #3 en adelante, y el primer premio le fue otorgado a Alejandro Plata por el retrato que hizo del discurso de Mahecha junto a la hija del obrero muerto en el Nuevo Cementerio del puerto durante la huelga del año 1927.

La hilera de los niños pobres, harapientos, era el comienzo de la romería. Supe por boca de una de las mujeres que iban descalzas por penitencia, querida hermana, que la caminata duraría tres días al rayo del sol, pero no contaba con que el primero de esos días se iba solo en la subida de Jordán hasta Aratoca por el cañón del Chicamocha, entre tunas y cardos y órganos de cactus y cujís, pero ninguna sombra para resguardarse, y los pies y las narices de esas pobres mujeres se ampollaron bajo los rebozos. Éramos una cadena de oración humana de trescientas personas en romería que íbamos a pedir a la Virgen de Chiquinquirá milagros. El mío: que apareciera mi hijo, o una pista que me llevara a saber qué pasó con Alejandro. Pero la pista la llevaba en mi equipaje sin saberlo, y era la última carta que escribió a Lucía Lausen. Ella era su, digamos, «mujer», porque no se organizaron. Y de Chiquinquirá al lago de Quesada, donde vivía Lucía Lausen, según el hombre que nos hizo llegar la carta, ya podría yo arribar en carro.

Puse en el equipaje la carta lacrada de mi hijo para ella. Y fui a la romería para cumplir nuestra promesa incumplida y de paso pedir por tu descanso eterno también, querida hermana.

Su hermana le había propuesto años atrás que un día fueran juntas a hacer la romería a la Virgen de las causas desesperadas para pagar la promesa por haber encontrado buenos maridos. Pero la hermana salió a la calle y entonces el camión sin frenos apareció como un toro desbocado en frente de su casa dando cornetazos. No alcanzó a reaccionar, porque los pitazos, en lugar de avisarle, crearon un efecto paralizante y la azoraron, dio un traspié y trató de volver a cruzar la puerta, pero la llave cayó y al volverse no le quedó más remedio que alzar las manos en forma piadosa para encomendarse a los santos cuando el camión sin frenos se le fue encima y la embistió.

Desde entonces, Mariquita le escribía cartas en aquel cuaderno como si conversara con la hermana muerta. Además hizo incrustar una Virgen de Chiquinquirá de yeso bajo una cúpula de piedra en la tapia donde murió, para conmemorar a la difunta Ana Dolores Serrano.

Al ver en el altar de la iglesia el ícono bordado en oro y rodeado de estrellas al que se han encomendado tantos devotos por los siglos de los siglos, al centro la Virgen de Chiquinquirá custodiada por san Antonio y san Andrés, el cetro, la corona y el cuerno de oro bajo los pies, recordó el monumento y la promesa que se habían hecho y que había tenido que cumplir en compañía de su servidora, Custodia, y la gente que se fue sumando por el camino de piedra a la romería. Se alojaban en las casas de tres haciendas dispuestas por el camino nacional para recibir a la romería, y hacían dos paradas al día en los pueblos. En una de aquellas paradas conoció a Rafael Reyes. Le contó a su hermana que no olvidó el nombre, porque era homónimo del presidente que le quitó el petróleo al pueblo del Cacique.

Aquel viejo, que se apoyaba en un bordón hecho de un tallo de cafeto retorcido, cruzado por otro madero en forma de santa cruz, y que llevaba una canasta de junco a la espalda, le dijo, al ver desde la distancia el edificio de ladrillo que habían erigido en el Socorro y que era más alto que la torre de la iglesia, que el mundo estaba cambiando demasiado pronto, porque en la anterior romería todas las casas eran de un piso y ahora estaba ese edificio, y en toda su vida no había visto a gente vivir encima de otra gente, salvo a los ricos.

Ella le preguntó cuántos años tenía, y el anciano le dijo que noventa y dos. Iba a pie cada año a la romería de la Virgen de Chiquinquirá y hacía los tres días de caminata desde Los Santos, donde vivía, siguiendo el paso de la multitud. Llevaba soportado en la frente, con un pretal, ese canasto lleno de tabaco y amapolas como ofrenda para la Virgen de las causas desesperadas, a la que llamaba «mi patrona». Le preguntó cuál era la petición que le hacía a su patrona con tanta fe, y el viejo le dijo que le pedía por el alma de una hija que se le ahogó en un descuido suyo cuando ella era niña. Lo que le impresionó fue que aquello había ocurrido sesenta años atrás.

Tal sería el descuido y la culpa que cargaba ese pobre hombre. Pero más grande parecía el tamaño de su arrepentimiento. Si ese viejo, a los noventa y dos años, caminaba tres días cargado como burro con ofrendas para pedir a la Virgen de Chiquinquirá por el alma de una criatura inocente, ¿por qué yo no iba a ser capaz de buscar a mi hijo perdido a mis setenta y siete? Fui a pedirle fortaleza para mi camino, serenidad en los pasos que me quedaran y sabiduría para tener claro cuándo invocar cada una de las tres virtudes. Pero no contaba con la jaqueca, querida hermana. Esos dolores de cabeza que me anunciaban el mal que roía mi cuerpo y me asistían desde que empezó el tumor y que aumentaron por el sol y el aire sudoroso que respirábamos los caminantes. Soporté la primera procesión en el pueblo, pero ya en la basílica, en medio de una misa lenta como la luz danzante de esos miles de cirios encendidos hasta el altar, después de rezar y pedirle a la Virgen que me ayudara a encontrar a mi hijo, me desmayé, y Custodia tuvo que ponerse a gritar. Un seminarista apuesto y fuerte que estaba junto a nosotras dejó su biblia en la banca y cargó conmigo, y me llevaron a tomar agua dulce y a darme aire con un abanico. Cuando desperté vi la vitrina donde estaba la Virgen Santa.

Hice a la Virgen de las causas desesperadas la promesa de buscar a mi hijo perdido con las fuerzas que ella me diera.

Mientras una multitud de mendigos y lisiados se llevaban las ofrendas frutales y las moyas de barro con granos y las flores de todos los colores en atados, subimos al bus que nos llevaría al lago de Quesada para buscar a Lucía Lausen.

Al día siguiente de caerse el árbol, la volqueta de la basura atravesó el rumor de la niebla y se detuvo en frente de nuestra cabaña de madera.

¿Qué está pasando, mami?

Ella dijo:

El árbol caído no deja pasar los carros.

Bajen a los reos y que ellos retiren el árbol, dijo uno de los tres hombres que iban en la cabina del conductor:

Enganchen el tronco a la volqueta para abrir el paso. Y afánele mijo, que se nos vino la nublina.

Yo miraba desde mi escondite en el balcón con ayuda de mi periscopio. Los había estado viendo venir por la carretera. Era la misma volqueta que traía la basura del pueblo del Cacique para tirar en lo más alto del barranco de Chanchón dos veces por semana. Pero esta vez no traía basura, sino gente. Unos con ruana y sombrero y armados, y otros descalzos y sin armas.

A los armados apenas se les veían los rostros bajo el sombrero. Los que bajaron a tierra para remover el árbol caído de la carretera recibieron los machetes que los otros llevaban bajo la ruana.

Yo era niña y miraba el mundo desde mi escondite con los instrumentos ópticos que me dio Alejandro. Me fijaba en los camiones de acero que llevaban el asfalto. En la chiva de la línea con la gente sentada hasta en el techo y colgada de la escalera. En la volqueta de la basura con su bamboleo de animal pesado. Los seguía con mi clara visión a distancia por la carretera que llevaba del Montefrío a la Montaña Redonda. Este era el mismo carro que se detenía siempre en el barranco de Chanchón para alimentar al demonio de boca abierta que tragaba agua y basura y vomitaba niebla como si fumara y nunca se saciara. Podía ver a una enorme distancia con mis instrumentos ópticos. Pero también podía ver detalles de cerca con la lupa, los pelos de las hormigas, los ojos de las arañas.

Ahora veía las manos que cortaban el árbol. Veía los cañones de las armas. Veía a los tres tipos de la cabina conversando animados, pasándose una botella de aguardiente, y al chofer que sostenía la rueda del timón con una mano y con la otra fumaba un cigarrillo aferrado entre sus dedos gruesos y peludos por fuera de la ventanilla.

El armatoste de hierro de la volqueta estaba estacionado frente a la escuela donde el árbol del totumo se había caído y obstruía el paso sobre la carretera, y aquellos extraños hombres armados se echaron a tierra y detrás de ellos bajaron también los prisioneros. En el abrir y cerrar de ojos en que tardé en cambiar de lugar, ya cortaban las ramas con los machetes. Cuando volví a mirar pude detallar sus caras. Los descalzos se veían más cansados que los de ruana, con amplias ojeras rodeando sus ojos. Parecían entelleridos porque no llevaban abrigo y en esta parte ya hacía frío de montaña.

La casa de tapia era la escuela, y la cabaña de madera separada de la escuela era nuestra casa. Mi madre era la maestra de la escuela de Las Nubes. Ella estaba siempre atenta a todo lo que pasaba por la carretera y era precavida. Vio a los hombres, pero no salió, volvió adentro, sigilosa, y echó la compuerta que impedía subir desde el primer piso hacia donde estábamos y la trancó con candado. Ella no vio lo que pasó a continuación. Pero yo sí con mi periscopio.

Primero cortaron las ramas cortas del árbol. Luego las hicieron a un lado. Después cortaron las ramas gruesas y también las hicieron a un lado. Luego les entraron a los brazos del árbol y los mocharon y luego le dieron al tronco: esos diez hombres organizados como hormigas arrieras que llevan hojas al hongo que las alimenta lograron enganchar al camión el tronco principal del árbol caído para abrir el paso por la carretera. Luego subieron a la parte trasera y continuaron su camino hacia el barranco de Chanchón.

Estaba allí porque mi madre me dijo que me escondiera en el segundo piso cuando vio que el camión se detuvo frente a la escuela y venía gente armada.

Era una mujer reservada, mi madre. De observaciones puntuales sobre la vida. Me dijo tres veces en el mismo día: Los pájaros están alborotados.

Luego en el almuerzo: los pájaros están asustados.

Luego, la noche antes de que el árbol cayera: los pájaros se fueron.

Algo va a pasar, fue su conclusión.

Había que irse, como los pájaros, pero no lo sabíamos.

LOS CONDENADOS

Dijeron que nos llevaban a la cárcel de Berlín, pero todos sabíamos que nos llevaban al otro lado de las montañas gemelas, al basurero de Chanchón, que está por la misma carretera que conduce a la serranía.

Los reos íbamos sentados en el piso de la volqueta. La policía política eran esos que iban arropados con ponchos atrás, apuntándonos con sus fusiles y sosteniéndose de una mano de los adrales de aquella carrocería destartalada. El comandante, un detective, iba adelante con el personero Urbano Sánchez y el chofer de la volqueta, Roso Forero.

Me acuerdo como si lo estuviera viviendo: me agarro del lazo y prefiero ir de pie para amortiguar los desniveles del camino, mientras veo que las montañas de la serranía se agrandan sobre nosotros como si caminaran. La carretera pasa entre el Montefrío y la Montaña Redonda. Desde el pueblo se ven como dos tetas y por eso así las llaman, Las Tetas de la India, porque todo el conjunto de la serranía visto a los lejos da la impresión de ser una mujer acostada, de modo que íbamos como hormigas sobre las tetas de la india.

En el barranco de Chanchón es donde matan y lanzan a los liberales que son declarados culpables en el juicio sumario por el alcalde Pedro Rueda; el fiscal, que es detective de la Popol, teniente Olarte; el juez, que era un sargento, y el personero como abogado defensor.

Cierro los ojos y miro la cara de otro reo, el operador de cine Carlos Quinciga, a quien capturaron en la calle sin cargos. Pero él no deja de mirarse los pies. Y así vamos, amortiguando la marcha por aquella carretera de tierra rodeada de cafetales y desfiladeros directo al matadero.

No pasan otros vehículos en el sentido contrario. Solo vimos a un hombre que llevaba dos mulas de cabestro. Él nos miró pasar y se alzó el sombrero como despidiéndose de nosotros. Todos saben que es la volqueta de la muerte, porque en esta misma llevaron a Melitón Merchán y a siete más a La Salitra y allí los fusilaron, menos a Merchán, que escapó herido y contó que además mataron a dos campesinos que iban pasando en el momento del fusilamiento. Todos ya saben en el pueblo que en este carro viajan solo los que están sentenciados a muerte.

Me imagino que subimos por el cuerpo de esa mujer acostada y que ya vamos llegando al pezón, por encima de las nubes, y que pronto la mujer se va a mover y va a venirse en un estruendo contra el mundo para sepultarnos por nuestros pecados. Creo que el hambre me hace tener esos pensamientos y estas alucinaciones: que algo va a pasar antes de que nos fusilen, algo que cambiará el destino de nuestras vidas.

La volqueta se detiene de pronto con un estruendo. Escucho voces en la cabina. Los policías que nos vigilan dejan de apuntarnos y preguntan qué pasa. Hay un árbol caído sobre la carretera que impide seguir. Junto al árbol caído hay una cerca de piedra y una casa de madera de dos pisos. Más allá se ve la escuela de Las Nubes. No nos han dado de comer ni nos han dejado mear y ya nos hace gárgaras, pero sí nos hacen bajar de la volqueta a cortar las ramas del totumo caído y enganchar el tronco a una cadena para arrastrarlo y abrir el paso.

Mientras corto una rama siento que me miran. No los guardianes, porque no se interesan en nosotros sino en que no venga nadie por la carretera, pero la mirada proviene de la casa de madera. Miro hacia la cabaña de dos pisos que está junto al camino y veo a una niña. Le hago un gesto, pero ella se esconde entre materas de barro y helechos colgantes que llegan hasta el suelo y jaulas de pájaros al sentirse descubierta.

Terminamos de cortar las ramas y enganchamos el tronco podrido a la cadena. Forero, el chofer, pone reversa para arrastrar el árbol y abrirle paso a la volqueta. El camino está ahora despejado. Bajan una compuerta de la volqueta para usarla de escalera y nos obligan a subir de nuevo. Pido que nos dejen orinar. El que manda, Olarte, nos dice: se aguantan. Le digo: yo no puedo aguantar más, voy a mearme en la ropa.

Me dejan ir a mear, pero me apunta un guardián con su arma.

Meo dando la espalda a la casa de madera. Siento que me miran. Miro hacia el segundo piso pero ya no veo a la niña y sin embargo siento su mirada en mí como si estuviera escondida en alguna parte donde domina todo. Subo a la volqueta y vuelvo a aferrar el lazo y cierro los ojos para imaginar que escapo de esa pesadilla.

Ojalá despertara en la cama junto a mi mujer y mi hija, pienso. Pero la pesadilla continúa.

La pesadilla empezó para mí en la cárcel de La Grecia, donde estuve tres semanas aguantando hambre a la espera del consejo verbal de guerra.

De tanta hambre, comencé a ver pájaros de mal agüero que conversaban de nosotros los humanos. Eran garrapateros. Una vez uno se hizo grande y me dijo: si no te vas, te tienes que convertir en uno de nosotros y aprender a volar. Desde ese día los oía anunciar lo que enseguida pasaba en la cárcel, quiénes iban a recibir visita y comida y a quiénes les habían mandado un abrigo. Creo que era física hambre lo que tenía yo y no locura. En la cárcel solo nos daban de comer una vez cada dos días. Siempre esa sopa de lentejas que sabía a sebo y hueso y que debíamos sorber del mismo plato sin lavar.

Repartían la sopa fría directamente de un bidón, porque quizá la traían de lejos. Cuando distribuyeron los salvoconductos en el pueblo oí otra vez a los pájaros hablar y decir que allí venían Norberto y Leonor, entonces alcé la vista y a través de los alambres vi a mi padrino llegar con mi madrina y ponerse en la fila de los salvoconductos, y entonces pensé que si ellos también se iban y si se iban todos los habitantes del pueblo con salvoconductos que les permitían transitar, entonces los reos estábamos perdidos como decían los garrapateros de mal agüero porque quedábamos en manos de los verdugos.

Yo estaba preso por ponerme a ayudar a desvarar el camión con el que atentaron contra el alcalde militar. Pero yo no iba manejando ese camión, que era de lo que me acusaban. Fui de sapo, a prestar la manguera. El que estaba en la cabina era Toño Peligro, que después del atentado se voló ileso y se unió a la gente alzada de Valentín González, y entonces se supo que era chusmero liberal. Pero una mujer confundió el apodo de Peligro por el apodo Manguera, que era como me decían a mí. Y los policías salieron a buscarme donde La Otra.

«Aquí es "La Otra"» decía el letrero de la cantina en la calle donde estaban los burdeles y el Hotel América. El burdel preferido era La Otra, junto al hotel. La dueña del hotel y de La Otra era conocida como La Cotuda, porque tenía coto, pero las mujeres llamaban a toda la calle Sapo Escondido. Allí nos reuníamos en quincena a jugar naipe. Había putas que venían hasta el pueblo desde el puerto del Cacique atraídas por la leyenda de la abundancia de estas tierras, y ellas prestaban servicio en el La Otra y usaban el hotel. Debió ser a final de mes, porque solo íbamos cuando mi padrino pagaba la quincena. Fue la segunda noche después del atentado. Nos reunimos en esa calle, Sapo Escondido, a sabiendas de que desacatábamos el toque de queda.

La Cotuda se llamaba Valentina y nos dio servicio en la azotea del hotel, a puerta cerrada como si fuera un club, porque sabía que era quincena. Entonces llegó la patrulla de la policía política y abrieron a patadas las puertas de La Otra. Mi padrino Norberto, que se asomó a la terraza del hotel, los vio en la puerta. Andaba siempre armado, y don Manuel Cipagauta igual. Estaban también Ariel Gómez Plata, que había sido alcalde por un mes, y Juancho Gómez, que era cajero del banco. Todos liberales y armados. El policía ni siquiera alcanzó a leer mi nombre escrito en un papel, sino que preguntó, encañonando a toda la docena que estaba en La Otra, quién era alias Manguera. Entonces Ariel Gómez Plata sacó el revólver y les dio plomo. Y se desató la balacera en toda la calle de Sapo Escondido. Los policías disparaban desde la calle hacia adentro y a ellos les disparaban desde las ventanas hacia afuera y desde las mesas porque hasta las putas estaban armadas. Las paredes quedaron tiroteadas.

Escapamos por el solar del hotel y corrió cada uno por su lado. Luego me llegó el rumor de que habían herido a mi padrino Norberto y yo me sentía culpable porque la policía había ido a buscarme, aunque yo todavía no sabía de qué iban a acusarme en el consejo verbal de guerra. Me arriesgué a salir dejando a mi mujer y a mi hija para buscar a mi padrino Norberto por los solares y lo encontré en la funeraria de Anselma.

Estaba herido de un roce superficial de bala en la rodilla y cojeaba, pero no era grave. Lo ayudé a llegar a la casa y entonces volví a salir para ir a buscar a mi mujer, que ya sabía que los policías me estaban acusando de atentar contra el alcalde militar y entonces me echaron mano.

Como llevaba un revólver conmigo, asumieron que yo era chusmero de la gente de Valentín González, como decía la mujer testigo del accidente donde el camión casi atropella al teniente, y fue así como me pusieron preso.

Mi madrina Leonor me vio en el encierro de alambres de los reos, a la espera del consejo verbal de guerra. Ella estaba en la fila de mujeres que se había organizado en la mañana al lado del escritorio que puso el alcalde junto a la estatua de la Virgen de Fátima donde estaba la cárcel improvisada de La Grecia.

Los pájaros de mal agüero se habían posado a los pies de la Virgen y en los alambres de púa, que eran las paredes de aquel encierro al aire libre, aledañas a la casa de tapia de la antigua hacienda La Grecia. Luego saltaron a las ramas de un almendro y me hablaron. Dijeron que a los reos que estábamos detrás del alambre con los pies descalzos y la bota de una pierna arremangada éramos los que iban a fusilar.

Los pájaros me dijeron: «Ahí viene Lola Garrido y el negro Félix Correa». Parpadeé y entonces vi a Lola Garrido y al negro mandinga de su marido que buscaban también salvoconductos.

Esos pájaros de mal agüero eran negros y andaban siempre en grupo como la chusma. Los había estado viendo saltar de rama en rama. Hacían graznidos como si conversaran y miraban el pasto que había en el encierro tras los alambres donde estábamos los reos, a sopa y agua. Los pájaros iban a comer zancudos y mariposas cuando el viento remecía el pastizal. Y se cuidaban los unos a los otros. Yo fui el único que los oí hablar. Hablaban en graznidos. Hablaban de nosotros. Decían que nos iban a matar.

Parado en el platón donde nos llevaba la Popol al basurero me puse a pensar en mi vida antes de morirme. No había hecho nada con ella. Solo una niña que nació con las mejillas chapetas como yo que nací en tierra fría. Ni siquiera tendría la oportunidad de criar a mi hija recién nacida. Me había dedicado a distribuir gas propano en cilindros de veinte, setenta y cien libras en la camioneta de mi padrino y a defender su negocio en la guerra desleal de su empresa, Gas Prada, contra el clan de su competidor, Gas Camargo.

Así que ahí iba yo, sentado entre un grupo de reos porque Peligro se quedó sin frenos y casi mata al alcalde y su cohorte, y nos acusaban de ser gente infiltrada de Valentín González, los alzados en armas que se tomaron el pueblo.

Los pájaros de mal agüero habían hablado esa mañana en mi presencia cuando me desperté con el alboroto de que nos iban a subir a la volqueta de la basura: «Ese se les va a volar», se dijeron de un guañuz a otro guañuz. Y me miraban.

Así que cuando la volqueta se detuvo al borde del desfiladero y nos hicieron caminar al abismo con las manos en la nuca y uno de los matarifes despatarró la ametralladora y la afirmó en tierra y ya se disponían a ponerle la cinta de balas para fusilarnos, yo vi a los pájaros negros volar sobre la base de basura acumulada que estaba en el fondo del barranco de Chanchón, me acordé de lo que los pájaros pronosticaron en la cárcel que debía volverme como ellos, y lo que pude sacar en claro con tanta hambre como tenía es que debía aprender a volar y entonces cerré los ojos y salté al vacío antes de que ellos empezaran a dispararnos.

[*Se santigua luego de que lo dice. Tiene el tic de pellizcarse los brazos constantemente. Le pregunto por qué se pellizca y dice que es una vieja técnica que aprendió en la cárcel para saber que no está soñando. Toma el crucifijo de un escapulario que lleva colgando al cuello y lo besa y hace un gesto de agradecer al cielo por haber sobrevivido. Le pregunto entonces cómo fue su captura y cómo era su vida antes de llevarlo al barranco de Chanchón.*]

Segunda parte
La búsqueda

EXHUMACIÓN

Querida hermana:
Fui al anfiteatro del cementerio para el reconocimiento de los restos encontrados en la fosa común de La Salitra. Buscaban establecer quiénes eran esos cadáveres anónimos. Los habían exhumado los investigadores de la comisión, tras las denuncias hechas por la concejal Ana Larrota en la Asamblea Departamental con el abogado y el jefe del directorio del Partido Liberal.

Había otras fosas comunes fuera del camposanto. En el basurero de Chanchón. En Hoyo Malo. En los ríos. Los que encontraron en La Salitra fueron llevados al anfiteatro para reconocimiento de familiares. Se estimaron más de trescientos asesinatos no registrados en el anfiteatro, cadáveres no identificados que las tropas traían y que fueron echados en la fosa común del cementerio, decían los testigos.

Yo solo veía calaveras con dientes emplomados.

Los restos están expuestos sobre bandejas. Son tantos los que buscan a sus familiares que hay que hacer fila por los callejones de los panteones antes de poder entrar en el anfiteatro. Los investigadores toman nota de las declaraciones de familiares y fotografías de los huesos y las prendas para comparar la evidencia.

Yo recorrí los mesones buscando restos de un frac, chaleco y corbata, como dicen que iba vestido mi hijo la última vez que lo vieron. Ese traje era el frac de tweed de mi exmarido que mi hijo heredó y era el único que tenía para las celebraciones. Pero los restos de tela eran hilachas ruinosas pegadas a terrones y a huesos largos. Yo miraba y me repetía en los adentros una oración fúnebre por aquellos restos revueltos que han aparecido en fosas diseminadas y marcadas solo con cruces en los caminos. No vi más porque me dio trastorno y me salí.

—Dicen que a toda esa gente la mató el cabo Florido.

—Mi hijo no está muerto, está perdido, Custodia.

—Usted no debe asolearse, doña Mariquita, le hace daño por su enfermedad. ¿Cómo se le ocurre ir a esperar que destapen una fosa común?

—Una fosa es una esperanza.

—Menos mal que no hizo sol, porque el tumor puede enconarse.

Se pasa una mano por la cara como recordando de repente la verruga cancerosa que tiene en el pómulo.

Luego se cruza el rebozo para taparse la herida en el centro de la cara, y se alejan de la entrada del cementerio bajo el paraguas.

La fotografía de mi hijo siempre la llevo conmigo y la pongo cerca para que no se me olvide su cara.

Se tapa la nariz con el rebozo y repasa la hilera de bandejas con restos humanos, da media vuelta para salir del anfiteatro. En la mano lleva el rosario que el hijo le trajo de un viaje a Barranquilla y que lució durante el reconocimiento de los cadáveres. Va rezando mientras sale.

La servidora, que la espera bajo el arco de entrada del cementerio, despliega el paraguas para cubrirla y proteger su piel.

—¿Lo encontró, doña Mariquita? —pregunta la servidora, ansiosa de saber lo que ocurría en el anfiteatro.

—Ninguna de las prendas era un traje y ninguna calavera tenía un diente calzado en plata. Mi hijo está vivo, Custodia.

—Qué bueno. Entonces vamos a casa a almorzar porque usted no puede pasar hambre debido a su mal.

—Había muchas mujeres en el anfiteatro.

Estaban las concejales Luisa Delia Piña y Ana Larrota con los investigadores de la comisión, y José María Duarte, que vio decapitar a su mujer y a sus hijos, y Celestina Gamarra buscando a su marido Antonio Gómez, que fue colgado en el cepo por el cabo Florido en la finca El Placer, y después a la anciana le robaron las cargas de café, y la mujer de Ignacio Uribe, que les entregó a los soldados ochenta pesos que tenía del pago de sus jornales y aun así fue fusilado después de robarlo y echado a la fosa común. Estaba la esposa de Luis Amarillo, a quien le raptaron a la hija a la medianoche cinco soldados que la violaron en una casa vecina y luego la desaparecieron. Y un hijo de Rafa Enciso, al que vieron por última vez con el cabo Florido. Estaban Esther Hinestroza y Saturnina Otálora, estaban Elvia Carreño y Cecilia Barajas, buscaban a José Antonio Marín y a José Gregorio Olarte. Estaban las hermanas Enilse y Abigaíl Díaz, a quienes les mataron al papá y al hermano en la intentona de toma del pueblo, pero los cadáveres que ellas vieron acribillados en Puente de Arco después no aparecieron. Son puros entresijos de huesos, calaveras con agujeros de bala como tiros de gracia y pedazos de trapo desmoronándose, algo espantoso, irreconocible. Yo pregunté si encontraron una cámara fotográfica marca Kodak en la fosa, pero tampoco.

Es improbable que su hijo pudiera estar entre los cadáveres arrojados a la fosa, por la sencilla razón de que su hijo no estaba en el pueblo cuando empezaron los consejos verbales de guerra.

Su hijo le envió una carta para contarle que iba a hacer un viaje a los ríos del sur y después regresó enfermo de paludismo y convaleció en el hospital de la compañía y luego en su habitación en el puerto del Cacique, donde permaneció hasta la huelga general que se prolongó dos meses por el fin de la concesión. Entonces los obreros se concentraron y a los campos petroleros llegó el cabo Florido, quien lo capturó, aunque había certeza de que después fue visto en libertad. Desde entonces se había perdido su rastro.

Timoleón, le envió los baúles de sus pertenencias que había logrado ubicar en la pensión Casa Pintada un año después de la desaparición. Entre ellos había una lata con una película en 8 mm Kodak filmada en una expedición a los Llanos que no había podido ver porque no tenía proyector. Pero había un amigo de su hijo que vivía en La Dorada y tenía uno en el que se podían ver ese tipo de películas. Además poseía otras fotografías tomadas por su hijo, ya que habían trabajado juntos, y sobre todo fue ese amigo la última persona a la que le escribió. Pero Timoleón no daba más razón. ¿Ese amigo podría tener la clave de a dónde había ido su hijo después?

Solo después de ver esos huesos dispersos y la hilera de gente que busca a sus parientes pensé que mi hijo podría ser también uno de ellos. Yo presiento que está vivo, lo he presentido todos estos años, de acostumbrada que estaba a sus andanzas, querida hermana. Pero no pude negarme a ir al anfiteatro a buscarlo entre los muertos. Podría ser esa la última oportunidad que me daba la vida para encontrarlo. Ahora lamento todos estos años perdidos esperando que diera señales. Si ya no estuviera entre nosotros, no me perdonaría a mí misma que mi hijo fuese enterrado de forma anónima en una fosa común. Esto es muy duro, Ana Dolores. Pero ahora tengo más deseos que nunca de encontrarlo, vivo o muerto. Si supiera que lo mataron en algún sitio, hasta allá me iría.

—¿Qué preparó de almuerzo?

—Sopa de ruyas con carne asada.

—Dicen que a los vegetarianos no les da cáncer, pero eso es mucho sacrificio, Custodia.

—Pero usted casi no come, señora, y si se desnutre se puede agravar.

—A cualquiera que vea huesos humanos se le quitan las ganas de comer.

—Pero no se puede quedar sin comer, tiene que seguir la dieta del médico.

[*Dice en la carta que la servidora también tenía un hermano desaparecido. Mariquita anotó: «Encontraron los zapatos de Juan de Dios Gómez y la cédula de Juan Sarazo, que la tenía en el estómago porque se la habían hecho tragar. Tomé la cédula de cuero que estaba entre los huesos del tórax de uno de esos esqueletos para leer, pero ya se había borrado el nombre».*]

REGIA VIT

Toda la noche se oyó el ruido de la lluvia. La lluvia cesó antes del amanecer, de repente callaron las hojas de plátano y los techos de zinc. Cuando atravesaron aún a oscuras las vías férreas la tierra tibia despedía neblina. El maquinista se guiaba con una linterna de mano y mientras tanto iba contando el número de ruedas de las locomotoras, 4-3-8, 2-4-6, hasta hallar su máquina. En las siluetas del claroscuro amanecer se encontraban a los demás maquinistas y a los braceros que enganchaban el ténder con la carbonera y llevaban la cisterna hasta el abrevadero de la torre del agua, cuya silueta se dibujaba como una casa en el aire en el primer resplandor del día. El maquinista subió la escalera y habló a insultos desde arriba con los braceros que alimentaban de carbón las calderas y llamaban «la reina» a la locomotora marca Victoria Regia.

—Madrugó a subírsele a la reina.

—Esa reina ya está muy caliente.

—Lo que quiere la reina es candela.

Ni siquiera la humedad hacía desaparecer el calor. Desde el terraplén donde estaban las locomotoras encendidas, que pronto se pondrían en marcha en ambas direcciones, se veía aparecer un destello como hilos de mercurio derretido formado por el cruce de las vías y una pálida luz rodeada de oscuridad, pues el humo que despedían las máquinas se resistía a la llegada del día. Cuando se disipaba la niebla se veía la línea del ferrocarril alejándose del pueblo. En la estación, el muelle de mercancías era un constante movimiento: la estación poblándose de vendedores, freneros, guardagujas; el depósito de vagones chirriando sus puertas de hierro, las bateas abiertas con maquinarias de arrastres metálicos de las que chorreaba aceite y salía vapor, el coche azul de los trabajadores de plantaciones de algodón y caña y plátano, con los pisos alfombrados y las sillas tapizadas porque eran los mismos tipos de coches que recorrían Inglaterra; las alfombras se iban llenando de barro, los tapizados de cuero se manchaban de grasa, un obrero trataba de limpiar la silla sucia con un pañuelo de lanilla roja tan mugriento como su ropa; el vagón de primera clase, con gente solo sentada que entraba y se acomodaba ordenadamente; el furgón maletero repleto de envoltorios, lonas y atados en fique, cajas de cartón, baúles de madera, maletas, embalajes delicados puestos sobre estivas.

El guardafrenos enganchó el vagón de pasajeros al ténder y el maquinista tiró la cuerda de la caldera, y entonces la locomotora anunció la partida lanzando varios aullidos y exhalaciones de vapor.

La locomotora Victoria Regia inició así operaciones entre el cable de Ocaña y el mar Caribe. El vahído de la caldera flotó sobre las calles aún vacías del pueblo y las campanas del cruce de calles con la ferrovía se oyeron pero solo un burro estuvo a punto de ser atropellado.

El tren se deslizaba por la llanura caliente y vaporosa, con el aullar intermitente de la caldera y el monóxido de carbono flotando sobre los potreros de vacas amontonadas, deteniéndose momentáneamente en estaciones solitarias.

Viajaba de pie, apoyándose del marco de la ventana, en la misma cabina del maquinista. Sostenía su Kodak a la espera de que el paisaje cambiara y hubiera más luz. Solo hacía fotos cuando el tren se detenía. Así dejó pasar la bandada de ibis rojos y los ojos de ónix de las ciénagas y el verde esmeralda de los

142

arrozales y la nieve de los algodonales y las aldeas de techo de palma y las extensiones monótonas de banano.

El maquinista se llamaba Dardo y había trabajado de ferroviario toda su vida. Iban hablando de la puja entre los estados federales para conectar sus puertos con sus ferrocarriles individuales y de la muerte lenta de la navegación del río por la llegada del tren. Las barcazas podían llevar toda la carga de un tren, pero en cuatro días. Un tren podría arrastrar cuarenta vagones, y salir varios trenes al día, cada viaje por menos de la mitad de lo que valía por río. Además el tren ampliaba los pueblos donde se detenía y podía romper las tres cordilleras. El río solo tenía su cauce y no había grandes puertos, salvo el de El Banco, desde donde el río tenía suficiente calado navegable, y el de Barranquilla. Nada podría competir contra eso, pero ahora estaban empeñados en abrir las carreteras para llevar carga a granel por menos tiempo pero más costosa que lo que costaba mover un tren o un buque de vapor. Una verdadero absurdo. El tren podía conectar de extremo a extremo el país. La línea por la que iban aún no conectaba con la capital de la república, en la cordillera Central, pero con el nuevo empalme en Gamarra hacía más de mil kilómetros siguiendo el sol. Era un romántico de los trenes. Hablaba con apasionamiento.

—Como primera medida, usted recordará que Colombia tuvo ocho estados únicamente. Eran Antioquia, Bolívar, Boyacá, Cauca, Cundinamarca, Santander, Magdalena y Panamá. Por eso yo pregunto: ¿no estaríamos mejor si Panamá fuera de Colombia, por donde pasa todo el comercio del mundo hoy en día? Pero en 1890 los honorables senadores no le dieron permiso al presidente para hacer el canal entre el San Jorge y el Atrato y entonces vino la independencia. Claro que a Puerto Wilches le sirvió porque de esa platica le dieron una parte a Santander y compraron los rieles para el ferrocarril que se tendió de Wilches al Café Madrid. A mí me dijo una tía mía que en 1894 ya había rieles ahí tirados. La gente vivía de cortar leña para los barcos, porque los barcos se alimentaban con leña de roble que sacaban de esas selvas que hoy son potreros. El ferrocarril de

Antioquia empezó en 1854. Y empezó porque los antioqueños son andariegos. Estaban ahí en un banco convenciendo al gerente de que les prestara para un ferrocarril y conectar así Barranquilla con Puerto Berrío, y Puerto Berrío-Medellín. Y entonces llegó un avivato y les dijo: «¿Ustedes quieren hacer un ferrocarril?, pues yo tengo el tipo que los hace, vive en Lima, Perú. Soy amigo de él. Es un ingeniero de ferrocarriles. Si ustedes quieren, me dan el pasaje y una carta y yo le digo que se venga». «¿Y cómo se llama el tipo?». «Se llama Francisco Javier Cisneros». Y lo trajeron a Medellín y ese tipo construyó parte del ferrocarril de Antioquia, parte del ferrocarril del Cauca que quedó interrumpido y parte del de Bolívar, de Barranquilla a Puerto Colombia. Cisneros era cubano pero vivía en Lima y sus últimas inversiones en Colombia fueron en buques, pero ahí se arruinó.

Para el festejo de la nueva línea de pasajeros, una multitud de gente vestida de bautizo se había reunido a lado y lado de la carrilera en el caserío más cercano a la unión de los dos tramos del ferrocarril. Estaban presididos por la murga Kolynos, con todos sus músicos vestidos de blanco palpitante y el nombre del grupo estampado a la altura del corazón.

Así los fotografió celebrando la llegada del tren como vacas asombradas en la pradera y luego alzando las manos entre las bielas recalentadas. Pero era un pueblo de techos de zinc aún sin estación. El tren se detuvo a la orilla del pueblo paralelo al río. Había una comitiva de damas rosadas y de comerciantes. Cuando los freneros saltaron de los vagones y los braceros tiznados por el carbón bajaron a cargar más leña seca y el maquinista dejó salir el lamento desesperado de la caldera con insistencia y el tableteo de las bielas se detuvo y parpadeó el faro de la locomotora, porque había gente atravesada en los rieles, uno de los comerciantes se acercó al tren para darle la llave del pueblo al maquinista y decir unas palabras en público. Luego el poeta habló con voz potente y arrebatos líricos, encaramado con su traje blanco de lino sobre el vagón del maquinista para que todos los habitantes de esa comarca lo oyeran:

—Hace años soñamos con este momento, con mercancías que llegarían de lugares lejanos, pero Cúcuta se opuso al desarrollo de esta región sin atreverse a tender un miserable puente en el Catatumbo. Ahora los campesinos se han puesto sus mejores galas y los niños por fin conocen este aparato inmenso capaz de cargar gente, traer y llevar cosas, pitar y arrojar más humo que el horno del trapiche. ¿Será cierto que quienes abren caminos y tienden rieles podrán pagar sus condenas con trabajo? La venida del tren es un sueño de presidentes hecho realidad por los ingenieros.

Cuando el orador calló, los niños asaltaron a la bestia con tripas de hierro. Los más ancianos observaron de lejos, desconfiados de los vapores que emanaba la máquina entre sus ruedas, y las damas rosadas vinieron a ver de cerca la locomotora. Querían tocarla, entrar en los vagones de madera y subir a los planchones de carga y percibir el olor de aceites recalentados. El tren era manso, lo tenían ante sus ojos, respirando muy cerca con un acezar mecánico. La cámara Kodak los capturó en el punto máximo del alborozo con la gente asaltando los vagones por los dos flancos como piratas. Nadie sabía que iba a durar solo quince años ese sueño de cercanía. Diez años construyendo el sueño y el resto de la vida para olvidarlo. Entonces la gente se quitó de los rieles y despejó la vía férrea y el tren se fue pero no volvió a parar en ese pueblo. La estación más cercana desde donde un día no muy lejano se llegaría hasta el mar en menos de veinticuatro horas quedaría a cincuenta kilómetros de allí.

La prueba de que alguna vez el progreso se detuvo a mirarlos eran solo aquellas tres fotografías.

El meandro

Querida hermana:
Había un letrero grande que decía Restaurante. Era una casa de bases soterradas a la orilla del río. Cuando el río crecía, la casa quedaba flotando. Había que esperar la lancha ahí

para seguir al otro puerto. Llovía. Fui ensopada por un camino de tablas bajo el paraguas que no servía porque llovía diagonal. La mujer me vio y pareció alegrarse de ver a otra mujer y me dio la mano para entrar en su restaurante.

—Siquiera vino.

La anciana pregunta a la otra si tiene café; lo llama «tinto». La otra le dice que sí.

Antes de ir por el café, comenta: «Qué bueno que haya venido».

La anciana no alcanza a terminar el café y ya está la lancha anunciándose para partir al siguiente puerto. Se levanta para abordar. La mujer de la tienda parece entristecerse.

Tiene que volver, me dijo de arrebato, como si tuviera algo muy importante por contarme pero que en ese momento y con testigos ya no podría decir. Me apretó las manos con sus manos callosas de trabajar. Me miró con unos ojos atiborrados de cansancio como un pájaro herido de un ala, como una flor que empieza a perder los pétalos, como un pez que agoniza: «No se olvide de mí. Yo me llamo Maruja viuda de Torres. No se olvide. Cuando vuelva, me busca. Maruja viuda de Torres». Subí a la lancha y pensé, al ver en la orilla de ese gran río su cuerpo cada vez más pequeño y más borroso, difuminándose como un alma en pena, que no la olvidaría. Maruja viuda de Torres, le dije a Custodia: Que no se me olvide ese nombre.

—¿Usted conoce a algún Torres de por aquí ya fallecido?

—Sí, Mario Torres, el finado —contesta otro pasajero—. Era pescador. Desapareció cuando pasó arrasando el cabo Florido.

—¿Y quién es el cabo Florido?

—Un matón del ejército. Se peinaba diestro y se delineaba el bigotito y se abotonaba hasta el cuello como un seminarista, pero era un sanguinario, y para matar usaba gafas de sol. Dicen que en La Fortuna colgó a varios liberales de los árboles y los hizo azotar, y como no hablaron mandó a rociarles gasolina y a que les metieran candela y los quemó vivos.

Tengo que volver a este lugar, pensé. Esa mujer sabe algo. Esa mujer tiene miedo. O si no, nunca me hubiera dicho lo que me dijo con tanto sentimiento. Tengo que traerle un regalo útil, algo que le sirva. Unas capas de plástico o una botas de caucho para que no le salgan sabañones en ese andurrial. Tengo que volver. Tengo que acordarme de ese nombre. Maruja viuda de Torres.

Volví a pasar por el lugar un mes después cuando venía de vuelta y la busqué. Vivía en una curva que daba el río y lo arremolinaba. Llevaba un cuaderno en el que anotaba a diario las prendas de los cuerpos que arrastraba la corriente.

[«*Hoy bajó un muchacho moreno, llevaba camisa verde espinaca y sin pantalones. Hoy pasó una mujer sin brazos, con una falda de zaraza, era pecosa. Hoy el río arrastraba cuatro cuerpos tan hinchados que no podía saberse si eran hombres o mujeres, pero uno llevaba una cadena de plata gruesa en el cuello y tenía una medalla de santa Bárbara. Hoy bajó un niño de camisa rosada, por mucho debía tener nueve años*».]

La mujer del varadero no ha intentado sacar los cuerpos. Solo los orilla. Les calcula la edad y describe el tipo de heridas que observaba a simple vista. Algunos cuerpos llegan sin partes, sin cabeza, sin brazos, sin piernas, otros solo el tronco, otros llevan dibujado el orificio de las balas pero el agua ya les ha sacado la sangre. Ella anota la descripción de los cuerpos, el sexo, la fecha en que los ve descender por el río, y luego deja que la corriente los empuje hacia el mar. Es lo que imagina, que suben hasta el mar. Que suben, no que descienden, porque para ella el arriba del río está en su delta, en el futuro, en el mar, a donde fluyen las aguas de todos los ríos.

Me prestó el cuaderno y leí las fechas y la descripción de las prendas de uso y las edades y heridas de setenta y tres cuerpos que habían bajado por el río. Alcancé a preguntarle de dónde venían esos cuerpos. Me dijo que de otros ríos. Todos los ríos venían a dar al río grande que llega al mar, y por eso los cuerpos flotaban y encallaban en sus empalizadas, esteros y meandros. Me dijo que cada tanto venían mujeres vestidas de negro a hablar con ella. Buscaban a sus esposos, a sus hermanos, a sus amantes. Ella les prestaba el cuaderno para que los buscaran en las descripciones. Quise preguntarle más. Pero la lancha partió a Loba y cuando pasé de regreso ya la embarcación no paró y regresé por tierra con las manos vacías. Sin noticias de mi hijo perdido.

[*Carta de Mariquita Serrano a su hermana Ana Dolores Serrano. La hermana se había casado con su cuñado José del Carmen Gómez Albarracín, hermano de su marido Domingo Gómez Albarracín. Los borradores de las cartas que nunca serían entregadas los escribía en el mismo cuaderno donde llevaba un diario estricto de cuentas, salidas y egresos en gastos de la casa, noticias religiosas y políticas, obituarios, vademécum y tratamiento contra el cáncer de piel que ella sufría y que se extendió al estómago y a otros órganos. En las cartas también ponía al tanto a la hermana de la búsqueda del hijo desaparecido y de los chismes que corrían en el pueblo sobre las dos amantes que tenía su esposo, Débora y Alicia.*]

LAS FOTOS MÁS ANTIGUAS ERAN DE SU NANA

Las fotos que había tomado de su madre en distintas épocas mostraban el progreso uniforme de su encanecimiento. Un pelo liso y negro que se fue volviendo entrecano, luego grisáceo, después plateado y después de un blanco uniforme y resplandeciente cuando estaba al sol. A los cincuenta tenía ya el ceño arrugado por su seriedad de enfermera jefe. El primer marido falleció de diabetes y ella cuidó de su ceguera y de la mutilación de su pierna en el hospital donde era enfermera. Cuando hubo que amputarle la segunda pierna al marido decidió conseguir una nana para que velara por los tres hijos que le quedaban del primer matrimonio, ya que fue nombrada directora del hospital.

Los hermanos eran aún niños cuando Matea llegó a la casa. Era comedida y silenciosa. Usaba vestidos de gasa en una sola pieza que ella misma bordaba con hilos de colores, y llevaba siempre el pelo recto como si se lo cortara con una bacinilla. Tenía preparado el desayuno después de regresar de la iglesia a pasos rápidos. Preparaba todo a base de maíz hervido en ceniza: chorotas y arepas de maíz cocido con ceniza. Tejía sombreros en una silla mecedora durante las horas muertas y los estaba esperando en la calle cuando salían del Colegio Salesiano.

Los niños se acostumbraron a su presencia y a sus trabalenguas con enigmas: «Estando Ambrosio Alfínger debajo de Gurre Gurre, ha bajado Gurre Gurre y ha matado a Ambrosio Alfínger»; el enigma era que un aguacate había caído encima de una culebra y la había matado. Contaba historias de conquistadores saboteados por trampas indias, y la que más les gustaba que repitiera era la de Ambrosio Alfínger herido de muerte con una flecha en la tráquea deambulando por los bosques sin ojos y asustando a las lavanderas.

A Matea los hermanos la llamaban Mamatea. Para ella los hijos de doña Mariquita y de don Alejandro eran «los nene».

Tras la diabetes y el fallecimiento del doctor Alejandro Plata, y el nombramiento de Mariquita Serrano como directora del hospital, Matea acabó de criar a los tres hermanos.

Matea se fue volviendo quien tomaba las decisiones en la casa materna. Custodia, la cocinera, que era más joven, tenía que consultarle el menú a Matea. «Los nene» tenían que hacerle caso a Matea en el sistema de leyes no escritas del régimen materno.

Mamatea siempre que salía de la casa se persignaba frente al cuadro del Sagrado Corazón que Mariquita había puesto en el zaguán de entrada. Por aquel tiempo las cuadrículas de calles de piedra amarilla estaban siendo pavimentadas en el centro de Zapatoca, donde estaba la casa. Mamatea salió un día al ritmo de sus pisadas cortas y veloces por el zaguán y cuando llegó a la puerta descubrió que no se había santiguado. Se devolvió para hacer la reverencia ante el cuadro, pero al salir olvidó que frente a la casa había un zanjón abierto de dos metros de profundidad y fue a dar al fondo.

Los nene salieron a auxiliarla y la rescataron de aquella trampa de barro de albañal abierta en medio de la calle.

Mamatea vio a los niños estirarse y cambiar los pantalones cortos de tela burda por los largos de lino antes de la mayoría de edad. Y su régimen de amor por los nene solo aumentó después de que la señora Mariquita contrajo segundas nupcias con el señor Domingo Gómez Albarracín y se fue en el Studebaker a vivir en el pueblo del Cacique, donde su nuevo marido era el alcalde.

Mientras los nuevos hermanos iban naciendo, los hijos del primer matrimonio empezaron a hacerse hombres.

Mamatea tuvo que ir a rescatar al mayor de la borrachera de la graduación del Colegio Salesiano. Mamatea consoló al nene Alejandro cuando la novia de todo el bachillerato, una venezolana de pelo rubio y dientes de leche que estudiaba en el internado, se marchó contra su voluntad porque su padre, advertido por una monja de que había un pretendiente con intenciones de matrimonio, vino por ella desde Mérida y se la llevó para que acabara de estudiar en Pamplona antes de que el enamorado llegara a la propuesta de arreglo matrimonial o al rapto de la sabina. Se marchó sin siquiera despedirse del pretendiente. Alejandro extrajo todas las botellas de licor que había en la casa y estuvo bebiéndoselas una a una y estrellándolas en la pared del internado de las monjas, mirando la ventana por donde solía asomarse la venezolana, hasta que con un vidrio se trozó las venas.

Siguió bebiendo hasta quedar inconsciente solo de la borrachera, porque la herida era superficial, y en la pared externa del internado pintó desconsolado con la tiza colorada que largaba un ladrillo el nombre de su amada, «¡Miranda por siempre!».

Los vecinos, consternados por los envases rotos y los manchones sobre las paredes azules y el reguero de sangre, se quejaron. La directora del hospital del pueblo vecino anunció su llegada al día siguiente de recibir las quejas de las monjas y preguntó a Mamatea qué pasaba con su hijo.

Mamatea explicó que el nene estaba muy afligido por la partida de su novia venezolana.

—¿Y por eso se quiere cortar las venas como un mediocre?

—Los nene necesitan amor, señora. Y ahora que Alejandrito salió del estudio este pueblo le va a quedar pequeño.

Entonces la madre buscó un trabajo para su hijo mediante una carta de recomendación de su esposo el alcalde para ser ayudante del ingeniero Nepper, que había construido el teatro municipal y las bodegas del comité de cafeteros y la plaza de ferias del pueblo del Cacique, y ahora, tras culminar la apertura de la carretera al puerto del Cacique, tenía el contrato con la patronal de la compañía para unir con un paso a nivel la ferrovía de los campos petroleros con el puerto del Cacique.

Luego encontró trabajos para los otros dos, cuando se graduaron. Empleos que los sacaron de las horas vacías en un pueblo de cactus, tabacales y cabras, y los independizó para desarrollar en ellos el pragmatismo de vivir de su propio sustento. Al hijo intermedio de su primer matrimonio, Timoleón, le encontró un trabajo en el Poder Judicial, como secretario de juzgado, en los pueblos más alejados del departamento, y al menor, Ramiro, le consiguió un puesto en los ferrocarriles como maquinista en la única línea del ferrocarril de Wilches, donde trabajó y empezó a consumir gaseosas que alzaron su nivel de azúcar hasta desarrollar diabetes y morir joven por la misma enfermedad del padre.

Alejandro fue introducido en la ejecución de obras civiles por el ingeniero Nepper, que después lo enroló como capataz en cada frente de obra de los contratos que obtuvo con la patronal de la compañía petrolera.

La madre había confundido su trabajo de cuidados hospitalarios con la crianza de los hijos. Solía prohibirles casi todo con el mismo régimen de veinte años de cuidar enfermos: «No se queden mucho tiempo en el agua que les da sinusitis, no jueguen con gatos que les contagian la rabia, no griten que pierden la voz, no corran que se caen, no suban al árbol que está lleno de arrieras y si les pican hay que hacerles sangrías, no se junten con virulentos que les da sarampión, no hablen con desconocidos que los pueden violar».

Tenía veintisiete años cuando enviudó y estaba por cumplir veintinueve cuando se casó con don Domingo Gómez Albarracín. Después tendría tres hijos más del segundo matrimonio. Pero para entonces el cargo administrativo le permitió enfrentar la crianza sin delegarla. Solo ella hubiera tenido las palabras para explicarlo, que fue más fácil criar a los hijos cuando se sentía ya vieja, pero no hay registro en sus papeles de que hubiera dicho por qué.

Mariquita vivía en una gran casa heredada en el centro de ese pueblo, el pueblo del Cacique, que había fundado su padre con otros once hacendados de Zapatoca. En ambos pueblos, Alejandro consiguió fotografiarla a distintas edades. Él, el primogénito, la vio cada vez menos, a la madre, desde que ella se casó en segundas nupcias. La visitaba en la casa del pueblo, primero una vez al año, luego una vez cada dos años, después de alcanzar la mayoría de edad.

En una de las fotos que hizo de ella tiene a los tres hijos de su segundo matrimonio rodeándola y el pelo tupido de hebras grises. De distintos tamaños, los niños la rodean y uno se aferra a su falda negra. Era el cumpleaños de uno de sus nuevos hermanos y había un gran pastel de tres plataformas en la mesa. Ella estuvo pendiente de los niños. Les hablaba como si fueran adultos pero a la vez les jugaba con las palabras. Con él y sus hermanos siempre fue fría y distante, y en Zapatoca no se celebraban los cumpleaños, acaso porque el doctor Plata no le daba importancia.

En otra de las fotos figura con el segundo esposo y el hijo mayor de ese matrimonio. Ya tiene el pelo gris. Lo rodea con el brazo, al primer hijo del segundo matrimonio, pero el marido está lejos de ambos. Tienen la mirada distante y opuesta de los matrimonios que han dividido la cama y los sentimientos. El hijo tiene los labios delgados y abiertos como si fuera a desplegar una sonrisa o a hablar. Después de fotografiarlos, llevó a ese medio hermano al cuarto oscuro que había hecho en el baño auxiliar de la casa para enseñarle los secretos del revelado. Cuando su medio hermano menor, Juan de la Cruz, vio aparecer la imagen traspapelada por los fijadores y se reconoció junto a su madre y padre empezó a gritar y a festejar el milagro de la captura de la luz en el papel. La otra fotografía es de ella sola en el patio del hospital vestida con un largo vestido azul y cofia, sin adornos visibles que en otras fotos sí tiene, como anillos de piedra, collar, brazalete momposino. En otra está situada en medio del mosaico de trabajadores del hospital. Algunos miran a la directora del hospital, pero otros miran al fotógrafo y otros solo miran al techo en su dolor indiferente.

Desde joven tuvo que enfrentarse a la vida sin ella. Se quedó solo en aquella habitación sin ventanas por donde apenas se filtraba el sol por el tragaluz del techo y naufragando en el amor adolescente. Luego de que la venezolana también lo abandonara, aprendió a usar la cámara de cajón de su padre y se iba a fotografiar las calles de piedra, que pronto serían borradas por el pavimento. La primera fotografía que tomó con aquel armatoste, cuyas fotos había que revelar en un balde de agua, fue a Mamatea sentada con sus ojos pequeños y el flequillo a media frente y con un tabaco en los labios y las manos tejiendo un sombrero de jipijapa.

Siempre que fue a visitar a su madre al pueblo, ella nunca lo besó ni abrazó. Le tendía la mano y lo llamaba por el nombre, Alejandro, con las distancias formales de las dobles familias. Nunca lo llamó «hijo». Tampoco con la familiaridad de trato que les daba a los medio hermanos: «Mijo», o lo que es lo mismo: «Hijo mío». O «lo extrañé».

Tampoco lo llama hijo por escrito en las cartas.

En cambio Mamatea siempre lo llamó «Alejandrito», y su voz era un bálsamo: «Alejandrito, nene, venga a comer, no se haga de rogar. Mire que después se va por allá lejos a malayar».

Escuela de Las Nubes

Mi mamá no dormía, pero tampoco perdía la compostura, tal vez porque siempre esperaba que viniera Alejandro. Tenía las alertas y las intuiciones tempranas de las mujeres solas. Vivía atenta a los ruidos nocturnos. Siempre que oía gente por la carretera, tarde por la noche, pedía que me escondiera detrás de la estera que dispuso en una esquina de la habitación de la casa de madera y si oíamos que se acercaban a la casa, o había hombres que hablaban desde afuera, ella se escondía también.

La escuela era un solo salón de tapia sin ventanas que antes había sido un oratorio. Las fiestas de la vereda se hacían en la escuela. Las misas campales una vez al mes, también.

Pero no entendíamos por qué llegaban hombres armados a intentar quedarse, guindar sus hamacas o acampar junto a la escuela. Ellos decían que la escuela era de todos y ella, mi madre, les decía que la escuela era para educar, no un campamento, y así los echaba. Ellos volvían a merodear. Lo hacían quizá para molestar a una maestra que vivía sola con una niña.

Ella me impedía salir de la casa cuando los hombres armados estaban patrullando.

El lugar del que me mantenía más alejada era el barranco de Chanchón, el basurero. El barranco estaba más del lado de Montefrío que de Montaña Redonda, las dos montañas gemelas separadas por el abismo. Para ir a la cima de Montaña Redonda, que era pequeña, la punta de un cono de no más de quince metros desde donde se podía divisar la serranía, había que tomar el camino angosto que subía de la quebrada del Medio, junto a donde estaba la gruta de santa Bárbara. En la base de Montefrío era donde estaba la pared de piedra en la cual tiraban la basura: el barranco de Chanchón, rodeado de los bosques misteriosos de alta montaña. En la cima de Montefrío, que era una montaña de base más ancha y empinada, había una laguna sin fondo, como un ojo negro. La carretera dejaba atrás las montañas gemelas y continuaba hacia la cuchilla que ya no se veía desde mi casa.

Recuerdo mosaicos de azulejo en el piso de esa escuela. Eran decorados de la antigua capilla. Recuerdo los zócalos y las chambranas color verde. El techo de zinc por donde en las noches se oía correr a los marsupiales.

Había una ramada sin ventanas donde se almacenaban los pupitres rotos. Durante un tiempo estuvo prohibida para mí la entrada a esa habitación, hasta que vi a mi madre con un arma larga que sacó de allí y la colgó de la pared del segundo piso a una altura suficiente para que yo no pudiera agarrarla, pero al alcance de la mano de ella.

Mi madre no me permitía jugar con nada de lo que ahí había. Eran cosas sagradas que olían a naftalina: los cuadros con los pasos del viacrucis, santos desvestidos, bancas largas, un cristo tallado en un tronco, todo lo que alguna vez había pertenecido al oratorio. El cristo de madera estaba carcomido por el comején. Mi madre lo hizo levantar junto a un promontorio al lado de una piedra en forma de elefante que tenía esculpidos símbolos indígenas. Los niños de la escuela decían que en ese promontorio que tenía bocas de hormigueros habían enterrado a alguien. Pero no decían a quién.

La escuela nos fue contando su historia poco a poco.

Los niños decían que antes de ser la escuela de Las Nubes habían matado a la familia entera dueña de aquella finca con oratorio.

Yo sentía que los espíritus de esos muertos seguían viviendo allí con nosotras y dormían en las otras camas. Decían que al dueño lo había visitado una mañana un moreno de ojos verdes, y el dueño reconoció a un obrero de los que construyeron la carretera y que había aparecido muerto en el barranco de Chanchón.

El dueño se quedó estupefacto y siguió con la mirada a ese muerto que salió por la puerta principal de la finca como si hubiera venido a advertirle de algo fatal que estaba por ocurrir. A la mañana siguiente toda la familia estaba muerta, tendidos bocabajo al frente de la casa.

Una vez encontré una sombra que se transfiguró en niño, justo en la roca solitaria con forma de elefante echado donde siempre me sentaba a esperar a que pasara la niebla y a lanzar frutas roídas para ver cómo desaparecían rápidamente en los hormigueros. Tenía un sombrero grande y estaba cubierto con un saco de fique. Lloraba porque lo habían dejado solo. Me vio. Me acerqué a la piedra. Se espantó. Yo le dije: no tengas miedo, soy Elena, yo también le tengo miedo a la niebla, ¿quieres que seamos amigos? El niño dejó de llorar y de taparse la cara con las manos sucias. Tenía una gruesa raya de mugre en el pescuezo y un pegote de mocos verdes que asomaban en las narices. Le pregunté si sabía leer. Dijo que no moviendo la cabeza. Pregunté qué hacía ahí. Sorbió los mocos y dijo que buscaba a su mamá. Fui a llamar a mi madre para que le enseñara a leer y le ayudara a encontrar a su mamá. Ella estaba sorprendida. Dejó todo y se fue conmigo, pero ya el niño se había ido. El único rastro eran sus pies descalzos pintados en el barro del camino. Mi madre dijo que no era un niño, sino un tunjo. Yo le pregunté qué era un tunjo pero no entendí su explicación: un niño indígena de otro tiempo. Yo pensé que los tunjos eran como los duendes.

La puerta principal del oratorio tenía agujeros como si le hubieran dado balazos. Las cercas de piedra de la antigua finca llamada Montefrío como toda la montaña llegaban hasta la casa y segmentaban partes de la falda. Pero los potreros habían sido abandonados por muchos años y el monte había vuelto a cerrarse y las cercas de piedra se desmoronaban.

Frente a la casa de madera, del otro lado de la carretera, estaba el árbol de totumo en donde se posaba un pájaro negro y calvo en Semana Santa. No era un guañuz, tampoco gallinazo, porque era más grande que esos dos. Bernarda, la que aseaba la escuela, me aclaró que era un cóndor y decía que si me acercaba a mirar extendería las alas como un ángel y me picaría los ojos.

El árbol era muy viejo, con el tronco principal agrietado, las ramas retorcidas en espiral, y creció en un lugar solitario. Otros pájaros se posaban allí por temporadas pero no eran tan grandes como el cóndor. Había garzas blancas. Había azulejos. Carpinteros. Bandadas de pericos. Me mantuve alejada de aquel árbol porque les temo a las plumas, pero lo detallé desde el balcón hasta que los pájaros se fueron y el árbol se secó y se partió y cayó sobre la carretera y entonces pude pararme frente al árbol, detallar sus ramas y frutos podridos y escudriñar sus misterios con la lupa.

La carretera seguía hacia los pueblos del otro lado de la serranía. Girabas por esas curvas sin saber muy bien lo que te ibas a encontrar del otro lado de la niebla. Yo sí sabía cuántas casas iba a encontrarme: cuatro. Y sabía que cuando oyera far-fullar a las cascadas estaba pasando por el lugar que separaba las dos montañas gemelas, la quebrada del Medio, y cerca de allí, donde la tierra se abría como una gran boca bajo el cielo, era el lugar más temible, donde estaba el barranco de Chanchón. La carretera iba pegada a la falda y había despeñaderos por el otro lado. De la peña escurrían esas cascadas que iban apareciendo en los repliegues de las curvas. Siempre que pasaba entre las montañas gemelas, yo iba contando las casas y cascadas desde la carretera. Era la forma de buscar referencias para guiarme entre la niebla y lo desconocido. Se diría que las cosas iban apareciendo a medida que ibas rompiendo la niebla, adentrán-dote en el paso umbrío con llovizna de cataratas suspendida en el aire como polvo de estrellas.

Mi mundo era ese pequeño espacio entre las montañas gemelas. Desde la Tienda Nueva hasta La Cuchilla. Si se despe-jaba el cielo podía ver las dos puntas de las montañas, pero a veces se veían las puntas por encima de las nubes. La gente conoce la diferencia entre bajas colinas y los cerros imponentes, pero las montañas gemelas tenían unas bases muy anchas que solo podían verse a una gran distancia, y sus puntas cónicas como pezones solo se distinguían unas pocas horas al día, porque se perdían entre las nieblas constantes. No eran tan altas como La Cuchilla o Pan de Azúcar, verdaderas cumbres de la serranía, pero estaban forradas de bosques en peña, lo que las hacía impenetrables y misteriosas.

Como mi madre no quería verme merodear el basurero, solía eludir la carretera y escapar por el camino angosto. Por ese ramal se podía descender a la cárcava donde se amontonaba la basura, y allí íbamos, en las tardes, con otros niños de la escuela, solo por curiosidad. Buscábamos lo servible de entre las cosas inservibles que había tirado la volqueta cada semana. Escobas, rejas, barriles de petróleo, linternas de ojo rojo, espejos cansados, caballitos de madera, micas, quicios, loza, ropa. Cosas que alguien había desechado y de las que nos volvíamos sus dueños soberanos. Cosas que otras personas habían desechado y que parecían fijarse en nosotros y pedirnos a gritos que las rescatáramos del hediondo basurero.

Al esparcirse la basura aparecían a veces objetos raros, sin forma, objetos de otros tiempos que echaban a la basura porque los habitantes de las casas habían olvidado su uso. Máquinas oxidadas con tuercas y engranajes que no entendíamos, pedazos de casa como goznes y forja oxidada, gallitos que marcan la dirección del viento, techos y canalones de latón, una silla que subía y bajaba si halabas una palanca, latas de alimentos con letreros en otro idioma y dibujos de Disney y paisajes con nieve, vasijas de peltre con cuello de garza, frascos esmerilados que olían a licor de almendras, dentaduras postizas, cueros tiesos como los que se usaban para dormir en las fincas. Hacíamos torres de objetos similares. Torres de latas, de huacales de fruta, árboles de bombillos. Cercas con caña brava y pedazos de hierro, macetas en cascos de mineros. Pusimos puertas que daban a la nada para imaginarnos casas inexistentes.

En ocasiones llegamos a encontrar verdaderos tesoros de tunjo, como un reloj de péndulo desportillado, una tina de cuatro patas pero solo con tres, que equilibramos con una piedra plana, un san Antonio de yeso con el niño, el anuncio de la tabacalera con la cabeza emplumada de un indio Pielroja, la llanta enorme de tractor con la que nos echábamos a rodar por un declive, una tuba quemada en un incendio, un requinto rajado, los muelles pesadísimos de un camión.

Algunos los llevábamos de regreso. Pero si eran muy pesados teníamos que reunirnos varios y los cargábamos como hormiguitas por ese camino angosto y los depositábamos bajo una gran cúpula que formaba la pared de roca junto al bosque. Era un techo natural que se mantenía seco porque la lluvia no escurría por allí. Ahí guardábamos los juguetes rescatados.

Digo juguete a algo que entonces tenía otro significado: cualquier cosa que haya perdido su uso, por la rotura, por el desgaste, y que nos servía para imaginar nuestros juegos de venados y cazadores. Acumulamos muchos bajo la cúpula y entre los árboles: radios de tubo, platos quebrados, ollas abolladas, muebles lunancos. Un triciclo sin ruedas traseras. Sombreros rotos. Baúles de distintos tamaños donde guardábamos cosas pequeñas. Paraguas esqueléticos, bombillos fundidos, latas de galletas, libros.

Cuando dispusimos las puertas que daban a los cuatro puntos cardinales, todo adquirió la forma de una verdadera casa imaginaria bajo esa cúpula. Un día pasó la volqueta y dejó caer unos extraños maniquís de madera que perdieron los brazos en la caída. A unos les pusimos coronas de plumas y les pintamos los mismos dibujos que habíamos visto en las paredes de piedra de la gran cúpula. Soles, serpientes, ranas, monos, lagartijas. Les pintamos figuras en las caras y cabezas calvas y les pusimos nombres con los apellidos de los niños de la escuela: Óscar Alquichire, la señora Guatinzote, la niña Guacharaca, el viudo Quecho, y les hablábamos como si fueran nuestros amigos. Un maniquí era alto y otro era bajo y calvo, y para nosotros eran «los tunjos», y ese bosque de los juguetes era su hogar.

Mi mamá me tenía prohibido traer a casa objetos encontrados en la basura, y el solo verme aparecer con algo en las manos era la prueba de que yo había desobedecido su mandato y había estado merodeando el basurero de nuevo.

Para evitarme sus regaños era mejor dejar las cosas colgando de las ramas y guarecidas bajo la cúpula de piedra. Los muñecos y los objetos rotos se iban deteriorando aún más por la intemperie, y la impresión que daban era de ser la viva casa de los tunjos.

Algo le hacía falta a la cúpula y por eso le pusimos ese letrero en una pizarra agujereada que llovió del barranco y cayó en el basurero, y que nosotros rescatamos para dar aviso de que quien pasara por allí debía respetar el bosque: La casa del Cacique Chanchón.

El mejor amigo de su hijo

Llega de madrugada al puerto de La Dorada en busca de Rubén Gómez Piedrahita, el mejor amigo de su hijo. Dormita con su bola de bocio en el cuello en los asientos de cuero de un bus negro tapizado con la lona morada de las carrozas fúnebres. Despierta cuando su servidora Custodia le anuncia la parada. Al bajar la escalinata del bus a la carretera donde empiezan las casas blancas la deslumbra el pleno sol de La Dorada. Buscan indicaciones de una vendedora de pescado de aquella dirección escrita en el cuaderno donde anota los datos más importantes, las direcciones, los gastos y las cartas para su hermana; de entre las páginas del cuaderno se cae la foto de su hijo. La servidora se inclina y la recoge rápidamente.

La casa donde vive Rubén es de tapia encalada con dos ventanas y puerta azul y palmas en el antejardín. Abre la esposa. Es temprano. Rubén la espera, pero debe anunciarlas. La esposa regresa con café y las deja solas en la sala. Luego se oyen los pasos firmes de un hombre y aparece su figura en el zaguán.

La anciana lo reconoce al instante porque es el hombre que fotografió su hijo en repetidas ocasiones años atrás.

Rubén se entusiasma con la visita, toma también café, conversan en el solar sentados en una mesa redonda rodeados de mangos y mandarinas. Ella le muestra las fotos que trae en su cuaderno de anotaciones. Él las observa con una sonrisa y al ver una en particular se exalta, se pone de pie y les pide que lo acompañen al puerto, que está a cuatro cuadras, calándose un sombrero de toquilla para salir de inmediato.

Anciana y acompañante protegidas del sol bajo una sombrilla siguen a Rubén por cuatro cuadras de fachadas de tapias coloridas.

La servidora sostiene a la anciana del brazo para que no resbale sobre la calle empedrada y a la vez mantiene firme la sombrilla para evitar que el sol le irrite el lunar canceroso. Rubén les muestra con la punta del dedo el puente del ferrocarril tendido sobre el río. La sombra del puente se proyecta en las aguas. La anciana se lleva las manos como una visera a la frente para ver mejor la estructura de hierro del puente.

—Esta foto me la hizo su hijo en este mismo lugar. La única diferencia es que en la foto no hay puente y en cambio hay una hilera de vapores en el río. Cómo cambian de rápido las cosas. El tren acabó con los barcos, pero las carreteras acabaron con el tren. Solo hay camiones rodando por las carreteras y buses de pasajeros como ese que la trajo, por eso todos los que trabajábamos en los ferrocarriles y en los barcos quedamos convertidos en reliquias del museo del transporte y varados en esta olla caliente.

Luego las guía bajo los almendros rojos, de vuelta a casa.

—Lo vi por última vez en el puerto del Cacique —dice a la anciana mientras en la mesa humean como locomotoras las tazas de café—. En esa otra foto aparecemos el ingeniero Nepper, el capitán Joseph Miller, el chef Guido Giordaneli, el gerente de la Kodak Leonardo Buenahora y su hijo Alejandro. Nos hicieron la foto con la cámara de Alejandro en el teatro. Como casi siempre era el que fotografiaba, no hay muchas fotos de él.

Y era cierto, querida hermana: había muchas fotos que él tomó, pero pocas fotos de él. Rubén Gómez me ayudó a identificar los lugares donde había tomado algunas de las fotos y lo anotó por detrás con el año aproximado.

—Esta fue antes de salir de expedición a los Llanos en 1947, que fue la última aventura. Al regreso Alejandro tuvo un ataque de paludismo y pasó semanas convaleciente. Mientras tanto, los obreros de la petrolera entraron en huelga general y el puerto estalló con el asesinato del caudillo. Unos meses después, recibí un sobre sellado y firmado por Alejandro. Por dentro había otro sobre para Lucía. Para mí venía un carrete con negativos de fotos tomadas por el río. En una nota muy breve me pedía que le revelara ese carrete como en los viejos tiempos y que entregara la carta del otro sobre a Lucía Lausen. Como la maestra Lucía no figuraba en el domicilio me la devolvieron, entonces conservé la carta remitida por él desde Magangué sin abrir y se la entregué luego a su otro hijo, Timoleón, cuando vino a buscar una pista de su hermano hace años. Yo no la leí por respeto a la intimidad. Leonardo Buenahora me había remitido ese mismo mes de la desaparición los negativos de una serie de fotos tomadas por Alejandro y que él había revelado en la Kodak del puerto. Eran las fotos de una matanza que publiqué en el periódico *La Mancha Negra*. No tengo aquí los negativos pero tengo ejemplares escondidos con todo el archivo del periódico en Bogotá. Le mostraré las fotos del último envío y verá que su hijo se fue por el río. Todas son fotos en el río. Tengo la impresión de que estaba intentando contar algo con las fotos. Fotografió a estos dos, que resulta evidente que son de la Popol. Estas de las fragatas de guerra ancladas en las graderías de El Banco, esta de los portales de la Marquesa y de la ceiba de Simón Bolívar en Mompox. Y estas de un barquero y sus ayudantes. ¿Usted sí leyó la última carta a Lucía Lausen?

Me quité el rebozo, como si en esa pista estuviera cifrado el secreto de la desaparición. Tampoco yo había leído esa carta. Mi hijo Timoleón me la entregó sellada y dijo que esa mujer vivía en Xigua de Quesada.

Después Rubén le presta una lupa para que analice las fotos y la deja sola con su servidora en el solar, mientras va adentro a buscar el proyector de cine.

Ella observa en detalle las fotos aumentadas por la lupa. Ve el afiche del caudillo con su consigna: «¡A la carga!», ve a los que Rubén identificó como agentes de la policía política, Popol, ve el planchón de los estibadores donde navegó y las graderías del puerto de El Banco, la calle principal de Mompox y el nombre del hotel: La Casa del Amor. Es como si dejara pistas de los lugares a donde se debía ir a preguntar por él. Se detiene a observar una en particular: la de una muchacha joven observando los frascos de confituras en las graderías del puerto de El Banco y las fragatas militares de fondo en el fondeadero.

Un viento suave flota afuera de la casa sobre el puerto de La Dorada, y las iguanas con las colas manchadas de petróleo y sus miradas penetrantes abandonan las piedras recalentadas donde respiraban con la boca abierta para empezar a buscar la sombra de los almendros. El calor aumenta. La humedad ahoga al respirar.

En una de las fotos se ve la hilera de pasajeros subiendo a un vapor de rueda y entonces comprende por qué Rubén señaló a los tipos de la otra foto como miembros de la policía política: son los mismos tipos de gabardina oscura, sombreros y bigotes largos que aparecen en las fotos de El Banco, pero ahora revisan los documentos de quienes suben al vapor. Uno de los tipos mira directamente hacia la cámara como si se diera cuenta de que está siendo fotografiado.

Yo le regalé la primera máquina de retratar y el traje que perteneció a su padre. Cuando creció empezó a parecerse hasta en los gestos y en el parado. El doctor Plata también posaba así para las fotos, con el puño apoyado en la cintura, como un explorador. Cada vez que iba a visitarme era un poco como estar viendo el duplicado de mi primer marido, querida hermana. Llegó a parecérsele tanto al punto que realizó lo que el padre siempre quiso hacer, aunque no pudo porque primero estaba su familia: perderse del mapa. El papá hablaba de cacería y no cazaba ni un resfriado con la carabina que estuvo siempre clavada en la pared. Todo lo leía en el *Gran libro de la caza*. Coleccionaba licores pero no se los tomaba. En la casa había una caña de pesca casi nueva. Hacía planes para ir a escalar la sierra de Güicán, o la sierra de Santa Marta, compraba crampones y botas de montaña, pero los años pasaban y las ganas de ir envejecían con él. Hablaba de África, de animales salvajes, pero solo había visto esos animales en el *Tesoro de la juventud*. Su sueño más grande era recorrer el río Amazonas, el más largo del mundo, pero cuando ya pudo haber ido, en un barco de la Flota Blanca que iba a Curazao y pasaba el delta hasta Belém de Pará y luego a Manaos, no fue, porque descubrió en las canoas de pesca del Sogamoso que le daba mareo navegar. Alejandro hijo, siendo aún muchacho, hacía excursiones a las montañas más altas de la serranía de los Yariguíes, se robaba las botellas que el padre atesoró para bebérselas frente al internado de mujeres y se encaramó al primer biplano que aterrizó en el pueblo como una cabra loca de las que trepan los desfiladeros del Chicamocha. Cuando estaba arriba del biplano vi en sus ojos el brillo febril del padre, pero en él era un brillo aún más intenso, el de los andariegos, una luz que ya había visto yo en su padre cuando me contaba un plano, y era que tal vez ya sentía dentro el llamado a la aventura. Al año siguiente se fue del pueblo, vestido elegante como su padre, pero deshecho de amor por una venezolana.

—Por eso todas las veces que me preguntó cómo era su padre de joven, le dije: mírate al espejo, tómate una foto, eres igual que él.

Rubén Gómez Piedrahita oye la historia y observa el rostro ajado de la madre de su amigo.

—Cuando desapareció tenía la misma edad de su padre al morir.

—Eso no es una coincidencia —comenta Rubén Gómez Piedrahita.

—¿Qué es si no?

—Es el destino.

El vapor Monserrate, de cuatro pisos, entra en el puerto de La Dorada dejando salir un alarido prolongado que se oye por toda la pequeña ciudad blanca. La mujer vuelve a callar para ver el barco por la ventana azul de la casa de Rubén.

Tal vez lo pienso porque en el puro fondo de mi corazón albergo la esperanza de que se haya ido, de que haya desaparecido, de que haya abandonado todo, su vida, su pasado, su oficio, por una vida nueva y por conquistar el amor de una mujer: solo una lunga puede hacer que un hombre deje los cabales y abandone todo lo seguro por lo inseguro. ¿Tú que piensas de esa hipótesis, querida hermana?

—Ya tengo listo el cuarto oscuro con el proyector. ¿Trajeron la lata de la película?

La servidora se la entrega.

—¿Está preparada, señora? —pregunta a la madre, por precaución—. Esto se grabó hace doce años.

—¿Él está ahí?

Lo que quiere expresar es que no sabe si es capaz de enfrentarse a la cara de su hijo desaparecido en una película de cine.

—Ojalá.

—¿Vivo?

—Su imagen viva.

Rubén Gómez Piedrahita lleva el carrete a una de las habitaciones del fondo de aquella casa pintada de azul turquesa en la que no se siente el calor. Las invita a seguir y ellas se adentran en la habitación oscura donde hay dos sillas de mimbre que Rubén dispuso en medio del espacio. Se sientan y la sala se ilumina con la potente luz de una linterna, y Rubén alza una tapa de la caja metálica, con el distintivo de la Kodak, puesta sobre una mesa. Luego desengancha dos bisagras indelebles y retira la cara y cruz del proyector de 8 mm. Alza en sus patas ese maletín metálico para acomodar el proyector portátil apuntando a la pared. Gira un botón que parece un modulador de radio y al hacerlo un fuelle en la base inclina el proyector y lo deja apuntando un chorro de luz intensa a la pared. La luz sale del ojo brillante de la caja metálica.

Rubén abre la lata de la película y saca dos carretes de su interior. Los instala en las bobinas, enciende el proyector con el botón y la luz blanca se vuelve ambarina y una serie de formas se proyectan en la pared con radiante transparencia. Luego todo se queda quieto, Rubén oprime un botón que rebobina la película y da marcha a la proyección.

Se proyecta un foco de luz contra la pared y empiezan a correr las imágenes. Aparece una ciénaga. Hay un hidroavión flotando y una lancha que se dirige con algunos pasajeros equipados con mochilas. Luego un corte y una vista aérea de lugares desconocidos y luego una aproximación a un río. Luego se ve al piloto caminar por el ala del hidroavión. Alejandro aparece sin camisa con una pimpina en la mano con la que echa agua en el radiador. Saluda y sonríe. Rubén detiene la película en esa secuencia. Rebobina para volver a ver a Alejandro.

—¿Lo reconoció? Es él. La grabamos en 1947. En ese viaje tuvimos que descender en todos los ríos para enfriar el radiador. Alejandro era quien cambiaba el agua o bombeaba el combustible del depósito trasero cuando se acababa la gasolina.

Ella se queda un rato callada observando el juego de luces y sombras proyectadas en la pared. Vuelve a repetirse la secuencia.

—¿Es él de veras? No lo reconozco.

Rubén detiene la manivela y deja que rebobine y vuelva a rodar la misma secuencia en la pared.

—Ya no recuerdo su cara —dice ella, como si tuviera que justificar algo que la avergüenza.

Son solo diez minutos de filmación. Luego aparece una vista aérea de una llanura, una casa de pilares soterrados junto a una ceiba, una niña mocosa vestida de negro, una mujer fuerte montada a caballo con un fusil, una gran serpiente extendida en un barrizal, un mercado de pieles junto a un río y un hombre con cuerpo de tigre viejo mostrándole una cabeza de venado con cornamenta. Rubén dice que el resto se perdió en el incendio de la Kodak. Si lo desea, le regala el viejo proyector donde puede ver la película cada vez que quiera. Solo le recomienda guardarla en un lugar fresco y ventilado, a la sombra, y que nadie fume cerca porque el celuloide prende fuego fácilmente.

—Anóteme en este cuaderno cómo se pone el rollo y cómo se prende el aparato. Y explíquele a Custodia, mi servidora. Ella tiene mejor memoria que yo.

[*La carta de Mariquita Serrano a su hermana Ana Dolores donde le cuenta la visita a Rubén se interrumpe. Le faltan una hoja y la despedida. Pero incluye una postal con la estampa de santa Teresa del Niño Jesús, una oración devocional por la que se solicita la gracia de su intervención y un fragmento de tela que ha tocado a la santa.*]

El Refugio

El viaje empezó con un tiempo soleado, pero al dejar atrás la cordillera Oriental nos encontramos cortinas de lluvia. El hidroavión era un Catalina perteneciente a la nueva flotilla de aviones de la compañía petrolera. Lo llamamos «aeroplátano» porque parecía un plátano con alas y entre la carga se llevaban gajos de plátano. La tripulación cabía perfectamente y podíamos conversar sentados en la carga. Comparado con los otros hidroaviones que pilotaba Miller y que parecían mosquitos, este era como un hotel. Pero los radiadores empezaron a recalentarse y el hidroavión comenzó a descender en todos los ríos, donde teníamos que esperar a que se enfriara. Con cada despegue se hacía más pesado y lanzaba un quejido. Y ya en el regreso, con un flotador desprendido de la soldadura, tuvimos que quitarle peso y arrojar el equipaje al agua. Solo al final supimos que el sonido del «aeroplátano» no era normal y que anunciaba una falla en el radiador, pero Miller no nos dijo nada para no asustarnos. Solo nos ponía a enfriar los radiadores y a bombearle combustible de un tanque de reserva que venía en la bodega, y también tuvimos que soldar el flotador en El Refugio.

El hidroavión acuatiza en El Refugio. Los viajeros se dirigen desde el muelle flotante sobre el río al puesto de salud. Se presentan a la única enfermera que hay allí con un birrete de la Cruz Roja y dicen buscar a don Pachito. La mujer envía a un niño a casa de don Pachito. El niño vuelve solo.

Por otro lado se acerca un hombre a caballo con la claridad de la calvicie incipiente asomando entre los pelos lisos despeinados, la piel requemada de absorber sol, el relieve anguloso de la cara, la frente arrugada como a tajos de navaja. Es un camino distinto al que había tomado el niño. Tiene la camisa abierta, por donde asoman los pelos entrecanos del pecho y se adivinan los músculos pectorales ya caídos. Es un viejo fuerte. Aferra las bridas del caballo con unos brazos tornasolados y todo en él, hasta su mirada fiera, parece aplazar el comienzo inminente de la vejez con una orden de su voluntad. Descabalga y se da un apretón de manos con el aviador Joseph Miller, al que pregunta de entrada cómo se dice el verbo *to be*, a lo que el otro responde que ya se le olvidó. «¿Trajo el joto?». «¿No me diga que después de tantos años no come arepa y no sabe lo que significa joto de avispas?». Miller le señala los dos baúles que arrastran los expedicionarios.

Es Pachito. Alejandro lo filma mientras se acerca a los baúles. Cuando los abren, Alejandro descubre lo que contiene la encomienda: uno contiene medicinas y el otro fusiles. Pachito entrega la remesa de medicinas a la enfermera, el baúl de fusiles lo despacha con dos muchachos y tiende un sobre de dinero al aviador. Luego se acerca a saludar a la comitiva como un cónsul en la selva. Les dice que sean bienvenidos al pueblo de El Refugio y que lo acompañen hasta su negocio para tener el placer de atenderlos.

Su negocio es una casa de madera rodeada de alambradas donde se exhiben pieles de animales de la región cazados por él. Frente a su negocio está la oficina del pagador de la compañía petrolera.

Desde la oficina del pagador un hombre se acerca a Pachito respondiendo a su llamado. Luego regresa a la oficina, ingresa y vuelve a tomar su asiento a la entrada, en un banco de madera. Luego un hombre peinado con raya diagonal y vestido con pantalones de dril y camisa blanca sale de la casa de madera, habla en privado con Pachito, quien señala a los cinco viajeros que traen una cámara de cine y el hidroavión boyante que flota en el río.

Pachito y aquel hombre elegante se dan la mano. Luego Pachito vuelve con los expedicionarios y les dice que ya quedaron presentados ante la única autoridad del pueblo, Jean Pierr, pagador de la compañía, y que pueden pasar a su casa a almorzar todos juntos. Los lleva hasta las afueras del caserío atravesando la única calle de tierra sombreada por pomarrosas que dejan caer una lluvia de pétalos y les muestra el acueducto que bombea desde el río por una zanja abierta a pico y pala y que se ingenió Jean Pierr con unas bombas de agua. Alejandro filma los reflejos de plata del sol en el aljibe y los animales domésticos que se pasean con animales de monte domesticados por los pobladores. Jean Pierr dice que son obras para beneficio de la población, que ni siquiera figura como intendencia, ni tiene inspección de policía. Pero sí tendrán aeropuerto cuando la compañía termine la construcción de la pista de aterrizaje, augura el piloto Miller.

Pachito les habla de las mesetas erosionadas del otro lado del río donde va a cazar los jaguares. Les muestra una nube negra a lo lejos que es una de las quemas de las llanuras donde los vaqueros hacen hatos de cinco mil reses que llevan cada año caminando hasta el río Orteguaza, en Caquetá, y de ahí hacia los mercados de la cordillera. Les advierte la urgencia de que la petrolera empiece la explotación en los pozos del Caguán para poblar la región: son las únicas formas de introducir la civilización a esa llanura de fieras nocturnas.

—Esto no lo civilizan ni los godos ni Dios —dice Ramiro, aplastándose un zancudo que queda estampado en el pómulo enrojecido.

Rubén mira a Alejandro desaprobando el comentario inoportuno de su hermano y hace una seña de mantener la boca cerrada delante de Pachito.

—Y entonces quién lo civiliza, joven —pregunta Pachito—: ¿los liberales de Bogotá cuando tumben al gobierno dándose tiros en la Cámara de Representantes? Esto lo civilizamos nosotros, los gaitanistas, o no lo civiliza nadie.

Alejandro frunce el ceño y mira a Ramiro. Miller hace que el viejo cambie de tema rápidamente.

—¿Qué comeremos hoy, don Pachito?

En ese mismo instante una mujer viene corriendo e intentando secarse las manos en la ropa y le dice a Pachito que una gallina cantó como gallo. Se miran consternados.

—¿Cuál fue?

La mujer señala una enorme gallina que camina erguida en medio de los otros animales domésticos. Pachito saca el revólver que lleva al cinto y le da un tiro certero.

—Hoy comeremos gallina conservadora, como en todos lados.

La mesa familiar empieza a llenarse de hijos de diferentes edades. Alejandro filma los rostros y las manos que se apropian de las astillas de yuca pálida, presas de gallina y otra carne más oscura, de animal de monte, asada en brasas. Todo está servido en hojas de platanillo. Los hombres y las mujeres jóvenes son hijos de don Pachito. Los niños son sus nietos y el bebé que se mece en la telaraña del chinchorro es un bisnieto. Hablan y escupen huesos mondos que se pelean los perros, los gallinetos de trajes elegantes, los gatos, los zainos, los monos y las gallinas de tierra caliente con sus plumas erizadas y sus altos pescuezos pelados que parecen salir de todos lados.

Alejandro filma la rapiña entre los animales.

—Cuando una gallina canta como gallo hay que matarla, o si no alguien cercano se va a morir.

Pachito fue contratado como baquiano por la compañía para la comisión de exploración petrolífera. Les cuenta que vino por primera vez a la región cuando el gobierno buscaba cambiar la producción de la quina del Putumayo al Caquetá por el aumento de la demanda de látex debido a la guerra.

—Me enviaban en comisión de un departamento a otro. La travesía duraba meses. Cuatro meses desde Villavicencio hasta aquí exactamente. Yo prefería andar solo, porque cuando uno va solo está libre. Cuando uno lleva un compañero piensa en qué momento me mata el compañero o se muere el compañero. El gobierno no permitía que me moviera solo. Debía ir con un experto en semillas de caucho que localizaba los bosques, contabilizaba un número de árboles, tomaba muestras de semilla y marcaba el lugar en una serie de mapas. Pero a la segunda vez ya me gustaba adentrarme en regiones desconocidas y en varias ocasiones me atreví a hacer travesías solo. A veces uno se pierde en la selva. De repente está uno en medio de la oscuridad total. A veces el cielo relampaguea. Relámpagos verdosos porque reflejan por un instante el verdor de las plantas. A veces insectos con luz propia, moviéndose en torno a un árbol. Hay que imaginarse a qué pertenecen los ruidos, aunque es mejor no imaginárselo. Son algarabías donde no se puede saber qué es lo que se alboroza, un sonido que tiene cierto ritmo musical que mezcla silbos, gruñidos, cantos, pero que no viene de instrumentos humanos sino de animales nocturnos, acaso pájaros o micos, y que son advertencias o celo o vaya usted a saber. El peligro es pisar una serpiente. Una serpiente lo puede morder a uno veinte veces. De resto no conozco nada mejor que dormir tranquilo en el monte. Cuando sale la luna se ven las copas de los árboles. Si hay mucha humedad desaparece la bóveda de las estrellas. Yo me guiaba con una brújula. A mediodía hay que parar siempre para ver hacia dónde se ha movido el sol. Porque si el baquiano no está pendiente de eso ya no sabe si está regresando por donde anduvo. Una vez me perdí en la selva y me salvó el lucero del alba. Hay otro que aparece a las nueve por el norte, pero como no me sé el nombre yo lo llamo Maruja, como mi mamá. Esa vez, cuando llegué a un rastrojo, me calmé. Ya no había peligro. Maruja estaba en el norte. El otro modo es buscar un cauce de agua y seguirlo hasta encontrar gente.

—¿Y el tigre?

—El tigre no se acerca al humano. A veces le da curiosidad y husmea el parapeto que uno arma para dormir y a veces uno se lo encuentra en la sabana rascándose despaturrado o jugando con la tigra. Pero siempre se alejan. Nos tienen miedo, y con razón.

Dice que van a ir a cazar a las mesetas, del otro lado del río. La idea inicial fue de Jean Pierr al ver en un sobrevuelo las piaras de zainos y de chigüiros y las dantas amontonadas en la base de las mesetas, pero solo hasta que Jean Pierr acordó un precio con los dos pilotos de la compañía para traer pequeños grupos de expedicionarios, fue que constataron que podría ser un buen negocio.

Luego la conversación recae en las elecciones de ese año y la posibilidad de que los nuevos alcaldes designados por el gobierno de Ospina Pérez influyan a favor de su partido en las elecciones a presidente.

—Un presidente liberal sería el único mecanismo para frenar a los conservadores que quieren apropiarse del Llano —dice Pachito—. Los conservadores chusmeros se quieren apropiar las tierras baldías en el sur del Llano.

Pachito les dice que las armas de la remesa fueron compradas legalmente en la armería del ejército y son para los Chichos, un clan de hermanos dueños del hato del Yarí, para enfrentar a los abigeos, y a los policías aliados con conservadores chusmeros.

—Algún día los llaneros volveremos a cruzar los páramos como en tiempos de Bolívar hasta Bogotá. ¿Ustedes son azules o rojos, los señores?

—Nosotros no nos metemos en política —dice Rubén y deja de filmar.

Ramiro interviene con un chiste flojo:

—¿Esa gallina será liberal o será conservadora?

—Esa es liberal —dice Pachito de buen humor por el olor de la comida—. El godo es ese gallineto de ropa pepiada como un doctor. Ey, Miller: ¿cómo se llaman esas flores en su país. Aquí las llamamos girasoles.

—*Sunflowers.*

—Por eso, son flores. Este gringo es como güevón, mi amor.

—¿Y por qué los Chichos necesitan tantas armas?

—Los Chichos son un clan de arrieros. Abrieron una trocha de veinte metros de ancho desde el río Arauca al río Meta con motosierras. Luego en dos años abrieron una trocha de veinte metros de ancho desde el río San Juan a Vista Hermosa para llevar el ganado en verano. Y luego, en dos años abrieron una trocha desde Vista Hermosa hasta El Refugio, en el río Guayabero, para la trashumancia del hato del Yarí. El papá de ellos, el primer Mauricio, le puso a este sitio El Refugio. Tenía deuda con la ley y por eso vino a parar a estas tierras, donde venía desde hace años toda la gente que no tiene ley. Yo lo conocí ya enfermo en su lecho de muerte. Él y sus ocho hijos han hecho más por estas tierras que los tres gobiernos liberales. Olaya Herrera declaró que no había habitantes en esta tierra pero nadie vino a comprobar que sí. Los Chichos se van a armar como hizo la gente de Salcedo en Maní. Hace seis meses llegó al Llano un grupo de policías con los conservadores chusmeros, que era gente que masacró pueblos enteros en el Tolima. Al comienzo solo hacían matazones de vacas con ametralladoras. Dejaban los corrales llenos de vacas muertas. Luego cruzaron el río y se metieron al pueblo. Hubo treinta y cinco muertos en un solo día. La chusma entró en cinco casas y pusieron un retén en la trilla. Por ese paso tiene que atravesar todo el mundo para ir a los tres pueblos del Llano, así que esperaron a que fuera domingo para que viniera la romería. Mataron más que todo indios guahíbos, pero también mataron a una mujer que estaba embarazada, la abrieron y le echaron sal en el estómago. Por la noche nos dijeron que la chusma se iba a meter al pueblo. Yo estaba allá con los Chichos que después de vender el hato volvían por su trocha en la seca de enero. Traían mucha plata. Les dije que nos metiéramos debajo de los colchones, porque no teníamos armas. Afuera se oía gente correr, cosas que rodaban, ruidos de fierro y pisadas de caballo como si arrastraran un cañón, pero después todo fue un resplandor en las ventanas. Un resplandor amarillo y rojo como un hachón de candela. Y era que la panadería se había estado incendiando, y como todo el mundo estaba escondido porque la chusma iba a meterse al pueblo, nadie fue a ayudar a apagar el incendio y se creció. El peligro grande lo corrimos sin saber. Porque al lado de la panadería estaba una pieza donde los soldados del puesto militar guardaban la dinamita. A todos nos tocó ir corriendo a sacar la dinamita con los soldados, para que no se estallara todo el pueblo de Maní. Desde entonces los Chichos y Salcedo y yo decidimos comprar fusiles y prepararnos para devolverles a los abigeos y a la chusma conservadora toda la fruta que se coman. Miller, ¿usted sabe el cuento del chulo que decía «*yes*»?

—¿Qué es chulo?

—Un gallinazo.

—*Yes*.

—Este sí lo agarra. Había un chulo gringo en un basurero. Los otros chulos le hablaban, pero él solo contestaba «*yes*». Entonces un chulo nacional le dijo al chulo gringo: «Deje de decir "*yes*" y vamos a comer mierda otra vez».

—*Stop saying «yes» and let's eat shit again.*

—Y-es.

—Así son estos gringos. Cuando se les da por hablar en inglés, se les olvida que hay que comer.

Los tomates tienen tetas y también tienen tetillas.

Todos hacen tin tan y son una ternura.

Tenemos tanto tiempo sin tomates.

Tontas tarántulas tiritaban de frío en la taberna.

Trataban de trabajar en su nuevo proyecto de talabartería pero también tonteando y tomaban tetero...

Habíamos ido caminando con Alejandro y yo le preguntaba por el mar y él hacía la promesa de llevarme a verlo y luego seguíamos el camino hacia el barranco haciendo juegos con palabras que tuvieran la letra T y hablando con el eco de los desfiladeros. Él quería que yo lo llevara por el camino que llegaba abajo al basurero y quería saber por qué mi madre me había reprendido en su presencia.

Me regañó porque no quiere que vaya al basurero. Dice que soy desobediente. Que solo aprendí a decir no. Y le molesta que sacuda los hombros cuando me manda a traer el agua. A mí no me gusta ir a traer el agua. Me gusta la cascada, pero no el pozo, porque es rojo y parece aguasangre. Mi mamá dice que a las niñas desobedientes se les aparece el ñángaro y se las lleva. Me dijo que en el Socorro había una niña desobediente, y cuando el diablo fue a llevársela invocó a la Virgen, ¡Virgen santísima!, y la Virgen la favoreció lanzándole un rosario que dejó al diablo convertido en piedra. Y ahí tienen la estatua de piedra. ¿El «ñángaro» se lleva a las niñas?

Me dijo que no me preocupara por el ñángaro, porque ya estaba convertido en piedra. Mi mamá solo quería que no fuera al basurero porque ahí habitaban la tuberculosis y bacterias que hacían mortal una cortada.

¿Y por qué quiere ir?

Él quería verlo también, el barranco desde abajo y el basurero, para hacer unas fotografías con su máquina. Así que fuimos juntos por el camino ancho de la carretera hasta el punto donde estaba la cruz de la Paloma y descendimos por el camino angosto, pero en lugar de seguirlo hasta el paso de la canasta nos desviamos por un ramal hacia el bosque y luego hacia la pared de roca. Era un día despejado y las libélulas estiraban la espiritrompa en los lirios blancos.

Mientras ascendíamos por el camino entre las rocas empezamos a ver los yarumos que brotaban de las cornisas con sus hojas grises que parecían paraguas abiertos, enjambres de mariposas diurnas multicolores, y en los troncos las chapolas y polillas con manchas que parecían ojos y polvo de oro en las alas. Mi madre me insistía en que aprendiera la clasificación correcta de los lepidópteros. Vimos los nidos de guadua como penachos de plumas de pájaros mitológicos, los fiques erizados de púas y las lanzas que salían con la flor de su corazón. De pronto, cuando ya perdíamos el aliento por un viento repentino que nos trajo el hedor cercano de la basura, vimos que estábamos a los pies del Montefrío y de la Montaña Redonda que se erguían como dos enormes conos. Alejandro tomó algunas fotos con su cámara que siempre llevaba cruzada al hombro. Una vez en el basurero hizo una foto de la saliente de la carretera donde arrojaban la basura en la caída vertical y otra del sustrato de la basura acumulada. El basurero hervía en sus vapores hediondos y encima de nuestras cabezas había una espiral de gallinazos sobrevolando el barranco. Todo hedía, pero ya estando abajo uno acababa por acostumbrarse a la emanación nauseabunda. Alejandro tomó una lata de café italiano que estaba tirada entre la porquería y nos fuimos de regreso antes de que agarráramos la tuberculosis o bacterias mortales, como decía mi mamá.

A mi mami no le va a gustar que llevemos basura a la escuela. Mejor dejamos la lata en la casa del Cacique, dije, mientras subíamos.

¿Qué es la casa del Cacique?

El escondite secreto donde llevamos las cosas que rescatamos con los otros niños.

Alejandro quiso ver antes la casa y me siguió hasta el bosque de pinos y a la cúpula de piedra y le hizo un retrato a la pizarra donde escribimos el nombre de nuestro sitio secreto: La casa del Cacique Chanchón. Y fotografió la tienda de campaña que hicimos con cuatro estacas envueltas en una colcha de retales junto a las tres piedras de un fogón sin lumbre. Se entretuvo viendo las muñecas sin ojos, y los dos maniquís con coronas de plumas y símbolos tatuados, uno alto con peluca y otro bajo y calvo con los ojos pintados como una mujer, y los otros que no tenían brazos repartidos en varios puntos como guardianes de la tribu. Eran todos los maniquíes que habían caído hacía poco y que nosotros tatuamos y coronamos.

¿Quiénes son?, preguntó Alejandro.

El alto es el cacique que manda a los otros, dije. Se llama Chanchón. El bajito calvo es el tunjo que cocina. Se llama Coco. Tienen un perro, se llama León, pero está vigilando como los otros de la tribu el bosque para avisarnos si alguien viene por el camino.

El perro de la tribu era el objeto más extraño que rescatamos. A la perra Petra, cuando me seguía, le gustaba ir a saludarlo y le ladraba y le batía el rabo y lo olfateaba. Parecía un perro vivo pero era un perro muerto. Alejandro fue a verlo y dijo que era un perro disecado. Parecía vivo porque tenía ojos de vidrio. Lo habían rellenado de algodón y las costuras de la barriga se habían roto. Le hizo una foto al perro junto a Petra. Luego le hizo una foto al Cacique Chanchón y al tunjo calvo y a los objetos deteriorados que fuimos colgando de las paredes de piedra y a los dibujos que ya estaban ahí. Yo le pregunté quiénes habían hecho aquellas pinturas en las altas piedras. Alejandro dijo que aquel lugar había sido la casa de alguien mucho tiempo atrás. Y que aquellas pinturas de las piedras habían sido hechas por quienes allí vivieron. Escarbó el piso con su bota y dijo que en el piso podría haber enterradas cosas como ollas, herramientas o collares que les pertenecieron. Excavó y alzó la concha de un caracol. Era blanca. Me la dio.

Luego me pidió que me sentara dentro de la tina de tres patas y que mirara hacia una piedra donde estaba una lagartija pintada. En la misma piedra habíamos puesto una piñata rota y una guirnalda de Navidad roja y verde.

¿Por qué le sacas fotos a todo esto? Solo es basura, como dice mi mamá.

Ya dejó de ser basura porque ahora es la casa del Cacique Chanchón.

Luego tomó los codos de un canal y una caja de zapatos y unos espejos y me pidió permiso para llevarlos. Dijo: tengo una idea. Vamos a hacer un periscopio y una cámara estenopeica con esta lata de café y así también tendrás una cámara para hacer fotos. Si quieres, también haremos un caleidoscopio y otros experimentos ópticos.

¿Qué es un caleidoscopio, Alejandro?

Es un prisma de espejos. ¿Ya te explicó tu mamá lo que es un prisma?

Sí, un poliedro.

Un poliedro de espejos para ver como las arañas. Cada espejo refleja todos los demás ángulos y multiplica cualquier cosa que pongamos delante, como esta pequeña concha de caracol.

¿Y si mamá se molesta?

Ella no se va a molestar porque le vamos a decir que es un experimento. Es más: pongamos todo dentro de la bañera de tres patas y yo la llevo. Sé que le va a encantar bañarse ahí.

Pero no le va a gustar porque le falta una pata.

Podemos decirle al soldador que le ponga una. Y ella nos va a ayudar a hacer los experimentos ópticos.

Ella quedó impresionada al verlo llegar con ese enorme caparazón y a mí con los tubos y espejos. Reconoció que la bañera podría ser reparada y usada. Y él la convenció después para que viniera a ayudarnos a hacer el periscopio.

Así era Alejandro conmigo, me oía, me seguía, me entendía, me contaba historias, me hablaba. No era distinto con los demás. Podía sacar lo mejor de la gente. Tal vez por el brillo intenso de sus pupilas y esa forma de mirarlo todo con interés, y tal vez por saber contar las aventuras de sus viajes. Los niños con él eran más alegres y Alejandro aprovechaba eso para hacer que aparecieran sonriendo en sus fotografías.

Con la lata de café que pintó antes de negro por dentro adaptó en la parte central un soporte para un papel sensible que extrajo de uno de sus carretes de fotografía encerrado en el cuarto del baño que había oscurecido con un ajado terciopelo negro pero iluminado con un mechero de petróleo con la carcasa de vidrio forrada de celofán rojo. La lata traía un diminuto agujero como respiradero que al descubrirse dejaba pasar la luz que se impregnaba en el acetato. Mi mamá, convencida por él de que se trataba de un experimento óptico, se encargó de desinfectar con alcohol y luego adaptar al codo de un canal los tres espejos, y así podía usar el tubo del periscopio para vigilar el segundo piso de nuestra casa desde el primer piso de la escuela, y viceversa, o vigilar la carretera.

Fue con ese periscopio con el que yo vi la volqueta de la basura con los hombres armados. A la caja de zapatos solo tuvo que abrirle un rectángulo y pegar una placa de acetato en el que previamente dibujó el árbol que había frente a nuestra casa con los pájaros en las ramas, y luego con una linterna de batería proyectó el árbol y los pájaros en la oscuridad iluminada de la pared.

El recuerdo que tengo de Alejandro es que era como un mago y lo que hacía era magia: buscaba siempre dónde estaba la luz para atraparla.

Esa noche, mientras mi mamá me bañaba con agua caliente en la bañera de tres patas a la que Alejandro le adaptó una pesada plancha de carbón, y viéndolo a él tomarnos una foto lenta para la que teníamos que quedarnos muy quietas, le pedí a Alejandro que me contara un cuento. Y él improvisó ese que tantas veces habría de contarnos con ligeras variaciones y que escribió en una carta a mi madre para que ella me lo contara cuantas veces quisiera y yo lo conservara por siempre. La historia de la niña desobediente y del Cacique Chanchón.

Te detienes entre arena caliente y observas el cielo. Las aves esconden grandes enigmas. Su dirección de vuelo, su tiempo exacto de apareamiento, su canto. Aparecen cuando piensas en algo como si respondieran a tus pensamientos. Las figuras que trazan en el cielo tienen formas de geometrías perfectas. Esconden un reloj suizo entre sus plumas. Las has observado durante años en esas ciénagas. Empiezas a acercarte al río y las aves que te advierten de lejos se lanzan señales en el canto.

Mientras caminas observando las aves obtienes una visión de profundidad que te arrastra al recuerdo de una mujer embarazada que era llevada en una hamaca por cuatro hombres por entre caminos y caños y ciénagas para parir en el hospital de la compañía. La tela en que la envolvían estaba rota, la cabeza y un brazo iban por fuera y la mirada de la mujer estaba perdida porque le habían dado a beber una botella de aguardiente para que soportara el dolor. En esas pupilas dilatadas se juntaban todas las líneas del horizonte. La mirada abarcaba todo el espacio y el tiempo, como si estuviera a punto de morirse en los quejidos espasmódicos del parto. La mirada sostenía todo el dolor y al mismo tiempo toda la indiferencia y recorría el espacio que abarcaba el horizonte por donde se prolongaba el largo camino del suplicio. Entonces hiciste la foto y al verlos alejarse viste que el camino se prolongaba para un lado y tú para otro y ya no sabías dónde estaba el río. Te sentías desorientado por la visión. No sabías a dónde ir. Pero viste los pájaros planear. Eran bandadas de garzas blancas y de ibis rojos a los que se sumó una escuadra de patos alineados que volaban desde el norte. Las aves también estaban muy lejos del punto de partida.

Un incendio las distrae. O la presencia humana. Y entonces no alcanzan a comer lo suficiente para ganar las fuerzas necesarias para el viaje de regreso. Y entonces ya no regresan.

Tú también tienes el tiempo contado. El río está a tus pies. Te quitas toda la ropa y la doblas y la dejas en la orilla y cubres la cámara con tu sombrero para protegerla de la resolana. Entras desnudo en el agua. Está tibia porque ha recorrido un valle de arenas calientes. Te dejas llevar por la corriente turbia, sintiendo los repliegues, las honduras, rehuyendo el sonido de los cantiles, donde se ahogan hasta los más expertos nadadores, luego el río se ensancha y entras en un remanso. Nadas por arriba y por debajo del agua. La corriente se ha alejado hacia la otra orilla. Tienes la sensación de que no estás solo. Criaturas de las profundidades se acercan a ti, te besan los dedos de los pies, arrancan las cutículas con movimientos rápidos. Piensas que hay algo más, que debajo del agua hay un ser que te está mirando. ¿Es una raya que atraviesa cuatro veces con su aguijón? ¿Una serpiente? ¿Un bagre? ¿Un caimán? Te zambulles en las aguas y abres los ojos y sales a llenar de aire los pulmones, pero tú o algo de ti espanta a los animales con branquias. Hay un ser flotando en el rincón más oscuro del lecho. No se acerca. Ni avanza, ni retrocede. No se deja expulsar. No te acorrala. No es un caimán furtivo. Cuando te acercas más ves que es un cuerpo humano, con el pelo extendido por la corriente, ya sin ojos y con la carne hinchada. Entonces gritas bajo el agua, pero el grito se ahoga entre gorgoteos y sale convertido en burbujas y zumbidos. Te has quedado sin provisión de aire y cuentas con pocos segundos para volver a salir. Buscas la superficie casi pujando y luego la orilla con la mirada y el camino largo de la corriente, respirando en el estertor del esfuerzo por regresar. No está tan lejos de la orilla. Podrías rescatar el cuerpo. ¿Y qué pasaría después? ¿Qué pasaría si no es un ahogado sino alguien que fue asesinado? ¿Era un hombre o una mujer? ¿Es eso lo que hace el mohán o lo que hacen los seres humanos? ¿Y si fueras tú? ¿Si decidieras seguir el embrujo del río y no salir a la superficie? ¿Dejar que el agua te empuje al cantil donde toda la empalizada se apretuja y cambia de rumbo y forma el remolino? Si te ahogaras, si te mataran, si aparecieras dos días después en un banco de arena, si la gente del lugar viniera a verte muerto y se dieran cuenta de que tu cuerpo ya no tiene ojos ni sexo ni tetillas, ¿pensarían acaso que eres de aquellos a los que llamó el río y no rescatarían tu cadáver, porque las decisiones de los hombres y el llamado del río son mandatos y hay que respetarlos? Si te encontrara un barequero o te pescaran, ¿qué pensarían de ti? Ninguno te reconocería, seguramente. Los cuerpos que arrastra el río se vuelven una masa de jabón irreconocible, salvo por la ropa, y ahora nadas desnudo entre aquellas ondulaciones fosforescentes como destellos de plata. Pensarás siempre en ese cuerpo que dejaste ir. Y en ese parto doloroso y lento. En un recuerdo el milagro de nacer y en otro recuerdo la fugacidad de la vida.

LOS GALLINAZOS

Orfidia, la mujer que vendía en la tienda, nunca hablaba nada de forma extensa. Hablaba solo a trancos. *Sí. No. Tabien. Taluego. Figúrese. Magínese. Dígame. Endenantes. Antualito. Buenas, profesora. Buenos días, chueca.* A ella, aunque era vieja y fea, le gustaban los muchachos. Y vivía con un hombre más joven que ella. Un día le seguí las pisadas. Tenía el pelo larguísimo hasta la cintura y reteñido de negro. Seguí el bamboleo del pelo en la cintura hasta la parte trasera de la tienda. Desde ahí se veía con claridad el basurero. La seguí hasta que se detuvo en la baranda. Sacó unos binóculos y recorrió toda la falda de la montaña lentamente. Luego se detuvo en un punto fijo y ahí se quedó, con los binóculos en la cara, mirando el mundo desde su atalaya de bruja. La tienda estaba sobre una gran piedra de cascajo y era de tabla.

Orfidia debió sentir mis pasos. Bajó los binóculos y trató de disimularlos en el bolsillo de su falda. Cuando vio que era yo, noté su mala cara y la frente recta, hombruna, marcada con la extensión del pico de viuda y las arrugas del malhumor. Me llamó con un gesto. Me hizo espacio para que subiera a un taburete de cuero de vaca templado. Quedé casi a su misma altura. Me puso los binóculos en los ojos y me dejó ver lo que ella veía con tanto interés.

Era un cuerpo humano. Se había destrozado contra las piedras. Un pájaro estaba sobre su espalda. Era un pájaro negro.

Bajé la cabeza para no ver más. Ella me dio una chirimoya. Yo la miré a la cara. Ella se llevó un dedo huesudo sobre sus labios delgados como si me sugiriera guardar silencio por lo que hubiera visto. Luego alzó los binóculos y siguió rastreando muertos que nadie había ido a recoger.

A otro lo vimos colgando de un bejuco. Los gallinazos se le habían comido los ojos. Un pájaro se tenía de la liana del bejuco y le sacaba tripas de los huecos donde le habían dado los tiros.

TIROTEO

Mientras el ejército barría desde lo alto de la serranía hasta el valle del río para capturar a Valentín González, en el pueblo del Cacique, la casa de Norberto y Leonor fue reforzada con pies de madera recién cortada para blindarla después del atentado que le hicieron al alcalde militar.

Algunos decían que le habían partido las piernas y la cabeza. Otros, que se había muerto. Pero reapareció con una pierna enyesada y métodos más brutales para perseguir y diezmar a la gente de Valentín González.

Norberto y sus trabajadores salieron de la planta de gas por el solar, para ir a una reunión de liberales.

—Mírelos —dijo Leonor a su comadre María Victoria, cerrando la puerta del gallinero—: la guerra ya empezó y ellos no encuentran otra forma de divertirse que ir a donde la Cotuda.

—Déjelos, Leonor —dijo María Victoria, poniéndose al seno la niña de brazos—. Le apuesto a que la cerveza se agota mañana y les toca salir por la fuerza de Sapo Escondido.

—Putas y dominó, qué baratos salen los hombres. Dicen que la Cotuda no nació así, sino que un hombre le dio un bebedizo para acostarse con ella y por eso se volvió insaciable.

—Al menos esas señoras nos quitan un peso de encima, pero no nos quitan el marido.

—No como la mujer del bobotano.

—Cómo así, ¿pilló a Norberto en esas?

—La mujer de Angelino, el chofer del bus de línea, me dijo: «Leonor, mientras el bobotano le cepilla la madera que vende Norberto, su marido le cepilla la mujer al bobotano». Me dijo que los lunes, cuando se limpia toda la casa y yo estoy ocupada, Norberto se da la vuelta a la manzana para meterse a visitar a la mujer del bobotano. En la fiesta que hicimos en julio, invitamos al bobotano y a la mujer. Y también a la mujer del chofer para que me ayudara a vigilar. Cuando yo servía el whisky ellos bailaban. La mujer me dijo: «Por la noche revísele la ropa, porque yo vi cuando la mujer del bobotano le guardó un papel en el bolsillo de la camisa». Le busqué y encontré uno donde le decía que el lunes no pasara porque tenía la regla. Así que hasta aquí llegaron las fiestas en mi casa.

—Leonor, eso no es prueba de nada. Yo desconfiaría más de la mujer del chofer. Aunque la culpa no es de las viejas sino de ellos mismos por sinvergüenzas. Yo le he dado a Jorge jugo de maracuyá para bajarlo del palo, y ahora dicen en la radio que el maracuyá es el fruto de la pasión. Yo no sé a quién creerle.

Para entonces Leonor había recibido de los brazos de su comadre a la niña recién nacida que se había saciado en el seno cruzado de venas azuladas del pecho de María Victoria.

—¿Usted cree en Dios, comadre Maruja?

—A veces sí, a veces no.

—Y a veces hay que creer, aunque se haga el pingo. Vamos entonces a rezar el rosario trabajando.

Y se ponían a hacer oficio y parecía que conversaban, pero en realidad estaban rezando el rosario al acabar el día.

En Sapo Escondido, la calle de los burdeles, la policía política bajó de un camión y los hombres se distribuyeron por los bares como un escuadrón de búsqueda. Dos intentaban ingresar en el local llamado Aquí es la Otra.

Julio Cipagauta sacó el revólver del bolsillo y respondió a tiros el llamado que hacían los policías para que se presentara en la calle Lucas Melo, alias Manguera. La mesa llena de botellas vacías de cerveza rodó por el piso mientras se desencadenaba el tiroteo. Un tiro silbó en la pared y vino a parar de chiripa en la rodilla de Norberto. Los contertulios liberales que disparaban desde las ventanas a la calle se separaron. Ariel Gómez Plata, el alcalde del pueblo del Cacique destituido por el gobernador, huyó esquivando tiros en zigzag por el centro de la calle. Julio Cipagauta subió al segundo piso y saltó por el techo gastando toda la carga de su revólver. Marcos, el carpintero que era de corta estatura, no encontró problema en esconderse en un baúl en la bodega de cerveza. Juan Gómez Plata y Lucas Melo, el ahijado de Norberto, huyeron por el solar con los más jóvenes abandonando en el piso del hotel a su jefe y padrino.

En un último esfuerzo, y oyendo ya las balas restallar en los mangos del solar, Julio Cipagauta y Ángel Miguel Ardila lograron sacar a Norberto del tiroteo por atrás, antes de que la patrulla asaltara el local y esculcaran todo, y huyeron por los solares de las casas aledañas en riguroso silencio para conservar las últimas balas de sus revólveres.

Norberto permaneció dos días más oculto en uno de los ataúdes de la funeraria de Anselma. Ella lo descubrió entre los cajones de madera hasta a la mañana siguiente, cuando al intentar abrir desde afuera la tapa de un ataúd embrujado que se estremecía cada media hora, le oyó gritar desde dentro:

—¡No me mate! ¡Yo soy godo! ¡Viva Jesús!

A esa misma hora, y a dos cuadras de allí, Leonor se disponía a salir en busca de su marido, vestida con un enterizo de color azul. Era ese el color con que se distinguían los partidarios del gobierno, y servía para evitar disparos en las calles donde estaba desplegada la policía política que habían traído de pueblos conservadores a los pueblos liberales.

Mientras subía la empinada cuesta de la calle Alta vio venir a Norberto, rengueando y aferrado al hombro de su ahijado Lucas Melo.

—Venga con nosotros, Lucas.

—Tengo que ir a ver a mi mujer y a mi hija.

—Hágame caso, Lucas, que hoy está en la calle el toro de candela.

—Tengo que irme, padrinos. Sigan ustedes sin mí.

Lucas Melo cedió el brazo a Leonor y Norberto continuó, apoyado en el hombro de ella. Avanzaron apresurados, alejándose de Melo y divisando las mesetas detrás de las cuales empezaban las tierras bajas. Arriba de las mesetas se elevaba la humareda de varios incendios.

—Dicen que quemaron Palmira.

Aquella mañana decidieron abandonar el pueblo.

Solo hasta que Norberto pudo andar, tres días después, fue cuando pasaron a la cárcel de La Grecia. Allí el alcalde militar había instalado el despacho para estar protegido por el puesto militar. Una hilera de gente diligenciaba salvoconductos, y desde la hilera se podía divisar el encierro al aire libre de los capturados. Entonces vieron, entre los presos, el torso desnudo de su ahijado Lucas Melo.

Norberto lo miró, pero pronto desvió la mirada para no mantener contacto visual.

Solía decir, a todos los que le insinuaban que maltrataba a su mejor trabajador, que era un ahijado distraído. Lucas Melo no lograba concentrarse a causa de las historietas que aparecían en los periódicos. Se había aficionado a los cuentos de cordel que traían *Las aventuras de los siete sabios, Alicia en el País de las Maravillas, El sastrecillo valiente* y adaptaciones breves de clásicos como Julio Verne. Leía estos cuentos en horas de trabajo. Leía mientras su padrino Norberto intentaba enseñarle cómo mover la palanca de cambios del carrotanque de transportar gas propano. Y cuando Norberto lo descubría leyendo las tiras cómicas del periódico al mismo tiempo que tomaba la lección de manejo, le arrancaba las páginas de las manos y rompía las hojas ilustradas en su cara.

Norberto quería imponerle a Lucas Melo una disciplina doméstica tanto en casa como en el trabajo de la planta distribuidora de gas y el almacén de muebles de madera que habían fundado con Leonor. El rigor de su régimen estaba cifrado en los refranes que usaba al hablar.

Lo había recibido como ayudante para la repartición de gas cuando tenía doce años. Sus primeras encomiendas fueron repartir facturas y traer el mercado a la casa de los padrinos. En cada misión, algo se le extraviaba, se le perdía de vista o el niño se confundía con las cosas. A veces era el canasto, a veces las facturas; otras, los propios encargos. No lograba hacer que Lucas Melo se concentrara en algo por más de dos minutos. Se distraía mirando cosas periféricas, se distraía en las mesas de juego del parque y regresaba tarde con los mandados trascordados y las manos vacías. Entonces Norberto lo encerraba en un cuarto y lo azotaba con una manguera y al final de la golpiza, le decía un proverbio: «Cuidados ajenos matan al que es pendejo».

El padrinazgo le permitía a Norberto reprender al niño. Y usaba el método de la escupida. El método consistía en ajustar su libertad al tiempo que duraba en secarse un salivazo en el piso de tierra. Lo enviaba con un mandado y escupía. La escupida significaba que debía estar de vuelta antes de que el esputo se borrara. Si tardaba más, lo reprendía con la manguera. Castigos para que estuviera atento. Para que fuera ordenado. Para que se convirtiera en «alguien responsable». También en «hombre de palabra». Y además en «digno de fiar». Para que aprendiera que no había que despilfarrar el sueldo en juegos de azar, y reafirmaba con refranes el régimen moral: «De las pequeñas economías nacen los grandes capitales». Luego de golpearlo por tardar o por su desinterés creciente en el trabajo o tan solo por distraerse en la instrucción de manejo del día, Norberto se encerraba en su habitación a llorar, al recordar su propia infancia sin padre, porque era hijo de un alemán que lo desconoció al nacer y le negó el apellido, pero lo explotó al ponerlo a vender telas en la calle, y también solía golpearlo y escupir el piso para controlar su tiempo.

A diferencia de Norberto con su padre, Lucas Melo nunca lloraba por las recriminaciones del padrino. Soportaba las golpizas de Norberto sin llorar. Parecían no importarle los regaños, siempre que pudiera volver a apostar en el tablero de

187

figuras de la ruleta Ñonga. Tenía la atención volátil de los niños inquietos por los juegos de azar. Le gustaban los dados, los naipes, la ruleta, la pirinola, las bolitas de cristal que llamaba «maras», el trompo, el yoyo, el tiro al blanco. Y jugando bajo el sol se pasaban las horas, y el cielo del pueblo se oxidaba porque había cambiado la luz, las calles se iluminaban con el alumbrado de los motores eléctricos, caía la noche y otra vez iba a oscuras por la calle sin acordarse de las cebollas que había perdido mientras jugaba. Entonces recibía la golpiza al llegar a casa de su padrino y otra vez Leonor, la madrina, veía a su marido dolido y le preguntaba por qué le había pegado esta vez. Norberto se justificaba con el relato del día pormenorizado: Porque olvidó el recibo de Anastasio. Porque lo enviamos a traer gasóleo y llegó con petróleo crudo. Porque se perdió cuatro horas sin decir a dónde fue y ya me dijeron que estaba en el casino. Porque extravió el mercado.

—Yo lo quiero como un hijo, el hijo que no pudimos tener usted y yo, y le pego porque es mi ahijado, pero él no pone atención a lo que le digo, he llegado a creer que es un tarado.

Sin embargo, Norberto le había logrado enseñar a conducir el carrotanque y la camioneta de reparto de pipas de gas tras largas jornadas de instrucción en que Lucas Melo confundía los cambios de marcha y en lugar de dar paso hacia adelante, ponía reversa y el carro golpeaba la defensa de otro. Ya instruido en chofer, en una ocasión lo enviaron con un cargamento de pipas de propano hasta San Gil y se detuvo en una de las revueltas de vértigo del cañón del Chicamocha a ver las cabras y las montañas erosionadas. Dejó el motor en marcha, pero no echó el freno de mano, así que el peso de la camioneta cargada de cilindros y la inercia empujaron las ruedas al abismo. No rodó muy lejos, porque un peñasco invisible desde donde estaba observando el abismo atascó el cargamento unos cuantos metros abajo en un nido de cactus, pero Norberto tuvo que llevar una grúa para sacarla como un pescado.

Lucas Melo hacía deducciones erróneas que trataba de probar. Había visto que el timón del carrotanque giraba sobre su propio eje y volvía a la posición inicial tras dar un giro. Entonces intentó lo mismo con el timón de la camioneta del reparto en la curva que marcaba el final del único puente vehicular, pero el volante quedó en su sitio mientras las llantas guiaban el carro a las aguas debajo del puente.

Y una y otra vez Norberto con la grúa y los refranes que anunciaban una nueva golpiza al llegar a casa: «No se preocupe que yo guardo la leche para cuando haya galletas, desgraciado morrongo».

De niño, Lucas Melo ya había dado muestras de que su estado natural era la distracción. Para no regresar tarde a la casa, tras una larga partida de ajedrez, abrió la compuerta de una chiva de pasajeros y se quedó a dormir en las bancas. Despertó con la algarabía de la terminal de buses de un parque, en una ciudad desconocida para él, llena de gente y pitazos de carros. Despertó desorientado, sin saber cómo había llegado allí, y se encontró con que estaba encerrado en la cabina. El chofer del bus de línea lo reconoció de inmediato como el hijo de Norberto. Preguntó cómo había llegado hasta la capital del departamento. Lucas intentó recordar y le contó lo último que sabía: que subió al bus estacionado en el parque del pueblo del Cacique y se quedó dormido. Entonces el chofer entendió todo y le consiguió a su vez un asiento en el siguiente bus de vuelta, con la misión expresa de dejarlo frente a la puerta de la distribuidora de gas.

Cuando el bus llegó al pueblo del Cacique, el padrino lo esperaba en la puerta.

—Aquí está su hijo, don Norberto.

—Su ahijado —corrigió Lucas Melo.

A los diecinueve, tras desertar de la escuela, se enamoró de una de las doce hijas de la matrona Josefa Moreno.

«Lucas, cuando usted se case, debe mirar bien a la mamá, porque así como es la mamá será la hija de vieja. Mírele bien la cara a esa gorda Josefa, porque en eso se convertirá su mujer».

—Está enamorado de esa muérgana —dijo luego Norberto a Leonor—: es un tonto culeco.

—Tonto como los hombres de esta casa: ¿no se da cuenta de que es una casa de puras mujeres y tienen babeando el barrio cuando orean los perejiles?

Norberto no se atrevía a desaprobar directamente la decisión de enamorarse que tuvo su ahijado. Pero seguía insistiendo en sus refranes: «Al que tiene la pierna corta no se le obliga a saltar largo», con lo que le advertía que no necesitaba llenarse de obligaciones con una mujer joven y caprichosa como la madre. «Si se quiere empobrecer, compre lo que no es menester», cuando lo veía gastarse el salario en regalos costosos para homenajear a la muchacha vanidosa. Y ya en el extremo de la angustia platónica: «Dese cuenta, Lucas, ella tiene por familia un plaguero, y si usted la invita al río tiene que contratar un bus para llevar a toda esa gente. Si quiere invitarla a una gaseosa, debe comprar una canasta completa. A ese paso va a ser un arrancado toda la vida. Dese cuenta».

Lucas no atendió a las advertencias de Norberto. Huyó del pueblo con la muchacha para casarse a escondidas de los padres de ella y de los padrinos de él, cuando ella quedó encinta. Al regreso, pasó por la casa de su padrino solo para llevarse toda la ropa. Norberto le permitió seguir trabajando hasta dos meses después, cuando se enteró de que Lucas Melo tenía un negocio de apuestas de boxeo en las que los empleados de su empresa de gas se enfrentaban con los empleados de la empresa de gas de la competencia, entonces le quitó las llaves del carro repartidor de gas, y lo echó del trabajo por irresponsable y tahúr.

El día que supo por boca de Leonor que su ahijado estaba vendiendo lotería en el parque para subsistir y mantener a su mujer y que ella lo justificaba por ser huérfano, le dijo por primera vez aquella frase: «Los desobedientes no necesitan abogado».

Ella le hizo notar que también Norberto se había comprometido a reemplazar al padre muerto con el gesto de bautizarle el hijo, y esa responsabilidad no caducaba, entonces Norberto mandó a llamar a Lucas Melo y le devolvió las llaves de la camioneta para que siguiera repartiendo el gas y pudiera alimentar así a su mujer y a su hija: «Te casaste, te amarraste».

Toda fortuna tiene secreto. El secreto del imperio del gas estaba en restarle libras en el llenado. A las pipas de cien libras les quitaban quince, a las de cuarenta les quitaban diez. Lucas debía llevar un kárdex con las ventas y el número de cilindros prestados. Todos los días había que contar los cilindros llenos y los vacíos y las existencias totales de pipas, y el número de pipas debía coincidir, porque estaba prohibido prestar los cilindros del gas, según norma del Ministerio de Minas e Hidrocarburos. Todo aquel que solicitara un cilindro debía entregar uno vacío. Pero un día no coincidieron las existencias con las ventas. El dueño del restaurante La Hormiga pasó a la oficina de Norberto para exigir que le devolvieran una pipa de gas extraviada.

—Solo mi ahijado ha tenido acceso al área de la planta donde yo mismo pongo el gas en las pipas y por tanto solo él pudo haber extraído ese cilindro, le pido una disculpa.

—Eso, o usted tiene una manguala con la competencia.

La competencia era la empresa Gas Camargo, con la que no podía haber alianzas de ningún tipo. Tenían una guerra comercial declarada para hacerse con el monopolio de la distribución de propano en el pueblo.

El dueño del restaurante La Hormiga exigió la pipa hurtada por su sobrino para apostar al juego y dijo que si dudaba de su honorabilidad dejaría de comprarle a Gas Prada para comprarle solo a Gas Camargo.

Norberto dijo que no calumniara a Lucas Melo en su presencia, porque era el hombre más honrado que conocía, y era honrado porque él mismo le enseñó esa virtud a punta de rejo en la crianza. El dueño del restaurante La Hormiga amenazó a Norberto con poner una denuncia contra Melo en la inspección de policía si no aparecía su cilindro de gas propano.

—Aquí estamos que si desayunamos no almorzamos de lo ocupados, así que si usted tiene tanto tiempo libre, bien pueda hacer lo que le plazca.

El dueño del restaurante La Hormiga, instigado por la indiferencia de Norberto, lo entendió como un agravio a su clientela de toda la vida y fue a denunciar a Lucas Melo a la inspección de policía por robo. La policía regular, que aún no había sido reemplazada por policía política, lo aprehendió en la calle y lo llevó preso por un mes. Norberto dio la orden de llevarle al calabozo el desayuno, el almuerzo y la comida. En la noche le decía a Leonor que debía ser un error esa acusación, porque Lucas Melo jamás los robaría, porque él lo había criado en los valores de la honradez.

—Fue esa única vez cuando lo vi defender a su ahijado —diría Leonor, años después.

Una mañana, el repartidor de gas que encontró Norberto para reemplazar a Lucas pasó a dejarle gas al almacén de los vestidos de novia. El dueño echó de menos a Lucas Melo y le preguntó por su paradero al nuevo repartidor. El repartidor le dijo en tono confidencial:

—Lucas Melo lleva un mes preso, porque perdió un cilindro.

—¿Cómo va a ser?

Fue lo único que dijo el sastre y dueño del almacén de los vestidos de novia, Carlos Parada. Dos días después apareció en el almacén de Norberto para explicarle que en su casa sobraba un cilindro de más y debía ser el mismo que Lucas Melo le prestó dos meses atrás. Norberto ató los cabos revisando kárdex y dedujo que el dueño de la sastrería de vestidos de novia había solicitado que le prestara una pipa y a Lucas se le había olvidado esa salida en el kárdex por distraído; esa semana las cifras no cuadraban y el que faltaba era ese cilindro prestado y nunca registrado. Enseguida llevó al sastre para exponer el caso al dueño del restaurante La Hormiga. El cilindro que a uno faltaba, era el mismo que al otro le sobraba. Una vez más Lucas Melo, interrogado en la cárcel por Norberto, no recordaba haber prestado la pipa al señor de los vestidos de novia.

Seis meses después, Norberto disparaba su revólver contra la policía política que intentaba cazar a Lucas Melo en el bar del hotel Aquí es La Otra. Lucas Melo se encontraba entre los presentes. Después del tiroteo, fue cuando Norberto se ocultó en uno de los ataúdes sin pintar de la vieja Anselma mientras

Lucas Melo huyó con otros miembros de las juventudes liberales desbandadas por el tiroteo.

Al día siguiente, Lucas Melo fue el encargado de ir al rescate de su padrino. Norberto cojeaba en casa de Anselma. No podía asentar el pie derecho por el dolor. Había toque de queda y pocas calles libres para regresar a casa. Lucas Melo lo encontró y lo sostuvo del hombro hasta que se encontraron a Leonor en el camino de regreso y se separaron.

Camino a casa de su mujer, mientras saltaba solares para eludir el cerco de policías, Lucas Melo fue capturado por dos francotiradores de la policía política que lo encañonaron, le quitaron los zapatos, le amarraron las manos y lo llevaron con otros presos al encierro de La Grecia, la cárcel de tránsito improvisada en una loma con una virgen que dominaba el pueblo. Allí lo identificaron como uno de los tiradores que atacaron la patrulla en el hotel y como el principal sospechoso del atentado contra el alcalde militar, y fue puesto en un grupo de hombres que no tenían zapatos, a la espera del consejo verbal de guerra.

Vista desde la torre del agua

Se levanta antes de la salida del sol para subir a la torre del agua. La calle del Molino está solitaria y las torres de la refinería se ven primero como masas abstractas y luego se van aclarando con las fases de la luz hasta que puede detallarlas a través del lente. Un grito en que claman por un hombre llamado Alejandro se oye en un callejón. Está a punto de contestar cuando el otro Alejandro contesta con un silbo. La neblina lenta posada sobre el río se eleva ante sus ojos como un espíritu.

Entonces la luz del amanecer toca el agua y empieza un nuevo día caliente y húmedo. Toma la fotografía de ese río negro que se vuelve plateado cuando refleja la primera luz. Desciende la escalera y transita por la calle de tierra hasta el paseo del río y luego accede por los callejones donde los pescadores instalan los puestos de venta. Ya la gente se congrega para comprar pescado fresco. Camina entre las mesas y observa las canoas que se balancean en la orilla. Las garzas pasan volando bajo y se posan en las ramas de los almendros como copos de algodón. Se detiene para ver el brillo de Venus y les hace una foto a dos mujeres que empiezan a descascarillar el arroz en el pilón.

Lucía:

Cuando te fuiste de la escuela de la concesión, me embarcaba todos los sábados porque no soportaba ni tu ausencia ni el calor. Tomaba un vapor a El Banco, o remontaba el río hasta Berrío, fotografiando los puertos. No sabía lo que buscaba en el río. El inmenso río surcado por remolcadores, lanchones, vapores de rueda, barcazas de vacas, dragas, ferris cruzando camiones de Santander a Antioquia, tanques de combustible. Los troncos podridos de los muelles. Los ranchos de pescadores, los pueblos con techos de palma, las cejas de vegetación virgen, los islotes de plátano, las orillas de las tortugas, las desembocaduras de los afluentes y los caminos de arena por donde cabalgaba algún jinete solitario. Los talleres perdidos de la naviera. Los cascos oxidados de los barcos desechados. Tal vez buscaba solo estar flotando sobre el río. Porque el río tranquiliza, sana, embruja, llama. Tiene una voz como susurrante. Y también aliento. Y vuela. El río con sus parvadas de garzas y sus ibis negros y sus caimanes hambrientos y sus tortugas acaloradas y sus peces pudriéndose en la orilla y sus muertos flotantes y sus fantasmas. Me alojaba una noche en cualquier hotel. Luego deambulaba por los pueblos. Billares, músicos, mujeres de sandalias y vestidos ligeros para el calor, cines, iglesias blancas, mataderos de vacas, gallinazos, caminos de tierra, pescadores, obreros, gringos altos, holandeses rubios, ganaderos con botas y espuelas, vendedoras de fritos, de chicha, de limonadas, mendigos, piladoras de arroz. Fotografiaba todo eso. En mi vida juvenil solo había visto el cerco de las montañas y las paredes blancas de las casas de tapia con mantos de trinitarias. Después descubrí ese río, mi río, y los barcos que llevaban al mar. Así que fui varias veces hasta el mar. El río recibía otros ríos enormes, el Sogamoso siempre encajonado, con sus aguas plateadas y los regueros de piedra de sus meandros, el Lebrija de aguas amarillas y remansadas, el Cauca turbio y violento, y entonces el río grande se regaba, perdía sus orillas, ciénagas resplandecientes bajo cielos escarlatas, pueblos flotantes que cambiaban de sitio. Fotografiaba al amanecer esas tierras de aluvión, los bancos de garzas blancas y negras, los puertos con sus perros huesudos y contentos y sus niños desnudos lanzándose al agua, las vajillas de barro y los bagres con rayas de tigre recién sacados del légamo, los cargadores de madera que cargaban el barco de vapor, los bultos de maíz y las ventas de frituras a lo largo de los muelles, las mujeres morenas con las cabezas cubiertas de pañoletas de seda y arriba los cielos de cirros, de nimbos, de oleajes de nubes sobre los pueblos desperdigados en la ribera. Luego me embarcaba en otro vapor y regresaba. Es decir, bajaba, como decían los pescadores. Remontando la corriente, se baja. Y descendiendo la corriente, se sube. Por eso los muertos suben. Y por eso nadie baja a Mompox. Desde sus bocas de ceniza, el río sube. No tiene que ver con el norte o el sur, sino con el origen. Buscaba entender y entenderme en el origen, en ese fugaz paso de la vida en medio de la eternidad del tiempo. Buscaba entender si era humano, o caimán, o pez. El río atrapa y envuelve y ahoga y sepulta y te devuelve al lugar donde encallan todos sus muertos, como si el río escogiera un mismo sitio para depositar a todos los cadáveres que llegan desfigurados. En un lugar las mujeres los recogían, los amortajaban, les ponían nombre, les hacían honras y los enterraban. Para que mañana, cuando sean sus propios muertos los que lleguen a un lugar desconocido, otras mujeres también los honren, y los adopten y los sepulten.

El puente de Berrío

La madre camina sobre el puente de travesaños de metal y observa a Custodia mantenerse a distancia porque teme a las alturas y no quiere ver el río desde lo alto. Asegura que el río no puede mirarse desde el puente. La anciana solo quiere visitar el embarcadero y constatar si aquel pudo haber sido el sitio donde su hijo tomó otra de las fotografías que le dio Rubén Gómez Piedrahita. Piensa en el momento en que recibió las pertenencias abandonadas tras su desaparición y cuando abrió y no entendió su contenido. Piensa en la llamada que recibió días después de la desaparición pero que no quiso atender. Piensa en que Custodia le dijo que había llamado su hijo, y que ella entonces se arrepintió de no haber pasado al teléfono porque estaba muy ocupada en su cargo como síndica del hospital para dar paso a la demolición y construcción de uno nuevo. Piensa en que esa llamada, tal vez hecha desde el teléfono de un hotel y que no atendió, pudo haber sido el último intento de contactarla, la última vez que habría podido escuchar la voz del hijo; si hubiera atendido esa llamada habría sabido si su hijo efectivamente se preparaba para ir a Estados Unidos, y al menos así cabría la posibilidad de que hubiera muerto lejos de esta tierra y no la incertidumbre de su inefable desaparición.

Pero yo no contesté, querida hermana, cómo seré de bruta: hubiera podido oír su voz como el bombardino solitario en la Virgen de la Macarena en la plaza de toros y ahorrarme toda esta agonía. Recibí el paquete y solo me interesé en lo que contenía diez años después, cuando ya para qué.

Nueve años después ha emprendido el viaje por el río y llega a los mismos lugares donde él anduvo y detuvo su mirada porque vio algo digno de ser fotografiado y, por un instante, ella también se detiene a contemplar lo que el hijo pudo ver: la gente trayendo mercado en las barcazas, las mujeres que lavaban en los playones, los niños saltando al agua desde los árboles que se inclinaban sobre el agua, las islas de arena de la sequía, los bohíos de pescadores, los caballos solitarios, las vacas con las cabezas atadas al mismo botalón donde serán matadas, el puente de Puerto Berrío, desde el mismo lugar donde él se detuvo, aunque su hijo ya no está.

LAS DOS DIRECCIONES DEL RÍO

Soy Timoleón Plata. Estoy tratando de localizar el lugar de fallecimiento de mi hermano Alejandro porque no volvimos a tener noticias de él. Creímos que se había marchado a Texas, Estados Unidos, para unirse a una compañía petrolera, según la información de las últimas personas que lo vieron, pero tenemos indicios de que todo ha sido una equivocación en ese sentido, porque nunca llegó a puerto. Yo he viajado expresamente por petición de mi madre, Mariquita Serrano, por cinco puertos nacionales solicitando en oficinas de la naviera registros de pasajeros de 1948 y he consultado en anfiteatros registros de tumbas en busca de alguna pista donde conste el nombre de mi hermano y su salida del país, para descartar así las hipótesis que van surgiendo de su extravío, pero aún no he encontrado prueba alguna en ese sentido.

[«*Éramos los más antiguos, la clase A de la cuadrilla, con varias estrellas por antigüedad. Los de clase A éramos los representantes del comité y habíamos estado en la cuadrilla por más de veinte años. Juntos hicimos la vía férrea para uso de la compañía petrolera, desde el puerto del Cacique hasta Concesión, y luego a Chapapote, el segundo campo de explotación, con los negros yumecas y los indios motilones. En cuadrillas de quince hombres. No éramos propiamente trabajadores petroleros, solo obreros en frentes de obra. Nos pagaban por día. Y cumplido el contrato de la cuadrilla, el trabajo se acababa. Había otras cuadrillas de trabajadores de la compañía, gringos y nacionales, con niveladoras y palas de treinta toneladas y cintas de extracción, máquinas que requerían operarios expertos. Pero nosotros estábamos en otra categoría. Cada tarde teníamos que ir siempre en grupo para que Alejandro nos pagara. Para entonces Alejandro era el pagador de la cuadrilla de Nepper para cada obra. Él se encargaba de conseguir herramientas, insumos, materiales. "Acuérdate de mí", le decían los obreros al recibir el último pago. Querían decir: "Acuérdate de mí en el próximo contrato". La cuadrilla constructora marchó bien hasta el año siguiente de la Gran Depresión. Entonces se redujeron los contratos de la patronal de la Gringa destinados a servicios administrativos, que no eran propiamente de la explotación del petróleo sino de obras varias. Para que no se perdieran los empleos, Nepper organizó una reunión de la cuadrilla en la que se decidió que el patrón no tendría potestad de echar a nadie, sino la asamblea, salvo en casos extremos, como defraudación. Cualquier problema sería resuelto por el colectivo en una junta que se reunía una vez por mes y en una asamblea anual. Después de la crisis mundial la compañía redujo la nómina y solo contrató servicios administrativos con empresas constituidas. Nepper consiguió contratos creando una sociedad con dos ingenieros nacionales. La compañía contrataba con la empresa de Nepper los frentes de obra. Con este cambio, los salarios se garantizaban con un fondo del treinta por ciento de las utilidades anuales que la empresa recibía por contratos ejecutados con la Gringa, y los obreros podían retirar quincenalmente el salario equivalente a las horas trabajadas. Cuando la empresa tuviera utilidades superiores, cada trabajador tendría un bono, que era como una prima. Se crearía una planta de materiales para producir ingresos cuando no hubiese contratos de obras civiles. Si se requerían más trabajadores para cumplir una meta, los nuevos ingresarían como cuadrilla de clase B, y a medida que ganaran experiencia, obtendrían los privilegios de los más antiguos. El problema es que no éramos trabajadores de la compañía, sino externos, y así no gozábamos de ningún privilegio. La empresa de Nepper dependía de los contratos con la compañía. La asamblea formó un sindicato, para intentar un acercamiento con el Comité*

Obrero de la compañía. Eso no les gustó a los demás sindicatos de obreros, por lo que no nos aceptaron en la federación sindical. Decían que no teníamos un sindicato de obreros sino una religión. La religión duró hasta la reversión de la concesión, cuando se acabaron los contratos con la compañía petrolera. Nepper entregó la empresa a los trabajadores pero no pudimos sostener ni siquiera la planta de materiales porque todos querían ser incorporados a la empresa recién creada por el Estado y ya no se contratarían servicios administrativos a externos, entonces nadie se hizo cargo».]

Tal vez la búsqueda de Alejandro tenga fin, querida madre. Hay que ir a los registros de todos los anfiteatros en las dos direcciones del río. Hoy recibí respuesta a mi carta de Rubén Gómez Piedrahita, jubilado de los ferrocarriles nacionales, uno de los mejores amigos de mi hermano, si no el mejor, que dice, entre otras cosas, esto: «Si está en el puerto del Cacique no deje de buscar usted al ingeniero Nepper, quien se encargó de la construcción del dique de Cazabe y las obras del campamento para la Holandesa, último lugar donde trabajó Alejandro. Fue primero capataz y después pagador, inspector de obras y hombre de confianza. Iré al puerto la segunda semana del mes, tal vez podamos ir juntos a buscar a la maestra Lucía para entregarle una carta que él me envió para ella, con diez años de retraso, y que yo tengo en mi poder. Rubén Gómez Piedrahita».

—No me interesa.

—¿No te interesa trabajar?

—No me interesa trabajar para que usted gane, ingeniero.

—¿Qué quiere? Le ofrezco un aumento del diez por ciento del sueldo del pagador, que es superior al de supervisor de obras de la cuadrilla.

—Yo no trabajo por deporte, ingeniero. Usted es el que más gana en cada contrato de la Gringa, tiene vacaciones dos veces al año, recibe comisiones de la Gringa por adelantamiento en obras. Nosotros somos obreros externos. No nos pagan las horas de más si se está fundiendo una placa y no podemos parar porque el contrato es por obra entregada y no por horas de trabajo. Nos dan vacaciones cada vez que nos echan o cada vez que se acaba el contrato. Usted y sus socios ganan en salarios petroleros, pero nosotros en jornales colombianos. A los bogas tampoco les pagaban los alcabaleros tras cuarenta días que tardaban remando desde Mompox a Honda, pero el tiempo de la esclavitud se acabó.

—No sea terco, Alejandro. Necesito alguien de mi más entera confianza. El pagador anterior se llevó un millón en materiales. El gerente me iba a cancelar el contrato por eso, pero acordamos despedir solo a los cómplices que participaron en la sustracción y no a toda la cuadrilla. Habían robado concreto, hierro, madera. Dicen que construyeron el barrio de la calle 22 con todo lo que sustrajeron. Ahora tendremos varias cuadrillas, haremos obras más técnicas, porque ya terminamos la línea férrea y la red de ramales. Haremos la planta de agua en el campo 32 y cambiaremos los alojamientos de los trabajadores nacionales de casas de bahareque a casas de ladrillo tipo bungalow. Y también una planta eléctrica para el nuevo campamento de Chapapote. Haremos algunos kilómetros de carreteras para los pozos que se abrirán en Cazabe. Está la propuesta de ampliar las cuadrillas con gente nueva, ya que será más fácil tratar con la gente que trajeron de Panamá, porque tienen experiencia de cuadrilla trabajando en las esclusas del canal. El cambio de frentes de obra dejará por fuera a borrachos del río que cobran el sueldo de día y se lo gastan en la noche.

—El último contrato costó más y usted no aumentó mi sueldo.

—Hay trabajo fijo por más de diez años. La concesión revierte en el 46 y entonces la compañía se irá del país. Dígame qué quiere para seguir. Negociemos.

—Quiero que se garantice que a los más antiguos de la cuadrilla no los pueden despedir. La asamblea decide quién se va y quién se queda y quién los representa. En la última asamblea ellos propusieron varias modificaciones laborales: ya no trabajaremos más en turnos de noche y de día, como en La Gloria, que como su nombre lo indica era el infierno, y donde solo dormíamos cinco horas para extender el oleoducto en las horas de menos calor. Cuando haya un problema grave, antes de comunicarlo al supervisor, la asamblea decide quién se va y quién se queda, no usted.

—Entonces quieren renunciar al patrón. Pensé que al menos usted estaba de mi lado después de tantos años de trabajo.

—Yo estoy de su lado, pero un buen patrón debe buscar la forma de ganarse la confianza de sus trabajadores. Yo conozco las vidas de esta gente, ingeniero. Los externos que trabajan en frentes de obra, y no en la concesión del petróleo, no son empleados sino obreros. Por eso no tienen alojamiento en el barrio de trabajadores nacionales ni crédito en el comisariato. Exigimos que se nos abra crédito. Muchos son pescadores expulsados por la concesión. La compañía quiso alquilar la tierra con lo que hubiera en el subsuelo, pero sin los pescadores. Los pescadores vendieron la tierra con lo que contenía el subsuelo pero con la condición de quedarse, y los sacaron, llevándolos al otro lado del río u ofreciéndoles contratos temporales sin reenganche. Sé quién tiene hijos en dos mujeres y una madre enferma en otra ciudad, sé quiénes necesitan enviar botes salvavidas a sus parientes, sé quiénes necesitan asegurarse el siguiente frente de obra trabajando con honradez en este y quiénes pueden conseguir algo mejor si se van a la naviera o a los Ferrocarriles Nacionales, aunque yo sé que no se irán porque aquí pagan mejor. La patronal redujo el personal desde la crisis financiera mundial sin saber las necesidades con las que vive la gente en estos puertos muertos de mojosera que dependen solo del río y de la concesión, pero los trabajadores extranjeros son fijos y tienen salarios en dólares. Muchos de aquí solo consiguen trabajo en frentes de obra, pero quieren que se les instruya para acceder a las verdaderas dependencias de la compañía como trabajadores nacionales. Y piden otra cosa, ya que me acuerdo: los peones quieren que cambie al «Imitador de América».

—¿A John? Imposible. Es protegido del gerente Myers y su empresa es una sociedad anónima gringa, pero todos saben que es el único que toma las decisiones. Tiene a su cargo los comisariatos y el rancho en todos los frentes de obra. Él elige a los cocineros. Myers le permitió pintar la torre del agua con ese letrero de las sopas Camps. Ahora la llaman La Torre Camps.

—Si no lo cambian, la gente nuestra no va a trabajar más.

—¿Por qué?

—Para la gente de aquí los tres golpes son iguales. Y quieren un piquete de carne y yuca antes del almuerzo. La comida está monopolizada por el dueño del casino Camps. La gente quiere sancocho y carne con guiso y ñame. Este hombre solo manda comida enlatada y sus cocineros solo hacen sopa de presidiarios. Y lo peor: todo es al contado, a nadie le fía.

—Podemos sugerirle que cambie al chef.

—Que contrate a las mujeres de los obreros, y si quieren para los patrones puede ascender a Giordaneli, que aprendió a cocinar con los negros palenqueros y el hambre de los astilleros de Hamburgo mientras hacían el oleoducto de Mamonal.

—Mejor comida me parece razonable.

—Otra cosa, ingeniero: quieren tener cupos para la escuela de segunda enseñanza de la compañía para ser instruidos en trabajos de perforación. Tal vez usted pueda hablar con el gerente para vincular a los externos.

—Eso hay que consultarlo con el Comité Obrero Patronal, pero creo que a ellos no les va a gustar, porque los obreros nacionales no quieren competencia.

—Quieren tener un representante en ese comité, elegido por la asamblea. En la próxima asamblea anual crearemos el sindicato. Nuestro sindicato.

—¿Qué tipo de lucha de clases tienen ustedes? ¿Creen que están en la Unión Soviética? En lugar de tumbar al gobierno deberían crear un partido de trabajadores y ganar el poder con democracia. Están muy mal asesorados por los socialistas de Bogotá.

—Queremos nombrar un delegado, que sea parte de las asambleas sindicales de la federación de sindicatos.

—Y a la semana siguiente declararse en huelga. Pero entiendo, si quieren que los represente un socialista. ¿Quién será? ¿Usted se va a meter en esa camisa de once varas? No se lo recomiendo. Pero es buena idea tener un representante en el comité. Solo la cooperación puede cambiar las reglas de la compañía. Hay que prepararse para cuando revierta la concesión, porque todo va a cambiar. Deben elegir a alguien con quien se pueda dialogar. Pero ¿comprende que ya no podré interceder más por usted si me pide el gerente que lo despida cuando entren en huelga y lo vean en el Parque Nariño con ellos?

—Garantice la permanencia de la cuadrilla. Yo me voy cuando se lo pidan. Usted ya me ayudó demasiado.

—Le doy mi palabra. ¿Acepta ser el pagador entonces? Confío en su honradez, Justo Alejandro.

—Y yo en que encontrará la forma de cumplir su palabra con los obreros, ingeniero Nepper.

¿Será posible para usted, que fue tan amigo, localizar alguna información precisa que nos permita determinar cuál fue el último sitio en donde estuvo Alejandro? Eso permitiría delimitar la búsqueda y pasar a lo concreto: ¿cuál es su paradero?

Recurro a usted puesto que la familia busca desatar este nudo gordiano y de antemano le quedo agradecido por toda la ayuda que pueda brindar a una familia que sigue estando incompleta sin la presencia del mayor. Mientras tanto, iré visitando los cementerios en busca de alguna pista, y de todas formas yo hago el intento para que podamos hablar personalmente yendo hasta su residencia.

Me despido y le hago extensivo saludo a su distinguida señora esposa.

[*La carta de Timoleón Plata a Rubén Gómez Piedrahita está mutilada por una mancha de líquido, tal vez café. La hoja ad-*

junta es ilegible y los trazos de la escritura se han disuelto y man-
chado el papel. Al final tiene una posdata, legible: «Me entrevisté
con el ingeniero Nepper quien estableció los trabajos desempeña-
dos por Alejandro a su lado: dice que fue inspector y pagador, que
trabajó en veintiséis kilómetros de ferrocarril del puerto sobre el río
Aguacaliente a la concesión y estuvo presente cuando se hizo el
hallazgo de petróleo en el yacimiento de Chapapote. Luego trabajó
en la planta de agua de la concesión, la construcción del puente de
La Dragona, un tiempo corto en el oleoducto de la Holandesa,
entre Vijagual y La Gloria, muy corto tiempo, porque la línea de
bombeo fue concluida en el año 35. De ahí pasaron a la interco-
nexión de los pozos de Chapapote con una red de carreteables. Se
suponía que la última obra en que iba a trabajar era en el yaci-
miento de Cazabe al otro lado del río. Pero vino la reversión de la
concesión y la nacionalización de la compañía. Permaneció en el
puerto del Cacique, hospedado en la pensión Casa Pintada, hasta
abril de 1948. Para entonces el ingeniero ya no hacía parte de su
propia cuadrilla ni asistía a la obra. Sé que tuvo, en ese año de
su desaparición, un ataque de paludismo que lo mantuvo en el
hospicio algunos meses, mientras a la par se desarrollaba la huelga
obrera».]

Querido hermano, ahora que he hablado con Nepper y
que me contó la afición que Alejandro llegó a tener por la
fotografía y el entusiasmo por los hidroaviones, recuperé en
mi mente los recuerdos de ese día en que el avión aterrizó
en el potrero. Pero no he conseguido encontrar al piloto
Joseph Miller, quien al parecer es la última persona que lo
vio vivo y lo aerotransportó a Humareda, frente a Tamalameque.

Es una pena que nadie sepa el paradero de nuestro hermano. Yo continuaré unas semanas más en el puerto a la
espera de reunirme con Rubén Gómez Piedrahita, tal vez
tenga en su poder la clave que tanto esperamos para continuar su búsqueda o para descartar que Alejandro sigue entre nosotros.

Todo lo mejor.
Su hermano que le dice
Hasta luego,

Timoleón

EL INGENIERO NEPPER

—La guerra cambió el puerto del Cacique. La compañía mandó enrejar la refinería para evitar saboteos en el suministro de gasolina y se militarizaron el tren y el acceso a los campos petroleros. Cuando el presidente Santos hizo encarcelar a los extranjeros de países del eje, yo pude eludir la norma durante dos años, pero en 1944 me trasladé a un hotel para pasar allí la prisión, después de que Horst Martin me avisara que su salario como profesor del Colegio Alemán y sus cuentas bancarias habían sido intervenidas. Yo no podía permitir que embargaran a todos los trabajadores de la cuadrilla solo por mí, así que di un paso al costado y dejé a otro socio ingeniero como gerente de Nepper & Ca., y Alejandro estuvo ahí hasta el final como pagador. La obra en la que trabajamos era la construcción del campamento para el campo de Cazabe, que fue concluida en mi ausencia. Volví en septiembre del 45 después de la rendición del eje y fui a inspeccionar los trabajos finales del campamento ya instalado, y entonces vimos en el teatro el noticiero cinematográfico que mostraba la destrucción de Hiroshima y Nagasaki por las bombas atómicas. Alejandro estaba muy conmocionado. Esa fue la última obra que hicimos. En 1947 cruzó el río de Cazabe al puerto del Cacique para unirse al movimiento de los obreros despedidos por la compañía ante la inminente nacionalización de la empresa. No lo vi más. Supe, por el capitán Joseph Miller, que había conseguido un trabajo como fotógrafo de la Contraloría para un libro sobre la *hilea magdalenesa*. El trabajo consistía en hacer tomas aéreas del río y los afluentes desde la embocadura hasta su estuario en el mar. Tengo un ejemplar del libro, si le interesa. Conservo fotografías de todas las obras, de la planta de agua, del ferrocarril de la compañía, de la estación de bombeo de Chingalé a los campos de Chapapote, del puente de La Dragona, de los trabajadores, de la refinería, de los pozos, de las máquinas motoniveladoras. Fotos que Alejandro tomó para mí con el fin de registrar minuciosamente el avance de las obras ante la compañía. Si vuelve después y me da tiempo para buscarlas, puedo enseñárselas, tal vez encuentre ahí algunas donde aparezca su hermano. Ya le conté cómo lo conocí por una referencia de su padrastro, pero no le he contado cómo logró convertirse en mi mano derecha en las obras civiles. Fue por su honestidad. El capataz de la obra cuando hacíamos el paso a nivel de La Dragona estaba sustrayendo los materiales. Yo descubrí el desfalco y despedí a un grupo grande de obreros pensando que eran los responsables, pero no despedí al capataz. Alejandro les dijo a los socios reunidos que habían despedido a los que participaron en la conspiración, pero no al cabecilla. Los socios me pidieron despedir a Alejandro por insolente. Se quedó sin ingresos porque lo había invertido todo en uno de esos viajes que hacía con el club fotográfico y vivía borracho en la pensión Casa Pintada, o jugaba ajedrez en el Club Nacional, o se la pasaba hablando con las hetairas en La Iguana Tuberculata. Dos meses después, los materiales seguían perdiéndose. Entonces tuve que despedir al capataz y al pagador. Fui a buscar a Alejandro al Club Nacional y me contó todo lo que ocurría a mis espaldas, aunque de ello decía haberse enterado después de su despido. Me invitó a caminar por los barrios retirados del puerto y me mostró una calle de casas hechas con los materiales robados durante la obra. Me dijo que los ladrones lo habían construido con sus propias manos. Le pregunté por qué no había protestado cuando lo despedimos sin justa causa y me dijo que el capataz anterior le había pedido que robara materiales para él, pero él fue educado por su madre para no ser un mediocre. Y eso incluía no robar ni ser un delator. Le dije que lo contrataba ya no como capataz sino como pagador. Lo acompañé a Casa Pintada, la pensión donde vivía. Era muy ordenado y austero, guardaba todo en baúles, tenía la ropa de trabajo colgada de una cuerda que formaba un ángulo en la esquina de la habitación. Tenía varias cámaras, una grande de cajón con tres patas, y una guitarra y un gramófono. Era muy joven entonces, aun no llegaba a los treinta años. Trabajó conmigo veinte años sin tacha y sin accidentes laborales, por lo que cada cinco años le dábamos una placa de oro como reconocimiento a su buena inspección. Solo puedo decir que su hermano era un hombre de fiar. Y lamento si le ocurrió algo malo. ¿Me recibe otro trago de coñac?

—Gracias, ingeniero. A nosotros nos criaron como hijos de rico. Pero mi papá no era rico. Era médico. Cuando éramos pequeños, Alejandro y yo ayudábamos como monaguillos en la iglesia del pueblo. El campanero era otro niño que se apellidaba Pimentel. Era unos años más grande que nosotros y nos mostró cómo saquear la alcancía mayor detrás del muro de la sacristía. Con dos alambres podíamos pescar billetes y tener para jugar tiro al blanco el día de mercado. Alejandro vio la demostración, pero no quiso recibir el dinero de Pimentel. Y se quedó mirándome cuando yo guardé en mi bolsillo el billete que me dio a cambio de mi silencio. Cuando Pimentel se fue, Alejandro me pidió el billete. Yo se lo di con recelo y Alejandro volvió a echarlo en la alcancía y me dijo: nosotros no necesitamos plata, porque somos hijos del doctor Plata. En el colegio un cura me decía: el que no trajo la tarea es porque comió pollo. Yo le dije a mi madre y ella fue al colegio, esperó a que el profesor repitiera la frase de todos los días y entonces entró por la puerta y le dijo: mis hijos sí comen pollo y verduras y de todo, pero eso no significa que sean mejores, si no hacen sus deberes, usted tiene el deber de informarme, pero no ridiculizarlos delante de todos. Alejandro no tuvo que delatar al campanero Pimentel, porque un día el cura lo sorprendió con los alambres hurgando la alcancía y lo reprendió dándole azotes en las nalgas delante de los otros monaguillos. Mi hermano fue siempre el más valiente de nosotros. Se vino al puerto del Cacique cuando mi madre se casó en segundas nupcias con el alcalde del pueblo del Cacique. Vivió siempre de su trabajo y emprendió viajes a los lugares más lejanos. Yo en cambio conseguí el trabajo más seguro en el juzgado más aislado, en un pueblo del cañón del Chicamocha donde nunca pasaba un crimen y lo único que había para hacer era jugar naipe y tomar esa aburrida cerveza caliente. Me fui allá porque tenía una timidez adolescente que no me podía quitar. Tenía miedo de que alguien me pegara como cuando era niño y le decía a Fabio, el vecino, «gallina bizca», y salía corriendo y Fabio simplemente me advertía «déjese alcanzar y le saco un ojo». Tenía siempre miedo de todo. De pelear. De un trabajo exigente. De que a mi mujer se la llevara un militar o alguien más valiente que yo. En cambio mi hermano luchaba por su vida, se enamoraba de todas y nunca fue un cobarde ni un soplón y era honrado.

—Tómese otro coñac, amigo.

—Ya me emborraché, ingeniero. Y borracho empiezo a decir bobadas sentimentales. Debe ser que me estoy volviendo viejo.

—Acordarse de un hermano ausente no es una bobada.

—No tengo más dónde buscarlo. He llegado a pensar que se fue por voluntad propia. Lo único que me gustaría saber es el porqué.

—Las causas de las cosas muy rara vez se conocen. Spinoza decía que cada cosa tenía un número infinito de causas. Pero las causas de los hombres pueden llegarse a conocer. Aunque lo que se va conociendo es solo una parte de la verdad. Por eso nunca se tiene toda la verdad, porque la verdad es lo que se sabe de la totalidad en un momento dado.

—No sabía que también era usted filósofo, además de ingeniero.

—En Austria todos son o pianistas frustrados o poetas callejeros. Yo soy solo un lector que se aprende frases de memoria para usarlas en momentos tristes como este. Tómese otro trago.

—Por mi hermano.

—Por su hermano. Salud. La memoria es un hecho al que se le ha extraído el tiempo. Está fijo para alguien en su recuerdo.

—¿Y eso también lo leyó?

—Por supuesto, es san Agustín, al final de sus *Confesiones*.

—Mi hermano está fijo en las fotos. Pero gran parte de las fotos se perdieron. Buenahora dice que Miller debe tener el maletín de cuero donde mi hermano protegía las fotos de la polilla.

—Busque a su hermano. Solo desaparece lo que deja de importarnos. Si usted me lo permite, puedo ayudarle a localizar al capitán Joseph Miller.

—Miller fue el último que lo vio. Se lo agradecería de todo corazón.

LA SEQUÍA

El aire caliente irisaba el agua del río y los árboles lejanos se agitaban en la reverberación de calor de la orilla opuesta. Hacía meses que las selvas ardían y el sol no podía verse por las quemas, y en las orillas del río de La Magdalena los pájaros hambrientos acechaban las agallas y las cabezas de los bagres cortadas por los pescadores y desechadas en la arena. Los obreros tenían los labios partidos bajo los sombreros. Los perros que dormían en la arena sacaban la lengua porque hacía tanto sofoco que les ardía la garganta. Los caimanes con su caminar calmado se paseaban en los playones. La base de barro de la madre del río estaba retrocediendo y cuarteándose.

Fotografió toda esa blancura del mediodía usando la cortina de humo de fondo para suavizar las formas. Fotografió las raíces de un árbol penetrando en un banco de arena. Fotografió la espera de las lluvias en las cabezas de los animales sedientos. Las grietas de las barrancas en las orillas. La sed en las hojas aplastadas de polvo de los árboles. El peso del calor sobre el lomo de los burros. La mirada caída de los obreros que trabajaban bajo el rayo del sol. Los miasmas pútridos que exudaban las ciénagas convertidas en ojos de agua muerta.

Ese infierno verde se suavizaba en el púrpura de las tardes cuando al gorgoteo de la corriente del agua se juntaba el estridular de las cigarras. El sol se extinguía en el río apagándose como una brasa y daba paso a la noche.

En las fotos, sin embargo, solo se apreciaba un alto cúmulo de nubes como un hongo y tres franjas de grises. Una con la orilla, otra con el río, otra con la sombra de la orilla contraria. Entonces se decepcionaba: no era eso lo que había visto. Lo que debía captar no era el resplandor del sol sino su huella sobre la tierra, el efecto de ese bochorno mezclado con el aburrimiento y la desesperanza sobre las cosas, las siluetas desvaídas, la tierra agrietada, los caños evaporados, las sombras alargadas en la última luz del crepúsculo. Había que intentar otra foto con más luz.

[*Tuvo la precaución de repasar la última fotografía que había revelado, la nube de humo negro de la locomotora, y puso por el respaldo una anotación con su letra sinuosa entrenada por las planas de caligrafía de los curas salesianos: «Cuando uno ve una nube está viendo lo que la rodea, el cielo. Lo que permite ver la nube es todo lo demás. Así es también la música: una mezcla entre el sonido y el silencio. Uno no puede gobernar el sol, pero si sabe esperar puede captar la luz cambiante que da forma a las cosas».*]

Años antes, cuando entró por primera vez en el Teatro Cervantes a ver cine en ese antiguo proyector que llamaban biógrafo Lumière, la reacción de la gente al sonido de la orquesta era de algarabía. Si no había sonido, el silencio de la sala parecía llevarlos a todos al aburrimiento. Cuando las películas trajeron por primera vez un sonido sin eco de voces artificiales al teatro de la compañía la gente se ilusionó, pero el sonido no encajaba con los movimientos de las bocas. Los subtítulos y la música de orquesta eran preferibles porque no resultaban artificiosos. Había gente que pagaba la mitad de la boleta para ver las proyecciones del lado de atrás de la pantalla y se ayudaban con un espejo de mano para descifrar los letreros. El cinematógrafo había conseguido captar el mundo, al menos en movimiento. Eso era lo que la gente quería ver: el mundo. Cuando el cinematógrafo exhibía historias fantásticas, la gente desertaba, salvo los niños. Cuando mostraban un buque hundiéndose frente a La Habana, los adultos se emocionaban. Cuando se proyectaban los noticieros internacionales con la batalla de Stalingrado ganada por los soviéticos, la gente se emocionaba con noticias de la marcha del mundo que llegaban siempre tarde. Se alegraban de cosas que sucedieron un año antes. Cuando se proyectaban noticieros nacionales con los desfiles militares y los reinados, la gente quería reconocerse entre los rostros proyectados. Quería reconocerse en las ciudades donde habitaban. Entre las calles. Constatar los lugares que habían visto o de los que habían oído hablar o a los que nunca irían.

La ceiba solitaria se ramificaba como una cornamenta en medio del campamento. Bajo el gran árbol estaban sentados algunos obreros. Miraban extenuados el camino de brea y la selva calcinada, el rastro del tizne en el monte devorado por los incendios de la temporada seca y el verde oscuro más lejano del río. Los obreros bebían cerveza fría en botellas empañadas que sacaban de un refrigerador de petróleo. Oían cumbia en un gramófono de cuerda, cuya manivela se quedaba dando vueltas cada vez más despacio hasta que se ponía lenta la canción, perdiendo el compás en un ruido gangoso, y otro obrero volvía a darle manivela.

Dentro de una hamaca que era balanceada por un pie descalzo, un hombre viejo tocaba una flauta intentando imitar el ritmo de la música. Hasta los perros estaban mudos bajo el calor del mediodía, pero atentos a las sobras del almuerzo.

Los obreros más jóvenes descansaban en las hamacas que colgaban de los postigos externos de la ciudadela de madera del campamento. Las mujeres estaban sirviendo en el fondo de la carpa de lona que funcionaba como un casino. Los obreros que no tenían mujer eran los primeros en almorzar haciendo fila con las bandejas de peltre en las manos. Los perros parecían hacer fila con ellos. Mientras les servían, hacían bromas sobre la comida. Se golpeaban los hombros con los nudillos para hacerse nudos en los músculos tumefactos de cansancio. Les hizo una fotografía en la fila de espera.

Aquí es la concesión de la explotación petrolera. Las onduladas planicies donde la lluvia sedimentó la ceniza volcánica y murieron sin oxígeno en los pulmones los grandes saurios. Luego el río sedimentó las ciénagas y sumergió estrato sobre estrato la primera capa como una cicatriz, y luego de la presión brotaron a la superficie chorros de petróleo. Atrás los ergástulos donde viven los obreros en esas casas de madera y techos de bungalow que construyó la Gringa y ahora hierven y huelen a pies, pero eso no sale en la foto. Hay que imaginárselo.

Alejandro

Noticias de la civilización

En Europa y en el Pacífico acabó la guerra, Lucía. El niño que vocea el periódico gritaba hoy en la torre de correos: «LA MANCHA NEGRA, MIEDO MUNDIAL, LOS JAPONESES SE RINDEN EN EL PACÍFICO, EL CADÁVER DE HITLER NO APARECE». Por eso liberaron al ingeniero Nepper, que estaba preso en el hotel del Salto del Tequendama con media docena de alemanes y austriacos por orden del presidente. Estuvo casi un año preso, desde que Estados Unidos entró en la guerra. Nepper trabajaba en la construcción del campamento de Cazabe para los holandeses, pero la obra la continuamos en su ausencia.

Antes de que Estados Unidos declarara la guerra, el piloto Miller trabajó con toda la flotilla de aviones civiles en un mapa de reconocimiento de islas y cayos del Caribe donde habían ido apareciendo bases de aprovisionamiento de combustible para submarinos. En Puerto Colombia y Santa Marta usaban un dirigible para rastrear sombras de submarinos espías en la bahía y en el puerto. Todos los pilotos, incluidos los de vuelos comerciales, debían informar de pistas y construcciones inusuales al Ministerio de Guerra. En el Cabo de la Vela de La Guajira desmantelaron un depósito de barriles de combustible suficientes para aprovisionar diez submarinos y capturaron a un colombiano de origen alemán, de apellido Crome, que compraba los barriles de combustible y vigilaba el depósito. El capitán Miller nos mostró fotos de la escotilla de un submarino con uniformes alemanes en el puerto de Riohacha. En el golfo de Venezuela también fotografiaron depósitos de combustible que no son del gobierno ni de las compañías petroleras y que no estaban en las cartografías de antes de la guerra porque fueron hechos en los últimos cinco años. En Santa Catalina y los cayos de Providencia encontraron depósitos de combustible. En la isla de San Andrés, Bernardo Regnier, un alemán que llegó en 1921 pero solicitó la ciudadanía cuando Hitler invadió Polonia, tenía instalada una estación de radio donde transmitía a la isla noticias de la radio alemana traducidas por él. También era dueño de un depósito de combustible para abastecer barcos, pero un artículo aparecido en la revista *Selecciones* sugería que era parte de la avanzada alemana que asediaba el canal de Panamá.

En todos lados del interior del país había simpatizantes del eje con banderas alemanas y esvásticas. En Bucaramanga la Quinta Minlos de los alemanes de la ciudad fue embaldosinada con la cruz gamada. En Barranquilla los nazis se reunían en el Club Campestre, en Buenaventura estuvo un buque de guerra, Günther Lütjens, y en Pasto hubo un banquete servido en platos contramarcados con el símbolo nazi. Después de Pearl Harbor la compañía petrolera exigió al gobierno encerrar con mallas toda la refinería del puerto, subir la producción y poner patrullas militares en las estaciones de bombeo del oleoducto al mar y un vagón blindado con ametralladora para evitar sabotajes. La constructora de Nepper consiguió un contrato con la patronal para realizar el enmallado. Por eso parecía ilógico que el ingeniero fuera sujeto de sospecha por el solo hecho de ser austriaco, pues después de su arribo a Colombia, tras la Primera Guerra, se había compenetrado con el país de llegada, donde ahora vivía con su esposa y familia, a quienes trajo desde Austria. En el año de cautiverio que pasó en el hotel del Salto conoció a verdaderos patriotas alemanes como el profesor Horst

213

Martin, aficionado a las cámaras como nosotros. Sin embargo, ellos no representaban ninguna amenaza ni fotografiaban infraestructura para la cancillería del Reich. Los alemanes han estado entre nosotros vinculados a tan distintas actividades económicas que ya es difícil establecer qué tan alemanes son y en qué tan colombianos los hemos convertido. En mi pueblo había un cementerio alemán, y uno es de donde lo entierran.

En Europa las ciudades estallaron y quedaron solo cenizas. Las familias quedaron reducidas a unas pocas mujeres viudas. Los niños envejecieron en cinco años, y al final de la guerra también fueron reclutados. Los océanos hirvieron y los aviones envueltos en llamas cayeron del cielo. Los noticieros cinematográficos cuentan que hubo millones de judíos asesinados en cámaras de gas. Cien mil muertos en unos cuantos segundos en la evaporación de Hiroshima y Nagasaki. Las ciudades se curan con ladrillos, pero ¿cómo curar el alma de esa multitud?

Lo que vi en el noticiero cinematográfico la semana pasada no puede describirse, bienamada. La visión súbita de esos habitantes de los sepulcros en los campos de concentración nazis, la visión de esos espectros evaporados por una bomba nuclear, tuvieron un efecto extraño sobre la gente que asistía al teatro. La sala se volvió a llenar de inmediato para la repetición de la función. Quedaron preguntas en el aire que nadie se atrevía a hacer. Todos querían ver una y otra vez las imágenes, pero nadie creía que fuesen postales de la realidad.

Yo le pregunté qué pensaba al ingeniero Nepper. Él, que acaba de salir libre, vio también el noticiero en el Teatro Cervantes y luego salimos a fumar Chesterfield en el Club Nacional. Él leía filosofía e historia antigua. Dijo que la guerra había sido una alucinación del intelecto. El efecto de una doctrina nacionalista que embarca a su pueblo con explicaciones doctrinarias, materiales e intereses económicos en una aventura bélica colonialista. Pero también el marxismo triunfante o el capitalismo aliado podría llevarnos a otra alucinación, la de la lucha entre clases o la supervivencia del más adaptado. La ideología desata entre los desposeídos la ilusión de poseer. Pero la voluntad de poder del hombre cuando es solo materialista lleva a construir superestructuras de opresión, reflejo del deseo de dominio. Necesitamos más goce de los frutos de la civilización y una voluntad no materialista, en lugar de masas de militantes o bombas con el poder de borrarnos de la faz de la Tierra. ¿Cómo se puede decir que los aliados ganaron algo si para ello arrojaron dos bombas atómicas? ¿Cómo fue que murieron millones de judíos en cámaras de gas y sin rebelarse a los nazis? Nepper dijo que los habían llevado a países distintos donde no hablaban la lengua, les quitaron el nombre y les pusieron un número y convencieron a los vecinos de que eran enemigos para que no los auxiliaran. Los deshumanizaron. Pero no solo murieron judíos. También murieron seis millones de alemanes que no eran militares, que no eran judíos, ni nazis. Vivían en ciudades que eran joyas de la humanidad. Ciudades como Dresde y Colonia y Hamburgo (donde se inventaron la cerveza y la hamburguesa y el salchichón). En el verano de 1943, hace dos años, no había ni cerveza ni hamburguesa ni salchichón, dijo Nepper. Hubo un día, sin embargo, en que los ciudadanos de Dresde y de Colonia y de Hamburgo bajaron a los refugios antibombas y de allí nunca salieron. La razón fue que los aliados hicieron con Alemania lo mismo que hicieron los nazis con Londres, pero con una modificación: en lugar de gastar bombas B2 de cuatro mil libras, que al estallar eran insuficientes para traspasar con metralla los búnkeres de hormigón, bombardearon a los alemanes con baratas bombas incendiarias y los hicieron barbacoa, dijo Nepper. Después de que pasaban los aviones aliados cargados de bombas incendiarias, las llamas consumían las ciudades civiles alemanas y alcanzaban dos mil metros de altura, el oxígeno que exigía tal incendio ocasionaba huracanes de fuego de ciento cincuenta kilómetros por hora. A los que trataban de huir sobre un pavimento que burbujeaba como lava fundida se los llevaba el aire convertidos en antorchas humanas.

Le pregunté al ingeniero si la destrucción que ocasiona una guerra es responsabilidad colectiva o producto del ingenio fino de líderes como Churchill y Hitler y Stalin. La barbarie procede de la civilización, y es responsabilidad de todos los bandos, pero es solo un efecto de la contienda, lo natural de la guerra, dijo Nepper. La guerra es una derrota de la humanidad entera cuando no puede establecer mecanismos para frenar la aventura mesiánica. La civilización fue destruida por la civilización, dijo Nepper.

Yo asentía. Él continuó con la exposición de lo que sabía: lo que hizo justificable la destrucción de Alemania y de las ciudades japonesas es que esos pueblos que habían infligido tantos horrores al mundo merecían una lección de la historia: la guerra que no se libró hasta el 43 en su territorio debía dejarle a la Alemania agresora la misma devastación que produjo su aparato de muerte en el territorio extranjero. Además de que debían rendirse.

Aquí la discusión se trasladó a las mesas del club. Aquellos que tomaban partido por los aliados callaron ante las descripciones tremendas del ingeniero, cuya información obtuvo en sus nueve meses de cautiverio. Los que yo había visto afines a los nazis en el puerto del Cacique antes de que la guerra acabara con las bombas sobre Japón, ahora buscaban excusas para lo que los avergonzaba.

Para nosotros la guerra existió como eso: como una noticia que llegaba desfasada en el tiempo al cine y luego al club, como una representación realista proyectada en una pantalla de cine por los noticieros de propaganda. Luego era comentada y se elegía un bando. La marcha del mundo se nos presentaba en un cinematógrafo cuando ya hacía meses que el curso de los acontecimientos había cambiado en Europa o el Pacífico, de manera que éramos incapaces de distinguir entre la imagen y la realidad. Después de que uno de los obreros comentó que Hitler había escapado vivo de Berlín y se había refugiado en Paipa, Boyacá, una señora que estaba borracha en una de las mesas cercanas preguntó: ¿quién es ese señor?

Desde ahora, todos los días nacerá gente que no sepa que hubo una bomba atómica sobre Hiroshima y sobre Nagasaki.

Vi el noticiero cinematográfico con las imágenes de los campos de concentración y descubrí que cada niño que nace es el primer ser humano sobre la tierra. Todo el pasado puede cambiar si cambia el primer ser humano. Pero un solo ser humano puede entenebrecer la vida de todos. Necesitamos más gente pensante y menos héroes.

Van turrones para las dos. Espero ir a verlas pronto a la escuela de Las Nubes.

Que la suerte nos acompañe,

Alejandro

Subienda

Salía por las mañanas a embarcarse con Charro, el pescador. Se habían hecho amigos en el mercado del puerto. Le decían Charro por sus bigotes largos, mexicanos, y usaba un sombrero hecho con el cuero de una comadreja que él mismo había cazado. Era un hombre de piel tostada que usaba anchas camisas de tela manchada de baba de plátano. Le faltaban los dientes de adelante pero siempre estaba haciendo chistes y sonriendo. Su soltería era legendaria. Cuando se repartían lo recogido en el trasmallo, los otros pescadores insinuaban que la morralla debía quedársela él, porque no tenía mujer que le cocinara. Charro simulaba molestarse, pero no desaprovechaba la oportunidad para hacer una defensa de la soltería: «¿Quién dijo que para comerme un pescado frito y un patacón necesito una mujé, tenerle casa, comprarle todo para que ella me huela las pisadas, hable mal de mí y se queje y me amargue la vida, no'mbe, la pesca es para los hombres solos, eche». Charro era uno de los miembros más antiguos del club de caza. La primera vez que lo invitó a cazar habían ido a uno de los llanos que deja el río cuando se retira a Antioquia por la sequía. Le había preguntado cómo había llegado al puerto. Le dijo que había trabajado entre los indios mineros donde el Cauca se unía con el San Jorge. Trabajaban en parejas recolectando piedras para una compañía. Pero su compañero apareció muerto en el río. Los otros le echaron la culpa de esa muerte. «No te queremos ver por aquí, así que recoge tus piedras hoy y te marchas». Charro recogió un puñado de piedras con vetas, un batea de mazamorreo, una plomada con anzuelo y nailon y se fue de allí para convertirse en pescador. Él no había matado al hombre. El compañero simplemente se ahogó. Charro siguió la corriente hasta encontrar la isla donde los dos grandes ríos se juntan, y luego remontó el río de La Magdalena puerto por puerto hasta encontrar aquella ciudad. Allí trabajó entre una gleba de obreros que asfaltaban las calles de tierra bajo sombreros de paja anchos como los sombreros de charros mexicanos que los protegían de las ampollas del sol, y cuando pudo comprarse un terreno dejó el trabajo al rayo del sol y volvió a vivir del río. Oyéndolo pensaba que esa podría ser también su vida. Ese hombre sin nadie en él mundo era quien le había enseñado a estar solo, a esperar el momento adecuado, a estar en silencio, a oler las huellas, a cazar.

Tenía una piragua de cinco metros hecha en una sola pieza de palo de balso. En la piragua avanzaban hasta las embocaduras de los caños con dos pescadores que la empujaban con una pértiga como en la Colonia.

Le explicaba que en la subienda se pescaba mejor en el río o en los caños que en las ciénagas. Entre seis hombres extendían el chinchorro y colaban los pasos de las ciénagas al río. Allí se amontonaban los peces de la subienda y podían ser atrapados por millares. Solo en una fuga de peces por el caño esa madrugada atraparon cuarenta arrobas de pescado. Pero en las siguientes madrugadas bajó la subienda. Los nicuros fueron menguando durante una semana y los bancos de bagres y bocachicos y capaces se esfumaron como las vizcaínas y sabaletas que no descendieron por las quebradas hasta el río grande. El chinchorrero tomaba solo los más grandes y hacía liberar a los demás peces porque sospechaba que sería un mal año para la pesca por ser bisiesto, como había anunciado en los pronósticos el almanaque Uribe Ángel. Solo lanzaban a la arena la doncella vieja y el matacaimán, que eran peces con defensas espinosas, y las rayas que se lanzaban a la arena para que se las comieran los gavilanes, a los que Charro llamaba piguas.

Pudo fotografiar a los que vio espejear entre el oleaje que cabrilleaba al mecerse la piragua, mientras morían asfixiados a martillazos en la arena y luego muertos en el vientre de la nave. Pudo fotografiar a uno de los chinchorreros como un árbol raquítico, un cuerpo espectral, con sombrero de pajas deshechas y recortado por la línea de la selva oscura, y el momento en que los otros pescadores empezaban a recoger la trampa, y sus fuertes brazos henchidos por los veinte metros de red que arrastraban hacia la orilla entre seis parientes. Fotografió el cargamento de plata. La cabeza de los peces que agonizaban con las agallas palpitantes.

Charro le explicó cómo abrir una red y dónde ubicarla.

Pescar es como fotografiar. Hay que acoplarse a la luz. El pescador sabe el día de la subienda, y la hora en que el pez está ciego y los raudales donde nadar les cuesta esfuerzo y lentitud. Pescar requiere precisión. Lo mismo pasa con la luz. Para tomar fotografías hay que esperar a que se mueva la luz de la cabeza a la espalda. Otro día te cuento más historias de Charro, bienamada.

En el puerto los vendedores empezaron a destriparlos y a sacarles las agallas.

Casas entre la niebla

La casa más cercana a la escuela de Las Nubes era la de Bernarda, que tenía salpicaduras de sangre en la pared. Las otras casas eran la del sordo que tejía canastos y sombreros de palma. La de La Ramera, donde estaba la carnicería y siempre había una vaca con traba en las patas y la cabeza amarrada al botalón del sacrificio. Y la casa de la Tienda Nueva.

El sordo que tejía sombreros vivía en una casa de tablones grises y rodeado de cuatro mil gallinas a las que alimentaba por la mañana regando un bulto de maíz que sacaba de la troja mientras una avalancha de plumas lo engullía. Se subía los pantalones casi hasta el pecho y parecía tener las piernas tan largas como las de sus gallinas y era ágil con los brazos de tanto tejer. Tejía un sombrero en un santiamén y también hacía catabres para recolectar café. Calzaba cotizas de fique. Mascaba tabaco y por eso tenía el bigote amarillo y los dientes negros y vivía escupiendo la tierra mientras tejía sus sombreros y cestos que después llevaba encajados uno sobre otro para venderlos en el pueblo. Tenía una mecedora de junco donde se sentaba a comer su sopa en la que nadaban tustes y patas de gallina. A mí me gustaba ir cuando les daba comida a las gallinas para verlo esfumarse en medio de esa avalancha de plumas que revoloteaban por todos lados. Para llamarlas hacía un gemido que se parecía a la voz humana y quien lo oía tenía la impresión de que no era mudo porque conversaba con los animales. Quizá conversaba con las gallinas con ese sonido gutural que quería ser voz en él. En la tienda vendía canastos repletos de huevos y luego señalaba lo que quería comprar con ese mismo alarido, pero no era voz, porque no podía hablar.

La Ramera era el nombre de la finca: «Finca La Ramera», decía el letrero frente a la casa. Había una bandera blanca ondeando siempre en una asta de caña brava más alta que la casa, doblada por el peso de la tela. La Ramera. Era el nombre que le había dado el viudo a la memoria de su mujer, asesinada por él a cuchillo. La mató tras una humillación que ella le hizo pasar: le dio cachetadas al marido frente a dos clientes que habían ido a comprar carne en su fama. La persiguió por la curva de la carretera entre baches, grietas, huecos y pichales con el cuchillo en mano y la alcanzó en la gruta de santa Bárbara.

Mi madre un día me contó el martirio indecible de santa Bárbara, el amparo de los truenos, a quien su padre decapitó. Mi madre me contaba siempre las vidas de los santos. Más delante de la casa de La Ramera, en el lugar donde el carnicero mató a su mujer, estaba la gruta con esa imagen de santa Bárbara. Los camiones que pasaban por allí cargados de greda para asfaltar paraban para encender veladoras y encomendarse en sus viajes. La propia esposa del carnicero era devota y antes de morir llenaba la gruta de flores y de velas de sebo. Hacia allá corrió para favorecerse, dando gritos de socorro después de que él, delante de su hijo, le hubiera pegado tres puñaladas como si fuera un pedazo de res. Frente a santa Bárbara le infirió las mortales. El hijo del carnicero se quedó mirándolos desde la curva. La mujer solo trató de defenderse del marido alzando su brazo. Como santa Bárbara que alza el brazo para defenderse del suplicio de su padre. La Ramera fue el nombre que le puso a la fama de carne el asesino cuando salió de la cárcel, meses después, sin pagar lo que hizo porque la muerta era mujer.

En una foto de Alejandro volví a ver a la muerta cuando estaba viva: la mujer tenía rasgos muy expresivos, daba la impresión de que nunca dejaría de sonreír. Tenía la cara muy grande. No era cara de loca, era simplemente carona. Hay gente que tiene la cara más grande, desproporcionada del cuerpo. Ella tenía cara de vaca. El marido la mató como a una vaca. Cada semana mataba una vaca para vender la carne. Allí me enviaba mi madre a comprarla. La mujer era la que envolvía los trozos en papel y me daba el envoltorio y los vueltos, sonriendo.

Las flores que tenía esa gruta de santa Bárbara eran astromelias moradas y agapantos azules y el lugar olía a flor marchita. Las mismas flores que vendían en la Tienda Nueva. No sé por qué la llamaban así si era la única tienda, a menos que antes hubiera ahí una tienda vieja, pero ese nombre lo tenían también muchas otras tiendas de aquella carretera.

Había en la tienda un balde con flores y mi mamá las compraba. Solía ponerme una en la diadema cuando íbamos de paseo al pueblo. Mi madre compraba flores y luego, de camino, se detenía para dejarlas en la gruta de santa Bárbara.

La tienda era una casa azul del mismo color que tiene el cielo entre los huecos de las nubes. A veces llegaban perros vagabundos a esa tienda. Orfidia, la mujer de la tienda, los perseguía con un látigo hecho con un bordón de café y un azote de nudos de cable. Los insultaba. Les lanzaba pedradas y latigazos. Pedía a gritos a los clientes borrachos que no les dieran restos de comida porque eran abusivos y se subían a las mesas a robar. Cuando alguno saltaba a robar un chorizo o una morcilla y otros se arremolinaban en torno a un comensal, Orfidia les lanzaba latigazos como una domadora de circo coja y así había sacado el ojo a más de un perro confiado. Al único perro al que no atacaba, es más, se ponía feliz cuando venía siguiéndome y le daba un pan, era a la perra Petra, porque Orfidia temía a Bernarda, su dueña.

Orfidia tenía ojos que cambiaban de color. Un día me preguntó: «¿A qué le tiene miedo, chueca?». Yo le contesté lo único que tenía en mente: «A que me roben».

«Nadie te va a robar», me dijo cambiando los ojos de color: «Solo se roban lo que vale».

La casa de la tienda recibía el azote del viento. Si no hubiera tantas nubes pasando por allí, sería del mismo color del cielo añil. Eran pocos los días despejados allá entre el Montefrío y la Montaña Redonda. La niebla siempre moviéndose como humo entre las dos montañas daba la sensación de que allí vivíamos dentro de un cuarzo por fuera del tiempo.

Olvidé que había otra casa. Pero estaba abandonada. La Casa del Diablo. No sé por qué olvido, tal vez porque ya estoy vieja y me enredo y recuerdo lo pueril y olvido lo importante. Era solo una casa de techo corredizo para secar café, vestigio de una finca cafetera, cuyo dueño se arruinó y estaba abandonada. Nadie podía dormir ahí, porque el viento pegaba de frente y hacía que la madera de su techo corredizo y el tejado de zinc crujieran. La leyenda decía que en esa casa el diablo asustaba. Asustaba de una forma particular: cambiaba los muebles de lugar. En la pared principal había un letrero en azul desgastado con el nombre de un candidato al Senado del partido azul y un lema de campaña: «Laureano, senador: por una tierra libre de sangre roja».

Cuando Nepper lo despidió se dedicó a hacer un curso de fotografía por correspondencia y a hacer una serie de desnudos con las francesas. Entonces recibió una caja metálica con la insignia amarillo ocre de la Kodak, enviada desde Ibagué. Remitía la caja Rubén Gómez Piedrahita. Consideró que era hora de probar el color y envió a Rubén una serie con la misión de hacer iluminar a mano los vapores y el río. Luego reconoció, entre el abanico de fotos desplegadas, una que no había tomado él. Era un edificio enorme y solitario en medio de una planicie que no podía identificar, ligeramente sepia. La volteó y en el respaldo halló una nota falsa, «tomada en California, Estados Unidos». Era una broma de Rubén y se la explicaba en la nota que la acompañaba.

La fotografía popularizada por la Kodak era el final triunfante de esa larga competencia que empezó en Francia por capturar la imagen: primero por Lumière, luego por Daguerre, en Inglaterra por Talbot y en Estados Unidos por George Eastman y Edison, los auténticos ganadores de esa carrera por la captura de la imagen. La fotografía no acabó con la pintura, como temían sus detractores. Es que ni siquiera los vanguardistas lograron acabar con la pintura. Antes de que se popularizaran las cámaras, solo los burgueses podían sacarse fotos, posando en estudio con telones que imitaban la naturaleza. Pocos pudieron tener un daguerrotipo o un colodión y murieron sin imagen ya estando en el siglo xx, pero cualquiera pudo tener unas décadas después un acetato con su retrato o esconder bajo el colchón el de una mujer desnuda. La fotografía empezó engañando el ojo y terminó domesticándolo. Lo que hacían antes los fotógrafos para la fotografía de estudio era colgar un telón de unos ganchos y unas pitas y mantener quieta a la gente para que no saliera movida. Por ejemplo, las fotos que tomó mi padre de mi abuela tienen, todas, la pupila dilatada, porque como había poca luz entonces la pupila se iba agrandando por la larga exposición. Los niños de esa época también quedaban siempre movidos en las fotos. Porque a los niños no se les puede amarrar. Por eso quedan barridos. A mí me gusta fotografiar niños. Vestidos de adultos o haciendo trabajos de adultos. Una vez en Bogotá fotografié a tres niños que vivían en la calle. La niña llevaba en los brazos a uno de sus hermanos. Me miraban con una curiosidad mansa, pero es que desconocían el uso de ese aparato que yo llevaba. Hasta que vieron la foto revelada en agüita y se rieron reconociéndose. Les di la foto. Ahora eran inmortales. Una vez leí que la facultad de presentir el futuro y la de recordar el pasado tienen relación con la facultad de ver a lo lejos. Es decir que la imaginación y el recuerdo, que significa traer al corazón, y la vista se asemejan. Aunque hay costumbres más perversas que tomarles foto a cosas patéticas como los niños abandonados que viven en las calles o los que hacen el trabajo humillante de los cargueros. Antes era costumbre tomarles fotos a los muertos. En México hay una industria grande de retratos post mortem. La Kodak se estableció allí. Los rollos de película dicen: Hecho en México por mexicanos. En Brasil también hay Kodak, pero las películas no son tan buenas. Quizá por el calor del trópico, no sé; las mexicanas son muy buenas. Los rollos siempre están hechos para el calor y la temperatura del norte, para el calor del norte, de California. Las pruebas y todo las hacen en latitud norte, entonces aquí en nuestra América del Sur la luz es distinta. Todo está hecho para la luz de allá que es excelentísima, una luz de desiertos tropicales que intensifica los colores. Acá la luz es cambiante y los atardeceres fugaces. Por ejemplo, nosotros intentamos hacer fotos con carta gris. Y es imposible. Porque la luz cambia cada dos segundos. Mientras que en California se puede hacer con la luz del norte, que es más lenta. Aquí te adjunto una que hice imitando la luz de California, mi hermano, pero es la estación del tren en Cartago, y parece una locación de las películas del Lejano Oeste. Te voy a contar el truco. La tomé con una cámara nueva que me prestaron de gran formato, una cámara de Atget.

El aparato es como un gusano de Lautréamont que nadie sabe cuántas patas tiene, hijo de un acordeón y de un libro, se abre como el fuelle de un acordeón y se cierra como las hojas de un libro. Uno despliega la cámara y es de un color como crema con plateado. Los lentes se intercambian manualmente. Es una cámara divina, nació con vocación de reliquia. Hechas para fotografiar arquitectura y grandes volúmenes. Uno de los grandes retos de la fotografía de arquitectura es mostrar el espacio completo. Piense que el ojo corrige siempre. Uno nunca ve las cosas distorsionadas porque el ojo siempre cuadra las paralelas. Entonces es complejo fotografiar la arquitectura porque se requiere un lente gran angular. El ángulo se abre, por eso se llama gran angular. La cámara técnica de fuelle se aproxima a las cosas; no las aproxima como el telescopio. Las paralelas en el gran angular se caen, ya sea para adentro, o sea para afuera. Las cámaras técnicas logran ver en el interior las cosas y con el respaldo se corrigen las paralelas. Si se alarga el fuelle tiene una abertura de lupa que atrapa el radio pero distorsiona las paralelas. Tú puedes tomar la foto del edificio aquí al frente pero si vas a enfocar toda la fachada, corres el espaldar y eso corrige y consigues una gran nitidez. Enfocas esta parte del edificio y para que salga completo le corres el basculamiento, que es como se llama ese procedimiento. Basculas el espaldar o el frontal y con eso se corrigen las paralelas. Bueno, también tiene un prisma que uno lo voltea para poder mirar ahí como en un cristal de bruja. Pero normalmente se pone un trapo negro encima, y eso trae una cuadrícula en la parte de atrás y uno busca con la cuadrícula. Es una cámara muy técnica. Porque no es una cosa de empatar el rollo. Venden la placa y tiene un protector. Por detrás de la cámara se retiran los protectores para el lente, no para la cámara. El lente es el que trae las velocidades. Lo máximo que trae es 400. Porque la velocidad la da la luz del flash. Puedes poner una tela negra oscura de fondo y le sueltas una paloma. Pones el flash, y el flash va a una velocidad mínima de 1.500. Entonces queda la paloma volando, pero no es la cámara la que logra esto, sino la luz. El flash es lo que detiene a la paloma. Solo el amor es más rápido que la luz. En una cámara normal, el disparo se hace con una cortina, y esa cortina tiene que estar sincronizada con la luz. La cámara es un diafragma en un lente, que si tú lo dejas abierto y lo pones contra algo oscuro no se ve nada. El flashazo va más rápido, eso es como un parpadeo. Y un sesentavo de segundo es el parpadeo. Normalmente se dice que es un parpadeo, un sesentavo de segundo. Por eso se habla de 8 × 60, porque eso es normalmente el parpadeo. ¿Cuánta vida crees que cabe en un parpadeo?

Con esa cámara a gran formato se pueden hacer postales de fachadas completas sin distorsión. En fin, todo esto es cuestión de captar la luz. Un truco barato, no falta el que diga que también es arte. En todo caso, un arte muy viejo. Es el principio básico de la fotografía que se inventó Da Vinci. Un huequito de alfiler en habitaciones oscuras por el que se filtra invertida la imagen. La imagen quedaba patas arriba y solo era echarle color, y ese es el misterio de Da Vinci. Después de eso tocó esperar siglos para que se pudiera captar la imagen en clorofila o plata y fijarla en papel, y para que se les *añadieran lentes* a los aparatos. Entonces empezaron a buscar la imagen, y era la distancia focal, la imagen y la corrección. Es el verdadero inicio de la fotografía. Pero solo siglos después aparecen las cámaras. ¿En qué acabará mañana? No lo sabemos, mano. Hay unas cámaras pequeñas que usan los espías, pero esas yo nunca las he visto.

[*Le contaba luego que acababa de pasar de Ibagué a Cartago, una semana antes, rumbo al sur, para incorporarse al ensamble del Ferrocarril del Pacífico con La Línea, y aprovechó para enviarle las fotos iluminadas que reclamó en Medellín.*

Contaba de su aburrimiento crónico en los primeros días, sin amigos, metido entre cañaduzales bañados por una luz color yodo, inspeccionando cada día los metros que faltaban para unir el tramo de ferrovía entre Bugalagrande-Cali. Era la época de las quemas de la hoja de caña: quemaban en rectángulo y llovía calima y los animales que vivían allí morían calcinados porque huían del fuego a cualquiera de los cuatro costados y solo encontraban más fuego. En Salento había ido con los asturianos que hacían el puente de Boquía al nevado, pero a más de cuatro mil metros le faltó el aire y tuvo convulsiones y hubo de devolverse con un dolor de cabeza que le duró quince días.

Su próximo destino era Palmira, una ciudad con la temperatura de un horno de hacer pan, habitada por gente que todo lo tomaba prestado sin pedir permiso, muy distinta a la gente del altiplano, que era socarrona, o a los avivatos del Gran Caldas, que eran embusteros y lenguaraces. En el sur eran atorrantes, presumidos, los obreros nunca llegaban temprano al trabajo y siempre decían que habían tenido «un inconveniente, mirá», y el «inconveniente» se reducía a excusas pueriles como el envenenamiento del gato o la diarrea de los hijos o simple dolor de estómago de tanto comer fritos. Eso sí, aclaraba, no había conocido gente más mordaz y ofensiva, tan descortés y carente de deferencias, y que bebiera más que la del puerto del Cacique, pero era gente mezclada. Por último, le extendía Rubén Gómez una invitación al sur, donde encontraría paisajes dignos de ser fotografiados, planicies de caña despeinada cortadas por los rieles de la carrilera, mujeres con vestidos de hilo ligero, los muslos descubiertos y los pechos escotados por el calor, una luz cálida y amarillenta todo el año como en California, y una familia —la que aparecía junto a él en la foto— que mimaba a los inspectores de la empresa con bandejas de fritos que incluían empanadas, marranitas, que eran frituras de plátano rellenas de chicharrón, buñuelos de frijol y de yuca, aborrajados de plátano y variadas clases de comida riquísima.

Guardó la postal «de California» y escribió en el respaldo la fecha: 1935.]

Estimado Timoleón:

Recuerdo que estuvimos con su fallecido hermano Ramiro en un viaje por los ríos de los Llanos haciendo una filmación con una cámara de 16 mm en 1947. Grabamos una anaconda. Grabamos los hilos de agua que trazaban los ríos vistos desde las alturas. Grabamos colonias de chigüiros. Grabamos las sabanas con sus rocerías. Caminaríamos por tres caseríos donde las casas eran de techos de palma. Yo aprendí algunas cosas en ese viaje. Que el tiempo no existe, que la vida humana es efímera. Que la selva era lo permanente y los humanos lo impermanente.

Grabamos fragmentos de la travesía. Instantes de una inmensidad de tierra inconcebible que era el comienzo de Suramérica. Fragmentos de la cacería del güio, sobre todo. Fragmentos de una niña. Fragmentos de un cadáver. Vistas aéreas de ríos que separan la sabana de las selvas y que trazaban curvas entreveradas como anacondas y que irrigaban la tierra como sus vasos sanguíneos. Secuencias de los acuatizajes. Del momento en que tuvimos que tirar el equipaje y racimos de plátano por que el avión no podía despegar contra el viento. Tenía un flotador roto.

Me pregunta qué pienso de las fotos de su hermano. Le respondo yo que revelé sus primeros trabajos y que he conservado algunas y las he mantenido cerca durante buena parte de mi vida como si hubiera algo más que recuerdos en ellas. Alejandro no fue solo un viajero y un obrero. Era también un testigo del progreso. Fotografiaba para los sindicalizados los sucesos cotidianos de las huelgas, pero también para la Contraloría, que quería cartografiar la *hilea magdalenesa*. Lo más inquietante es lo que fotografiaba para sí mismo, lo que consideraba relevante. Captaba las múltiples huelgas pero también a los poderosos, a los candidatos desarrollistas como Olaya Herrera en campaña para derrotar los treinta años de hegemonía conservadora con la treta de un pacto, o a los extranjeros de la patronal jugando golf. Si uno clasifica sus fotos por temas, puede pensar que los elementos del progreso lo hipnotizaban, las palas, las plataformas, las grúas, los obreros en los taludes, los obreros en los durmientes, los talleres en medio de la manigua, los martillos extractores de petróleo, la caldera en sus múltiples manifestaciones, en la locomotora, en el barco de vapor, en la industria textil de tejidos que quiso visitar cuando fuimos a Medellín. El campo aéreo de Medellín y el aeropuerto con sus jardines en lo que fue un cementerio indígena. Los canales y puentes del ferrocarril en el Valle, la estación de trenes de Ibagué mirando los picos nevados de la cordillera Central. La temible casa de los caucheros peruanos. Los llaneros con sus hatos de ganado pasando los ríos lentos de la llanura. Las vías del tren, las líneas del oleoducto en la pradera que va al mar, la línea sinuosa de los grandes ríos del oriente y los del sur. El mercado de Mompox, el muelle largo de Puerto Colombia. Los vehículos. Los atuendos. Los barrios nuevos. La ruta nacional 45 al mar y la ruta nacional 55 por el cañón del Chicamocha. La refinería y las estaciones del oleoducto. Las barcazas de carga por el río. Los solitarios automóviles que transitan por las nuevas autopistas, los Oldsmobile, las camionetas Ford, los camiones Willys, los Studebaker, los Jeep, que acabarían por archivar a los trenes y a los buques y a nosotros sus operarios, en el maremoto del progreso, envejecidos de pronto por la fiebre de la carretera y la versatilidad de la llanta calibrada y la movilidad individual. Treinta años de transformaciones, de desviaciones del río, de sequías, de oficios que ya no existen como la quiropraxia del sobayeguas, como el funambulismo de aquella mujer que atravesó el río caminando sobre una cuerda y sosteniendo una vara, como la cestería y el tejido de sombreros de toquilla. Fue a ver a los indios y los captó de lejos como seres que vivían otra realidad, impenetrable. No los vio realmente porque pasó demasiado rápido. Como tampoco vio a las mujeres, porque aparecen pocas y casi siempre disfrazadas, o agrupadas a un lado de los hombres, en traje de gala, o sin ropa como odaliscas. Después no supo qué hacer con lo que vio. Tal vez se despertó en él el deseo de ver más. También sostuvo la mirada a lo que no se podía ver. Y entonces envió la denuncia de lo atroz que vio para que cada quien dedujera lo que hacía el gobierno para defender los intereses extranjeros, y desapareció. La manera de proteger a esa mujer que amó y a esa niña era no regresar. ¿A dónde fue? ¿Al futuro? ¿Al progreso definitivo? O a las orillas de la civilización a registrar los nuevos cambios, lo extraño, lo remoto o la lontananza. No lo sabremos. Es lo que pienso al ver las fotos que nos quedaron, para ser franco. Esa película que grabamos donde aparece por unos instantes señalando algo que no vemos, ¿qué quiere decir? Nos dejaba un mensaje que está más allá de lo que vemos, o mejor: que no sabía conscientemente por qué registraba en esos momentos, porque solo el futuro podría ponderarlo, descifrarlo.

El futuro era dejar atrás todo eso que él había observado. Es donde estamos. Un cocodrilo muerto, de los que ya no están, tal vez el último. Un manatí encallado. Un río seco. Los diques de arena rotos por el río. La inminencia de que a Gaitán no lo dejarían ser presidente en los letreros amenazantes pintados en la pared: «Un negro futuro con el negro Gaitán», »por una tierra libre de sangre roja», «Muerte a liberales ateos». Vio todo eso en treinta años. Como si hubiera intentado estar en todos los extremos del país. En todas las alturas. Selvas y ríos. Ciudades y pueblos. Yo lo quise como se quiere a un hermano. Pero era un maestro para mí. Me enseñó a ver. Y a no apegarme a nada, como cuando el hidroavión no despegó y lanzó la mochila al río. Él no tenía nada. Todo lo que tenía lo convertía en una fotografía para llevarlo de forma abstracta, impreso y consigo en un maletín.

Pero él no me veía de la misma manera. Yo solo era un empleado de ferrocarriles que iba de puesto en puesto hasta la jubilación. Con una habilidad mecánica para los grabados, los linotipos, revelar fotos: un menestral. No insinúo que fuera interesado, simplemente que no me admiraba como yo sí a él. Un día me dijo esto que no olvidaré: «Estamos hechos de luz, somos luz que observa luz».

Nos hicimos amigos en la huelga de 1927, que fue la segunda huelga general y acabó en represión. Yo trabajaba en el ferrocarril de la compañía y le ayudaba a mi tío en la armada del periódico *La Mancha Negra*, hecho en su taller de linotipos, pero conseguí un puesto en Ferrocarriles Nacionales y me trasladé después a Puerto Berrío y de ahí pasé al Ferrocarril Central, lo que me obligó con el tiempo a mudarme a La Dorada, luego a Cali, donde me casé, y después otra vez a La Dorada, donde me jubilé. Alejandro empezó desde esa huelga a hacer fotografías para unas postales que circulaban con el periódico. Mi tío lo contrató como espía: al estar dentro de la concesión podría registrar el movimiento de los obreros que iban tomando cada pozo y registro de las trochas de acceso y el desarmado de las vías férreas.

Decía Raúl Mahecha que Isidoro Molina, un esquirol infiltrado de la federación de obreros en Bogotá, fue el encargado de sabotear la primera huelga obrera. Pero corrió el rumor de que el plan de traer al esquirol en el mismo buque del general Acosta y el ministro de Industrias Diógenes Reyes fue de Flanagan y Scheweickert, gerente regional y presidente de la compañía en Bogotá. El acuerdo fue solo entre la compañía y el ministro, pero lo hicieron pasar como un acuerdo entre la compañía y los obreros por ajuste de salarios, por la intervención del infiltrado, Isidoro Molina. Dos años después volvió a desatarse la huelga con un nuevo pliego, mejor organizada con los líderes bolcheviques. El nuevo presidente, Abadía, canceló los empréstitos del gobierno a la compañía y Flanagan acabó mal. Nadie le cobró las siete muertes de la segunda huelga, ahogada en sangre. Para acabarla, declararon el estado de sitio y apresaron a los líderes. María Cano y los líderes bolcheviques habían llegado a finales del 26 en representación del Partido Bolchevique Revolucionario. Fue entonces cuando mi tío Patricio Borja y Raúl Mahecha fueron apresados por agitación social y asonada y llevados por tierra a la cárcel en Tunja. Ellos bromeaban después con lo que llamaron «Vacaciones en Tunja». De camino, conocieron a Vicente Rojas Lizcano, alias Biófilo Panclasta. El revolucionario les recomendó, mientras aguardaban el traslado en camión desde la cárcel de Berlín, crear el Comité Central

Conspirativo como brazo armado de la Internacional Comunista. Ese mismo hombre intrépido un día se escaparía de una cárcel de Siberia con Lenin, y figura en una foto con Trotsky, pero aunque he buscado esa foto parece que Stalin también la borró en su afán de sacar a su contradictor de la historia de la humanidad.

Alejandro y yo nos encargamos de seguir sacando el periódico, con asesoría del pintor Ulises Álvarez, lo que restó del año en 1927. Así sellamos nuestra amistad y nos ganamos la animadversión de los notables del puerto, que nos llamaban «los bolcheviques mama-rones», porque a los trabajadores de la patronal los llamaban «cimarrones», y a los sin rango, los «obreros embetunados», y a los jamaiquinos, los «yumecas», que era como decir negros mandingas. Y porque el desprestigio mayor de ese tiempo era tildar a alguien de vicioso, de comunista o de maricón.

Alejandro era capataz en la escuadra del ingeniero Nepper, una de las muchas compañías de servicios externos de la concesión. En 1930 empezamos las expediciones con el club fotográfico: la primera a los ríos del sur en plena campaña entre Olaya Herrera y Valencia y el general Vásquez Cobo, con quien compartimos unas horas de vuelo desde La Chorrera hasta Puerto Salgar. Vásquez Cobo nos dijo que buscaba un fotógrafo para su campaña presidencial, nos cayó bien porque él había sido ingeniero y había trabajado en el Ferrocarril de Pacífico y prometió ponerme en contacto con el nuevo gerente para salir del Ferrocarril Central con un empleo asegurado, nos dijo que había viajado a dar un discurso en Puerto Nariño con el objetivo de aplicar la deportación de los caucheros y el fin de la concesión de la Casa Arana. Vásquez Cobo dijo que para evitar la invasión inminente de Perú había que llenar de gente la franja baldía entre el Putumayo y el Amazonas, poblarla con gente trabajadora traída de las cordilleras. Alejandro le reviró: ahí ya estaban los huitotos. El general contestó que esos eran solo indios. Que debía rescindirse el tratado que permitió la concesión cauchera y echar a los peruanos antes de que siguieran en el sur el destino de Panamá y nos arrebataran el terreno más valioso del territorio nacional, el Amazonas. Citó al barón Humboldt y dijo: «Hay que traer las ciudades a las selvas, porque la tercera parte de la república es esta mancha verde. Los millones del caucho se los quedaron los ingleses y Manaos. Y el país pasó de producir el once por ciento al dos por ciento del caucho mundial». Recuerdo eso, porque dos años después Perú invadió Leticia, y Vásquez Cobo comandó la guerra contra el Perú. En uno de esos viajes Alejandro contrajo la malaria que lo ponía en cama con fiebres altísimas, delirio y un estremecimiento que él llamaba «la tanda». Yo me fui del puerto a trabajar al Ferrocarril del Pacífico porque mi esposa era caleña. Después nos vimos menos, aunque yo le escribía constantemente, pero volví a trabajar en La Dorada a comienzos de los años cuarenta y solíamos encontrarnos una vez por año para ir a cazar.

Para entonces el puerto del Cacique era una mancha urbana surgida en menos de treinta años, con calles amplias asfaltadas y automóviles modernos, hoteles, una refinería que era como otra ciudad con sus tuberías inextricables de hierro, un barrio de tres mil extranjeros, trabajadores llegados de todo el país, una clase media obrera con los mejores salarios y con el mayor número de comunistas también. Los petroleros tenían sueños de aceite y querían lavar los trapos sucios en las ciénagas, y el puerto siguió recibiendo varados de todos los rincones del país y una legión de rastacueros y de putas que llenaban las cantinas y bares y salones del puerto. Nosotros preferimos siempre el Club Nacional frente al Parque Nariño, en la entrada del Bazar Francés. Quedaba diagonal a la estatua del prócer y frente al quiosco donde se ponía la tarima para las conferencias obreras en las huelgas. Allí nos conocimos con Alejandro, un poco rivales al comienzo, pero rápidamente, después de la primera expedición que hicimos juntos, fuimos grandes amigos.

Nos reuníamos varios clubs en el mismo salón: el club de caza y el de billar y el fotográfico conformado por el aviador Joseph Miller, que había sido piloto de guerra con veinte años y luego piloto del correo aéreo de la SAV y luego piloto de guerra en el 32, cuando el gobierno llamó al servicio a todos los pilotos de aviones civiles, y luego pasó a la flotilla del oleoducto, y también participaban el chef Giordaneli y el negro Leo 12, Leonardo Buenahora, y los socialistas encabezados por mi tío Patricio Borja. En la pared del fondo del club había un muro donde se consignaban los usos y beneficios del petróleo en la historia: Noé impermeabilizó el arca, César lo usó para contrarrestar la calvicie, los griegos lo usaban para mantener las flamas olímpicas de los estadios y los indios curaban las dolencias con emplastos, hasta que Samuel M. Kier lo empezó a vender destilado en las farmacias de Pittsburgh en frascos de ocho onzas como aceite de carbón para alumbrar con lámparas o para el lumbago y los dolores. Constaba el descubrimiento del petróleo que transformó la región en dos décadas. Se lo transcribo de una fotografía que tomó Alejandro: «Supe de estos capitanes que hay todos los animales que se hallan en Castilla del Oro en aquella provincia del Nuevo Reino de Granada; y que además de esos, hay osos como los de España, y gatos cervales grandes y de muy hermosa piel, y que hay muchas dantas, y muchos patos y buenos, prietos y blancos, y pardos o pintados como los de España, y garzas reales, y halcones, y papagayos muchos y de muchas raleas, y guacamayos. Dos de los compañeros de Quesada testificaron que a una jornada delante del pueblo del Cacique hay una fuente de betún que es un pozo y que hierve y corre fuera de la tierra, y está entrando por la montaña, al pie de la sierra, y es grande cantidad y espeso licor. Y los indios tráenlo a sus casas y úntanse con ese betún porque le hallan bueno para quitar el cansancio y fortalecer las piernas: y de ese licor negro y de olor de pez y peor, sírvense de ello los cristianos para brear sus bergantines. Gonzalo Fernández de Oviedo y Valdés, en *Sumario de la Historia Natural de las Indias*».

En enero de 1930 cruzamos el río para asistir a la inscripción de la candidatura de Olaya Herrera y oír su discurso sobre la ley del petróleo. Alejandro lo fotografió en el flotador del hidroavión que lo llevaría a Bogotá a consumar su triunfo de yanqui criollo, y nos sorprendió con su elegancia de mago y el sombrero de banquero, pero a él le atrajo más hacer una foto de la hija dando el paso tímido entre el hidroavión y el muelle y sosteniéndose el vestido para que no se le vieran los calzones de delfina.

Recuerdo que, después de oír a Olaya Herrera, Alejandro comentó: «Este entregará el petróleo que falta a los gringos, pero nos librará de la hegemonía conservadora».

Y fue profético porque Olaya le ganó a la hegemonía y renegoció la concesión, pero le puso límite. Pasó esa década y los antiguos ferrocarriles de los Estados Federales nunca se unieron. El del Tolima quedó trunco en La Línea. Los de Cúcuta se opusieron a la unión del Central con el del Norte para que no les quitaran el comercio de Venezuela si la obra se extendía al lago de Maracaibo. El de Wilches no se unió a los Centrales y el cable de Tamalameque nunca se unió con el de Cúcuta. Era como uno de esos ferrocarriles de Navidad que nadie en la familia sabe armar y queda como un juguete despedazado en medio de la sala. Alejandro siguió trabajando al pie de las obras de la compañía, como el alambique de Chapapote y el acueducto de la concesión y el oleoducto a Ocaña y el campamento de Cazabe. Diez años después los obreros del puerto se declararon en huelga permanente para hacer cumplir la reversión y restituir a los obreros despedidos por la compañía. Pero entonces mataron a Gaitán.

A diferencia de la capital, el puerto del Cacique se convirtió por quince días en la única ciudad libre que desconocía la autoridad del gobierno. Había una gran sequía y los vapores de rueda no llegaban al embarcadero. Las ciénagas estaban llenas de barriles de combustible para impedir el descenso de hidroaviones. Las líneas férreas fueron bloqueadas con escombros y cargas de dinamita extraída del polvorín de la compañía. La orilla del río bloqueada por los buques cisterna encallados en la sequía. El polvorín con treinta toneladas de dinamita quedó en manos de los obreros. Y la policía liberal entregó las armas voluntariamente a los jefes de la revuelta. Alejandro apenas pudo hacer unas fotos en medio de las intermitencias del ataque de paludismo. Fotografió la torre de correos cuando se incendió. Recuerdo las cariátides envueltas en llamas.

Lo que pasó después, no lo tengo claro. Recibí unas fotos tomadas por él que reveló Buenahora y las publiqué en *La Mancha Negra*. Conservo los negativos originales y ejemplares del extinto periódico en un lugar reservado de Bogotá. Luego recibí un sobre con dos cartas de él y un carrete con nuevas fotografías para revelar. Esas son de su último viaje por el río. La última persona que lo vio fue Joseph Miller. Se supone que lo llevó en hidroavión a una de las estaciones del oleoducto para embarcarse en el buque de la naviera. Alejandro llevaba la mayor parte de sus fotos con él en una maleta de cuero con chapa y la llave al cuello. Conocí el contenido de esa maleta porque él me lo enseñó en Casa Pintada: una cámara con fuelle Kodak Brownie y latas de Kodak con revelados de los años veinte y treinta. Buenahora debe tener en su poder un carrete de 8 mm con la película de la expedición a los Llanos. A mí me dijo que se quemó en el incendio de la Kodak porque la celulosa es explosiva, pero después me dijo que se salvó un carrete con unos metros porque los tenía en el proyector que estaba en su casa y no en el local. El proyector se lo acabé comprando yo para ayudarle a rescatar algo del naufragio de su bancarrota, pero nunca me quiso mostrar la película. Si se la ofrece a usted, cómpresela, que es un documento de gran valor.

Miller lo puso en contacto con un hermano suyo que trabajaba en la oficina principal del oleoducto en Cartagena, quien le entregaría el pasaje en el buque que saldría con destino a Houston, rumbo a Panamá. Pero debía dirigirse a la oficina principal de la compañía holandesa en el parque de la alcaldía de Cartagena.

Hay algo que no cuadra y es el nombre de Carmen Sánchez, que era la remitente del sobre desde Magangué con el mensaje para mí y la última carta para Lucía y el material para revelar. Estuve averiguando en la naviera de La Dorada y hay un trasbordador registrado, cuyo propietario es José del Carmen Sánchez. Pero ese trasbordador se hundió en Magangué en un accidente cuando un vapor lo embistió como un toro de lidia, y no hay noticias de si Sánchez vive o está muerto. El paquete que recibí con sus últimas fotos fue enviado por Carmen Sánchez después de la desaparición.

Alejandro debió alcanzar el vapor abajo de Santana, donde estaba averiado al salir del brazo de Loba. El sobre contenía unas pocas líneas en una hoja blanca: «Publica en *La Mancha Negra* las fotos de los militares, si algo me pasa, cuento contigo». El otro sobre era una carta rotulada: Para Lucía Lausen. Yo envié la carta a la escuela de Las Nubes, pero me fue devuelta porque ella ya no vivía ahí. Así que no pude cumplir su voluntad.

Siempre fuimos un poco rivales, desde el primer viaje que hicimos juntos. Cada uno alardeaba de lo que había visto en las travesías como si no pudieran quitarnos lo viajado. Dijo que me visitaría, como cuando cambié de empleo del Ferrocarril Central al del Pacífico, y cumplió: él fue a visitarme para ver el puente de los asturianos en Boquía y allí estuvo cuando el tren pasó por única vez sobre el puente, porque la guerra contra las carreteras la perdió el ferrocarril y lo único que quedó de esa línea fue una fotografía tomada por él. Los pueblos donde trabajó Alejandro, para responder a la pregunta puntual de su carta, son: Cacique-Concesión, Sabana, Wilches, Chapapote-Cañón del Lebrija, La Gloria-Ocaña. Los pozos en los que trabajó interconectando ferrovía fueron Campo 5, 6, 8, 13, 21, 95, 99, y solo tengo foto de las estaciones del ferrocarril de Wilches-Gamarra, y los cementerios donde debe usted inspeccionar son los de Cazabe (lugar donde realizó su último contrato), el cementerio nuevo del puerto del Cacique, el cementerio de El Banco, el cementerio de Mompox.

Más allá de si esta información pueda ser útil, sugiero buscar a la maestra Lucía. Yo pasaré por el puerto del Cacique la segunda semana del presente, y podemos ir por tierra y hablar personalmente de estas cosas si usted aún se encuentra allí. Si puedo contribuir con algo más, ya sabe usted que estoy siempre dispuesto a tender la mano a mi más grande amigo.

Que es su amigo también,

Rubén Gómez Piedrahita

El pueblo está a orillas del lago. Un brisa gélida acaricia las colinas que lo rodean y barre las calles. Todo huele a cebolla por los cultivos cuadriculados que rodean la masa de agua azul índigo, espejo del cielo del altiplano a las cinco de la tarde.

Pensé: ahora estoy en este pueblo. Debo preguntar a alguien, en el mercado, si la conocen, si saben dónde vive, si acaso ella, la mujer que le escribió esas cartas, la que tanto lo amó, sigue viva. Había ido a buscarla, querida hermana, a Lucía. Esa mujer que estuvo a punto de ser mi nuera, pero se atravesó la voluntad del Señor.

Su hijo Timoleón dio con el paradero de esa mujer. En el Ministerio de Educación obtuvo las pistas del lugar donde la maestra Lucía Lausen se trasladó después de abandonar la escuela de Las Nubes: el pueblo Xigua de Quesada. Pero el hombre que le dio esa información se presentó como el marido de ella y quiso saber antes con qué fin la buscaban. De manera que tuvieron la delicadeza de dejar hasta ahí aquella búsqueda, con la idea de que Alejandro era el amante de una mujer casada.

Mariquita camina vestida de negro por entre una plaza empedrada y tapias ciegas, por donde sobresalen ramilletes de trinitarias de todos los colores, hasta llegar a la puerta de la iglesia. Ha venido en un expreso desde la estación del tren porque en ese pueblo de tierra fría vive la mujer que escribió esas cartas para su hijo.

—Esa costumbre que tengo de entrar primero a las iglesias de los pueblos que visito, ¿de dónde la habré sacado? —comenta a su servidora, que guarda silencio envuelta en su abrigo de lana y aferra en sus manos nervudas el equipaje de ambas—. Es de buena suerte entrar a una iglesia por primera vez con el pie derecho y pedir un favor al santo al que está encomendada.

Mientras ve la fachada barroca de esa iglesia tallada en piedra con estatuas de santos de tamaño natural y las bisagras de forja, oye un aviso parroquial que lanza una voz cansada por un parlante aéreo. La brisa fría le cruza la cara, huele a pan caliente.

La anciana envuelve su cabeza en un rebozo negro para conservar un poco del calor corporal. Se arrodilla con pesadez de coyunturas en las losas que huelen a cera. Ve a la Virgen con el niño en brazos flotando sobre una medialuna pintada en polvo de oro, réplica de aquella que siguió en la romería de la que viene.

Se persigna. Sus labios murmuran una oración, mientras la servidora que la acompaña en todos los viajes espera sentada en la última hilera de bancas a que su patrona salga del recinto.

Mariquita se levanta, limpia el vestido empolvado a la altura de las rodillas y le dice a la servidora:

—Custodia, tenga la bondad, vaya a la casa cural y pregúntele al sacristán si puede pasar este aviso parroquial: «Se solicita en la iglesia la presencia de la maestra Lucía Lausen».

La servidora va repitiéndose en susurros el mensaje y camina con un billete en la mano hacia la casa cural, y poco después se oye en el parlante de corneta colgado junto al campanario blanco de la iglesia: «La maestra Lucía Lausen, favor acercarse a la casa cural, la maestra Lucía Lausen es solicitada en la casa cural».

Poco después aparece una mujer crespa con el pelo plateado empujando una bicicleta con canastilla. Es alta y maciza, con líneas de expresión en los ángulos afilados de la cara. Está vestida con un enterizo azul marino y un abrigo beige desabotonado por delante. Deja la bicicleta reclinada en la puerta y entra en la iglesia seguida por el viejo sacristán.

La servidora se pone de pie en la banca donde aguarda. La anciana está sentada en la primera línea de bancas, cerca del altar, rezando. Cuando se aproxima Lucía, la anciana percibe los pasos y se pone de pie.

—Soy Lucía Lausen —dice forzando la voz ronca que le han dejado décadas de respirar tiza del pizarrón—, para servirle.

La anciana mira a la servidora, como advirtiéndole que se apresure con la pequeña maleta cuadrada de piel. La servidora se acerca por la nave de la iglesia sacando un paquete de cartas anudadas con un cordón.

—Soy Mariquita Serrano, la madre de Alejandro Plata.

Y la servidora le entrega a Lucía el paquete de cartas.

La mujer mantiene el ceño fruncido con sus arrugas profundas como tajos y toma con desconfianza el paquete. Tarda en reconocer su propia letra en las cartas que envió hace más de quince años a Alejandro.

Toma aire, las examina por un lado y otro, deshace el nudo del cordón y se sienta en la banca de la iglesia con el atado sobre los muslos, recuperando de golpe todo el peso del pasado sobre su cerviz, que se curva y la hace aparecer como una mujer envejeciendo.

Después de revisar los sellos postales, esa mujer sin voz, al fin, acabó por fijarse en una carta lacrada que mi hijo le envió desde Mompox, y reconociendo los trazos de la letra apartó la hoja como si le doliera algo y dejó el atado sobre la banca y se dobló y se cubrió el rostro con las dos manos.

Yo también me puse a llorar, y eso que Domingo Gómez me hizo llorar tanto en esta vida que pensé que ya no me hacía llorar ni la cebolla, y resulta que ese pueblo huele a pura cebolla, querida hermana.

La deja llorar sin interrumpirla, desviando la mirada hacia la Virgen.

El sacristán pide permiso para retirarse porque debe leer otros anuncios por el parlante de la torre, y la servidora murmura en el oído de la anciana para luego alejarse a las últimas bancas, donde puede oír las órdenes de su patrona sin interrumpir la conversación entre las dos mujeres.

La anciana da unos pasos tímidos y se sienta junto a Lucía.

—Tenía la esperanza de que se hubieran reencontrado y que vivieran juntos, aquí en Xigua de Quesada.

Lucía alza la mirada para ver a la anciana, como buscando algún rasgo familiar en ese rostro reblandecido por el tiempo, y luego dice con su tono de asfixia:

—Hace diez años desde que lo vi por última vez, señora. Me dijo que lo esperara en la escuela de Las Nubes, que él volvería por mí después de la expedición a los ríos del sur, pero nunca volvió y yo ya no pude esperarlo más.

La brisa entra en la iglesia y sacude las lámparas bacará. La anciana se acaricia la frente fugazmente con la palma de la mano, como si se le hubiera desordenado el pelo.

—Esa carta es lo último que escribió mi hijo.

Lucía permanece en la banca, mirándose los pies, con las manos sosteniendo la carta aún lacrada. Una golondrina revolotea a ras en la iglesia. Lucía alza la barbilla altiva y al fin habla.

—Prometió que renunciaría a su trabajo cuando revirtiera la concesión y entonces vendríamos a vivir juntos en este pueblo a la orilla del lago, señora. Tendríamos una casa, el sol, la luna y la tranquilidad. Una vaca. Un estudio fotográfico. Un perro. Yo vine, pero él nunca me buscó. Fue la única promesa que no cumplió.

—Que no pudo cumplir. Porque nadie volvió a saber de él. Esa carta es la última pista. Yo no la leí por respeto a su privacidad, pero me gustaría saber qué dice. Fui a un psicólogo cuando aún trabajaba en el hospital y le conté de su desaparición, y él me dijo: «Cuando una persona decide poner fin a su vida, hay que preguntarse hacia quién iba dirigido el suicidio».

—¿Está insinuando que se mató por mí?

—Solo me gustaría saber lo que dice la carta.

—Nunca discutimos, si eso es a lo que se refiere. No hubo reproches ni hay grandes secretos por revelar, como en las novelas simples. Yo no acepté casarme, por motivos personales y porque estaba comprometida con la educación popular. Y él no quiso venir conmigo porque estaba comprometido con su trabajo y con su vida andariega. Si sus amigotes le dijeron que se mató por mí, déjeme decirle que ellos eran unos malnacidos y tenían un código que nadie más entendía: hablaban mal del ausente, lo sometían a representaciones crueles, para enmascarar y sugerir una vida doble que llevaban. Vida que era falsa, porque solo trabajaban y bebían como peones, incapaces de ver que todos tenían vidas desgraciadas por trabajar como burros. Se trataban como marineros, se inventaban leyendas negras, agrandaban las anécdotas y se hacían héroes de hazañas de machotes. Tal vez ellos, hijos que perdieron a los padres cobardes que los abandonaron y sobreprotegidos por sus madres, solo querían vivir a su modo, aunque no podían salir de ese molde. Pero él no era como ellos dicen. Él amaba vivir. Así que le conviene descartar tan horrible hipótesis infundada.

—Si dejó de escribirnos es porque ya no está vivo. ¿No cree?

—No lo diría así, señora. Tal vez solo se le perdió el camino de regreso. Él tenía esa inclinación de irse a lugares desconocidos donde cualquiera correría muchos peligros. Subía y bajaba por el río, como buscando algo. Quién sabe si lo encontró. Para ser franca, yo creo que ya pasó mucho tiempo para empezar a buscarlo.

¿Pero si no lo busco yo, que le di la vida, entonces quién, querida hermana? La sangre es como una fuerza que atrae a la misma sangre. Cada vez que alguien me dice que no está vivo, siento la más imperiosa necesidad de encontrarlo.

Lucía les dice a las dos, después del eco de un trueno que retumba en los rincones de la iglesia, que el cielo está roto y pronto va a llover, y las invita a su casa porque va a hacer frío.

EL SORDO

Me acuerdo también de que había una nariz en la roca viva de la montaña de donde sobresalían bejucos. Cuando pasaba un camión alto, rozaba estos bejucos y yo me encontraba peda-

242

zos cortados cuando iba a la cárcava a rebuscar juguetes. Yo sabía que había pasado un carro porque encontraba los bejucos en medio del camino. Eran los mismo bejucos que recolectaba el sordo para hacer sus canastos. Un día encontré bejucos allí y más adelante un camión militar detenido frente al sordo, que llevaba un atado de juncos para los canastos. El sordo mantenía tensa la frente por la cinta con la que sostenía el fardo en la espalda. Iba acompañado de su perro, y estaban desafiantes ante el aparato recalentado. Los hombres algo le dijeron pero no pude escuchar. Como no respondía, se rieron. Me escondí detrás de una piedra a ver qué pasaba. Uno de los hombres intentó acercarse al sordo y empujarlo fuera de la carretera para que le despejara el camino al camión, pero el perro del sordo se lo impidió con ladridos amenazantes. El militar retrocedió y volvió a subir al camión apoyándose en una de sus llantas, amedrentado por el perro. Los otros militares rieron. Luego lo echaron a tierra: «Le tiene miedo al mudo que fue a cagar y no pudo», alcancé a oír.

Luego se oyó una detonación. Ese estruendo repercutía por todo el barranco de Chanchón desde el Montefrío a la Montaña Redonda y se multiplicaba en los pliegues de las montañas por el eco. Yo ya había oído ecos así, pero nunca había sentido un estruendo tan de cerca. Me protegí la cabeza con las manos. El sordo no debió escuchar. Siguió caminando hacia el camión sin apartarse del camino. El militar se bajó y se le fue encima a pegarle. Pero el sordo no era tan débil como su cuerpo flaco aparentaba, eludió el golpe, se trenzó con el oponente y lo fue empujando hacia el barranco. Hasta que rodaron ambos por la orilla. El perro ladraba yendo de un lado a otro, enloquecido. Ninguno cayó. Los otros le lanzaron un lazo al compañero y lo subieron. Salió del barranco cojeando, avergonzado y arrastrando su arma. Luego se montaron en el camión y se marcharon. El sordo y su perro reaparecieron poco después en la carretera. No le había pasado nada.

Todo eso ocurrió en la misma curva donde apareció después una cruz con el nombre del músico que tocó en mi primera comunión. Esa vez, cuando veníamos después de celebrar mi primera comunión, nos bajamos en la Tienda Nueva para comprar frutas y ya era oscuro. Yo me adelanté. Mi mamá me decía: «Elena, no se adelante, espérese». Alejandro nos seguía con la bolsa de tela negra donde iban los chales y los zapatos nuevos de ella, que no los soportaba porque le habían hecho ampollas. Eran los días en que mi mamá parecía más feliz: cuando Alejandro venía. Él siempre estaba lejos, trabajando o tomando fotos del mundo. Ese 8 de diciembre Alejandro había tomado fotos en la iglesia. Aún conservo la foto que me tomó con mi vestido de princesa merengue y mis botines blancos con flecos que embarré cuando hui espantada por la tormenta que se volvió tempestad y me refugié en las gradas de la casa cural. Como ya estaba toda sucia la princesa merengue, qué más daba: me adelanté en la oscuridad de la carretera y tropecé. Caí en algo blando y frío. Traté de levantarme, pero volví a caer. Mi madre me llamaba. Alejandro venía con la linterna de minero alumbrándonos el camino desde atrás. Oí sus voces: Alejandro le pidió a mi madre que me alejara de allí, de esa curva. Cuando Alejandro nos alcanzó y alumbró mi vestido yo vi que tenía una mancha roja. Alejandro nos dejó en la escuela y fue a buscar ayuda.

El músico con el requinto estaba tirado en esa curva de la carretera. Lo habían intentado lanzar al basurero, pero les opuso resistencia y entonces lo balearon y ahí quedó entre las piedras con la mano aferrada al requinto, comentaron en el entierro, y yo oí de lejos, escondida entre los ramos de agapantos que su viuda hizo poner alrededor del féretro, porque así se llamaba su marido, Agapanto. El cuerpo sobre el que caí era su cuerpo enfriándose, por eso cuando compro flores evito siempre los agapantos.

Mi madre me impidió ver con qué me había tropezado en esa curva donde pusieron otra cruz adornada con agapantos después del entierro.

Mi vestido de princesa merengue y mis botas blancas se mancharon de sangre. Ella me dijo que me cambiara y lavó la ropa en la oscuridad.

Cuando pasaban junto a mi escondite en las rocas, el perro me percibió y empezó a ladrar en mi dirección. El sordo fue y me encontró acurrucada. Vi que tenía raspaduras en los codos y los pantalones rotos en las rodillas. Pero estaba bien. Me sonrió. Hizo su sonido gutural de llamar a las gallinas y yo entendí que podía acompañarlo a darles de comer.

Caminamos hasta la troja, esa cabaña de madera donde guardaba costales de maíz que él cosechaba. Me dio un canasto de juncos ya secos lleno de maíz desgranado y yo salí y me descubrí imitando el sonido gutural del sordo. Las gallinas reconocieron el sonido, y era como si todas las miradas se pusieran sobre mí. Pronto me vi envuelta en aquella barahúnda de plumas y cacareos que arrasó con el maíz completo en un instante.

Fui corriendo a la escuela a contárselo todo a mi madre.

El padrino

El día después del tiroteo entre los liberales y la policía política, Lucas Melo toma la mochila, un sombrero de iraca, se ata los pantalones de pana cuadriculada con un cinturón de cuero y se aventura a cruzar el puente colgante desde el barrio donde vive, Pueblo Nuevo, hasta el parque principal del pueblo del Cacique para buscar a su padrino Norberto.

Las calles están desiertas. Quienes pueden transitar son las mujeres y los niños. En la Calle Alta no hay negocios abiertos. El Teatro Cervantes, cerrado. El billar Tivoli, cerrado. El Hotel Santander, cerrado. El café Latino, cerrado. La panadería Corona con sus puertas rosadas como un pastel, cerrada. Todo está cerrado, pero los edificios no están vacíos. Dentro de las casas hay gente. De suerte que al recorrer las calles se siente el peso de las miradas en las persianas y las grietas de la madera. Miradas vigilantes. Miradas listas para disparar. Los francotiradores de la policía se han acuartelado restringiéndose a los edificios aledaños al cuartel mientras las patrullas recorren algunos sectores tras el toque de queda.

Deslizándose bajo los aleros de los andenes con techos de barro y canales por donde gotean aún restos de lluvia nocturna, Melo logra llegar sin obstáculos a la casa de su amigo Ángel Miguel Ardila, de puertas alquitranadas. Golpea la aldaba que muerde un león de cobre, y resuena dentro como una cripta el golpe del metal contra la madera. El retumbo del golpe se amplifica en toda la calle solitaria.

Mira en ambas direcciones para cerciorarse de que está desierta la calle y vuelve a llamar de arrebato. Una voz delgada le habla desde adentro, pero nunca se abre la puerta.

—Váyase de mi casa, Lucas Melo, antes de que le metan un tiro entre las cejas.

—Busco a mi padrino.

—¿Y cree que lo tengo metido entre el sieso? No sea ocurrente. Búsquelo en la funeraria de Anselma. Nos va a hacer matar con su desconsideración, no parece usted un digno joven de principios liberales.

Si tiene que ir a buscarlo a una funeraria, entonces debe estar muerto, deduce.

—¿Está vivo o está muerto?

—Está vivo, pero saltó por los solares y se escondió en la casa de Anselma. Le ruego que se vaya antes de que vengan los chulavitas a allanarme la casa. Yo no debo nada, Lucas, vivo solo, hago mercado solo, no tengo mujer y no tengo con qué defenderme. Hágame el inmenso favor de no golpear más en esta puerta. ¿Me entendió?

Le pareció que el otro sollozaba desde adentro en su clamor. ¿Tan angustiado estaba?

—Tan marica. No llore, Ángel Miguel, yo ya me voy.

Dos calles a la izquierda, entre dos puertas marrones, un letrero grabado en madera: *Funeraria Orozco & co.*

Timbra. Al parecer no funciona el timbre. Mira en ambas direcciones. Le parece ver que un hombre con sombrero ha titubeado desde una esquina calle abajo. Si es un francotirador de la Popol, podrá alcanzarlo fácilmente. Golpea con los nudillos insistentes tres veces. El hombre de la esquina deja salir el cañón largo de una carabina 30-30 mientras se protege con la pared saliente. Lucas golpea la puerta con las palmas de las manos abiertas. El cañón de la carabina se acomoda y el ojo en la mirilla busca hacer blanco en su espalda. La puerta de la funeraria se abre antes del estallido imaginario, porque nunca dispara el francotirador, solo se esfuma.

Anselma lo introduce desde el anteportón de vidrios esmerilados por un zaguán de exhibición de ataúdes apilados del piso al techo hasta un patio interno donde reverdece un jardín de amarantos y astromelias blancas, flores de achiras amarillas y un limonero cargado, luego por un zaguán de baldosas naranjas y verdes hasta salir a un solar con un árbol de mango, otro de aguacate y otro de níspero. En las sombras de esos árboles hay una bodega de ataúdes dispuestos sobre soportes de metal para ser pintados a mano. Anselma se acerca a uno de esos ataúdes, golpea con los nudillos y la tapa empieza a abrirse desde adentro como si durmiera Drácula. Norberto se endereza en el ataúd y sonríe al ver a su ahijado Lucas Melo y le dice un refrán: «Se murió el perro, se acabó la rabia».

[*Lucas no había oído ese refrán desde el día en que dejó la puerta del almacén de gas propano abierta por descuido y el perro pastor alemán de Norberto, Ringo, escapó y acabó por morder salvajemente al niño Gerardo Gómez alzándole la piel del estómago. El padre del niño, don Carlos Manuel Gómez, llegó hasta donde Norberto revólver en mano a decirle que si su hijo se moría, entonces iba a tener que matar a Norberto.*

—¿Qué pasó?

—Dígame: que su perro mordió a mi hijo.

Norberto tuvo que ir a buscar al perro en la camioneta del gas por todo el pueblo para que no hiciera más estragos, hasta que lo encontraron tragando desperdicios en la calle de las carnicerías. Se bajó de la camioneta con el revólver en la mano y el perro, al reconocerlo, se acercó con timidez batiendo el rabo al único amo que reconocía en su furia de encierro. Norberto alzó el revólver y le descerrajó un tiro en la cabeza a su perro. Luego lo alzó en brazos para depositarlo en el platón de la camioneta y se fue al hospital a asumir los costos del niño. Antes de llevar a Lucas Melo a lanzar el cadáver del perro al río, dijo ese refrán: «Se murió el perro, se acabó la rabia».]

Lucas ayuda a salir a su padrino del ataúd. Ve la mancha de sangre por la herida en la bota del pantalón gris.

—¿Es grave?

—La bala me pasó raspando, pero no entró. Es solo sangre seca.

Norberto intenta caminar, trastabilla un poco y trata de sentarse sin apoyar el pie. Lucas se queda viendo cómo intenta erguirse de nuevo y mantener el equilibrio.

—Teniendo quien me ayude, yo solo soy capaz.

Lucas Melo se precipita en su ayuda al oír el refrán. Le ayuda a caminar y lo sostiene con un brazo cruzado por encima del hombro, y así van hasta la puerta de la funeraria. Anselma los acompaña en silencio.

—Muy cómodo su hotel, misiá Anselma —dice Norberto—, me tranquiliza pensar que ahí pasaremos el resto de nuestra muerte.

—Me encantaría ofrecerle unas buenas exequias esta vez, pero eso será en una ocasión más alegre, Norberto.

Se despiden con un saludo de socios cáusticos acostumbrados al humor de los velorios.

—Usted no se puede morir, porque este pueblo no puede vivir sin gas.

—Nadie se muere en la víspera, misiá Anselma —dice Norberto.

—Cuide usted a este roble, muchacho, porque los árboles viejos son los que mejor dan sombra.

—En el llano, el enfermo ayuda al sano —dice Norberto.

Abren la puerta para constatar que no haya patrullas de policía en la calle. Ahora caminan apoyándose uno en el hombro del otro por la calle empedrada.

Fueron con Rubén a fotografiar la fiesta en Gamarra por la inauguración del oleoducto de la compañía holandesa. Quinientos kilómetros que iban de Chapapote al puerto de Mamonal en Cartagena, cuya construcción se había visto empañada en sus inicios por las denuncias en la prensa del enriquecimiento ilícito del presidente Pedro Nel Ospina y el ministro Esteban Jaramillo por adjudicar solapadamente la concesión a un nacional que la subarrendó de nuevo a una compañía extranjera. Diez años habían tardado en construir la obra en sus dos sentidos. Habían trabajado seiscientos hombres. Primero desecaban todos los depósitos de agua cercanos para matar a los zancudos y evitar el error de los franceses en el primer intento de abrir el canal de Panamá. Con el desayuno, se les distribuían cinco dosis de quina por cabeza. Luego penetraban en la espesura los aserradores de la Fluvial Maderera encargados de derribar los cedros y robles para hacer durmientes y carbón para las locomotoras y los vapores del río; luego los desbrozadores, que abrían el trazado, una franja seca de treinta metros por donde se extendería la pista de tierra en la que se tenderían los tubos. Luego los obreros con lagunas de sudor en las camisas y las aletas de la nariz dilatadas como branquias alzaban la maleza, desmigajaban terrones y allanaban la tierra con una máquina niveladora. Parecía que las serpientes y las trazas de pirita, granito o cantera, o el marjal de barro putrefacto, la irregularidad del terreno de pantanos evaporados junto al río, eran lo único que se oponía a la construcción. Por lo demás, ningún obstáculo se resistía a la dinamita, salvo el agua, que la ignoraba.

Las patrullas de obreros eran una gleba variopinta que provenía de todos los rincones del país, además de los jamaiquinos. Todos se vestían con camisa de rayas y pantalones de mezclilla de azul añil que se iba manchando del color de la tierra.

Para la fiesta de inauguración ofrecida por la compañía holandesa los hombres se habían vestido de blanco, con sombrero panamá, y se habían afeitado. Las mujeres llevaban faldas blancas con fajas de bayetas color púrpura teñidas con opuntia azucarera, y camisas de lienzo gordo con rayas que estaban de moda: azul de índigo, morado de laurel, amarillo de azafrán, bermellón naranja. Estaban José Barros y sus cumbiamberos y otros conjuntos de gaitas de pluma de pavo, flautas de millo y tamboras que intercambiaban aires momposinos y porros de alborada. Rubén quiso bailar *La momposina* con una muchacha que traía el vestido por arriba de la rodilla y un lienzo rojo de enaguas que asomaba por el ruedo, y continuó bailando una pieza tras otra pegándose cada vez más al cuerpo de la mulata. Luego se alejaron del baile a tomar una copa de ron y a conversar.

Alejandro aprovechó para hacerles fotografías de lejos y conversar con los obreros vestidos de gala. Rubén se reclinaba en una grada del encierro de madera y ella se limpiaba las uñas con las piernas ligeramente abiertas. En medio de las sandalias de ella estaba el pie izquierdo de Rubén.

Dos hombres gemelos miraban con insistencia a la pareja. Uno se acercó a Alejandro y señaló a su amigo. Alejandro le explicó que era ferroviario pero perteneciente al Ferrocarril del Pacífico y estaba de paso en el puerto del Cacique visitando a la familia; él lo invitó a la inauguración del oleoducto. El gemelo se alejó y fue a comentarlo al otro gemelo, y poco después un grupo de cinco obreros rodeaban a la pareja.

Alejandro hizo un gesto a Rubén para que se acercara.

Le dijo: «No es por nada, pero todos esos yumecas lo están mirando mal por bailar pegado con la dama. Yo creo que nos van a linchar. Mejor nos vamos, porque esa falda y esas enaguas ya deben tener dueño».

Hicieron otras fotos donde se ve al grupo de obreros que miran fijamente a la cámara, las parejas bailar, las ventas de comidas, un vendedor de sombreros panamá.

Cuando intentaron salir de la fiesta se encontraron rodeados por los gemelos y los otros que habían estado observándolos.

—Dicen que los fámulas de la Gringa se nos quieren meter esta noche a la brava a los de la Holandesa y robarnos las hembras.

Y al decirlo extrajeron los revólveres que tenían guardados debajo de las camisas.

—Nosotros estamos sindicalizados también.

—Más les vale, porque esta semana un esquirol trajo cartas de despido para todos los trabajadores que se están sindicalizando y tuvimos que caparlo.

Rubén miró a Alejandro y ambos supieron que aquellos hombres hablaban del cadáver que había aparecido flotando en el río con los testículos cercenados, y que ese era el tema del que se hablaba en la taberna de la estación del tren.

—¿Qué los trae por aquí, patrones?

—Somos del club de fotógrafos y venimos a hacer algunas tomas.

—¿Y esa máquina?

—Es una cámara de las modernas.

—Tómenos una foto entonces.

Alejandro les hizo la foto como pedían.

—¿Se puede ver?

—Solo con cámara de agüita que saca instantáneas. Estas son de carrete y hay que revelar la película antes.

—A mí se me hace que estos son los dos chivatos que envió la patronal para que nos vigilaran y luego echarnos.

Rubén, calculando que el próximo movimiento era la agresión, retrocedió dos pasos pero se encontró con dos hombres que le cerraron el camino.

—Aquí no queremos sapos —dijo uno de los gemelos.

—No, no nos gustan los sapos —dijo el otro gemelo.

—Mi amigo trabaja con la constructora Nepper y yo en los ferrocarriles —dijo Rubén.

—¿Ustedes saben por qué en la estación del ferrocarril hay una valla grande que dice: «¿Bienvenidos, tierra de paz»? —les preguntó Alejandro.

—La tierra puede ser de mucha paz, pero la gente no —dijo un gemelo.

—Se las dan, porque trabajan con los gringos que sacan petrolio —dijo el otro.

Rubén miró a Alejandro y lo vio alzar la cámara y seguir fotografiando la fiesta como si nada los amenazara.

—Si de veras usted trabaja en el ferrocarril, debe saberse la marca de la locomotora —dijo uno de los gemelo mirando a Rubén.

—Nosotros que descuajamos monte nos sabemos la marca del machete —dijo el otro y añadió—: los invitamos cordialmente a la bodega de vagones y ahí podemos discutir la marca y saber si son esquiroles.

—Si se la saben, entonces pueden beber y bailar, pero ni se les ocurra pichársenos a las hembras.

—¿Y cómo vamos a saber que no son ustedes los infiltrados? —replicó Rubén, intentando cambiar los roles de la situación.

Los obreros no estaban preparados para la pregunta y empezaron a titubear y discutir entre ellos. Alejandro seguía haciéndoles fotos. Entonces los dos gemelos alzaron sus revólveres.

—Llamen a don Patricio que trabajó de ferroviario pero lo echaron en la purga de sindicados. Tal vez él pueda resolver este pleito.

—¿Cuál pleito? —preguntó Rubén en un tono casi provocador.

Los hombres abrieron el paso a Patricio.

—¿Estos son esquiroles o no, don Patri?

—Mire bien la cara de Judas.

Era un hombre viejo de ojos soñolientos. No tenía arma alguna a la vista y parecía indiferente a todo lo que sucedía en los alrededores de la fiesta.

—Díganos, patrón. ¿Cuál es la marca de la locomotora roja que está allá?

Rubén no necesitaba mirarla para saber la respuesta:

—Rogers tipo 4-4-0.

Todos miraron a Patricio.

El viejo movió la cabeza de modo afirmativo sin haber entendido bien la pregunta ni la respuesta y luego regresó hacia la tarima donde tocaban los músicos igual de parsimonioso.

Desde la tarima, a lo lejos, el animador pidió atención con el megáfono y les dijo a los gemelos Ayala que ya guardaran esos chopos de juguete y que más bien pasaran a la plaza para bailar una nueva tanda. Luego dio un saludo mediante el parlante a Alejandro Plata, a quien tantos trabajadores del puerto debían el empleo por no haberlos echado como planeaba la patronal sino que les hizo valer su derecho de antigüedad y lograron terminar el tramo de Chapapote para completar tan importante obra, y ahora les haría una foto conmemorativa.

—Son unos hijos de puta —sugirió Rubén mirando a Alejandro—. Me estaban encaramando solo para asustarme.

Alejandro le dijo que Patricio era un hombre sordo y que los gemelos Ayala trabajaban en una sección del oleoducto del Catatumbo. Habían sobrevivido a la avalancha del río Zulia. A uno de ellos el río le quitó la mujer y sus cuatro hijos, y el otro intercedió ante Nepper para que le diera trabajo a su hermano que estaba mal de la cabeza, y a todo el que se le acercaba le iba contando la historia de cómo intentó sacar a sus hijos cuando apenas iniciaba la avalancha, y mientras su mujer intentaba sacar los enseres más valiosos de la casa bajó la empalizada y las piedras, y el río Zulia se la llevó con todo. Los otros eran aserradores que habían protestado un año atrás porque la patronal del oleoducto había ordenado su despido, pero él mismo convenció a Nepper de incorporarlos a la cuadrilla de peones. Eran solo cosechadores de algodón y arroz que habían trabajado en el último tramo del oleoducto pero que volverían a tomar los azadones en la próxima cosecha, y los revólveres que habían comprado eran armas de juguete que estaban vendiendo los gitanos en la plaza.

Los hombres amenazantes se alejaron hacia la pista de baile para posar ante el lente de Alejandro.

—Y ahora encuentren pareja porque vamos a tocar *El chupaflor*—dijo José Barros cuando los obreros se hicieron la foto y se juntaron con las mujeres vestidas de flores.

Camión sin frenos

Había tres hombres ayudando a reparar el camión. El chofer trataba de encenderlo, pero el motor dejaba pasar escapes, daba un estropicio en los hierros y se apagaba. La mujer estaba en el parque, frente a la alcaldía, y esperaba a su hija que vendría a reunirse con ella por la Calle Alta, una calle encajonada con andenes elevados.

Los policías encargados de vigilar el edificio de la alcaldía observaban con indiferencia a los hombres que empujaban el camión y el chofer que maniobraba al volante. Pretendían encender en reversa, explicaron luego los tres implicados en el consejo verbal de guerra ante el juez número VIII.

La calle Alta era la principal. Empezaba en la plaza siempre con una constante inclinación y descendía luego en la bocacalle y se empinaba durante cinco cuadras en aquella pendiente encajonada. Al final de la pendiente, la vía se aplanaba un poco y acababa en una isla de calles encontrándose de frente con la pared de El Cafecito, donde a las siete de la mañana el comandante del destacamento, el alcalde militar y los suboficiales se sentaban a desayunar rodeados de escolta en las mesas callejeras.

El mecanismo traqueó, el camión fue tomando impulso y con el estremecimiento de hierros destrabados seguido por una tufarada de humo negro que salió del exhosto dio la impresión de que la maniobra de rodarlo en reversa haría encender el motor. Pero el motor no llegó a encender en los cinco intentos que hizo el chofer mientras ganaba velocidad.

Después los policías dirían ante el juez número VIII que sí encendió pero fue apagado y luego conducido en reversa hacia las mesas para llevar a cabo el atentado.

La toma del pueblo, el asesinato del comandante de la caballería, luego del alcalde, y el incremento de la gente alzada en armas que se sumaba al bandolero Valentín González llevaron al gobernador a idear la pacificación de la región con una operación militar. La primera medida fue cambiar la policía municipal señalada de simpatizar con el liberalismo por policía política, que solo obedecía a la primera autoridad del departamento y no al alcalde. Luego desplegaron desde la brigada un destacamento militar y delegaron en un teniente efectivo, subalterno del mayor que comandaba las tropas en persecución de los alzados, la administración pública como alcalde militar.

Los métodos de los militares asignados a la región habían sido denunciados por el Directorio Liberal como inhumanos y dignos de una campaña de tierra arrasada como si fuera un campo de guerra. Pusieron una base militar en la casa de La Grecia, una hacienda que ya hacía parte del casco urbano, y las caballerizas, poco a poco, tras las redadas de la policía política, se improvisaron como cárcel.

La comitiva de subalternos del alcalde militar solía instalarse en las mesas al aire libre de El Cafecito, en la calle donde llegaban los camiones de abarrotes, y allí desayunaban a las siete en punto de la mañana antes de recibir la orden del día.

La mujer que sirvió de testigo en el consejo verbal de guerra estaba sentada en la banca en un escaño de la plaza atenta a las maniobras, aunque desviaba la mirada impaciente hacia la calle Alta, por donde esperaba que de un momento a otro apareciera su hija.

A las siete en punto la comitiva de militares ocupó las mesas de El Cafecito. Entonces hubo un estruendo, se oyó un crujido en los ejes y el camión reculó. Los hombres que ayudaban a desvarar el camión se lanzaron a los lados. Las llantas tomaron impulso y los policías que vigilaban la entrada de la alcaldía se percataron de los gritos de la mujer, que fue la que dio la alarma y empezó a correr detrás del camión gritando «¡se quedó sin frenos!».

La mujer diría más tarde, a los militares que la interrogaban, lo mismo que dijo después al sargento convertido en juez número VIII, en calidad de testigo de los estragos que hubo ese día: «Solo pensé en una cosa antes de echar a gritar y correr: por esa calle viene mi hija y el camión se quedó sin frenos y la va a atropellar», y entonces siguió al camión dando la alerta.

El cabo Florido fue el primero en reaccionar a los gritos de la mujer, y al ver el camión descender en reversa a toda velocidad por la parte más empinada apartó la pesada máquina de escribir Smith Corona de teclas doradas donde, como secretario del teniente designado alcalde, tomaba nota de la instrucción del día, y saltó de la mesa sobre su superior.

El chofer maniobró para mantener el camión alineado en dirección a la pared de El Cafecito mientras trataba de encender en reversa el motor, una y otra vez, y el camión ya salido de control seguía el canal de la calle que el chofer no perdía de vista por los tres espejos retrovisores.

Con pericia lo dirigió hacia la pared de la isla donde la calle se ramificaba, pero ahí estaban las mesas donde desayunaban los militares. El cabo Florido empujó al teniente con el peso de su cuerpo, salvándole la vida instantes antes de que el armatoste arrasara las mesas y siguiera de largo por una de las calles ya divididas.

El chofer sindicado después con los otros tres ayudantes dijo que desvió el camión de la trayectoria al ver las mesas ocupadas, que ya había intentado encender el motor en vano y solo había conseguido aumentar la velocidad por la inclinación de la pendiente, y aunque habría podido frenarlo haciéndolo golpear otra pared antes de que empezara la parte más empinada de la calle, habría matado a alguien: si lo hubiera estrellado en la ferretería de Salchicha habría, seguramente, matado a su empleado Omar, y si lo hubiera frenado con la esquina de la sastrería El Triunfo habría matado al sastre Vidales, y si lo hubiera estrellado en la esquina de Gas Camargo habría matado a Pedro Limonada. El camión siguió bajando tras eludir la isla de El Cafecito y al primero que arrolló fue al clarinete de la banda de la iglesia (Elí, se llamaba, y vestía de blanco y tenía veinticuatro años) que venía hablando con su amigo el trompetista Néstor, por lo que no oyó los gritos que le hacían desde calle arriba todos los que se asomaban por las puertas a ver pasar el camión sin frenos. El camión le pegó y lo lanzó lejos, rompiéndole una pierna contra el poste del cable de luz. Prosiguió su marcha desenfrenada provocando una estela de heridos: arrolló a Amorocho, que vendía lotería puerta a puerta y acababa de salir de la venta de pollos de la señora Aminta con la caja que contenía su almuerzo (el camión le pegó de sesgo y lo expulsó al otro lado de la calle, partiéndole la cadera). El siguiente arrollado fue Orduz, el vendedor de ropa de la esquina del granero El Cóndor, quien resbaló al tratar de evitarlo y el camión lo pisó con las ruedas de adelante. Aquí la mujer que perseguía el camión desde la plaza acotó que Regina, la vendedora de escapularios, se salvó porque al ver el armatoste que se aproximaba a gran velocidad supo que no podía huir al otro andén atravesando la calle, como intentó hacer Orduz, su vecino, así que ella optó por invocar a la Virgen de Fátima mientras se pegaba como una estampa a la pared y ahí la virgen la favoreció haciéndola tan delgada que la lámina del camión pintada con los tres colores de la bandera pasó rozándole la nariz y la mujer solo vio la franja amarilla, azul y roja y sintió un golpe de viento que le desordenó el pelo cuando el camión pisó las piernas de Orduz antes de hacer un giro leve y dirigirse a la entrada principal de la casa de la señora Ana Dolores Serrano, su víctima fatal, que solo alcanzó a alzar las manos en un gesto piadoso antes de que la mole de hierros retorcidos se detuviera por completo y la dejara empotrada en una tapia de su propia casa bajo una nube de escombros.

La mujer testigo dijo en el consejo verbal de guerra que lo que vio una vez el camión se estrelló fueron los estragos: el clarinetista malherido con una pierna doblada a la altura del pecho y la gente que salía de las puertas a gritar: «¡Está vivo, está vivo!». Amorocho que estaba tendido bocabajo como una tortuga que intenta deshacerse del caparazón sin lograr incorporarse. «No siento las piernas», decía, «no siento las piernas». Alguien más agregaba: «Álcenlo para llevarlo al hospital, pero cuidado que tiene la espalda partida». La mujer entonces se detuvo y dijo: «No, no lo alcen así que lo acaban de lisiar. Busquen mejor una angarilla». Y siguió hacia el tumulto de gente que rodeaba otro revoltijo de carne en medio de la calle. Solo pensaba que su hija subiría por esa calle en cualquier momento, con su nieta en brazos. Luego agregó: «Vi otro cuerpo que estaba en la mitad de la calle desmayado, pero no era mi hija. Buscó la cara de su hija, pero no la vio, ni había rastro de ser una de las arrolladas. Entonces se dijo en voz alta: «No es ella, no es ella», y sintió que sus piernas volvían a ponerse en marcha calle abajo solo para encontrarse después con los dos ojos de los faros del camión humeante empotrado en la tapia de la casa de José del Carmen Gómez, como un animal de monte cazado. Debajo de los hierros retorcidos del tren trasero estaban las piernas de la muerta.

Solo se supo su identidad cuando la grúa sacó el vehículo y apareció el cuerpo entre los escombros.

La mujer reconoció a continuación que los tres hombres que ayudaban a desvarar el camión eran gente de Valentín González. Dio los nombres. Estaba segura de haber visto allí a Lucas Melo, conductor de otro camión, el repartidor de gas.

El fiscal dijo ante el personero defensor que no tenía nada que agregar a lo ya dicho en su turno, y el juez número VIII, que debía juzgar las pruebas y decidir la condena de los cuatro acusados por la policía política en un lapso menor a una hora para continuar con otro proceso, se quedó mirando a Lucas Melo, el único que declaró haber pasado por el lugar pero no haber estado presente en el momento en que ocurrió el accidente, y a la mujer que afirmaba haberlo visto con los otros ayudantes.

Lucas Melo le sostuvo la mirada al juez para oír la sentencia:

—Culpables, por sedición.

Pero el camión simplemente se había quedado sin frenos.

Hice la primera comunión vestida de blanco como un merengue y me fotografiaron en el atrio de la iglesia. Pero luego embarré mi vestido. El vestido había sido encargado por mi madre a una modista a la que envió las medidas que ella misma me tomó en casa. Alejandro había ido desde el puerto del Cacique con el vestido nuevo en una caja de cartón. Era una falda de seda, hombreras abombadas, tallado con varillas, con faja rosada en la cintura, y ataviado con guantes satinados y botines blancos con flecos. Yo me sentía como la Virgen María, pero Alejandro dijo que parecía una princesa merengue como las muñecas de azúcar que ponen encima de los ponqués. Mi madre dijo que no le hiciera caso, estaba divina, y trenzó una corona de botones blancos y la ensambló en mi pelo con dos peinetas. Me pusieron el brazalete dorado de la custodia y una vela con falda que debía mantener alzada durante la misa del obispo, sosteniéndola en la mano aunque la cera caliente chorreara por mi brazo enguantado.

Las niñas iban todas como yo, las más grandes parecían reinas con su coronas, velos y chales, y los niños que más me llamaron la atención eran los que iban vestidos de marfil, con zapatos beige, porque los que iban de negro parecían ir a un funeral. Había un gordito con tirantes que me hacía muecas de niño morboso con las cejas, y había otro que yo no podía dejar de mirar porque era el niño más guapo que yo había visto. Un catequista nos acomodaba en las hileras de bancas frente al pesebre, y después de la ceremonia con el obispo y de recibir la hostia que me supo a oblea sin arequipe, salimos de la iglesia y fuimos a la fiesta al Club de Leones. Alejandro pidió permiso en el asilo para que dejaran asistir a su nodriza, Matea. Le llevó un vestido nuevo a ella también y se veía feliz abrazando a su nana, aunque ella había perdido la memoria y no recordaba quién era él ni quién era ella misma. La fiesta se realizó en el centro del pueblo de Zapatoca. Había otras familias allí celebrando el bautismo y un matrimonio. Alejandro parecía conocer a todos los habitantes de ese lugar. Recuerdo que había meseros con corbatín y bandejas en la mano caminando entre las mesas y levantando envases y las copas vacías para cambiarlas por copas llenas y sirviendo platos con rebanadas de ponqué. Alejandro se embriagó. Acompañó algunas canciones tocando la bandola con el conjunto de cuerdas de Agapanto. También bailó con mi madre con vestido largo y sacó con permiso de sus maridos a otras mujeres. Luego sirvieron la cena, y Alejandro le dio de comer él mismo a Matea, que abría la boca y mascaba sin saborear, y la llevó al asilo a las diez de la noche. Los músicos volvieron a tocar y continuó la fiesta. A la medianoche se desató una tormenta, cayó un rayo y se apagó la luz del Club y alguien gritó ¡A la carga!, y le respondieron ¡Viva el Partido Liberal!, y luego la misma voz, ¡Viva el Partido Conservador!, y estallaron unos disparos. Con el pavor que les tenía a las tormentas me azoré, y en medio de la oscuridad y los gritos me alcé la falda hasta la rodilla para poder correr. Alcancé a percibir la voz de mi madre diciendo mi nombre en el salón, y entre el barullo me desorienté y alcancé la calle justo cuando ya se soltaba la tormenta sobre el pueblo. Empecé a correr por esa calle que poco después otro relámpago me reveló convertida en un río donde flotaban platos de cartón y flores sueltas. Corrí contra el flujo del agua por la calle, pronto quedé desorientada con el reflejo de un relámpago entre dos oscuridades. En una esquina vi aparecer una volqueta con hombres armados. En otra vi la calle llena de gallinazos acurrucados en los techos y aleros de las casas. En otra vi un toro de candela lanzando chispas de pólvora y a punto de embestirme. Eran mis alucinaciones acostumbradas en el terror de las tormentas. La manga derecha del vestido se me quedó engarzada en un alambre y yo pensé que alguien trataba de halar y forcejeé hasta que se desgarró, mis botines se llenaron de agua y chapoteaban al cruzar la calle.

Me cansé de correr y me acurruqué en unas escaleras para aplacar las temibles visiones que se cruzaban por mi mente, abracé mis rodillas y me acostumbré al gorjeo de los canales metálicos por donde corría el agua y dije: gracias lluvia por rascarme la cabeza.

Me estaba durmiendo de cansancio. Los rayos se alejaron y alguien tocó mi mano y me despertó. Era uno de los tres curas que participaron en la misa. Iba vestido con un sobretodo y sombrero de fieltro y un maletín de mano. Me preguntó qué hacía allí. Le dije que tenía miedo de la tormenta. Quiso saber dónde estaban mis padres. No recordé el nombre del club, así que encogí los hombros como si lo ignorara. Me llevó de su mano, donde relucía un anillo con un gran rubí, hasta una panadería.

La panadería estaba frente al paradero de los buses de línea. Había gente desayunando a destiempo antes de abordar los carros. Pidió aguapanela con queso y almojábanas para los dos.

Supe después que mi madre, mientras tanto, había salido del Club de Leones y me buscaba por las calles anegadas, y me contó que tuvo que quitarse las zapatillas para poder caminar entre el lodazal del empedrado y los charcos.

Alejandro nos buscó a las dos en el despelote del club. Había tantos borrachos que alguien aprovechó los momentos que duró la oscuridad para gritar vivas al Partido Liberal, pero la mayoría de gente local era del Partido Conservador. Por eso se oyeron tiros al aire. Los borrachos se insultaron y alguien acusó a Alejandro de vitorear al partido contrario, así que se armó una pelea campal y Alejandro y los músicos y otros borrachos fueron llevados al calabozo por la policía. Mi madre caminó manzana por manzana diciendo mi nombre hasta que llegó a la plaza principal y me vio a través del ventanal de vidrio de la panadería subida en una de las mesas, con los brazos abiertos, una toalla enrollada en los hombros y acompañada de ese hombre con sombrero que salía de viaje en la primera flota. Entró toda empapada, con las zapatillas en la mano y un poco avergonzada escurriéndose la humedad y me preguntó si estaba bien. Le dije que sí y le señalé a aquel hombre. Mi madre quedó estupefacta al reconocer el hábito negro de sacerdote asomar por la abertura de la gabardina y el alzacuello que llevan los curas en la camisa abotonada. Se inclinó con una reverencia y besó la mano del obispo.

El hombre le dijo que me había encontrado acurrucada en las gradas de la casa cural. Ella le explicó que su hija les tenía pavor a las tormentas y solía calmarse corriendo. El obispo le dijo que esa fiesta era indebida para celebrar la primera comunión de una niña y que debía enseñarle poemas que no fueran de autores herejes. Ella le explicó que el Club de Leones permaneció abierto toda la noche para aquellos que habían ido a Zapatoca solo a la ceremonia religiosa del 8 de diciembre con «su eminencia». Mi madre temblaba de frío y yo le di la toalla del obispo para que se secara. El obispo sacó de su maletín de mano un suéter de lana y quiso dárselo, pero ella prefirió ponérmelo a mí. Me hizo devolver la toalla y agradecer el auxilio besando el anillo y salimos en busca de Alejandro.

Cuando volvimos al club ya había dejado de llover pero las puertas con leones de fauces abiertas grabados en madera estaban cerradas. Ella golpeó, pero nadie le quiso abrir. Fuimos a buscar el hotel y de camino nos cruzamos con uno de los borrachos del club, quien le advirtió de la pelea y la redada policial y dijo que algunos habían acabado en el calabozo. Entramos en el hotel, nos cambiamos de ropa y caímos profundas de sueño en la misma cama.

Alejandro volvió al amanecer. Se acostó vestido en la otra cama sin arroparse y durmió hasta el mediodía con los brazos cruzados sobre el pecho como un faraón embalsamado. Cuando se despertó estaba feliz, había salido del calabozo porque el comandante había sido su amigo cuando estudiaban juntos en el bachillerato. Mi madre en cambio estaba seria con él, y cuando le contó que el obispo me había encontrado dormida en la calle y me había llevado a tomar aguapanela con almojábanas, Alejandro soltó la risa y comentó que él también le hubiera besado el anillo a su santidad a cambio de una aguapanela para ese frío tan hijueputa que hacía en el calabozo.

¿Y qué hablaron?, me preguntó Alejandro.

Yo quería que él volviera a cantar como cantó en la iglesia. Así que cantó con una voz gutural de oso una canción en el idioma de las misas. Quiso que cantara yo, pero solo me sabía un poema. Dijo que lo declamara entonces. Dije que para poder declamarlo tenía que subirme a la mesa, porque así me lo enseñaron. Se hizo un poco hacia atrás y puso los pocillos en la mesa de al lado. Yo subí al púlpito improvisado y recité el poema que me enseñó Alejandro.

A ver, dímelo para saber si lo aprendiste bien, dijo.

Para todos ustedes, «La canción de la vida profunda», de don Porfirio Barba Jacob.

Alejandro me había dicho que la última estrofa había que gritársela al público con las manos abiertas como lanzándola al viento desmelenado y la gritamos juntos:

Mas hay también ¡Oh Tierra! un día... un día... un día...
en que elevamos anclas para jamás volver...
Un día en que discurren vientos ineluctables
¡un día en que ya nadie nos puede retener!

Era imposible enojarse con alguien que se reía a grandes carcajadas como Alejandro.

Solo él podía hacer reír así a mi madre que era tan seria, y acabó rodando de risa por el suelo de esa habitación de hotel en una guerra de cosquillas.

CARTA SIN RESPUESTA

Mi querido Alejandro:

Apenas me acostumbraba a tu presencia y ya estoy de nuevo sin ti. ¿Por qué tenías que marcharte? Por lo imprevisto de tu partida no alcancé a decirte cuánta felicidad has traído a mi vida. Llegaste después de que las sombras rodearan este valle. Te vas y cae la niebla sobre la casa. No más te vas parece que el cielo llora y me hace llorar en su deslave. Lo poco que alcanzaste a explicarme es que volverías después de que concluyera la obra del campamento holandés en Cazabe. Dijiste que no tardarías, que eran solo unos meses, pero ya van seis y no he tenido noticias de ti. Dijiste que después de concluir esa obra volverías para vivir conmigo. Yo te estoy esperando desde entonces.

Enseño el último curso a Elena y a unos pocos niños. Exactamente cuatro.

A los cuatro niños que quedan en la escuela les doy lecciones de caligrafía, de multiplicaciones y divisiones y de historia. Todos los días pongo un mensaje en el pizarrón que está a la entrada de la escuela: «Aunque no se cumplan todos tus sueños, un día agradecerás haberlos tenido», escribí la primera vez. Un hombre que pasaba por la carretera leyó esa frase y la anotó. Desde entonces todos los días se acercaba a la pizarra para anotar la frase. Estaba ya muy viejo y me enteré de que murió porque un día dejó de venir a anotar la frase del día.

Elena pregunta por ti, porque ella también te extraña. Ha aprendido a quererte, pese a su carácter esquivo, y cuando la veo practicar en la bicicleta y noto que su cuerpo crece y ya toca el piso y su cabeza casi está a la altura de mi hombro y que le faltan dos cumpleaños para llegar a diez, pienso que muy pronto ella también va a tener que irse porque mis conocimientos son limitados y no le puedo enseñar más de lo que le he dado.

A veces llevo puesto el vestido que me regalaste, imaginando que te espero. Me perfumo el cuerpo con agua de rosas y me peino con aceite de María, escucho los discos de Crescencio Salcedo y los de jazz que nos obsequió Bienvenido Miller para el gramófono y los conciertos de violín y piano de Brahms y te escribo estas cartas que no sé si lees.

Tus cartas han dejado de llegar y era esa mi ilusión de los fines de mes. Me sentaba a la orilla del camino a oír discos y a esperar la chiva de la línea, que siempre se anunciaba con un cornetazo para entregar tu carta. Pero no ha vuelto a parar frente a esta escuela de Las Nubes tan desolada. Una vez detuve aquella chiva repleta hasta la parrilla del techo de pasajeros y bultos y gallos atados con hojas de nacuma y le pregunté al chofer si había alguna encomienda para mí, pero me dijo, mientras los pasajeros me miraban impacientes desde su fatiga, que no y que me hiciera a un lado porque iban tarde.

Rezo para que estés bien. Que no te hayas perdido en esas selvas enfermas. Temo que hayas podido enamorarte de otra mujer. La posibilidad de que eso pueda ocurrir ha hecho que llore muchas noches releyendo las cartas que me has enviado durante estos años. ¿Tu ausencia significa que estás con otra mujer? La espera para verte se ha convertido en mi agonía y en un marchitarse que parece rodear también las cosas que me has dado como si estuvieran tristes, pero en realidad la tristeza está dentro de mí.

Ven pronto, amor mío. Te envío esta carta a la pensión de siempre estrenando las esquelas perfumadas de jazmín y con la ilusión de que llegue a tus manos fuertes, que aún me ames y que acudas a mi llamado para darte todos los besos que tengo guardados en lo poco que queda de mí porque estoy muy flaca.

Lucía, que tanto te ama
Pd/ Te abraza Elena

Juguemos a espantar la niebla

Quiso quitarme el miedo a la niebla, decía que era un demonio y que los demonios aprendían a respetarnos si nos les enfrentábamos. «Juguemos a espantar la niebla», dijo. Así que fuimos a enfrentar al demonio que dominaba la niebla. La vimos extendida como una marea por las faldas de ese cáliz de montañas. Luego empezó a moverse entre los árboles hacia nosotras. Me giré para regresar. Ella me detuvo. Me dijo: «Yo te voy guiando y tú vas caminando de para atrás». Comenzó a cantar. La niebla nos cerró. Yo estaba vestida con un albornoz amarillo y mi madre llevaba un incensario con sahumerio de salvia, cuyo humo deshebraba el viento y se sumaba a la neblina. Yo veía sombras rápidas. Los demonios detrás del miedo son distintos y por eso les dan distintos nombres: terror, pavor, pánico. Tenía miedo de tantas cosas. Miedo a la tinción de una forma en la oscuridad, miedo a los seres furtivos y a los mil ojos de la niebla. Y pánico a las tormentas eléctricas. Cuando noté que la niebla flotaba sobre nuestras cabezas y que mi madre a pocos pasos empezaba a difuminarse y que ya no lograba distinguir la cabaña, grité lo que me dijo: ¡santa Bárbara bendita! Entonces derrotamos al demonio y la niebla se alejó de nosotras. Corrí hacia mi madre y la abracé. Ella susurró en mi oído «ya pasó, no vuelvas a tenerle miedo a la niebla, aquí estoy» y nos fuimos de regreso a la cabaña.

Caminamos juntas y de repente las montañas gemelas se despejaron y el camino volvió a abrirse a nuestros pies. Pasamos frente a la casa del sordo, que salió con su perro a vernos. Mi madre lo saludó al pasar, «adiós, Abelardo», y el sordo, como si la oyera, regresó el saludo.

Llegamos a la cabaña y vimos el gramófono y la bicicleta en la puerta. Eran un gramófono RCA Victor y una bicicleta francesa con parrilla y canasta delantera para llevar el pan. Regalos que Alejandro trajo en ese viaje. Pero a él no lo veíamos en ningún lado.

Pasaban meses en los que no venía, pero bastaba con que él apareciera con sus regalos para que a mi madre le cambiaran los rasgos: su frente se desmarcaba y parecía más joven, con mirada pícara y semblante alegre.

Mi carácter también cambiaba cuando él aparecía. Son fotos de diciembre de 1945, año en que me enseñó a montar en bicicleta.

Las fotos están fechadas por el respaldo y tienen, todas, firma y leyenda.

Debimos ver los regalos al mismo tiempo, porque corrimos en la misma dirección: estaban la bicicleta y el baúl reclinados en la puerta cerrada. Luego nos miramos entre asombradas y perplejas como si nos descubriéramos soñando el mismo sueño y diciendo al mismo tiempo «llegó Alejandro», y entonces oímos la voz de él desde el árbol del totumo, al otro lado de la carretera, donde estaba de pie con su cámara fotográfica nueva para captar nuestra imagen ante la sorpresa de los regalos, y nos decía: «Quédense quietas».

Como ya sabíamos que esa frase, «quédense quietas», era la señal para no movernos antes de tomar la foto, nos quedamos paralizadas.

En la fotografía, mis ojos siguen el sentido de los ojos de mamá. Mi rostro está rígido, pero ya se opera un cambio, la sonrisa contenida y a punto de echar a volar como una mariposa azul que llamábamos Sueños. Era la alegría de saber que había vuelto, que íbamos a estar acompañadas unos días y con él cerca.

La alegría también de los otros regalos, porque traía almendras, caramelos, enlatados, frutas deshidratadas, bebidas enlatadas, cosas importadas que compraba en el comisariato para nosotras.

Recuerdo que mi madre le preguntó para qué había comprado esa cicla, y él le dijo que era más rápido ir por la vida en dos ruedas. Ella le dijo que se sentía incapaz de mantener el equilibrio en esas ruedas tan delgaditas, pero entonces él nos hizo una demostración de cómo montarla. Ella intentó, pero no pudo. La falda no la dejaba pedalear. Entonces se cambió de ropa y volvió vestida con uno de los pantalones de mezclilla que usaba Alejandro en su trabajo. Él se los había regalado y ella los recortó con unas tijeras y ya desde ahí la recuerdo usando pantalones mochos.

Pronto le perdió el miedo a caerse y empezó a ir cada vez más lejos, hasta la finca de La Siberia, donde había teléfono. Un día me pidió que me sentara en la parrilla a la que añadió un cojín y entonces pedaleó conmigo a bordo mientras Alejandro desde la orilla del camino y con los brazos en jarra nos veía muerto de la risa.

Cuando regresamos él le dijo que era un invento para siempre, como el jabón, dijo, como las tacones, «el que se inventó los tacones se inventó algo para siempre», como la cámara de fotos, como la sombrilla, dijo, como el bombillo eléctrico, como el perfume, como los aretes, como el martillo, como el revólver, como la bicicleta.

Con él siempre era así: cogía un tema y estaba todo el tiempo hablando de eso. Lo exprimía hasta que parecía medio chiflado con el sonsonete o hasta que te hacía reír y pensar también en el tema. Hubo un tiempo que se dedicó a fotografiar huevos de gallina. «Es muy difícil fotografiar huevos de gallina, porque los huevos de gallina son perfectos: uno aprende a ver dónde se refleja la luz, a dar volumen y profundidad», decía. «Es como hacer retratos y encontrar las muchas caras de la gente». Otra vez se dedicó a observar el comportamiento de las hormigas. Se preguntaba por su olfato, por la forma de orientarse, nos preguntaba si acaso creíamos que las hormigas tenían ojos, y si le decíamos que sí, entonces nos preguntaba que si habíamos visto una ronda de hormigas y si habíamos notado que cuando venían en sentidos contrarios se golpeaban cabeza contra cabeza, y si tenían ojos, ¿por qué entonces se estrellaban? Nos dijo que las hormigas adoraban un hongo y que a ese hongo le tributaban las hojas que llevaban al hombro. Si al hongo le gustaba determinada hoja, entonces regresaban y franqueaban todos los obstáculos, creando puentes entre ellas, evadiendo incendios, ríos, hasta cortar las hojas y llevarlas para su hongo. El hongo era para las hormigas como un dios. Y el hormiguero era el palacio de cinco entradas donde vivían todas.

Otra vez se obsesionó con el polvo. ¿Por qué existe el polvo? ¿Por qué se pega al techo? ¿Por qué es impalpable y lo vemos? ¿Por qué el polvo necesita la luz para ser visto? ¿Por qué se pone en reposo? ¿Por qué cambia de color con la luz? ¿La luz está donde se origina o donde se refleja o en la retina del que mira?

¿Y el misterio del arcoíris? ¿Cuántos colores tiene? ¿Por qué aparecen dobles? Había que verlo en las cascadas, esperando un instante de sol para observar el arcoíris, gran prisma de la luz.

Una vez le pregunté de dónde venían los imanes. Me dijo que del Tíbet. En el Tíbet está el único imán del mundo, es una montaña-imán. Cuando un hierro se lleva a esa montaña queda imantado y de allá nos envían los imanes.

Otra vez se obsesionó con este misterio: aquello que hacían las cosas cuando no estábamos en su presencia. Tenía la hipótesis de que tenían vida propia. Quiso fotografiar los objetos de la casa escondiendo la cámara en los rincones y usando un disparador de cable a distancia, pero ni las sillas bailaron, ni los muñecos hablaron, ni los muebles cobraron vida. Él se justificó diciendo que las cosas se habían dado cuenta de que estaba la cámara observándolas y que por eso no se movían.

El tema de esa semana fue la bicicleta. Me daba clases de manejo. Mi madre aprendió enseguida a estar en equilibrio. Ella aprovechó para usar la boina de inspector de obras, se recogió el pelo en un moño y se pintó un bigote para parecer un hombre. Él la fotografió entonces vestida así, en una serie de cuatro fotos. En la primera aparece pintándose frente al espejo. En la otra se ve con cara seria y brazos cruzados sobre el pecho como regañando obreros. Hay otra en la que permanece de pie, pero ya encaramada en el asiento de la bicicleta, y otra en la que me lleva de copiloto, sentada en la rejilla trasera, como experta bicicletera.

Tal vez lo intuíamos, que la felicidad era eso. Unos cuantos juegos. Espantar el miedo con la compañía. Un nido nunca hecho de ladrillos sino de lazos invisibles que nos hacen más fuertes y nos alientan a vivir. Una investigación entomológica. Una clase de bicicleta para acabar con las rodillas magulladas y sorbiendo mocos en la orilla del camino, y ellos riéndose como novios, riéndose de mí, que moqueaba, porque caerse y levantarse una y otra vez en la bicicleta era otra forma de disciplinar la vida. Pero no sabíamos que la felicidad durara tan poco y que solo la podríamos entender con la memoria.

Recuerdo los almuerzos bajo el árbol del totumo. Recuerdo que llevábamos un mantel y nos sentábamos con los platos llenos de delicias que habían hecho entre los dos ayudados por un recetario español que él le había traído como obsequio de uno de sus viajes, *El Practicón*. El árbol del totumo arriba y nosotros comiendo a su sombra. Hay cosas de las que mi mente no ha guardado los nombres, pero sí sus sabores. Recuerdo las más simples, pero no las más complejas: los panes rojos que llamaban liberales, las valvas y los mejillones en lata. Recuerdo el vino con pedacitos de manzana picada que no me dejaban probar. Recuerdo que él hacía sonar el gramófono y se ponía a bailar con ella, juntos, muy pegados, muy despacio, como si se susurraran cosas al oído, bajo el árbol, tangos de Gardel, valencianas de España y esas cumbias de Crescencio Salcedo y de José Benito Barros grabadas en unos discos pequeños que él había comprado. Recuerdo *La múcura*.

> *La múcura está en el suelo,*
> *ay mamá no puedo con ella.*
> *Me la llevo a la cabeza,*
> *ay mamá no puedo con ella.*
> *Me la pongo en la cintura,*
> *ay mamá no puedo con ella,*
> *y es que no puedo con ella...*

Bailaban. Él con el sombrero de ella escondido en la espalda, ella arremangándose el ruedo del vestido para mover mejor las rodillas.

Cuando estaban cerca, se rozaban los labios, se susurraban secretos.

Bailaban cada vez más cerca y se olvidaban de mí.

Y yo los ignoraba de lejos, dedicada a las papas fritas con salchicha y mayonesa, y luego intentaba avanzar unos metros más en la bicicleta. Volvía a caerme. Me encaramaba. Avanzaba. Perdía el equilibrio. Caía. Reiniciaba. Me impulsaba. No lograba frenar.

Ay, niña, que se rompió tu mucurita de barro.

Embestía una piedra y salía volando sobre la alfombra de fresas que bordeaba la carretera de tierra.

Fue Pedro quien me ayudó, pa qué me hiciste llamarlo.

Acuclillada, me soplaba las rodillas raspadas. Los miraba y ellos estaban besándose otra vez. Entonces miraba para otro lado y ellos, que habían estado jugando a ignorarme, me observaban, se reían entre sí, comentaban mi actuación y seguían bailando bajo el árbol, ahora *La piragua* de José Benito Barros.

Alejandro era el mejor candidato para ser mi padre. Pero yo sabía que no lo era. Me negué a aceptarlo al comienzo. No aceptaría a cualquier padre. Fui odiosa con él. Tiré los primeros regalos. No los dejaba dormir juntos. Pero él nunca me desafió. Ni desorientó el amor de mi madre por mí. Me ganó para su causa, me hizo su cómplice. Una vez me trajo un perico migratorio indefenso que compró a los traficantes de aves. El perico no volaba porque le cortaron las alas, se quedaba muy quieto en el hombro. Lo llevé a pasear por la carretera y cuando pasábamos por el barranco de Chanchón el perico vio el abismo y se arrojó y yo no pude hacer nada. Para calmar mi llanto, Alejandro me dijo que los pericos eran mensajeros y podían ir al otro mundo y revelarnos secretos, y que el día menos pensado lo vería pasar con otra bandada de pericos. Aún hipaba cuando acepté esa hipótesis.

Admiraba su ingenio para crear inventos. Cosas extrañas, como el laboratorio del revelado de fotos. La pericia para iluminar todas las caras de un huevo con reflejos de luz en paneles de telas blancas, ejercicio que hacía para enviar a Nueva York los trabajos de su clase de fotografía por correspondencia.

Después de dos años de visitas intempestivas, noté que su presencia mejoraba no solo el carácter de mi madre, sino su deseo de hacer nuevas cosas que rompieran las rutinas establecidas por una vida aislada de todo. Cuando él estaba, le volvían a ella las ganas de ir a caminar a sitios de difícil acceso, como las cataratas y las cuevas cercanas y los lagos y los mogotes y los pueblos por los que había vivido siendo maestra de escuela rural. Cambiaba la forma y el color de su cabellera roja sideral. Se embellecía. Rejuvenecía.

Cuando él se fue y ya no volvió, nos quedamos solas en medio del camino. Vivíamos en el miedo pensando que nadie nos podía proteger. Y tuvimos que defendernos a nosotras mismas. «No tengas miedo, aquí estoy», me dijo mi madre enseñándome a desafiar la niebla. Recuerdo esa frase. La decía siempre que notaba cerca de mí al demonio del miedo. La dijo el día que Alejandro se marchó y nos quedamos viendo la chiva de la línea que se lo llevaba entre la niebla.

«No tengas miedo, aquí estoy», cuando caía la niebla y borraba la casa.

«No tengas miedo, aquí estoy», cuando oíamos en la noche pasar la volqueta.

«No tengas miedo, aquí estoy», cuando oíamos voces de caminantes nocturnos y creíamos que iban a venir a quemar nuestra casa como habían quemado la de nuestros vecinos.

«No tengas miedo, aquí estoy», cuando la gente armada llegaba a la escuela y hacían una parada para comer después de matar.

Ella los echaba.

Eso es una madre: una mujer que espanta la niebla.

Y yo sí quería ser como ella era.

El perdido del Opón

El capataz del Opón que les hace de guía les cuenta la leyenda del indio Pascual. Es el que ha saboteado la apertura de caminos para la exploración de pozos petroleros en la vía del Opón. Les dice que en el puerto del Cacique llegaron a pagar las cabezas de indios a los capataces. Pero ya quedaban muy pocos, salvo Pascual, que había atacado el puerto de Botijas. Una familia de indios que vivía en la isla que formaban el Opón y el Carare se quedó sin comida cuando la explotación desecó lagunas y espantó a los animales salvajes de los que se alimentaban, así que empezaron a acercarse a los basureros de los campamentos para disputarse restos de comida con los gallinazos. La compañía les ofreció, a través de un misionero, un traslado a un lugar seguro y tierras tituladas a cambio de que abandonaran el terreno de la exploración, dado ya por el gobierno en concesión a la compañía. Aceptaron y los llevaron en hidroavión desde el Opón al Catatumbo. Eran cinco personas. Les entregaron ropa y zapatos para que reemplazaran unas fibras de tela de palma que las dos mujeres usaban para cubrirse, y unos guayucos con forma de calzoncillo para el hombre, el viejo y el niño. Los opones ya habían visto hidroaviones de la compañía acuatizando en el río Opón. Cuando vieron llegar el avión se escondieron en el monte, como de costumbre. El capataz tenía el rifle listo por si intentaban huir o atacarlos con sus lanzas a traición, pero una vez las boyas flotadoras orillaron, la familia salió del monte y subió al hidroavión dócilmente. Los transportaron siguiendo los ríos, primero el Opón, luego La Magdalena y luego, por el Cáchira, al Catatumbo. A orillas del Catatumbo la familia de opones descendió del hidroavión. Les mostraron la montaña destinada y los límites para que no penetraran en tierras de los motilones. Luego el hidroavión despegó. Una brigada de la compañía sería la encargada de llevarles provisiones y hacerles revisiones médicas y proveerles semillas para que establecieran cultivos de huerta, como fríjol y maíz, entre las yucas y el ñame anual, que era a lo que estaban enseñados. Pero en la primera visita que les hicieron, cuatro meses después, la familia ya no estaba en el sitio destinado. Se habían esfumado en la selva voraz del Catatumbo. Dejaron la huerta, la ropa y las ollas y los enseres que les dieron en la cabaña de ladrillo que les habían fabricado, como si nunca hubieran necesitado nada de eso, y siguieron su nuevo río sin llegar a saberse si los motilones los cazaron o encontraron un lugar parecido al que dejaron en la concesión.

El capataz del Opón los lleva al grupo de expedicionarios por un caño a un sitio conocido como «La cueva de los caciques». Cuando llegan a la entrada hay una gran ventana de rocas por la que se filtra una luz de hiel. Agua vertiginosa sale del interior de la caverna. El caño allí se vuelve subterráneo, atraviesa un laberinto de cavernas y vuelve a buscar la luz al final del túnel lanzando un largo aliento.

Dentro hay bocas oscuras y troneras por las que se filtra aquella luz verde clara. Es una suerte de ciudadela de roca en medio de la selva. Para ver algunas naves de las cuevas tienen que arrastrarse bajo las estalactitas de milenios que casi rozan el suelo. Las mujeres que acompañan la expedición se adelantan por otro camino para esperarlos a la salida de la cueva.

El grupo de hombres avanza hacia la roca. El capataz del Opón dice que allí se han escondido todos los caciques de aquellas tribus que se alejaron de todos desde los tiempos de los conquistadores, y hasta allí llegaban las patrullas de capataces para cazarlos como animales acorralados. Alejandro mira a Rubén sin comentar los disparates que dice el capataz de la cuadrilla del Opón. En las altas cumbres hay dibujos que tuvieron que pintar con tintas naturales descolgándose por lianas quienes hayan elegido tal lugar por casa. Hay cabezas con plumas y ranas y nidos de serpientes y soles y figuras antropomorfas de hombres con cuerpo de reptil y flechas en las manos.

Luego de la primera red de túneles se abre una galería y luego un sistema de cavernas interconectadas por las que corre tranquila el agua que ignora estar transitando una red de piedra y vegetación. Alejandro fotografía las pinturas de las paredes y las entradas de luz verde de las troneras con su cámara. Rubén acaricia las salientes de piedra.

El paisaje del fondo se asemeja, para Alejandro, a un laberinto, y para descifrarlo se necesita una Ariadna. Para el capataz del Opón son solo paredes de piedra. Anuncia que después de dos cambios de galerías semicerradas van a cruzar una caverna oscura en la que viven los murciélagos. Cuando están dentro, ven a los murciélagos cubriendo todo el cielo dentado de la caverna. El capataz da un grito y entonces la sombra de los murciélagos se les echa encima. Tienen que acostarse en el piso sobre mojones de excrementos. Los murciélagos tardan media hora en pasar. Se levantan y Alejandro está molesto por la broma impertinente.

Continúan hacia otras galerías. Alejandro dice que la cueva está debajo del tiempo, que otra gente vivió allí, que en las paredes quedan las huellas. Por estar distraído, no advierte el cuerpo escamoso del reptil a la entrada de un arco natural. El capataz del Opón toma una vara y asesta un golpe certero en la cabeza de la culebra. Todos quedan impresionados por la rapidez del golpe preciso y la fiereza de cazador del capataz, pero aún más impresionados parecen por el tamaño del reptil y el tipo de piel.

Ahora Alejandro fotografía al animal. El capataz del Opón se entusiasma con el cadáver. Rubén le dice a Alejandro que se lleven la culebra de trofeo. Alejandro frunce el ceño, más molesto aún que si lo hubiera picado la serpiente, enciende un cigarrillo y le hace recapacitar: no pueden llevar ese peso porque falta la mitad del camino y el equipo fotográfico es pesado y la comida enlatada estorba aún más. El capataz del Opón dice que los capataces del campamento de Chapapote son flojos. Toma el animal, lo extiende en los omoplatos y dice que él cargará la serpiente.

Alejandro no soporta tal desafío, le quita el animal y lo lanza hacia el agua. El capataz se lanza a la corriente y rescata al animal muerto tomándolo del rabo.

Rubén aparta a Alejandro, malhumorado por la actitud que tiene con el capataz que les sirve de baquiano. Lejos del grupo, pregunta qué le pasa «a ese vergajo». Alejandro dice que no soporta los comentarios insolentes del capataz y menos su sugerencia de que los capataces de otras exploraciones son unos incapaces porque no han matado indígenas.

Rubén le recomienda no discutir. Puede ser un hombre peligroso. Sugiere que lo dejen llevar la serpiente, y cuando se canse del peso del animal va a tirarla o le arrancará la piel seguramente para hacerse unas botas.

Las mujeres han hecho un fogón y los esperan bañándose en el río tranquilo que ha dejado atrás las cavernas. Alejandro va al pozo que refulge de verde bajo los árboles y el capataz del Opón indica que es un lugar poco conveniente para bañarse porque puede haber alimañas.

Rubén destapa una botella de ron para suavizar la actitud de su amigo con el otro capataz y empieza a conversar con las hijas del capataz del Opón. Se enteran de que son hijas de una mujer indígena cristianizada por el cura de la misión. Las muchachas no hacen caso de los expedicionarios. Entonces el padre hace el gesto de arrojarles el cadáver de la serpiente. Ellas gritan y salen del agua.

Alejandro le dice que quienes están pagando por aquel viaje son los miembros del club fotográfico, y si no se acomoda a los requerimientos van a dar por cancelada la excursión sin hacerle el pago de la mitad de la suma acordada para el final de la travesía.

Alejandro se aleja para fotografiar la boca de salida de la caverna.

Las hijas del capataz del Opón cocinan el almuerzo para la expedición. Cuando está lista la carne salada, hervida y asada en una hoguera, se reúnen todos a comer.

Entonces ven a Alejandro desollar la culebra, cortarle cola y cabeza, afilar una estaca delgada y empalar la serpiente como una vara de esculapio para asar la carne blanca sobre las brasas.

Rubén toma su cámara y fotografía el cuerpo desollado en el asador. Luego desvía la cámara y captura la expresión inmutada y la cara dura del capataz del Opón y los rostros que miran a Alejandro cuando empieza a comerse la culebra venenosa.

Se come a la serpiente como si fuera a la guerra, o la carne de un enemigo, como si la guerra en sí fuese alimento. El puñal con que raspa el cuero de la serpiente tiene dientes de sierra en el borde superior. El cuero queda extendido como una gruesa correa de serpiente a la que solo le falta la hebilla.

El capataz del Opón mira a Alejandro con dureza. Sus hijas se ríen porque creen que están locos.

El capataz recoge la tira de cuero de culebra y la anuda en su cintura.

La expedición continúa hasta un caserío de bohíos donde vive la esposa del capataz del Opón y donde sus hijas se separan de los expedicionarios.

El capataz les advierte que son cuatro horas de camino más hasta Santa Helena, el pueblo de los colonos de la quina. Están a tiempo de llegar, pero deben ir a paso largo porque es peligroso llegar de noche.

La caminata continúa después de un descanso y de beber totumadas de una chicha burbujeante que les da la mujer india sin dirigirles una palabra, pero pronto Alejandro empieza a comportarse de forma extraña. Habla de la inteligencia de los árboles. Dice frases que no se completan. Se fatiga. Habla solo. De repente abandona el camino y continúa por su cuenta chapoteando en el agua del caño.

Los otros lo esperan en cada meandro, y se desesperan de su lentitud al caminar. Comentan. Lo oyen chapotear, cantar, hablar a nadie. Parece ebrio o presa de una alucinación.

No hay civilización, dice. Las ciudades desaparecerán en nubes negras. Las calles se abrirán y los edificios se vendrán abajo. Los jaguares irán al corazón de la selva. Hay allí una ciudad invisible al ojo humano. Cuando sea visible, los dioses castigarán la tierra, dice. A esa ciudad de cumbres erosionadas y llenas de misterios solo se puede acceder en sueños. Es una de las puertas para ingresar al otro mundo. Solo los indígenas y los hombres de la serpiente y los taitas del jaguar y del colibrí saben la guía para llegar y la inscribieron en piedra, con tintas hechas de sangre de arrayán.

Lo ven venir a pasos de plomo, con la camisa abierta, los zapatos en la mano. Lo ven sentarse en el tronco de un árbol caído. Lo ven rascarse las picaduras numerosas de zancudos que lo asedian. Le preguntan dónde dejó el puñal. Dice que se quedó en donde rajó la culebra.

El capataz del Opón explica que los aminoácidos de la culebra son muy fuertes. Alejandro les dice que sigan solos, que se adelanten por el camino, ya que tiene pesadez por la digestión y no puede andar rápido. Va a intentar vomitar y dormir una siesta antes de continuar. Ellos se miran y asienten.

Poco después se detienen. Rubén advierte que no lo pueden dejar tirado en la selva. El capataz del Opón les dice que es la voluntad de la serpiente, que su amigo quiere aprender a perderse y a guiarse en la soledad. Les explica que el camino a Santa Helena está perfectamente trazado como una cicatriz por la trilla constante de los colonos y el ganado. Solo se perdería si se internara entre la mancha oscura de la selva y allí sí lo pueden matar los carares, que aún son más salvajes que los opones, aunque ya están prácticamente reducidos desde la bonanza de la quina a una isla que forman los dos ríos.

Rubén dice que le dejará su propio puñal y una linterna. Se adelantarán con su equipo y lo esperarán en Santa Helena.

Preparan una bebida a base de melao y hoja de coca seca y chía, que lleva Rubén en una alforja con cinco cápsulas de quinina para cada uno, y le ofrecen a Alejandro, pero este se rehúsa y trata de vomitar. Luego se van.

Alejandro se queda solo en el camino del Opón.

[*Salía del enredo de las plantas trepadoras y trataba de abrirse paso entre las hojas anchas y relucientes que habitan bajo las copas de los árboles. Después de la lluvia, se sintió aún más desorientado que antes porque no había patrones de luz para saber qué hora del día era. Ya no veía el río. Su mandíbula había perdido su posición natural. Todo su cuerpo tiritaba. Se repetía en voz alta: «No tengo frío, no tengo frío», y se frotaba una palma con la hoja de una planta oleaginosa para espantar la nube de zancudos en la hora del paludismo y el temblor que invadía todo el cuerpo. Oía voces que lo llamaban por su nombre. Lanzaba fórmulas mágicas al viento que eran también oraciones devotas a un dios que estaba mirándolo en las alas de las mariposas. Observaba los monos que parecían percatarse de su presencia desde las altas frondas. Hizo una cama de hojas de lo que creyó platanillo y en ella se durmió. Despertó en el concierto de la madrugada. Se asustó. Subió a un árbol. En la mañana despertó agarrado a una rama. Oyó el río y gritos a lo lejos. Eran voces parecidas a las que escuchó en su imaginación. Le pareció oír cascos de una mula. Salió al camino. No era el camino, sino la ribera del río. Había una danta, mirándolo. Corrió por la ribera hasta encontrarse con una indígena que se* bañaba en la orilla. Era una indígena vestida por el agua, llevaba candongas en los lóbulos y nariguera y tenía los pechos jóvenes. La indígena lo miró fijamente sin cubrirse. Se sintió impresionado por imaginar que era un ser sobrenatural que atravesaba el tiempo y el espacio, pero que no existía más que en su cabeza. Oyó los cascos de la danta que iba en su dirección y también gritos, y al fijarse en la ribera contraria vio el poblado de indígenas con dantas domesticadas y venados y monos y tortugas. Los indígenas lo miraban con la cara teñida de chapapote. De repente escucharon unos disparos lejanos. Los indígenas empuñaron sus armas rudimentarias. Se asustó y saltó al monte. Le pareció que la danta y una multitud de sombras, que no eran gente sino fantasmas de indígenas que lo perseguían, venían del río. Subió una elevación por donde los indígenas tardarían en escalar y entonces rodó del otro lado hacia un abismo de piedra. Antes de caer al lecho pedregoso, vio el movimiento de una serpiente entre lianas y el hervidero de un nido de culebras. Por instinto, abrió las manos y se sujetó a una liana con la cual pasó volando sobre el abismo y el nido de serpientes, hasta estrellarse con una pared de piedra. Cayó y quedó inconsciente en la orilla del río Opón.

Cuando despertó, estaba oscureciendo. La sangre que escurría de todo tipo de heridas y rasguños que tenía en la frente y el cuello y los brazos se había secado y era negra. Se irguió y empezó a cantar la canción que iba impresa en una de las octavillas de la campaña presidencial, que Miller tenía que dejar caer sobre Puerto Leticia cuando el general Vásquez Cobo diera su discurso:

¡A Leticia marcharemos
a defender la frontera
y en los hombros llevaremos
el pendón de la bandera!
¡Y no haremos relaciones
con el gobierno de turno
nuestra tierra no la damos
al chafarote peruano!

Siguió andando y cantando la canción patriótica para mantener la mente enfocada y olvidarse de la multitud de sombras que lo acechaban entre los árboles. Las carcajadas de los pájaros. Los bejucos que se convertían en serpientes. Las pisadas del jaguar que aplastaban las flores misteriosas y efímeras de los bosques.

Creyó estar así apenas horas, pero estuvo perdido durante tres días, en la soledad instantánea del desorden de una selva. Guiándose por la indulgencia de las aves y otros animales mimetizados con la espesura que para él no tenían nombres pero que anunciaban su presencia. No tuvo agua porque se alejó del río. Solo algunas gotas de rocío acumuladas en las hojas que chupaba al amanecer.

Comió algunas de matas de coca silvestre. Y trató de alimentarse con los gusanos, pero no pudo más que observarlos perdidos en la inmensidad aterradora. Dijo también que había encontrado una vara con siete nudos y creyó que era la vara de Moisés, el arma de poder de una serpiente convertida en báculo, y con ese bordón mágico les daba órdenes a los pájaros y a los monos y a la selva para que abriera su verdor y lo dejara seguir, y a las serpientes para que le ayudaran a encontrar el camino de regreso.]

El cura de la misión, Eduardo Díaz, organizó dos grupos de voluntarios que se habrían de comisionar cada uno en ambas orillas del río para la búsqueda. Partieron de inmediato, porque mientras más tiempo pasara, menos posibilidades había de encontrar a Alejandro con vida.

Los dos grupos se daban señales con gritos y silbidos. Tras cada jornada de búsqueda, se reunían a comer y a comentar las pistas y observaciones del área recorrida. Bajo la bóveda de árboles el calor era húmedo y pesaba. Unos encontraron los calzoncillos largos enredados en los bejucos de una cornisa, y nadie se explicaba cómo había podido trepar hasta ahí arriba un hombre sin herramientas. Estaba desgarrado de un muslo y manchado de sangre. El capataz del Opón encontró el sombrero en un tronco calcinado por un rayo; Rubén, dos camas de hojas donde había dormido o descansado, lo que era prueba suficiente de que no podía avanzar mucho, sino que daba vueltas en el mismo terreno.

Rubén observó restos de semillas mordisqueadas por dientes humanos, pero que no eran comestibles, porque solo las podían comer las culebras. Un expedicionario del club de fotografía al que llamaban Juancho Jincho encontró una prueba irrefutable de que Alejandro seguía vivo ese día: sus huellas frescas en una zona pantanosa cercana al río y la camisa flotando entre una empalizada.

El tercer día, cuando lo encontraron, la expedición descubrió las ruinas de un hombre desnudo y rasguñado que trataba de robar la carne seca de una choza de leñadores por el camino de Santa Helena. Era Alejandro.

Los del segundo grupo oyeron los llamados al otro lado del río: «¡Ahí está el perdido del Opón, es un milagro!», decían a gritos y clamaban loas a san Silvestre bendito del Monte Mayor. Cruzaron el río y Rubén corrió hacia el lugar de donde venían los llamados. Hubo un disparo que paralizó su marcha, pero era un tiro al aire que echó el cura Eduardo Díaz, como aviso a los demás.

Cuando Rubén vio al perdido del Opón tuvo la sensación de que Alejandro era alguien muy distinto al que había emprendido el viaje con ellos: tenía barba y pelo recortado a navajazos. Estaba desnudo y lacerado en brazos, piernas y testículos. Los ojos eran dendritas de venas inyectadas de sangre. La boca estaba abierta y torcida la expresión de la mandíbula, y de su garganta salían gruñidos.

«Estaba convertido en el eccehomo», dijo Rubén.

Prefirieron llevarlo desnudo. Lo subieron en la mula y se encaminaron a Santa Helena. Los colonos esperaban a la entrada del caserío, con hojas de palmas que agitaban. La esposa de rasgos indígenas del baquiano decía en castellano: «Milagro, es un milagro».

El sacerdote le lanzó agua bendita al perdido y a la multitud.

Lo llevaron a la casa del cura y en los siguientes días los colonos se turnaban para visitarlo y pedirle que curara a los niños desnutridos y a los enfermos con la imposición de las manos.

Como tenía arrebatos delirantes y gritaba que los espíritus extraviados de la selva eran los que se le acercaban, que le trajeran la culebra, la piedra del rayo o el báculo de Moisés, el cura de la misión se molestó por las menciones paganas y una noche le realizó un exorcismo.

Al día siguiente, Rubén Gómez Piedrahita y el capataz del Opón lo tomaron de pies y manos y lo bañaron a baldados con alcohol disuelto en agua para cauterizar las heridas, mientras Alejandro aullaba por el ardor que le escocía en las llagas.

LAS FIEBRES TERCIARIAS

El hidroavión sobrevolaba una vasta sabana verde parecida desde el aire a una piel vegetal interrumpida solo por las serpientes de agua de los ríos, y en el horizonte, por borrones de cirros dispersos. A veces se desviaba por una tronera entre las nubes y veíamos destellos de rayos de una tormenta debajo de nosotros. Al romper una de esas troneras notábamos que abajo del hidroavión la llanura se había tornado en una ciudadela de rocas y mesetas erosionadas entre las que habían trazado curvas abruptas los ríos de los Llanos. Luego de esa ciudadela de mesetas y rocas calvas acababa el llano y empezaba la selva.

Me puse a observar la telaraña de ríos que se iban juntando unos con otros para formar cauces más anchos como anacondas. Unos eran ríos amarillos y otros negros y otros color té y otros parecían natas verdes sin corriente que reflejaban los altos árboles de las orillas, y todos los ríos confluían en una red que se internaba en la selva hacia la que se encaminaba también nuestro hidroavión, el pájaro de hierro de las remesas.

Miré la orilla de uno de esos ríos y vi un pueblo. El avión dio una vuelta sobre el caserío como para avisarle de su llegada, descendió y buscó el remanso.

Miller condujo el hidroavión a un paraje que no figuraba en nuestro mapa pero sí estaba en su rumbo. Era un pueblo cauchero llamado Soratama, una de las sedes de la compañía Dumit. Allí debía dejar correspondencia y seguir hacia La Chorrera y la intendencia de Leticia.

Nos contó que ese fue uno de los pueblos a donde tuvo que llevar al general Vásquez Cobo en la campaña electoral del año 30. Había tenido que llevarlo a Pirá Paraná, Leticia y Puerto Nariño en una campaña reñida, porque se enfrentaba al candidato Valencia de su propio partido y a Olaya Herrera del liberalismo, pero los conservadores lo dejaron solo con las arengas contra el Perú y contra las concesiones del caucho. Sobre ese pueblo Miller había dejado caer octavillas panfletarias en contra de los caucheros peruanos y a favor de los caucheros colombianos.

El piloto nos contactó con aquel guía silencioso que habla la lengua de los indígenas y el castellano y que nos conduciría donde el capuchino de la misión. Este guía nos contó después el precio al que había llegado el caucho en los mercados por la ocupación japonesa en Asia, y nos contó que los aviones Catalina eran los encargados de bombardear las selvas del Apaporis con semillas de hevea.

Desde el momento en que empezamos a caminar bajo los árboles me di cuenta de que entre más altos era más fácil ver la selva, porque las lianas y malezas estaban por encima, como si todas las plantas lucharan por alcanzar un puñado de la luz del sol. El efecto es que debajo de los árboles se podía caminar y la selva era solo esa humedad que te va haciendo consciente de la respiración. Desde abajo, entre las grietas de luz de la espesura, empecé a ver a los grupos de monos en las copas de los árboles, las guacamayas de rabo azul y las lianas misteriosas que aprisionan los altos troncos hasta matarlos, y escuché la gritería de los loros que anunciaban nuestra presencia. Al otro lado del río estaban las plantaciones de siringa y más allá un inmenso resplandor rojizo de una quema provocada para replantar y sacar más caucho.

Los asentamientos de los caucheros eran todos de madera con un centro de acopio de pelotas de látex y un cepo para castigar a los indios remisos, y cruces de macana para usar a los indios asesinados como espantapájaros. Eran caseríos asediados por el irrefrenable deterioro de la humedad y la rebeldía de la selva devoradora que quería ignorar todo lo humano y a veces lo conseguía. Para nosotros todo era una masa espesa de verdes que cambiaban de intensidad según la posición del sol, y zancudos que combatimos con cápsulas de quinina cada mañana.

Fotografiamos los descensos aparatosos del hidroavión, las curvas de los ríos, las serranías misteriosas con sus paredes erosionadas y sus techos verdes que son tierras inexploradas, agujeros que tragan selva y ríos que se quedan sin rumbo y se riegan en praderas verdes.

Dobla la carta por los pliegues, la aparta y desdobla otra.

Lo imagina ante el resplandor del río en el amanecer.

Lo imagina dejando el chinchorro en que suda las fiebres del monte y caminando hacia el borde de la inundación atento al rumor de un vapor de rueda que se acerca a cargar carbón de tagua en el barranco. Tiene una sombra de bigote y barba dispareja y mechones de pelo pegados en la frente por el sudor de la fiebre nocturna. Lo imagina frotándose la frente con Menticol. Imagina ese cuerpo achacoso que ha adelgazado hasta los huesos por la enfermedad. Aún es joven y el sol ha tostado la piel como la hoja del tabaco. Solo las entradas despobladas en la frente, con el pelo peinada atrás con gomina, hablan del paso del tiempo, pero la boina que usa regularmente y los sombreros tejidos le dan firmeza a su rostro anguloso.

Lucía: hace uno de esos días rutilantes que llegan después de la temporada de lluvias. Quisiera salir a bañarme a baldados en el patio, pero no puedo. Tengo paludismo.

284

Solo puedo caminar a ratos, pero estoy tan débil que no siento las piernas. Bebo el jugo amargo del brebaje de quina. Y para la irritación de una sarna que me salió en los brazos me echan perfume de cantáridas que hace arder. He perdido toda mi fuerza. Tiemblo durante horas como si me dieran palos, debe ser por eso que a esta enfermedad la llaman la tanda. Me duelen las coyunturas y solo encuentro calma para el dolor cuando duermo en la hamaca. Me bajan la temperatura con medicamentos que me mandan del dispensario, pero lo único que en verdad me sirve son esas infusiones que saben a sangre de árbol. Una vecina tiene un palo de quina en su solar y trae las cortezas y prepara el brebaje para mí en una olla abollada. Después de beber esa sustancia rojiza la fiebre se va y empiezo a sudar frío, y ese sudor es la antesala del alivio. Después intento comer y escribir esto y puedo hablar y hasta me dan ganas de fumar y bañarme a baldes y quitarme el olor a perro mojado. Pero la fiebre vuelve. De eso llevo ya casi un mes. El puerto está lleno de gringos petroleros que dejan una hilera de carros estacionados a lo largo de la calle del Molino, andan por todos lados, en las tabernas, porque el año entrante empieza la nacionalización y están negociando el traslado de cargos a una nueva compañía, tal vez porque ellos no se piensan ir; los petroleros van a vender cara al gobierno la infraestructura que ya es obsoleta y harán nuevas compañías para aumentar la producción de los campos petroleros con los holandeses del otro lado del río. Cuando pueda caminar sin riesgo de caerme iré a buscarte a la escuela. A veces, como hoy, en días despejados, puedo ver desde mi ventana en la distancia la punta de la cordillera y pienso en ti. Todo esto de las fiebres no es un trance nuevo. Es como un viejo demonio conocido que está de visita. Cuando estoy en el delirio me veo a mí mismo envuelto como un capullo en la hamaca y le hablo a mi doble y le cuento de ti. Mi encuentro con ese extraño visitante empezó hace muchos años cuando me perdí en las selvas del Opón.

La tarde en que me dejaron a medio camino de Santa Helena, después de haber desollado y comido la serpiente venenosa, seguí caminando al ritmo de la expedición, pero sintiéndome cada vez peor por la ingestión de la culebra, atento al pulso y a las subidas y bajadas de la respiración y del temperamento. Me quedé solo para no aminorarles la marcha. Pero me dormí y al caer la noche el camino desapareció entre los árboles. En la noche la selva habla como aquellos que nunca han estado solos se imaginan. Los árboles inmovilizados de día, tan callados, de noche hablan, y se mueven y tienen alma. Para mí, agotado por la jornada, susurraban historias. Sobre los dioses antiguos. Sobre el jaguar que tiene en su piel las pocas manchas del sol que penetra entre las hojas. Sobre la serpiente que cuida la abundancia de los peces en las madreviejas. Allí pasó una tormenta pero lejos, aunque los rayos lo iluminaban todo y de pronto no se sabía si era de noche o de día. Me moví, aunque no sabía a dónde ir. La vida humana pierde sentido en esa anarquía de verdes. Hay flores casi obscenas. Hay avisperos inmensos que flotan en la gravedad sostenidos solo de una paja. Hay olores que solo son gusanos. Caí en un pantano y perdí los zapatos. Seguí a tientas y caí en un raizal. Las manos de los demonios de la noche intentaron taparme la boca. Cerrar mis ojos. Acariciarme. Si me hubiera abandonado, habría muerto. Seguí por el miedo que me provocó imaginar que descansaba en un nido de culebras. Sentí que había llegado a la boca de aquel río subterráneo que fluía bajo los árboles, pero era un pantano. Así que dejé también mis calzoncillos colgados en una rama y seguí desnudo porque era más fácil avanzar. Trepé a un árbol de veinte metros de altura y esperé. No dormí, para no caerme. Pero oí los rugidos del jaguar en la copa de otro árbol cercano. Rugidos que callaban el concierto industrial de los animales de la selva. Esas voces eran un lenguaje. Me sugerían nombres que en otras circunstancias serían impronunciables para mí pero que en ese momento podía reconocer y enunciar. Los nombres de los innominados. Debí dormir, o de otra forma no habría resistido el temor al peligro. Para lograrlo empecé a sumar y a dividir. Soñé con mundos donde no había sol. Soñé con el desierto. Con lugares donde los árboles no tenían hojas sino un resplandor azul. Con riscos como pirámides a los lejos. Yo caminaba por allí extraviado, pero sin miedo. El cielo era rojo. El horizonte tenía cactus que vibraban de calor. Al amanecer tuve la vista privilegiada de las guacharacas y los guacamayos y los loros sobre la selva, y entendí la variedad infinita del verde. Entonces bajé del árbol y caminé y unas horas después me encontré en medio de una chagra. El terreno estaba quemado y habían sembrado yuca y maíz y fríjol. Seguí el rastro de un camino hasta donde la selva ya empezaba a cerrarse sobre el claro y encontré la otra orilla del río y lo seguí. Bajé siguiendo la madre del río, aferrándome a los nudos de las parásitas que colgaban del gran árbol que me salvó, y me fui a pique por lo menos diez metros en caída libre. En la caída encontré mi camisa. El sombrero lo encontré también, así que ya había pasado por allí el día anterior. Me lo puse, pero me sentí ridículo caminando desnudo por la selva con un sombrero. Lo entregué como ofrenda en el tocón de un árbol carbonizado por un rayo, que tenía medio tronco vivo y medio volatilizado. Cuando trataba de hacer un bastón con una vara para apoyarme y buscar el camino, el puñal que me dio Rubén, y que seguía en su carcasa de cuero aferrado a mi cintura, se separó de la cacha. Sentí rabia y lo lancé al suelo. Pero comprendí la inutilidad de los sentimientos humanos. La selva no quiere herramientas humanas. Una sola herramienta en la mano de un hombre destruiría toda la selva. La selva estaba fuera del comercio en un equilibrio eterno. Allí todo nace y se pudre enseguida. Todo lo que muere se convierte en árbol, un linaje verde más antiguo que la vida humana. Entonces tiré el cuchillo y me encontré con un indio. Vi al indio, con taparrabos y flechas, y me desmayé. Desperté en su choza. Había unas mujeres cocinando en tres piedras. Temblaba de frío como un perro apaleado y dejado a la intemperie. Estaba en una hamaca de lianas trenzadas. En los momentos en que la temperatura bajaba, me daban un bebedizo. En medio de los palos de fiebre vi a mi madre, a mis hermanos, te vi a ti. Frutas venenosas podridas, piaras de pecarís, ríos rojos de arrieras, la mirada inquisitiva de las iguanas. La mole de piedra asaltada por la selva. El silencio ruidoso de los bosques. Me desperté de repente sudando, aliviado, y observé las chozas en torno al claro, entonces vi que tenían dantas domesticadas y venados. Una india se quedó mirándome con fiereza. Tenía un niño colgado a su espalda. El niño también me miraba. Hombres y mujeres y niños se acercaron. Me examinaron de pies a cabeza, deteniéndose con especial interés en mi pelo. Me cortaron el mechón que me fastidiaba en la frente con el cuchillo que había abandonado. Hablaban un idioma que nunca había oído y que nunca volvería a oír. Me dieron de comer fríjoles picantes y la carne ahumada de un animal de monte. Comí y sentí debilidad. Volví a la hamaca. El indio que había visto primero apareció al amanecer. Luego me llevó caminando hasta el río y me cruzó en hombros al otro lado.

Me dijo una frase en su idioma y señaló un sendero bien marcado. Al ver que no le entendía, sentí el impulso de comunicarme moviendo las manos. Me señaló que siguiera el camino, o eso fue lo que deduje. Y se lanzó al agua para regresar a su isla de ríos. Me eché a andar sintiendo las miradas torvas de los indios desde el otro lado, como pájaros a punto de echarse a volar. Entonces sentí pasar la primera flecha. Se clavó en un árbol, luego otra y luego otra. Me atacaban desde el otro lado. Pensé que me matarían con sus flechas y dardos como había oído de otros que habían ido a explorar las selvas del Opón, y empecé a correr y corrí por horas siguiendo ese camino, alejándome de la isla hasta que encontré a la gente que me buscaba.

La fiebre regresó cada año. Una debilidad en la que ya no sientes el cuerpo, te deshaces como un hielo derretido, sientes frío en los huesos aunque el techo de zinc hierva de calor. Entras en un estupor con delirios donde te ves a ti mismo sentado a los pies de la cama mirándote. Las cosas te observan. Los que ya se murieron te hablan, entran en la habitación y te murmuran al oído oraciones ininteligibles. Discutes con una amante por algo que ya fue olvidado. Despiertas a deshoras tratando de descifrar, por las manchas de las paredes, dónde estás, por los sonidos de afuera, en qué idioma hablan. Sabes que te encuentras en un sitio conocido por el olor. Pero no puedes distinguir si hay diferencia entre lo que acabas de ver en sueños y lo que te rodea, no encaja. Asocias lo que sueñas con lo que estás viviendo. Un día la fiebre se va sola. Y sientes los pies como si fueran de plomo y los músculos de gelatina, y los sueños revueltos con pensamientos por fin se disocian. Estás de vuelta en lo real. Algo en ti ha cambiado. Tu apetito regresa y ahora puedes percibir el olor de la carne asada que entra por la ventana. Si no tuviste hemorragias, puedes darte por sobreviviente. Si milagrosamente te ha dado hambre, esa es la señal de que la vida te ha sido permitida.

Si decides venir, toma un barco en el puerto del Cacique y ven hasta el campamento de Algodonales. Mi mosquitero de Napoleón en Egipto y yo te esperamos.

Fue a visitarlo en el campamento de Algodonales. Él la estaba esperando. Vestía de blanco como siempre y estaba delgado y ojeroso por la enfermedad. Se abrazaron y era como abrazar el cuerpo de un niño por la pérdida de peso. «No tenías nada que hacer en la selva», fue lo primero que le dijo.

«Está frío como un caimán», le dijo Elena al tocarlo.

Lucía llora.

—No llores. El doctor Stuart dice que está peligrando que me salve.

289

Ella sonrió por el oxímoron y volvió por su equipaje al suelo anegado. Él se lo impidió y alzó el baúl del equipaje con sus fuerzas menguadas y fue siguiéndola por entre el barrizal hacia las cabañas del campamento.

—Te voy a cuidar para que vuelvas a tomar fotos. Para que vuelvas a montar en tren y en barco de vapor y en el hidroplano con Bienvenido, y para que hagamos el amor, pero prométeme que no volverás a la selva —le dijo al oído.

—El amor podemos hacerlo antes de que me ponga bien.

Después estaba de vuelta en la hamaca y la fiebre había empezado a subir. Le escurrían gruesas perlas del sudor y la sonrisa en los labios secos provenía de la incapacidad para discernir si Lucía era producto del delirio afiebrado o en realidad había llegado para cuidarlo en su convalecencia. Pero ella le aferraba la mano con firmeza cada vez que despertaba. Y también estaba la niña examinándolo con un ojo agigantado por la lupa.

Me voy a morir, Lucía, en cualquier momento me voy a morir, pero escúchame bien lo que voy a decirte: siempre sentí que nadie me amó, y que por la misma razón yo no podía amar. Hasta que te conocí.

Lucía alza el paquete de cartas y busca otra. La desdobla.

Aprendí a vivir con la ausencia de los seres queridos. Sentía que mi felicidad tenía que estar en otras cosas, distintas al cuerpo y la compañía de una mujer. Fui feliz, inmensamente feliz, observando un paisaje. Tratando de calibrar la apertura del diafragma de la cámara para captar toda la gama de grises, interrogando al clima, la forma en que afecta al alma el paso del viento en la tierra caliente, descifrando lo que dicen los rostros a partir de los retratos tomados al azar, imaginando vidas imposibles de construir y experiencias a través del lugar en donde están, las cosas que poseen, los objetos que cuelgan en las paredes, las casas

290

donde vivían los fotografiados, los juegos que jugaban sus niños, las cosas que cuidaban esas mujeres. Los viajes que emprendo son para eso. Para estar solo y enfrentarme a la ausencia de los demás. Pero me descubro extrañándote en este viaje. Contigo entendí que el amor se compone de alegría, miedo, cólera, buenos recuerdos y amaneceres sudorosos. Está al principio y al final de todo. Y a la gente sin amor es mejor no encontrarla.

Luego hablaba de la orfandad, de lo que su padre quiso hacer y no pudo, de que su madre lo hubiera dejado al cuidado de una nana ante la negativa de su segundo marido a aceptarla con los hijos de otro hombre.

[*Y en otra carta, de finales de 1947, en plena huelga general obrera, le escribió: «No sé dónde aprendiste a amar así. Me acuesto desnudo a tu lado y pego mi oreja en tu espalda que sube y baja con la respiración. Escucho los latidos que viven dentro de ti. El tuntún del corazón que me sosiega. La respiración de tigre me dice que estás ya en los dominios del sueño. Aprovecho para ver tu hermosa cara de romana, para recorrer las curvas de tus muslos como las curvas de los ríos de la selva, para introducir una mano entre tus calzones de tela garza, para entibiar el sudor frío del paludismo en tu camisón de holán. Estoy tranquilo mientras te presiento a mi lado. Como si el toldillo para zancudos y tu cuerpo mantuvieran a raya el apocalipsis que se cierne sobre nosotros. Pero hace unos días, me perdía en mi cama solitaria y me daba cuenta de lo peligroso que es todo el tiempo que ha pasado sin vernos. Dormía intranquilo, como si un ladrón fuera a destrozarme la cabeza mientras intentaba dormir. Algo iba a pasar, lo presentía en los palomos que perseguían a las palomas, y pasó: al día siguiente sonó el silbato del mediodía en todos los campamentos y estalló la huelga y se acabó la concesión petrolera. No sabemos qué va a pasar con nosotros cuando acabe la concesión. Pero estamos obligando al gobierno a negociar la nacionalización de la empresa y a contratar a los peones cesantes. Iré con Leo 12 en su carro a buscarte a Las Nubes el próximo fin de semana para sacarte de allí y espero que empecemos la nueva vida en el lago de Quesada o donde tú quieras. Cierro los ojos y la oscuridad es total. Escucho un pájaro noctámbulo de los presagios. Parece pronosticar algo, pero ya no entiendo lo que dicen las aves».*]

Ella también piensa una y otra vez en esas noches. Lo imagina levantándose en medio de la oscuridad para desahogar sus líquidos en la tierra. Lo imagina fumando un cigarrillo Chesterfield en plena noche, oyendo el cruce de las locomotoras, desvelado, como si fuera una llamada a lo salvaje. El insomnio se había convertido en un compañero desde temprana edad. Venía todas las noches, y solo una vez a la semana lograba conciliar el sueño.

[*Decía que no lo afectaba mientras tuviera a la mano una cajetilla de cigarrillos. Que era una especie de fuerza vital que lo mantenía atento a los susurros de la oscuridad y en guardia contra los enemigos del tiempo. Decía que era el cuerpo quien decidía cuándo necesitaba descansar y cuándo no. Pero en el fondo ella sabía que no podía dormir porque le era imposible dejar de pensar.*]

—¿No pudiste dormir?

—Me despertó una pesadilla.

—¿Cómo era?

—Estaba en un país donde hablaban una lengua que no conocía. Tenía que atravesar la ciudad. Era como una ciudad árabe, o lo que uno imagina es una ciudad árabe, como Bagdad, desierto y casas de tierra. Gente vestida de blanco. Toldos de tela. Tenía que disponer sacos de harina en una pila y luego transportarlos en una carreta al otro extremo de la ciudad.

—¿Por qué van a esas expediciones tan peligrosas?

—Porque la vida es muy corta para los obreros.

[*Soñaba muchas veces que era extranjero. Tierras lejanas donde hablaban un idioma distinto al suyo. ¿Cómo iba a hacer para moverse, para comer, para ganarse la vida si nadie le entendía? A veces fotografiaba a la gente para ganar un poco de dinero en esos sueños. «Una foto toma tiempo. Hay que pensarla. Hay que buscarla. Hay que capturarla. Hay que revelar. Hay que comprobar* qué salió, si coincide con lo que querías. Además, hay que estar acompañado de la soledad. Yo no sé de dónde brotó en mí esta ansia por mirar. Tal vez de aquel tragaluz en el cuarto sin ventanas de la casa donde mi madre nos dejó para hacer la vida con su segundo marido. Por ese tragaluz entraba un resplandor que cambiaba la forma de las cosas a lo largo del día. A veces entraba un reflejo de Arquímedes. Yo quería capturar ese chorro de luz. Alguna vez puse una lupa en su camino y logré concentrar la luz y convertirla en calor sobre un fragmento de papel. Otra vez jugué a levantar polvo para ver la dirección de la luz solidificada por las partículas flotantes. Cuando mi madre me heredó la cámara que fue de mi padre me propuse capturar esa luz que entraba por el techo. Luego me retraté a mí mismo en aquel espacio vacío. Retraté a Mamatea. Luego abandoné ese armatoste, porque en el puerto del Cacique empezaron a vender las cámaras compactas. Compré la Six 20 con mi primer salario y empecé a hacer fotos de la gente en la calle. Así estuve diez años hasta que el chef de la línea del Norte apareció cuando conectamos el Ferrocarril Central y me ofreció una Berning Robot II que nunca aprendió a manipular del todo porque usaba película de 24 mm y había que adaptar manualmente la película de 35 mm en un cuarto oscuro; la cámara tenía motor y podía disparar continuamente. La había comprado en Alemania y tenía su lente original Schneider Kreuznach de 26 mm, y pagué por ella seis salarios (a dos plazos). Entonces volví al pueblo y fotografié todo lo que recordaba de mi juventud para no olvidarlo. Cuando te vas de un pueblo lo primero que pierdes es su plaza. Luego los saludos de quienes te encontrabas a diario. En la panadería o en el mercado. El señor que te respondía que esperando morirse a la pregunta cómo me lo han tratado qué más mi viejo bien o pa qué, o la señora sorda que te pedía el brazo para que la guiaras a tomar el sol, o el caballista que cantaba boleros cuando iba montado, o el perro que te saludaba por las tardes de caminata, o la vecina que iba en cueros a bañarse al río y te posaba para la foto. Pierdes el paisaje. Las campanas de una torre que te despertaban con su repique de domingo, pierdes la tienda de la esquina, donde se fiaban de que volverías a pagar la firma empe-

ñada, la moneda que te faltaba para pagar la leche, pierdes la oportunidad de oír la voz del cantante de zapato blanco y sombrero negro, que era tu vecino y a quien nunca preguntaste nada porque desperdiciaste todas las oportunidades de hablarle. Pierdes el circo. Pierdes la corraleja. Pierdes el río. Un pueblo pequeño, en la mejor época de tu vida, te mostrará que la soledad no es tu enemiga, que los pueblos pequeños, es decir, los paisajes habituales, son como pausas, buenos para criar niños, para meditar sobre el límite, para hilvanar ideas que exigen repetición y para envejecer, y también ahí, la memoria dura más. Lo único que me queda de ese lugar son estas fotos que te envío».]

Lucía deja el paquete de cartas y va a la ventana. Ve el río desde el cuarto del Hotel del Cacique. Una nube de chapolas se aprieta contra el anjeo atraídas por la luz. Insectos que buscan la luz, pero no pueden atravesar la red. ¿Por qué se fue sin avisarle?

[Una noche en el puerto del Cacique fueron al show de hipnosis de Albert Jan. Primero el hipnotizador vestido de sacoleva hizo subir a un grupo de voluntarios. Separó a las mujeres de los hombres. Los hipnotizó. A ellos les dijo que debían dar de pecho al niño. Los hombres se sacaban el pectoral para ponerle el pezón al niño imaginario. Luego les decía a las mujeres que le dieran tetero al niño y ellas imaginaban sostener el tetero y a niños imaginarios en los brazos. Luego les decía que iban a escribir una carta a máquina. Les dictaba la carta y ellos la escribían en sus máquinas imaginarias. Luego los despertaba y hacía subir a un segundo grupo. Lucía subió en ese grupo, pero el hipnotizador le pidió que bajara del escenario, porque no podía hipnotizarla, y a los demás los puso a contar monedas para luego jugar con cartas imaginarias. Hizo salir del teatro también a aquel que tenía un limón escondido en un bolsillo. Todo el mundo se miraba hasta que el mago lo señaló con su bastón. El hombre entregó el limón al ayudante del hipnotizador para poder permanecer en el show. A los del siguiente grupo los puso a bailar rock and roll y el show final fue caminar como gallinas. Una de las voluntarias estuvo a punto de caer del escenario pero Albert Jan le puso una mano en la cara y la atrajo hacia el

centro del escenario. Lucía se había molestado, e hizo que Alejandro la esperara fuera del teatro después del espectáculo mientras ella conseguía preguntar al hipnotizador por qué la había hecho bajar del escenario. El hipnotizador salió del teatro sin sacoleva y le dijo que no podía hipnotizar a mujeres que tenían el periodo. Oído lo cual ella se fue tan rápido y tan desconcertada que olvidó preguntarle cómo sabía que estaba en sus días.

A veces recuerda momentos de otras épocas. Recuerda aquella primera Navidad cuando se contaron sus vidas en el Hotel Ferrowilches, después de ir a repartir los regalos a los hijos de los braceros que no tenían cómo comprar algo para sus niños y que vivían en chozas de caña brava alzadas junto a las vías del ferrocarril.

Su bisabuelo era de origen alemán y había llegado al país atraído por el negocio de las quinas, poco antes de que la industria se quebrara. En consecuencia, nunca regresó a Alemania y murió acosado por el paludismo y las deudas.

Su abuelo heredó una hacienda arruinada y cambió el cultivo de la quina por los potreros para ganaderías que a punta de quemas arrasaron las antiguas plantaciones. El cambio de hacienda le permitió rehacer la fortuna perdida.

Entonces empezó la guerra de 1900. Vendió la casa paterna y se retiró a Capitanejo para proteger su patrimonio de los impuestos de guerra y cuidar de su hija que había sufrido una crisis de nervios, igual que su esposa. La hija, lo supo luego, estaba embarazada de un trabajador de la hacienda que se había enrolado con la guerrilla de Rosario Díaz y que no sobrevivió a la contienda. Así que a su nieta, hija de aquella unión, le pusieron solo el apellido del abuelo: Lucía Lausen.

El abuelo se trasladó de Santander a Quesada para iniciar una nueva ganadería con vacas traídas de Nueva Zelanda, pero la hija no quiso irse con él. La madre de Lucía fue despectiva con la hija. Desde niña la mantuvo en un régimen de distancia, tal vez producto de la ignorancia por una educación interrumpida. En esa época, explicó abrazada a Alejandro en el cuarto del hotel, a las mujeres no las educaban, porque para casarse no necesitaban de *una profesión. Ni su abuela fue educada ni educó a la madre. De modo que la madre tampoco se interesó en la educación ni en la crianza de la hija y la dejó al cuidado del abuelo, para quien se convirtió en la nieta voluntariosa e inteligente que mandaba en la hacienda. Lucía contó con la suerte de que su abuelo sí estuviera interesado en tener una nieta educada. Y cuando cumplió doce años, la llevó al eterno olor a lavanda del internado de Quesada con las monjas.*

El abuelo murió de un infarto en su hacienda de Quesada cuando ella tenía diecinueve. Lucía heredó todo. Pero no deseaba mantener la hacienda en Santander, a donde se dirigió para firmar las escrituras de venta. De camino vio algo que nunca olvidó: una escuela rural clausurada. Con la herencia pagó una pensión vitalicia en un asilo donde internó a perpetuidad al hermano díscolo de su abuelo, que estaba enfermo de apoplejía.

Años después ella se convirtió en maestra por intermedio de su esposo, que trabajaba en el Ministerio de Educación; fue él quien le consiguió aquel trabajo en la escuela para hijos de obreros de la concesión.

«Así que la vida nos tenía para encontrarnos en ese ferrocarril».

Alejandro aprovechó que los cubos de hielo en el vaso del ron se fundían del calor en ese cuarto de hotel y aligeraban su densidad para también resumir sus andanzas: había llegado de su pueblo al puerto del Cacique por la carretera que abrió el ingeniero Nepper. Trabajó en el tramo Cacique-Concesión como capataz en la construcción del ferrocarril y luego de terminar ese tramo, en 1926, tras el hallazgo del yacimiento de Chapapote, Nepper fue incorporado a la empresa y lo contrató como inspector para la construcción de pasos a nivel, puentes y obras menores como plantas de agua en predios de la concesión y los carreteables del nuevo yacimiento. Ahora trabajaban era ese puente de la quebrada La Angula, para reemplazar el de madera. Como habían terminado el puente, cerca de la escuela donde se conocieron, se acabaría el contrato y pasarían a una nueva obra. Cuando acabara la concesión, seguramente se quedaría sin trabajo y entonces tendría que alejarse de su protector, el ingeniero Nepper, y empezar todo de nuevo. Cualquier sitio estaría bien. Ella le dijo que hablaba como un aventurero.

Él dijo que le gustaba más la palabra «andariego».

Había pensado en varias alternativas, como enrolarse en el Ferrocarril del Pacífico, con Rubén Gómez, quien se había casado con una caleña y había pasado de trabajar de La Dorada a Cali. Pero Rubén decía que el ferrocarril era un animal en vías de extinción y que el gremio era muy segmentado, aún más desunido que antes de la masacre de los bananeros, y ni los ferroviarios ni los braceros ni los fogoneros ni los mecánicos ni los freneros operaban como grupo sindical unido, y los ferrocarriles tampoco funcionaban como federación. Ya no era fácil ingresar, porque la época dorada había sido cuando empezó la construcción en tiempos de los estados federales, pero luego los departamentos se los vendieron al Estado y la mayor prosperidad fue durante la presidencia de Rafael Reyes, que usó la plata de la indemnización por la pérdida de Panamá para invertir en obras, y así compraron los rieles del Ferrocarril de Wilches. En cambio, el gobierno de Abadía los dejó morir y se concentró en perseguir sindicalizados, y Holguín entregó la concesión. El candidato Olaya Herrera prometió revivir el viejo sueño del ferrocarril nacional e interconectar los demás con el primero que se fundó, el que iba de Grecia a Gamarra, pero ya había terminado su presidencia y aún no se había hecho esta conexión. Según Rubén Gómez, era muy difícil lidiar con sindicatos y obtener un empleo sin palanca en el laberinto de la burocracia. Probablemente se quedaría sin trabajo si la compañía no se decidía a abrir carreteras para interconectar los pozos petroleros de la nueva explotación antes de que acabara la concesión, pero Alejandro se conformaba con poner un laboratorio de revelado de fotografías en una ciudad o con irse de pueblo en pueblo con una máquina de agüita, aunque prefería ser cazador de venados en la ciénaga de Manatíes o pescador de nicuros en el río Opón o traficante de pieles de tigre y caimán en el Catatumbo, porque se sentía mejor como andariego. Si ella quería ser la mujer de un andariego había dado con el hombre indicado.

Ella se rio. «Estás loco», dijo. «¿Nunca piensas en el futuro?».

297

«Eso no existe. Hay que seguir tus impulsos, para no ser un mediocre».

Brindaron y se besaron y se apagó la única luz que había en el segundo piso del hotel Ferrowilches.]

Son como parpadeos sus recuerdos. Unos pájaros que abandonan el nido. Un árbol de raíces profundas que se cae. Un desfiladero por donde se avientan cadáveres. Una perra que vomita sangre. Elena de niña preguntándole por qué mataron a ese hombre que estaba tirado en la carretera, y ninguna respuesta para darle. Recuerdos involuntarios.

Tercera parte
El último que lo vio

Bogotá, febrero 11/28 (sábado)

Hoy, después de ponerme al día en mis oraciones, veo las cosas con mucha claridad. Qué bien, en el campo sentimental volvió la ataraxia, esa quietud del alma que era el ideal de los sabios. Las asperezas con Miguel A., porque no puedo verlo constantemente a causa de mis clases en la Facultad de Medicina y por estar trabajando en ese despacho, no me indisponen. Por otra parte, creo que ya me estoy acostumbrando a esta nueva «doble vida» que ha nacido para bien, ¿o será para malestar mío? No podría precisarlo hoy. Lo cierto es que por ahora me siento con dos alternativas de vida. De pronto descubro que deseo amar con todo lo que tengo y todo lo que soy, pero me estremezco al pensar a quién es que deseo amar (Alonso). Vaya contrariedad.

En algunos momentos me da por pensar que debo canalizar toda esa atención desperdiciada en los cálculos amorosos y trabajar por otros ideales mientras estudie en la Facultad de Medicina. Sé que es difícil, pero se logra, ¿no? Trabajar por ideales más espirituales, como proyectándose en actividades parroquiales. Es decir, poner todo el verdadero sentido de ser laico en cada uno de mis propósitos. En ocasiones me satisface mucho esto de colaborar en actividades con Alonso en la parroquia donde es diácono, como catecismo o acompañamiento de ancianos pero también...

Bogotá, febrero 19/28 (domingo)

Escribía antes que también en ocasiones me parece equivocado asistir a los demás. Siento que no es eso lo que real/ quiero. Hoy precisa/ pienso hablar con Rosa, una monja de la comunidad Verbum Dei, y es que realmente persigo vislumbrar una nueva alternativa como mujer laica. ¿Pero cómo voy a acicatear esa conversación y sobre qué pienso hablar?

Precisa/ es lo que me propongo plantear en este rato libre en el despacho parroquial donde trabajo en las mañanas colaborando al padre Floresmiro. Creo que empezaré por contarle algo de mi vida entre los arcos que llevaban a los cuartos oscuros del convento de Quesada y del tiempo destinado a cada uno de los proyectos de traslado a Bogotá tras mi renuncia a la orden. Después le hablo de lo que fueron mis estudios de bachillerato y lo trascendental que fue mi vida con las monjas del convento de Quesada. Después le hablo de lo que han sido mis ideales de vida y cómo han evolucionado a través del tiempo. Cuando tuve conciencia de lo que quería real/ ser en mi vida, es decir, a partir del momento en que descubrí que debía optar por algún camino y me vi completa/ desorientada.

Mi vida espiritual en sus comienzos y su despertar fue un poco difícil. Me acosaban crisis de todo tipo de mente/cuerpo, me preocupaba demasiado qué quería hacer con mi vida, tenía muchas opciones, inquietudes y una enorme capacidad de despilfarrar el tiempo en tales pensamientos. Pero no decidía nada y ya estaba por terminar el bachillerato. Me costaba trabajo vislumbrar lo que quería, no veía un futuro promisorio en Quesada y por mi cabeza se paseaba la confusión. Era muy difícil vislumbrar la luz en la oscuridad de las nuevas emociones. Sin embargo, nunca consulté con nadie. Era extremada/ tímida. En fin, apoyada por mi abuelo decidí entrar al convento, y estando de novicia murió mi madre y después mi abuelo, así que me quedé sola en el mundo.

Relataré el proceso por medio del cual me fui encaminando a la carrera en la que estoy y, lo más importante, cómo llegué a concluir qué es lo que quiero.

1. Mis inquietudes de adolescente. 2. Mi experiencia con las monjas. 3. Mi noviciado. 4. El viaje al curso de Teología en España. 5. La formación moral de mi madre y de mi abuelo con tan disímiles métodos. 6. El convencimiento propio de que no quería quedarme clausurada toda la vida. 7. La certeza

de querer tener otro tipo de estudio y la inquietud de descubrir qué hacer luego con lo aprendido: ayudar a los demás. Laicidad.

Eso me llevó a mirar mis alternativas concretas. Pensaba que me estaba desperdiciando al seguir en la orden. Evidencia:

Mi vida en Quesada

Mis estudios de bachillerato (intrascendentes)

Mi vida en el convento

Mi crisis espiritual

Mi vida en Bogotá

Mis inquietudes de adolescente (gran conclusión: todo estaba ya ahí)

Por qué dejé el convento y empecé Medicina. Razones de fondo.

Bogotá, julio 15/28 (domingo)

En el Parque la Independencia pienso en por qué dejé el convento. Cuando regresé de España, entré al convento por la capilla y vi a una madre-niña de no más de trece años dándole pecho a su bebé frente a la Inmaculada Concepción rodeada de niños alados que vuelan a su alrededor. Me quedé viéndola hasta que noté que no estaba ahí para rogar sino que mendigaba, y que la gente que iba a rezar le echaba monedas en una vasija que tenía apretada entre las rodillas. Si esa niña no fuese pobre, la habrían admitido en el convento y se hubiera podido educar. ¿A cambio de qué? De renunciar a ser madre. Días después encontré a una de las novicias en una de las tumbas del cementerio del convento hurgándose el vientre con una aguja de tejer y los muslos manchados de sangre. Respiraba en resuellos y no dejaba de mirarme sin parpadear mientras me acercaba estupefacta, y cuando quise hablarle, se desmayó. Días después, cuando murió desangrada en el hospital de Quesada y me enteré de que todas las monjas sabían de su embarazo y la atormentaron hasta hacerla abortar, abandoné el convento.

Estoy en este parque huyendo de mi nueva vida, a sabiendas de que probablemente vengan en mi búsqueda Porfirio y Jairito. He venido a refugiarme aquí en el bosque en lugar de ir a la Biblioteca del San Juan de Dios. Quizás por miedo o por egoísmo o porque para mí la compañía de Porfirio no representa un rato ameno sino por el contrario aburrido... oh! Vaya manera de enfrentar tan honrada/ mi egoísmo. Sé que como es algo que no me satisface debo desecharlo. Esa es la descarnada verdad y esa es la única razón por la cual tuve que vivir la bochornosa experiencia primero de Morgan, que trató de acorralarme en los baños de la facultad, y luego con Porfirio en la morgue. Pensaba esto mismo hoy cuando vino a despedirse de mí y vi brotar lágrimas de sus ojos. Dios mío, qué cínico, se las da de débil y qué brutal parecía en privado, y qué mal me sentí. Morgan es demasiado burdo, demasiado directo, demasiado seguro de sí mismo, y yo, qué egoísta, Dios mío... sé que debo cambiar, ojalá no sea demasiado tarde.

Han llegado junto a mí tres señores ya mayores con las caras marchitas y un ajado naipe para distraerse un rato. A ver si con ellos puedo pagar mi penitencia...

Bogotá, julio 21/28 (sábado)

La experiencia del domingo pasado con los ancianos reunidos en el parque fue singular. El tiempo comienza para quien nace y termina para quien va de salida de este mundo. Compartir con vidas viejas un rato de juego, caminar con ancianos entre los árboles, descubrir algo de su experiencia de vivir, de su manera de ver el pasado después de largos años de camino, tropiezos, y de haber alcanzado el otoño de la existencia, invita a reflexionar, a saborear la reposada sensación de la sabiduría. Esa tarde llegué a las graderías de la Biblioteca del San Juan de Dios y encontré a Porfirio esperándome, vino a visitarme y compartimos una charla sobre estudio y otras cosas delante de las compañeras de la residencia femenina. Fue una tarde agradable de domingo. De un domingo que significó el inicio de una semana trascendental para mí, para mi vida y para mi propia historia que desde ahora ha tomado un curso diferente, por todo lo que ha sucedido durante ella. Me matriculé para seguir un nuevo semestre en la carrera, un nuevo reto hacia la meta que me impuse al volver de España, un nuevo paso que pronto o tarde me llevará a un camino que escogí como opción de vida, porque estudiar Medicina para mí no es sola/ la solución a un problema espiritual, laicidad, porque tiene un significado mucho más allá del servicio y soy consciente de las dificultades desde el principio de mi carrera, porque representa para mi ideal de vida buena parte de su realización. Otra cosa que vale la pena mencionar es la jornada de trabajo que terminé hoy en el despacho parroquial de la capilla, una oportunidad para medir mis capacidades, para poner a prueba mi grado de desenvolvimiento en distintas situaciones, aprendí muchas buenas cosas con el padre Floresmiro, capellán de la universidad, de cómo desempeñar una cantidad de labores en un despacho, y ante todo algo provechoso para mí, practiqué la escritura a máquina que tenía el compromiso de aprender, no sé qué tanto valor tenga para mí en estos momentos, pero de algo me servirá más adelante en la carrera, ¿no? Además tuve la valiosísima oportunidad...

Bogotá, julio 28/28 (sábado)
... de conocerme tal y como soy con algunos de mis defectos, aceptación de mi cuerpo, de mi pelo, de mi piel, el cuerpo es solo un vehículo; experimento al mismo tiempo la sensación de ser incompetente, acompañada de pena, después rabia, final/ me desahogué llorando y todo porque Alonso pretendió corregirme, aunque de una manera un poco severa, algunos errores que cometí al pasarle una carta a máquina. En realidad la sensación de sentirme incapaz, acompañada de la desaprobación del padre Floresmiro. Y encima de todo, delante de Emérita y de Óscar (seminarista), eso fue lo que real/ me hizo sentir bastante mal; yo después no pude menos que aprender la bue-

na lección de tomar las cosas con calma, ya que frente a mi carrera tengo que sortear una amplia variedad de desaprobaciones groseras y aun bruscas de los demás compañeros (todos hombres), es a lo que se tiene uno que acostumbrar de pretender llegar a alguna parte como pionera.

Pionera de la medicina, quién lo iba a pensar, y a punto de abandonar en el primer año por la presión de los hombres.

He estado pensando una y otra vez y he estado tratando de dar rodeos pero llegué al punto en que no puedo permanecer en esta actitud de me voy o me quedo en todo lo que emprendo. Tengo que ser sincera-honesta-valiente para tratar de afrontar la nueva situación que forma parte de mí ahora. No sé cómo comenzó. A quién voy a engañar: sí sé cómo comenzó. Fue en el regreso de España, cuando conocí el amor con Alonso en el barco. Y a través de todo este tiempo pretendí ver las cosas de una forma diferente, quizá evitando reconocer el verdadero fondo de lo que ocurre conmigo. De lo que se trata es de la tentación. De lo que siento ahora por Alonso y que nació hace ya algún tiempo, sin querer, sin darme cuenta, sin buscarlo, nació así nada más en un baile en la cubierta de un barco. A veces pienso que todas las circunstancias ayudaron, primero las veredas y pasos que recorrí para llegar al convento y luego a ese curso de Teología en Sevilla, donde se hablaba más de política que de religión, al punto de terminar yo huyendo y acabar en el congreso de los poetas para oírlos recitar a san Juan de la Cruz, a santa Teresa, a Machado, y oír a ese jovencito de modales exageradamente delicados que acompañado de una guitarra andaluza recitaba romances de amor, Lorca. Después el tour a Ávila para ver el convento de santa Teresa, después el regreso y la valiosísima virtud que descubrimos de disfrutar cada uno en compañía del otro en la cubierta del barco y en las fiestas nocturnas, hasta que cupido hizo blanco con su saeta. Ahora ese encuentro empezó a dar sus frutos. ¿Cuáles? Los frutos que ahora deciden que mi vida tome un rumbo diferente, porque al volver me retiré de la orden para estudiar Medicina en Bogotá y estar así más cerca de él. No más vacilaciones en mis sentimientos, ni en mi profesión, no más inquietudes porque nunca me había atrevido a hacer algo por amor, no más experiencias desagradables de ilusionarme-aterrizar-estrellarme con la realidad de situaciones bochornosas como la de Morgan y Porfirio en la facultad, porque Alonso es algo diferente, nuevo y tan intenso que me obliga a re-tomar, re-des-cubrir, mirar mi pasado para convencerme de que nunca estuve equivocada, yo buscaba este camino, que ahora y hasta hoy ha sido el más concreto que he podido vivir en mi vida.

Alonso es sin vacilar mi ángel custodio. Es la mano que camina no delante mío, sino junto a mí mirando hacia adelante. Toda esta dicha que me proporcionan su compañía, sus palabras (él me convenció de estudiar Medicina), sus actitudes, su personalidad con defectos y cualidades, me confunde, siento que los dos caminamos en la misma dirección, que caminamos paralela/ pero que llegaremos a un punto en que las direcciones se abren, y quizá se hagan opuestas, pero no a nivel sentimental sino social/. Es un alma transparente, se da entero en su trabajo y vocación de diácono y en su sentir, confieso que no es difícil enamorarse de él, no fue difícil, puedo decirlo porque yo no me di cuenta cuando sucedió... sí me di cuenta, a quién pretendo engañar, cuando lo besé y él correspondió y entramos en mi camerino del barco, lo cierto es que ahora que pretendí...

Bogotá, agosto 11/28 (sábado)
Describía antes mi visión subjetiva de un sentimiento nuevo para mí. Confieso que estoy algo desilusionada. Todo el tiempo esperaba que el día que se presentara este sentir me vería ayudada por las circunstancias, no es esto lo que ahora veo porque descubrí mi alma gemela justo en la persona que menos indican las «circunstancias».

Alonso está aquí para tomar la dimensión del amor que supone entrega a muchas personas, que supone una entrega tan plena que renuncia al amor subjetivo, al amor de pareja, de hombre-mujer. ¿Qué supone esto? Que quizá yo tengo que renunciar a su amor, lo digo y lo escribo con dolor profundísimo, a veces pienso que tal y como lo he hecho siempre debo anteponer la razón, pero ni la razón misma quiere reconocer que lo mejor es sublimar este sentimiento. Dios, qué lío amar. Sin embargo no es solo que Alonso decidió tiempo atrás trabajar única/ por su ideal espiritual, también cuenta que yo me retiré de la orden, suponiendo (lo que es completa/ improbable, porque además las suposiciones no son verificables) que algún día pudiera yo tenerlo para construir y vivir juntos la vida (no solo espiritual, a la que me siento hoy tan unida, sino material).

Todas estas cosas dan vueltas por mi cabeza, me tienen en un dilema terrible, yo estoy muy confundida y no logro concentrarme en las materias de Medicina que en el primer año son los fundamentos, las bases de catedral de la Medicina. Quisiera poder expresar todas estas cosas tal y como las escribo aquí, pero no me atrevo a hacerlo porque considero que quizá para él no sea importante, es que creo que de los dos soy yo la que más estoy amando y sufriendo. Vaya contrariedad el amor. Yo que siempre pensé que en los romances que viví en la adolescencia era quien menos daba, ahora, me veo envuelta en esto. No niego que a veces quisiera renunciar a todo, pero sería difícil, muy difícil volver a comenzar.

Lo que opté por hacer fue callar los verdaderos motivos para irme de la orden cuando acepté el trabajo en el despacho parroquial, y estudiar Medicina en Bogotá para ver a Alonso, para tenerlo cerca de mí y oler su loción Lavanda de Renania en la piel rasurada de su hermosa barbilla azul partida en dos como un querubín. Callar y esperar su decisión. Pero el tiempo pasa y pasa. Ya casi no lo veo. El tiempo dirá en qué podrá parar todo entre los dos.

Bogotá, enero 29/29 (martes)
Hoy estuve en la facultad, me proponía participar en una reunión de estudiantes que quieren tomar la línea de forenses,

pero no vinieron porque se fueron todos al centro a la parada militar que hizo el presidente para condecorar a los militares que participaron en la pacificación de la zona bananera. El decano la canceló. Me fui al despacho y me encontré con Alonso, que iba con el padre Floresmiro para un curso matrimonial en el tercer piso de la iglesia de Santa Inés. Me invitó y le dije que sí, que los alcanzaba en un momento, porque nunca me puedo resistir a sus invitaciones. Me arreglé. Cuando traspasé las celosías mudéjares me encontré con cuatro trabajadores con cara de indígenas que estaban pintando los murales antiguos de los aborígenes con una capa de cal, y en las bancas estaban reunidas las parejas (novios y esposos), cinco parejas en total, y otras personas que no iban a la iglesia en plan de cursillo sino a ofrecer rogatorias a la santa, así que decidí quedarme. Empezamos con una reflexión acerca de lo que es el amor. Cada quien daba su definición a su pareja. El padre Floresmiro nos instó a Alonso y a mí a fingir que éramos una pareja imaginaria, porque ignoraba lo que ocurría entre los dos. Para mí, el amor estaba en todas las facetas. Se daba a la familia, a los amigos y al alma gemela (que ahora estaba tan cerca y tan lejos, tan paradójica/ cerca que fingíamos estar preparándonos para unir nuestras almas). Pero Alonso prefirió dejar las metáforas y hablar de lo que nos había pasado a los dos. Nos hicimos aparte de las otras parejas y hablamos sincera/ de cuando nos conocimos en el viaje a España. Yo me entregué a Alonso y así rompí mis votos. Él se entregó a mí pero no rompió sus votos, porque en el fondo de su corazón su verdadera vocación estaba con Cristo y no podía entregarse a un amor mundano. Me quedé fría. Era como una ruptura. Era la prueba de que lo que vivimos nunca más se repetiría y de que sentíamos cosas distintas uno por el otro. No necesitaba hablar más. Había algo en su cara, en la forma delicada y sin pasión con que me toma las manos, y entonces entendí que todo lo que me mantenía cerca de él era imaginario. El amor humano es una batalla que no existe porque ganar y perder está en la imaginación. Yo renuncié a mi camino esperando que él renunciara al suyo, a su vocación, pero nunca hubo un acuerdo ni obtuve su palabra, menos una promesa matrimonial. Ahora yo estaba fuera del camino espiritual por mi propia decisión y sería muy egoísta de mi parte exigirle tomar el mismo camino solo para encontrarse conmigo. Fue entonces como si despertara de un hechizo. Empecé a comprender cada una de las decisiones que habían cambiado mi vida en menos de un año. En España tuve una única oportunidad de conocer el amor, y ahora que reflexionaba sobre ello, me preocupaba el hecho de que nunca me hubiera enamorado hasta que conocí a Alonso, entonces entendí que sí, yo sentía algo por él, pero era un amor incompleto, porque se reducía al deseo de que lo vivido se repitiera, al anhelo de su presencia y no de lo que en esencia era él.

Qué duro fue descubrir que toda mi actitud, todo mi desprendimiento, mi repartición de bienes, mi cambio de ciudad, de estudios, eran una inversión: esperaba de un hombre algo que no podía darme. Y qué desagradable era estar frente a la persona que empezaba a amar y con la que esperaba construir una vida juntos (Alonso), a sabiendas de que la suerte estaba echada y nuestras decisiones y vocaciones impedirían toda unión.

Entonces comencé a aceptar que seguíamos caminos separados.

Pedí excusas y salí corriendo de la iglesia de Santa Inés y corrí llorando hasta la plaza de Bolívar.

Chía, diciembre 24/30 (miércoles)

Ha pasado tanto tiempo desde la última vez que escribí. Más de veinte meses, y en ellos más de veinte nuevas vivencias de estudio, de trabajo, de amigos, de familia, de mí misma. Miguel A. me propuso matrimonio en mayo del 29 y yo acepté, para olvidar de una sola vez y para siempre a Alonso. Quedé embarazada de Miguel A. y renuncié a la universidad. Perdí la criatura y caí en astenia. Miguel A. consiguió para mí un curso en la escuela Normal Superior de la Universidad de San Marcos en Perú. Él participaba como comisionado por el gobierno para conocer el sistema peruano y traerlo como modelo al país. Yo hice el curso durante tres meses mientras él visitaba todas las escuelas normales. Nos reunimos en Arequipa y fuimos al monasterio de Santa Catalina de Siena. Caminando por sus celdas individuales y sus pasadizos empedrados y sus paredes terracotas, donde era inevitable recordar mi noviciado, me enteré de que sor María de Guzmán donó su herencia para edificar el convento y recibir a mujeres criollas sin dinero, y me dije, por qué no se me ocurrió algo así con mi herencia. Allí sentada, pensé en la vida que había dejado atrás de mí al romper los votos. Miguel A. me hizo una fotografía en la penumbra de los arcos terracota, junto con la monja que nos guiaba envuelta en su hábito. Al revelarla solo se me ven las piernas cruzadas en la sombra del fondo y las sombras que hacen las paredes terracota y las materas de geranios y cactusde San Pedrito. Al regreso de Perú escribí a la madre del convento de Quesada y les entregué mi herencia a las monjas para sufragar la aceptación de vocaciones en novicias pobres que no pueden costear su ingreso a la orden. Miguel A. estuvo de acuerdo con todo. Luego acepté el empleo que consiguió para mí: una plaza de maestra en Chía. Gracias a mis estudios en Teología y Medicina y el curso en la escuela Normal de Perú y la intermediación de Miguel A. pude ser licenciada por el Ministerio y tener trabajo y, así, incidencia social y laica, como maestra, sobre la comunidad. Me trasladé a Chía en septiembre. Al comienzo mi marido venía seguido a visitarme, los fines de semana, pero luego se presentó como candidato al Senado y ya no pudo ir a Chía tan seguido. Aquí, caminando por la plaza bajo las araucarias que donó Chile, me curé de mis dolores. Creo que estuve haciéndome la sorda a mi deseo de querer escribir por una razón muy concreta: estaba avergonzada de mí misma, de mi incapacidad de ser fiel a una decisión, de haber renunciado a ser monja y luego a ser médica y luego a ser madre. Creo que Miguel A. estuvo leyendo mi cuaderno (por descuido lo dejé en el hospital de Bogotá en los días del legrado) y me dolió un poco cuando me lo devolvió, porque sentí que arrancaba de mí el más preciado secreto, pero después pensé que al liberar mi secreto podía entenderme mejor.

Pero si no escribo una confesión como Teresa de Ávila no sabré nunca qué hacer con mis sentimientos. Creo que el tiempo decidirá si podemos ser marido y esposa en toda regla. El tiempo, en la medida en que mi preciado secreto trascienda a lo largo de la vida. Debo confesar que este año ha sido importante para mí. He descubierto a lo largo de su transcurso que la vida es imprevisible y siempre puede volver a comenzar de otro modo. Concluí muy mal el tercer semestre porque exigía una atención especial que no tuve. Ser médico implica hacer un esfuerzo de concentración y ese requisito lo perdí por estar pensando en el amor, primero por intentar alcanzarlo, luego poseerlo y luego por huir espantada. Acepté casarme con Miguel A. y quedé embarazada de mi esposo y dejé la carrera porque no podía seguir avanzando y simultánea/ funcionando como esposa y estudiante. Las notas eran consecuencia de lo que aprendiera y mis notas fueron muy malas. Se me evaluaba sola/ lo que sabía en particular de una materia, pero no todo el caudal de conocimientos. Además me gasté buena parte del tiempo en contestar previos y en definir lo que real/ el profesor de Bioquímica quería preguntar. Me pareció que había disparidades. Profesores que evalúan concreta/ lo que enseñan en clase, otros que evalúan lo que está en los libros, convirtiéndonos en máquinas o autómatas, y, desde mi punto de vista, en mediocres repetidores. ¿Qué gané pese a aprobar mis materias con bajas notas? La burla de Porfirio y de sus amigos. Las gané estudiando más, pero ellos obtuvieron mejores notas. Ellos se unieron en mejores grupos y a mí me dejaron sola. Así que decidimos avanzar por distintos caminos, en los que debíamos enfrentarnos a diario en las clases en un intrigante asedio académico, como si solo yo tuviera que justificar lo que sé. Yo hubiera querido estar más cerca de ellos, pero no me permitieron gozar de su compañía, ni participar en sus reuniones, ni entrar en los billares del centro a pesar de que durante un tiempo llevé el pelo corto y también intenté usar pantalones y corbata como ellos. Me casé con Miguel A. porque daba sus clases de Derecho y trabajaba en el Ministerio de Educación y se fijó en mí cuando tomé uno de sus seminarios sobre Filosofía del Derecho. Trajo a mi vida una gran calma, paz, tranquilidad, una gran comprensión y un mar de tentaciones. Al comienzo me mantuve alerta de mi reloj biológico, pero al segundo mes quedé embarazada. Eso apresuró mi salida de la universidad, para evitar burlas. Y levanté a mi alrededor la muralla para proteger mi pasado. Pero luego vinieron el aborto espontáneo, los días de hemorragia en los que sentí que moriría, y la ausencia de Miguel A., que estaba en campaña para el Senado, y eso ayudó a enfriar el aire que se movía entre mi esposo y yo. Me quedé vacía. Estuve llorando quince días cuando salí del hospital. Y entonces él me propuso la plaza de maestra en Chía. El viento me llevó a otra montaña. A veces me tambaleo cuando pienso en lo mucho que cambió mi vida en el lapso de dos años.

¿Qué perdí? Perdí a mis amigos. Unos compañeros se quedaron aplazados en el cuarto semestre por distintas circunstancias. Pero ya no quise saber más de ellos y no les guardo compasión alguna. Continuaron Morgan y Porfirio. En fin, recordarlos ahora me crea un sentimiento de alivio. A Porfirio, que parecía mi enemigo, creo que lo ofendí yo primero cuando le dije que no me gustaba y nunca me enamoraría de un tipo como él, tan varón y tan mimado a la vez, y siempre en busca de una mamá que lo atendiera en la vida y cumpliera sus deseos bebecos. Terminé siendo un poco grosera con él por atreverse a forzarme a darle un beso. A veces pienso que si le hubiera dicho que sí, él entonces se hubiera ido corriendo espantado por la capacidad de decisión de una mujer. Hay hombres así, que disfrutan persiguiendo a Diana Cazadora, pero huyen si se les muestra sin ropa y les echa los perros de caza. Ay, Dios, qué estoy poniendo por escrito. Yo no hablo así. Aquí la vida me da otra gran lección. Creo que será la última vez que suceda. Creo que será Porfirio el último que haya recibido mi desprecio desde esa tiránica forma de ser que también me ha gobernado. Terminé odiándolo, despreciándolo, demasiado simple, demasiado sumiso, demasiado entregado, demasiado fiel, demasiado, demasiado, demasiado. Creo que me fui de la universidad para huir de los demasiados Porfirio. Aun así, cuando me iba de la ciudad y pasé por el lado de la facultad y vi la puerta cerrada y la estatua de Atenea con su lanza en el pedestal, me puse a llorar. Ahora sería Hera, una esposa. Cuánto iba a extrañar mis estudios. No soy mujer que soporte a los hombres. Tampoco mujer que sea capaz de ocultar que no los aguanto. Aunque de aquí en adelante tendré que proponerme un poco más de respeto por el que elegí de esposo. No juzgarlo desde mi punto de vista. De lo contrario terminaré por quedarme sola, y él por no regresar.

Chía, mayo 10/31 (domingo)

Hoy descubro que el matrimonio fue una experiencia que me enriqueció. En el sentido de conocer íntima/ a una persona. Descubrir en ella el dulce sabor de la bondad. De la generosidad con los demás. De la experiencia y la sabiduría. Tantas virtudes que encontré en Miguel A., pero aun así una mujer puede desaparecer de la vida pública fácil/ al casarse, pero un hombre es requerido constante/ y no puede renunciar a esa vida por formar un hogar.

Hoy vino a mi casa. Estuvo viéndome dar clases. Luego comimos y se fue dejándome una carta.

En ella me expresa la visión que tiene de lo que ocurrió entre nosotros, este enfriamiento. En resumen, desde su perspectiva: él quiere tener una familia, pero yo no. Yo también tengo ya suficiente claridad al respecto: él no va a dejar la política y yo no pienso volver a Bogotá a ser el ama de casa de un político.

Me gusta ser maestra. Pediré traslado. Este matrimonio civil a los dos nos deja un sabor agridulce. El día en que nos casamos yo llevaba guantes de ámbar y redecilla sobre la cara, y a él, de etiqueta, le sudaban las manos. Me pidió que lo tomara del brazo, y cuando acabó la ceremonia y alzó la redecilla para darme el beso de desposados, me besó la frente. Luego me dijo «te admiro», cuando yo esperaba oír «te amo». Un regusto agridulce sobre todo para mí, por romper mis votos de nuevo. Dice en su carta que no sabe exactamente lo que siente, pero que su cuerpo no responde de la misma manera como respondía en los primeros días. Yo sé que lo que siente por la política es más grande que cualquier pasión.

Le escribiré. Le diré que nunca dejaré de admirarlo por lo que hace por los pobres y por sus estudiantes, y que nunca dejaré de quererlo, pero que acepto el divorcio. Caray, creo que estoy empezando a volverme una señora sentimental. Lloro al escribirlo. No debería, porque en mi alma guardo algo que no da lugar a sentimentalismos.

Creo que ser maestra es una experiencia que me llamaba, que me dará satisfacciones, y es un reto que tengo que enfrentar para sentir que puedo terminar algo en la vida. Lo más importante es que debo estar conforme con mi consciencia. Cuidar mi alma y mi mente. Y salvaguardar esa parte estrechísima de espacio pero amplísima de espíritu donde busco a Dios.

Sé que la vida ha sido generosa conmigo. Sé que he dejado muchas cosas por otras inalcanzables. Pero ya no me puedo quejar de la vida que llevo porque ha sido todo mi decisión. Pude decidir. Decidí dejar lo innecesario. Buscar a Dios. Seguir mi instinto. Nací entre gente buena. Tuve la oportunidad que no tuvieron otras mujeres de estudiar. Tuve amigos varones con los que me trataba de tú a tú. Tuve la juventud. Tuve la oportunidad de ver la vida en otro país. Tuve la oportunidad de expresar la generosidad entregando todo lo que heredé a las hermanas de clausura del convento de Quesada, que sí nacieron con una vocación especial de renuncia. Solo necesito una prueba para expresar la generosidad que Dios tuvo conmigo.

(Bueno, ahora te imagino leyendo mis palabras, y tengo miedo de lo que decidas responderme después de haberte dejado ver dentro de mí y mi pasado. Espero que ojalá sea algo que puedas aceptar. Soy así. Te quiero tanto, no quisiera ni mirarte).

Los desnudos

Años antes, cuando Lucía había terminado de instalarse en la escuela de Las Nubes, siguió con la mirada desde la ventana de la cabaña de madera a Alejandro, que se había propuesto fotografiar a los niños con sus animales favoritos, un cerdo, una gallina, un conejo, un pequeño oso hormiguero gran bestia, una cotorra; y luego los alrededores: la guacamaya viuda que picoteaba frutas en la mesa del comedor, las plantas de sombra, el relieve de trastos en la cocina, los pupitres escolares desgonzados, la caldera de la estufa de leña, la bodega con los ornamentos del antiguo oratorio, los juguetes de Elena, hasta que lo vio subir las escaleras y detenerse ante el espejo cansado que la reflejaba a ella. Estaba desnuda leyendo en la cama y se cubrió los pechos con el libro. Había una luz que entraba lateral, se reflejaba en una pared blanca y así irisaba su figura. Enfocó y obturó.

—¿A quién le pidió permiso para sacarme fotos?

Dejó de mirar por el visor y detalló ese cuerpo delineado por la luz que venía de la ventana, el pecho descubierto y altivo, la curva del cuello tensionado y las manos ahora ajustadas en la cintura.

Le respondió:

—Es que primero se toma la foto y luego se le pide permiso a la dama.

Enseguida se acercó y la besó y la mano inquieta se deslizó al pecho.

—Es un atrevido: ¿a las francesas les quita los calzones sin quitarles las enaguas? —y dejó caer su enagua para cerrar la puerta. En la habitación de al lado la niña dormía la siesta de la tarde.

La fotografió otras veces, buscando siempre su perfil. Poco a poco Lucía se fue acostumbrando a la presencia de la cámara, y cuando la captaba, solo la ignoraba y continuaba con lo que estuviera haciendo. Había fotos de otras mujeres. Esposas de los trabajadores de la patronal que posaron algunas veces frente a las obras recién inauguradas de la compañía, como el tanque del agua cuando fue pintado de rojo blanco y dorado como una lata de sopa Camps, o una mujer con las manos en jarra y tan alta como la antorcha del alambique del petróleo vomitando fuego como un dragón, otras distraídas en el vagón de madera del ferrocarril de Wilches, el paso a nivel de La Dragona, un paseo junto a la planta del agua, la fila de buques en la albarrada del puerto y un grupo de señoras desconocidas a punto de abordar.

Querida Lucía:

Me preguntas por las fotografías de las «francesas». Las primeras las hice a petición de un ingeniero que quería tener registro de su mujer, de la cual estaba locamente enamorado pero no se atrevía a pedirle que se quitara la ropa con la luz encendida. Le hice tres fotos con varios meses de intervalo, siempre con el marido sentado en un butaco respirándome en la nuca con un revólver calibre 38 que cargaba en una funda de cuero a la cintura. Ella salía cada vez vestida con trajes típicos de distintos lados del mundo. El ingeniero le regalaba esos trajes y ella guardaba una colección de atuendos típicos en los ceibós de la casa. Pero quería una foto especial, me dijo en privado, y era la de su esposa completamente al natural. La mujer entró al estudio con una bata de satín plateado que dejó resbalar de sus hombros y caminó erguida con su pubis erizado hasta encontrar lugar bajo la luz. Yo solo pasaba saliva porque era una mulata del Sinú descomunal y bronceada. Tuve el valor para hacerle solo tres fotografías, una de frente y otra de perfil y otra acostada. Cuando le entregué las copias al tipo, corrió a mostrárselas a todo el mundo. Así que la gente empezó a hablar a sus espaldas de los cuernos de búfalo que dizque le había puesto ella a su marido con el fotógrafo que le hizo tan íntimos retratos. La imprudencia fue del marido, porque él mismo se emborrachó y perdió las copias con las que presumía del cuerpo de su mulata. Rumores iban y venían de mano en mano. Hasta que las fotos llegaron a la dueña del burdel, María K. Wagner, que me las entregó en privado y fue a quien se le ocurrió la idea para promocionar a sus damas como odaliscas y me invitó a almorzar en una mesa larga donde estaban todas las francesas reunidas. Y allí, delante de sus muchachas y de medallones de bagre frito, la matrona, María K., me explicó que se habían enterado de que yo era buen fotógrafo de variedades y mostró las fotos de la mujer del ingeniero con trajes típicos y sin trajes. Como ellas querían mejorar la experiencia de su local y difundir la fama entre los extranjeros del puerto, explicó, querían saber cuánto iba a costarles fotografiarlas a todas así, pero con sus mejores ajuares, o sin ajuares, según los gustos, procedencias y ahorros de cada una. Yo me quedé con el vaso de cerveza helada empinado conteniendo al bobo que llevamos por dentro los de la familia Plata y que tenemos que amordazar cada tanto para que no tome el mando. Ante un silencio efervescente que María K. consideró muy prolongado, y teniendo en cuenta quizá que les iba a costar una fortuna, la matrona con su lunar pintado junto al ojo derecho me explicó que podrían pagarme en plata o en especie. Como ya estaba en marcha el concurso de fotografía del club fotográfico del puerto, les propuse hacerlas gratis, siempre que me dieran permiso para presentar las mejores al concurso, y si ganaba nos repartiríamos el premio, mitad para el burdel, mitad para mí. Ellas lo discutieron a gritos y finalmente aceptaron, pero para mi seguridad, me sugirieron no enviar las fotografías con mi nombre, porque algunas de las muchachas eran favoritas de los hombres fuertes de la patronal, quienes se sentían con derecho sobre las mismas y me podían pegar un tiro, así

318

que nos pusimos a tomar ron con soda, limón, hielo y lavanda y romero machacado. Al final estábamos todos tan embotados con ese perfume y el sol que se metía diagonal y nos pegaba en la cara en el centro del salón que decidimos que me llamarían Casanova, como el libertino que no soy, y cerramos el trato con solo una condición si quedábamos seleccionados: la exposición debía hacerse en el propio burdel, y en quincena, para poder organizar un fandango con las protagonistas vestidas con los mismos trajes junto a una corte de enanos y músicos, además de lectura de naipes y piñatas repletas de postales pequeñas de esas fotos dentro de cajitas de música con la melodía de la Internacional. Cobrarían la entrada y con el recaudo podrían pagar la fiesta y las copias del revelado. Yo no tenía problema en no cobrarles las copias, por la sencilla razón de que el bobo que llevo por dentro ya había tomado el control mirando a esas francesas despampanantes que habían empezado a probarse los trajes y a intercambiarse las prendas. María K. Wagner me preguntó si me casaría con ella. Yo le dije que sí, siempre que fuera una buena mujer. Ella dijo entonces algo que no olvidaré: «Amores, cuando un hombre les diga que para casarse solo elegiría a una mujer buena, ustedes le responden: qué bien, porque yo soy una mujer mala, paila, gonococo». Así que esa es la explicación rápida de aquel escándalo por el que ese ingeniero después me disparó un tiro creyendo que yo era el amante de su mujer, y tuve que esconderme hasta que Nepper nos citó y le pude devolver las copias. Eso fue hace años. Te envío copia de las fotos de las francesas.

LA COMUNA

—La desaparición de su hermano hace parte de un complot. Aquí pasaron cosas tremendas de las que el gobierno no quiere que la gente se entere. Y su hermano estaba muy al tan-

319

to. Durante la última huelga, en vísperas de la reversión de la concesión, Alejandro sufrió un ataque de paludismo que le duró tres meses y tuvo que dejar la obra en Cazabe para meterse en cama. Después empezaron los despidos masivos de cuadrillas por el fin de la concesión. Los gringos comenzaron a irse y los nacionales entraron en huelga. Una parte de los gringos de la patronal se iba del puerto en vapores felices, con sus familias y salarios saneados. La orden de despido de trabajadores nacionales fue emitida por el jefe de jefes, representante en Bogotá de la Gringa, al gerente y los superintendentes en concesión. Los obreros nacionales se tomaron el Parque Nariño y cerraron la entrada a la gerencia y descarrilaron la vía del tren y clausuraron los pasos de carretera a los campos petroleros. Solo la refinería siguió funcionando con un personal extranjero reducido y vigilancia de la policía.

»En plena huelga asesinan en Bogotá a Jorge Eliécer Gaitán y el pueblo se enardece y militares y policías y gente borracha matan a miles en quince días en la capital, antes de iniciar la estrategia de tierra arrasada con la policía política en todo el país.

»Cuando los obreros se enteran del asesinato del caudillo, se toman el puerto del Cacique. Los socialistas de Bogotá avisaron que el gerente de la compañía en el puerto les aconsejó al presidente de la compañía en Bogotá y al ministro militarizar la concesión, la refinería y la ciudad, advirtiéndoles de la cantidad de explosivos que había en el polvorín, cincuenta toneladas, y el riesgo inminente de que se extendiera la anarquía y se les prendiera fuego a los pozos y se volara la refinería. Les entregó también la lista de los socialistas, responsables de tomarse el polvorín, y la lista de artificieros que tenía la compañía para los frentes de obra.

[*Pasado el mediodía, la Radiodifusora Nacional anunció la muerte del candidato presidencial Jorge Eliécer Gaitán en la Clínica Central, luego de recibir tres impactos de bala en un ataque en plena carrera Séptima de Bogotá. Una turba enardecida por la muerte de su líder volcó los tranvías del centro y prendió fuego a los* edificios oficiales como el Palacio de Justicia y el periódico El Siglo. Mientras se extendía la noticia, la alarma de la refinería del puerto del Cacique sonaba en los altoparlantes de las ocho entradas.

Por los altoparlantes se enlazó la transmisión con la Radiodifusora Nacional, donde un grupo de liberales llamaba a una insurrección popular por el magnicidio, por el que se señalaba al gobierno de Mariano Ospina Pérez. La asamblea permanente del Parque Nariño reaccionó de inmediato y un grupo de obreros llegaron a la estación de policía para exigir una transición al poder popular. El comandante de la policía era liberal, pero exigió una reunión a puerta cerrada con el alcalde y los delegados de la asamblea. El alcalde atravesó el Parque Nariño y se reunió con ellos. Al salir de la reunión les dio a los doce policías disponibles en el cuartel la opción de unirse al movimiento del poder popular, encabezado por una junta obrera y un alcalde popular que serían elegidos por la asamblea en las próximas horas, o entregar las armas y recluirse en el calabozo voluntariamente con él hasta que el gobierno nacional resolviera la situación dialogando con los obreros. Dos policías entregaron las armas y el resto se sumaron al movimiento.

El alcalde y el comandante de la policía se dirigieron entonces a la entrada principal de la refinería y ordenaron a los policías que había allí levantar el retén. Así, los obreros tomaron el control de la planta.

Los operarios fueron trasladados al barrio extranjero. Por el altoparlante se anunció a la ciudad que el alcalde del puerto se dirigiría a los habitantes. El alcalde informó que abandonaba el cargo y en las próximas horas la asamblea anunciaría uno nuevo, el alcalde popular.

En el Parque Nariño se reunieron los comerciantes para exigir una reunión con el nuevo alcalde popular. Aún no había sido designado, pero ya se había votado para formar la junta obrera, y los miembros acordaron evitar los saqueos al comercio local y permitir la circulación de transeúntes.

La Radiodifusora Nacional fue retomada por el gobierno en Bogotá y empezaron a pasar valses de Strauss, y no volvió a oírse la transmisión de liberales que clamaban por una insurrección del *país. El himno nacional sonó durante una hora hasta que una voz marcial informó al país que se declaraban el estado de sitio y el toque de queda.*

Después de este anuncio los obreros de la refinería dejaron de transmitir la Radiodifusora Nacional y declararon la huelga general. La junta obrera revolucionaria dispuso brigadas de peones para organizar la resistencia en el puerto. Un grupo marchó al polvorín de la compañía y tomó la dinamita disponible. Cargas de barriles de gasolina fueron lanzadas al río y ancladas con cargas de dinamita para impedir a los buques militares ingresar. Las vías del tren fueron alzadas y la avenida Bolívar, que se convertía en el ferrocarril, fue atravesada por una barricada. Se hizo indispensable nombrar al alcalde popular.

En las boyas flotantes de la ciénaga donde solía acuatizar la flotilla de hidroaviones se anclaron toneles de brea y gasolina. Y la pista aérea para avionetas fue cubierta de aceite para hacer resbalar los fuselajes.

Después se anunció por el altoparlante que por designación y mayoría de votos de los delegados de la junta, el comandante de la policía del puerto se convirtió en el alcalde popular de la primera ciudad libre de Colombia, el puerto del Cacique.

Vinieron días de almuerzos comunitarios y sobrevuelos de aviones militares y llamados al diálogo hechos desde la Radiodifusora Nacional de Bogotá entre vals y vals de Strauss.

Los obreros sabían que tener el control de la refinería era tener el control del combustible que urgía al gobierno para mantener abastecido el país, pero el resto de las ciudades no había seguido el norte de la organización revolucionaria del puerto, donde los desmanes y saqueos eran castigados con cárcel y multas.

En Bogotá la revuelta había desembocado en una anarquía acéfala. Las turbas enardecidas por el alcohol habían convertido el dolor del magnicidio en saqueo y quema de los palacios vacíos del poder. Pero el espíritu de la revuelta había sido traicionado por los jerarcas liberales que se sentaron a la mesa con el gobierno y salieron del palacio presidencial convertidos en funcionarios.

*La revuelta de Bogotá fue ahogada por los soldados que reto-
maron la ciudad a sangre y fuego. Los cadáveres putrefactos fueron
apilados en el Cementerio Central.*]

—Entre el Parque Nariño y el muelle del puerto había
cinco manzanas de bares, mercados y carnicerías. Alejandro, al
enterarse de la muerte de Gaitán, había dejado la habitación en
Casa Pintada, la pensión donde pasaba un rebrote de fiebre
palúdica, y fue cuadra por cuadra fotografiando la organización
de la toma. Hizo fotos de los bidones flotantes en el atracadero.
De las cargas de dinamita y de la guardia de relevo que se encargaba de la observación y vigilancia del río y de encender la
mecha si avistaban el vapor del gobierno.

[*Mientras tanto, los presos comunes siguieron confinados junto con el alcalde destituido. Los campos petroleros fueron evacua-
dos. Patrullas de obreros acampaban en el edificio de las directivas
de la compañía y a las afueras del club gringo. Una multitud de
jóvenes y niños hijos de obreros nacionales vinieron de los barrios
de invasión y rodearon el barrio extranjero. Desde las mallas observaban las pocas casas habitadas, las avenidas pavimentadas y
los jardines con césped donde estaban los operarios de la refinería
con sus familias, pero no ingresaron, aunque algunos agitadores
pedían la expropiación de las casas vacías de «los gringos». Solo
algunos de forma furtiva entraron al campo de golf y a las canchas
de tenis.*

*En las calles que acababan en la calle del Molino y hasta el
puerto se acordonaron las manzanas y se informaba a los mirones
con pregoneros que hicieron ver que la policía era gaitanista y estaba de parte del pueblo obrero; la turba bajó los fardos del saqueo
y los dejó en el suelo para que los almacenes de víveres se pusieran
al servicio del poder popular.*

*El segundo día, tras un altercado entre una comisión de obre-
ros que reclamaba una primicia o contribución voluntaria del
treinta por ciento de los ingresos de ventas mensuales para el soste-
nimiento de la huelga, el propietario del depósito de abarrotes, que
estaba junto a la torre de correos, se negó a pagar una gran cifra en
especie. Entonces hubo una refriega entre los obreros en huelga y los*

trabajadores del depósito y se inició un incendió que quemó la bodega del depósito y se extendió a los edificios adyacentes. Los bomberos tardaron en apagar el incendio que consumió tres edificios, entre ellos la torre de correos y la capilla de San José.

El tercer día, para evitar nuevos enfrentamientos, los obreros ofrecieron a los comerciantes conservadores proteger los negocios, pagar la contribución con dinero y trasladarse con sus familias a las casas vacías del barrio de los extranjeros. Ante una multitud de jóvenes y niños de obreros que se habían amontonado contra las mallas que separaban el distrito extranjero de la ciudad, los conservadores desfilaron encaravanados hacia el nuevo alojamiento.

El cuarto día un avión invisible se oyó sobrevolar. Se creyó que era un avión de reconocimiento militar. Después se aproximó en picada como un tiburón del aire y resultó ser una avioneta que dejó caer una lluvia de volantes mediante los cuales el ministro de Gobierno instaba al pueblo a exigir al alcalde popular su dimisión y a la junta obrera entregar de forma pacífica el puerto y las instalaciones de la refinería al gobierno nacional.

El quinto día los obreros determinaron resistir y el sexto alzaron barricadas con enseres y barriles en todos los cruces de las calles principales.

El séptimo, otro avión militar, visible y de guerra, sobrevoló a ras la ciudad, mientras los obreros en las barricadas de las principales avenidas aguardaban en un misterioso silencio la caída de las bombas, pero el avión, al fin, no disparó.

Nuevamente, el octavo día, una avioneta se aproximó a la ciudad a baja altura y por sus altoparlantes se dejó oír una voz estentórea en la que se advertía la vehemencia de las advertencias: «Soy el nuevo ministro de Gobierno, Alberto Lleras, liberal, tienen veinticuatro horas para entregar el puerto del Cacique y la refinería al gobierno legítimo. Invitamos al alcalde popular y a la junta obrera a despejar la pista para abrir una mesa de negociación de entrega de la ciudad. Las vidas serán respetadas. Repito: las vidas serán respetadas».

El alcalde popular y la junta ordenaron limpiar el aceite de la pista para dejar aterrizar la avioneta y reunirse con el ministro *liberal nombrado por el gobierno conservador, y la caravana oficial se dirigió al Hotel del Cacique, junto al río.*

El noveno día hubo movimiento de aviones y barcos por el brazo de Cazabe. Al finalizar el día, el alcalde popular y la junta salieron del hotel acompañados de un ministro solitario vestido de luto y con sombrero de copa y se dirigieron en carros Ford descapotados al Parque Nariño. Desde un palco de la alcaldía, ante la multitud de obreros reunidos, anunciaron que la junta obrera había pactado con el gobierno, el alcalde popular dimitía y se decretaban tres días de duelo por el líder liberal asesinado en Bogotá.

En la décima jornada hubo una misa campal en el Parque Nariño y se instaló una placa en nombre del caudillo en el barrio obrero inaugurado por él unos años atrás, en su gira como candidato independiente.

Así acabaron los diez días que estremecieron al puerto del Cacique. Lo que vino luego fue la estrategia de desmonte de la huelga general y el control de la refinería y los campos petroleros por parte del gobierno. El día once el ministro se dirigió a los habitantes y obreros por el altoparlante de la refinería y anunció por las ocho entradas que daban a la ciudad el nombre del nuevo alcalde. Al día siguiente el vapor militar Hércules ingresó al puerto del Cacique con un regimiento, y los operarios extranjeros pusieron en marcha los quemadores de la refinería, mientras las barricadas eran levantadas por los propios obreros y se desminaba el puerto de los toneles con pólvora y dinamita, y la línea del ferrocarril era ensamblada por los freneros y las carreteras eran despejadas. Sobre las ciénagas flotaban charcos de aceite. El día doce hubo un atentado contra la casa del exalcalde popular y esa misma noche se dio su fuga de la ciudad. El día trece se pegaron en las paredes del puerto volantes de recompensa por la captura de los miembros de la junta obrera y del «peligroso» fugitivo. El día catorce se supo que el exalcalde se había alzado en armas con la gente de Valentín González que operaba en la serranía de los Yariguíes y que tras la muerte del caudillo se había tomado el pueblo del Cacique.

Dos semanas después, empezó a llegar a la ciudad una multitud ahíta de sueño y hambre: eran los refugiados de la toma de

Wilches, la quema de la vereda Aguacaliente, El Playón y el cerro de los Andes y de los pueblos y veredas incinerados por el ejército que perseguía a los bandoleros en la serranía. Familias que llevaban semanas durmiendo en el monte mientras sus ranchos ardían y a quienes había llegado la noticia de que el puerto del Cacique era territorio libre de bipartidismo. Llegaban a pie y en canoas, de la serranía y de los pueblos ribereños, con gallinas envueltas en nacumas y cerdos, perros y niños descalzos y descamisados que seguían a los adultos en un silencio cerval. Dormían en las calles y se alimentaban de las marmitas que los obreros les cedieron de las asambleas permanentes en los días de la huelga general de la petrolera.]

—El puerto del Cacique, que ya racionaba el abastecimiento porque la huelga general llevaba varios meses, resistió con heroísmo y justicia su responsabilidad sin caer en la anarquía, porque el movimiento obrero, después de tres movilizaciones multitudinarias que acabaron en baños de sangre, estaba ya organizado y dispuesto a resistir, por eso lo primero que hicieron sus miembros fue armarse, tomar la dinamita y las armas de la policía, pero no llegaron a usarlas y sacaron a los gringos operarios encerrándolos en su barrio enrejado como si estuvieran secuestrados en su propio edén subtropical. No hubo un solo muerto. Pero la comuna en el puerto del Cacique alarmó al gobierno porque significaba la inminente parálisis del país por el desabastecimiento de combustible y un problema internacional con la potencia que había desmembrado a Colombia en 1903. Con esa huelga los gringos perdieron el tren.

—No lo perdieron, porque el petróleo era para abastecerlos a ellos.

—Pero perdieron la compañía y los obreros nacionales fueron reenganchados. El gobierno en cambio perdió a su pueblo. Porque empezó a castigarlo y a fabricar enemigos. La operación para reducir al forajido Valentín González y a la gente del exalcalde popular fue la primera contra todos los reductos de guerrilleros que se armaron para defenderse del gobierno. En el inicio de esa nueva guerra su hermano entonces cometió un error. Pero invíteme a almorzar mañana y le cuento lo que yo sé.

Al día siguiente apareció en la escuela de Las Nubes un hombre que rengueaba del pie derecho. El hombre venía descalzo, traía desgarraduras en la canilla, el pantalón raído, raspaduras en los brazos y sangre seca en la cara. Me vio y habló en voz baja para no alarmarme. Pidió que lo ayudara. Pregunté si él era el Cacique Chanchón, pero me dijo que no: se llamaba Lucas Melo.

Le pregunté por qué estaba tan estropeado y me dijo que había saltado desde la carretera al basurero de Chanchón. Miré hacia lo alto de la pared de piedra blanca y silbé porque me pareció demasiada altura.

Casi se mata, concluí.

Me dijo que necesitaba ayuda porque no podía caminar bien. Se apoyaba con una varilla en forma de bastón que tomó de la casa del Cacique.

Lo guie hasta un banco de la escuela.

Mi mamá me vio con ese hombre que rengueaba desde la cabaña y me dijo que subiera a la casa y pusiera la tranca. Ella bajó con la carabina que tenía colgada en lo alto.

El hombre le dijo: «No tenga miedo, señora. Ayúdeme que me van a matar». Mi madre se terció el arma al verlo malherido y se acercó hasta donde estaba. Abrió el botiquín de la escuela y curó sus heridas con alcohol y yodo. Luego fue a la cabaña y llevó comida de vuelta y agua y le tendió una cama en la enramada, entre las estatuas de los santos del antiguo oratorio desmantelado.

En secreto hablaban para que yo no los oyera.

Puse el teléfono de hilos, aunque solo oí un rumor gangoso.

«Sí», dijo mi madre: «Lo favoreció santa Bárbara que está en la gruta».

Mi mamá vio el extremo del teléfono de hilos y calló y lo enrolló y dejó al hombre encerrado con candado en el antiguo oratorio. Me pidió que me sentara a comer con ella.

Mientras comíamos preguntó si yo había oído la conversación con mi teléfono de hilos. Le dije que no había entendido nada porque el hilo no estaba muy tenso. Me pidió que no les contara a los otros niños que había un hombre escondido en el oratorio.

Me preguntó si me parecía buena gente o mala gente.

Yo le dije la verdad: parecía asustado, pero no malo.

Se dedicó a cuidar sus heridas y luego salía de la escuela con platones de agua tibia donde nadaban algodones sangrientos. El hombre estuvo días sin salir, y mi madre conversó con él cuando le llevaba la comida. Una tarde el hombre se quedó mirándome mientras lo espiaba con mi periscopio y vi que le decía a mi mamá que tenía una hija recién nacida, que necesitaba encontrar la forma de volver por ella y por su mujer. Fue entonces cuando mi mamá se montó en la bicicleta y se ausentó como cuando iba hasta la hacienda donde había teléfono a hacer llamadas.

Entonces fui a la enramada y le pregunté por qué se había lanzado. Dijo que se había tirado desde tan alto porque sabía que había un basurero para amortiguar la caída. Le dije que era menso, porque al saltar sin mirar podía haber caído en las piedras y no quedar ni para el cuento. Dijo que se salvó porque cayó en las copas de los cedros altos y se encontró de pronto rodeado de maniquís y objetos raros como una casa sin paredes.

Le dije que era la casa del Cacique Chanchón. Solo era invisible la casa cuando estaba uno fuera de ella, pero podía verse cuando se estaba dentro, y él tomó el atajo para caer adentro.

Preguntó cómo podía alguien saber dónde estaba esa casa si era invisible desde afuera. Le dije que por el tapete de esterilla naranja que estaba en la entrada.

Me pidió él también que no contara a nadie que estaba allí escondido. Dijo que necesitaba esconderse hasta que pudiera afirmar su tobillo que ya se estaba deshinchando y me mostró el pie grande por lo hinchado sacándolo de las chancletas viejas de mi mami.

Dije que a nadie podría contárselo porque ya no venían los niños a la escuela.

Preguntó por qué.

Solo pude sacudir los hombros.

Le presté el periscopio para ver.

Él miró la carretera y se detuvo en una cruz a la orilla del camino.

«Hay una cruz», dijo.

Yo lo oía acostada en el piso mientras miraba en el cielo de acero una espiral de gallinazos que eran puntos negros dando vueltas sobre el basurero y otros que venían en bandadas desde las cumbres de la serranía hasta la cárcava del barranco de Chanchón.

Le dije que desde hacía un tiempo habían empezado a aparecer esas cruces en la carretera. Mi madre no me dijo quién las ponía. Pero aparecían después de que se había marchado la ambulancia que recogía a los muertos que dejaban abandonados, para que los carrotanques de ACPM y gasolina y las volquetas de asfalto siguieran pasando. Clavaban las cruces en horas en que no se dejaban ver, como si las dejaran las ánimas en pena.

«Ya viene su mamá, será mejor que no nos vea».

Volví a la cabaña y él se escondió en la escuela.

El hombre desapareció sin que yo supiera cómo.

Al día siguiente de su partida se incendió la escuela y fuimos a dormir a la casa de Bernarda. Busqué a la perra Petra para que nos cuidara pero no estaba porque se había ido de cacería, dijo Bernarda.

Me despertó en la madrugada el rumor de un carro.

El que lo manejaba era Miguel A.

Mi mamá nos presentó. Vestía de saco y corbata, llegó en su carro por nosotras y nos fuimos para siempre de las montañas gemelas.

Al principio le incomodan los golpes de la carne contra la madera. Sobre todo cuando la vibración del carro lo hace golpear la cabeza contra la rigidez de la tabla del ataúd de madera basta y lo obliga a mantener el cuello rígido como un pavo. Con las horas, aquel hombre vivo se va encogiendo dentro del cofre de muerto y permanece atento a reconocer los sonidos que vienen del exterior para saber aproximadamente en qué punto del camino están.

Sonidos que diferencia con astucia animal. Aísla los que son humanos de los del ambiente. El paso por una quebrada, voces lejanas, ladridos de perro, y trata de imaginar el resto: pasan la quebraba del Medio, ladran los perros de la tienda, oye los bramidos de las vacas del corral, ruidos propios del lugar por donde avanzan en el camino al pueblo del Cacique. Aún deben estar cerca del basurero, cuando el camión de Lidio Orozco se detiene.

Calcula que se encuentran cerca de la Tienda Nueva en Montaña Redonda y que han dejado atrás el paso por Montefrío. Lo supone porque ahí se detuvo la volqueta cuando lo llevaban preso y vieron a una mujer adusta de pelo reteñido que atendía a los viajeros en medio de una pared llena de tabiques con granos, jabones, panes, flores secas, velas, tabacos y salchichones resecos desde la volqueta de la alcaldía mientras los verdugos tomaban café y aguardiente.

Se oyen voces y una de las puertas que se destranca, y unas sacudidas fuertes hacen vibrar la carrocería del camión atestado de muebles, colchones, mesas y ataúdes.

Luego el camión se pone en marcha.

Más adelante encuentran el retén militar.

Oye la voz de Lidio Orozco diciendo su número de documento y el lugar de compra de las mercancías. Lidio Orozco dice que lleva muebles para el pueblo del Cacique y más allá al puerto del Cacique. Aclara que los ataúdes son para la funeraria de su esposa Anselma porque ya no los fabrican en el pueblo. Los compró en el Parque Romero, y enseña la factura.

—Tienen mucha oferta de ataúdes ustedes.

—Es que desde que están ustedes hay mucha demanda —responde, desafiante, Lidio Orozco.

—De razón que los dueños de una funeraria puedan comprarse un camión Chevrolet 3100. Ustedes dos, requisen la mercancía —alerta a los soldados la voz de mando.

Dentro del camión no hay manera de revisar todo, salvo que los dos soldados bajen los muebles para examinarlos por dentro. Hacen una inspección rápida.

Desde adentro percibe que un cuerpo sube a la carrocería y que se abren las tapas del ataúd que está encima de aquel que ocupa, pero vuelven a cerrarse.

—Aquí no hay nada, mi cabo —dice el soldado que subió a la carrocería.

El camión se sacude cuando el soldado baja a tierra.

—Pueden seguir con su trabajo.

—Y ustedes con el suyo —dice Lidio Orozco.

La voz de mando da la orden de alzar el lazo atravesado en el camino.

Desde el ataúd donde va oculto Lucas Melo se oye el trote obediente de los militares que se apresuran a quitar el obstáculo del camino.

Por una grieta alcanza a filtrarse un poco de luz, pero no distingue aún el agujero en las junturas de las tapas por donde más adelante podrá ver a la familia que abordará también el mismo vehículo y se instalará en otros espacios del camión de Lidio Orozco.

Ahora que el arrullo del motor se aleja del retén militar siente que puede respirar de nuevo dentro de su refugio, pues había estado conteniendo la respiración mientras la inspección militar.

Hace inhalaciones largas y exhalaciones lentas por la boca para que su respiración se acomode al aire que cada vez se pone más enrarecido dentro del ataúd.

Piensa que estuvo a punto de ser descubierto y que tal vez los hubieran matado a todos, a Lidio Orozco por ocultarlo y a la maestra y la niña por esconderlo y ayudarlo a escapar de esa forma rocambolesca.

—Les debo la vida a usted y a su hija. Dígale de parte mía, cuando despierte, que no pude despedirme, pero que siempre la llevaré en mi corazón.

—Usted también, sin saber, nos ha salvado la vida.

El viaje es inquietante y todavía no sabe si está a salvo. Calcula que la carretera desciende por los potreros y trigales de la hacienda La Siberia y luego rompe los cafetales de la hacienda La Germania, con sus cabezas de venado adornando las paredes y las olletas sacadas del cementerio indígena en sus pasillos. Luego cruzarán dos puentes colgantes y la ladrillera y verán la capilla de Chimitá en medio de las grandes piedras que arrastró una avalancha de tiempos del Cacique.

Solo lo imagina por la sensación de que el camión va empinado mientras desciende de la alta montaña. Pero no puede estar seguro del punto por donde avanzan hasta que oye el sonido inconfundible de las gallos de pelea de Cantagallos.

En la mañana, cuando la carroza rompió la niebla y Lidio Orozco hizo aparición en la escuela y entre ambos bajaron los ataúdes para que se pudiera acomodar en uno de ellos, la maestra de la escuela de Las Nubes le entregó una botella de vinagre llena de agua para que tuviera algo de tomar durante el camino.

Lo que va a ocurrir a continuación, pero que Lucas Melo no podrá ver, es que el camión de Lidio Orozco se detendrá en lo que parece ser una gallera a orillas de la carretera y subirá una familia.

De afuera solo percibe música arrabalera distorsionada por una radio gangosa.

La voz de Lidio Orozco y la voz de una mujer y la de un hombre y la de un niño que rezonga cuando lo intentan convencer de que suba a la carroza llena de ataúdes estremecen a Lucas Melo y lo ponen alerta en la carrocería del camión. Los ataúdes que están por encima y alrededor del suyo son bajados.

Luego la voz de la mujer pide al niño que deje de llorar y se acomode adentro. El niño grita porque les tiene miedo a los ataúdes y al parecer es golpeado por la mujer para que guarde la compostura y no les haga perder más tiempo. El niño deja de dar alaridos y los cambia por hipidos y ligeros gemidos, que se opacan cuando cierran la compuerta del ataúd sobre su cara. Desde adentro parece patalear mientras alzan el ataúd por las asas y lo acomodan sobre la pila de cofres. Los adultos se ponen en los ataúdes de arriba de las dos columnas. Los que están abajo crujen por el peso de los vivos que llevan encima.

El camión de Lidio Orozco continúa con los nuevos pasajeros. A veces la madre del niño lo amonesta para que deje de llorar golpeando la cara interna de su propio ataúd con la rodilla.

Cuando el niño oye la voz de la mujer que proviene del cajón de arriba, se desespera y llora arrebatadamente. El niño patalea y golpea con los codos las paredes rígidas del ataúd como si sufriera un ataque. Un gran sacudón por las zanjas del camino acalla la furia del niño al golpearse la cabeza. El niño sigue llorando ahora un poco más quedo. La mujer alza la voz y le dice:

—Julio, si no se calla, van a matar a su papá. ¿Eso es lo que usted quiere? ¿Que lo maten como mataron a su tío? Si lo matan es por culpa suya.

El niño inmediatamente se calla.

Y así permanece el resto del viaje, porque acaso logra dormirse.

Poco después el marido llama a la mujer desde otro ataúd que se encuentra a su derecha.

—Virginia, ¿usted guardó las argollas de matrimonio?

La mujer dice que el niño las tiene escondidas en los calzoncillos.

—A los niños no los requisan —explica la mujer.

El hombre calla.

El niño, sin embargo, llama a la madre más adelante.

—Mamá.

—Ya le dije que se calle, ¿o quiere que nos bajen del carro y nos maten a todos?

—Tengo popó —informa el niño.

—Ni se le ocurra cagarse, Julio Gaona.

—Mamá: ya qué.

—Ahora va a salir el pisquero y por su culpa nos van a matar a los tres —dice la madre. La voz del padre se oye desde otro ataúd:

—Virginia, yo también me voy a orinar en este encierro, mejor dicho ya me voy a salir de aquí y mejor me voy sentado porque esto es peor que estar muerto.

—No haga eso. Quédese metido que nos va a hacer matar a todos.

—Los policías ya quitaron el retén de la entrada del pueblo —dice el hombre.

—Pero la gente en la carretera lo puede ver y después metemos a Lidio Orozco en un problema por salvarnos.

El hombre decide abrir el ataúd y salir. La mujer abre poco después y sale también. Luego oye que abren el ataúd donde está el niño y le ordenan salir.

—Salga que ahora nos va a tocar pagar el cajón por culpa suya, cagón.

El camión de Lidio Orozco continúa su paso lento por la carretera.

Desde adentro de su ataúd logra ubicar el hueco por el que se filtra la luz y espiar a la familia.

Todos son delgados y fuertes, como si trabajaran por igual. El hombre debe ser mayor que ella y tiene todo el pelo gris. Ella aún es joven. El niño tiene el pelo revuelto y va sentado con la cabeza entre las manos, mareado o sumido en la vergüenza de estar sucio. Se acuerda de la botella de vinagre y la destapa cuidadosamente acercándola a la boca para descubrir con claustrofóbica satisfacción que no es agua lo que puso la maestra en la botella de vinagre sino aguardiente. Alza la cabeza para tratar de inclinar la botella y dejar correr el líquido en la boca, pero la botella se atasca a la altura del brazo sobre el pecho y le es imposible ponerla en posición, y el aguardiente corre por su sobaco y moja el ataúd, empapándolo.

Un chorro brillante y un olor inconfundible salen por la juntura de la madera y llegan hasta el zapato del hombre. La mujer nota de inmediato el líquido, lo huele y le enseña aquel rastro con gesto de mantener la boca cerrada para alertar a su marido.

El hombre afirma con la cabeza y no vuelven a hablar.

En medio del sopor y el olor a mierda y aguardiente, se queda dormido. Cuando el camión se detiene en el pueblo del Cacique y acaban de bajar la primera tanda de muebles, ya no hay señales de la familia. Lo despierta el sonido inconfundible de las cajas de madera siendo puestas en el suelo. Los diez ataúdes en dos columnas son descargados. El del medio es el ataúd donde sigue escondido.

La voz de Anselma lo saluda desde afuera, llamándolo por su nombre:

—¿Está vivo o está muerto, Lucas Melo?

—Creo que sigo vivo por amor —dice Melo.

—Por eso es que vale la pena vivir.

La tapa del ataúd se abre y la mujer está allí, de pie, mirándolo sobre su falda negra con franjas de seda de colores al través y le tiende la mano.

Lucas Melo se levanta por sus propios medios.

—Ahora ayúdeme a alzar este que está vacío para sacar a Bernarda y a Libardo que vienen en los cajones de abajo. ¿Llegaron bien Marco Antonio Martínez y su mujer? Espero que sí, porque ahora los voy a contratar para hacer los ataúdes. Norberto me dio permiso de esconderlos en la planta del gas y ahí pueden seguir trabajando en la carpintería.

Y Anselma golpea con los nudillos los ataúdes de debajo.

—Ay, comadre —dice la voz carrasposa de una mujer—, viajar en esta tecnología es peor que morirse. Ahora sí me di cuenta de que tenemos que hacer ataúdes con espumilla, para que los muertos se vayan más cómodos al otro mundo.

El hombre encerrado en el otro ataúd da un alarido como los que se sueltan para llamar a los caballos, «ajúa», y esa es la señal de que todo está en orden dentro de su ataúd.

Entonces Lucas Melo ayuda a descargar el camión de refugiados.

Las mujeres dormían en el barco como lirios extenuados

—Ve a comprar comida para el viaje, Custodia.

—Podríamos esperar tres días a que salga el David Arango para que así viaje más cómoda, señora.

—A mi edad no me puedo dar el lujo de esperar tres días. El vapor Ayacucho está bien para mí. En cuatro días estaremos en El Banco. En Mompox escribió mi hijo por última vez a Lucía. El viaje hasta allá es largo y la comida en segunda clase es arroz, yuca y fríjoles, me dijo un encaletador. No me gustan los fríjoles, Custodia. María de Jesús Serrano hacía fríjoles tres veces por semana para mortificarme y yo me los comía de mala gana para mortificarla. Cuando me veía escogiéndolos del plato, me decía: se los come. Yo decía: no me gusta. Ella decía: el pobre no tiene no me gusta. Pero ella era como el poema de la pobre viejita. Mi papá Epaminondas intercedía por mí: déjela que coma lo que quiera. Ella era muy brusca conmigo, por eso yo no le decía mamá. Se lo come, me decía. Y toda la semana hacía fríjoles. Y ahora algo me gusta el arroz de fríjoles, pero no me gusta el hígado, y el encaletador me dijo bien claro que en este viaje iban a dar hígado porque ya llenaron el refrigerador. Todavía se demora en zarpar, porque no han terminado de cargarlo. Llevaremos fiambre por si es menester.

—¿Y qué quiere que le compre, señora? En las ventas del puerto vi panochas, tortas de cazabe, fritos y chicha de piña.

—Vaya hasta el centro, Custodia. Quiero dulce.

—Pero eso son galguerías, señora. Perdone que tenga que recordárselo yo, pero usted no puede pasar agonía con su enfermedad.

—No mencione mi endriago, Custodia. Traiga chuches y que sean bastantes para repartirles a los niños que van en el barco. Arequipe Topayo. Veleños. Tubitos de leche. Chocolatinas. El pan de dulce es para ambas, y si quiere algo de sal traiga queso de cabeza.

Por un instante percibe que el piso del barco se mueve. Se empina y alcanza a sostenerse de un barandal. Abajo empiezan a cargar vacas en uno de los planchones de proa ligados al vapor Ayacucho.

—Esas reses estremecen el barco, señora. ¿Está cansada?

—Estoy muy vieja como para perder el tiempo descansando. Mompox y Loba están lejos, Custodia. Después tenemos que volvernos por río hasta el puerto del Cacique.

—Parece cansada.

—Esa película me achicopaló. Verlo vivo, verlo moverse, verlo igual a como era hace tantos años. Era mi primer hijo. Cuánto se parecía a su padre. Yo le conté que estaba embarazada a María de Jesús Serrano por teléfono. Ella dijo que iba a venir a la casa donde vivía con mi primer marido a hacerme un baño de hierbas. Llevó albahaca y menta, yerbas dulces. Las puso a hervir en una jarra esmaltada. Dijo que me bañara y luego que me echara la cocción tibia. Cuando salí del baño con restos de flores de manzanilla en el pelo, me esperaba en el comedor con un trago de aguardiente. Me dijo que aún no se me notaba la barriga. Yo me fruncí en la toalla. Le dije que era el cuarto mes. Me preguntó qué quería tener. Un niño estaría bien, pero lo que fuera también. Ella me dijo, mirándome el cuerpo como si pronosticara: pues se va a quedar con ganas, porque viene niña. Lo decía solo para no darme la razón, como si yo aún fuera una mocosa y ella tuviera que mostrarse superior a su hija ante mi papá Epaminondas. Pero estoy segura de que sabía, con solo verme, que sería niño, porque ella en todos sus embarazos tuvo solo mujeres, si es cierto lo que presumen las parteras por la forma de la panza. Ella quería tener hijos varones y solo nacían mujeres. Yo lo tuve y luego solo varones y ninguna mujer para que me acompañara. Menos mal está

337

usted. Rubén Gómez Piedrahita dijo que iba a investigar el paradero de Bienvenido Miller, que se fue a vivir con una muchacha en una ciénaga y nadie lo ha vuelto a ver en su hidroavión por los puertos.

—¿Usted cree que su hijo está muerto?

—Ni lo diga, Custodia. El corazón de madre me dice que insista.

—¿Por qué vamos en barco y no por tierra si es más rápido?

—Ahora yo quiero ver lo que él vio, quiero sentir lo que él sintió. Vaya por las galantinas, Custodia. Pronto va a partir el vapor. Yo la espero aquí.

La servidora se aleja entre la algarabía del puerto, donde ya están levantando las ventas, y sigue por la calle hacia la torre de la iglesia.

Mariquita se queda observando a un grupo de mujeres que parecen hermanas y están dormidas en las sillas perezosas de la cubierta de primera clase como lirios extenuados. Luego entra brevemente al camarote, una puerta pequeña entre las dos camas separadas, y sale llevando en la mano su cartera para irse a caminar hasta la popa del barco donde desciende por la escalera al piso de la segunda clase y ve de cerca las grandes ruedas de paletas detenidas del vapor Ayacucho y sus dos calderas lanzando un humo negro y denso.

En la sala principal hay mesas con pasajeros que ya juegan cartas y dominó y hay un piano en el centro. La anciana avanza por todo el barco buscando algo en particular. Al fin permanece en la cubierta observando a los niños. Juegan con un trompo en el piso calafateado.

Recuerda que su madre fue a visitarla cuando parió y le llevaba de regalo al niño recién nacido una cadena de plata con un pescado con ojo de esmeralda hecho por los plateros de Mompox.

—Nació niño —dijo Matea.

—De no saberlo —dijo la abuela—, y será andariego, porque nació en julio y en luna llena.

Yo me equivoqué, porque lo crie como ella me crio: de forma estricta, para que fuera independiente y no estuviera a las naguas de la mamá. Ella fue así también conmigo y por eso me casé siendo casi una niñita para irme de su lado. Y después me fui del lado de mis primeros hijos, pero esto ya te lo conté muchas veces, querida hermana.

Los cargadores ahora suben canastas de cerveza que tintinean por un delgado puente de tablones a la bodega que está bajo la línea de flotación del barco. La nave ya se encuentra al tope de su capacidad de carga y franqueada por dos planchones llenos de ganado y barriles de metal que contienen gasolina. En el muelle flotante y en la serie de casetas de la orilla del puerto hay racimos de plátanos y de yuca y sacos de yute con pescado salado. Hombres sin camisa protegiéndose la cabeza con una lanilla roja, con los cuellos y la espalda completamente tiznados y los ojos escaldados, acarrean bultos de carbón desde la orilla para alimentar la caldera del barco, son los fogoneros. Hay dos familias en la cubierta de pasajeros despidiéndose con la mano alzada de sus seres queridos en el puerto. Y Custodia nada que llega.

El sol ambarino se refleja en los regueros de agua que hay en la orilla.

La anciana abre su cartera de cuero negra y extrae aquella fotografía que le hizo Rubén a su hijo junto a un barco de pasajeros. Su hijo camina mientras observa ese barco anclado en cualquier barranco. Ese pasajero borroso es su hijo.

Junto a la cabina del timonel de la fotografía hay unas sillas mecedoras. La anciana guarda la fotografía en su cartera, se acomoda en una mecedora de ratán y pone los pies en la baranda del vapor Ayacucho. Observa el pueblo y el puente. El buque deja escapar un alarido de sus dos calderas. La mujer alza la mirada sobresaltada y ve las altas columnas de humo disolviéndose sobre el río. En los tablones de embarque aparece Custodia con las golosinas.

—Aquí estoy, en este río por donde se fue mi hijo.

—Conseguí almojábanas.

—Qué bueno, porque el viaje será más largo de lo que pensaba.

[«*No se puede conocer un río desde el puente. Quiero ver el puerto donde se embarcó mi hijo perdido*», *dice a la hermana Ana Dolores que fue lo que pensó al embarcarse para descender por el río hasta El Banco desde el puerto de La Dorada.* «*En Santana hay un barrio de la compañía holandesa. En ese brazo están las bodegas y la boya del hidroavión. Ahí era donde llegaban los trabajadores de la estación de bombeo del oleoducto. Y ahí es donde pudo haber embarcado para Cartagena o para Barranquilla*».*]*

Magazines Kodak

[*ANTES DE CONOCER EL EXTRANJERO,
CONOZCA SU PAÍS PRIMERO
Expedición de exploración deportiva y foto aficionados del club fotográfico saldrá el próximo junio para explorar los ríos Meta, Guayabero y Caquetá. Pesca y caza y hay espacio
para una cámara más. Se solicita referencia.*

Joseph Miller propuso la cuarta expedición con ese anuncio en el periódico. Iríamos en el hidroavión a llevar dos inspectores de la pista de aterrizaje que estaba construyendo una nueva compañía holandesa en El Refugio, un pueblo de forajidos sobre el río Guayabero.

Por intermedio del distribuidor autorizado de la Kodak en el puerto, Leo 12, el atractivo de la cuarta expedición era proporcionar la novedad de novedades de la Kodak: estrenar la Cine-Kodak Eight Magazine de 8 mm.

«La cámara funciona a cuatro velocidades, al gusto: 16, 24, 32 y 64 fotogramas por segundo. Se carga con "magazines" de 7.5 metros de película Cine Kodak Super-X Pancromática, o Kodachrome en colores, cuyos precios incluyen el revelado. Pida a su distribuidor Kodak que le enseñe esta soberbia y nueva cámara.

340

Eastman Kodak Company», rezaba el anuncio en la misma página del periódico.]

—Durante la expedición haremos varios aterrizajes. Uno para recoger a los holandeses y cargar el correo en La Dorada. Otro en Orocué para dejar la correspondencia y conocer el güio, y el tercero sobre el río Guayabero, desde donde iremos por entre la llanura al río Yarí con los peleteros de jaguares. El capitán Bienvenido Miller les mostrará desde el aire los ríos navegables de los Llanos, que son más grandes y más largos que el de La Magdalena, y la frontera entre los ríos afluentes del Orinoco y los afluentes del Amazonas, hasta el Caquetá. Hay que cuidar la lengua, porque vamos a atravesar tierra de liberales de hueso colorado. En los Llanos, si usted es godo lo pueden empalar los guahíbos, o le cortan la lengua los llaneros y le meten un chocato si se pone de bocón a hacer comentarios sobre las elecciones que vienen en El Refugio, pueblo de disidentes, prófugos y forajidos.

Rubén está escéptico con la cámara de cine.

—Leo 12 nos va a cobrar una fortuna —dice.

—No. La cámara de cine la envió la Kodak para ser probada. Está asegurada contra accidentes. Y la vamos a alquilar y a operar entre todos. Es fácil usarla: es como una de fotografías pero con el obturador abierto. ¿Quién es el otro en el listado?

—Su hermano.

—¿Mi hermano? No puede ser. Es imprudente y está loco, porque solo un loco renunciaría a ser ferroviario para ser chofer de carrotanque en la carretera del Catatumbo. Nos puede meter en serios problemas. Además no es ni liberal ni conservador, sino nigromante. Se está volviendo loco de leer libros espiritistas con los masones de Wilches.

Rubén mira a Alejandro y le dice que no hay alternativa: el hermano lleva un año pagando la membresía del club y eso le da derecho a participar si paga su cupo en la expedición.

Dos días después Alejandro y su hermano Ramiro, que acaba de llegar al puerto desde el Catatumbo, y Rubén, con instrucción de Leonardo Buenahora, repasan cada detalle de la cámara, su calibración, cómo activar las bobinas, cómo darle cuerda, cómo cambiar los rollos de siete metros de película. Al día siguiente, mientras avanzan en la canoa que los lleva hasta el hidroavión, hacen el primer fragmento de tres metros, con doscientos cincuenta fotogramas. Alejandro y Rubén han embargado su salario para poder comprar tres rollos de película de 8 mm al laboratorio de Barranquilla. La cámara la alquilaron con seguro por daño irreparable, con una póliza en la que nombran fiador a Patricio Borja, quien les anuncia en la partida: «Si la dañan no les alcanzará la vida para pagarme este chico».

Graban a Borja despidiéndolos en la orilla. Avanzan por la ciénaga, donde los espera Joseph Miller en el hidroavión. Allí, haciendo muecas ante el camarógrafo y enfocando los caimanes petrificados y las tortugas parsimoniosas en la orilla, empieza la cuarta y última expedición del club fotográfico.

Bienamada:

Vamos por la trilla del ganado en busca del morichal donde fue visto el güio, como llaman a la anaconda en este lugar inhóspito que huele a selva empapada de niebla del Brasil. El morichal está a medio día de camino por esas planicies ocupadas por colonias de chigüiros y ocarros, y a una jornada está el pueblo del Refugio. Nos vamos turnando las filmaciones con la cámara de cine. Grabamos a un oso palmero. Grabamos a los llaneros descalzos que persiguen con gritos y cantos al ganado descarriado por las llanuras del Yarí. Vamos a caballo para hacer más rápida la jornada y regresar al día siguiente al hidroavión.

El capitán Miller nos había pedido que evitáramos sentarnos en dos de los baúles de madera que venían entre los demás baúles del correo porque son delicados. Deben ser entregados en el caserío personalmente por él a un hombre al que llama Salcedo, que allí se refugia como tantos otros fugitivos.

Ramiro habla de esoterismo cada vez que encuentra oportunidad, de teosofía y espiritismo. Estudia historia de la Edad Media y de los templarios, lecturas que ha extraído de las reuniones con los masones que se dan cita cada viernes en el templo de Puerto Wilches. Cree en el magnetismo de los árboles y de los volcanes, y en especial el magnetismo de los rayos del Catatumbo. Estudia magia negra y blanca. Pero solo recurre a la blanca, aclara. Quiere conocer a los brujos de la selva. Los vendedores de pieles que las tenían clasificadas en el puerto por especie y tamaño de animal decían que esos brujos se transformaban en jaguares y que eran los más difíciles de cazar porque iban solitarios. «En cambio los demás jaguares siempre van en pareja y solo hay que matar a la hembra para que el macho después cometa el error».

«El tigre más distraído es el tigre enamorado», le comenta Ramiro más adelante al peletero al que le comprará una piel de «tigrito» mariposo.

Me siento asfixiado por el calor. La humedad caliente está en la ropa, en el aire que respiro, en mi piel goteante. Mi carácter se pone distante mientras permanezco atento a la algarabía de los pantanos, a las bandadas de ibis, garzas, alcaravanes y los huesos faciales de los llaneros.

El morichal es una suerte de oasis de palmas donde permanece la humedad de la época lluviosa. Allí vienen a beber los hatos de ganado, los chigüiros y los «tigritos», como llaman ellos a los jaguares de cariño, y en sus fondos cenagosos hiberna la anaconda, que todos llaman «güio».

Los caballos entran en las aguas con desconfianza. Pisan y chapotean y avanzan siguiendo el paso del guía. Las mulas de carga con los dos baúles de contenido delicado bordean el morichal para no poner en riesgo la encomienda. El caballo en que va mi hermano Ramiro pisa el fondo del pantano y recula. Es el tercero en la hilera de la expedición. Ramiro aprieta al caballo con las rodillas para forzarlo a avanzar. El caballo se pone ansioso con los golpes, pero no avanza. «El caballo tocó algo y tiene miedo». Ramiro da golpes firmes en las ancas con un chamizo y el caballo se encabrita y alza las patas delanteras, dando con Ramiro en el agua. El caballo huye y el guía da un rodeo por el estero para capturarlo.

Ramiro queda gris y anuncia que ha tocado la piel fría de la gran serpiente.

El guía busca entre el pantano hasta dar con el respiradero, saca una vara con nudo corredizo y rápidamente engancha la cabeza. La extrae y envuelve un lazo en las fauces para permitirle respirar pero evitar una mordida. El animal vivo se retuerce entre las aguas que se agitan.

Ramiro huye, espantado, y encuentra tierra firme. Cuando el guía asegura la cabeza, los dos ayudantes empiezan a halar el rabo y van sacando una anaconda que parece infinita a medida que la estiran, pero que al final mide diez metros. La extienden sosteniéndola entre todos en la trilla del camino. Me tiembla el pulso para hacer el registro. En el chapoteo salpica barro a la cámara.

Me preocupa el lente mojado. Lo limpio con una lanilla que también está húmeda. Hago girar la manivela y grabo el idioma cifrado en la piel del animal. Grabo su largor y grosor y los contrasto con los brazos minúsculos de los hombres que sostienen su enorme cuerpo y su cabeza de abuela precámbrica. Luego la liberan y el animal silencioso se desliza en el morichal.

La casa donde el piloto tiene que entregar los baúles del correo está habitada solo por una mujer. Es una mujer de mirada oblicua, como si nos vigilara, con el pelo gris y trenzado, la espalda tan ancha como sus caderas, usa sandalias de cuero y saluda al aviador Joseph Miller como si lo conociera de antes.

Salcedo se encuentra en la casa de la hacienda, a cinco horas de camino. La mujer ofrece guarapo y pasta de tabaco que se pone bajo la lengua y hace salivar. Se llama chimó. Los llaneros usan pasta de chimó para mantenerse despiertos en las largas jornadas atravesando extensiones de llanura.

Nos invita a pasar la noche y al día siguiente continuar hacia la hacienda. Nos miramos incrédulos. Esto nos aumenta los días del viaje, que va a costarnos un ojo de la cara.

«Si lo que quieren es reunirse con Salcedo».

La mujer abre un cuarto de madera chirriante y extrae telarañas de pesca convertidas en chinchorros que el guía llanero guinda entre las uniones de los postigos de chontaduro que sostienen el techo de zinc.

La noche suaviza los colores del atardecer sobre la llanura y una luna de queso se eleva rápidamente. En la noche mi hermano Ramiro, que es curioso, abre la cajonera del comedor y descubre que todos los cajones están llenos de armas: escopetas, revólveres, fusiles del ejército regular y balas.

Me enseña su hallazgo. La intuición y la lógica son insuficientes para saber quiénes son estos llaneros y para qué necesitan tantas armas y dinamita.

—No nos confiemos: algo me dice que esta vieja es chusmera —dice Ramiro.

Le dice a su hermano que calle la boca y deje de fisgonear.

Duermen en los chinchorros y al amanecer un caballo a todo galope se acerca por la trilla del camino.

El recién venido habla con la mujer a gritos:

—Se están robando el ganado estos doblemalpa y es gente de El Refugio.

—Catrelamadres, vamos a darles candela.

La mujer entra en el recinto y abre la cajonera donde Ramiro estuvo husmeando la noche anterior. Extrae de allí dos fusiles M1 Garand del ejército regular, y se carga uno a la espalda. Al llanero recién venido le entrega uno. La mujer sube a uno de los caballos a pelo como una amazona y sale a galope por la sabana.

Alejandro filma la cabalgata de los llaneros desde la ventana de la casa.

La expedición toma el mismo camino que tomaron la mujer y el llanero. Dos horas después se encuentran a la pareja, que regresa por la trilla.

—Llegamos muy tarde y los abigeos rompieron el alambre anoche —explica la mujer con los huesos de la cara más acentuados en una expresión agria—. Salcedo está en la casa del hato y dijo que allá los espera.

Cuando la mujer los deja atrás, Alejandro comenta a Miller:

—O no lo vieron, o se les escapó el ladrón.

—Yo pienso que más bien no se les escapó —sugiere Ramiro.

A mediodía llegamos a la casa del mayordomo del hato. En la casa de tabla hay una niña boba vestida de negro. Filmo las texturas de las tablas, la imponente ceiba deshojada, los animales ansiosos por nuestra presencia y los objetos de la familia, hasta detenerme en la pata de gallina disecada. Está colgada de una grapa en la pared de tabla. Dejo de filmar.

Ramiro alza la voz y dice que eso es una huella indudable de magia negra, que no deberían tener allí aquella pata.

Lo miramos con indiferencia.

Pregunta quién la puso. Nadie entiende por qué mi hermano dice lo que dice.

Ramiro pregunta qué le pasa a la niña, por qué tiene moretones en los brazos.

Una mujer, quizá la matrona, con el estómago de embarazada debajo del vestido azul, explica que es por la bruja.

«Cuando está entiempada, todas las noches viene y con la lambedera deja chupada a la niña».

Ramiro dice que para espantar a la bruja hay que dejar de vestir a la niña de negro. Hay que quemar la pata de gallina. Y hay que tumbar la ceiba que brinda sombra a la casa.

«No se puede, porque es el hombre-árbol», dice el guía.

Alzo la cámara pero Rubén me hace gestos con el ceño fruncido para que no filme a la gente.

Algo en la actitud de mi hermano Ramiro empieza a enrarecer la mirada de todos.

Ramiro no se da por enterado y pregunta de nuevo por la pata de gallina.

La mujer dice que estaba allí desde siempre, desde que llegaron a sacar oro en esa punta de la hacienda. Quizá la dejaron los antiguos vivientes. De todos modos nadie se atrevió a quitarla.

El piloto pregunta dónde está Salcedo.

Ramiro toma la cámara y graba de frente a la mujer embarazada y Rubén se interpone entre ellos dos.

La mujer dice que solo viene una vez por mes, que suele enviar a su marido a hacer encargos en lugares distantes donde puede durar cuatro horas en llegar y cuatro horas en regresar, de tal dimensión es la hacienda.

En algunos puntos donde no hay alambre, los abigeos sacan de noche el ganado hacia otros hatos. Si el ganado no está marcado, nadie se da cuenta de que es robado. Una vez al año el ganado es recogido y marcado con hierro al rojo. Salcedo lleva una semana marcando el ganado y por eso no vendrá, explica.

Ramiro arranca la pata de gallina de la grapa y va a quemarla fuera de la casa.

Voy a hablar con él.

Le digo «qué mierda crees que haces», y él intenta hacerle muescas con un hacha al gran árbol deshojado. Cuando se lo digo, lanza más hachazos con golpes de leñador, pero el gran árbol parece inmutable.

Dice que si tumbaran la ceiba, la raíz perdería fuerza y la tierra se iría erosionando y con el tiempo tumbaría la casa. Y me ignora.

Insiste en que es preferible que se caiga a que siga viniendo la bruja, o nadie podrá vivir igual en esa casa.

Luego vuelve adentro y pregunta: «¿Cómo se llama la niña?».

La mujer se queda viéndolo con incredulidad.

«Como no está bautizada, el patrón la nombró Érica Bohórquez».

Ramiro explica que es imperativo bautizarla.

La lleva a la alberca para bautizarla.

«Yo te bautizo en el nombre de Dios, Érica Bohórquez».

La gente de la casa, inexplicablemente, se persigna y le empieza a dar la razón a Ramiro.

Dicen que toda la hacienda está embrujada, porque Salcedo tiene pacto con el diablo. Ellos van a misa a la misión jesuita todos los domingos.

Les pregunto por qué creen esos cuentos baratos. Ni la mujer ni el hombre saben responder. Dicen que su patrón tiene quince gatos y diez mil hectáreas, y para ellos esa es prueba suficiente de que tiene pacto con el diablo porque nadie tiene tanto sin hacer nada.

Ramiro deja de lanzar hachazos a la ceiba, pero el capataz de la hacienda le dice que no hace falta, porque su patrón tumbará la ceiba en los próximos meses, ya está hablado.

La mujer se santigua. La niña boba mira a mi hermano y escurre saliva.

Me llaman la atención las manos nerviosas de la mujer, los pies descalzos de la niña y la espalda cuadrada del capataz, pero prefiero no fotografiarlos.

La mujer dice: «Siento siempre agujas en la manos. ¿Qué será?».

Ramiro le dice que le muestre la casa y sigue buscando símbolos de brujería en los rincones.

Cae la tarde y Ramiro se aleja a la sabana para hacer «ejercicios energéticos»: saluda al sol y abraza el retoño de un árbol de caucho mientras un grupo de vacas flacas lo miran hambrientas.

Rubén pone en marcha la cámara de cine y lo filma, y también el congreso de vacas que hace quorum. Alejandro trata de explicarle que Ramiro está obsesionado con la brujería por las lecturas que hace. Le explica que ve símbolos mágicos porque vivió entre negros esotéricos y está arrobado por el tema.

—Me preocupa que se ponga a hablar mierda y nos meta en un problema en El Refugio por lenguón —dice Rubén—. Me lo advirtieron los inspectores de la nueva compañía holandesa antes de venir aquí: no toda la gente de allá mata, pero todos dejan morir.

—Tranquilo. Él nunca hará comentarios que nos puedan poner en riesgo.

—¿A él no le interesa la política?

—La política le importa un sieso, pero la brujería, el magnetismo y la telequinesia son su disco rayado. De niño decía que se salía del cuerpo mientras estaba dormido y podía ir a donde quisiera, y tonterías así. Por eso yo no quería que viniera porque después creen que el mal es de familia.

El sol es una pesada esfera de mercurio rojo cayendo sobre la sabana. Intento grabar el cambio de luz, pero dice Rubén que la película quedará opaca.

Dormimos en los chinchorros y un caballo visita a Ramiro por la madrugada relinchando de lejos. Luego se oyen pasos cautelosos y el hocico del animal toca la cabeza de Ramiro. Él le acaricia los belfos y el caballo abre los ojos y respira olfateándolo. Se levanta y sale de la casa. Escucho un rumor extraño que hace afuera. Salgo a buscarlo y lo encuentro bajo la ceiba. Le pregunto si no puede parar de hacer ruidos y dejar dormir a los demás. Ramiro dice que está ahuyentando a la bruja con rezos. En el cielo claro está la Vía Láctea, nítida como en ningún otro cielo de nuestra galaxia. La Osa Mayor, Orión en el centro y las Pléyades. Me pregunta cómo hacían los viajeros para guiarse por las estrellas. Le digo, mientras preparo la cámara de cajón para hacer una foto lenta del cielo estrellado, que conociendo un par de constelaciones en el firmamento. La Osa Mayor cambia de lugar según el hemisferio, pero puede usarse como referencia todo el año. Pregunta si todavía pienso en él.

Sé que habla de mi padre, quien observaba las estrellas con un telescopio y solía llevarme a mí, que era el único de sus hijos que se desvelaba para observar el cielo con él.

Le digo que todos los días lo pienso. Mi padre decía que la Vía Láctea era un río volador.

«Cuando mi padre se quedó ciego y dos años después le cortaron las piernas, yo me senté y pedí que se muriera», confiesa. «Y en ocho días se murió. Entonces confirmé que yo tenía poderes psíquicos».

«Por él siempre llevo conmigo una cámara», digo, ya que se puso en plan de confesiones.

Mi hermano me dice que a él ya se le olvidó su cara. «Pienso en la muerte de él y me parece que por su culpa no tuvimos infancia», dice.

Le digo que infancia sí tuvimos, lo que nos hizo falta fue él. Nuestros juguetes eran sus objetos.

La cámara era el juguete favorito de papá.

Dice que él no pudo ser amigo de papá, como yo lo fui. Y agrega que la diferencia es notable: porque yo salí refinado como mi padre, pero él no tiene ningún talento, salvo tocar la bandola, y la juerga y sus poderes mágicos.

Le digo que eso es solo así porque yo era el mayor y lo conocí un par de años más. Pero no le digo nada sobre el talento porque no sé a qué se refiere.

Después de dos minutos, cierro el lente. Pregunta si la foto saldrá en tal oscuridad. Le digo que las estrellas emiten luz y que la larga exposición de este tipo de cámara con trípode puede captarlas, ya he hecho varias y siempre sale una mancha blancuzca como si hubieran sacudido una sábana de polvo en el espacio sideral. El río volador, le digo.

Vuelvo a dormir, sin entender la distancia que me separa de mi hermano. Me ve como un opositor al que hay que desafiar y contradecir. Se aficionó a lo esotérico como por llenar con algo el vacío de su ateísmo.

El silencio del llano es tan intenso y vacío que se puede oír tu propio corazón.

Ya despierto, escucho los cantos que entonan los llaneros en la sabana. Parece que conversaran con las vacas, porque las condenadas les responden.

La manda

Querida hermana:

Fui a San Martín de Loba a buscar una cura para este mal. Custodia me contó de los milagros que hacía el santo en los noviembres durante la fiesta patronal, y como ya estábamos en el río, fuimos desde El Banco.

A la fiesta de Loba va mucha gente. Llegan de todos los pueblos y hasta gente de Italia y Venezuela, desahuciados.

A la madrugada abren las puertas de la iglesia, donde hay una misa antes del amanecer. Llevamos velas negras y monedas de oro atadas con seda roja. Al santo le gustan los pagamentos generosos. Lo que concede vale más que el oro que uno pueda ofrendar. Hay gente que camina sola de espaldas por todo el pueblo siguiendo la procesión. Hay gente de rodillas y descalza andando entre ese nido de piedras donde construyeron ese palenque escondido del río. Luego me llevó donde el curandero que habla con el santo.

El hombre negro entra con las dos mujeres en la capilla abierta a la madrugada. Hay algunas personas velando el paso de san Martín y los nazarenos se preparan para la siguiente procesión. Se dirige con sus ayudantes al altar de las velas de sebo. El hombre pregunta si han traído el tabaco y las velas requeridas. Custodia le entrega las velas y los doce tabacos a la anciana. El hechicero le pide que se ponga de rodillas ante el paso, una pequeña estatua que representa a un hombre rubicundo a caballo, con tricota y lanza como un soldado romano, junto a un mendigo que aferra su mano. El hombre enciende uno de los tabacos y fuma expulsando el humo en las cuatro direcciones. Luego le pide a Mariquita que fume. Enseguida se arrodilla a su lado izquierdo y empieza a susurrar en su oído una oración con frases que a ella le cuesta distinguir.

—Abra la mano.

La anciana abre las dos manos y en la derecha recibe una medalla de plata diminuta de las manos amarillentas del hombre.

—Ese agujero que tiene en la cara es un dolor muy viejo, provocado por el silencio de un secreto que le causa vergüenza.

Ese hombre parecía leer mi cuerpo como un libro, Ana Dolores: ¿cómo podía saber que aborté dos veces? El primer aborto lo hizo mi propio marido, que era médico. El segundo fue en secreto porque no quería darle más hijos a Domingo, que ansiaba tener una niña y solo nacían varones. Nadie aparte de ti, hasta entonces, llegó a enterarse de mis secretos, pero ahora también lo sabía él, y Custodia, que estaba a mi lado y no se me despegaba. La otra culpa que cargaba era haber esperado diez años para buscar a mi hijo. Diez años sin hacer nada, dejando que las huellas se borraran a la intemperie. La llaga en la cara apareció muchos años después de haberme jubilado del hospital. La llaga que me avergüenza y me obliga a taparme la cara con el rebozo. La llaga de la culpa para que nadie me mire.

—Tengo un hijo perdido y lo estoy buscando.

—El santo dice que vaya a la ciénaga y busque al hombre que cruza el río volador. Allá descubrirá algo importante que la ayudará a descansar.

El único hombre que vivía en una ciénaga era el piloto Bienvenido Miller, que, según las señas dadas por mi hijo Timoleón, vivía en la ciénaga de Manatíes. «Tiene que conseguir un gallinazo y sancocharlo. Eso le dará fuerzas para terminar su viaje», me dijo. Después seguimos la procesión por todo el pueblo. Yo la hice con una vela de sebo en la mano. Custodia me contó, en el camino de regreso, que una mujer intentó destruir el paso con un disparo, pero el tiro rebotó y le partió el corazón a la atacante. Un pescador perdió a su hijo y el invocador del santo le dijo que lo buscara debajo de su canoa, porque se había enredado, y allí lo encontró en la red de pesca. Hubo una vez un hombre que fue a pagar la manda después de muerto. En vida sus pies se laceraron entre las piedras y no pudo pasar del cementerio. Solo una vidente reconoció al difunto, aunque iba encapuchado. Cuando terminó el tramo del cementerio, el difunto se detuvo y le dijo al santo: «Ya cumplí, ahora déjeme ir», y se alejó del pueblo hasta desaparecer como polvo en el camino.

EL TELÉFONO MÁS CERCANO

Tuvo que pedalear por la carretera hasta la casa de la hacienda La Siberia para hacer la llamada telefónica. La cocinera escuchó la conversación por el teléfono interno de la habitación y, una vez colgó, le dijo a Lucía que por favor la ayudara a sacar a sus familiares también sanos y salvos de la región. Ellos vivían en la gallera.

No confiaba en esa mujer ni en nadie, pero volvió a llamar y preguntó si era posible sacar a una familia en el mismo vehículo, porque estaban en riesgo de muerte.

Le dijeron que sí, y sería el mismo mecanismo: el camión de Lidio Orozco pasaría a determinada hora llevando un cargamento de muebles. Solo tenían que poner una bandera blanca en la casa donde vivían para poder reconocer los lugares donde debía detenerse y recogerlos.

Del otro lado de la línea telefónica le advirtieron que no podían contárselo a nadie más que a quienes iban a rescatar, de lo contrario los vecinos los delatarían y los militares detendrían el vehículo en el retén.

La cocinera de la hacienda pasó al teléfono y explicó que la familia a la que intentaba ayudar era la de su hermana, escondida en la gallera Cantagallos, con su marido y su hijo.

Luego de colgar el teléfono y acordar mantener el secreto, la mujer le dijo a la maestra: «Yo sé que usted escondió en la escuela al que saltó al vacío en el basurero. Y ellos también lo saben, pero no se atreven a entrar a su casa para sacarlo porque si aparece muerto usted va a ser la testigo y por eso tendrían que matarla también».

Lucía no aceptó ni negó, pero supo que tales escrúpulos le durarían poco a gente que había sido capaz de fusilar civiles en el basurero. Se despidieron en el portón de la hacienda La Siberia y Lucía volvió pedaleando hacia las montañas gemelas.

La leyenda de los tunjos

«Un domingo, le dijo Lucía a Elena, la más desobediente de sus hijas, que la acompañara a traer agua de la cascada.

»Poco después, mientras estaba bañándose en el pozo que formaba la cascada, Lucía le dijo a Elena:

»—¡Hija, vámonos ya que va a oscurecer!

»A lo que la niña se rehusó:

»—¡No, mami, yo me quedo un rato más para jugar con las cabras y después me voy!

»—Vámonos ya, Elena. Son las cuatro y hay que hacer la comida.

»La niña insistió y un rato después salió del agua y comenzó a secarse mientras llegaban las cabras que pastaban por la carretera. Los animales iban a beber al pozo. Lucía se fue para la casa a hacer la comida, mientras Elena se quedó hablando con las cabras y camuros.

»En la casa empezó a oscurecer y la madre recordó que la niña estaba sola en el pozo. Se limpió las manos y salió a buscarla con una linterna en la última luz de la tarde, llamándola por todas partes, sin encontrarla.

»Lucía reunió a los vecinos y entre todos empezaron a buscar a Elena con linternas y lámparas de petróleo por cada rincón, pero por ninguna parte la encontraron.

»Lucía, angustiada, tomó camino por la orilla del río hasta un arenal donde encontró las huellas de los pies de Elena y las huellas de un enorme perro.

»El lunes vino gente del pueblo a ayudar con la búsqueda. El siguiente domingo llegaron los bomberos y voluntarios de cuantos conocían a la familia, todos para buscar a Elena río arriba y río abajo, en tantas partes donde la niña no podría ir por sí misma, como remolinos y desfiladeros. No hallaron su rastro. Por último, acudieron al parlante de la casa cural del pueblo para que pasaran el aviso, por si alguien la había visto. Enterado el alcalde, envió a policías, pero tampoco ellos la encontraron. Parecía que a la niña se la hubiera tragado la tierra.

»Mientras pasaban los días, Lucía lloraba, rezaba novenas y rogaba a Dios por la protección de su hija. Pero al siguiente sábado, igual al lejano día en que se había perdido Elena, ya en la tarde, cuando el sol enrojece las nubes, detrás de las montañas gemelas, a la misma hora en que la niña se había perdido, Lucía escuchó en el potrero el llanto de su hija. Vacilante, se fue acercando al lugar de donde provenía el llanto, con un pálpito en el corazón. Allí, entre la niebla, junto a las cabras y camuros que formaban una algarabía, toda arañada y mugrienta, como si la hubieran arrastrado por abrojales, encontró a Elena.

»Con emoción, la alzó y le pidió que dijera dónde había estado y con quién se había ido, pero la niña callaba y tenía los labios amoratados de hipotermia. Así que la llevó al hospital del pueblo, pues presentía que estaba mal. Cuando la niña ya pudo hablar, la madre le preguntó delante de su médico:

»—¿Qué te ha pasado, Elena?

»La niña explicó que estando en el corral un perro negro la había arrastrado y se la había llevado lejos.

»—¿A dónde, Elena?

»—A la casa de los tunjos, montada en el perro negro.

»—¿Cómo eran esos tunjos?

»—Eran un señor alto y otro enano y calvo. El alto hacía trucos de magia y caminaba sobre el agua del río. El otro era el que cocinaba.

»—¿Y qué te daban de comer?

»—Me llevaban a una cueva que estaba entre las raíces de unos árboles grandes. La cueva tenía ollas de barro, pieles de tigre y antigüedades...».

¿De dónde sacaron las antigüedades?

De la Antigüedad.

¿Había antigüedades en la Antigüedad?

Es que hay muchas antigüedades, no solo una.

¿Y por qué guardaban antigüedades en la Antigüedad?

Porque todo lo antiguo es único.

¿Qué comían?

«"En bandejas verdes que eran hojas de platanillo servían ensaladas, tamales, mazorcas asadas y hongos de colores y frutas y pescados secos", contó Elena. "El alto me llevó en hombros a muchas partes que yo no conozco dónde quedan. A una cascada para ver a un oso y a un pozo azul para ver al manatí. A unas cuevas por donde corría un río oscuro y había pájaros viviendo en la oscuridad, y al gritar hizo aparecer una nube de murciélagos que trazaban espirales en el cielo".

»La niña decía que el perro era otro tunjo, solo que no podía hablar, pero sí recibir órdenes, y fue el encargado de llevarla de regreso a la casa de Lucía, que había sufrido tanto por su ausencia y deseaba tenerla a su lado por siempre.

»Entre sus recuerdos apenas tenía memoria de estar jugando con el enano calvo que le hablaba en una lengua extraña, cuando vio al perro negro venir hacia ella, tan enorme como nunca había visto uno antes, y cogiéndola suavemente con la jeta por el cuello la arrastró y la llevó tan rápido por lugares desconocidos que le parecía que los días y las noches eran cortas, hasta que apareció caminando en el potrero rodeada por las cabras».

¿Entonces los tunjos existen?, pregunté a Alejandro cuando terminó el cuento.

Esta es la tierra del Cacique Chanchón, que se guardó con sus hijos y su gente en estas montañas. Y escondió sus tesoros para que no los encontrara el conquistador Ambrosio Alfinger.

Pero yo quiero saber si existen o si no existen.

Es una historia para que comprendas que las cosas no son siempre lo que parecen, y que hay sitios a los que es mejor no ir.

Mi mamá no quiere que vaya al basurero porque me puede dar tuberculosis.

Lucía no quiere que vayas al basurero, porque ha vuelto Ambrosio Alfinger y quiere robar los tesoros del duende Chanchón y a ti también te pueden robar por haber descubierto el sitio donde los escondieron.

A mí no me pueden robar.

¿Por qué estás tan segura?

Porque la bruja de Tienda Nueva me dijo: chueca, a usted no se la van a robar porque solo se roban lo que vale.

Eso solo lo dijo porque es una vieja chuchumeca.

Y luego simuló que no tenía dientes y me hizo cosquillas en la panza y se rio como si fuera el cacique alto y me hizo prometerle que no volvería sola a merodear el barranco de Chanchón.

Cumpleaños número 10

Fuimos a una ciénaga y allí estaba esperándonos el piloto en un hidroplano grande. Alejandro lo saludó con un abrazo, y luego señaló a Lucía y luego a mí, presentándonos como su familia. El aviador hablaba como nosotros, pero con ligero acento extranjero marcado en las ge y en las erres. A mi madre la saludó con un beso en cada mejilla y me preguntó si me gustaría volar como los pájaros. Le dije que sí. «Yo te enseñaré», me dijo. Pusimos en una canoa el baúl del equipaje y dos pescadores sin camisa la empujaron con dos varas que se apoyaban en el fondo de la ciénaga, hasta llegar a la gran nave. Subimos por el flotador hasta la compuerta. Era un espacio adecuado para poner carga, más dos hileras de asientos para seis personas, y adelante, la cabina del piloto con un asiento al lado para el copiloto. El aviador me dijo que me sentara junto a él. Me puso un cinturón en el pecho, unos lentes de sol, una diadema de comunicación, y cuando la hélice empezó a dar vueltas, oí la voz del piloto que me decía: «Estamos listos para despegar, tripulación, volaremos sobre el río de La Magdalena por toda la concesión y luego cruzaremos por el río Carare hacia el lago de Quesada, para un vuelo aproximado de treinta y cinco minutos. Estaremos listos para despegar cuando la copiloto Elena oprima el botón rojo a la derecha». Yo oprimí el botón indicado y el hidroplano lanzó un rumor, empezó a deslizarse sobre el agua alzando olas con los flotadores y poco después comenzó a elevarse y la ciénaga cubierta de flores de taruya fue quedando abajo, lejos, como un reguero de agua en el piso.

Me mareé. Mis manos asustadas se aferraron a los contornos de mi asiento mientras Alejandro y Lucía se reían en las sillas traseras. Cuando el avión se enderezó, Alejandro se acercó a mi silla y me preguntó cómo iba todo allí adelante. La vista era sublime, con un cielo más que azul, transparente, pero yo estaba muy asustada. Abajo se veía un universo finito como una célula en el microscopio, el río era un paramecio. El sol pegaba en la cara y nos obnubilaba. El avión viró sobre el canal de un río en forma de mano que partía una selva en varias islas y de repente ya no vi más porque un sueño súbito nubló mis ojos y disolvió mis pensamientos.

Desperté cuando cesó el rumor metálico de la hélice del avión y flotábamos ya sobre el agua azul de ese lago de las alturas. El sol estaba espléndido y el cielo despejado. La tierra de la orilla era blanca y el lago tenía olas como el mar. Había pocos árboles y el aire era tan delgado que se enfriaban los pulmones al respirar. Miré a Lucía y en sus ojos se reflejaba la alegría del regreso a la tierra. «El capitán reporta a la tripulación que no hubo novedades en el vuelvo». «Excepto que la invitada durmió como un angelito», dijo Alejandro y celebró con una de sus carcajadas. Me ayudó a quitar la diadema de comunicaciones y dijo: «Buenos días. Ya estamos en el lago, Elena». Entonces me hicieron meter la cabeza en una ruana de lana blanca antes de saltar a la canoa que nos llevaría a la orilla.

Lo que más me sorprendió es que la tierra se reflejaba en el agua de ese lago inquieto por nuestra presencia. De manera que lo que estaba adentro del ojo de agua parecía un espejo de lo que estaba afuera. También me sorprendió el embarcadero, con una hilera de canoas ancladas con nombres de mujer escritos en sus maderas blancas: Luisa, María Rosa, y había una que se llamaba como yo, aquella en la que habíamos venido, pero solo lo descubrí cuando ya estábamos en tierra.

«Feliz cumpleaños», dijo Alejandro, y me tomó una fotografía junto al lago y la lancha que llevaba mi nombre. Luego pasamos el día en esa playa y fuimos al pueblo, y más tarde él se fue a la estación del tren para viajar a la capital y expedir allí su pasaporte, y quedaron de reencontrarse con mi madre dos días después en Quesada. El resto del día viajamos con mi madre por carretera hasta una casa de adobe en medio de potreros de vacas. Me dijo que allí empezó a enseñar. Estuvo melancólica y ausente mientras yo jugaba con los estudiantes, con quienes nos hicimos amigos enseguida.

Ese día mi madre me entregó un paquete envuelto en papel de seda que había estado protegiendo durante todo el viaje abrazada a él. Lo abrí y descubrí un sombrero blanco de alas anchas y cintas rojas. Era mi regalo de diez años.

Ella parecía confundida. En varios momentos quiso hablarme, pero la voz se le cortaba. De vuelta a Quesada mi madre me llevó a conocer por fuera la casa de mi bisabuelo y el internado donde estudió y el convento. Luego, fuimos a la habitación del hotel. Ella llamó por teléfono y habló con un hombre al que llamaba Miguel A., y lloró hablando por teléfono, porque volvió al cuarto enjugándose los ojos vidriosos. Salió del hotel y yo me quedé dormida. Ella regresó en la madrugada con otro regalo para mí: un abrigo de alpaca que me hacía estornudar. Al otro día fuimos por Alejandro a la estación del tren en Paipa y volvimos al lago a esperar el hidroavión.

Era un mundo de agua y arena blanca, y hacía mucho frío pese a la intensidad del sol. El lago se fue poniendo sombrío mientras la luz palidecía cada vez más distante, como alejándose. En el aire flotaban fragmentos de arena que el viento helado empujaba hacia mi cara. A veces las respuestas llegan cuando ya no las esperamos. Cuando ya no sabemos ni cuál era la pregunta que habíamos hecho. Lucía me llevó de cumpleaños al lugar donde me había encontrado. El lugar donde yo, me lo dijo muchos años después, le había cambiado la vida. ¿O ella cambió la mía al adoptarme?

Alejandro me mostró su pasaporte.

Yo pregunté para qué servía.

Dijo que para viajar a otros países y conocer otros lagos y otros ríos y otras selvas.

¿Y para qué ir a ver en otros lados lo mismo que hay aquí?

Él sonrió y me entregó un libro negro que era un álbum de fotografías que había revelado en Bogotá. Las fotos de nuestro viaje. Y otras de antes. Cuando despuntó el hidroavión hacia el horizonte como un chulo, Alejandro preguntó qué me había parecido el viaje y qué me había dicho Lucía en su ausencia. Dije que estaba cansada de viajar en avión, lancha, carro y que lo peor era cuando mi mamá me había dejado durmiendo en el hotel para ir a encontrarse con Miguel A.

Él quiso saber si se había demorado mucho tiempo mi madre con Miguel A., pero yo le dije que no sabía, porque me había quedado dormida esperándola.

Mi madre alcanzó a oír la conversación y dijo que había ido con Miguel A. a comprar ese abrigo fino para mí.

Miguel A. es un tío muy detallista, comentó Alejandro.

Miguel A. es un amigo muy ocupado que siempre ha estado atento a nosotras y nos ha ayudado en momento difíciles, dijo ella.

¿Miguel A. es mi papá?, pregunté yo, sin saber ni quién era, ni haber visto nunca la cara de Miguel A.

Miguel A. no es tu papá.

Entonces...

Hay preguntas que deberíamos haber callado.

Ahora entiendo aquel viaje. Ella quería contarme su secreto. Pero no pudo. Y todo lo que decía lo empeoraba, porque me llenaba de más preguntas que se habrían evitado si la respuesta hubiera sido clara desde que tuve uso de razón.

Tal vez no estaba preparada para que yo ya no fuera más su hija.

Tu papá ya no está en este mundo, fue lo que dijo.

La carta de Miller

Mi primer avión fue un biplano Waco de un solo motor, Continental de doscientos caballos. Soportaba cuatro tripulantes y hacía el recorrido de Wyoming a Misisipi cada quince días para entregar la diligencia exprés. Cuando estalló la Gran Guerra en Europa, me alisté en la Real Fuerza Aérea Canadiense. Allí recibí instrucción para hacer fotografía aérea para aerofotogrametría y cartografía a escala, y conocí los aviones de combate, los dirigibles y los rudimentos de la aviación de la época adaptados como armas hasta que tuve que presentarme en Italia. Después de atacar un submarino, ametrallar un cerro, transportar a un general herido, dejar caer una caja de provisiones para una patrulla de cazadores perdida de su batallón en la tierra de nadie, mi avión fue agujereado por uno alemán, perdió aceite, por poco se estrella contra un filo rocoso y tuve que saltar en paracaídas mientras disparaban desde tierra. Herido en un brazo y una pierna, me entregué a la primera patrulla austriaca con la que me encontré. Fue un mes antes del armisticio. Lo que viví en la guerra y luego prisionero en un hospital de campaña cuando caí enfermo de peste rodeado de heridos graves despertó en mí un deseo de huir a un lugar sin frío y sin guerras. Viajé a Cuba y luego por los puertos del Caribe hasta llegar a Barranquilla y remontar el río. La afición por los aeroplanos me hizo encontrar a Cortissoz y a los pilotos alemanes que estaban fundando el correo aéreo. Entonces la pasión por volar resurgió como pasión postergada. Cortissoz me contrató, pero los pilotos alemanes me tenían desconfianza, así que me enroló como cartógrafo de la oficina de longitudes en la comisión de límites de Colombia y Venezuela. De ahí pasé a pilotar uno de los seis aviones comprados por los alemanes de Santander para una utopía de aviación comercial cuando ni siquiera había aeropuertos y teníamos que aterrizar en potreros de vacas. Yo pilotaba el avión del correo aéreo. Pero tres de los aviones de la flotilla de pasajeros se fueron al suelo en accidentes fatales en menos de dos años porque volaban como pájaros que apenas están encañonando, incluido el del gerente y su piloto alemán. Los aviones restantes fueron vendidos, y así pasé a pilotar un F13 de la compañía petrolera. Luego trabajé en una flotilla de hidroaviones comerciales que adecuó Colombia con boyas para poderlos acuatizar en el Amazonas ante la inminencia de guerra contra el Perú. Allí participaría en el traslado de tropas y pertrechos, pero el conflicto acabó con un tratado y nos quedamos como tigres aburridos, así que volví a trabajar en el oleoducto. Estuve diez años en la flotilla de la compañía que asumió el bombeo de crudo.

Conocí a Alejandro Plata en la concesión cuando él trabajaba para el austriaco Nepper en el ferrocarril de los campos petroleros. Aún no era inspector de obras. Coincidimos en el Parque Nariño en una reunión mensual que se organizaba después del pago de salarios en el Club Nacional, que yo prefería al de extranjeros. Hasta el primer gerente llegaba allí, con la camisa desabrochada por el calor, y se sentaba a tomar whisky con soda Olimpic con los obreros rasos. Con Alejandro y Charro, el cazador, íbamos a las ciénagas a cazar patos, caimanes y tortugas. Yo solo podía una vez al mes, pero él iba casi todos los fines de semana desde que estuviera en el puerto.

Recuerdo que Alejandro estaba en el Hotel del Cacique un día con una cámara de las primeras Kodak y le hizo una fotografía al lugar atestado. Me acerqué para observar esa cámara y me dijo que era una herencia de su padre. Le hablé de las cámaras más modernas que usábamos para la geofísica y quedé de enseñárselas si iba a la ciénaga donde estaba la flotilla de hidroplanos de la compañía. Me alojaba en el hotel de John Capote, un edificio de estilo art déco llamado El Alcázar del Virrey. Quedó impresionado por el tamaño y la óptica de la cámara Zigmut, pero dijo que había que ser ingeniero para aprender a manipular cada botón y cada anillo. Además había que enviar los negativos a Róterdam y esperar tres meses para obtener el revelado, en cambio los acetatos de la Kodak había que enviarlos a Medellín para obtener rápidamente los negativos y las copias.

Yo iba a viajar a mi país para ver a mi esposa e hijos, y él me dio el dinero para comprarle el último modelo de la Kodak. Pero ese año no pude viajar a Nueva York, porque el sindicato de obreros se unió con el de braceros para convertir la semana roja del noviembre anterior en la gran huelga del 27, y la fotografía a escala de los campos petroleros tuvo que interrumpirse por seis meses.

Aplacé mi viaje para el siguiente año y tampoco pude viajar después, porque la caída de la bolsa en Nueva York interrumpió las líneas marítimas y mi hermano me aconsejó por telegrama esperar en Colombia un año más. Mientras tanto, Alejandro se hizo a la cámara Kodak Six 20 de un lote que llegó en buque al puerto de Buenaventura. Fue hasta allá con Rubén Gómez Piedrahita, que pasó de trabajar en el Ferrocarril Central a trabajar en el Ferrocarril del Pacífico, desde Cali. Alejandro cruzó el río en Puerto Berrío, tomó el tren, viajó a Medellín, luego a Ibagué, en mula hasta Boquía, luego a Zarzal, a Bugalagrande, a Cartago, a Cali, y regresó a la concesión dos meses después con el modelo más reciente en una caja amarilla que cargaba terciada en bandolera.

Recuerdo que subió al tren de siete vagones que llevaba maquinaria y trabajadores a la concesión y me pidió que lo retratara con su propia cámara portátil abordando el vagón. Pasaron los años y estalló la guerra mundial. Él estaba ahorrando para comprarse una cámara nueva, yo le presenté al chef Giordaneli, que tenía una cámara alemana Robot II de motor y lente intercambiable y que sacaba el doble de fotos de cada película. Entonces él la probó. Ese mismo día lo invité a regresar por aire entre las ciénagas. Remontamos la corriente hasta el Hotel del Cacique, alzamos vuelo frente al malecón y vimos, al elevarnos, la larga calle del Molino y la torre de correos con sus dos cariátides mirando siempre el río y la torre del agua pintada con el color de la sopa de tomate Camps y la estatua de Nariño. Pasamos los quemadores de la ciudad de hierro de la refinería, sobrevolamos el barrio de los extranjeros, pasamos siguiendo la vía del tren y vimos los depósitos de petróleo y un poco después los hangares, y luego el puerto de la petrolera sobre el río Aguacaliente, que se aproximaba a su estuario en La Magdalena. Luego viramos y fuimos a las ciénagas, sobrevolamos los campos petroleros de la concesión y recorrimos la maraña de carreteras y los balancines que martillaban los pozos y los caños de agua negra, y después nos desviamos a la selva del Chapapote y fuimos a la ciénaga de Manatíes, giramos y acuatizamos en el río, frente a Wilches, mientras él disparaba las últimas fotos aéreas con su nueva cámara portable.

Nunca tuve en mis manos la maleta que usted menciona, querido amigo. Lo que Alejandro cargaba con él la última vez que lo vi se lo llevó en su viaje.

Cuando nos despedimos en Humareda era un hombre nervioso y desconfiado que no se apartaba de su maletín. Subió a ese pequeño barco en el puerto y yo le tomé una foto antes de abordar. Lo hice a petición suya. Nos dimos un abrazo de despedida.

Lo que me pregunta sobre mi relación con el penúltimo gerente de la compañía es algo muy simple: el gerente del oleoducto era mi jefe y había sido antes subgerente en concesión.

Por el trato cercano entre los dos podía pedirle favores urgentes. Le solicité el cambio de un pasaje para Alejandro en el carguero Liberty. El favor consistía en intercambiar un pasaje que la gerencia expidió a mi nombre, como expidió pasajes de retorno a Estados Unidos para todos los trabajadores cuando acabó la concesión y la compañía fue nacionalizada. Yo salí de la compañía en 1948, al término de la concesión, pero me negué a volver al país porque ya me había divorciado y estaba casado otra vez.

Los extranjeros tenían prohibido casarse con las mujeres locales, pero después de que un insigne de la patronal, míster Lambert, rompió la ley y se casó con la mujer que lo enloqueció al punto de pegarse un tiro un mediodía cuando gritó la caldera de las doce para ir a almorzar, muchos otros conseguimos pareja y nos quedamos ya en el país.

Estuve esperando mi liquidación en el puerto del Cacique y después de unos meses desempleado me incorporé a la flotilla de hidroaviones del correo aéreo nacional y empecé a hacer semanalmente, en un DC-8 con boya, esa vieja ruta que iba desde Barranquilla hasta La Dorada, y al jubilarme, dos años después, compré uno de los hidroaviones de la compañía liquidada y me dediqué a la fumigación aérea de plagas de cultivo de arroz y sorgo en las planicies del Cesar, y me fui a vivir con mi mujer a orillas de la ciénaga de Manatíes. Así que aquí estoy. Mi vida es un libro abierto y lo espero cuando quiera venir a verme para ir a pescar en la madrugada como le gustaba a su hermano.

CIÉNAGA DE MANATÍES

El hidroplano flota sobre la masa de agua. Las alas de zancudo relucen y el cuerpo cuadrado le parece un sarcófago de hojalata. Al piloto tarda en reconocerlo: tiene entradas hasta la mitad del cráneo y atrás el pelo corto casi a ras con un mechón trenzado como una cola de caballo. El cuello parece muy largo por su delgadez y está enrojecido por el sol, el pellejo tostado le forra los huesos, el pelo rizado del pecho ya es blanco y usa solo unos pantalones de mezclilla recortados por la rodilla. Parece más fuerte para su edad.

En la foto que vio, el mismo hombre, con un poco más de pelo al comienzo de la madurez, aparece con un enterizo de piloto sobre el ala del avión, cazadora y grandes gafas de sol. Ahora está vestido como cualquiera de los pescadores de la región, con bermuda y camisa sucia con manchas de plátano.

El hombre envejecido, con la barba de varios días y los párpados pesados y caídos sobre grandes ojos azules, sale a recibirla en pleno mediodía seguido de cerca por dos perros escuálidos.

La ciénaga se estremece por la brisa en ondas concéntricas que van a romperse en las orillas entre las plantas de susurro que se mueven como gelatina.

Miller sonríe constantemente, como si estuviera mirando directo al sol, mientras deja ver unos dientes aún naturales. Los tendones del cuello son notables. Se extienden como un ala delta con cada gesto de la cara. A todo dice que sí, pero enseguida controvierte lo que afirma el interlocutor. Se ayuda a expresar con las manos, pese a que habla fluido el idioma con un dejo de acento extranjero. Introduce temas que no vienen al caso, como si llevara mucho tiempo de no hablar con otra gente sobre esos asuntos. Cuando ella dice que Dios estaba con su hijo, comenta que había conocido gente atea en Estados Unidos a la que le iba muy bien sin la ayuda de Dios. Cuando ella dice que la situación del país está muy difícil por la guerra bipartidista, Miller dice que así es, pero que la vida siempre fue más difícil en los tiempos ya pasados, por ejemplo en la era del hielo era más complicado conseguir comida y calentarse y no había espléndidos cielos azules.

Parece feliz controvirtiendo las opiniones de los demás. Dice que sus amigos del puerto del Cacique lo llamaban «Bienvenido» de frente y «Comemierda» a sus espaldas. Pero que él había aprendido que la «mamadera de gallo» era para no tomarse nada en serio. Los estimaba aunque ya no se vieran. Eran los mejores amigos que pudo conocer. Se habían divertido mucho en sus viajes y no se arrepentía de haber abandonado la opción de volver a su país, porque la vida había que disfrutarla y estar donde uno quería estar.

—La vida es un sueño hecho realidad. Todo en la vida llega. Aquí probé cosas que jamás había probado. Cosas que nunca imaginé, como el sancocho de rungo o las sabaletas fritas. Hay que agradecer al Dios en el que usted cree.

—Pero mi hijo puede estar sufriendo.

—Su hijo era un hombre alegre. Hay gente que vive prematuramente. Y con eso basta. Mire, yo me casé a los veintiún años y trabajé de domingo a domingo. Y no conocía nada. Hasta que empezó la guerra y me anoté en la aviación. Entonces vi el mundo desde el aire. Y descubrí mi vocación. Uno puede encontrar su vocación en cualquier momento de la vida. Pero debe buscarla. Porque lo que no se busca no se encuentra. Se lo digo por experiencia propia: míreme, vivo satisfecho, sin nada de qué arrepentirme, con mi segunda mujer y en el pecado.

—¿Por qué se quedó?

—Me quedé aquí porque encontré el amor. ¿Le parece poco?

Se alegra al saber que es la madre de su viejo amigo Alejandro pero se pone serio al oír el propósito de la visita: al parecer la familia guarda alguna esperanza de encontrarlo después de una década de su extraña desaparición.

Dice que fueron compañeros de aventuras. Acuatizaron de emergencia en muchos ríos. En un viaje de regreso de los Llanos tuvieron que tirar las pertenencias personales y combustible porque tenían el viento en contra y el hidroavión no se despegaba del agua. Otra veces tuvieron que acuatizar en ciénagas cuando se recalentaba el radiador del hidroavión y esperar a que se enfriara anclando la nave y jugando ajedrez sentados en las alas. Fueron al lago de Xigua en el altiplano para llevar a su novia y a una niña que ella tenía. Alejandro le confesó que quería casarse con esa mujer. Alejandro era muy hábil para las máquinas. Sabía soldar y reparar motores. Aprendió sobre mecánica de aviones y en vuelo lo ayudaba a bombear gasolina del depósito trasero cuando se acababan los depósitos de las alas. No quiso aprender a volar porque prefería mirar el paisaje. También fueron grandes bebedores y apostadores en el Club Nacional. Fue la única persona que no lo trató como un gringo, sino como un verdadero amigo.

Poco después se sientan junto a una mesa plegable donde una mujer de menos edad las invita a una jarra de limonada y él la presenta como su esposa. La última vez que vio a Alejandro fue cuando lo llevó en el hidroavión desde el puerto del Cacique hasta Humareda para dejarlo en la estación de bombeo en Tamalameque. De ahí Alejandro tenía que ir a El Banco y pasar a la estación de bombeo de Santana, cerca de donde estaba encallado el vapor, en donde acababa el brazo de Mompox, y tomar el canal del Dique para llegar a Cartagena. Allí, el hermano del piloto le daría un pasaje en un barco de bandera norteamericana y una carta de recomendación. Así podría viajar a Houston, Texas, para incorporarse como trabajador en los campos petroleros. Pero Alejandro nunca pasó a recoger la carta en la oficina de su hermano ingeniero, por lo que se perdió su rastro aún estando en el río, de modo que algo le ocurrió de camino y por eso nadie supo más de él.

—¿Qué ropa llevaba puesta mi hijo?

Se puso las gafas de sol. Me dijo que él no se fijaba en eso como las revistas de moda, pero si quería saber, él le había hecho una foto en Tamalameque con su propia cámara antes de subir al avión e iba a buscarla para constatárselo. La encontró y me ofreció una lupa. Mi hijo se vestía bien, con el frac de su padre, sombrero y zapatos de material. Yo le creo, porque esa foto es verídica y él fue el último que lo vio vivo, y el único frac que usaba mi hijo era el que heredó de su padre y que le ajustaba perfecto.

—Iba disfrazado para ese viaje. Recuerdo que en el puerto del Cacique él se vestía como los otros, de camisa blanca, pantalón de mezclilla, botas de cuero y una boina de piel que lo distinguía de los obreros, pero esa vez estaba intentando pasar las aduanas de los puertos fluviales sin ser advertido por las patrullas de militares. Iba así como lo ve en esa foto antes de abordar el trasbordador Colombia.

Dice que acuatizaron ante el promontorio de Humareda y cruzaron el río. En la albarrada de Tamalameque se embarcó.

Los dos amigos se habían abrazado al despedirse y no se vieron nunca más.

—¿De qué huía?

—De la cárcel.

—Entonces es verdad que antes estuvo detenido, como aseguró misiá Bárbara, la casera de la pensión. Buscarlo es como buscar una estrella en el firmamento. Solo que el firmamento es el propio río.

El piloto pregunta a la anciana si se anima a volar por los campos petroleros donde su hijo trabajó y ver el río desde el aire como lo vio su hijo.

Ella pregunta: «¿Todavía vuela ese aparato?». Responde que una vez la reina del petróleo preguntó lo mismo, a lo que solo podía añadir la misma respuesta: «Cada quien a lo suyo, usted sea reina que yo seré piloto».

Le parece increíble la aparente fragilidad de la máquina que la brisa empuja en la respiración caliente de la ciénaga y ha cambiado de posición mientras conversan. El piloto bromea:

—Nunca se es demasiado viejo para volar.

Comenta que quedarse a vivir en esa ciénaga y no volver a su país fue la mejor decisión que tomó en la vida porque lo rejuveneció. Supone que tal vez Alejandro decidió algo parecido, porque así son las ironías de la vida, como decía su hijo: «Uno se amaña donde no está».

Dice que va a llevarla a sobrevolar el río hasta Tamalameque para que vea desde el aire los arados, y de paso le mostrará las rutas del ferrocarril que su hijo ayudó a trazar por la llanura del chapapote.

La anciana lo ve rejuvenecer ante la posibilidad de un nuevo vuelo. Acepta, contagiada por el entusiasmo del piloto de volver al aire, y lo ve desatar la canoa que los llevará a los tres al hidroavión amarrado a una boya en medio de la ciénaga. Pero la servidora, Custodia, que la acompaña, no da un paso más allá de la orilla.

—Yo no vuelo, doña Mariquita. Haría cualquier cosa por usted, que ha sido tan buena conmigo, pero nunca me subiría a ese mosquito de hierro, ni loca que estuviera.

—Bien raro que una mujer tan valerosa le tenga miedo a volar como los pájaros, Custodia.

—Yo soy de la tierra, señora.

—Espéreme entonces con los pies bien puestos en el suelo. Yo a mi hijo lo voy a buscar hasta el cielo, de ser menester.

La anciana mira al piloto que ha entrado a la casa y ha vuelto a salir con botas, pantalones y su cazadora de aviador y dos diademas de comunicación. Pone el equipo en la canoa y empieza a remar hacia el hidroplano.

Alrededor de la ciénaga, en las copas de los árboles de mango, aúllan los micos en manada. Uno vigila desde el suelo y observa al piloto y a la mujer avanzar en la canoa.

La canoa toca la boya de la que se sujeta el hidroavión. Un sonido hueco de madera contra metal interrumpe la respiración de la ciénaga. El aviador desata el hidroplano del ancla y ata la canoa. Luego sube al ala, desdobla una escalera y ayuda a subir a la anciana al asiento del copiloto.

—Compré este avión cuando le cambiaron el nombre a la compañía en 1951. Es un Havilland Canada DHC-2 Beaver con flotadores, usado para hacer mapas aéreos y fotografías de circuitos petroleros. Un piloto se forma en tierra y luego debe hacer cuatrocientas horas, lo que lleva dos años, aproximadamente.

Él tiene a su edad más de treinta y siete años de experiencia, aclara, lo que suma unas veinticinco mil horas, así que puede confiar plenamente en sus facultades. Hay tiempos en que es más difícil volar, como ese agosto, y se debe a los vientos. Pero ya va acabando el mes y no sopla el alisio, así que las brisas se moverán ese año hasta septiembre, de modo que tendrán un buen vuelo.

Ella supone que le dice todo eso para tranquilizarla. Pero prefiere persignarse.

—¿Para qué se persigna?

—Para que el avión no se caiga.

Subí al mosquito, me senté en la silla de al lado y él me ajustó el cinturón y luego se persignó como me había persignado yo.

El piloto se acomoda frente a un tablero de agujas que parecen micas de reloj con giroscopios, agujas náuticas, altímetros, brújula, barómetro, niveles de combustible, de agua, de aceite, botones y palancas. Manipula los botones y mueve una palanca y el hidroplano se estremece.

La hélice delantera empieza a moverse con un zumbido, el hidroavión gira lentamente y se inclina del lado de un ala, pero la nave no pierde el equilibrio porque enseguida se estabiliza y gana velocidad. El piloto le pone a la mujer la diadema de auriculares en la cabeza para la comunicación interna. Extrae unas gafas reflectivas y le pide que las use. La anciana las toma en sus manos, palpa sus gruesos vidrios ahumados con las yemas de los dedos y se las pone con delicadeza para no remover la gasa que cubre la herida del tumor en la cara.

Miller extrae del bolsillo de la cazadora otras gafas de sol y prueba la comunicación.

—Havilland Canada, Cacique-Mamonal G, próximos a despegar. Si tiene miedo, señora, rece un padre nuestro y encomiéndese a san Cristóbal, que es el patrono de los viajeros.

—A esta edad ya perdí el miedo.

—Entonces es usted valiente, como su hijo, que nunca sintió miedo.

El avión da un rodeo por la ciénaga y bandas de ibis rojos y patos y garzas se ponen en movimiento. Luego la hélice del motor se detiene en seco, el hidroavión da una gran tos metálica y el motor se pone en marcha a toda velocidad.

Dimos una vuelta a la ciénaga y nos elevamos con las garzas espantadas por la vibración del fuselaje. Sentí un soponcio en el corazón, querida hermana. Me recliné en la silla como hipnotizada por la trepidación de ese ataúd que vuela hasta que sentí la mano del piloto tocarme la rodilla y oí claramente su voz por los auriculares. Me mostró la ciénaga de la que acabábamos de despegar desde el aire, era como una ameba vista por microscopio. Vivimos entre una cápsula, todo el planeta es un cápsula, como una célula y nosotros estamos adentro de la célula y contenemos universos enteros en nuestro cuerpo.

La servidora sigue todo ello desde la orilla de la ciénaga. El hidroavión de juguete da un giro leve y alza olas navegando sobre la piel del agua hasta que empieza a rozarla y a despegarse de la superficie, y luego salta sobre el oleaje como los patos de plumas empapadas que se azoran con el paso del hidroplano, que gana altura elevándose sobre la masa de agua.

La servidora se tapa los ojos para no ver la elevación pesada del mosquito de hierro que luego se pierde hacia el río rompiendo las nubes más bajas.

Bandada de ibis

Lo primero que ve por la ventana del hidroavión, hacia donde el piloto le indica con el dedo, es una escuadra de patos que vuelan sobre el agua. Luego ve la nube espesa contra la que la nave va a estrellarse de frente y entonces todo se pone blanco y el entorno desaparece.

La anciana se pregunta para sí misma cómo hará un piloto para orientarse entre las nube. Para su sorpresa oye la voz nítida del piloto por los auriculares respondiendo a su inquietud.

Miller dice que se calcula altura, rumbo y velocidad, pero que con la experiencia y el conocimiento del terreno se guía por patrones físicos visuales. Si hay mucha nubosidad puede sacar un mapa y hacer un cálculo para corregir el rumbo.

Ella pregunta qué es el rumbo.

El piloto sostiene el timón con una mano y con la otra señala hacia adelante:

—Los aviones de antes de la guerra mundial eran ciegos, solo podían seguir las direcciones de los ríos, el único rumbo posible. Por eso siempre íbamos a explorar los ríos. Seguíamos el de La Magdalena o el Meta, o el Guayabero o el Putumayo o el Opón. El rumbo es la línea del horizonte. Pero ahora podemos ir a donde nos dé la gana porque este gavilán se maneja solo. Quita las manos del timón para demostrarlo.

El hidroplano traza una curva y, al ladearse, dejan a un lado la nube y la anciana puede ver la línea del horizonte y la llanura de regueros de agua sobre la cual vuelan.

Hay varias formaciones de agua, pero son ciénagas distintas a aquella de donde despegaron. Luego ve un pueblo pequeño y a su lado un río delgado como lombriz que hace estuario en otro de mayor tamaño, como una serpiente amarilla y retorcida. El piloto dice que se trata de Sabana y que la gran serpiente es el río Lebrija. La anciana observa las ciénagas y le parece que son como ojos negros rodeados de verdor. Luego el hidroavión pasa por una franja de selva tupida y luego la uniformidad de árboles se corta, y empieza a notar la red de carreteras que acaban en la red de balancines de petróleo. El oleoducto y las líneas eléctricas se ven como arterias amarillas delimitadas por un verde más claro que el de la llanura, como heridas viejas de tierra apenas cicatrizando. Los campos petroleros son cuadrados de pasto muerto con tanques y maquinaria como sellos postales en un sobre de correos. Están separados entre sí por carreteras rectilíneas. Los árboles más visibles, acaso los únicos diferenciables desde la altura, son las jacarandas de chingalé y los guayacanes amarillos como floreros.

—Son doscientos pozos en Chapapote y aquella es la línea férrea. Esa línea la ayudó a construir su hijo. ¿Sí ve el tren? Es el pagador de la petrolera. El vagón verde es el de los soldados. Su hijo ayudó a construir también esas carreteras, señora.

Entonces el hidroplano vuela en línea recta siguiendo la carrilera.

La anciana ve aparecer el tren resplandeciente como un gusano de plata que cruza la llanura en sentido contrario y nota que el vagón de la cola está pintado de verde oliva. La locomotora expulsa una columna de humo negro. El hidroplano desciende a pocos metros del suelo y pasa junto al tren en marcha, desde donde el maquinista empieza a agitar un trapo rojo para responder al saludo de trapo que hace su amigo el piloto, e igual hacen los pañuelos de los soldados que custodian el dinero de la petrolera.

Ella apoya las manos repentinamente aferrándose al marco de la ventanilla.

—¿Algún problema, señora?

—¿Cómo se salta del avión si se va a estrellar?

—Yo pronto tendré sesenta y dos y usted podría haber sido mi madre. A la edad que tenemos ya no vale la pena saltar de un avión que se va a pique. No se preocupe. Ahora vamos a ganar altura y a ver los surcos del río y la refinería.

Y el avión se empina y eleva hasta que toda la porción del planeta abarcable por la mirada de la anciana empieza a mostrar la redondez de la Tierra, y abajo solo hay un relieve de verdes y manchas de sombra proyectadas por los nubarrones que atrapan el sol.

A medida que se acercan al río van apareciendo deltas de caños y ríos tributarios y trazos de distintos lechos que ha tomado el cauce principal de La Magdalena a lo largo de los siglos. Son los surcos de los que habla el piloto. Luego aparece la madre del río.

—Así es el río más grande de este país: un reguero. Sus ciénagas oscuras como plomo derretido. Allá están las dos islas que forman las cuatro bocas, en una está la calle principal que llega directo hasta el puerto, y esa mancha de tierra calva es la tierra que le vendieron a la compañía para hacer la refinería. Si se fija bien en la tierra roja, la refinería es más grande que la pequeña ciudad. ¿Ve las nubes?

La anciana no presta atención a lo que el piloto dice. Observa la carne negra del río y la ciudad de hierro y la carne roja de la refinería y se sorprende al ver los alambiques: las altas torres de humo donde se purifica el petróleo y que reverberan en su constante llamear.

Las orillas del río son distintas: del lado izquierdo, selva; del lado derecho, la tierra erosionada como una sarna; las aguas se reparten en canales, varaderos e islas que se inundan, desaparecen bajo la creciente, y más allá donde empieza de nuevo el verde del bosque hay rozas y humo de quema. Las tierras anegadas pasan y vuelve el seno de las aguas profundas como en una cintura que se expande en anchas caderas, crea nuevas piernas y brazos que son caños, islas como pubis, y así cambia la escritura del río. Entonces ve las nubes. Semejan olas acercándose.

Por la orilla derecha se advierte cómo el avión se aproxima al puerto. Las nubes están ahora por encima del avión. Van en fila y alargadas y parecen todas ser empujadas por el viento en la misma dirección. Las nubes suben de la tierra como si fuera el propio río elevándose. Vuelve a sonar la voz del piloto.

—A la vista, el puerto del Cacique y los tanques petroleros. Donde pega el río puede ver el morro de arena en que construyeron el Hotel del Cacique. Ahí están las calles cuadriculadas, las carreteras, el ferrocarril, las alambradas que protegieron a los extranjeros de las hordas de comunistas. Se han tratado de cerrar los caños que se abren entre las islas cuaternarias que están al frente, pero el dique humano fue en vano contra el capricho del río. Por uno de esos brazos tarde o temprano cambiará el río de curso. Ese afluente que desemboca junto al puerto es un caño que forma la isla La Estrella. A la orilla izquierda puede ver la carretera donde trabajó un tiempo su hijo: en el yacimiento de Cazabe. El río que ve usted como afluente es Aguacaliente, y el puente, el de La Dragona, que delimita el inicio de la ciudad, pero ahí no hay barrios sino caseríos de pescadores. El puerto del Cacique es una isla formada por un brazo de La Magdalena y su afluente el Aguacaliente. Es un río hermoso, señora ¿no le parece a usted? Por las mañanas la temperatura del ambiente es menor a la del agua y entonces se levanta esta niebla como si el espíritu del río subiera al cielo. Su hijo lo llamó «el río volador».

El hidroplano traza una amplia curva del lado de Cazabe y regresa hacia la pradera del chapapote para volver a aterrizar en la ciénaga de Manatíes.

—Antes de encontrar el mar, el río abre los brazos del delta. En el mar el agua dulce lucha contra el agua salada y la derrota, porque el agua dulce se va por encima de la salada y penetra muchos kilómetros mar adentro. Alejandro se fue navegando por ese río, iba golpeado y enfermo y huía de una muerte segura si se quedaba. La invité aquí arriba para que usted viera esto: la vida es como el río, se abre en numerosos caminos, pero solo se puede elegir uno, y al elegir, todos los demás quedan cancelados. Cuando nos lanzaron en paracaídas en la Primera Guerra, mi mejor amigo también iba a pelear. Pero lo alcanzaron las balas en la caída. Yo abandoné a mi primera esposa después de la guerra porque con todo lo que vi en los campos de prisioneros ya no era capaz de mirarla a la cara y aquí estoy, ya viejo, viviendo en medio de la nada, pero al menos aquí el alcohol no es ilegal. Eso es más digno que ser un yanqui burgués. Usted no puede estar para siempre vestida de luto. La decisión de partir la tomó su hijo, y él es el único responsable de su destino. Debe elegir entre darlo por muerto o por perdido. Si lo da por muerto tiene que encontrarle un lugar a ese muerto y honrarlo. Si lo da por perdido va a tener que desearle que donde quiera que esté haya encontrado una ilusión para seguir viviendo. Hónrelo y llórelo, pero no lo busque más, porque entonces su espera no tendrá fin.

La anciana ve un cúmulo de nubes negras espesas que se acercan y el hidroplano ingresa en esa tormenta. Los rayos pasan junto a las alas y resplandecen en los lentes oscuros como los fogonazos de las fotografías que tomaba su marido con polvo de magnesio cuando les pedía a sus hijos que posaran ante el armatoste de tres patas, y el hijo mayor miraba los destellos y no al lente.

—Ahora nos vamos a mojar —dice el aviador, lanzando una carcajada dichosa por el intercomunicador.

La nave desciende abruptamente de aquel nido de vientos de tormenta y ella siente en las tripas ese vacío que ya conocía. Es la misma sensación de vientre vacío después de haber alumbrado un hijo. Como si se hubieran desprendido los órganos y en su lugar quedara solo el cascarón de un huevo roto.

El mismo vacío que sintió cuando nació el hijo que la trajo hasta esas alturas en su busca.

La lluvia cae como una regadera sobre la tierra difuminando todo, y de aquella bruma se escapa el diminuto hidroavión de hojalata que ahora vuela más bajo que las nubes.

Ella cierra los ojos y se abandona a la vibración del fuselaje, presa de un temor sordo que tiene el efecto de borrar sus pensamientos.

Antes de abandonar la lluvia, el hidroavión se sacude con una trepidación violenta.

—Anoche me soñé viendo una nube y le tenía miedo.

—¿Cómo le va a tener miedo a una nube?

—Ahora sé lo que significa.

—No se asuste que la lluvia provoca esta turbulencia, pero eso no nos pone en riesgo para acuatizar.

El hidroavión desciende planeando la llanura lacustre del petróleo, cruza ríos retorcidos y regueros de ciénagas y se aproxima espantando a los patos hasta alinearse con la boya y la canoa flotantes que ya se advierten a esa distancia en el centro del cáliz de agua. Luego acuatiza dando tumbos y se acomoda con una ligera inclinación para rozar la piel del agua como si fueran las patas de otra ave migratoria que se detiene a descansar en la ciénaga.

El hidroplano da un golpe a las aguas de la ciénaga y forma el oleaje que se dirige a las plantas donde, flotantes, se esconden las manchas oscuras de los manatíes cerca de la orilla. El frío de las alturas desaparece y ahora los rodea el fuego lento del calor y la humedad que adhiere la ropa a la piel.

La velocidad de la hélice cesa y el ruido del fuselaje se detiene. La fricción balancea la boya y el aparato sigue moviéndose lentamente sobre el agua. El chirrido de los hierros cesa cuando los flotadores del avión golpean la boya. Entonces el viaje termina y el piloto le ayuda a quitarse la diadema de comunicaciones y desengancha el cinturón de seguridad.

Es una visión del mundo que no conocía: la vista desde el cielo, que le permitió divisar los surcos y ese reguero de agua que era el río y las huellas que va dejando en su transcurso y la marca de los seres humanos sobre los campos petroleros. Lo ha presenciado ahora. Nunca imaginó que vería el interior de las nubes como algodones de azúcar, y ahora esa sensación de poder caminar.

El piloto camina sobre el ala y atrae la canoa. La ayuda a salir del cubículo y a descender para acomodarse en la canoa. Mientras rema le dice que él también dejó atrás una familia hace muchos años, pero ella no lo oye, porque se distrae observando a Custodia que conversa con la mujer del piloto en la orilla.

En su caso, asegura el piloto, no piensa regresar a Estados Unidos porque todo lo que le queda en esta vida está en esa ciénaga.

Sus padres ya murieron, su hermano mayor está en un geriátrico de Panamá, un hijo suyo murió en un accidente aéreo y la madre de ese hijo ya no tiene memoria para acordarse del muchacho que la abandonó.

La hija que se casó y le dio nietos le escribe una vez por año en Navidad. En cambio, en la ciénaga de Manatíes siempre hace la misma temperatura, tiene amigos en todas las estacio-

nes de bombeo, tiene abundante caza y pesca y tiene su hidroplano y aquella mujer que lo acompaña.

La anciana dice que sus hijos del segundo matrimonio viven
en ciudades lejanas. Solo le han escrito en los últimos años en
Nochebuena. Su nieta Marlesvi, que debe tener cinco años y a la
que nunca ha visto, le escribe cartas y le cuenta de su bautizo y
de la fiesta de cumpleaños y le desea una pronta mejoría de su
enfermedad. Alejandro era hijo del primer matrimonio. Otro
que murió de la misma enfermedad del padre no dejó hijos. Y
el que contactó al piloto ya no le escribe porque vive muy ocupado en los tribunales.

—Alejandro se fue hace ya diez años y no volvió a dar señales de vida.

—Alejandro pudo haber muerto de malaria porque la llevaba en la sangre, pudo haber tenido un accidente porque le
gustaba errar y vagabundear, pudieron matarlo porque fue testigo de que aquí no había una guerra sino un exterminio del
gobierno contra el partido contrario, o simplemente pudo haberse ido con los bosquimanos a África, o por el río Amazonas
a cumplir el sueño del padre, o con los indios mexicanos o a la
Sierra Nevada, o haberse fugado a cualquier parte porque era
un andariego.

—Conservo sus fotos, sus cartas, su primera cámara, sus
discos, su guitarra. Cuando era niño lo crio una nana, porque yo
estaba muy ocupada. Tuve que dejarlo a su cuidado porque debía
asumir como directora del hospital. Conservo sus escarpines.

—Esos son objetos inanimados, señora. ¿Para qué martiri-
zarse de tal manera? Aceptar que algo no se puede explicar también es resolverlo.

—Su primera foto. Sus regalos de viaje. Una vez me llevó
un pez de plata en filigrana hecha por los plateros de Mompox.

—Entiendo que quiera mantener viva su memoria y la esperanza de que él vuelva. Pero siento ser yo el que se lo diga,
señora: él ya no está.

—Pero yo no puedo permitirme perder la esperanza —dice
la anciana.

—Usted lo busca no porque guarde la esperanza, sino porque se siente culpable. Porque a su hijo lo crio una aya y no usted. Porque tuvo que convertirse en su propio padre. Usted piensa en ese niño, pero era otro el hombre que yo conocí. Él me dijo, cuando se perdió en la isla del Opón, que siempre había soñado perderse. Y ya sabe el gran misterio. En ese tiempo se perdió en un radio de no más de cien kilómetros y enloqueció. Me acuerdo de que yo siempre le estaba hablando de mapas y él me hablaba de fotografía. Dijo que había visto unas fotos de Estados Unidos en una revista y que le gustaría ir allí. Él me preguntó por mi país, entonces comprendí que tenía una enfermedad de marineros: necesitaba ver el mundo por sí mismo. Yo le hablé de la inmensidad de mi país. De sus montañas rocosas, de sus llanuras sin bisontes pero con carreteras, de los grandes bosques, de los desiertos que robamos a México y de las ciudades de acero. Un lugar a donde al menos yo no pienso volver. Él dijo que quería ir a ver. Acepte que él ya no está entre nosotros y haga como los indígenas que guardaban a sus muertos con ajuares en una olla de barro y los enterraban en montículos junto al gran río o en los cerros que amaron para que los acompañaran en la otra vida y para poder visitarlos o tenerlos en el pensamiento.

Miller salta de la canoa al agua para buscar el lazo que se ha hundido y atarla al embarcadero.

Tiene la fuerza inusual de alguien más joven. Empuja la canoa hasta hacer encallar la mitad sobre la tierra. Su mujer se acerca y recibe los auriculares. El piloto, al descender, la besa.

La anciana baja de la canoa sosteniéndose del brazo que le tiende su servidora Custodia.

Ese aviador me puso en una nueva dirección, querida hermana. Me dijo antes de irme que busque una tumba especial en el cementerio de los holandeses en Cazabe. Que ahí hay cuatro estelas en tumbas de extranjeros y una tumba que no tiene nombre. Dijo que pocos meses después de la desaparición de Alejandro enterraron a un ahogado en ese cementerio. La descripción del ahogado que apareció flotando en la Laguna del Miedo coincidía con la indumentaria de Alejandro el día que lo vio por última vez: el muerto estaba vestido con traje de paño como si hubiera ido listo para un feria. Pero él nunca lo vio, y en caso de ser Alejandro, no sabe cómo pudo haber llegado allí, salvo que hubiera regresado por sus propios medios por el río. Los que sí lo vieron solían ir a cazar caimanes con Alejandro a la Laguna del Miedo. Por eso quienes lo conocieron de cerca creyeron que él era el ahogado que enterraron de forma anónima en el cementerio de los extranjeros de Cazabe. Así que ese lugar será el último de este peregrinaje. Siento que me abandonan las fuerzas. Me vivo desmayando en todos lados. Yo no sé cómo hubiera podido hacer este viaje sin Custodia. Quiero que cuando me muera, la plata que está en la cuenta se la entreguen a ella. Es el pago por entregar sus mejores años a mi servicio.

Torbellinos

Lo peor era la temporada de tormentas, cuando los relámpagos abrían surcos en las nubes y soplaba ese rumor en el abismo que mi madre ahuyentaba con sahumerios de higuerilla. El viento agitaba las copas de los árboles y se llevaba el pensamiento. Se formaban torbellinos en la nada que venían a estrellarse contra la cabaña. Una vez un torbellino me persiguió o yo lo perseguí, porque avanzaba hacia mí mientras yo avanzaba hacia ese viento visible que se movía y se ladeaba hacia donde yo me moviera como si quisiera arrastrarme. Entonces me quedé quieta mirándolo fijamente y logré desviarlo con el pensamiento justo en el instante en que mi madre apareció con su sahumerio. El torbellino se desvió y se escondió entre los árboles. Era el viento que venía del valle y se estrellaba contra la serranía y se quedaba aprisionado.

Recuerdo las ramas de los cedros aplastadas y aquella neblina removiéndose como fumarolas de volcán. Recuerdo que empujé el taburete hasta la ventana para salir por ahí. Un rayo había fulminado un cedro cercano. Cuando llegué al quicio, vi una osa con su cría y un cazador apuntándoles con un fusil desde la carretera. La osa no podía verlo. Así que yo grité para espantarla con mi grito. Y lo que grité fue lo primero que me salió del pensamiento: ¡Aleluya!

Lo grité en medio de la tormenta y la osa y su cría escaparon del cazador. Luego me respondió la voz de una mujer. Me llamaba a gritos y yo los oía lejos: «Elena, venga, ayúdeme, Elena, venga». Era la voz de una mujer que no era mi madre.

Empecé a gritar y rompí los platos, volqué las sillas, tumbé los materos y las porcelanas de mi mamá, tumbé las fotos que estaban colgadas de la pared. En fin, me volví loca.

Pero la tormenta se convirtió en tempestad y no paró, ni se interesó en mis vociferantes alaridos que intentaban acallarla. Me tiré al suelo y allí quedé dormida entre aquellos destellos de luz rodeada de tinieblas, ya sin voz, mordiéndome un dedo.

Cuando mi mamá llegó y me encontró tendida en el piso, babeada, y vio todo destrozado, se lanzó sobre mí. Yo desperté de mi pesadilla de torbellinos, truenos y difuntos. Ella me abrazó. Entonces me arropó en la cama. Esperó a que cerrara los ojos. Y luego le dijo a Alejandro que había ido a visitarnos:

Está así desde que se enredó en el cadáver del compadre. En los últimos han seguido apareciendo muertos en la carretera. Gente que no es de aquí, los traen de otros lados a matarlos acá. Yo ya no sé qué decirle, porque ella pregunta.

Pensaron que me había dormido y se fueron.

Y yo los escuché en la habitación de al lado:

Está sugestionada. Prometo que al volver del viaje vendré por ustedes y nos iremos a vivir a un lugar con luz.

Yo creo que no deberías ir a ese viaje.

Tengo que ir, Lucía. Ya tenemos la cámara de cine y reunimos la plata.

¿Y si les pasa algo?

¿Qué nos puede pasar?

Que se ahogue alguno, que los muerda una serpiente, que los maten, que se caiga el avión.

Para ser andariego uno no puede ver el mundo como si fuera una trampa, sino como un gran misterio. No va a pasarnos nada. Volveré. Cuando revierta la concesión al gobierno, entonces iremos a hacer nuestro nido.

Vamos a vivir al lago. Tengo un terreno. Allí podríamos construir una casa. Yo podría enseñar en el noviciado.

¿Y yo?

Tú has trabajado duro en construir ductos, puentes, ferrocarriles, carreteras, pero sabes hacer muchas más cosas y no será difícil encontrar formas de ganar plata.

Ser un hombre que vive de una mujer no está en mis planes.

¿Y cuáles son tus planes?

Este viaje, por ahora, está en mis planes. Después podríamos casarnos.

¿Y por qué insistes en casarte?

Porque mi padre me dijo un día: debes casarte con una mujer que no te joda.

No jodas, tú nunca hablas en serio.

De ese tiempo me quedó vivo el miedo que les tengo a los pájaros. A que empiecen a irse como presagiando una catástrofe. El no ser capaz de lavarme la cabeza en la regadera con los ojos cerrados. Me parece que veo cosas si los cierro. Como cuando sentíamos que una bandada de pájaros llegaba a posarse en el techo de la casa a la madrugada y Bernarda decía que eran las brujas. Pero mi madre decía que eran las caicas, esos pájaros acuáticos que vivían en las grietas de las cascadas. Siento que salto en el tiempo. Que sigo para siempre en la escuela de Las Nubes. Había que irse, como los pájaros que abandonaron el árbol seco, pero no lo sabíamos.

Tenía ocho años entonces. Ahora tengo setenta.

Acuatizan sobre el río Putumayo. El sacerdote de la misión no está pero les ha enviado a un ladino que habla tres lenguas y los llevará a casa de Benjamín, descendiente de indígena y cauchero. Benjamín les dice que hay fiestas de Corpus Christi. Habrá bailes huitotos y medicina.

En 1928 hubo una deportación masiva de caucheros hacia el Perú. El general Vásquez Cobo en el breve discurso de campaña presidencial que dio en Puerto Nariño anunciaba que el país debía prepararse para la guerra con el Perú si se atrevían a invadir Puerto Leticia por la deportación de los caucheros. Dejamos el hidroavión en el río y fuimos a una maloca. Y allí nos contaron que era una réplica de la maloca de Iarokamena. Ese era el nombre del capitán que tenía en su pecho la piedra del rayo. Era brujo y poseía el cuarzo que permitía dominar el rayo y la guerra. Cuando se entera del asesinato de su hijo envía al capataz cauchero con una carta muy amarrada para que el peruano se demore abriéndola, y mientras tanto el capataz pueda volarle la cabeza. Luego hace llamar a todos los jefes huitotos. Les explica los motivos de la guerra contra los invasores peruanos. Fortifica la maloca con barreras de látex para que no entren las balas. Cavan túneles bajo la maloca principal. Reúne comida, coca, tabaco y a los brujos. Cuando llegan los caucheros acompañados del ejército peruano, empieza un diálogo en voz alta donde explica que su corazón tiene rabia y no hay vuelta atrás. Entonces comienza el sitio de Iarokamena. El ejército dispara a la maloca durante cinco días. Los jefes huitotos enfrentan a los esclavizadores, pero no logran vencerlos, aunque son pocos y esperan refuerzos. Desde dentro de la maloca envían a los niños a la parte alta para que avisten el lugar donde se protegen los sitiadores, y los tiradores de los caucheros los van cazando como micos. La coca se acaba y la comida y el tabaco necesarios para los brujos también. Los caucheros usan otros brujos que afuera fuman tabaco para derrotar al hombre del rayo. Se acaba todo menos las balas reunidas por la gente de Atenas. Iarokamena deja salir de la maloca a las mujeres y niños de los jefes que ya no quieren pelear. Cuando intentan huir, los caucheros van matándolos con ametralladoras. Los caucheros se ingenian unas bolas de fuego de caucho impregnadas de petróleo, y poco después la gran maloca de Atenas arde. Mueren casi todos, pero Iarokamena y los brujos escapan. Dicen que los brujos se refugiaron en las cavernas. Iarokamena fue capturado y quemado vivo en un lugar llamado Santa Lucía.

Solo en los tejidos de los canastos se sigue contando la leyenda de Iarokamena. Ahora ha empezado la dispersión de los huitotos. Por eso los pueblos están siendo tragados por la selva. El corazón de la maloca oscura es luminoso. Hay una hoguera de dos metros de altura donde cabe el mundo entero.

Si miras las formas que vienen del fuego verás la bóveda celeste, el río volador y eterno, el origen de tus padres y abuelos. Los hombres entran por una puerta y las mujeres por otra. Entre las cuerdas de las hamacas están los dioses de la selva. Las plumas de las aves sagradas y las pieles del jaguar con la escritura divina. Afuera de la maloca se reúnen los fantasmas de aquellos que fueron mutilados y azotados y asesinados por los caucheros peruanos. Tienen flechas y plumas y en los ojos un resplandor vacío porque ya no tienen vida, son solo clamores. La voz del taita y sus ayudantes multiplica el clamor de los lamentos, pero también da consuelo y arrulla. Los árboles han callado para que canten los gallos y hablen los búhos y aúllen los perros. Las cruces de flores se levantan para castigar a los asesinos. Los hombres pasan primero y forman una hilera y van a refugiarse en el calor de la hoguera y a descifrar el mundo en sus hilos infinitos. Luego pasan las mujeres y se agrupan en las hamacas o se arrodillan a rezar. Al final beben medicina los extranjeros. El más débil recibe la pócima del taita en la hamaca de enfermo. Poco después de haber bebido, las llamas de la hoguera se transforman en el cauce de los ríos subterráneos que cruzan la selva y en la arborescencia de las ramas y raíces que se tejen como un solo organismo y se cifran en la piel de la serpiente. Todo está junto y unido. La vida y la muerte. La lluvia que cae sobre la selva y los ríos que fluyen al corazón del verde. El viento y el velo de la lluvia sobre el río. El pasado cuando estaban esclavizados los pueblos de la selva y el futuro cuando los dioses descarguen el rayo sobre las construcciones humanas y sean asfixiadas las ciudades más prósperas de la Tierra. Los cantos se convierten en las voces de toda la humanidad que perece a cada instante.

Escucho la voz de mi madre preguntando a una mujer si me ha visto pasar. Escucho las palabras que me escribes en tus cartas, porque es tu voz la que llega hasta el corazón de la casa de la selva para preguntarme cuántas vidas necesitamos para reunirnos de nuevo. Escucho la voz de mis hermanos pero no les entiendo. Abro el bolsillo de mi camisa y extraigo la foto de mi padre. Soy la sonrisa de mi padre y su ojo desviado como ojo de lagarto. Veo a mi madre y mis hermanos en un lugar fuera del tiempo, sin futuro, niños como los vi hace poco, detenidos en el gesto de las fotos, rodeados de luz ambarina en un retrato de familia donde no estoy yo. Veo el río fluyendo hacia el mar. El primer chorro de petróleo de un pozo saliendo en todas direcciones y la mancha negra sobre el agua. Los obreros que huyen de las ametralladoras. Los tranvías volcados y quemados. Gente cayendo en negros abismos. El tren con su bocanada de dragón corriendo sobre rieles de plata. El caudillo del pueblo con el puño en alto y luego con el cuerpo ensangrentado tirado en la calle. En los árboles están los cuerpos de los antepasados. En la lluvia está el llanto de las mujeres. En el viento las oraciones que los vivos alzan a un solo ojo que mira y absorbe vida y sufrimiento. Luego palabras en un idioma que no comprendo. Historias que contienen y están cifradas hasta que alguien las transmita a los que vienen. Nombres de seres divinos impronunciables para mí, pero que son también los nombres de animales y de plantas y de otros seres humanos desconocidos. En esos nombres está mi nombre. Y tu nombre. Alguien dice: «Tiene que sudar la fiebre que está en sus huesos y ver la guía». ¿Cuál es la guía?, le pregunto. «Es cada paso que lo trajo hasta aquí. La vida que vivimos es un recuerdo». Sigo la guía, Lucía. Espérame.

Alejandro

[*Fueron con el taita para tomar la medicina. Se sentaron junto a la hoguera en el centro de la maloca y repitieron todo lo que los otros hacían. Estaban sentados en círculo porque los guerreros no dan la espalda. El taita indígena habló para su pueblo en su lengua y luego habló para que el traductor tradujera a los visitantes que llegaron por aire. Les dijo que su comunidad, el pueblo de la serpiente, llegaron a ser una civilización, pero que en menos de treinta años fueron exterminados. Mientras otros grupos huían tras la deportación de los caucheros, ellos decidieron regresar. Sus lugares de culto no eran solo los lugares sagrados sino también los lugares de la gran matanza. En Santa Lucía estaban sus antepasados quemados y los restos de Iarokamena, el hombre del rayo. Antes de la llegada de la misión, se peregrinaba a las ruinas de la maloca quemada. Pero con la ida de los caucheros entró la misión católica y estaban cambiando la lengua y las costumbres. Antes de la muerte de Iarokamena, Pinel, un misionero capuchino, entró al Cará-Paraná y habló con un cacique. El cacique dijo a su gente que había llegado Hiutinamui, el dios de la guerra, y empezaron a dialogar. La gente de entonces no estaba de acuerdo con los bautizos ni con acoger a los dioses del misionero, y se rebelaron. El cacique mandó a asesinar a los sacerdotes que acompañaban al misionero. Antes de matarlo, le preguntaron al misionero si podía hacer llover o lanzar truenos. No podía. Después de ser asesinado, cayó un trueno como un pálpito.*

Cuando se fueron los caucheros, regresaron nuevos misioneros. La historia de Iarokamena pertenecía a un tiempo que no era el mismo en el que estaban inmersos. Contarla era hacer que se repitiera. La noche continuó entre cantos religiosos y visiones individuales.

Antes de que amaneciera, Alejandro preguntó al taita por qué contar era revivir. El taita, al otro lado del fuego, respondió: «Porque nunca morimos en el recuerdo».]

SANTA BÁRBARA

Todas las noches trancábamos la escotilla para evitar que alguien subiera al segundo piso de la cabaña. Echábamos un gran candado y podíamos caminar sobre la escalera o ponerle un mueble encima. Creíamos que así estábamos protegidas. En las noches se acostaba conmigo en la cama. Para conciliar el sueño, yo la abrazaba. A veces sentía que estaba despierta y me preguntaba: «Por qué no puedes dormir, Elena». Tuve una pesadilla, mami.

Quiere que le cuente. Le digo que vi un puercoespín escondido en la cocina. Voy a buscarlo y lo encuentro. Es tan pequeño que cabe en mi mano. Creo que está dormido. Lo alzo y voy a mostrárselo. Pero huele a feo. Miro bien y el animal tiene una herida en el cuello. Alejandro dice: «Está muerto, Elena». Yo le digo que no. Él toma el puercoespín y se lo lleva hacia el árbol de calabazos. Abre un agujero y lo sepulta en el raizal.

Mi madre dice que es solo una pesadilla. Me abraza y duerme en mi cama. Poco después siento que cambia su forma de respirar. A la madrugada es ella quien despierta como si le faltara de pronto el aire.

¿Qué soñaste, mami?

«En el árbol canta un ave extraña. Me levanto a mirar y veo un pájaro negro de ojos brillantes y dorados. El pájaro me mira. Sale a volar hacia mí, como un relámpago, y me saca los ojos».

Me abraza y vuelve a arroparse.

¿Qué pájaro es ese, mamá?

«El pájaro trestires. Canta por los niños muertos».

Me impresiona su respuesta. Tal vez lo que quería decir es que era un pájaro agorero que cantaba cuando un niño iba a morir, no por los niños que ya se habían muerto. Le pregunto por qué soñamos. Me dice que no sabe.

Ahora pienso que acumulamos miedos en el día y después esos miedos se convierten en metáforas que nos hielan de noche el corazón.

En ese tiempo buscaba que ella respondiera a todas mis preguntas.

Había sido mi maestra de escuela. Pero ya no tenía más respuestas que darme. No podía ser más mi maestra. Era solo mi madre.

Ahora es un punto de luz en medio de la noche estrellada.

Otro día me mide trazando una raya en el marco de la puerta y midiendo con el cartabón, y dice: «Ya eres grande, Elena».

Yo tenía diez años.

Fue esa semana en que un hombre con sombrero y ruana y armado se apareció por la carretera. Mi madre había decidido pintar el zócalo de la escuela con la pintura azul que había enviado el gobierno. Quería tapar con azul y con unas nubes que simularan el cielo ese letrero donde estaba pintado el mensaje de un senador de la república que había mandado marcar todas las escuelas con su propaganda unos años atrás. «Por una tierra libre de sangre roja».

Yo estaba haciendo la tarea de Geometría que nos había puesto, mientras ella terminaba de pintar la pared. El hombre había estado rondando la escuela con otros cuatro durante esa semana. Habló con mi madre para preguntarle si ella vio a sus compañeros pasar por la carretera. Ella le dijo que no. Pero sí que los habíamos visto. Iban todos armados y estaban bebiendo en la Tienda Nueva. Aquel hombre de sombrero la miraba con una intensidad desconfiada, auscultando sus respuestas y revisando el entorno con suspicacia.

Se interesó en el gramófono que Alejandro le había regalado a mi madre. Ella puso un disco a petición de él. Un tango. Él notó que yo ya me sabía la canción, *Cambalache*, de Discépolo. Se entusiasmó por la música y pareció intrigado con la letra. Me miraba con curiosidad por verme cantar.

Volvió a aparecer después, desarmado. Fumaba debajo de sus lentes de sol y observaba la pared sin propagandas políticas, que mi madre había borrado con pintura fresca. Parecía gustarle la música del gramófono, se acercó, deslizó un dedo por el cuerno, pero luego se fue sin que nos percatáramos en qué dirección.

Y volvió a aparecerse en la carretera, ante mí. Yo avanzaba con un balde lleno de naranjas que nos había regalado Bernarda. Estaba cerca de la quebrada del Medio. Yo había pasado a toda carrera sin mirar al barranco de Chanchón, con el balde de naranjas apretado contra el pecho. El hombre con poncho de arriero y sombrero apareció en la curva y esperó junto al camino a que estuviera muy cerca. Entonces se atravesó a mi paso. Había estado silbando mientras me acercaba por la curva, pero dejó de silbar cuando ya estaba al frente, lo cual me pareció una señal de alarma. Me miraba y en su rostro había una risa socarrona que los adultos tienen con los niños. Se alzó el sombrero y dijo: «A dónde va tan solita».

Iba a gritar, como de costumbre, pero ninguna palabra salió de mi boca. El hombre se terció el fusil en la espalda y puso sus dos manos libres sobre mis hombros. «Venga le muestro algo que le va a gustar», y me empujó hacia la orilla de la carretera y las naranjas rodaron entre las piedras. Había solo una gran laja allí, de peñascos desprendidos de lo alto y amontonados junto a la carretera. Detrás de esas piedras el hombre dejó el fusil y me arrebató el balde del pecho. Cuando empezó a desabrocharme el primer botón del uniforme, el sordo se apareció con un garrote inmenso y lo descargó en la cabeza del tipo, que cayó privado en el suelo y el sombrero voló lejos.

Yo tomé el balde y hui de aquel lugar, pero sentía que a mis espaldas el sordo estaba mirándome. Mi madre me encontró dormida debajo de la cama. Me alzó y oyó la historia con los ojos muy abiertos.

Recuerdo que me dijo: «No tengas miedo. Aquí estoy. Si ese hombre vuelve, lo mato». Y desde esa noche empezó a poner el gran candado en la escotilla que daba al segundo piso y a empujar encima un sofá y a dormir conmigo con la escopeta cargada al alcance de la mano.

Pienso en ella. Pienso en el día que me contó la historia de santa Bárbara. Me dijo que esa semana íbamos a pintar la gruta y a llevarle velas de sebo y a ponerle flores y a buscar dos plumas de pavo real, porque le íbamos a pedir que nos protegiera de todo mal. Buscó un tomo de la *Enciclopedia Barsa* y abrió la entrada de Bárbara de Nicomedia, III A.E. Festejo el 4 de diciembre, y me leyó ese horror: «Dijo elegir a Cristo como esposo. Su padre, alevoso y deshonrado, quiso matarla en honor a los dioses paganos. Bárbara huyó y se refugió en una peña. Atrapada ahí, fue capturada. Su martirio fue atroz, inspirado en el de san Vicente: atada a un potro, fue flagelada, desgarrada del vientre con rastrillos de hierro, colocada en un lecho de esquirlas de cerámica cortantes. Marcada con hierros incandescentes. Dióscoro la envió al tribunal, donde el juez dictó la pena capital por decapitación. Su mismo padre fue quien la decapitó en la cima de una montaña. Ejecutado el filicidio, un rayo lo alcanzó, dándole muerte al padre asesino».

Pienso en las actitudes extrañas que tenía mi madre, como si de repente le vinieran arrebatos de sobreprotección y cuidado, afanes de proteger, de ser mejor, pero a veces no tenía gestos de madre, sino de maestra, severa, distante, exigente. Pienso en lo que habría hecho yo si me hubiera convertido en madre de mi madre y me hubiera permitido cuidarla en su vejez. Pienso: ¿por qué no tomaba la decisión de salir de allí? ¿Esperaba que las cosas mejoraran en esa montaña y no se daba cuenta de que todo empeoraba?

De repente había casas quemadas, familias que mataban a machete, y los cadáveres de los hombres que aparecían con sus órganos sexuales cortados en la boca. Éxodo de gente que venía huyendo de los pueblos del otro lado de la serranía a pie para llegar al puerto del Cacique huyendo. Niños famélicos y solos que vimos pasar frente a nuestra casa a orillas del camino. ¿A dónde iban con esas pocas cosas en la mano? ¿Dónde estaban sus parientes?

Eran niños abandonados que iban en busca de las ciudades.

Se dedicaba a cultivar un jardín ilusorio cuando los últimos tres estudiantes de la escuela, miembros de la misma familia, fueron a despedirse porque a su padre lo mataron en la casa y la madre había decidido encerrarlos y no dejarlos volver a estudiar.

Después, como ya no había niños en la escuela, ella sola arreglaba la huerta. No entiendo la obsesión que tenía por pintar el zócalo de la escuela, por embellecerla, como si al día siguiente fueran a llegar cien estudiantes a recibir clases. Tal vez solo quería disimular que había borrado el letrero de propaganda del político. No entiendo su actitud cuando recibió el mensaje del gobierno anunciando el cierre de doce escuelas rurales enlistadas en un folio, y su alegría cuando vio que la suya seguiría abierta. ¿La alegría de recibir un sueldo aunque no tuviera en qué trabajar? ¿Me abrazaba de felicidad porque esperaba que un día vinieran nuevos niños a estudiar? No entiendo por qué aunque las pesadillas la atormentaban de noche, y yo la oía despertar y caminar al balcón para observar el espectro del árbol bajo el claro de luna, al día siguiente se hacia la que había dormido divinamente.

Me cansé de que me abrazara al dormir, porque al acostarnos juntas sudábamos como puercos y tenía que soportar sus pesadillas. Al día siguiente disimulaba. ¿Por qué fingía estar tranquila si estaba insomne? Recuerdo que a diario sintonizaba en la radio HJN un programa que transmitía durante toda la mañana mensajes de familiares que buscaban a personas extraviadas o desaparecidas: «Soy Fátima Torres y busco a mi hermano Antonio Torres que desapareció en abril en Duitama, camisa roja y pantalón marrón. Soy Edilsen Suárez y no encontramos a mi padre Salomón Suárez extraviado en la vereda Matanza del municipio de Rionegro. Soy Colombia Pietro y busco a mi hijo Nicolás Arenas desaparecido en abril en Bogotá», esas voces que hablaban de un millón de desconocidos, gente perdida, gente sin rostro, gente de la que se había borrado todo rastro.

Ella desaparecía en la bicicleta cuando iba a llamar por teléfono. Se ataba el sombrero con una cinta y pedaleaba por el camino y se perdía entre las nubes y luego regresaba rosada y sudorosa, como si hubiera hecho un esfuerzo sobrehumano. Había ido hasta la hacienda La Siberia, del otro lado de las montañas gemelas. Ignoro tantas cosas de ella. Las eludió para siempre, porque sus cartas estaban llenas de trivialidades y formalismos de la vida cotidiana, pero ocultaba lo que sostenía en realidad su vida.

Ahora desdoblo las cartas que me han hecho llegar desde Colombia y le digo a mi nieta que busque esa, que encuentre esa, que lea esa, acaso la última que escribió con su voluntad, y que vino a ser su nota de despedida.

¿Esta, abue?

Sí, Sara, esa.

Dejó el testamento a medio escribir y se adentró en las aguas heladas del lago. La encontraron a ocho kilómetros de allí cuando el cuerpo salió a flote en una isla. Los pescadores no querían rescatarla, porque creían que el lago la había llamado. Pero los policías buscaron al juez de instrucción criminal que hizo el acta del levantamiento. Como se había registrado su desaparición, una vecina fue a reconocerla.

¿Por qué lloras, abuela?

Sara, sigue tus sueños, para que no seas como yo.

CUERPOS DOBLADOS SOBRE LA TIERRA

—¿A la orden?

—Pensé que no había gente.

—Aquí vivo yo.

—¿No es usted la que estaba en la otra casa?

—Sí, porque soy la cuidandera.

—¿Y para dónde se fue la dueña de esa casa?

—Está llevando una encomienda al pueblo.

—¿Con quién vive?

—Con mi esposo.

—¿Y su marido dónde está?

—Trabajando.

—¿En qué trabaja?

—Aquí cerca, ya casi llega. Pero si necesita hablar con él, vamos, yo lo llevo.

—Más bien dígame por qué estaba cuidando la otra casa.

—Aquí entre todos nos cuidamos, porque nadie cuida de nosotros. No podemos confiar en forasteros.

—Nosotros vinimos a protegerlos.

—¿Y para eso tienen que quemar las casas que encuentran solas? Además los policías se llevaron presos a cincuenta hombres sin haber cometido delitos.

—Se llevaron gente que estaba armada.

—Si están armados es porque se están defendiendo para que no los mate la policía.

—Nosotros somos ejército, no policía, señora.

—La policía fue reemplazada por otra que trajo el nuevo gobernador, y esos son los que están matando a los liberales. Eso dicen.

—¿Quién lo dice?

—A mí me lo dijo uno que se salvó de que lo mataran.

—¿Uno que sobrevivió? ¿Cómo se llama?

—No se lo puedo decir.

—¿Usted cómo se llama?

—Clemencia Samaniego.

—¿Y su marido?

—Ciro Amado.

—¿Casada?

—Por la Iglesia.

—Entonces usted es la mujer del diputado.

—Lo que usted diga.

—A él sí lo están buscando. ¿Sí sabía?

—¿Quién lo busca?

—La policía.

—Él renunció a la Asamblea después de que los tirotearon en la plaza principal. Renunció porque no hay garantías.

[*La carretera llevaba de las tierras secas del desierto a la tierra denegrida del páramo y luego descendía hacia los altiplanos de fincas ordenadas con cercas rectas y lotes geométricos. La carretera parecía tranquila esa mañana. Solo en un tramo los toros de lidia observaban a los grupos de hombres armados que se repartían a lado y lado de una curva cerrada del camino para armar una emboscada.*

Un bus de línea pintado de azul venía cargado hasta el tope con bultos de papa y cajas y atados de cebolla, ramilletes de cilantro, repollos y espinacas, pollos y gente con ruana que viajaba hacia la capital e iban amontonados en los asientos. Mujeres con niños de brazos, viejos con bigotes delineados como moscas, jóvenes de bozo y perilla, con las marcas escaldadas en los pómulos por el sol de tierra fría, miraban por las ventanas el paisaje.

En las últimas sillas había tomado asiento la pareja a quienes los hombres armados buscaban. Al girar en la curva cerrada, el chofer vio una piedra que al parecer se había desprendido de un barranco. Dos hombres con ruana y sombrero trataban de moverla para despejar la vía pero eran insuficientes. El conductor anunció que había que auxiliarlos y sugirió a los varones prestar ayuda para continuar pronto el viaje. Cuando el bus se detuvo, los varones bajaron y de las orillas de la carretera aparecieron el resto de los hombres que armados con pistolas y ametralladoras empezaron a dispararles.

No fue un asalto, porque nada se llevaron, ni los mercados ni las pertenencias. Buscaban a un hombre, que había abordado el bus en una de las veredas por las que el bus había pasado. Para que ese hombre no escapara vivo se les hizo necesario matar a todos los pasajeros.

Lo demás es una repetición en los anales de la infamia. Después de disparar contra los varones que descendieron para ayudar en el despeje de la vía, dirigieron las descargas contra el bus, en el cual las mujeres, ancianos y niños intentaban protegerse tendiéndose de bruces. Los que saltaron del vehículo, fueron rematados a filo de machete. Aparte de los tres que intentaron en vano escapar, nadie se resistió. Ningún pasajero iba armado.

De la treintena de pasajeros de aquel bus, se salvó uno. En la última banca, el hombre al que buscaban para matar intentó proteger a su esposa en un abrazo. Pero ella también fue alcanzada por las balas. Antes de morir, al darse cuenta de lo que ocurriría, la mujer puso a la niña de brazos debajo de la silla de adelante en un nido de cobijas de lana cruda, y así la niña fue la única que pudo salvarse.]

—Me descubrieron. Hoy vino un soldado y me empadronó.

—¿Y fue que hizo ruido? Cuando la niña chille, métale el pezón en la jeta.

—Yo creo que fue el marrano, o acaso vio la luz de la esperma.

—¿Y cuántos eran?

—Uno solo.

—Los otros debían estar en otras casas.

—Se están metiendo por los solares.

—Pero ya saben que estoy aquí y vendrán más tarde.

Ciro Amado se peinó un mechón invisible y empezó a pasearse nervioso por la casa y a hablar solo como si organizara un discurso. La mujer lo miraba amamantando a la niña.

—El presidente tenía un gabinete de unidad, pero puso gobernadores sanguinarios. Los ministros liberales renunciaron por los desmanes y el presidente nombró solo conservadores en el gabinete y empezaron las masacres. El nuevo gobernador fue el que trajo a la policía política. Tenemos que irnos, porque van a venir para echarme mano. Ellos nos matan a todos. Ya apresaron a Fonseca y a Barrera. Aliste las cosas y nos vamos en la chiva que pasa hoy. Tengo salvoconducto del directorio liberal. Vamos a tratar de llegar a la capital y los vamos a denunciar en el Congreso.

—¿Y qué nos llevamos?

—Nada. Nos vamos con lo que tenemos puesto. Aliste un maletín con la ropa de la niña. Esconda la sal y guarde el oro entre los brasieres. Yo voy a ir a donde Ana Rosa para decirle que vea por las gallinas y se coma alguna de vez en cuando pero que no las mate a todas para que le den huevos chitiados. Y que se enmonte también cuando oiga gente por el camino.

—¿Y por qué tenemos que irnos? ¿No es más fácil empadronarse para que le den el salvoconducto?

—A quienes sellaron el salvoconducto los estaban capturando ayer en el pueblo para mandarlos en camiones con policía política que sí tiene licencia oficial del gobernador para matar. Ellos lo que quieren es sacarnos de aquí a los liberales y quedarse con todo. La tierra y las casas y el pueblo. Son unos zánganos.

[*Lo que vio la mujer que venía en sentido contrario, después de que los hombres montaron en sus caballos atados a los sauces que bordeaban la carretera, fue el canto de piedra empujado hasta la mitad de la carretera y los cuerpos tirados en el camino. Una nube negra de pájaros cruzó el cielo. Encima del bus de escalera se habían reunido las aves carroñeras que estaban comiéndose los muertos.*

Ya de cerca vio las gargantas abiertas por los machetes. Vio brazos, manos y cabezas. Y cuando intentaba huir apresurando el paso con los pies amelcochados por el barro y la sangre que enlodaban sus alpargatas, mientras intentaba mantener la vista lejos de aquella curva cerrada, oyó el llanto del bebé. Entonces una fuerza interior desconocida le completó el valor que le faltaba, la hizo volver atrás, aguantar la respiración y subir al bus reclinado sobre las ruedas pinchadas de un lado. Adentro todo hedía a sangre vertida, y del lado inclinado del bus se habían amontonado regueros de sangre coagulada.

El llanto venía de atrás, en las últimas bancas. Se acercó y vio a la pareja abrazada con el rictus de su muerte espantosa, notó que algo se movía y la miraba desde un cobertor de lana sobre el piso de hierro martillado del bus.

Reconoció a la criatura al manotear, la mirada intensa de su pupila brillante al relumbrar de la linterna, la alzó y la aferró contra el pecho, bajó del bus exhalando y huyó con la única sobreviviente por aquella carretera desolada hasta la quebrada donde los hombres que realizaron la matanza habían lavado sus machetes ensangrentados antes de adentrarse con sus caballos hacia las montañas que iban a arrasar, y continuó caminando y dejando atrás caseríos y veredas y alejándose cada vez más del sitio de la masacre para ponerla a salvo, en un lugar donde no la reconocieran los verdugos. Cuando tuvo que cambiarle el pañal se dio cuenta de que era una niña.]

Caja de Lucía número dos

Querida Elena:
Pedí mi retiro como maestra para retomar mi vocación original y penetrar en la noche oscura, descalzarme como santa Teresa de Ávila y desplazarme hasta un lugar donde mi trabajo fuera indispensable para la comunidad y para el servicio de Dios. Antes del incendio, Las Nubes era ya una escuela sin alumnos porque habían matado a casi todos los padres de los niños. Yo había ido casa por casa para invitar a los niños a ir la escuela y convencer a los padres, pero solo quedaban cinco casas habitadas por viudas. Eran analfabetas, así que les pedía que asistieran también, pero se negaron. «¿Para qué aprender si nos van a matar a todas?», dijo Bernarda, la mujer que limpiaba la escuela. Con la carta venía una orden de traslado de la maestra, mi nombre y mi carnet con foto, a una escuela rural de otra región.

Te había dicho después del incendio: toma solo las cosas indispensables. «¿La locomotora de juguete es indispensable?». No. «¿Los instrumentos ópticos son indispensables?». No. Lo indispensable es aquello que te sirve para seguir viviendo.

Tú, que eras una niña descubriendo la rebeldía y con réplicas instantáneas, me advertiste que habías aprendido muchas cosas en mis clases: «Lo único indispensable para sobrevivir es el agua, mami», y llenaste un termo de aguapanela. Me alegró oírte hablar así, porque eras un espíritu práctico, sin apegos materiales. Dije que debías prepararte para estudiar el bachillerato, y a donde ibas no necesitarías juguetes ni objetos ni ocupar demasiado espacio. «¿Ni la citolegia ni la pizarra?», preguntaste. «No», dije, «lo que necesitas es una biblioteca y nuevos maestros».

Estudiarías en la capital con otras niñas. Miguel A. logró conseguirme un cupo para ti en el nuevo internado de las monjas de la Presentación. Allí estarías los próximos años mientras yo podía conseguir para pagar por tu manutención y ahorrar para tu universidad. Era eso lo único que podía hacer por ti: darte un par de alas de mariposa.

Te escribo esta carta a mano para pedirte perdón por los años que siguieron. Yo no era una mujer con la que hubieras querido vivir tu juventud. Era una mujer adusta, que empezaba a envejecer, y me había quedado sola por la vida. Así que asumiría la soledad que Dios me dio finalmente para encontrarme a mí.

Ahora me arrepiento de no haber sido más feliz contigo, y no haberme dado la oportunidad de ser feliz con alguien más.

Voy a guardar todo lo que conservo de ti en estas cajas que estarán conmigo hasta que me vaya, y entonces te las harán llegar. Las cosas que aquí guardo contienen una breve historia de tu vida. Para que entiendas cuánto te quise y que hice por ti todo lo que pude con los medios que estaban a mi alcance material e intelectual.

En caso de que yo desaparezca, aquí está todo. El lugar donde viniste a mí. El lugar donde cambiaste mi vida. Los nombres de tus verdaderos padres. Las fotos que te tomó Alejandro y que registran parte de lo que fue tu infancia. Mi madre me legó un baúl muy parecido con la historia de mi vida. Siempre me pareció exagerado hacer eso, reducir la historia de una vida a unos cuantos recuerdos, pero es lo que somos, y he vuelto a revisar y ordenar esos recuerdos y he decidido hacer lo mismo por ti.

Ya ves lo parecidas que somos todas. Hay muchas preguntas que me has hecho por carta y para las que yo no tenía respuesta.

Sin embargo, hace poco vino una anciana a buscarme y resultó ser la madre de Alejandro. Me entregó una carta que él me escribió y que nunca llegó a tiempo para cambiar otra vez mi vida. De haber llegado, la vida de las dos hubiera sido muy distinta de la que es hoy, y tal vez tendríamos otro destino y mejor suerte.

Alejandro se perdió. Y ya nunca se supo de él. Durante años lo buscaron por los pueblos del río pero no encontraron rastro. Esa noche decidí que había llegado el momento, te confesaría tu origen, pero solo podría decírtelo por escrito y hacer que te llegara después de haberme muerto.

Me di cuenta de que no me perdonarías haber guardado ese secreto durante tantos años, así que no podría decírtelo de otra manera, en la distancia a la que acabamos por acostumbrarnos.

Acaso los años y la vida que has tenido te ayuden a afrontar esta disculpa tardía y los remordimientos no dañen en tu memoria la imagen que espero haber dejado de mí en ti.

Llegaste a mí en Xigua de Quesada, el pueblo junto al lago azul donde te llevamos con Alejandro cuando cumpliste diez.

A tu madre y a tu padre les sucedió una tragedia en uno de esos pueblos remotos. Una noche apareció una cuadrilla buscando a los liberales de las veredas. Cuando llegaron a aquella donde ustedes vivían, intentaron capturar en su casa a Ciro Amado. No lo encontraron. Los hombres montaron una emboscada en una curva cerrada de la carretera a la capital. Tu padre, avisado de que lo estaban buscando, alistó a su familia para huir por la carretera. Montaron en la chiva de la línea pero todo el bus cayó en la emboscada.

Una campesina encontró a la gente muerta y el bus acribillado por los agujeros de las balas.

Y la única sobreviviente eras tú.

Estabas envuelta en un nido de cobijas de lana cruda y tenías tu nombre clavado con un alfiler de nodriza a los pañales, como si tu madre hubiera previsto lo que iba a pasar.

Yo siempre escuchaba en la madrugada el programa radial de Sutatenza de gente que buscaba a otra gente perdida, con la esperanza de que un día tus parientes dijeran que buscaban a una niña de tus características.

Cuando cumpliste diez te llevamos a celebrar tu cumpleaños en el hidroavión al lago donde viniste a mí, y entonces empecé la tarea de buscar a la mujer que te trajo. Me ayudó en esa labor Miguel A.

No la encontré a ella, pero seguí sus pasos y reconstruí su historia. Entonces me enteré de lo que a ella le sucedió por rescatarte: la llevaron a una cárcel donde la mantenían desnuda y la orinaban. Ella enloqueció. Cuando la dejaron libre la trataban de loca en las calles del pueblo. Se vestía de rojo y apedreaba la alcaldía y denunciaba la masacre. La encerraron un par de años en el manicomio, donde las monjas la sacaban con camisa de fuerza a mendigar por los caminos de Quesada con los otros locos. Por la intervención de un político, la dejaron libre. Consiguió trabajo en la fábrica de tejidos del mismo líder, y desde ahí se vinculó a participar en política. Defendía a las mujeres a las que sus maridos golpeaban. Empezó a acompañar al político en la plaza pública. Finalmente, fue secuestrada y apareció acribillada en un camino. Cuando encontraron su cadáver, los pájaros se habían comido sus ojos. El político que la apadrinó tuvo que huir a los Llanos y se hizo guerrillero. Fue él quien me contó la historia de Ana Rosa.

Ana Rosa vino contigo envuelta en una ruana manchada con sangre de otros, pero tú estabas sana. Me buscó porque yo era la profesora de la escuela del otro lado del lago. Me dijo que ella no podía cuidarte, que tenía marido y que no aceptaría criar el hijo de nadie, y que eras la única sobreviviente de una masacre. Ella no tenía corazón para dejarte morir de frío entre los trigales dorados. Me contó quiénes eran los asesinos que estaban quemando todas las fincas y las casas. Me entregó el papel que encontró clavado con un broche de nodriza pegado al pañal. Tus padres te llamaron «Elena».

Te tomé en los brazos y me cambiaste la vida. Te tomé en los brazos y sentí tu calor y mi pecho palpitaba cuando me buscabas para comer y yo no tenía leche en mi cuerpo, te saqué de allí y prometí que te iba a educar lejos y a cuidar como si fueras hija de mi vientre. Te limpié las salpicaduras de sangre con agua caliente y así fue como me convertí en tu madre. Te alimenté con leche de burra porque decían las nodrizas que era igual de nutritiva que la leche humana. Después de bañarte dejaba que sintieras el calor de mi cuerpo y nunca volví a tener una sensación como esa de protección y ternura. Al comienzo te escondía cuando por la carretera venía gente. Después me di a la tarea de buscar a tus parientes. Nadie me dio razón de tu familia. Llevaste mi apellido hasta que adoptaste el de tu esposo.

Te dejé en el internado y regresé al lugar donde todo empezó para nosotras dos. Llegué a dudar de la versión de la campesina. Llegué a imaginar que había mentido y que simplemente tu madre te había abandonado. Le pedí a Miguel A. que me ayudara a verificar. Él buscó en un archivo de los asesinatos registrados en las semanas y meses anteriores a los que tú llegaste a mí. Y al fin encontró la noticia con la lista de asesinados y el lugar de la matanza. Volví a vivir allí y me dediqué a averiguar en dónde habían residido tu padre y tu madre, quiénes eran, por qué los habían matado. Pasé años buscando a la mujer que te trajo y al fin descubrí su historia, pero nada de tus parientes. Finalmente, un político me dio una pista: todo había ocurrido en la vereda Dímiza. Lo que sucedió es que subió un presidente conservador al poder. El presidente nombró cinco ministros liberales, para simular un gobierno de coalición, pero en las gobernaciones y alcaldías puso gamonales y políticos sectarios afines a su partido. Cuando los gobernadores crearon la policía política, incorporaron a civiles que de pronto se encontraron con armas oficiales para exterminar a sus enemigos políticos. Cometieron asaltos contra mítines y tiroteos contra multitudes y atentados a traición contra los liberales. Entonces los ministros renunciaron ante el Congreso y a pesar del riesgo de división interna del partido opositor. Las asambleas, que eran elegidas por voto, se pusieron en contra de los gobernadores y desaprobaron los presupuestos y las gestiones. Vinieron las elecciones y los conservadores en el poder fueron derrotados en las urnas, porque los votos de los representantes locales superaban los del oficialismo. La respuesta de los directores del Partido Conservador en los periódicos fue atacar al gobierno y acusarlo de ser responsable por esa derrota: al mostrarse condescendiente y querer gobernar con el partido opositor había dado un golpe bajo a las bases del propio partido. El gobierno, para responder a la derrota en las asambleas, nombró alcaldes militares en los pueblos donde el liberalismo superaba en votos al oficialismo. Entonces los conservadores empezaron la zafra nocturna de liberales muertos. Turbas enardecidas de civiles armados con armas oficiales quemaban las casas de los liberales. Logré averiguar que tu padre era diputado electo, pero no pudo posesionarse del cargo. Hubo un tiroteo en la plaza de Tunja y tuvo que huir y refugiarse en la vereda. Entonces la cuadrilla de la policía política fue buscando a los liberales y a sus líderes por los pueblos y alrededores para exterminarlos antes de que se posesionaran. Allí lo emboscaron y sacrificaron a treinta personas por matar solo a uno. Fui hasta la curva de la matanza. Vi allí a los pájaros negros. Vi la losa que pusieron con una cruz que era solo una más en un camino lleno de cruces. Dejé flores y oré por toda esa gente sacrificada por nada. Desde entonces ya no volví a sufrir pesadillas con pájaros negros.

Ahora ya lo sabes, ese, mi secreto.

Cuando fui a buscarte al internado de bachillerato, al final de tus diecisiete, estabas convertida en una señorita y comprometida con un hombre mucho mayor que tú, y extranjero. Me hiciste recordar mi matrimonio fallido con Miguel A. Pero no podía interferir en tu vida.

No me mirabas ni me hablabas con respeto, porque esperabas que te explicara por qué te había abandonado en esa fría ciudad.

Lo que debí decirte ese día, te lo he dicho ahora.

Tal vez no hice todo lo que pude ni en el orden adecuado. Tal vez no me porté como una verdadera madre. Era nada más que una educadora y una laica. Y enseñar es solo otra bienaventuranza que podemos hacer por los demás. Me dejé guiar por el instinto.

Ahora te confieso esto porque sé que te has convertido en madre.

Solo entendemos a nuestros padres cuando nosotros mismos nos hemos convertido en padres.

Por si sirve de algo, perdona mi silencio, ahora que ya lo sabes. Vuela, vuela, pajarito, que nunca fuiste mío.

Lucía

Cementerio holandés

La huella que dejó el incendio de un pozo petrolero en la tierra cruza la carretera y se corta de repente contra el dique. Las enredaderas de manto de la virgen florecen sobre el tizne y por eso la entrada del pueblo parece un renacer de arvenses, mastranto y lirios blancos. Ha empezado la subienda de bocachico y un hombre empuja una carreta de pescado asegurando que son hembras repletas de huevos para hacer arepas.

Ella camina por las calles calientes de Cazabe, al otro lado del río de La Magdalena. Va vestida de negro en ese viaje. De negro entre la basura del puerto de La Dorada, de negro frente a las paredes blancas del cementerio de El Banco, de negro escogiendo unas flores amarillas en la albarrada de Loba, de negro mirando en el puerto del Cacique a un niño lombriciento sin camisa con su quincha encogida, como si recordara algo de su pasado en la cicatriz del ombligo; de negro y sentada en una piragua sobre el brazo de Loba, de negro frente al paso de San Martín, de negro observando en el hospital de Wilches a un hombre recién asesinado al que llevaban en un guando hecho con una sábana engarzada en dos varas, como un capullo de mariposa; de negro, siempre vestida de negro, en las iglesias de todos los pueblos que visita con Custodia, su acompañante y servidora, en el cementerio de Mompox y los pueblos ribereños donde van a rezar oraciones a las ánimas benditas del purgatorio para el descanso de su hijo desaparecido.

En el camino que viene del embarcadero ha visto un nudo de caminos cruciales. A la derecha está un lugar llamado El Tigre y a la izquierda el camino a la Laguna del Miedo. Ella sigue sin desviarse hasta la primera calle que se extiende alrededor de la segunda explotación petrolera. El aire está saturado de gas y el horizonte es un espejismo de calor. La compañía ahora lleva un nombre distinto al que tenía en tiempos de su hijo. El pueblo ha crecido alrededor de los edificios remodelados por los holandeses dueños de la nueva compañía. El casino donde almuerzan los obreros está vacío: los largos mesones tienen los platos de dotación volteados en cada uno de los sitios que ocuparán a la hora de la cena. El club de los trabajadores está también clausurado por un grueso candado porque no está disponible en horas de trabajo. Camina hasta el teatro. Un viejo negro de pelo blanco cubierto con un quepis gris ratón parece ser el único habitante a aquella hora de la mañana. Una de las dos mujeres le pregunta cómo pueden encontrar el cementerio. El viejo les dice que pregunten en la capilla, porque el cementerio es privado y solo se puede acceder con permiso de un directivo de la compañía; recientemente, informa, hubo una rocería y el incendio se descontroló, alcanzó el tubo de un pozo petrolero que estalló y quemó el cementerio. Está ubicado después del dique con que drenaron los pantanos para construir el primer campamento de extracción que tuvo la compañía holandesa en ese lado del río, junto al primer pozo que ya está sin petróleo y su residuo quemándose desde hace años. Mariquita se suelta el rebozo y libera del calor el rostro flácido y pregunta cómo se puede llegar a la Laguna del Miedo. El anciano le dice que la llevaría con mucho gusto, pero ya están muy viejos los dos para ir a un lugar tan culebrero.

Ella pregunta por qué la llaman así, la Laguna del Miedo. El viejo negro de pelo blanco le dice que a los obreros que en-

405

viaron a limpiar las riberas de la laguna les parecía oír muchos ruidos de animales extraños, gritos como de gente herida y otros aullidos que no eran humanos. Algunos de esos obreros desaparecieron. Y empezó entonces a correr el rumor de que había unas algas cenagosas que enredaban los pies y se tragaban a la gente. A la Laguna del Miedo podía irse en una canoa navegando un caño formado por aguas edáficas. Le pregunta si ha venido desde tan lejos solo a eso.

Le confesé que iba a buscar a un hijo desaparecido que tal vez estaba enterrado de forma anónima en el cementerio de Cazabe y que apareció ahogado en esa laguna años atrás. El viejo preguntó cómo se llamaba ese hijo. Cuando le di el nombre, Alejandro Plata, dijo que lo había conocido por lo menos veinte años antes, cuando se desempeñaba como ayudante del jefe de cocina en el casino. Lo describió como un flaco que vino a asesorar la construcción de la sala de cine de la compañía holandesa, la mejor que había en Suramérica, en aquel pueblo de mierda. El muchacho solo iba de paso, había renunciado al Ferrocarril de Wilches para ir a manejar carrotanques en el oleoducto del Catatumbo.

Entonces me di cuenta de que hablaba de otro de mis hijos, Ramiro, que efectivamente sabía de salas de cine, porque trabajó en el cine del pueblo después de que su hermano se fue al puerto del Cacique y antes de pasar al Ferrocarril de Wilches, y quien acabó sus días de camionero en el Catatumbo. Le hice saber que había muerto, querida hermana.

Ella dice que ese hijo murió de diabetes cuando lo operaban para la mutilación de su pierna gangrenada, y que ella le había conseguido ese trabajo en el cinematógrafo del pueblo con los hermanos Ardila.

El viejo negro de pelo blanco le dice que corría el rumor de que un fotógrafo se había ahogado en la Laguna del Miedo. Se suponía que era fotógrafo porque los trabajadores de la compañía encontraron en la orilla una máquina de hacer fotos igual a la que usaba Alejandro. Pero él ya está muy viejo para recordar esa historia. Igual le manifiesta sus condolencias porque el amor no existe, pero el verdadero es el de la madre por sus hijos. Una madre es lo único que puede competir con Dios, porque puede dar vida. «Por eso lo grita el moribundo en el hospital, ¡madre!; y es lo mismo que grita el fusilado, ¡madre!; y es lo mismo que grita el preso, ¡madre!». La llama «madre». Y le aconseja que si desea conocer esa tumba anónima se dirija directamente al Club del Monte, en el barrio Colonia del Sur, habitado por los holandeses, donde se reúnen los directivos actuales para pasar el primer calor de la mañana. Ahí le darán el permiso que necesita para que el capellán la lleve al cementerio quemado.

Se despiden y las mujeres caminan bajo la luz caliente, siguiendo la dirección del brazo disecado que extiende el negro de pelo blanco para indicar el camino. Es un pueblo de construcciones tipo bungalow sobre estacas para evitar las inundaciones porque el río se desborda hacia esa orilla durante las lluvias de abril y noviembre. Pasan la pequeña iglesia y la calle de los quioscos donde las hamacas mecidas por el aire caliente esperan el primer descanso de los obreros al mediodía. Pasan un edificio de mampostería blanca en madera que dice «Comisariato», en el que alcanzan a ver las altas columnas que forman los bultos de granos y víveres enlatados. Llegan a una calle de tierra con manchas de aceite y de bungalows de madera con techo de dos aguas, y la servidora golpea en la única puerta abierta que encuentra. Un hombre de sombrero blanco y lentes de sol se asoma desde la penumbra interna del edificio. Despide olor a alcohol de menta que proviene del contenido azulado del frasco de Menticol que lleva en las manos y con el que se refresca la barba. Pregunta a la menos vieja en qué puede ayudarles y la más vieja es la que habla y explica de nuevo a qué ha venido. El holandés responde hablándole de nuevo a la menos vieja, como si se interesara más en ella. Poco después de la espera, fuera del bungalow, las mujeres se alejan con el capellán hacia las franjas de ceniza que dejó el incendio en los alrededores del cementerio.

El capellán dice que el incendio se extendió como una cortina de fuego más alta que los árboles y cubrió la carretera haciendo imposible cruzar al embarcadero. Los holandeses, que eran buenos para construir diques y secar pantanos, lograron hacer esas franjas de cortafuegos y proteger el pueblo del incendio.

Los árboles calcinados parecen espectros suplicantes y una mancha amarilla de pasto chamuscado sigue la estela del incendio. Cada pisada despide un polvo de ceniza que mancha los zapatos de las mujeres y resuena con un crujido de hierba muerta.

El capellán les enseña el lugar donde están las losas de las tumbas del cementerio holandés de Cazabe. Las mujeres se reparten la tarea de identificar la tumba sin nombre. El capellán pregunta si buscan una en especial. La menos vieja, que oye la pregunta del capellán porque se encuentra más cerca, le explica las razones que tiene la otra para creer que la tumba anónima de ese cementerio es la de un hijo del que perdió el rastro. El capellán le dice que a él también se le perdió un hijo porque se lo llevó el río. Señala con la punta de su dedo índice el lugar donde se encuentra la tumba.

La anciana mira la cara abotargada de calor del capellán porque ha oído lo que dijo.

—¿Y encontró a su hijo?

Dice que le ofreció una promesa a La Original, la Virgen milagrosa de Simití, y que lo encontraron enredado en el trasmallo.

—¿Cuál es la tumba anónima?

El sacristán señala la losa. La anciana mira el camino cubierto de cenizas y las tumbas oscurecidas por el incendio y descubre que el viaje que emprendió acaba ahí, en esa tumba solitaria.

Camina sobre los carbones crujientes donde empieza a crecer la siempreviva. Se detiene en su camino y evita pisar el tizón de un arbusto espectral quemado en el incendio. Da un rodeo y se acerca a la tumba. No hay otra pista por seguir. No hay otra persona a la cual acudir. No hay otro cabo suelto. Se ha perdido todo rastro distinto a este. Por más que vague siguiendo los pasos del hijo perdido y el mapa del hermano que lo buscó, no va a encontrarlo. Ya se han olvidado de él los que lo conocieron y se apagó su recuerdo con los que ya no están. Su hijo solo permanece en lo que los demás sobrevivientes recuerdan, confundidos por rumores y por las derivaciones propias de la memoria. Pero quienes lo conocieron hablan de una persona diluida en el tiempo, eternamente joven, porque la vida de todos ha seguido mientras que la de él se ha detenido en el momento del último recuerdo que tienen los otros.

Ella sigue pensándolo, sosteniéndolo en su voluntad, porque no lo ha encontrado, pero sobre todo porque fue una vida que alumbró su vientre. Si lo hubiera perdido y lo hubiera encontrado, si lo hubiera enterrado al menos, algunas de aquellas personas que lo conocieron habrían asistido a su velatorio, los familiares y allegados y amigos habrían cargado su ataúd al cementerio y habrían dirigido oraciones por su alma durante nueve días y habrían hecho lo que manda el luto, y luego habría continuado la vida sin él, pero aceptando su fin. Entonces hubiese quedado aquel nombre entre dos fechas en una lápida de cementerio y ella estaría tranquila, porque al menos la constancia de la muerte habría sido el final del sufrimiento.

Ahora está ante una tumba sin nombre en un cementerio calcinado. Hay cuatro estelas con nombres impronunciables y esa tumba de lápida de mármol en ese pequeño cementerio de extranjeros. Tal vez esté ahí enterrado, sin nombre bajo la lápida, o tal vez no esté ahí. Tal vez regrese un día por sus cosas y ella ya no esté tampoco en este mundo para devolvérselas.

—Desentiérrelo.

—¿Perdone?

—Tengo cómo pagarle, desentiérrelo.

—Para eso va a necesitar otro permiso.

—Le pago lo que sea menester.

—Ese trabajo ya no lo hago yo porque me canso de las manos por lo viejo. Para hacerlo necesitamos dos obreros.

—Tráigalos, yo les pago lo que cobren.

Entonces, mientras el capellán vestido de blanco bajo el rayo del sol se persignaba y Custodia comenzaba a rezar el rosario, yo me pregunté, querida hermana: ¿para qué cuidé sus cosas? ¿Para qué guardar todas esas fotos y cartas? ¿Para qué conservar la bicicleta y el cofre? De otra manera, sin esos objetos, sin las pistas dispersas, sin la gente que me habló y que conservaba un recuerdo de mi hijo, yo no habría llegado hasta allí, a ese lugar, donde podría estar su cuerpo.

Ahora soy otra madre huérfana de un hijo. Si mi hijo huyó de todo esto para ir a trabajar a otro país, si decidió voluntariamente no volver, o si no hubiera podido volver a casa simplemente porque lo mataron y está ahí enterrado, daría lo mismo guardar o tirar las cosas, porque lo que significa es que se le perdió el camino de regreso. Para poder descansar yo, para permitir la resurrección de su carne, debo dejarlo ir y dejar de guardar, aceptar que él ya no está entre nosotros. El piloto tenía razón.

Dos hombres jóvenes como alguna vez también lo fue su hijo alzan en un gran esfuerzo la lápida y pican la tierra. Luego abren un agujero y el terreno es de arena gris, amontonada por el río a lo largo de los siglos. Cuando la pala toca la madera podrida del ataúd la tapa se desploma.

Entre los restos se distingue una calavera con la mandíbula caída y un agujero en el hueso frontal. Y fragmentos de una manta que envolvió los restos.

La anciana pregunta qué es ese hueco que tiene en la frente.

—Es el hueco que dejan los tiros —dice uno de los excavadores.

Debajo de la manta no hay rastros de que haya sido enterrado con un frac. Quedan dos huesos largos y un nido de polvo donde sobresale una camándula con cuentas anaranjadas y un crucifijo. Al intentar alzar el esqueleto, se desmorona. Sacan solo los fragmentos óseos visibles y hacen un montón junto a la tumba abierta. En la tierra del fondo se mueven cucarachas negras y ciempiés y gusanos ciegos de las profundidades. Luego sacuden los huesos largos y los fragmentos rotos de la calavera con una escoba y los echan en una caja de cartón de empacar latas en el comisariato. Después los obreros alzan la lápida y se la llevan dejando la tumba abierta.

La anciana se persigna y la servidora y el capellán echan a andar con la caja.

Guardar las cosas es mantener su recuerdo vivo, querida hermana. Para descansar de él es mejor tener un sitio donde se resuelva el misterio. Esa tumba no tenía nombre. No se sabe a quién pertenecían esos restos. Pero no importa quién estuvo enterrado en aquella tumba sin nombre. Llevaré los huesos de ese desconocido y los pondré en una olla de barro en el osario familiar, y cuando yo muera mis restos se juntarán con sus restos en el cementerio. Yo adopté a ese muerto para que un día también mi hijo tenga sepultura. Cuando ya no esté en este mundo alguien podrá rezar una oración por mí y otra por el alma de mi hijo perdido.

La servidora extrae billetes del maletín y paga a los obreros y al capellán por el trabajo. Luego abandonan el cementerio holandés en la hora plena del calor.

El capellán le dice a la menos vieja que le permita ayudar a llevar la caja de cartón. Luego comenta:

—Una mujer de su edad no está para hacer este esfuerzo bajo el sol.

Y las sigue.

—Mucho gusto, señorita. Me llamo Francisco, soy viudo y a la orden.

La menos joven simplemente deja traslucir un gesto de preocupación en la cara.

Su mirada percibe a la anciana que se ha quedado rezagada.

El capellán voltea a mirarla y pregunta:

—¿Está bien su mamá?

—No es mi mamá, es mi patrona.

—¿Le pasa algo a su patrona?

De repente la anciana pierde el sentido, sus rodillas se debilitan bajo el paraguas y cae inconsciente sobre la tierra recalentada.

—Se lo dije. Ella no está en edad para este calorón.

Y se apresuran a darle aire y socorrerla.

La muerte de Mariquita

Se desmayó estando sola en casa. La encontró Custodia tendida en el piso y llamó al hospital. La trasladaron en una ambulancia, pero enseguida la remitieron a la clínica en la ciudad. Su hijo Juan de la Cruz dejó de asistir a la universidad para acompañarla en la clínica. Permanecía en la sala de espera y firmaba todas las autorizaciones. Le hicieron radiografías y ecografías y resonancias. Las ecografías mostraban masas en los pulmones, páncreas. El cáncer se extendió por los órganos internos en lo que los médicos llamaron «metástasis», una palabra desconocida para todos. La trataron con una tecnología que era novedosa para los años cincuenta: radiaciones de cobalto. Domingo Gómez Albarracín, su marido, decidió organizar, en secreto, con dos de sus hijos, el traslado a una clínica pionera en la terapia de cobalto. El aparato emitía radiaciones de energía directamente sobre los órganos afectados. Timoleón y Juan de la Cruz esperaban en las sillas de cuero del pasillo y se turnaban para acompañarla en las noches. La habitación tenía tres camas más. El enfermo de la cama de la derecha murió. La de la izquierda era una mujer joven a la que iban a amputar los pechos. En las noches había un rumor de lamentos en todo el pabellón de cancerosos. Ella le dijo a Juan de la Cruz que quería morir en la casa donde había vivido, rodeada por sus flores y por sus animales. Él se lo transmitió a sus hermanos.

En la primera semana de radiaciones perdió el pelo. Vomitaba en un plato de peltre y permanecía aturdida todo el día. Cuando hablaba era para saber la hora, la fecha que había olvidado, y solía perder la cuenta de los días que llevaba interna. Cuando pasó el segundo mes, pensó que solo llevaba quince días. Un día no reconoció a Timoleón, su segundo hijo, quien había llegado a visitarla, y le preguntó quién era. Él le explicó que era hijo de su primer matrimonio. Preguntó el nombre de su primer marido y el número de hijos que tuvo. Preguntó por su segundo marido y al oír el nombre, Domingo, se puso de mal genio y dejó de preguntar. Estuvo de mal humor todo el día y en la noche preguntó quién era Alejandro. Timoleón se lo explicó. Era su primogénito. Ella preguntó por qué no estaba. Timoleón le dijo que su hijo estaba perdido, y ella lloró toda esa noche. El médico dijo que la amnesia era un efecto transitorio de los opiáceos que le daban para hacer soportable el dolor.

El cuerpo fue decayendo y perdió treinta kilos en tres semanas. Daba la impresión de haberse encogido. Sus hijos podían alzarla para asearla, porque de aquella mujer vigorosa que llegó a pesar setenta kilos a los cincuenta años, que había dirigido el hospital durante veinte con absoluta independencia y que destinó el último año de fuerza vital a la búsqueda infructuosa de su primogénito desaparecido ya solo quedaba un esqueleto forrado en piel.

Los médicos detectaron en los exámenes un tumor cerebral. El tumor iba a causarle afectaciones en la memoria. Se lo hicieron saber. Como sufría de tensión alta era un riesgo operarla. Antes de entrar en un estado catatónico donde la realidad se confundía con los sueños y los rostros de sus hijos vivos con el rostro del desaparecido, y donde cosas que pasaron en sus viajes se confundían con cosas que pasaron en lo más remoto del pasado (como aquellos momentos delirantes en los que describía cómo era volar en un hidroplano teniendo por horizonte el río de La Magdalena mientras veía las nubes por encima y los pájaros por debajo, y aquel juego de infancia en el que niños con las piernas arqueadas formaban una madriguera para que el que hacía de conejo huyera de otro que hacía de cazador mientras los que estaban de pie los orinaban, o cuando imaginaba al primogénito vivo sentado al borde de su cama enseñándole quiénes eran los que aparecían en cada fotografía y postal que le envió en el pasado, y entraba en euforia y dejaba claro que a su muerte no se deberían mover ciertas pertenencias de donde las dejara y por los siguientes diez años, que les heredaría la casa y los semovientes y los ahorros de la pensión vitalicia que recibió al jubilarse del hospital, pero que la parte de las posesiones que correspondían al desaparecido debían permanecer durante un periodo de tiempo igual al que llevaba ausente, diez años), ella hizo traer a un abogado para dictar su testamento.

Con dos de sus hijos del segundo matrimonio y uno del primero reunidos, además de su servidora Custodia, su marido Domingo y el abogado, dictó su voluntad.

Si, transcurridos diez años, no se hallare prueba de la supervivencia, entonces podría disponerse del porcentaje correspondiente en los mismos términos del testamento, a partes iguales, y distribuirse las pertenencias entre los interesados.

Fue su hijo Juan de la Cruz Gómez Plata quien se tomó el trabajo de cumplir la voluntad transmitida conforme al testamento: conservar las pertenencias del hermano y destinar el porcentaje acordado para el heredero ausente. Para conservar la casa familiar, decidió comprar las partes de los otros hermanos y fijar allí su residencia.

Ante el riesgo de practicarle una cirugía cerebral para retirar el tumor detectado, la trasladaron a la casa en una ambulancia.

Sentada en una silla de ruedas, tranquila y somnolienta como la paloma coja de sus animales domésticos, pasó las últimas tardes de su vida rodeada de las flores que ella misma cuidó y por sus animales echados a los pies.

Custodia atendió su cuerpo y la mantuvo limpia los últimos días. Sus hijos regresaron a sus casas.

Primero perdió el habla. Después uno de sus ojos se desvió. Después solo pudo ser alimentada con líquidos.

Murió en su cama mientras la empleada Custodia dormía en el piso.

Al despertar, Custodia vio que la mano de Mariquita estaba por fuera de la cama, como si hubiera intentado llamarla antes de morir para decirle algo. La piel estaba lívida.

Sigue tus sueños

Era alto, de piel cobriza por el sol. Usaba sombrero panamá en el trabajo y boina blanca de civil. Se vestía con pantalón de mezclilla y camisa de lino. Daba cuerda al gramófono y me decía: «Te voy a enseñar a bailar la *Cama berrochona*», una cumbia. Ponía el gramófono, se llevaba una mano a la cintura y la boina a la otra mano y movía los brazos como con golpes de ala, cantando la canción de Andrés Paz Barros.

Me trajo tantos regalos increíbles de sus expediciones: un morrocoy, un mico aullador, un puercoespín, una iguana, una guacamaya azul con amarillo y una roja, y a mí me hubiera encantado que fuera mi padre.

No creo que ella cambiara sus sentimientos por él debido a la permanente ausencia a que lo obligaba su trabajo. Aceptó que un hombre no ocupara todo su tiempo y eso le permitió no cambiar su vida por ser la esposa de alguien. Había algo en ella que era inalcanzable. Algo que no podía descifrarse. Recuerdo perfectamente que la empecé a llamar por su nombre después de que me dejó en el internado. No mami, sino Lucía.

Ella me preguntó, cuando fue en unas vacaciones, por qué no la llamaba mamá delante de las monjas.

Le respondí que ella no me llamaba hija, sino Elena.

Ella respondió que ese era mi nombre.

Le dije que me gustaba su nombre y así la llamaría, Lucía.

Dejé de vivir con ella a los dieciséis años por su voluntad («Sigue tus sueños, para que no seas como yo»). Fui a estudiar en el internado en Bogotá mientras ella iba de pueblo en pueblo, trasladándose a las escuelas más alejadas para las que era destinada por el gobierno. Cuando yo estaba en cuarto de bachillerato, Manuel, un ingeniero químico mexicano, pidió mi mano. Me dijo que la invitara a Semana Santa a Bogotá para que se conocieran. Yo le escribí un telegrama urgente y ella fue en el tren. Manuel nos invitó a un almuerzo en Usaquén y pidió mi mano. Ella parecía incómoda ante tanta parafernalia. Se excusó para ir al baño y volvió con los ojos llorosos. Dijo que debía regresar esa misma tarde en el tren de la sabana. Manuel nos llevó hasta el puente de La Caro, la dejamos en la estación y volvimos por la carretera del norte en silencio. («Parece que a tu mamá no le gustan los mexicanos», «Es que ha visto muchas películas mexicanas», le dije, y nos reímos). Una semana después me escribió esa carta sentida en que me decía que aquel hombre podía ser mi padre. No le gustaba la idea de que dejara de estudiar para casarme con un hombre hecho y derecho que me doblaba la edad. Menos el comentario desafortunado que había hecho en el restaurante de Usaquén, en el que planeaba llevarnos a México para que conociéramos a su familia y para casarnos allá en la iglesia de Los Reyes Magos de Tetela del Monte al año siguiente. Acabó la carta con esa frase: «Sigue tus sueños, para que no seas como yo». Nos vimos no más de diez veces en los cuatro años que estuve en el internado. Decidí casarme y seguir a mi marido a su país. Ella no quiso venir a la Ciudad de México las veces que la invité. Ya casada en México, terminé mis estudios y fui a la universidad a estudiar Biología, a lo que no me dediqué, porque en México fundé un anticuario, pues me apasioné por las antigüedades después de ver los tianguis, que me causaban la impresión de haberme ido a vivir a la casa del Cacique, un lugar perfecto donde todo lo que la gente abandonaba recobraba valor y vida. Mi esposo me ayudó a fundar El Relicario. Ella no lo supo, y ya no sé si algo así la hubiera enorgullecido o avergonzado. Sé que empezó a fumar marihuana al cumplir cincuenta y cinco años para mitigar el dolor inmisericorde que sentía en todos los huesos del cuerpo. Ella llamaba a su enfermedad astenia. La invité a México para que la trataran. Pero no respondió a mis requerimientos. No la vi más desde que me fui de Colombia y ella murió cinco años después.

Mi esposo falleció en un accidente de tránsito y yo me dediqué a trabajar para sostener a mi familia. Mi hija se fue joven y murió también joven, así que tuve que criar a mi nieta como Lucía me crio, de padre y madre. Mi yerno continuó al frente de El Relicario cuando yo enfermé. Los recuerdos de Colombia son cada vez más confusos, pero la infancia se aclara. Ahora que ya soy una vieja regresan a mí como memorias sin orden y tengo que secuenciarlas para darles sentido.

Agradezco que me haya enviado todas esas fotos. He decidido ordenarlas y ponerlas juntas en un álbum perfumado que venden aquí. Y escribiendo esta larguísima carta me he dado cuenta de que lo recuerdo todo y de que a nadie había podido contarle mis recuerdos de infancia, porque no me queda nadie allá.

Mientras le cuento todo esto, he tenido a la vista la foto del árbol de los totumos. Es el árbol retorcido que había frente a nuestra casa en la escuela de Las Nubes. El árbol que abandonaron los pájaros antes de que una brisa lo desplomara sobre la carretera. Las ramas del árbol están desnudas. Aún conserva los globos secos de su última cosecha: calabazos como barrigas de embarazadas, está en pie, pero ya no tiene vida. Es el esqueleto de un árbol con sus muchos brazos abiertos como si suplicara. Todo alrededor es niebla y sus brazos penetran en ella. Una buena foto de Alejandro: un árbol marchito entre la niebla. Pero hay algo más en esa foto: de espaldas hay una niña, que soy yo, observando el árbol y los pájaros en las ramas. Más atrás, también de espaldas, está Lucía y observa a la niña. Y hay un detalle sutil: de uno de los globos secos están surgiendo los brotes de un nuevo árbol, de una nueva vida.

Cuando vi la foto sentí como un golpe en la barriga, y era la impresión de estar allá de nuevo en las montañas gemelas, regresando en el tiempo a la cabaña, al camino de terracería, al basurero, al bosque neblinoso, como si no hubieran pasado sesenta años, como si estuviera aún ahí. Sentí la angustia de estar esperando todas las noches que vinieran a quemar la casa, o a matarnos, ultrajarnos, y después dejarnos yertas en la tierra.

Las otras fotos que me impresionaron son donde está Lucía con el pelo largo y después donde está con el pelo corto como lo llevaba en mis recuerdos. Y la más bonita es una que tomó el piloto, donde están con Alejandro abrazados para protegerse del frío en la playa del lago de Quesada.

Las mejores temporadas para ella, las veces que la vi más feliz en este mundo, ocurrían cuando estaban juntos. Cuando ella ponía el banquete de cosas que él había traído del comisariato, barquillos de chocolate, latas de galletas dulces y saladas, botes de mantequilla de maní, cábanos, bacalao salado, latas de anchoas, de sardinas, nueces, pasas, sopas Camps, aceitunas, vino, whisky de centeno, y él nos contaba, sentados a la mesa, cómo había sido su último viaje por los ferrocarriles y nos mostraba fotos recién reveladas.

Me gustan las del puente de La Dragona. Están muy cerca uno del otro. Ríen y tienen la locomotora atrás cruzando el puente del paso a nivel, como si tuviera patas. Ella tiene un vestido blanco y el pelo largo, crespo y suelto. Él está también vestido de blanco con sombrero.

En otra yo estoy con mis diez años danzando en la arena como una ninfa y ella toma el sol tendida en una toalla a rayas con lentes oscuros y sombrero, y él sin camisa escribe en la arena nuestros nombres.

Todo el poder de evocación que tienen es para mí suficiente para decir: éramos felices. Pero luego viene esa oleada de dolor por lo ido, por lo irremediablemente perdido en el tiempo.

Lo recuerdo todo con sensaciones, como si el recuerdo estuviera repartido en el cuerpo y no en el pensamiento. Recuerdo la tierra roja agujereada de hormigueros, como bocas que aúllan cuando veo calles empedradas. Las cataratas de agua pulverizada en los despeñaderos cuando me baño con agua fría.

El totumo y su tronco marchito como mi piel de pergamino en la vejez. El abismo iluminado por una luna roja como la que enrojece el cielo de la metrópoli en las madrugadas frías. Las moras de castilla que tomaba a puñados y me dejaban las manos rojas. Los cedros enormes de la alta montaña y los nidos de guadua que vi florecer una sola vez en mi vida porque lo hacen cada medio siglo. Los objetos deteriorados entre los árboles como una casa encantada. La carretera destruida por el paso de carrotanques de combustible, volquetas de asfalto que pasaban a pavimentar ciudades y volquetas de basura.

A veces oigo ladrar a los perros y recuerdo a la perra Petra y percibo sus pisadas de leona cerca de mí protegiéndome, como cuando estaba en busca de algo que no se veía y era un venado que nos miraba desde la niebla antes de dar un gran salto y perderse monte adentro y dejarnos perplejas.

La claridad de la niebla con la luz del sol del mediodía y el sonido de un trueno que caía sin tormenta. Los pájaros garrapateros, negros, siempre en grupo como si fueran comunistas. Los musgos colgados de las ramas como barba. Los agujeros de los muertos sin ojos porque los carroñeros los habían devorado. El color rojizo del agua y las paredes ensangrentadas de la casa de Bernarda, a quien le mataron su marido delante de los hijos. El barranco de Chanchón con su belleza indiferente a la infamia humana. En sueños voy a lugares en los que estuve. Las cimas frías donde el agua nace entre lagunas negras. En esos páramos las plantas se van volviendo cada vez más pequeñas y peludas hasta que no queda nada en lo más alto, sino pajonales y tierra rapada, una estepa dura y primigenia donde se condensa el agua y el viento que silba como una quena entre pajonales. El agua se va juntando en riachuelos y las peñas lloran en los boquerones hasta que una tromba se precipita por entre las rocas hacia el abismo y reaparece en los ríos de los valles. En la alta montaña el cielo se cierra y todo se pone oscuro y nadie sabe lo que te espera cuando se despeje el camino. Me hinco y rezo como mi madre en ese páramo. No rezo por una razón en particular. Hace años que perdí la fe y esperanza y solo me queda la caridad. La niña se levantaba y llamaba a su madre. *Madre mía, que estás en los cielos, envía consuelo a mi corazón.* Estoy echada en la hierba viendo las nubes pasar. Caen las aguas de la cascada y cantan una canción de cuna y es mi madre tarareando mientras se baña a totumadas en la pila de agua. Se oyen los loros que lanzan carcajadas y vuelan en parejas y se mecen los árboles como si fueran algas debajo del agua. Las cobijas de lana están en el piso secándose como alfombras voladoras. Vivimos entre las nubes, dentro de un cuarzo donde el tiempo está detenido. Huele a sudor de mujer, las orugas que serán mariposas se comen una morera. Una mariposa oscura, a la que llamamos mensaje, se me acerca y camina por mi pierna tamborileando. Luego se marcha. También yo volaré como vuela ahora la mariposa que antes fue gusano y más atrás crisálida.

Cuarta parte
La desaparición

El ataque de paludismo se diluyó entre las sábanas ensopadas de sudor y oyó en la torre de correos quemada al niño voceador gritar los principales titulares de los periódicos: «EL COSMOS: EL FBI INVESTIGA EL ASESINATO DEL CAUDILLO. EL SIGLO: EL PARTIDO CONSERVADOR ELIGE SU CANDIDATO. EL ESPECTADOR: IDENTIFICAN EL CADÁVER DEL ASESINO PORQUE TENÍA DOS CORBATAS. EL TIEMPO: ASÍ FUE LA VIDA DEL CAUDILLO. EL MUNDO: AVANZA LA RECONSTRUCCIÓN DEL CENTRO DE BOGOTÁ».

Salió a comprarlos y después se los llevó debajo del brazo para leerlos en el Bazar Francés, pero encontró cerrado el Club Nacional y todos los demás comercios, con cintas policiales y guardias que impedían el acceso. El celador le dijo que había ley seca y se prohibían las reuniones de más de veinte personas. Pero sus amigos estaban en el Club Extranjero, que había sido abandonado por la desbandada de gringos de la patronal. Así que tomó un taxi y fue hasta la intersección donde la avenida Bolívar se transformaba en carretera.

Fuera de la ciudad, el Club Extranjero permanecía intacto. Era un edificio blanco y solitario rodeado de palmas y canchas de tenis y campo de golf.

Los únicos extranjeros presentes eran el chef Giordaneli, que había decidido quedarse en la ciudad aunque la compañía se marchara, y Joseph Miller, que estaba de paso en el puerto del Cacique. Buenahora, gerente de la Kodak, el cocinero, el barman y los meseros.

El piloto contaba las peripecias que había pasado en Bogotá tras la muerte del caudillo al quedar encerrado en un sótano con latas de salmón y de atún mientras veía por una claraboya los incendios reflejados en los cerros, porque la ciudad estaba siendo destruida por la turba y los francotiradores. Unos días después logró salir y encontrarse con un ingeniero que había quedado atrapado en la embajada de su país, y juntos se fueron en la primera avioneta de la nueva compañía nacionalizada y entonces vio la nube de humo negro que expelía la capital quemada.

El representante de la compañía iba en el mismo avión y se dirigía al puerto del Cacique para ejecutar las liquidaciones de los operarios de la refinería y oficializar la salida de la compañía y la reversión de la concesión. El piloto leía en *La Mancha Negra* el reportaje que publicaron con la entrevista del presidente de la junta obrera y una foto de archivo donde se veía al caudillo en la manifestación que hizo en el Parque Nariño años atrás en su primera campaña presidencial. El puño en alto con su frase de combate: «A la carga». Y el titular en anchos moldes de letra: «Los diez días que estremecieron al puerto». Era el mismo periódico que llevaba Alejandro bajo el brazo.

—¿Por qué cambiaron de club?

—Porque esta calle hasta la semana entrante no será territorio colombiano, como dijo la tropa cuando íbamos a tomarnos la calle de las oficinas y el barrio extranjero. El toque de queda prohíbe las agrupaciones en el puerto.

—Y aquí aún rige la ley de la Gringa, por eso Giordaneli nos abrió. ¿No le da miedo que el gerente no lo liquide, Giordaneli?

—Se acabó la Gringa.

—Pero nos queda la Holandesa.

—Y las francesas.

—¿Qué se toma?

—Para el paludismo y la cursera, ginebra artera.

—Doble de Ginebra con quinina y un rollo de papel higiénico.

—¿Cómo sigue?

—Me duele el pelo, pero esta semana sentí ganas de comerme una hamburguesa y entonces supe que sobreviviría.

—¿Ya almorzó? Hoy hay sancocho.

—Sí, ya almorcé, comí carne asada, es lo único que se me antoja.

—Misiá Bárbara está enamorada de usted, Dinero.

—Ella me ama, pero yo llegué demasiado tarde a su vida. Cuando se incendió la torre de correos me hizo sacar primero a mí y luego a su iguana Toña que estaba trepada en el mango.

—Ella sabe que tiene que salvar al machucante.

—Coma mierda.

—No lo niegue, aquí no guardamos secretos, mano. Reconozca que a la vieja le gustan los pollitos.

—Tengo unos negativos del incendio de la torre de correos para revelar.

—Esta semana ni hablar, está sellado el callejón del Bazar Francés y patrullado el Parque Nariño y no hay cómo abrir ninguno de los locales. En el baño de mi casa podría revelarlas, pero no tengo fijador suficiente, todo está en la franquicia.

—Cuando abra la Kodak, entonces.

—¿Y su mujer?

—Llevo meses sin ir. Debe estar pensando que me mataron el 9 de abril.

—Cambiar semejante pescaíto por ese bagre de misiá Bárbara, no sea puerco, Dinero.

—Al vergajo le gustan las cuchas.

—A mí solo me gusta su madre.

—Ajá, qué agresivo lo pone la tanda, no se le puede sacar la cucha a bailar. No pelee que ya se fueron los gringos, y ahora sí quedamos tú y yo.

—En Bogotá fue gravísimo. Se están pudriendo los cadáveres y la fila para identificarlos es larga y lenta. Ya encontraron al asesino del doctor en el Cementerio Central, porque tenía las dos corbatas con las que lo arrastraron para lincharlo. ¿Sí vio la foto? Está en el periódico. Vea, no quedó ni para el cuento. Dicen que son más de seis mil los cadáveres y los van a enterrar en una fosa común.

—Esa piltrafa no es el asesino. Al doctor lo mató un gringo de la CIA. Hay una conspiración internacional.

La conversación continuó en el Club Extranjero con los relatos de cada uno en los días agitados que siguieron al magnicidio y solo se interrumpió cuando vieron por las persianas del club aparecer por la carretera un contingente de soldados que pertenecían a los batallones del destacamento que había enviado el gobierno para custodiar los campos petroleros.

Decían que los soldados habían sido los que atentaron con una bomba contra la residencia del exalcalde popular de la comuna que había escapado con vida hacia la serranía.

Allí, en el cerro de La Magdalena y el cerro de Los Andes y en Aguacaliente, operaban las cuadrillas de Valentín González y los liberales alzados, que ocuparon los pozos en producción y asediaban el ferrocarril de la compañía.

Los hombres que llegaban eran de infantería, soldados que caminaban aplastados por los morrales de campaña y se calaban cascos metálicos que hervían en el calor. Avanzaban cansados sobre los terrones de barro seco. En medio de la patrulla de once soldados venían cuatro civiles con las manos amarradas.

Se detuvieron en el descampado de una cancha de tenis a observar el edificio solitario del Club Extranjero y el verdor del campo de golf como si hubieran entrado en el espejismo injusto de un campo de diversiones. Algunos se sentaron sobre los morrales, extenuados por la marcha.

Junto al edificio había un estacionamiento de camiones aun cubiertos con las carpas contramarcadas de la compañía petrolera. Uno de los soldados se encargó de examinar las chivas estacionadas. Luego hizo una señal al superior, que en lugar de casco usaba un quepis con el galón militar.

El del quepis se lo caló hasta la frente y se dirigió solo al edificio del casino de extranjeros donde los reunidos miraban por las ventanas.

En las escaleras de madera que llevaban al segundo piso resonaron las botas, y al entrar en el salón se quitó el quepis.

Era un hombre de corta estatura pero fuerte, con rasgos faciales angulosos y un bigote delineado sobre el labio superior.

Llevaba dos pistolas al cinto. Su enseña era de cabo segundo y al entrar dejó terrones de barro sobre el piso ajedrezado.

Observó al grupo de hombres repartido en las mesas diner blancas con su cojinería roja, entre saleros y frascos de mostaza. Las paredes adornadas con grandes cuadros de las principales carreteras norteamericanas, soldados besando mujeres en la liberación de París, una máquina de pinball contra una ventana y botellas vacías de soda en la larga barra del salón.

No aparentaba más de veinticinco años, pero la severidad inquisitorial de sus ojos que no se fijaban en nadie en particular, su bigote perfectamente delineado sobre el labio superior y la mano que se apoyaba en la cacha de una de sus dos pistolas como si estuviera listo para disparar lo hacían a la vez ridículo y temible.

Pidió agua con hielo. Interrogó con la mirada a todos los presentes en el club mientras olfateaba el vaso esmerilado en que el mesero le sirvió el agua.

Luego habló con el único que le parecía extranjero, el piloto, y le preguntó a dónde se había ido su gente.

Dijo que los gringos se volvieron a casa, porque el negocio se había terminado.

Preguntó de qué ciudad de Estados Unidos era. Miller pronunció en inglés, de modo que no pudo descifrar la palabra, Delaware.

El cabo comentó, señalando las fotos ampliadas en la pared, que parecía un lindo país.

Luego se asomó al ventanal y señaló a los cuatro hombres civiles que sus soldados traían prisioneros. Preguntó si alguno de los presentes los distinguía. Quería saber si eran obreros petroleros como ellos afirmaban. Quería saber sus nombres. Pero nadie le dio razón de quiénes eran.

Hizo llamar al cocinero, que salió enseguida y se presentó en el salón diner quitándose el delantal. El cabo le preguntó si los reconocía. El cocinero los miró por la ventana con sus ojos de aceituna enjugándose las manos velludas de libanés en el delantal y respondió, rascándose la barba cerrada hasta el cuello, que había conocido mucha gente, pero le era imposible reconocer a todos los trabajadores.

El cabo preguntó su apellido. El jefe cocinero le dijo que se llamaba Guido Giordaneli Cuarentayocho. Al cabo le pareció divertido el segundo apellido. Le preguntó de qué origen era. El cocinero le explicó que su abuelo era libanés nacido durante el protectorado de Francia, y como solo sabía árabe cuando llegó a Barranquilla, para firmar usaba un símbolo parecido al 48, así que a sus hijos los apellidó Cuarentayocho para registrarlos. El cabo quiso saber qué había de almuerzo para aquel día. El cocinero estaba pálido. «Sancocho de rungo», dijo. «Hoy comeremos sancocho, del que nos da 48».

El militar salió del edificio y ordenó a sus hombres subir a uno de los camiones de la compañía que estaban estacionados y con las llaves en la guantera.

Cuando los soldados y prisioneros se marcharon por una de las carreteras que penetraba hacia los pozos petroleros, Alejandro le dijo al chef Giordaneli que los siguieran en la motocicleta con sidecar que tenía estacionada detrás del edificio.

El chef se quitó el delantal y lo estrujó entre las manos fuertes y velludas, como cuando salía con una gallina en cada mano para sacrificarlas dándoles vueltas, y ambos salieron del edificio.

Alejandro se cruzó sobre el pecho el estuche de cuero donde guardaba la cámara y subió al sidecar.

—Van por la carretera a los pozos, pero si los seguimos por ahí van a vernos.

—Vamos por la vía del tren que acaba en el mismo punto, el puerto de Aguacaliente.

—¿Por qué irían allá si no hay nadie?

—Yo creo que van a secuestrar una lancha.

La motocicleta del chef Giordaneli avanzó por las líneas del ferrocarril que se abrían a campo traviesa entre los pozos petroleros.

La grava suelta de la ferrovía hacía inestable el avance de la motocicleta con sidecar porque las llantas se atascaban. La maraña de carreteras de la concesión se había ramificado entre pozos de extracción y cada vereda seguía hacia una vía central donde estaban los grandes cilindros de almacenamiento del campo petrolero. La ferrovía venía del puerto del Cacique, penetraba hasta los tanques de almacenamiento, proseguía hacia el puerto de Aguacaliente y se prolongaba hacia los confines de la concesión.

El convoy militar tomó por la carreta principal hacia el complejo de Aguacaliente. En ese puerto, donde acababa la carretera, había una serie de hangares que servían de talleres para remolcadores de gasolina y reparación de carros, y también un foso para intercambio de locomotoras y los tambores gigantes que servían como depósitos.

La motocicleta se encaminó por las vías del tren y se detuvo a la entrada del complejo, a varios metros del embarcadero sobre el río Aguacaliente, que estaba próximo a su desembocadura en La Magdalena.

Alejandro bajó del sidecar y le dijo al chef que se marchara. Guido Giordaneli trató de disuadirlo.

—No vaya. Ese hombre tiene pinta de carnicero.

—Tengo que ir. Aquí huele a gato encerrado.

—Tenga cuidado, hermano mío. Mi padre decía: las armas las carga el diablo y las descargan los franceses.

Dejó a Alejandro en el complejo y encaminó la motocicleta por los rieles para regresar al casino.

[*Se detiene ante los vagones de madera y el foso intercambiador del tren. No ve a nadie. Abandona la carrilera y sigue entre manchas de aceite hacia los hangares. Los cilindros parecen grandes ollas volcadas sobre la tierra. Observa la carretera y le parece oír un rumor lejano.*

Los hangares que sirvieron de talleres han sido desmantelados por la extinta compañía. Solo quedan grandes llantas de tractor, barriles de hojalata y algunos compartimentos con compuertas donde se guardaba herramienta y que ahora vacíos tintinean al paso del viento. Afuera de los hangares hay una máquina niveladora oxidada por la intemperie y tuberías galvanizadas que provienen de un dédalo de tubos de escape de acero que salen de los grandes cilindros de almacenamiento. No hay personal de la nueva compañía.

Desde el hangar ve el muelle flotante con un planchón anclado.

En un rincón del hangar está el cascarón de un jeep Willys sin radiador ni llantas, amontonado como la osamenta de una vaca muerta en el llano.

Poco después aparece el convoy por la carretera y entra en el complejo. Los soldados se dirigen directamente al muelle, donde está anclado el planchón junto al vertedero. Es un puerto flotante de hojalata con llantas como amortiguadores, atado con guayas a la tierra.

Desde el hangar no puede captar con todo detalle lo que ocurre al detenerse el camión. Camina hacia la luz exterior y se acomoda sin salir del todo.

Los ve bajar a tierra. El radioperador despliega la larga antena y da manivela hasta que consigue comunicarse. El cabo se pone al habla y luego se acerca a los prisioneros.

No alcanza a oír lo que les dice.

Para escuchar mejor, abandona el hangar y se encamina hasta agazaparse en un barril chorreado de brea. Lleva la cámara en la mano. Si quiere una fotografía nítida de lo que ocurra tiene que aproximarse al objetivo. Decide adelantarse otro tramo pero solo podría esconderse en la gasolinera oxidada junto al camino. Los soldados se despliegan en el puerto. Los prisioneros suben al planchón flotante sobre las aguas.

Por un momento los tiene a todos a la vista y les hace fotografías del camión número 7, del muelle, del cabo, de los soldados que vigilan y de los que les amarran las manos con alambre.

Luego el cabo desenfunda la pistola y les habla y aproxima el cañón a la cabeza de cada uno. El cabo escoge uno al azar y le *dispara y luego los empuja uno por uno al agua. Después da la orden a los soldados de disparar a la superficie. Una mancha negra se extiende por el agua.*

Lo que sigue no necesita demasiadas palabras. La secuencia quedó plasmada en las fotografías, pero hay que darle orden para entenderla. Basta con identificar la primera, cuando los hombres son atados, y la última, con los militares descargando sus armas a las aguas, para imaginar lo que aquello significa.]

Bajó la cámara, respiró hondo porque había estado conteniendo la respiración mientras hacía las fotos. Pero solo sintió miedo cuando dejó de mirar por el visor. Volteó a ver la gran boca del hangar vacío y el espacio abierto para regresar sin ser visto, pero sintió que sus piernas que temblaban no tenían la voluntad para hacer el recorrido y salvar el mismo tramo de vuelta. Ahora había un soldado mirando hacia la gasolinera en la entrada del hangar.

Mientras permanecía agachado y atento como las iguanas, absorbía lentamente el aire por la boca para sosegarse y aclarar el pensamiento. Con vistazos fugaces buscaba rutas imaginarias para ponerse a resguardo. El soldado dejó de mirar y entonces regresó corriendo al hangar vacío. Una nube de pájaros voló sobre la carretera. Sus botas resonaron en el eco del lugar. Se escondió en el cascarón del jeep pero supo que si habían escuchado las botas vendrían a revisar el hangar y lo descubrirían fácilmente.

Entonces oyó la voz del cabo dando órdenes y el rumor de las botas militares en el eco del lugar. Pensó en correr y escabullirse por detrás, pero por allí solo encontraría el espacio abierto de la concesión por donde brillaban los rieles de la ferrovía. Afuera del hangar el motor del camión número 7 se puso en marcha.

Asomó la cabeza sobre el cascaron del jeep para constatar que ya se iban sin verlo, pero entonces descubrió la figura del cabo mirando desde la entrada del hangar hacia donde estaba, con los lentes de sol puestos y la pistola en la mano. Escondió la cabeza rápidamente.

El militar hizo un gesto a los soldados para que aseguraran el hangar y se encaminó hacia el cascarón del jeep. Se quitó las gafas para que sus ojos se adaptaran a la sombra y tanteó que no hubiera alguien más en el espacio abierto. No se veía a nadie pero percibió claramente una serie de huellas de pisadas sobre manchas de aceite que seguían hacia el jeep. El militar eludió pisar las manchas aceitosas y caminó hacia el jeep desguazado.

Mientras aquel cabo se acercaba, Alejandro empujó la cámara fotográfica dentro de la guantera del jeep. Luego esperó.

Aún podría correr fuera del hangar y deslizarse entre las malezas y correr por los campos de extracción y hacer que sus perseguidores se extraviaran en la maraña de carreteables y tratar de salvar el pellejo a como diera lugar, pero el tiempo era una sopa espesa donde su cuerpo estaba inmóvil. Entonces oyó aquella voz gallinácea que le decía:

—Salga de ahí, ¿o cree que no lo vi?

Aunque las rodillas le hormigueaban y la vista se le nublaba con chorros de sudor abandonó el cascarón del jeep con las manos en alto.

El cañón de la pistola del cabo Florido le apuntaba a pocos metros. El cabo desvió el cañón y apuntó a un pájaro que se había posado en el marco de una de las grandes ventanas del hangar. Miró fijamente al ave y le atinó a esa distancia matándola al instante.

—Suba al camión.

Lo hizo sentarse atrás con un guardia que lo encañonaba con el fusil y ordenó al chofer del convoy ponerse en marcha.

El camión número 7 se alejó alzando una columna de arenas líquidas por la evaporación del calor del horizonte.

Los cuerpos de los muertos salieron a flote sobre las aguas achocolatadas del río Aguacaliente.

Querida madre:

La soñé anciana. La vi vestida de negro deambulando por pueblos y puentes y puertos y cementerios y desenterrando una tumba vacía. Yo la veía hacer todo esto, le decía «estoy aquí, mamá, míreme», pero usted no podía oírme ni verme.

Ahora le cuento cosas alegres. Con el nuevo cargo de pagador y nuevo sueldo me he comprado una nueva máquina para hacer fotos, con la cual jubilo la máquina de mi papá y la vuelvo reliquia. Es lo último inventado con esta nueva tecnología americana. Le mando varias fotos tomadas con esa máquina: una vista del campamento #2 en el ducto. Otra donde estoy en el vagón de segunda clase del Ferrocarril Central del Norte sección #1. Una vista del tren entrando en la estación de Chapapote. Y otra del puente que hicimos, y que llamamos La Dragona. Como el campamento está muy cerca de la obra, puedo hacer el recorrido en bicicleta, la que aparece en la foto siguiente. Los hombres que ve usted sobre el puente son los peones que lo hicieron, y la mujer de la última foto es Lucía Lausen, maestra de la única escuela que hay por estos pagos. Ella es muy amable conmigo pero muy seria. No le voy a negar que me agrada especialmente. Para organizarse con una mujer hay que tener algo y yo aún no tengo nido, porque sigo hospedándome en un cuarto en la pensión Casa Pintada de misiá Bárbara y voy de campamento en campamento. Me he ido acostumbrando a la errancia y es difícil imaginar que una mujer va a estar esperándome en una escuela mientras yo ando seis meses en medio de la nada, rodeado por una nube de mosquitos y atrayendo con mi carne el paludismo.

Las fotos donde usted ve unas casas inundadas son de septiembre del año pasado cuando el río creció y se metió como una visita abusiva en el Puerto de Ocaña. La foto de la caña dulce es de Bugalagrande, donde figuran una mujer con cuatro niños, que es esposa de mi amigo Rubén Gómez Piedrahita, quien logró ubicarse en el Ferrocarril Central del Pacífico y a quien tanto le debo por mi bienestar en el puerto del Cacique. Bueno, después le escribo más sobre esta vida mía que usted ha traído al mundo, para que no olvide que tiene un hijo mayor llamado Alejandro, quien siempre la recuerda.

LO QUE VIERON SUS OJOS

Querida hermana:

Ha pasado tanto desde la última vez que escribí. Cuando llegué del viaje que había hecho a Quesada para pagar la promesa de la Virgen de Chiquinquirá y tratar de encontrar a la mujer de mi hijo Alejandro, me encontré muchas sorpresas desagradables. Mi esposo Domingo había regalado el estetoscopio de mi primer marido, una cuna esquinera en la que durmieron todos mis hijos, un baúl con ropa de Alejandro y su primera cámara fotográfica heredada, la bicicleta, objetos que pertenecieron a mi hijo perdido.

—¿Por qué regaló esas cosas si no eran suyas?

Se molestó conmigo. No quiso contestarme. Estaba incómodo por la pregunta, signo de que mentiría al contestar. Se reclinó más atrás en la silla mecedora, y su cabeza brilló de sudor. Tuve la sensación de que había estado bebiendo antes de venir a visitarme, pero siempre fue difícil para mí descifrar su estado, porque no perdía el equilibrio y porque su humor nunca cambiaba ni sobrio ni borracho.

—Lo viejo guarda lo nuevo, mujer.

Así decía cuando uno guardaba lo nuevo en el bifé para seguir usando las cosas viejas. Yo no debería estar guardando cosas viejas, según él. Pero toda la casa es vieja. Hay parches sobre la tapia que parecen mapas, porque la casa que fue de mi papá Epaminondas se está desmoronando.

434

Hace un calor pesado que oprime el cielorraso y pasa por entre las ramas del aguacate que da sombra desde la pesebrera. Es viejo el florero que me trajo mi papá de un viaje a la isla. Es viejo el aguamanil del lavamanos. Es viejo el perro. Mi vida es vieja. Domingo también es viejo. Veo el pelo de su pecho blanco entre los botones de la camisa. Su gran panza de bebedor que se hincha al enderezarse en la silla.

—Eran mis reliquias y ropa de mi hijo.
—¿Y por qué rompió el espejo?
—Se me rompió de rabia cuando vi que ya no estaban las cosas de mi hijo Alejandro.

Llevaba años de no mencionar a Alejandro en su presencia, por respeto. Ni siquiera le dije nada cuando dejé de recibir cartas de él, y tampoco le expliqué nada desde que Timoleón me envió sus baúles, la cámara de cajón de mi primer marido y el rollo de la película. No le dije a dónde iba cuando salí hace meses y viajé con Custodia por el río en busca de su huella. Y no le dije nada antes porque él se casó conmigo pero me dejó claro que no iba a criar hijos de otros y entonces tuve que dejarlos en Zapatoca al cuidado de Matea. Alejandro, el hijo que no pude cuidar y que ahora he perdido para siempre, en parte por culpa de Domingo.

—¿Dónde está la bicicleta?

Lamento haber dejado a mis primeros hijos para poder casarme con Domingo. Ahora Domingo regaló sus pertenencias, tal vez porque le tiene envidia a su memoria viva en mí, porque sabe que fui a buscarlo como una loca por todos los lugares donde pudo haber estado. Porque tiene miedo de que aparezca y yo le herede esta casa ahora que estoy enferma y me voy a morir.

—Domingo, ¿dónde está la cicla de mi hijo?

—La cicla la regalé al hijo de Débora.

Débora es una de sus mozas. Tiene cuatro hijos de otros hombres esa mujer... A ella no le exigió dejarlos para estar con él. Oía sus respuestas majaderas y me provocaba desenterrar el espejo roto del solar para partirle el gabinete entero en la cabeza calva. Cuando me enteré de que se había llevado los objetos de Alejandro, rompí el gabinete que él me regaló por mis cuarenta años —para que se cuente las canas, dijo en broma— y que yo había hecho incrustar sobre el lavamanos.

—¿Y la máquina de fotos?

—La mandé a arreglar, pero el mudo no dio con el daño, así que la tiré a la basura porque guardar cosas dañadas es llamar la ruina.

—Esa cámara vale más dañada que buena. ¿Y la cuna?

—Se la di a Pachito, el mayordomo, porque tuvo otro chino.

—Esa cuna es solo para mis hijos.

—Pero acá no va a haber más niños.

—Las perras no necesitan cunas para criar a sus perritos.

Solo hasta ese momento, oyéndolo responder más lentamente que nunca porque caminaba sobre los carbones de mi cuerpo calcinado de dolor, comprendí que desconocía a ese hombre con el que había vivido por cuarenta años, al que le había dado tres hijos para alimentar su virilidad, que no tuvo la delicadeza de aceptar sus errores, de abandonarme cuando ya no me amaba, que solo me dio indiferencia y dureza donde yo le di aceptación y delicadeza, que nunca fue capaz de reconocer que el pasado era irrecuperable, que había una gran diferencia entre las mujeres y el ganado, que el tiempo corría para todos y yo había envejecido a su lado sin sentir vergüenza de su calvicie, de su falta de modales, de su estatura, porque él era bajito y yo alta. Por suerte habíamos llevado las fotos y cartas de Lucía y la película con nosotras en el viaje, o también habría despedazado el alma de Alejandro. Sus ojos, pensé, los ojos de mi hijo, es lo único que me queda. Tengo lo que vieron sus ojos. Tengo sus palabras. Y con eso me basta.

—Usted no puede ir por ahí como una loca en ese estado.
—¿Cuál estado?
—Su enfermedad, mujer.
—Es cáncer, Domingo. No sale con agua. Tengo que hacer mi vida aunque la enfermedad siga. Decidí que no voy a hacerme más quimioterapias.

El hechicero que me envió a la ciénaga en busca del aviador me dio el remedio para el cáncer: beba la sangre de un gallinazo, porque esa sangre revive la carne vieja y putrefacta.

—El médico dijo que si no se hace las quimioterapias...
—¿Qué va a pasar?
—Usted trabajó veinte años como directora del hospital y ya sabe lo que va a pasar con un cáncer regado en todo el cuerpo, mujer.
—Sí, lo sé. Me voy a morir. Como todos. Y sé que soy una mujer, pero también tengo nombre. No me haré más quimioterapias porque no creo que haya cura.
—Yo sí creo en la ciencia. ¿Qué va a hacer? ¿Va a volver donde el hechicero entonces?
—Voy a tomarme la sangre del gallinazo.
—Eso no va a servir de nada, Mariquita.
—Sirva o no sirva, de todos modos no vuelvo a la clínica.
—Si usted no sigue el tratamiento, no volveré a esta casa.

Hace años somos cuerpos separados. Mejor dicho: él dejó de dormir aquí para irse a casa de Débora y dedicarse a la hacienda de Miraflores. A mí solo me ha visitado para averiguar por mi enfermedad y atormentarme con la insistencia en que me haga las quimioterapias. Cuando la gente deja de hacer su vida y se hace las quimioterapias es cuando empieza a morirse. No le digo nada, porque ya lo veo calculando el precio de la casa.

—Hace años que no vive usted en esta casa, Domingo. Es mejor que se lleve sus cosas para donde Débora.

—Vuelve la mula al trigo.

—Todo el pueblo sabe que usted duerme allá de lunes a viernes. Y los fines de semana se va a la casa de Miraflores con otra moza. Lo que no sabía es que después de viejo lo iban a coger de paganini las mozas. Como ya me voy a morir, le voy a pedir el favor de que deje de ser tan descarado y que no vuelva más a esta casa. Su presencia aquí me desacredita ante la gente. Yo no lo necesito. Débora sí, porque tiene cuatro bocas que alimentar. Yo soy una vieja condenada a muerte. Y usted también es un viejo que decidió dejarse explotar como un paganini por una mujer más joven cuando sabemos que ya no funciona, porque el cuerpo dura lo que tiene que durar. Váyase, Domingo. No quiero verlo. Me fastidia. Su ropa. Su olor. Su presencia. Quiero aquí la camacuna.

Creo que el tiempo decidirá la suerte de mi vida. Él se volvió manso con mis palabras. Viéndolo ensimismado en la tarea de armar su equipaje, tuve la impresión de que era eso lo que siempre había querido oír de mí: una invitación a ser libre. Alistó sus baúles y luego mandó a Pachito con dos mulas para trasladarlo todo a la casa de la hacienda Miraflores.

—Esta casa y todo lo que hay aquí será para mis hijos cuando yo me haya ido. Y no quiero que vuelva en mi ausencia para husmear entre mis cosas. ¿Le quedó claro?

No habló. Salió de la casa debajo de su sombrero y se perdió entre el calor de esa calle llena de tierra y de mulas amarradas a las fallebas de las paredes.

El error de su hermano

[«*El error de su hermano fue la osadía: acostumbrarse al peligro. Cuando estaba revelando las fotos de la matanza, me di cuenta de que haber perseguido a ese convoy era un error que nos cobrarían caro a todos los que estábamos en el Club Gringo cuando llevaban a esos hombres a los que después mataron. La secuencia de fotos mostraba cómo asesinaron a civiles desarmados y amarrados en el embarcadero de Aguacaliente, en predios de la concesión petrolera. Eran fotos que permitían identificar el lugar, los tanques de almacenamiento, los hangares, el embarcadero, y militares que primero los redujeron y luego los echaron al río. Recuerdo que cuando el niño voceador anunciaba en la torre de correos el titular del periódico, "LA MANCHA NEGRA, MASACRE EN EL PUERTO DEL CACIQUE, FOTOS EXCLUSIVAS DEL MOMENTO EN QUE MILITARES ASESINAN A CIVILES EN PREDIOS DE LA EXTINTA CONCESIÓN", y repasé el orden que le había dado Rubén a la secuencia de la matanza, supe que Alejandro no debería volver al puerto, porque si lo hacía flotaría bocabajo en el río como aquellos desconocidos en las fotos. Y supe que después de aparecer publicadas en el periódico* La Mancha Negra, *a nosotros, que habíamos sido los amigos de su editor, más nos valdría ir a las casas, alistar las cosas más queridas y prender fuego a todo lo demás, porque seríamos los siguientes.*

»*Alejandro había dejado registro de lo que nadie quería ver, la prueba de la represión del gobierno contra el pueblo obrero, y aunque el periódico encubrió su nombre con una nota en que aclaraba que eran imágenes anónimas que habían llegado a la redacción, los militares no se conformarían.*

»*Alejandro nunca volvió, tal vez el gobierno lo encontró y le cobró la osadía de su mirada. Lo cierto es que nunca lo volvimos a ver. A todos los que fuimos sus amigos nos amenazaron de muerte después de la publicación de las fotos. Y dudo que haya sido solo por ser sus amigos. Nos veían como aliados de él y peligrosos testigos de la atrocidad militar. También dudo que Alejandro se haya ido a Estados Unidos, como dice Miller, donde los negros que suben a los buses no encuentran asientos porque solo son para los blancos. Mi querido amigo, a él solo lo motivaba la libertad. El club fotográfico se disolvió con su desaparición. Mejor dicho: a mí me arruinaron la franquicia, me catearon e incendiaron el local, me recogieron los bancos y me dediqué al alcohol y a adquirir deudas para pagar las que me dejaba el juego.*

»*Rubén Gómez Piedrahita dejó de editar el periódico, se quedó en su ferrocarril y se llenó de hijos.*

»*Y Bienvenido Miller renunció a la CIA y se casó con una muchachita, se compró un avión y se fueron a vivir desnudos a la ciénaga de Manatíes. ¿Cómo le parece la vida triste?*».]

La madrina Leonor

—¿Si lo traicionó a él, por qué no me iba a traicionar a mí con la mujer del bobotano?

Dijo.

[*«Él» era su ahijado: Lucas Melo.*

Ella era la mujer de Norberto, Leonor Saavedra. Quien mantenía vivo el rencor por quien había sido su marido durante cuarenta años y luego la había abandonado a su suerte quitándole los bienes.

Empezaba sus historias siempre por aquello que le dijo Norberto cuando se separaron en dos hileras, una de hombres y una de mujeres, frente al despacho del comandante militar en la casa de la antigua hacienda La Grecia para pedir salvoconductos de guerra y marcharse al puerto del Cacique, y entonces vieron de lejos al grupo de presos políticos, descalzos, en el corral del ordeño. Vigila-

dos por los agentes de la policía política, distinguidos de los militares por sus anchos sombreros y sus ponchos de arriero donde escondían una guerrera azul con ribetes naranja.

Lucas Melo, el ahijado de Norberto y de Leonor Saavedra, estaba entre el grupo de detenidos. Tenía una manga de pantalón recogida hasta la canilla como los demás.

Aunque Norberto lo vio primero, y estaba enterado de que su ahijado había sido detenido, ignoraba los cargos, parte de un complot para hacer un atentado con un camión sin frenos al alcalde militar. Aunque al pasar la vista hacia los corrales vio a su ahijado, pero no lo saludó; lo evitó para evitar ser relacionado. Eludió el encuentro de las miradas, y de sus ojos ígneos solo salió un relumbre que no advirtió nadie distinto a Melo.]

—No hizo nada por ayudar a su ahijado, Melo, y ya corría la voz de que aquellos que subían a la volqueta de la basura de la alcaldía para ser trasladados a la cárcel de Berlín los fusilaban en el basurero de Chanchón. Después de que salimos de la fila con los salvoconductos en la mano, la volqueta de la basura se estacionó frente a la entrada de la antigua hacienda La Grecia. Norberto cojeaba y se sostenía del bastón mientras apretaba mi mano con su mano libre, sudada y fría, para que agilizara el paso como si fuera a darle trastorno de un momento a otro. Estaba más asustado que los propios reos, porque en el fondo yo me enamoré de un hombre cobarde...

Recordaba más. Alguien gritó desde los corrales:

—¡Nos van a matar!

[¿Por qué querían matar a Melo?, pregunté.]

—¿Por qué los van a echar a la volqueta, soldado?

—Hoy les leen el veredicto del consejo verbal de guerra y los culpables van para la cárcel de Berlín. Los que están descalzos son los que estrellaron el camión sin frenos contra mi teniente.

—Dígales que yo no conducía el camión, madrina.

[¿Y nadie se opuso?

Recapituló: una vez recibieron los salvoconductos, Leonor y Norberto abandonaron la casa de la hacienda La Grecia para di-

rigirse por carretera al puerto del Cacique. Debió ser ese mismo día en que trasladaron a los condenados a Berlín. Lucas Melo gritó antes de que se fueran: «¡Nos van a matar, padrino! ¡Auxilio! ¡Nos piensan matar!», pero la policía política lo redujo a culatazos.]

—Te faltó más nobleza para con el pobre Melo —dijo después Leonor, ya revisando los salvoconductos que tenía en la mano y sentados en el carro expreso.

—Los muertos no necesitan abogado —repuso Norberto.

[*«Cuando subí al expreso que nos llevaría al puerto del Cacique, un solo pensamiento tenía vivo en mi memoria: la imagen de Lucas Melo pidiendo auxilio como último recurso delante de su padrino Norberto, que lo ignoró».*]

—Los liberales no necesitan abogado —repitió Leonor.

[*Repetía esas frases para enfatizar, como la reverberación de un recuerdo que se niega a desaparecer del todo tras el biombo de sombras de las cataratas de la edad. Cuando había visto a Melo en el encierro, ella había salido de la fila para hablar con el comandante militar, me explicó en otra de esas tardes, y entonces añadió un detalle más.*]

—Eso no es justicia. Yo me opongo a este chanchullo.

—¡Leonor, cálmese, no sea tan bruta!

—Quiero hablar con el alcalde, he dicho.

Norberto no se atrevía a revirarle a su mujer delante de la autoridad. Por eso intentó persuadirla con razones llevándola a uno de los corredores de la casa de la hacienda. Entonces ella regresó e insistió en hablar directamente con el oficial a cargo. El militar no se movió pero ella no dejaba de hablar duro para que se oyera en toda la casa. Decía que todo ello, esa cárcel al aire libre, los juicios verbales donde el juez era un soldado ignorante de toda ley, era una farsa para encubrir lo que el pueblo ya sabía: que estaban fusilando a los presos políticos.

Norberto la tomó por el hombro y la sacudió.

Ese gesto interrumpió el escándalo mientras salía de la casa un militar de más alto rango del lugar y se encaminaba hacia el encierro del ordeño. Ella intentó seguirlo. El militar la ignoró.

Luego hizo un gesto a dos guardias que enseguida se encaminaron y le cerraron el paso a Leonor Saavedra.

—Necesito hablar con mi ahijado.

—No se puede. Él está bien.

—Cómo que «bien», si lo estoy viendo todo desconchinflado a culatazos con la tanda que le dieron estos chulavitas.

El militar hizo un gesto a los policías políticos para que se retiraran y luego pidió a los soldados que habían cerrado el paso a Leonor que la dejaran cruzar la raya imaginaria. Leonor Saavedra se acercó al ahijado, le limpió la boca ensangrentada con su pañoleta de seda azul y le dijo al oído el lugar donde podía encontrar las llaves de la casa y de la planta de gas si necesitaba refugio para él, para su mujer y para su hija cuando quedara libre. Le dijo también el lugar donde estaba escondida la sal, en el machihembrado, y le dio permiso para comerse todas las provisiones ocultas de ser menester.

—Usted no se puede morir, porque tiene el deber de criar a su niña.

—Gracias, madrina. Le prometo que yo no me dejo matar como un perro.

Leonor regresó custodiada por los soldados, se alejó de Lucas Melo, y luego de volver a cruzar la línea imaginaria se situó en la cola de las mujeres que solicitaban salvoconductos.

—Te faltó más nobleza con el pobre Lucas —le dijo a Norberto sentada en el expreso que los llevaría al puerto del Cacique.

[*Fue ella quien me contó la historia de su ahijado Lucas Melo y me recomendó ir a verlo.*]

Vista de la ciudad quemada

Alejandro querido:

No hay a dónde huir. Todos los días oigo en la radio las peores historias. Todo el país incendiado. Bogotá aún humea por el 9 de abril y son incontables los muertos. La

443

noticia que me ha llegado es que el pueblo del Cacique está sitiado por la gente armada. Que se entraron a una casa y descuartizaron a cinco personas, que torturaron gente en La Fortuna tratando de dar con el paradero de un cabecilla guerrillero. Que no hay paso para el puerto del Cacique porque volaron el puente de Aguacaliente.

Temía que si me iba con Elena y tú llegaras y no me vieras, no sabrías cómo encontrarme. Por eso esperaba. Confiaba en la promesa que me hiciste de que no me obligarías a renunciar a la enseñanza sino que dejarías tus trabajos de romano y adoptarías a Elena y juntos nos iríamos a vivir al lago de Quesada cuando acabara la obra de Cazabe.

Era el miedo lo que nos hacía quedarnos y esperar en medio de la muerte. Yo llegué a sentir un dolor desconocido por la perra Petra, que no era nuestra, cuando la mataron. Los animales muertos son como familiares muertos: duelen igual. Por eso hay perros antiguos de los que sabemos su heroísmo, como el perro de Ulises, que fue el único que lo reconoció cuando volvió a Ítaca, o como el perro que alimentaba con pan a san Roque cuando contrajo la peste. Pero no sé si será más fácil morir siendo animal que teniendo conciencia de la muerte.

Lo que acababa de pasar era que habían dado un tiro a la perra. Para los animales sufrir, el sufrimiento, puede no tener significado. El dolor es inexplicable y finaliza con la muerte. Para nosotros es atroz lo atroz, y de ver lo atroz, el dolor se queda. Nos sigue a todos lados. Es permanente y deja huella. Somos, por todo eso, animales trágicos.

Oí el tiro. La perra siempre aullaba antes de ladrar. Esa vez aulló, pero no ladró. Salí a ver. Caminé por la carretera hasta que vi al pobre animal. Caminaba por la carretera y echaba sangre por el hocico. Le dieron un tiro en el cuello los asesinos que buscaban al sobreviviente de los fusilamientos. La mataron simplemente porque anunciaba su paso.

Eran gente civil armada, vestidos con ruanas y sombreros anchos que hacían barridos de vigilancia por esa carretera de niebla. Al amanecer aparecían los muertos que habían dejado en la orilla de la carretera o en el basurero donde sobrevolaban los gallinazos y que olía a sangre putrefacta.

Los muertos no regresan a la vida. No hacen falta los torrentes: no sentir es el problema. Lo que te provoca compasión como humano, para un animal no tiene sentido. Lo que le duele al animal ¿tiene sentido para ti? Preferimos desentendernos del dolor de los demás seres y no verlo, no preguntarse si hay dolor. Si te involucras en el sufrimiento de todos los seres, comprendes que el sufrimiento es igual para todos. El dolor es dolor. Impulsos eléctricos por un estímulo externo. ¿Y por qué tú lloras y el animal no? Duelen las despedidas de todos los seres. Mírala, también le duele su herida. Y se queja. Y te mira sin saber que viniste a despedirla y mueve el rabo en medio de su dolor, porque eso también nos diferencia: ellos no tienen noción del tiempo, en cambio tú sabes que eres finita y que un día ya no estarás más.

Alcé a la perra herida y llevé su cuerpo cada vez más pesado, caminé sin saber a dónde hasta que vi sus pupilas agrandarse, observar las cimas de las montañas gemelas y lanzar un aullido. Llegué hasta la casa de Bernarda. Ella decidió que la enterráramos para que Elena no la viera. Puse una cruz de madera en el promontorio. Hay cosas que uno preferiría no recordar. Como esta.

El sordo está desaparecido también. Su casa tiene la puerta trancada y dejó de llevar sombreros al pueblo. Pudieron haberlo matado y echarlo al basurero como a tantos otros. Fue un buen hombre y protegió a Elena de un monstruo que estuvo a punto de hacerle daño en un momento de descuido mío, imperdonable. Un día me prometí cuidar a esa niña, incluso sacrificando mi propia vida. Si ese hombre le hubiera hecho daño, habría preferido que me violara y me matara en su lugar. Sería incapaz de seguir viviendo con mi conciencia tranquila después de eso. Ella no sabe mi secreto, pero tú sí.

Cuando Miguel A. dijo que iría a rescatarnos, le dije a Elena que empacara lo necesario. No podíamos cargar con la bicicleta ni con el gramófono, objetos preciados a los que debíamos los mejores momentos, y que Alejandro nos había regalado.

Esa noche la escuela se incendió y tuvimos que ir a dormir a donde Bernarda.

Miguel A. llegó por nosotras y pitó desde la carretera. Fuimos por el camino y echamos lo que cupo en el carro: una maleta y nada más. Luego nos llevó a la estación del tren de Puente Nacional donde debía dejarnos para continuar con las clausuras de las escuelas rurales.

Recuerdo cosas vanas. Que Elena dormía en mis piernas y yo le acariciaba la cabeza. Una ceja de luz en las montañas de la serranía que quedaban atrás. Peñascos y abismos. Luego el paso por la tierra seca de La Fuente y los tabacales del camino, una grieta en una peña que vigila el pueblo de Galán. Luego otros pueblos de piedra donde la gente nos miraba pasar en ese carro. Y luego el rubor de la aurora al amanecer en la capital. Pensaba: al fin dejamos el Montefrío y la Montaña Redonda. Estamos vivas. Sobrevivimos.

Lo importante era vivir. Siempre ha sido así. Yo sería reubicada en otras escuela por el Ministerio, pero los habitantes de Montefrío y de Montaña Redonda no tendrían otra escuela de Las Nubes para educar a sus niños. Se quedarían en la ignorancia, y tres años de ignorancia a esa edad son ignorancia para siempre. Tal vez pudiera volver un día a rescatar lo perdido, lo abandonado, en compañía de Alejandro, porque guardaba la esperanza de volver a bailar junto a él esos danzones y esas cumbias y esos tangos llenos de amores truncos que él decía se bailaban y cantaban en todas las estaciones del ferrocarril, y a oír jazz... Guardaba la esperanza de volver a tenerlo junto a mí y cantar a dos voces la canción de ese hombre descalzo que tocaba una flauta en un muelle, *Porque la gente vive criticando que no tengo plata, que no tengo na*, y luego dar un paso en las baldosas o sentarme de medio lado en la parrilla trasera para que me llevara un trayecto en bicicleta por un camino largo de grava ferrocarrilera junto al río tibio. Los juguetes de niña ya no eran necesarios. Ella empezaría el bachillerato en un internado y allí no necesitaría ocupar demasiado espacio.

A orillas del camino quedó sola la casa de Las Nubes de nuestras pesadillas. El árbol guardián murió y la escuela fue expulsándonos poco a poco. Ahora estamos en Bogotá. La ciudad está semidestruida. En la estación de trenes nos empadronaron. Como se había declarado el estado de sitio por las elecciones estaban prohibidos los corrillos y reuniones, nos enviaron a un albergue por dos días. Allí separaban a los hombres de las mujeres y nos ponían en dormitorios colectivos. Al día siguiente de las elecciones nos dejaron ir y fuimos a un hotel. Entonces vimos el alcance de la destrucción en la ciudad. El Hotel Regina del Parque Santander era solo un montón de escombros humeantes por el incendio que lo devoró. En el centro de la calle del tranvía solo quedaban unos hierros quemados como un insecto muerto, y las líneas de metal por las que antes se deslizaba convertidas en puntos de fuga de las calles opacas. En el asfalto se veía la mancha de aceite donde ardieron vehículos con gente dentro. En los edificios quedaron las troneras vacías de los locales saqueados. Los huecos de bala en el muro exterior del teatro municipal y en las iglesias. Las flores que cada noche una persona misteriosa deja en la entrada de piedra del edificio Agustín Nieto Caballero, donde cayó acribillado el caudillo. Lo que más me impresionó fue que en cada esquina hay un militar con casco prusiano vigilando a los transeúntes.

Búscame en el Hotel las Nieves, en la plazoleta de la iglesia. Desde ahí hasta la plaza principal está la destrucción.

Siempre en mi mente tú,

Lucía

Caminaron hasta la casa de Lucía por una calle que desembocaba directo en ese lago de aliento glacial. Era un pueblo blanco rodeado por las flores lilas de los papales, atravesado por ráfagas de olor a cebolla. En medio del lago flotaban una docena de barcas de los pescadores.

Había un jardín más grande que la casa que quedaba cercada por un macizo de trinitarias. Había papayuelos, floripondios y tomates de árbol que mezclaban sus ramas, y un sauce llorón donde se escondían dos guacamayas escandalosas. El cielo sobre el lago estaba encapotado y parecía que pronto iba a llover.

Lucía hizo un sonido para llamar a las guacamayas. Pero su voz no se proyectaba. Era una voz que salía como la voz metálica que regurgita un tubo.

—Mona, Justino, bajen que va a llover.

Alzó una vara de guadua y la puso contra las ramas del sauce. Los guacamayos hacían escándalo pero no se dejaban ver.

Las otras dos mujeres parecían curiosas.

—Bajen pues que se van a mojar.

Pero en lugar de bajar, subieron más entre las ramas.

—Me va a tocar regalarlos porque ya no me hacen caso.

Las invitó a pasar a la casa. Era un solo piso de tapia pisada y encalada con zócalo naranja y paredes verdes. Las paredes estaban adornadas con acuarelas pintadas por niños.

Vivía sola, porque su hija se había ido a México hacía años, explicó. En el solar tenía diez gallinas sueltas, una oveja negra amarrada a una estaca, cuatro perros y media docena de gatos que estaban echados atentos a la visita. Era la casa de una mujer cuya ocupación principal era cuidar flores y animales domésticos, le pareció a Marquita. Pero Lucía les dijo que aún enseñaba en un hogar para muchachas huérfanas que habían fundado ella y otras mujeres con ayuda de la parroquia.

Los muebles eran rústicos y el lugar no tenía lujos ni adornos, aparte de los dibujos infantiles y las matas. Había múcuras de barro en los rincones, materos con cactus de San Pedro y objetos móviles eran mecidos por el viento. Un gabinete de torcer tabaco adecuado con pinceles delgados y un misal abierto, que era iluminado en los márgenes con dibujos religiosos, delataban su última afición.

Encendió un cigarrillo sin filtro y lo sostuvo entre el índice y el corazón para que no se notara el temblor. El olor del tabaco rubio impregnó el ambiente. Puso café en la estufa, agua en los bebederos de los animales, echó maíz a las gallinas que se alborotaron al otro lado de la ventana, y luego observó a las dos mujeres visitantes aun paradas en la sala sin atreverse a espantar a los gatos para sentarse, y entonces aplaudió y los gatos se fueron caminando con pereza.

Les preguntó si querían aguardiente para el frío o cerveza al clima. Se retiró a su habitación mientras se decidían y regresó envuelta en una ruana que la cubría del busto al cuello como una virgen barroca. La prenda parecía flotar sobre su cuerpo extremadamente delgado. Trajo consigo una botella y un álbum de fotos. Se sentó en una de las sillas de mimbre que parecía tener la forma de su cuerpo amoldada y descorchó la botella de aguardiente, sirvió tres copas y abrió el álbum.

—Esta soy yo cuando era joven y bella.

Luego deslizó el dedo más hacia la derecha y apuntó a una foto donde se veía a un hombre vestido de blanco, con boina y botines, reclinado contra un anuncio particular que pendía en una pared: «Píldoras de vida del Dr. Ross. Siempre buenas para el estómago, el hígado y el intestino».

Había un niño descalzo mirando a la cámara detrás del hombre y el niño llevaba sombrero.

—Es Alejandro, con un niño que ya se murió.

—Mis condolencias. Yo sé lo que es perder un hijo.

—No era hijo mío, señora. Era un niño repartidor de periódicos y Alejandro se compadeció de él porque andaba siempre descalzo en esa tierra caliente. Lo enviaba a hacerle mandados. Hasta que se murió de tuberculosis.

—¿Usted vivía en Chanchón cuando mataron a Gaitán en 1948?

—En la escuela de Las Nubes, entre Montefrío y Montaña Redonda. Chanchón era el basurero del pueblo, un abismo. Alejandro iba a visitarme cada cuatro meses a la escuela. La situación se fue poniendo cada vez peor. Alejandro se fue de expedición al Putumayo. De pronto se interrumpieron sus visitas. Pasó un año sin ir y yo no soporté más porque la situación se puso de vida o muerte. Desde entonces no supe nada de él.

—Ese año se acabó la concesión y echaron a los obreros y se cancelaron las obras encargadas en Cazabe. Después mataron a Gaitán y estalló la revolución en el puerto del Cacique. Alejandro desapareció en medio de todo eso. Esta carta llegó a Rubén Gómez Piedrahita hace diez años y él se la dio a mi hijo Timoleón cuando estuvo buscando a Alejandro. Es para usted. La envió Alejandro a casa de Rubén en La Dorada para que la hiciera llegar a la escuela, pero él no la encontró y la carta se la devolvieron del correo. No la he leído, nadie la ha leído, porque leerla era renunciar a encontrarla.

En ese momento empezó a llover sobre el lago de Quesada. Lucía abrió un paraguas y salió al solar.

—Mona, Justino. Bajen ya.

Llamó de nuevo a las guacamayas y los pájaros bajaron de las copas al papayuelo. Eran dos pájaros de plumas azules y amarillas y largas colas frondosas.

Lucía regañó a los pájaros, y los pájaros le contestaron. Volvió a la estancia, se sirvió otra copa de aguardiente hasta el borde y la dejó en la mesa junto al sobre, sin beberla.

¿Cómo se le pregunta a una madre si cree que su hijo fue asesinado y lanzado a un río?

La pregunta era más dolorosa que la respuesta.

Si tuviera respuesta no hubiera ido tan lejos a encontrarse con ella.

—¿Por qué no quiere saber las últimas palabras que le dedicó mi hijo?

—Eso pasó hace mucho tiempo, señora. Yo ya no quiero leer esa carta por temor a haber perdido esos sentimientos. Las cartas y las fotos viejas hacen más amarga la soledad. Aquí no llega nada, salvo la voz del agua. Pero permítame decirle algo. Usted tuvo un hijo aventurero y valeroso que necesitaba una mujer. Tal vez esa mujer no podía ser yo, porque no podía dejar mi vocación para girar en torno a la vida de un hombre. Recuerdo esos años con él como la única época en que fui feliz. El único lugar donde todo es perfecto, donde la gente sigue siendo hermosa y el amor no muere, es en el recuerdo. Llévesela y consérvela.

La fe perdida

Me dijo: «Ama a los demás como a ti misma, pero no te aferres, y deja ir si lo que amas se aleja de ti», cuando le pregunté cuánto me amaba ella y si era posible que me amara más de lo que yo la amaba y si siempre me iba a querer. Me dijo: «No dejes de auxiliar a un enfermo», cuando me alistó, pese a mis quejas, para ir a llevar al hospital del pueblo a Juan, el niño tuerto que moriría días después de neumonía. Me dijo: «Si aprendes a hacer una huerta aprenderás todo lo que necesitas saber de matemáticas, geometría, biología», y a continuación me instaba a hacer cálculos de números de plantas por metro cuadrado y a medir un terreno con compás y plano cartesiano. Y después de regalarme un cuaderno para llevar un diario en el viaje que hicimos al puerto del Cacique, para ver a Alejandro enfermo de paludismo, me hizo reescribir frases, agregar predicados, puntuar las oraciones. Me hacía escribir o dibujar historias después de cada viaje que hacíamos. Ella quería que yo aprendiera a razonar, a tener moral y a escribir para expresarme y para que le escribiera cartas cuando estuviéramos lejos.

¿Por qué entonces me castigó con su silencio?

¿Por qué me negó poder cuidarla cuando enfermó como ella me cuidó cuando yo era indefensa?

Entonces busqué al padre Floresmiro. Pero me enteré de que había renunciado al sacerdocio para casarse con Emérita y ahora asistía a la iglesia presbiteriana.

Me sentí peor que decepcionada.

Me refugié en leer la vida de santa Teresa y decidí escribir mi propia confesión, siempre comparando el camino de renuncia de ella y el camino mediocre que yo había tomado.

Los hombres creían cada vez menos en las doctrinas de la Iglesia. La mayoría de creyentes eran mujeres. Cuando iba a misa veía que la mayor parte de los asistentes eran mujeres, jóvenes, maduras y, sobre todo, ancianas. La Iglesia había adiestrado a las mujeres. Las había convertido en misioneras de las propias familias. Pero el sacerdocio estaba reservado solo para los hombres. Las mujeres debían conformarse con comunidades religiosas y criterios morales para aplicar la ley religiosa en sus vidas y sus hogar y renunciar al placer, a la libertad y a la soledad, para adiestrar a niños y a hombres y a otras mujeres.

Un día decidí ir a la iglesia presbiteriana a discutirlo con Floresmiro. Lo oí. El sermón fue sobre los laicos. Jesús usó la inteligencia humana. Usó sentimientos humanos. Sintió como nosotros. Sufrió como nosotros. Trabajó como hombre. Pero no cayó en el pecado. Dijo. Qué conveniente para este tipo, que cambió de comunidad para poder satisfacer su deseo de casarse y purificar el pecado. Me salí furiosa. ¿Pero quién era yo para juzgar? Yo sacrifiqué mi vida amorosa y mi tranquilidad por seguir un dogma. Una vez quise que un hombre (Alonso) se transformara en un sacerdote secularizado, abandonara el camino de su fe, solo porque me gustaban los ángeles caídos, los expulsados, los santos en desgracia. La vieja historia de cómo una creyente llegó a cuestionar sus creencias. Sin hacerse cargo de su fe. Una mujer en el tránsito de lo religioso a lo terrenal. En travesía

452

por el desierto de la tentación. Esa mujer era yo. Convertida en una laica, como María Magdalena.

Ese día pensé en mi laicidad. Si rompí mis votos de pobreza, obediencia y castidad es porque yo era sobre todo humana, un cuerpo humano con deseos y anhelos. Buscaba la verdad por otro camino, y no solo el regocijo de la alegría de la revelación de la verdad. La revelación sin alegría era castración y sufrimiento. Y la Iglesia se había aprovechado de ello para continuar un orden familiar de explotación humana en que el hombre era el explotado y la mujer el instrumento de la explotación. ¿Podría buscar la unión con el amado sin caer en la pasión o en el placer carnal de la unión? ¿O solo se puede dejar arrastrar por las aguas bravas del deseo arrebatador? Mi espíritu pobre no había muerto, yo me había quedado con lo esencial para el cuerpo. Me deshice de mis herencias con actos de contrición y caridad. Habían creado en mí un espíritu obediente que sabía reconocer la compasión y la caridad y el oído espiritual para reconocer al Espíritu Santo y sus mandatos, pero se había anulado mi individualidad. Mi espíritu casto necesitaba el amor pero me había vuelto vieja y mi cuerpo ya no recibiría más amor.

Me acerqué a la iglesia presbiteriana y busqué a Floresmiro y le pregunté si se acordaba de mí.

Dijo que habían pasado muchos años, pero no estaba tan viejo como para no acordarse de mi nombre.

Preguntó: qué había sido de tu vida, Lucía. Le dije que no venía a hablar de mi vida, sino a preguntarle qué era ser laico, según él.

Dijo que las definiciones empantanaban. Si supieras lo que es ser laico de una iglesia, y estuvieras apasionada por la historia de Jesús, y segura de su presencia, alborotarías a la muchedumbre que no cree en la persona, las ideas y las obras de Jesús de Nazaret, les inquietarías con tal visión hasta hacerles cuestionar su existencia, serías la respuesta misma, estudiarías con pasión los manuales de teología, queriendo saber quién, cuándo, dónde cómo y por qué, ansiosa por descubrir indicios del nuevo reino y los caminos que conducen a él.

Le dije que había hecho todo eso. Y el resultado era que había perdido la vocación y la fe. Buscando la fe perdí la fe. No podía ser laica de una iglesia que maltrataba a los débiles. Transformé mi vida en un ministerio, una profesión, hice de mi vocación un servicio a los más necesitados. Ya no encontraba sentido a rezar, me parecía que la Iglesia manipulaba el cuerpo de las mujeres y sus ideas y las excluía del sacerdocio, y había traicionado al pueblo débil al bendecir los fusiles del gobierno y de los poderosos con los cuales se mataba en los campos a los inocentes. Empezaba a dudar de que hubiera algo más después de la muerte.

Me dijo: ¿esto te enorgullece?

Le dije: no. Me atormenta.

Dijo: yo tampoco podía más. Por eso me casé y me hice bautizar presbiteriano. Pero sigo buscando. Tenemos fallos. No hay que recriminarse por la limitaciones, porque no somos santos, somo humanos.

Entonces reabrí el cuaderno y escribí esto. El final de mi confesión.

La laicidad fue mi camino. No me quedaba fe ni esperanza, pero me quedaba la caridad. Mi espíritu místico era un camino de renuncia a Dios, pero la laicidad era un camino de regreso a Dios, a través de la caridad y del servicio. La experiencia del místico se acumulaba en la disciplina recoleta y la clarividencia de la Tebaida, en las órdenes religiosas o en la Iglesia jerárquica. Era una derivación de la experiencia secular. Si renuncié a ese camino fue a causa del amor. También por esa vía busqué a Dios. Encontré la urgencia del servicio y la caridad y el usufructo de la mujer. En la Iglesia de los católicos yo nunca sería el papa ni la anacoreta, pero podría ser una laica.

Laicos, decían los latinos; laos, decían los griegos, pueblo de Dios.

¿Por qué cuando le envié la carta en la que le informaba que iba a casarme con un químico mexicano a quien había conocido en el laboratorio no se opuso, ni a mi viaje, ni a mi renuncia a seguir estudiando? ¿Por qué no me detuvo, si no quería quedarse sola, como era el destino que se pronosticaba en su cuaderno de confesiones? ¿Por qué me dijo: «No abandones tu destino por mí»?, cuando le dije que iba a casarme, aunque no lo haría si ella desaprobaba al pretendiente? ¿Por qué cuando le conté en otra carta que estaba embarazada de una niña que se llamaría como ella, me escribió enseguida un telegrama: «Urgente stop no poner mismo nombre stop usar compuesto stop dos nombres stop ella elegir cuál usar stop Abrazo»? ¿Por qué dejó de escribirme cuando fui madre y guardó silencio todos estos años? ¿Por qué se quedó sola y volvió a vivir en ese pueblo junto al lago? ¿Por qué dijo en una carta, como respuesta a una invitación para que viniera a vivir en mi mundo, «aquí me necesitan muchos y allá solo me necesitas tú para ayudarte a criar una hija»?

¿Por qué no quería que nos pareciéramos?

Y yo: ¿por qué acabé pareciéndome tanto a ella, examinando la vida a través del microscopio, siguiendo sus mismos impulsos?

Aunque no lo quisiera, ella me forjó a su imagen. No esperaba que yo fuera como ella, pero me preparó para entender el mundo con sus reglas.

O si no:

¿Por qué entré en ese laboratorio y descubrí que todo lo que había aprendido con ella me había llevado a encontrar mi profesión? ¿Por qué me fijé en ese hombre, un profesor extranjero, yo, una estudiante de colegio, un día que afuera del laboratorio había tormenta y adentro una falla eléctrica? ¿Por qué no quise encender la luz e intenté huir de la tormenta y él se inmutó y aferró mi brazo y me protegió en los suyos y encontré el amparo de los truenos y hallé su boca y mi cuerpo palpitó y mis muslos se entreabrieron cuando él posó su mano en medio y por fin di con el camino para olvidar lo atroz? ¿Por qué me fui con él a un país de grandes desiertos, templos indígenas y culto a la muerte y allí le perdí el miedo a morir?

¿Por qué Lucía conservó estas cajas, y en ellas mi cuaderno de primero de primaria con mis primeras palabras escritas, que eran su nombre y mi nombre seguidos por los de los animales domésticos? «Desde chiquita te gustaba la naturaleza», decía una nota de su puño y letra en la marginalia. ¿Por qué me dijo «no cargues en un viaje más de lo que necesitas para vivir tres días» el día que nos fuimos de la escuela y me hizo dejar las cosas que amaba: el telescopio que me dio Alejandro, mi lupa, mi folioscopio de carrusel con el caballo a toda carrera y mi periscopio de tubo y mi caja de luz de zapatos que era una linterna mágica y mi lata de café estenopeica y mis tesoros de la casa del Cacique rescatados del basurero? ¿Por qué abandonamos lo más preciado, la cicla, la victrola, el caleidoscopio y los regalos de Alejandro, si le debíamos tantos momentos felices? ¿Por qué me privó de tener esos recuerdos y los reencontré luego en sus cajas? ¿Por qué parecía estar siempre lejos en el pensamiento, aunque aparentaba estar siempre cerca de mí? ¿Por qué en esa huida a la estación de trenes, abrazada a las únicas pertenencias que le quedaban, un medallón, un abrigo de lana, el baúl de mi ajuar, el papel con el traslado oficial del gobierno, simplemente miraba el horizonte y se aferraba con una mano el vientre? ¿Por qué se privaba de llorar y parecer débil en mi presencia? ¿Es que nunca me amó realmente, ni amó a nadie? ¿Es que nada le dolía? ¿Es que no tenía entrañas? ¿Por qué me abandonó en ese internado? ¿Por qué no quiso venir conmigo y prefirió quedarse sola junto a ese lago?

XIGUA DE QUESADA, OCTUBRE 10/58 (VIERNES)

Fingí ser una madre. Pero ¿qué es ser una madre? Una madre es alguien que no da lo que puede: lo da todo. Lo mejor de lo poco que tenga, lo mejor de sí para otros. Es algo que desarrollé de forma intuitiva, porque nunca fui madre. Llevo una cicatriz en el vientre pero nada nació de mí.

Yo sentía por ella solo amor. Y alegría por sus progresos en las letras. Y asombro por su destreza en las matemáticas y en las ciencias naturales. Le enseñé cada elemento que la conforma. Cada fibra, cada músculo, cada órgano, cada célula. Intenté hacerla consciente de sus talentos y de sus fallas. Pero nunca le pedí perdón por haber callado su origen tanto tiempo. Por conservar la calma cuando debí gritar. Por no sacarla de Las Nubes antes de que fuera demasiado tarde. Permanecimos en esa escuela mirando el abismo porque yo esperaba a Alejandro. Por confiar en su regreso di largas a nuestra huida y pensé que la guerra ocurría en otras partes y no en lugares alejados, pero en realidad empezó en los lugares alejados hasta que estalló finalmente en el centro de la capital. La expuse al peligro por un amor egoísta, o por el egoísmo de mi enamoramiento. Prometí cuidarla, pero arriesgué su vida por esperar a un hombre. El hombre que nunca volvió. La hice permanecer cara a cara con el horror y tuvo que vivir a diario con eso. Somos distintos de los animales. Los animales viven en medio de la amenaza y la olvidan. Nosotros tenemos que vivir con la imagen del arma en la mente. Y esa presencia constante de la amenaza de la muerte arruina una vida. Me levantaba pensando que pronto pasaría, que la cuadrilla vendría por nosotras. La lógica me decía que no podía confiar ni en la tropa ni en la policía, porque esa cuadrilla actuaba con las fuerzas del orden, les hacía el trabajo sucio para burlar a la justicia. La ley permitía juzgar sin ley y condenar a muerte. Pensé que dejarían de perseguir a la gente por pertenecer al partido consignado en la cédula de los varones. Yo creía con ingenuidad que nadie podía ser tan fanático como para asesinar a otro por mantenerse fiel a una idea. Pero ellos asesinaban en nombre de Dios y se persignaban *in hoc signo vinces*. Tarde me di cuenta de que no era por mantenerse fijo a una idea, sino por creer que el otro estaba equivocado con su propia convicción, eso lo pensaba el enemigo, de manera que todo lo atroz que se hiciera contra el enemigo estaba bien. Después constaté, cuando los bandos se diferenciaron y los inocentes se armaron por familias y propiedades para no dejarse asesinar y mataban con los mismos métodos, que no había ideas, que todos aprovechaban las opiniones políticas para quedarse con la tierra o con el cuerpo de la viuda.

Cuando creí que ya empezaba a entender la lógica oculta de ese sectarismo político divulgado por la radio, trajeron gente para fusilarla en el basurero. Un hombre sobrevivió a los fusilamientos. Y yo lo ayudé. Ellos lo supieron. El día que el jefe de la cuadrilla quiso ponerle las manos encima a Elena, supe que me había equivocado otra vez, por persistir al borde del abismo. Que aunque abriera la escuela todos los días, como era mi deber, ya no vendrían los niños, porque para entonces habían matado a los padres. Ya no habría futuro para ellos. Yo había arriesgado en vano mi vida y la vida de la niña que prometí proteger de todo peligro por esperar a un hombre.

En cada cosa que hicimos juntas había un énfasis de despedida que no me dejaba estar feliz cuando nos alejábamos. El temor de que ella me rechazaría como hija al enterarse de su origen; era mi hija, sí, pero no de mi vientre, y yo tenía miedo a que todo nuestro pasado cambiara de sentido para ella.

Su apellido debió ser Samaniego Amado, pero le di el mío.

Yo era precavida y siempre la mantenía lejos de la realidad. Rogué a santa Bárbara por que enviara un halo de protección para nosotras y la gente que estaba desamparada en este hoyo sin esperanza. Un día apareció en mi mente un estribillo en que cantaba la frase «Nada me pertenece» con las vocales largas como los icaros de la selva, así: *Nada me pertenece, ni tus ojos ni tus alas, pero te amo colibrí*, y empecé a cantarla cuando estaba por ahí sola haciendo cosas. Descubrí que podía darle diversas tonalidades. Completé una canción que le enseñé a Elena. Ella dijo que era una canción muy triste. El caso es que duré tres días cantándola, simplemente me fluía y lo hice hasta que se agotó en mí la fuente, y entonces descubrí que estaba más calmada, que volvía a conciliar el sueño en las noches y a dejar de tener esa pesadilla en la que un pájaro negro de ojos de fuego le sacaba los ojos a la madre de Elena en mi presencia, y sentí que volvía a ser una mujer sin miedo y no una alienada como mi madre y mi abuela.

Fue mi error ir a ese lugar. Me nombraron maestra en una escuela donde habían matado a la maestra: la escuela de Las Nubes, entre las montañas gemelas. El día que llegamos, fui a la casa de Bernarda, la mujer encargada de las llaves de la escuela y de la limpieza. Bernarda era una mujer de rostro amargo. Tenía dos hijos que asistían a la escuela, pero ella no podía cuidarlos. A uno de los niños le faltaba el ojo que perdió de una pedrada. Los demás niños se burlaban llamándolo Gallo Tuerto o Cíclope. Bernarda recolectaba café, lavaba ropa y cocinaba en las casas de las fincas aledañas. Yo no sabía que habían matado a la maestra anterior. Bernarda tampoco me dijo nada al respecto. Pero los niños me lo contaron a su modo, con leyendas. Algunos vivían a tres horas de camino, pero llegaban media hora antes de que empezaran las clases de los ramales entre las nieblas de aquellos bosques de robles y cedros. Cuando yo iba a abrir la escuela ya estaban allí esperándome. Les di crayones y cartulinas y les dije que dibujaran su casa y sus familias. Uno dibujó a su padre acostado a orillas de la carretera. Otro dibujó a hombres armados con fusiles, ponchos y sombreros. Otro, la escuela, el árbol y una mujer muerta. Les pregunté qué era aquello. El primero dijo que era su papá el día en que lo mataron. El otro dijo que los hombres armados eran los de la chusma cuando venían por alguien. El tercero me dijo que esa era la maestra María, que habían apuñalado. Esa tarde, después de que los niños se fueron, fui a buscar a Bernarda. Le pregunté por qué no me había dicho que habían matado a la anterior maestra. Me dijo: para que no se asuste y se quede porque la necesitamos aquí, profesora. Le dije: por qué la mataron. Me dijo: la mataron porque se metió con un hombre peligroso. Me dijo: no se vaya, los niños la necesitan, nosotros no podemos enseñarles nada, solo somos campesinos ignorantes. Le dije: quién la mató. Me dijo: la mató el godo Saturnino Bretón.

Me desarmó: no se vaya, nosotras la cuidamos. «Nosotras» eran las demás mujeres. Muchas no sabían leer ni escribir, así que empecé a reunirlas una vez al mes para enseñarles.

Una tarde volvimos del pueblo después de comprar materiales para las clases, y la chusma de Saturnino Bretón hacía una fiesta en la escuela. Las mujeres de la vereda preparaban un asado y Bernarda había abierto las puertas por orden de ellos, sin pedirme permiso, siendo yo la maestra. Algunos de esos hombres vestidos de particular pero armados bailaban con las mujeres más jóvenes. Mi tocadiscos estaba en el salón de clase y ellos lo usaban para amenizar su francachela. Sentí ira dentro de mí, como una oleada de calor en la cabeza, pero me contuve. Llevé a Elena a la cabaña, le indiqué que asegurara la compuerta y bajé la escalera. Quité la música y les pedí que se fueran. Les dije: yo soy la maestra, así que les pido que salgan. Saturnino Bretón dijo: esta escuela es del gobierno, no suya. Le dije: si ustedes no se van, entonces me voy yo y los niños se quedan sin maestra. Los hombres se fueron saliendo de la escuela con un gesto de Bretón: para lo que les va a servir la educación cuando grandes. Siguieron bebiendo y tomando afuera, en un descampado que los niños usaban como cancha. Se fueron antes de la medianoche. Bernarda vino a buscarme al otro día y me dijo: ellos son así. No se preocupe que nosotras las estamos cuidando.

Yo continué enseñando, porque los niños seguían yendo a la escuela desde sus casas desvanecidas en la niebla de la alta montaña. Venían descalzos por los caminos encharcados y con la camisa del uniforme sucia. Se sentaban a escribir y a leer y a aprender matemáticas y a inventar la naturaleza y a dibujar con acuarelas. Eso me mantenía fuerte y me obligaba a afrontar cada día. Pero cada vez se enrarecía más la nube negra que nos rodeaba. Llegaban noticias por la radio de que mataban a más y más gente. Algunas casas fueron quemadas por la carretera. Los esposos de esas mujeres campesinas aparecían muertos en las cunetas con el sexo cortado y metido entre la boca como un puro. Les impedí a los asesinos seguir reuniéndose en la escuela.

Hasta que ocurre algo como aquello: traen gente en un camión como ganado y los llevan a un basurero a matarlos. Entonces tienes estas alternativas: o te haces la loca y esperas que la suerte se te acabe o que las cosas cambien por sí mismas, o encaras la realidad y actúas. De los que fusilaron, hubo uno que escapó. Ayudé a esconder a Lucas Melo en la escuela. A la mañana siguiente de haberlo ayudado a escapar en el camión de Lidio Orozco me despertó un olor a quemado. Me levanté enseguida y vi un resplandor en rededor del edificio de la escuela. Desperté a Elena y salimos de la casa de madera, y entonces vi que se quemaba el techo. Fuimos corriendo hasta la casa de Bernarda. Allí pasamos la noche. Al amanecer fuimos con Bernarda y otros vecinos a ver. La cabaña de madera donde vivíamos estaba intacta, pero el antiguo oratorio donde funcionaba la escuela estaba quemado. Ya no hay escuela, dijo Elena. Le dije que eligiera lo que quisiera llevarse. Y empacamos nuestra vida en una maleta y un pequeño baúl. Me deshice de las fotos con las que nos podían identificar, de objetos que nos harían estorbo en el viaje. Los empaqué y los dejé cuidadosamente guardados en otros baúles. Elena renunció a los juguetes de una niñez que ya había terminado para ella, abandonamos cuadernos, útiles escolares y propaganda política enviada por el gobierno, zapatos, acuarelas que habíamos pintado con los niños.

Le pedí a Bernarda que fuera hasta la hacienda La Siberia con el número telefónico de Miguel A. y que lo pusiera al tanto del incendio y de las novedades de nuestra situación. Bernarda, que se había convertido en mi guardiana, volvió a decirme que Miguel A. ya estaba en camino, y añadió en voz baja para que Elena no se enterara: es mejor que se vayan y no vuelvan, porque me dijeron que el incendio de la escuela fue provocado por Saturnino Bretón. Anoche también mataron a Orfidia, en la tienda, y ya no podemos responder por usted, profesora.

Sentí que estábamos en un hoyo de niebla que nos tragaba, donde no había escapatoria para quien se quedara y donde no habría nunca esperanza ni para ellas ni para sus hijos. Yo me iba pero ellas se quedaban. Pasé la noche en vela, con un arma en la mano, la misma que me dio Bernarda cuando llegué y que yo no sabía cómo usar y suponía que había que apuntar al frente y apretar el gatillo. Esperé a que Elena se durmiera para sacar el arma y vigilar la noche como una guaricha. Bernarda también vigilaba. A la madrugada escuché pasos y silbos en la carretera. Levanté a Elena a las carreras y la hice esconderse conmigo en el monte. Elena me dijo: mamá, ahora sí vienen por nosotras y nos van a tirar al basurero, ¿cierto? Entonces comprendí que ella entendía perfectamente todo lo que pasaba alrededor, aunque yo intentara en vano ocultárselo. Y que nos habíamos quedado solas las mujeres. Y que yo ya no podía protegerla de un enemigo cuya cara invisible se hacía cada vez más notoria en todos lados. Defendí a Elena mientras pude. Pero era distinto defender a una niña que a una adolescente.

Yo llevaba meses esperando a Alejandro, le escribí una carta urgente, contándole de la situación desesperada en las veredas y diciéndole que si no venía pronto algo terrible iba a pasar. Le había escrito: «Te extraño, Alejandro. Este es mi último intento. Quiero saber solo una cosa: si vas a venir. ¿Es que ya no quieres venir por mí para que vivamos junto al lago? Yo me iría a vivir contigo aunque fuera encima de una piedra. ¿Debo irme, o esperarte por cuánto tiempo más? ¿Podremos estar juntos algún día? ¿Viviremos juntos en ese pueblo a orillas del lago de Quesada como prometiste al verlo por primera vez?».

No hubo respuesta.

Llegó Miguel A. con la orden de clausura y mi traslado y nos marchamos de la escuela de Las Nubes.

LA DESPEDIDA

[«*Los socialistas ya estábamos preparados para la lucha revolucionaria y para saltar a la fase final, el comunismo, porque habíamos incorporado elementos de justicia con elementos de fuerza:*

las ideas con las acciones. Ya sabíamos que los derechos debían ser conquistados. Habíamos leído historia, porque habíamos enseñado a leer a los analfabetas. Habíamos transmitido de voz a voz la lista de muertos y las reivindicaciones de los obreros y el recordatorio de las veces que el gobierno traicionó al pueblo por ser fiel al capital. Vivíamos en casas individuales y trabajábamos ocho horas, estudiábamos ocho horas y descansábamos ocho, y por eso nuestra bandera tenía tres ochos sobre fondo rojo, 888, hazaña que hicimos posible porque otros obreros antes que nosotros fueron sacrificados y aun así se organizaron. Lo que buscábamos es lo que buscamos desde las primeras reuniones con la Flor del Trabajo: derechos humanos, civiles, laborales. Aquella junta de la rebelión de abril del 48 era la organización obrera más grande y ordenada que había visto el país. No se dejó aplastar como a los bananeros del 28. Los obreros habían logrado una proeza: crear una junta revolucionaria con gobierno autónomo. Que no duró, pero ya estaba el precedente. Ahora queríamos cambiar la realidad de los invisibles y de los olvidados. Los que no eran obreros. Los comunes. El indio y el campesino. Las mujeres oprimidas, los pueblos palenqueros donde se refugiaron los negros, emancipar la infancia de las garras del hambre, hacer producir las tierras malsanas donde estaba la riqueza enterrada y los recursos que quería llevarse a sus arcas el capital extranjero con nuestro sudor. Pero antes tuvimos que cometer muchos errores.

»El primero fue ser socialistas románticos inspirados en La Comuna de París y en la Revolución de Octubre, y no en nuestros comunes, que estaban en una guerra entre Socorro y Santafé y no tenían guía. Después, el no haber podido adherir a todos los sindicatos para las reivindicaciones más sencillas, como mejorar las condiciones del hábitat o exigir tierra para todos, salud para todos, casa para todos, trabajo para todos, universidad para todos.

»El más grave fue olvidar a los campesinos sin tierra y confiar en los jerarcas del Partido Liberal. La junta fue traicionada por los jerarcas implicados en la muerte del caudillo, y eso nos mantuvo fijos en la maquinaria de la historia que chorreaba corrupción, sangre y petróleo: el poder dominante contra los dominados.

»Aun así, las continuadas traiciones al pueblo nos iban dejando listos para lo que vendría: las guerrillas liberales y campesinas desafiarían la traición y fundarían los movimientos que coincidieron con los movimientos internacionales. Los estudiantes se rebelarían y ayudarían a educar a las bases alienadas. Los campesinos, en lugar de esperar la reforma agraria pasivamente como en Uruguay, en Perú, en Chile, en Argentina, decidirían quedarse en los territorios para defenderlos, como los mexicanos zapatistas, y en las ciudades, los barrios del lumpen proletariado se fueron construyendo con los movimientos civiles, no con los planes de vivienda del gobierno, sino en la comuna, y en los campos las grandes haciendas improductivas serían tomadas y parceladas un día. Pero antes de la Gran Marcha tendrían que acabar las noches desoladas, cuando el chusmero recorría las ciudades ebrio de aguardiente y de violencia. Tendrían que acabar las noches sin testigo, cuando a los obreros se los fusilaba en el embarcadero o los echaban al río y amanecían flotando en otros pueblos y haciendo cola en los cementerios con trece machetazos en el pecho, y las doncellas eran violadas y los niños decapitados, y la sangre era lavada por los aguaceros.

»Veníamos decepcionados de la junta en la que el ministro negoció la entrega del poder popular y presenciamos el paso al costado del alcalde designado por el poder popular, sintiéndonos traicionados por el propio movimiento. Fuimos hasta el Bazar Francés, que daba al Parque Nariño, y entramos a mi local, la franquicia de la Kodak. Estaban esperándonos Bienvenido Miller y Alejandro. Me sorprendió su aspecto. Tenía hematomas en ambos ojos y una herida suturada en la barbilla y un ojo hinchado con un parche. Me contaron todos los detalles, que Alejandro había sido capturado y torturado por el cabo Florido después de haberlo seguido hasta los astilleros del puerto de la compañía donde fusiló a cuatro hombres. El camión en que se movilizaron fue quemado por los propios soldados, por orden del cabo. Después se dijo que habían sido quemados por los obreros. Duró dos semanas en el calabozo del cuartel. Allí el cabo Florido lo acusó de haber sido parte de la cuadrilla que quemó el camión militar. Lo llevaron a una sala de interrogatorio y le mostraron fotos de personas. Le preguntaron si conocía a alguna. A cada respuesta le daban cachetadas. Cuando ya no podía siquiera ver las fotos por la hinchazón empezó a decir que sí conocía a esa gente, pero se inventaba sus nombres, y también por conocerla le daban golpes. El cabo le puso el cañón de su pistola entre los dientes y le dijo que lo podía matar allí mismo si estaba mintiendo. Alejandro entrevió una cruz que colgaba en el cuello del cabo y reparó en su voz aflautada y supuso que era huilense o pastuso, y le preguntó si era católico. El cabo pareció sorprendido por la pregunta. "Católico, apostólico y romano", respondió con firmeza. "Entonces cree en la resurrección". El cabo acercó su cara a la cara desfigurada por los golpes y le susurró su respuesta: "Sí, creo". Entonces Alejandro le respondió: "Yo vuelvo".

»Para su sorpresa, el cabo no lo mató. Guardó el arma y lo dejó abandonado en ese calabozo donde tuvo que dormir juntando dos sillas de madera durante dos semanas. Alejandro le dijo al guardia: "Ayúdeme, tengo plata". Era verdad, porque ni al subirlo al camión, ni al ingreso al cuartel, lo habían requisado. "Tráigame al capitán Díaz y yo le doy toda la plata que tengo". El capitán Díaz era el hijo de misiá Bárbara, su casera de la pensión Casa Pintada, al que Alejandro trató de cerca en un baile en el Hotel del Cacique y quien le pagó para que le hiciera fotos de su matrimonio. Alejandro no le cobró por esas fotos y su madre siempre lo saludaba de parte del hijo militar. El guardia localizó al capitán Díaz, quien reconoció de inmediato a Alejandro. "¿Qué hace aquí, hombre?". Alejandro le dijo: "Y yo qué voy a saber. Me trajo un cabo sanguinario. Florido, dice la guerrera. Ayúdeme". El capitán dijo: "Ya vuelvo". Se fue durante una hora, quizá a leer el expediente para enterarse por qué lo habían llevado al calabozo militar. Alejandro aprovechó para dejar en la puerta del calabozo toda la plata que tenía en los bolsillos. El guardia tomó el dinero disimuladamente. Luego el capitán Díaz volvió con dos guardias. "Acompáñenlo a la puerta del cuartel y déjenlo ir". Alejandro solo veía por uno de sus ojos hinchados la cara del capitán. Cuando estuvo fuera del cuartel, se lanzó a correr como un desquiciado. Huyó por esa carretera que iba recto hasta convertirse en la avenida Bolívar y luego cruzó por las vías del tren hasta la calle del

Molino y tocó en la pensión diagonal a la torre de correos, donde había tenido siempre su habitación en el puerto del Cacique. Le abrió misiá Bárbara, y al verla, se desmayó. Ella alcanzó a sostenerlo y lo llevó dentro. Tenía la camisa manchada de sangre seca por las heridas de la barbilla. Allí lo cuidó durante una semana. De día solo tomaba sopa y luego caía en sueños y delirios. Al cuarto día saltó de la hamaca con los ojos aún hinchados pero con las fuerzas recobradas. Se vistió y fue en un taxi hasta el Bazar Francés del Parque Nariño a buscarnos. Nos resumió lo que había atestiguado y su detención, y todos quedamos impresionados de ver que tenía las fuerzas suficientes para hablar y caminar, y solo le quedaban hematomas, pero ningún hueso roto. Se había salvado.

»Al otro día, después de que yo rescatara la cámara perdida en el hangar de Aguacaliente, él la abrió y me entregó el carrete y me pidió que se lo enviara revelado a Rubén con el fin de que publicara las fotos en La Mancha Negra. *Prometí hacerlo. Y lo hice.*

»Yo les expliqué a todos que no había garantías para nadie, que la junta confió en los jerarcas para pacificar la ciudad, pero que se nos venían la represión más artera y la escabechina de los miembros de la junta, y aquella masacre era solo el comienzo, así que lo mejor era no volver al puerto del Cacique hasta que no se amontonaran los obreros para compartir sus risas y sus lágrimas de nuevo. Le recomendé abandonar de inmediato el puerto, porque su vida corría peligro entre nosotros».]

—Ve a Cartagena. Te endoso un pasaje en un trasatlántico de la flota Liberty con rumbo a los Estados Unidos —dijo Joseph Miller—. Yo ya no vuelvo a mi país. Mi hermano John está en la oficina principal del oleoducto en Cartagena y puedo hacer que te consiga un trabajo en los campos petroleros de Texas.

—Hágale caso a Bienvenido —dijo Leonardo Buenahora—, mire que cuando al capitán Díaz le abran juicio marcial por haberlo sacado, van a venir por usted y aparecerá flotando en el río bocabajo. Es mejor un muertolavado que un testigo incómodo con pruebas.

Alejandro aceptó.

Joseph Miller salió a hacer una llamada al gerente del oleoducto, y regresó con un pasaje expedido a nombre de Alejandro por la oficina de la naviera para el buque expreso.

—El buque sigue varado entre las Lobas y Mompox y allí seguirá hasta que crezca el río —comentó Leonardo Buenahora, porque era la noticia de la semana.

—El gerente me autorizó a llevarte mañana en el hidroavión a la estación de bombeo de Tamalameque, y desde ahí lo alcanzas por río. Te doy el pasaje que la compañía había comprado para mí en la flota Liberty por el fin de la concesión. Es un carguero que trae bauxita de Venezuela y que pasará de Curazao a Cartagena con rumbo Panamá, La Habana, Veracruz y Houston.

Para hacer efectivo el viaje debía presentarse en Cartagena en las oficinas y mostrar su pasaporte con el fin de que le hicieran el cambio del titular al tiquete del buque de bandera americana que iba a Houston el mes siguiente. Miller añadió una carta de presentación en los dos idiomas y una tarjeta con las señas para localizar a su hermano John en las oficinas del oleoducto en Cartagena. El piloto se fue y Alejandro quedó solo con Leonardo Buenahora y el chef del Club Extranjero.

Debía usar otra ropa distinta a la que se ponía usualmente para no llamar la atención en los retenes de la marina, dijeron. Alejandro les confesó que había escondido su cámara en un jeep desguazado en el segundo hangar del embarcadero de Aguacaliente. Leonardo sugirió que la diera por perdida. Pero la respuesta de Alejandro fue tajante:

—Ahí están las fotos de la masacre y yo no me voy sin esa cámara.

—Me comprometo a ir a buscar la cámara y revelarlas. Pero si son tan graves, al que tenga los negativos lo van a encochinar.

[*Leonardo explicó a Timoleón Plata que el chef Giordaneli, ya fallecido, lo llevó en la moto con sidecar hasta el complejo, y atravesando por la ferrovía los campos petroleros llegaron hasta el embarcadero de Aguacaliente, cuyos hangares estaban desiertos por*

*la partida de la compañía. Así lograron rescatar la cámara foto-
gráfica escondida por Alejandro en la guantera del jeep desguazado
en el hangar. Al día siguiente le entregó la máquina envuelta en
una tela negra a su amigo. Alejandro rebobinó el carrete y lo extrajo para entregárselo: «Envíeselos a Rubén con esta carta que él sabrá resguardarlos y puede publicar las fotos en el periódico de su tío
sin miedo, porque lo están imprimiendo en Bogotá». Leonardo
Buenahora le dijo: «Le apuesto una cámara a que es lo último que
publicará* La Mancha Negra». *Respondió: «Si pierdo, usted se
queda con mi cámara; si pierde, usted se casa con mi hermana».
Buenahora respondió: «Cuídate, cuñado». Y fue la última vez que
lo vio.*]

La mujer de su hermano

Timoleón decidió ir a buscar a la escuela de Las Nubes a la
mujer que su hermano amó. Tal vez en las casas de los vecinos
de aquella escuela oculta en un nido de cascadas que levanta-
ban una bruma tenebrosa pudiera obtener la pista definitiva.
Era la maestra de la escuela rural, así que prácticamente sería
conocida por todas las familias. Lo que se encontró es que la
escuela se había incendiado y que la cabaña de madera donde
había vivido la maestra estaba abandonada.

No era la única. En esa vereda, la mayoría de las casas estaban vacías también. Unas tenían tablas clavadas en las ventanas
y travesaños en forma de cruz en las puertas para impedir el
ingreso, y otras ya sin puerta habían sido desmanteladas por
dentro. A las que no tenían puerta, su acompañante ingresó y
tomó algunas fotografías del interior sin comentar lo que más
tarde diría: que parecía que hubiera pasado la guerra.

En algunas habitaciones había almanaques viejos pegados
a las paredes y muebles de madera carcomida. En una casa ta-
piada logró ver entre las grietas, y había aún cosas intactas, indicios de que sus moradores planeaban volver algún día o
habían tenido que huir del peligro y dejar sus pertenencias

como si fueran estorbo, porque nadie abandona lo poco que tiene, excepto cuando es más importante salvar el pellejo. ¿A dónde había ido la mayoría de la gente de aquel lugar que parecía la fábrica de las nubes?

Lo preguntó a una viuda que tenía dos hijos y vivía en la misma casa donde habían matado a su marido, a unas curvas de la escuela.

—Se fueron para la ciudad, porque aquí llegó la Violencia —dijo, y se sumió en un silencio indiferente.

Le preguntó por la maestra Lucía Lausen y ella contestó que un hombre había venido a llevársela después del incendio de la escuela.

Preguntó si se acordaba de cómo era ese hombre para descartar que fuera su hermano, pero la viuda no pudo recordarlo.

Le mostró la foto, pero no, no era.

—El que vino era elegante, con corbata y más viejo que el de la foto, y llegó en un carro negro y lujoso.

Confundía fechas y parecía muy cansada como para tener que contestar preguntas, pero de repente habló en otras direcciones, como si llevara mucho tiempo de no conversar con nadie y necesitara desentumecer el músculo de hablar paralizado de tanto silencio.

Cuando lo mataron, a Fulgencio, el marido, estaba jugando con su niño tirado en el piso. Tocaron a la puerta y Fulgencio preguntó quién era.

La voz de afuera dijo:

—Su vecino, ábrame.

—¿Cuál vecino a esta hora? —preguntó, porque no reconoció la voz.

—Ábranos —dijeron desde afuera.

Fue la hija mayor la que se adelantó y abrió por imprudencia. Entonces aparecieron los hombres con sombrero y ruana y le dispararon por la espalda.

Fulgencio alcanzó a empujar a su hijo a un lado para que no lo mataran. Todas las paredes quedaron manchadas de sangre.

El niño perdió el habla para siempre y lo apodaron Silencio. La niña que abrió la puerta dejó de ir a la escuela y solo se dedicó a cocinar. La viuda, Bernarda, siguió viviendo en esa casa manchada de sangre con sus hijos y barriendo la escuela.

La sangre nunca se fue del todo de las paredes.

—Nosotros estamos vivos de milagro —dijo—, comemos de milagro, no nos han quemado la casa de milagro.

Contó cosas más arcanas: que habían incendiado la Tienda Nueva y habían matado a Orfidia y que al sordo lo habían encontrado unos niños en su casa, momificado y sin cabeza. Quiso volver al tema y añadió que la escuela la incendiaron y después el gobierno la clausuró porque ya no tenía estudiantes, pero él se distrajo porque estaba pensando en el hombre que se llevó a la maestra en el carro lujoso.

¿Quién podría ser ese hombre que llevaba corbata, si aquella mujer no estaba perturbada y podía confiarse en lo que decía? ¿Se había ido con otro? ¿O podría ser acaso el que nunca volvió?

Ella estaba en el centro de todo lo que había abandonado tras la huida, y acaso hubiera sido la única razón de su hermano para regresar o la única para marcharse.

—Cuando se despidió de mí dijo que iba a Bogotá para firmar su traslado en el Ministerio —comentó la viuda nadando entre sus recuerdos y aferrándose a uno como si los pescara con un poco de fatiga.

¿Se trataba de una huida ante el peligro? ¿Habría sido una elección amorosa?

—¿Cómo se llama usted?

—Me llamo Bernarda. Trabajaba barriendo la escuela. Ella me pagaba de su sueldo. Se fue de aquí porque su hermano prometió venir pero nunca volvió.

Había ido a buscar su rastro en la escuela y solo había encontrado aquel indicio.

Observó el abismo de Chanchón y un banco de neblina que empezaba a formarse y a cubrir las montañas gemelas, y sintió el viento que subía de la grieta que separaba las dos montañas como el aliento de una animal, y creyó oír un grito de socorro en algún lugar de los bosques.

—Debe ser Geña, que tiene que arriar sola la vaca y a veces la tumba.

—¿Qué dice?

—Que se le soltó la vaca. Véala, va por el camino angosto hacia el antiguo basurero.

—¿Ya no es basurero?

—Ya no. Tuvimos que hacer una protesta y bloquear la carretera quince días para que dejaran de echar la basura de esos pueblos en nuestra vereda. Y así dejaron de echar muertos.

Regresó por el camino de tierra hacia la escuela, donde lo esperaba en su carro Rubén Gómez Piedrahita. Le resumió lo que había visto y oído de esa mujer que parecía trastornada. Dijo que tenía dudas acerca del hombre del carro en que se le vio partir por última vez. Se acercó a los restos de la escuela quemada y encontró rastros de un tren de juguete, solo los vagones, sin locomotora.

Su hermano Alejandro la amaba. Lo escribió al respaldo de una postal: «Te amo como la plenitud del sol que enceguece, como el espacio que ocupan los cactus solitarios en los caminos, como el espíritu del río que se levanta en los amaneceres y se va volando al otro lado de la cordillera, como los vastos atardeceres que atraviesa el tren, como los loros que vuelan en pareja y gritan "¡amor!", como la niebla que susurra secretos en las montañas gemelas, como la sombra de ese laurel donde dices que lees mis cartas».

Su hermano nació en 1909. El departamento de Quesada había dejado de existir por decreto de Rafael Reyes, y en su gobierno los asentamientos indígenas fueron repoblados por colonos en el Putumayo, el Opón y el río Losada. El químico Leo Baekeland anunció en Nueva York la creación de la baquelita, primera resina sintética del mundo, iniciando así la producción mundial de plástico. En Belfast, Reino Unido, se construía el trasatlántico RMS Titanic. En abril R. E. Peary, marino, científico y explorador estadounidense, alcanzó, por primera vez en la historia de la humanidad, el Norte geográfico. El 25 de julio Louis Blériot, francés, ganó las mil libras que ofrecía el diario británico *Daily Mail* por atravesar en aeroplano el canal de la Mancha en un vuelo de treinta y siete minutos de duración. Y Alejandro desapareció en 1948.

En el vapor Nueva Granada, de la compañía naviera, descendió por el río en septiembre. El vapor estaba encallado en un banco de arena en donde se juntaban el brazo de Loba con el brazo de Mompox. El buque iba a desviarse por el canal del Dique hacia Cartagena. Dicen los periódicos de esos meses que los últimos cuatro remolques y trasbordadores fueron empleados para bajar la mercancía. En Mompox estuvo algunas noches. La prueba eran las fotos que tomó en ese tramo y que remitió en carrete a Rubén Gómez Piedrahita para que las revelara. Eran fotografías que retrataban el ambiente político que campeaba desde la muerte de Gaitán: la gente usaba las paredes para amplificar el fervor de las consignas partidistas. En El Banco había un letrero, «Por una tierra libre de sangre roja», al que habían echado un baldado de pintura azul que parecía sangre chorreada: «Att. La sangre azul». Y en otra pared el grito de guerra del caudillo asesinado con su efigie y el puño en alto: «¡A la carga!», y en la otra pintura: «Cachiporros». Dos barcazas de carga cruzando al mismo tiempo el agua oficial y dos trasbordadores cargados con vacas y con el lastre de los barriles que debían ser llenados de combustible en la refinería de Cartagena; bocanadas de humo espeso que subían de las quemas en las orillas y canoas fantasmas que descendían con familias y con noticias aciagas de vecinos masacrados y sus caras sucias y sus pies descalzos y sus equipajes improvisados en costales y animales domésticos, como aprendió en el diario *La Mancha Negra*, en series que contaban historias silenciosas, y el río que arrastraba árboles cortados, animales hinchados, cuerpos humanos capitaneados por gallinazos que quedaban encallados en las empalizadas y en los remolinos.

Rubén Gómez Piedrahita reveló esa serie en su casa después de que su hermano se la remitiera con una carta para él y otra para Lucía.

Envió el sobre a la escuela rural de Las Nubes en el pueblo del Cacique, pero fue devuelto por la torre de correos del puerto a La Dorada con el sello «Destinatario no registra en domicilio».

Rubén Gómez Piedrahita le dijo a Timoleón que uno no abandona un amor sin dar batalla.

—No vino por ella porque no pudo volver, y por eso fue que me devolvieron la última carta desde el correo portuario.

Ambos decidieron ir a al Ministerio de Educación para intentar dar con la maestra Lucía Lausen.

El vidente y los pericos

Pone el ojo en el visor de la cámara y no ve nada. Es un abismo profundo como una boca abierta. Entonces recuerda que tiene un parche en el ojo como un pirata. Trata de componer con el otro ojo, forzándolo a ver aquella zona gravitacional donde flotan las espirales de mosquitos. Pero entonces ya está lejos lo que quiso fotografiar.

Sonidos familiares me llegan del puerto. La alerta de los alcaravanes. Un pregonero que grita: «Bagre, bocachico, llévelo». Gallos alborozados. Perros peleando por una perra en celo. El rumor de una multitud en la plataforma del puerto. Compran yucas y plátanos y peces y animales vivos traídos en las barcazas que se empujan en los contrafuertes. Las graderías que se hunden en el agua huelen a pescado seco, a orines, a naranjas podridas, a melones dulces. Hay un vidente con pericos que adivinan el futuro. Le hago una fotografía rápida porque no he podido enfocar bien y luego me acerco interesado en ese futuro. Las aves están en una torre compuesta de jaulas y en cada una hay una pareja de pericos. Si le das una moneda al vidente, los pericos pueden adivinar para ti el futuro tomando un pedacito de papel doblado del comedero de alpiste. Le doy una moneda y elijo la jaula de unos loros de cabeza amarilla, nerviosos, que miran por cada uno de sus ojos moviendo las cabecitas de lado a lado. El vidente abre una pequeña ventana de la jaula e introduce el comedero, que en lugar de alpiste tiene los papelitos. Uno de los pericos se lanza al comedero y el otro se queda en el travesaño. El perico vidente toma uno de los papeles, intenta tragarlo, pero pronto lo deja caer. Entonces el vidente dice que es un mensaje de la perica para el periquito y me entrega el papel, mientras retira el comedero de la ventanilla.

Me guardo el mensaje en el bolsillo para leerlo luego. El vidente continúa anunciando que sus aves profetizan el futuro por una moneda. Le pregunto si los vende. Me dice que sus pericos no están en venta. Le digo que al menos una pareja. Tiene toda una torre de jaulas. Me dice que me vende los de la base, porque aún no los ha entrenado. Le pago lo que dice que valen. El vidente alza la torre de jaulas y yo tomo la de la base. Son dos pericos verdes. Tomo la jaula y abro la compuerta y los dejo ir. Los pericos vuelan juntos hasta un almendro cercano. El vidente me dice con indiferencia: qué desperdicio, ya estaban acostumbrados al comedero, así que se van a morir de hambre. Tal vez, le digo, pero morirán libres.

Camino un poco y me siento en las graderías del muelle de El Banco, desdoblo el papel y leo el mensaje de la perica para el periquito:

Van y vuelven los caminos
los viajes abren y cierran etapas del camino,
los puertos son
puntos de llegada y también
puntos de partida.

Han pasado los vientos que empujan a los años y estoy cada vez más lejos del punto de partida.

Tomo la foto del puerto con la gente y su iglesia del cristo negro y me alejo hacia una de las cantinas junto a un gran letrero de políticos: «Un negro futuro con el negro Gaitán».

Es un salón cubierto de hélices que remueven el aire caliente. En el fondo del lugar, un gran espejo que ocupa la pared completa le devuelve la mirada y la perspectiva del salón de billar. Hay un Almanaque Uribe Ángel con un gran sol de rayos proyectados y una vaca, y un anuncio de un hombre junto a un caballo con un cigarrillo Chesterfield en la mano. Hay un cartel de musas con la reina del mes de octubre en traje de baño. Y un afiche del caudillo con el puño en alto: «¡A la carga!».

Al lado de la publicidad está su reflejo, ocupando un agujero en medio de dos mesas atestadas de botellas de cerveza, vestido para el frío en medio del calor. Aunque no es el único. Hay un hombre que le mira escribir. Está vestido con el frac que fue de su padre y sombrero de fieltro. Lleva un maletín de mano donde guarda la cámara y los documentos y unas camisas de recambio, pero lo ha puesto sobre la mesa donde permanece sentado, con gafas oscuras, observando la rutina del lugar.

El hombre que lo mira tiene un reloj de leontina en el bolsillo del traje gris. Y cuando se desabotona el abrigo para consultar la hora nota que lleva un arma oculta. Debe ser de la policía política, porque son los que andan armados y vestidos de civil.

Pide ginebra y soda. Le traen un balde lleno de cubos de hielo y un plato pequeño con rodajas de limón. Dos hombres de gabardina oscura, sombreros y bigotes largos entran en el billar y se reúnen con el hombre de traje gris y gabardina clara. Hablan en inglés. El hombre de leontina y traje gris es americano. Saca el revólver Smith y Wesson calibre 32 y lo pone sobre la mesa. Uno de los de sombrero, que permanece al margen de la conversación, toma el revólver con una lanilla color violeta y limpia las huellas dactilares del arma por todos lados, para luego envolverla en el mismo trapo y guardarla en un bolsillo interno de su gabardina. El otro le da al extranjero una carpeta que saca de un portafolios. Este la abre y extrae un pasaporte de color azul oscuro con el águila norteamericana en las tapas. Revisa otros documentos como buscando uno en especial y extrae un sobre de papel abultado. Lo abre y cuenta un fajo de dólares que pone de nuevo en el portafolios, al igual que el pasaporte. Luego el extranjero se levanta de la mesa y sale del billar llevándose el maletín. Los de las gabardinas se quedan acabándose las cervezas que pidieron. Conversan entre ellos. Y él alcanza a oír lo que dicen.

—A los gringos les pagan más que a nosotros.

—Pero son más efectivos, porque un pez así de grande como era el doctor no lo caza cualquiera.

—Nosotros también tenemos güevas y agallas. Yo le hubiera dado con un 38 largo y no con ese matapatos.

—Era para no llamar la atención. A quemarropa no falló ni uno y logró distraer a la turba.

—Se salvó por zorro y por gringo y por ejecutar la Operación Catilina, porque el pobre cristiano que lincharon solo quedó para el cuento.

Callan al mismo tiempo porque notan que los escucha en el fondo del billar. Los de los sombreros se quedan viéndolo. Quisiera hacerse invisible desviando la mirada, pero sabe que ahora ha llamado su atención y parecen interesados en él.

—Papeles —dice el más bajito, que había permanecido callado cuando el otro conversaba con el gringo, atusándose el largo bigote.

Busca su libreta de identidad en uno de los bolsillos del saco, pero solo encuentra el pasaporte.

—¿Por qué lleva pasaporte? ¿Piensa salir del país? ¿Qué hace alguien tan lejos de su tierra?

No sabe a cuál de las preguntas debe contestar primero.

—Trabajo en la estación de bombeo —miente.

—¿De dónde viene?

—Vengo de la estación de la Gloria.

—¿A dónde se dirige?

—Voy para la estación de Santana.

—¿Es su destino final?

—Mi destino final es Cartagena, donde están las oficinas de la compañía holandesa que administra el oleoducto.

—¿Habla inglés?

Niega con la cabeza, pero había alcanzado a captar la conversación y dos palabras: «Operación Catilina».

Uno mira al otro y le devuelven el pasaporte.

—¿Qué le pasó en el ojo?

Alza el parche y le muestra el ojo herido.

—Le dieron duro en la jeta —dice el bajito, y con su expresión comprende que no habló delante del extranjero porque era un ignorante y un patán.

—Un accidente —dice para justificarse y vuelve a ponerse el parche en el ojo.

—Eso le pasa por mirar lo que no se debe.

—Tenga más cuidado —dice el que habló en inglés con el extranjero.

Y los dos policías vestidos de civil con gabardina, sombrero y bigotes largos abandonan el billar.

Ni siquiera me reconocerías si me vieras. En la cara hay un parche de pirata que cubre el ojo desviado por los golpes de la mazmorra, un ojo frío que parece indiferente como los de las iguanas, bolsas en los párpados, órbitas de ojeras, huellas de hematomas, una cicatriz en la barbilla que te imprime ese aire de dureza que en el fondo sabes que no tienes, sino que estás muy flaco; marcas que dejaron en el cuerpo el paludismo, los golpes y el tiempo fugaz donde estamos flotando. Sabes que estás muerto porque no existe la capacidad para diferenciar, o la diferencia entre domingo y viernes. O porque has perdido los sentimientos, o porque ni siquiera eres alguien que murió sino alguien que sabe que actúa así, sin oponerse al destino, como muerto.

Pero ahora te escribe esto que soy: un muerto. Aunque aparentemente no estoy muerto. No me mataron en el río, ni me mataron en un calabozo. Pero estoy muerto porque mataron a otros y yo sobreviví. La muerte de otros es también mi muerte. Hay cosas que podría contarte pero no puedo escribir sobre eso. Porque ponerlo en palabras sería revivirlo también para ti.

Como estaba sufriendo un ataque de fiebres palúdicas, no estaba del todo en este mundo cuando mataron en Bogotá al doctor Gaitán. Pero un día oí voces de misiá Bárbara y otros huéspedes y tuve que evacuar la habitación de la pensión porque había un saqueo en el granero vecino y las mercancías estaban siendo echadas a la calle para que la gente que necesitara se las llevara. En el forcejeo entre el dueño del granero, los empleados y los saqueadores, se estalló una lámpara cóleman y el incendio se extendió sobre los sacos de harina y las estanterías. Para la noche el incendio había pasado a la iglesia de San José y a la torre de correos, y las cariátides eran dos jueces implacables indiferentes a las llamas que salían por los vidrios y el portón del edificio. Me sostenía por un hombro uno de los ayudantes de misiá Bárbara en la pensión y con su ayuda pude hacer la fotografía. El incendio fue controlado por los bomberos en la madrugada y pudimos volver a la pensión. Así que en la noche ya estaba dormido. A los dos días bajó la fiebre y entonces salí para hacer fotos del puerto y los bidones flotantes con dinamita. Fotografié la guardia obrera que se relevaba para vigilar el acceso a la entrada de la refinería. En el Parque Nariño había una asamblea permanente y los delegados de la junta obrera hablaban por unos altoparlantes bajo el quiosco. Cada hora pasaban noticias y boletines contradictorios sobre el asesinato del doctor Gaitán. Discutían que los almacenes de víveres fueran colectivizados para mantener la huelga y resistir, y que el ganado de las haciendas cercanas debía ser traído al matadero y acopiado como provisiones para enfrentar al ejército, por si intentaban la retoma del puerto del Cacique a sangre y fuego, pero el alcalde se negaba a expropiar para evitar la anarquía. Sentí frío y volví a la pensión.

Una semana después todo había cambiado en el puerto del Cacique. El barrio extranjero quedó desierto. Los hangares y talleres, vacíos. La patronal de la compañía y los empleados extranjeros se habían ido. La refinería volvió a encender los quemadores a la mitad de su capacidad. De la huelga general solo quedaban pancartas y pliegos de peticiones pegados en el estandarte del prócer en el Parque Nariño.

El nombramiento de liberales en el gabinete conservador (reemplazando al ministro de Gobierno) y el evidente aplastamiento de la revuelta en Bogotá cambiaron el tono de la junta obrera. El alcalde popular acabó por ceder a las presiones para reunirse con el ministro y delegó el poder tras la visita del avión del funcionario, al que se le permitió aterrizar sin escolta, para lo cual fue menester despejar la pista de avionetas de la compañía. La propuesta del gobierno ofrecía garantías de mantener en los cargos de la compañía nacionalizada a los obreros que habían participado en la toma de la refinería y los cargos de los policías alzados, siempre que juraran fidelidad al nuevo alcalde. El alcalde popular accedió a entregar el poder de la ciudad para evitar la segunda vía, que era la retoma de la ciudad, como en Bogotá. Y entonces se dejó entrar el primer vapor militar al puerto del Cacique. Una vez entregado el poder popular, la ciudad fue militarizada y empezó la persecución política contra los alzados. Entonces cometí el error que evito contarte para no poner en peligro tu vida.

Ya te enterarás cuando salgan publicadas las fotos en el periódico *La Mancha Negra*.

Llegué a Tamalameque en el hidroavión de Miller que acuatizó frente a la montaña de Tenerife. En Tamalameque tuve que abordar un planchón para alcanzar el buque de la naviera varado en el brazo de Loba. El dueño del planchón era un viejo contramaestre de remolcador. Se llama Jose del Carmen Sánchez. Preguntó qué me había pasado en el ojo y le mostré, quitándome el parche. Dijo que me hiciera ver de un oculista, porque todavía podía salvarse. Se quitó sus lentes de sol y me mostró su ojo gris cubierto por una nata. Había perdido la vista cuando su ferri fue embestido por el vapor Santander de la naviera en la albarrada de Magangué. No había podido seguir conduciendo el ferri remolcador de la Marvasquez pero se había negado a dejar de navegar, así que compró ese planchón de trasbordar ganado y lo cubrió con una carpa de cuero color morado para vender mercancía en cinco puertos. Sus hijos eran el otro ojo que le faltaba. Cuando embarcamos demostró que conocía el río como su mano y que podría navegarlo sin mirar, siguiendo los olores, los sonidos y las corrientes del agua oficial. Me dijo que uno podía ver sin ojos. El río estaba en un nivel muy bajo. Por eso el vapor expreso de la compañía naviera había quedado encallado en donde se juntan el brazo de Mompox y el de Loba desde hacía dos semanas, confirmó Sánchez. Todavía lo alcanza, señor, faltan dos semanas para que baje la primera creciente, dijo con absoluta seguridad en los tiempos del río.

Almorcé en el mercado que se formaba en las graderías de El Banco, mientras Sánchez y sus hijos y los pescadores vendían racimos de plátano y conseguían más pasajeros para Mompox. Cargan mercado en un sentido y regresan con mercancías como sombreros, loza y platería de vuelta.

Comí galápagas guisadas y empecé con una cerveza, lo que parecía solo una manera de refrescarme para mitigar la calor, pero acabé metiéndome a tomar en el billar Humareda.

Después de que me requisaron los policías encubiertos y los vi cruzar el arco de ladrillo de la intendencia fluvial, suspiré aliviado.

Aquellos que estaban en el puerto la ven venir al mismo tiempo. Es una mujer con vestido blanco y abarcas de tres puntas y un abanico de lunares desplegado. La ven pasar meciendo las caderas lentamente y luciendo una esclava de plata en el tobillo. Está ahí, en medio del clamor de los vendedores, como una aparición que distrae de la vocinglería de las cocineras, con el pelo anudado en la corona y los ojos miel abarcándolo todo, caminando entre los bagres colgados de escarpias, los racimos de plátanos, los nidos de yucas erizadas, las iguanas vivas, los costales de tortugas, y arriba de las escalinatas un forastero medio ciego se vuelve para fotografiarla.

Se embelesa con el perfil de la mulata y sigue mirándola para hallar su mejor lado. Viene a comprar pescado crudo. Le envuelven el bagre decapitado en un periódico viejo con una efigie del caudillo con el puño en alto y el anuncio en grandes moldes: «¡Muere el caudillo del pueblo! ¡Todos a la carga!». La sangre del pescado mancha el periódico, ella se distrae y va hacia lo más alto de las graderías y se pone a mirar los dulces de arroz, las polvorosas, los botes helados con jugo de corozo, los bollos dulces, las panochas, y por último lo ve tomándole fotos en su descuido. Su altura y su piel cobriza destacarían en cualquier sitio en el que entrara.

Ella es hierática y selectiva con lo que observa. Ve solo a un hombre entre otros hombres, vestido de verde debajo de un sombrero, con un parche de pirata sobre el ojo reventado, bebiendo ginebra con soda y naranja y con una cámara haciéndole fotos. Pero no sabe qué es lo que hace hasta que lo ve alzar el aparato y disparar el obturador de la cámara a la mayor velocidad para retratarla. Se avergüenza por la atención que le dedica sin conocerla, se cubre la boca con el abanico, luego se afana y se abanica con más empeño para espantar el calor que envuelve su cuerpo y pierde la vergüenza de ser mirada, y se pierde entre las calles hasta que se disipa en el aire su belleza sobrenatural.

Después de que se ahogó, en el lago de Quesada, llegaron las cajas de sus pertenencias. Las remitió Miguel A. para cumplir así la voluntad de ella expresada en su testamento.

Me envió copia del testamento y un talonario con una cuenta bancaria con el saldo. Legó todo lo que le quedaba a un hogar de paso para mujeres que había ayudado a fundar. En su juventud les dio a las monjas de clausura lo que heredó y en su vejez donó lo que obtuvo trabajando el resto de la vida. Vivió con lo indispensable.

La primera de las cuatro cajas que recibí contenía los álbumes de su familia y su cuaderno de confesiones y cuatro cartas dirigidas por Alejandro a ella. En otra estaban fotos mías tomadas por Alejandro y las cartas que yo le envié a ella desde México, ordenadas cronológicamente, y un sobre sellado dirigido a mí. En otra estaban los objetos: mi morral de bandolera de cuero para guardar los implementos de la escuela primaria, con cuadernos y útiles, los juguetes, el caleidoscopio y el telescopio, un vagón sin tren, una bolsa de seda con mi vestidito de princesa merengue y un mechón de mi pelo negro trenzado, un diccionario *Larousse Práctico Ilustrado* y varios libros de poesía. En otra venían el gramófono RCA Victor y varios discos antiguos. Era todo.

Dejé las cajas guardadas en un armario por años, e intenté olvidarla por la mezcla de dolor y rabia que me causó su muerte injustificada. Pero su fantasma empezó a aparecerse en todos lados como si hubiera algo que quisiera decirme y que nunca pudo expresar.

Un día tomé un taxi y el conductor entendió mal la dirección y llegué a una parte de la ciudad que nunca había visto. Era una cantera donde los pobres habían construido casas en las laderas de un volcán apagado. Unas monjas estaban en medio de una cancha de fútbol dando de comer a niños descalzos y harapientos. Entonces vi a una novicia joven que se parecía a mi madre. Era una mujer alta de caderas anchas y pesadas, pecosa, y hubiera podido adivinar que si se quitaba la cofia era también pelirroja.

Le dije al taxista que olvidara la dirección y me llevara de vuelta a casa.

Entonces abrí la primera de las cajas.

Leí su carta. Comprendí. Por eso sus ojos eran distintos a los míos. Por eso mi pelo era negro y el suyo rojo. Y mi piel morena y la de ella pálida.

¿Cómo podía entender la naturaleza de su amor si perdí todo rastro de mi origen? ¿Cómo pude sobrevivir sostenida por una sola raíz, convertida en hija del desarraigo?¿Quería ser libre o librarse de mí? ¿O es que de repente la que decidió ser mi madre no me quiso más?

¿Por qué sigo sin saber de quién soy más hija realmente, si de los padres que me engendraron y me escondieron de la muerte o de la que me sostuvo y alimentó en sus brazos, Lucía Lausen?

Al mirarme al espejo buscaba en mi cara algo que fuera de ella. Tal vez porque había algo en su cara que no había en la mía. Una serie de pecas casi indelebles. Vistas de cerca eran como un mapa de constelaciones cifradas, como el cosmos a la medianoche en medio del campo cuando está el cielo despejado. Orión. Las Pléyades. Las estrellas fugaces. La blanca galaxia de la infancia. Yo no tenía sus pecas. Tampoco su pelo rojo de largas ondulaciones. Éramos distintas. Yo era distinta. No sabía decir cómo, ni por qué, solo distinta. Así que en cada huella de su cuerpo encontraba las diferencias y oposiciones con el mío. Mi pelo oscuro y mis ojos negros. Yo robusta, ella alta. Yo morena. Ella con esa palidez y más galaxias de pecas en su cuerpo. Mientras crecía, las diferencias aumentaban. A mi modo, ya lo sabía, lo comprobé en el primer semestre de Biología con las leyes de Mendel. Que no venía de ella y que nunca estuve en su ombligo. Aunque solo estamos conectados por el ombligo, de ombligo a ombligo, durante nueve meses, y el verdadero vínculo son la moral y la crianza.

Leí su cuaderno de confesiones y se me cayó de las manos porque no supe qué hacer con el hecho de que yo era solo una parte de su vida y de que ella antes de encontrarme tuvo juventud.

¿Quién era en realidad? ¿Por qué abandonó sus sueños? ¿Acaso cambió su felicidad por mí?

Luego miré algunas fotos de su donaire. Poseía belleza y gracia. Y conoció el amor. Se enamoró de un seminarista de voz aterciopelada, Alonso, que no traicionó su vocación por ella, y a causa de ese despecho se casó con Miguel A., un hombre dieciocho años mayor que llenó su vientre, aunque nunca dio a luz.

Luego conoció a Alejandro, quien le ofrecía otro tipo de vida, acaso más mundana y tentadora. Pero inestable y errante. Ella no quiso dejar su vida para seguirlo a él. ¿Renunció al amor por un contrato con el Ministerio de Educación que la obligaba a ser soltera para ser maestra de escuela?

En esas cajas estaban todas las respuestas a las preguntas que hubiera querido hacerle.

Ella no rompió sus votos, simplemente adoptó otros nuevos, como quien descubre un modo distinto para ayudar a los demás a ser mejores personas, aunque haya perdido toda ilusión en el prójimo. No desertó. Porque hay cosas de las que no puedes desertar. Perdió la fe, y tal vez aquel fue su mayor vacío.

Abrí el álbum donde guardó algunas fotos de cuando yo era niña. Vi esas fotos y entonces descubrí que había estado engañada con respecto a su abandono.

No me abandonó. Estuvo presente en cada momento importante y me enseñó el alfabeto, la lectura y la escritura y los principios de la vida. Ella me rescató de la ida segura a un orfanato, que era el destino ineludible de los niños sin padre, y me dio lo que pudo. No sabía ser madre, pero podía ser una mujer justa. Abrí una caja con sus libros subrayados. Conocía la filosofía escolástica y la moral. Conocía la poesía de Antonio Machado y de García Lorca, a quien vio recitar sus poemas en Sevilla, a San Juan de la Cruz y a Santa Teresa de Jesús. Tenía los *Poemas humanos* y *España, aparta de mí este cáliz* de César Vallejo, anotados. Una de las inscripciones decía: «También yo vi la tierra empapada de sangre».

Ya no era un enigma, sino una mujer.

Las cajas venían numeradas y en ese sentido las abrí, como si fuera una indicación del orden que debía seguir para obtener las respuestas a mis preguntas empolvadas por los años.

Eso pasó hace mucho. A comienzos de los años sesenta. Pero aún recuerdo lo que sentí al leer la historia de mi origen. Que ella me había ayudado a vivir, a eludir la pobreza y la ignorancia y el odio al que estaba condenada, a tener un destino, a encontrarme a mí misma. A no ser solo un niña escondida en un nido de lana que sobrevive a una matanza. A tener derecho a elegir mi propia vida. Esa niña rescatada, educada, apátrida, se convirtió en bióloga y luego en madre, luego se exilió y continuó así una nueva historia que reproduce el ciclo de la vida. Mi origen no me fue dado antes para protegerme del dolor y permitirme abrir las alas y volar.

Su gesto de adoptarme alteró también su vida. Ella se obligó a ser madre. Se obligó a fingir ser mi madre y a darme un espacio relevante en su vida, tal como era su voto. Mi presencia la obligó a cambiar. A asumir una responsabilidad en el mundo. A dejar de ser joven. A renunciar a una vida de esposa siguiendo a un hombre errante.

Sé que ella lo amó, a Alejandro, pero después, su ausencia mató en ella toda esperanza de encontrar el amor.

Aquello que había callado por treinta años me lo contó en dos páginas. Pero esas páginas le costaron una espera que duró el resto de la vida.

Luego abrí la caja de los objetos. Estaban mis juguetes y mi ajuar de niña. Estaba el telescopio y el vestido de mi primera comunión. Estaban el gramófono y los primeros discos que escuché en mi vida. La vista de esos objetos suscitó en mí la evocación de cosas que creía perdidas en algún lugar de mi remoto pasado. Alguien que abandonó su país no tiene casa de infancia, ni amigos con los que jugó en la calle, y lo poco que recuerda solo aparece en ocasiones porque algo inusitado lo evoca: un olor propio, un rasgo familiar, una música determinada, una fotografía.

Recordé.

Ella intentó coser el vestido de mi primera comunión pero a mí no me gustó. Entonces lo deshizo a tijerazos diciendo «Zapatero a tus zapatos». Fue el gesto más agresivo que vi de su parte. Pero era agresivo con ella misma, no conmigo. Luego suavizó la voz y dijo que lo mandaríamos a hacer con una verdadera modista, porque evidentemente ella no tenía actitud ni paciencia para coser trapos. Acabamos riéndonos y me preguntó qué quería. Y yo le dije que quería un vestido de princesa merengue.

Recordé.

Después de abandonar la escuela de Las Nubes, fuimos hasta la estación del tren de Puente Nacional. Era un edificio de ladrillos anaranjados que parecía tener impregnado el olor del campo, que era el olor de todo lo que se le cargaba al tren desde ahí, todo lo que la gente traía, animales, frutos, comida, ropa ahumada, el cargamento de aquellos que habían entrado antes y ya partían en otro tren, un olor rancio pegado a las paredes, un olor que respirabas y que se pegaba al pelo y te perseguía luego por las praderas y el altiplano mientras el tren lanzaba lamentos. Además había un murmullo de voces cruzadas, porque había eco en esa estación tan alta como las iglesias, y la gente hablaba a gritos y los vendedores daban alaridos entre un barullo de perros en celo y jadeos de gallinas envueltas en nacumas y llantos de niños de brazos. La locomotora de hierro negro lanzó dos alaridos de humo y la gente pareció callar con la soledad de flauta del tren. Al vagón de primera clase subieron hombres de saco y corbata y damas vestidas con trajes y chales y niñas ataviadas con sombreros sobre peinados estrambóticos donde predominaban los rizos.

Subimos a uno de los dos vagones de madera con sillas más estrechas donde iba gente con ruanas. Trepaban animales domésticos y los ponían en los pasillos porque pronto las sillas se ocuparon y había gente de pie. Emprendimos un viaje lento a través de campos verdes cultivados con maíz, y dorados cultivados con trigo y espigas de cebada, y otros morados de amaranto, y más oscuros porque tenían espinacas, y potreros de vacas de cara aburrida y túneles cortos donde desaparecía la luz al interior de los vagones. El silencio de las curvas era constantemente interrumpido por alaridos de vapor de la caldera, y las ruedas echaban chispas de limadura de hierro al frotarse con los rieles estrechos en ese ascenso lento al altiplano, y el aire que entraba por las ventanas sin vidrio de los vagones de pasajeros de segunda clase pasaba de tibio a frío con las horas, mientras veíamos en la distancia unas montañas que primero estaban amontonadas como elefantes echados, y luego otras más altas tenían nieve como si fueran montañas de vidrio, y mi madre dijo que eran las montañas de Güicán, y después había lagos y fincas con cultivos que parecían tapetes de distinto verdor, cultivos de papa florecidos de azul, y más adelante vacas lecheras en fincas de potreros ralos sobre colinas suavizadas, y en las cimas de esa lomas aquellas casas ciegas y aisladas de adobes sin pintar con techos de barro.

El tren atravesaba el altiplano haciendo cada vez más paradas y la gente se embozaba en las ruanas y los sombreros de fieltro. Una vez que el tren paró en un lugar sin estación, se subieron a los vagones vendedores de comida, con sodas y tamales dulces envueltos en hojas de maíz, gallinas asadas y papas hervidas con piel. Otra vez que el tren volvió a detenerse me fui por la escalera del vagón con la gente que se echó afuera. Hacía más frío afuera que adentro del vagón. Los hombres, de espaldas al vagón, orinaban en la gravilla de la carrilera. Las mujeres bajaron por la escalera contraria y orinaban detrás de unas piedras. Yo me quedé oyendo. Silencio y mugidos de vacas. Me acerqué a la cerca y una vaca vino a lamerme la mano. Tenía los cachos en forma de luna y una campana atada al cuello. La vaca estaba acostumbrada a acercarse a los desconocidos. Y mugía solitaria como si imitara a la locomotora. Volví al vagón, puse el pie en el estribo y le dije adiós a la vaca.

Cada vez que parábamos en una estación con ese quejido de animal cautivo y los aromas de las comidas entraban por la ventanilla, yo repetía mentalmente los nombres de las estaciones que los pregoneros anunciaban a los nuevos pasajeros: «¡Puente Nacional!, ¡Garavito!, ¡Chiquinquirá!, ¡Santuario!, ¡Benguazique!, ¡Crucero!, ¡Barducci!, ¡Samacá!, ¡Nemocón!, ¡Zipaquirá!, ¡La Caro!, ¡La Sabana!».

Cuando entramos en la ciudad vi el faro de un tren que venía en dirección opuesta y que parecía iba a estrellarse contra el nuestro. Lo vi hasta que el ojo de su único faro cruzó de largo y observé el reflejo de los pasajeros de los vagones contrarios pasar con un sonido de hierro deslizándose en el aire, y entonces sonó el silbato triste y nuestro aparato se detuvo.

Descendimos en una plataforma donde se veía una hilera de locomotoras azules y trenes color vinotinto. Una multitud esperaba la siguiente partida en el extremo de ese muelle. Bajamos del tren perdidas entre los vapores de los frenos y el fragor incesante del movimiento de pasajeros. Salimos a una rotonda donde la gente amontonada parecía más pequeña, como hormigas que llevan prisa, y luego entramos al gran salón inicial con el piso de mármol. Los brillantes postigos y ventanales de las taquillas y los escaparates apretados bajo las vigas de acero eran como los de un palacio donde la gente hacía fila o se sentaba a comer un bocadillo mientras afuera, en la ciudad, amainaba la lluvia. Salimos del edificio de arcos y grandes ventanales a una ciudad desolada por el frío. Tomamos un taxi negro y fuimos al centro.

El taxista le informó a Lucía que el hotel indicado por ella ya no existía porque se había incendiado. Al paso vimos el edificio quemado. Aún mantenía las grandes ventanas de arco y varios muros negros de hollín, pero del Hotel Regina solo quedaba la fachada porque por dentro se había desplomado. Otros locales estaban también como ese hotel: eran huecos y ruinas entre edificios derruidos como muelas cariadas. Había arrumes de escombros amontonados por máquinas excavadoras.

Entonces fuimos a una residencia de mujeres.

Cuando bajamos del taxi un niño voceador de periódicos con sombrero y pantalones cortos gritaba las noticias de los principales diarios protegiéndose en el alero de entrada del hospedaje.

Antes de llevarme al internado, estuvimos encerradas dos días durmiendo en un camarote de una gran habitación colectiva donde solo había mujeres hospedadas. Luego fuimos de compras. Entramos en dos sitios. Uno era una venta de zapatos, donde Lucía me compró dos pares de botines negros de piel con cordones y dos tallas de diferencia. «Uno para ahora y otro para cuando te crezcan los pies y seas una señorita», y el otro fue la iglesia de San Francisco, donde le preguntó al sacristán en qué nicho estaba la imagen de santa Bárbara. Allí me puso de rodillas. Ella se acomodó a mi lado y rezó en silencio sus oraciones. Luego fuimos a pie con el baúl de mi ajuar al internado.

En la entrada de la finca, junto a un cerro cubierto de pinos, nos esperaba una monja. Mi madre le entregó el baúl y me dio unos billetes doblados para mis gastos. Ya todo estaba arreglado para que acabara mis estudios en ese internado.

Desde entonces la vi solo cuatro veces en cinco años. En una ocasión me llevó a conocer el mar en la bahía de Santa Marta. Otra vez nos hospedamos en el hotel del Salto del Tequendama en un invierno muy frío, y solo la pasamos junto a la chimenea hablando con las monjas que venían de Europa y estaban hospedadas allí. Otra vez estuvimos para la Semana Santa en Mompox, en el calor más espantoso, y subimos y bajamos en línea recta en un globo Humboldt para ver desde arriba y desde el mismo eje la depresión momposina, porque no había viento. Otra vez me llevó a Quesada y me mostró la casa donde vivía prácticamente sin muebles, solo plantas y algunos pájaros y una habitación tan austera, con cama simple, mesa, silla y crucifijo, como las de las monjas en el internado.

Fue ese el modo en que empecé a acostumbrarme a estar separada de ella para siempre. Pero cada vez que recuerdo la historia de las dos, pienso en Alejandro y regreso a lo que era nuestra vida en la escuela de Las Nubes junto a las montañas gemelas.

Sueño que vuelvo a caminar por la carretera. Sueño que una mujer, que soy yo misma, lleva de la mano a la niña que fui por los lugares donde ocurrió su infancia. Cruzan las aguas rojizas descalzas, llegan a la cabaña y ven la escuela convertida en ruinas. Ahora ya no hay miedo, ni dolor, ni recuerdos. Soy yo misma guiándome fuera del umbral del dolor. Tuve dos madres. Las perdí a las dos. Me gané a mí misma.

Ayer dije a mi nieta Sara que iría a Colombia. Preguntó cuánto tiempo y a qué. Le dije que por una semana. Dijo: «Voy contigo».

Volaremos de Ciudad de México a Bogotá y de ahí iremos por tierra al lago Xigua de Quesada. Pienso: no es necesario que ella venga, pero yo necesito ir al punto de partida para honrar a mis antepasados. Mi nieta perdió a su madre y yo perdí a mi hija. A veces quiero decirle algo, pero acabo escondiéndolo. Sara me mira sabiendo que guardo cosas para ella, historias no contadas, palabras que son nudos que se atragantan. Pero espero contárselas en este viaje. Somos prisioneros de lo que callamos. Ahora entiendo mejor que nunca a mi madre Lucía y haré con mi nieta lo mismo que Lucía ha hecho conmigo: contarle mi pasado para que entienda lo que estuvo antes que ella en el mundo.

Cuando mi nieta Sara me acompaña a tomar el sol en la plaza de las Tres Culturas, miro el cielo sobre los basamentos aztecas y el cielo me lleva a Colombia. De esa conexión en el cielo surgen todos mis recuerdos. Sara me pregunta en qué estoy pensando. «¿Estás pensando en Colombia, abuela?». Contesto una mentira: me acordé de un hombre.

Ella pregunta entonces por mi vida en Colombia y no sé por dónde empezar. «¿Quieres volver?», pregunta.

En el país que perdemos se queda algo de nosotros. Quien deja su patria tiene cuatro caminos y dos momentos de prueba: cuando te vas y cuando regresas. Tal vez me alcance la vida para encarar la segunda prueba. Los caminos son todas las direcciones: Norte y Sur, Este y Oeste. Ahora mi nieta me pregunta lo mismo que usted ya me preguntó en su carta. Y entonces tendría que contarle todo esto que le cuento para recuperar mi pasado. Era mi destino provocar el de mi hija y el de mi nieta. El destino es una segunda historia.

Agradezco que me haya hecho llegar las fotos y las cartas que mi madre le dirigió a su antepasado Alejandro. Lamento informarle que no poseo las respuestas de él a Lucía. Entre los papeles de mi madre solo hay cuatro cartas muy espaciadas en el tiempo, el mencionado cuaderno confesionario y el testamento de mi madre y una carta para mí. Le remito a usted copia de todo.

No sé si ahora, entre los dos, podamos pasar del desorden al orden, y pueda llamar a todo esto mi pasado, porque me siento más hija de ella que nunca y más ligada a Alejandro de lo que pensé. Pero la verdad, no sé qué hacer con todo esto, aparte de encontrar un sentido profundo y oculto en todo lo que nos pasa y ver cómo una decisión de otros cambia nuestro destino para siempre.

Descubrir algo de uno mismo que no se sabía, incluso a esta edad, es constatar que somos un libro descuadernado, cuyas hojas hay que reunir y dar forma, pero hay que tener valor para poder mirar ese orden que llamamos pasado. El punto de partida es esa niña abandonada a su suerte en una carretera. Esa niña soy yo: esta anciana. Quiero ver el lago donde encontré a la que sería mi madre. El árbol se mantiene mientras la raíz lo sostenga. Mi niñez está en un país lejano y en un tiempo abominable que no pude entender de niña. Mi vida ya fue vivida. La vejez es eso: un lugar de donde no se vuelve.

Me despido de usted deseándole todo lo mejor y que nos encontremos pronto.

Su amiga, Elena, quien desea conocer la otra historia.

Un alboroto en la puerta del billar hace que deje de escribir y se levante para ir a mirar. Afuera un perro guardián ha caído sobre un gozque callejero y lo tiene prensado por las costillas. El gozque ha intentado morderlo a la vez pero se queda con la mandíbula desencajada. Algunas personas piden ayuda para el perro atacado. Un hombre le da patadas al perro guardián, pero pareciera que cada golpe le diera solidez y lo petrificara en el empeño de destrozar al gozque. «Métale un palo en el jopo», dice alguien. «Cójalo de las güevas», aconseja otro.

Ya el gozque ha caído al piso y tiene los ojos blancos y observa el círculo de gente con las pupilas dilatándose. El hombre que patea al perro guardián pierde el impulso porque no va a soltar al otro animal y pareciera que todos se dispusieron a ver cómo lo acaba de rematar. Pero entonces una mano aparece y toma al perro guardián de su collar de hierro y lo alza, ahogándolo. El perro atacante suelta al perro gozque. El celador se lleva al perro bravo y el otro, bañado en sangre y aturdido pero liberado, camina dando tumbos hacia uno de los albañales que van hacia la albarrada, se escabulle por una zanja de arena entre mugre y desperdicios y se pierde de la mirada de los espectadores y de la fiera que lo atacó.

Lleva la lengua afuera y gotea sangre del cuero roto. Antes de que se pierda, le hace la foto.

El cigarrillo Chesterfield va deshaciéndose en volutas y el cantinero hace rodar el vaso de ginebra con soda Olimpic y naranja por la barra.

Afuera del billar, Sánchez hace un gesto de llamado para embarcar a sus cuatro hijos y a los pasajeros que pagaron el viaje a Mompox.

Así que paga toda la botella de ginebra para pasmar el viaje y desciende las escalinatas empinadas del puerto para subir en el planchón junto con un hombre de andrajos, una mujer con dos niños, un sacerdote y cinco tripulantes.

Sánchez pone en marcha el motor del trasbordador y la nave vuelve a buscar el agua oficial tanteando el légamo y el flujo de la espuma mientras las graderías del puerto de El Banco se van haciendo lejanas y un viento sacude las ramas altas de las ceibas que se mueven como si se despidieran.

La embarcación se desliza suavemente sobre las aguas ondulantes por el movimiento de barcas pequeñas. Cuando el río traza meandros cerrados, el barquero Sánchez busca un camino entre los arenales y el monte, y la barcaza atraviesa por entre caños que el río abrió en medio de potreros, donde las vacas y búfalos están tan acalorados que se acercan a verlos pasar con la ilusión de un poco de melaza.

Son tan parsimoniosos que puede hacerles fotos y acariciarles las cornamentas a los más indiferentes. Una garza se posa en el asta de la bandera agujereada y trata de arrebatar un pescado del cargamento que lleva el remolcador en un cajón con cascarilla de arroz y hielo. Un hijo de Sánchez que hace de gaviero y vigila el curso la espanta con un movimiento veloz de su brazo.

Bebe de la botella de ginebra y le ofrece un sorbo a cada pasajero. Algunos niegan el trago con una excusa vana, el sacerdote parpadea y traga saliva antes de negarse, la mujer dice que no bebe porque debe cuidar de los niños; Sánchez, porque no bebe mientras trabaja. El viejo andrajoso sí se anima y da un sorbo largo como si contuviera la respiración. La botella vuelve a sus manos.

—Entonces era usted.

—¿Qué cosa?

—Anoche me soñé que un hombre elegante me ofrecía un trago y ahora que lo veo así vestido en este ardor me doy cuenta de que es usted el único con compasión en este barco. ¿A dónde se dirige?

Duda. Tal vez debería decirle la verdad, pero ya no puede confiar en nadie.

—Tengo que alcanzar un vapor hacia Cartagena.

—Ah, va al mar. El vapor de la naviera está varado en Loba por la sequía. Pero pronto va a llover.

—¿Y usted a dónde se dirige, abuelo?

—Voy en busca de una lápida. ¿No se me nota? *Cuatro puertas hay abiertas al que no tiene dinero...* Mi familia en El Banco no me quiso recibir, porque estoy enfermo. A mi edad ya no hay a donde ir, porque no hay cómo escondérsele a la vejez. La gente cree que la muerte es el fin, pero el fin está antes, cuando uno ya no tiene fuerza ni ilusiones para luchar por algo en la vida, es decir, cuando somos viejos. Vengo de hacer la última visita a mi tierra. Sé que ya no volveré. Fui a despedirme de la familia. Yo solo le pido a Dios que me permita morir sabroso para que los deje descansar, porque un viejo es un lastre que nadie quiere arrastrar, ni uno mismo. ¿Esa máquina que lleva terciada sirve para algo?

—Hago fotos.

—Sáqueme una. La única. No tengo ninguna foto mía. ¿Para dónde me hago?, porque quiero que se vea lo ancho del río.

—Yo me muevo. Usted quédese quieto, abuelo.

—Si yo tuviera una cámara de esas, otro gallo cantaría. Haría fotos en la calle como las que tomaron en la plaza de la constitución de Mompox. Todo el mundo quiere una, pero no todos pueden pagarse una máquina. Para vivir uno no necesita sino dominar un arte y saber ganarse la vida. Sé soldar y carpintería, pero nadie quiere emplear a un viejo chandoso como yo. Es más, ni siquiera me querían llevar en este barco, para que no les pegue la pobreza.

Cuando le hace la foto está mirando al barquero con rencor.

El barquero dice que lo trajo por mitad de precio, así que no debería ser malagradecido, y si no le gusta se puede quedar también a mitad de camino. El abuelo escupe y mira hacia otro lado.

Le da lo que encuentra en el bolsillo del traje para que el abuelo tenga con qué pagarse una noche de hotel y una comida en el próximo puerto.

Entre el bolsillo encuentra una foto de Lucía.

—¿Puedo verla? Mire qué bonita. ¿Es su mujer? Cuídela mucho, no la deje sola, porque lo pueden bajar de la burra. Aquel que deja su tierra para ir al extranjero pierde su casa y su mujer primero.

Lo que te da valor es ignorar que te puedes morir, en la guerra, en el amor, en el trabajo, en el viaje. Me voy porque sé que ahora puedo morir. Me voy de esta tierra que he amado y ahora es hostil. Me voy con un nudo en el lugar donde queda el corazón. La próxima carta te la escribiré desde un lugar seguro. Quiero que vengas conmigo. Trae a la niña y empezaremos una vida juntos, en Panamá, o en Veracruz o en Estados Unidos, a donde van los que buscan una vida nueva. Tú serás mi puerto.

Sánchez y sus ayudantes logran guiar el trasbordador desde la corriente del agua oficial hacia el brazo que se desprende del tronco del río, y el barquero dice que antes del anochecer estarán en Mompox probablemente bajo el primer aguacero de septiembre. Un cernícalo pasa rozando la piel del agua y arrebata un pez con sus garras.

Los caños son más claros que el agua del río. El calor tedioso, interminable. También los animales aburridos se acercan más al planchón. Encuadra la cámara frente a los bancos de alcaravanes que empollan. Hay tres gavilanes en una palma de corozo que se enfrentan a un gallinazo por los frutos rojos. Hace la foto, pero el traqueteo de la barcaza mecida por las aguas agitadas por una piragua que va en sentido contrario impedirá que salga nítida.

Guarda la cámara en su funda de cuero y descubre que la botella de ginebra está vacía. Permanece el resto del viaje limpiándose el sudor con un pañuelo, obnubilado en el esplendor canicular de estos canales que los pescadores usan para acortar la jornada. Los demás pasajeros parecen indiferentes y confiados en manos de aquellos que conocen el río, sus honduras y estrecheces. La luz oblicua del sol desciende sobre la orilla izquierda y el canal cae al brazo de Mompox donde la faja del río desviado se desliza en suaves ondulaciones.

Falta el viento y el calor es la muerte, la putrefacción que arrastra el río, la pestilencia. El pañuelo está empapado y el rostro del cura, forrado en su sotana, se derrite como si fuera melcocha con un calor de otros siglos. La pasajera se abanica y abanica a sus hijos dormidos. Y los brazos de los pescadores relucen como el cobre fundido.

En la distancia se ve el edificio amarillo del mercado de Mompox, con sus graderías atestadas de canoas y su balcón. Sánchez los lleva directamente hasta allí y orilla el trasbordador. «Debajo de la ceiba que ya debe rondar los doscientos años desembarcó Simón Bolívar para ir a libertar Caracas», dice el barquero. En las graderías de la albarrada sigue el embarcadero de esclavos chimilas de la Marquesa.

Camina poco después por el malecón en busca de un hotel que le recomendó Sánchez al desembarcar: La Casa del Amor.

AGUA QUE EN EL AZUL DESCANSA

El primer año vine aquí y pensé que cumplirías tu promesa. Entonces hice crecer aquí y allá las flores que rodearon mi niñez. Flores de lavanda de los campos. Margaritas y floripondios carmesí. Las flores perennes de las buganvillas y los novios y amapolas y amarantos y las plantas de sombra y el manto de la virgen. Me sentaba bajo la sombra del tomate de árbol y del laurel a verlas crecer.

El segundo año estaba ya todo lleno de flores, como el jardín del convento, pero sabía que no cumplirías tu promesa ni vendrías a mí.

El tercero me acostumbré a la soledad y a observar los signos del tiempo y la distancia que crecía entre los dos como una nube que no deja ver el camino.

El quinto año ya no dolió ni pensaba en ti a diario. Solo quedaban tus huellas.

«En el recuerdo no existe el tiempo y el presente y el pasado se juntan libre/. Entonces, si quiero acordarme, por ejemplo, del año en que me fui de la escuela de la concesión y nos separamos por cuatro años, me concentro en el viaje que hicimos al Hotel Ferrowilches y en el baile de máscaras y en los días que siguieron cuando alargaste esa invitación para llevarme a cazar patos a la ciénaga de Manatíes y cayó una tormenta que nos arruinó la excursión, pero nos permitió contarnos la historia de la vida. En la escuela de la concesión resistí un año en el que lo mejor que pudo pasar fue que logré verte muchas veces. Venías a mi incluso mientras estabas ocupado en el frente de obra del yacimiento de Chapapote, y eso me hacía estar más cerca de ti, pero cada vez estaba más lejos de mi esperanza».

Cuando vivía en la llanura del chapapote, en esa escuela de la concesión que llamaban de La Dragona, me regalaste un abanico para el calor. El abanico tenía un barco de ruedas pintado que solo se veía al desplegarse. El barco estaba sobre un río azul y la franja verde de la orilla se notaba en la distancia. Miraba ese barco y pensaba en ti. En que ibas allí, en la cubierta, rodeado de viajeros y de la tripulación y de mujeres vestidas de blanco que se dirigían a conocer el mar. Ya no necesitaba un abanico para vivir en el frío paramuno. Lo guardé. Luego fui regalando lo demás. Cinco años después, me acordé del abanico y lo desplegué como una cola de pavo real. El abanico me recordó algo importante: las cosas queridas que dejé abandonadas en la escuela de Las Nubes, cuando huimos con Elena.

Un día cogí valor, me monté en un tren a Puente Nacional y luego en chiva y regresé a la escuela de Las Nubes. Reconocí de inmediato la cabaña y las ruinas de la escuela, cada grieta, cada piedra de la cerca que se desmoronaba, cada curva del camino, cada una de esas dos montañas gemelas pero separadas por un abismo profundo como un grito, una boca abierta bajo el ancho cielo que se tragaba el dolor de la gente.

Solo me persigné al pasar por la gruta de santa Bárbara y elevé una oración por los caídos en el basurero clausurado. Descendí de la chiva y me bajé en donde estaba la escuela. Una familia habitaba allí. Ya no era escuela. Pero el sitio seguía llamándose Las Nubes y la cabaña seguía en el mismo lugar, ahora pintada de colores. Una mujer me miró desde el balcón y preguntó en qué me podía ayudar.

«Yo viví aquí cuando era escuela», le dije a la señora. Fui la maestra.

Ella se excusó enjugándose las manos mojadas en un trapo, estaba como avergonzada. Dijo: «Ya bajo».

No había neblina, y de las materas de barro que estaban por todos lados habían brotado las flores. Donde cayó el árbol de totumo crecía ahora un retoño.

«En este lugar fui tan feliz», y tan triste, dije. Y lloré. Y ella me abrazó.

«Yo le guardé las cosas porque sabía que volvería».

Luego me invitó a pasar a la cabaña y me mostró nuestras cosas amadas.

Me explicó que ellos habían encontrado en la casa de madera abandonada un refugio. No pregunté de qué lugar tan terrible huían para encontrar refugio en uno peor, como ese, pero sigo creyendo que habían llegado allí escapando de algo. Después de varios años algunas de mis cosas se habían convertido en sus cosas, naturalmente. Usaban los catres plegables, la hamaca, la mesa, los tiestos de la cocina. Tenían aún el pupitre blanco donde Elena aprendió a escribir. La bicicleta que nos regalaste estaba llena de óxido, pero el marido de la señora había convertido sus pedales, cadena y ruedas, junto con un acueducto de guadua desde la cascada, en un sistema de bombeo de agua para los bebederos de sus animales. Lo demás estaba bien guardado.

Abrí el baúl carcomido y encontré allí las cartas que me enviaste. El gramófono estaba dentro, pero ellos no lo habían usado porque no tenían claro que debían darle cuerda con una manivela. También estaba la máscara amazónica de un cacique con plumas y soplando tabaco. El telescopio que heredaste de tu padre, el doctor Plata. Los juguetes de Elena también estaban intactos.

Guardé lo más valioso para las dos con el fin de dárselo con su ajuar. La familia quiso hospedarme, pero les dije que me iba en la próxima chiva, la última que hacía la línea en ese día. La verdad es que hubiera sido incapaz de pasar allí la noche cuando viniera susurrante la niebla, aunque tuve la impresión de que ellos no sabían nada de los asesinatos acaecidos en el barranco de Chanchón.

Viajé al puerto del Cacique con nuestras reliquias. Esa tarde avancé en un taxi por el puerto convertido en una ciudad con incontables graneros, pescaderías, bodegas, mercados apestosos, camiones de gas, manchas de aceite, talleres y casas de tabla, hasta llegar al Hotel del Cacique, donde bailamos por primera vez bajo la ceiba. Nunca me llevaste a conocer tu pensión, porque según tú olía a DDT y no era digna para una mujer de mi reputación. Me alojé en la misma habitación que tomábamos y que estaba en el segundo piso con ventana a los jardines externos y a la piscina, y allí releí tus cartas.

Me fui del puerto cuando era maestra de la concesión porque estaba harta de las normas absurdas con las que era regulada por la compañía extranjera: solo se podía abordar el tren de los obreros con un permiso especial los fines de semana, los hijos de los obreros nacionales no se podían juntar con los hijos de los extranjeros, y las mujeres de la patronal no mercaban en los mismos comisariatos de los obreros rasos, además los solteros solo podían movilizarse en un planchón a la intemperie mientras los de la patronal iban en vagón, y los obreros debían alojarse en casas de tabla de la calle del Molino, fuera de los predios de la concesión, donde había un barrio de extranjeros. Era una ciudad segregada.

Los extranjeros tenían su propia escuela en una ciudadela aislada donde además tenían club propio, que olía a malteadas de fresa, y canchas de tenis con césped verde y campo de golf con lago y bailes con orquesta los días feriados de Estados Unidos. En cambio yo prefería enseñar en un lugar donde los niños fueran iguales. Además, debido a la guerra, las vacaciones se alargarían a cinco meses para que el gobierno y la compañía petrolera tomaran medidas de seguridad en los campos de la concesión y en la refinería. Ese mismo año, a una ingeniera petroquímica que solía correr dos horas al amanecer la habían encontrado violada y muerta en predios de la concesión, sin que se llegara a establecer un culpable. La prensa local difundió un retrato hablado del asesino, y el vulgar boceto era el de un obrero raso con rasgos negroides que podía coincidir con la mayoría de los trabajadores, lo que generó una oleada de miedo entre las madres de los hijos de obreros que tenían que llevar cada mañana a los niños a la escuela distante, a un kilómetro de los campamentos, y ya no se atrevían a regresar a sus casas solas, ni a usar vestidos de boleros para el calor porque se rumoraba que ese fue el error que le costó la vida a la ingeniera: correr en overoles masculinos recortados por encima de las rodillas, lo que la ponía en el centro de las miradas y la exponía a la libido indomable de los solteros.

Semanas después, la compañía difundió un comunicado desmintiendo las versiones de la prensa y los rumores del crimen aleve, y se aclaraba que a la ingeniera no la habían golpeado ni violado, sino que había muerto de un infarto. Pero esa versión nunca acabó de convencerme y fue lo que me motivó a pedir el traslado de regreso a mi tierra, en el lago de Quesada, cerca del pueblo donde crecí.

Tú preguntaste: *¿por qué te vas?* Yo te di mis razones: porque a los padres de los niños les gusta más el petróleo que cuidar la naturaleza y cuidar el agua. *¿y por qué más?* Porque el calor de este valle me obliga a estar sin ropa y es muy peligroso para una mujer andar así en esta tierra de hombres acalorados: a la ingeniera petroquímica la esperaron y la mataron. Yo no perderé mi tiempo ni arriesgaré mi vida por estar en un lugar así, donde la gente está más interesada en el subsuelo que en la vida de sus hijos y donde la vida de una mujer no vale nada.

Después las cartas se interrumpieron. Y luego, cuando volví para ser maestra en la escuela de Las Nubes, solo llegaron algunas que no tenían mayores detalles y un par de telegramas de amor.

Emprendes un viaje de ocho días en tren hacia el pasado, y regresas desenterrando lo que estaba oculto, pero ya no eres la misma porque algo se ha quebrado. Llegas a trabajar en una escuela y te encuentras en un ferrocarril en medio de la nada al amor de tu vida. Te acosan en la universidad los varones hasta hacerte huir y encuentras el camino correcto a tu vocación en otro país. Entras en un casino y la máquina traganíquel te escupe a la cara un millón de monedas. Cuidas a un anciano y al morir te deja su mansión, no por gratitud, sino por la mezquindad de no dársela a sus parientes. Vas a buscar a tu hijo desaparecido y descubres todos sus secretos en un puñado de cartas. Envías una carta y mañana tu hija se entera de que no es tu hija. Te vas a Francia a trabajar con la basura y encuentras un diamante en el bolsillo secreto de un abrigo tirado, un diamante que otro olvidó y con su venta te llevará a África y a Polinesia. Abandonas tu casa a los dieciocho y te mueres a los treinta en una guerra. Esperas quince años el premio mayor de la lotería, quince malditos años apostando al 19-43, y el número cae el único viernes que no compraste la lotería, como les pasó a mis vecinos de Quesada, qué falta de rigurosidad.

Fui a la Kodak en busca de tu amigo. Pero ya no existía el local. La compañía había sido nacionalizada y las oficinas habían sido trasladadas al complejo industrial, pero ya todo el personal administrativo era nacional. Me llené de valor y fui a La Iguana Tuberculata para preguntarles a las francesas si sabían algo de ti. Estaba cerrado pero golpeé hasta que se abrió una puerta pequeña lateral y se asomó una niña y me dejó entrar. Pasé por un corredor a un traspatio con habitaciones y puertas improvisadas con tela rosada. Había una cocina y una mesa con un mantel plástico estampado con frutas donde las mujeres estaban desayunando. Pregunté quién era la dueña y se quedaron mirándome. Una mujer desaliñada, mayor que las

501

demás y de voz áspera, dijo: «Yo soy la dueña, María K., y no hay vacantes». Luego amonestó a la niña por dejar entrar señoras. La niña le dijo a una de las mujeres «yo no hice nada, mami, usted me dijo que abriera la puerta». Le pedí disculpas por entrar sin permiso y le aclaré que yo no estaba buscando trabajo, sino a un hombre. La mujer se levantó de la mesa desafiante y me dijo que no me pasara de dama porque ya otras habían ido a buscar a sus esposos descarriados y no quería problemas ni dejarme sin dientes. Las otras se rieron de mí por llevar pantalones y pelo corto. Una dijo que mi hombre se había ido con la otra. Le dije tu nombre. Se quedó pálida y empezó a llorar. Se cubrió la cara con las dos manos como para que las otras no la vieran descompuesta y dijo: «Yo no sé nada». Sin saber cómo interpretar ese llanto, salí de allí aturdida.

Fui a la torre de correos a observar de cerca las cariátides. Tú decías que se parecían a mí, porque sublimabas la belleza. Las observé, pero el tiempo en ellas pasaba lento, en cambio a mí me estaba devastando. Estaba en los huesos y tenía dolor en todo el cuerpo. Un niño pregonero se hallaba en medio de las dos mujeres de piedra anunciando las noticias del día: «ROJAS PINILLA CENSURA LOS PERIÓDICOS. VALENTÍN GONZÁLEZ ATACADO POR UN GRUPO PARAMILITAR EN LA HACIENDA URANO. BATALLÓN COLOMBIA REGRESA VENCEDOR DE LA GUERRA DE COREA». Compré uno por cumplir el rito que tú oficiarías, pero ya no me interesaba el ruido de fondo de la humanidad.

Caminé hasta el molino de viento detenido y de pronto sopló una brisa y empezó a girar las aspas lentamente, como si un efluvio de ti lo hubiera movido para llamar mi atención. El tren de la compañía llegó con puntualidad a la estación. Se anunció con un alarido de cafetera, atravesó la avenida del ferrocarril y se detuvo cuando yo estaba en el andén. Ese tren no traía pasajeros ni nadie subió. Era un tren vacío que arrastraba dos extrañas máquinas en las plataformas. Otro tren propagó su alarido por la ciudad y las campanas del cruce anunciaron el paso en las bocacalles. Al entrar en la estación vi hombres y mujeres bajar de un vagón con sus uniformes caqui de la compañía nacional, y mientras salían a la ciudad tuve la oportunidad de ver la cresta metálica de la locomotora con su caldera negra y el penacho de humo, despidiéndose. ¿Cuántas veces viajé en el vagón de solteros contigo, a expensas del cuidador que sabía que no estábamos casados como exigía el conservadurismo protestante de la compañía extranjera? La ventaja de tener amigos es que uno puede hacerse invisible y romper todas las normas. Descubrirse sin miedos, ni pretensiones. Tener valor. Renunciar a todo. Y después del amor, olvidarlo todo. Que te abandonaron. Que abandonaste. ¿Cómo pude quedarme sola de esta manera, Dios mío?

La pregunta me la hice en voz alta y me causó dolor físico y me senté en la banca solitaria del andén, junto a la pesa romana. Era un estremecimiento en el ombligo y un amago de dolor de cabeza. Me aturdí y sentí que el piso se movía.

Un guardia vestido con overol caqui acudió en mi ayuda.

«¿Le pasa algo, señora?».

Negué con la mano porque no podía hablar.

Era solo tu recuerdo, que dolía.

Pasamos cuatro años sin vernos con la promesa de escribirnos, promesa que también abandoné porque siempre dejamos para después lo importante, y es justamente ese postergar lo que hace que deje de ser esencial y lo olvidamos. Pero cuando pensaba que todo había concluido, la vida nos reencontró en el puerto del Cacique, a donde llegué de paso en un vapor para dirigirme por tierra a la escuela de Las Nubes, que tenía la única vacante, porque a su maestra anterior la habían matado.

Yo traía a Elena conmigo y tú la observabas insistentemente para comparar el parecido y confirmar si era hija mía.

Si pienso en dónde fuimos más felices, creo que fue durante el viaje que hicimos en el hidroavión al lago de Quesada. Recuerdo también excursiones frustradas, como cuando me llevaste a pescar a la ciénaga de Manatíes y solo llovió, una tormenta tan fuerte que se llevó la lona y tuvimos que escondernos debajo de unas jacarandas de chingalé, altas y elegantes como bailarines que se enfrentaban a los rayos y no los desgajaban. Yo me dediqué a llorar como un manatí encallado con nariz de perro gordo. Tú me abrazabas y me ibas susurrando frases tranquilas al oído, que tras varias horas acabaron por alejar la tormenta. Al final ni pescamos ni nada, y me diste, de regreso en el puerto, un mico tití que estaban vendiendo los cazadores. El mono, por supuesto, escapó y huyó cuando regresamos a la escuela. Ahora pienso que cada recuerdo feliz es una mariposa que coleccionamos, una pequeña vida.

El recuerdo no tiene orden. Lo que lo fija son los vínculos entre las partes. Cada momento es un recuerdo, aislado de otros. Es lo único que permanece en mí como una alegría del cuerpo, como si algo en mi interior te reconociera en esos sentimientos que se despiertan cuando veo las fotos que nos tomaste y donde casi nunca estás, y enseguida cambia el modo de ver las cosas que te llamaban la atención pero que eran invisible para mí, el modo en que se marchitan las flores, la luz que entra por la ventana al amanecer, la dirección del viento en las copas de los árboles oblicuos, el vuelo espectral de los pájaros que pasan cuando les da la gana como dejando señales, ese lugar extraño desde el cual nos miras, y que hay que llamar «el pasado».

Estuve mirando la estación en la distancia hasta que el tren se fue con otros pocos trabajadores. El tren era demasiado grande para llevar tan poca gente y todos ignoraban en las calles el grito de la locomotora como un animal inservible.

Más tarde compré un tiquete en vapor hasta Salgar para de ahí volver en tren al lago de Quesada. Me quedé viendo la hilera de vapores, esperando descubrir el que me llevaría de regreso. Caminé por el puerto del Cacique. Ya estaban los pescadores en sus canoas a esa hora. La luna aún se reflejaba sobre el río. Caminé hasta tocar el agua. Aquí estoy, río. Vengo a decir que te perdono. Lo llevaste lejos de mí. Acaso, de haberse quedado junto a mí se habría marchitado y habría vivido sin esperanza. La vida puede cambiar en un descuido que dura lo que dura un parpadeo. En un parpadeo te mueres, te fecundan, en un parpadeo encuentras la felicidad y la pierdes en un parpadeo, pierdes el amor de tu vida en un parpadeo, pon atención, todo ocurre en un parpadeo. Te perdono, río. Y te agradezco. Y te vengo a dejar aquí mi ofrenda. Guardé las cartas más largas donde me contabas tus viajes y tu niñez y lancé al agua las demás. Las cartas se fueron navegando en la lata de galletas Nacional. El principio fueron las palabras y el final es el silencio.

A mediodía subí la escalerilla. El vapor soltó su alarido y partimos. Desde la cubierta de pasajeros me dediqué a tomar nota, a observar el río que amabas y a poner en orden mi vida.

Volví a mi casa junto al lago sabiendo que ya nunca volvería a ver esa tierra donde el tren te trajo y el río que te llevó lejos de mí.

Guardé la victrola y los juguetes de Elena en cajas numeradas y observé en silencio la casa que hubiera sido nuestra.

Años después, cuando tu madre me entregó tu última carta y me empujó a leerla delante de ella, supe hasta qué punto la muerte de un político nos cambió la vida a todos, me miré las manos que temblaban sin razón y fui al espejo y descubrí que también era ya una vieja. Tenía la voz rasposa por efecto de la tiza acumulada en mis pulmones y por el aguardiente, y mi cara reflejaba la derrota de la vida.

Fui una creyente, pero no una beata. Viví para otros, y eso me obligó a renunciar a mi vida. Di todo lo que pude dar de mí. Crees querer morir porque ya lo has vivido todo y no puedes morir porque aún hay algo que te falta. Pero eso que te falta es algo que ya no podrás encontrar, porque la vida pasó frente a tu cara y la dejaste ir. La mujer que era se ha ido. Estaba en una plaza de toros cubriéndose los ojos del horrendo espectáculo, y luego, extasiada con el romancero español declamado por un poeta, estaba sentada en una mecedora en la cubierta de un vapor, mirando las montañas desde un vagón del tren, o arrodillada ante una Virgen barroca en un convento de adoquines y murallas color terracota en Arequipa. A todos lados iba sola. Esa mujer que fui para mí estaba muerta. Ya no podía caminar sin bastón porque todo le dolía. Ya no oía a los alcaravanes cuidar los juncos donde empollaban a sus crías. Ya no volvería a sentir el olor animal de un cuerpo desnudo en su cama. Ya no bailaría bajo la ceiba del Hotel del Cacique. No tendría con quien compartir un trago y revisar recuerdos. Ya no iría al país a donde se marchó su hija ni sabría qué fue del hombre que verdaderamente amó. Porque esa mujer ya no era yo, porque esa mujer ya había cambiado de domicilio, porque la carta llegó tarde y ella tomó el tren equivocado y la vida solo ocurre una vez.

Hace años que no lloraba como hoy.

Entré en el lago y estaba el agua helada. Pensé en el agua lustral mientras mis huesos se acostumbraban al frío glacial. A lo lejos veía los bordes erosionados, los campos de cebolla y la orilla de la isla de los rituales.

He notado que no hace falta vela para navegar hasta allí porque te lleva la corriente silenciosa del lago.

Ahora llévame, agua, hacia donde el azul descansa.

De vuelta al cielo solitario.

ÚLTIMAS FOTOGRAFÍAS

Llueve sobre el río de los muertos, llueve en las crestas de las montañas, llueve en el valle y en los afluentes. Llueve sin amainar, llueve en el brazo de Mompox, en los techos de barro que llevan el agua a los pozos de los patios, y el aguacero hace descansar del peso del sol a esta vertiente del río que pronto romperá los potreros, arrasará con lo que se cosechó a destiempo y llenará las ciénagas, los caños, los esteros y canales; rebasará las orillas, borrará las islas y playones de la sequía.

Llueve por fin y van creciendo las aguas y va cambiando la tonalidad del río. Llueve sobre el río de La Magdalena, así llamado por la santa a la que se encomendó Rodrigo de Bastidas cuando la corriente de una de las ocho bocas de agua color ceniza estuvo por hacerlos naufragar en el estero. Yuma o el río color ceniza, Caripuaña o río del país amigo, Arli o río del pez,

Huacahaya el río de los muertos, voces de los pueblos que viven a las orillas regidos por caciques, yariguíes, opones, malibús, chimilas, nombres para cada una de las partes de este dios lleno de brazos y de piernas y de quiebres de cintura, como si danzara en el baile de los siglos. Llueve y se pierden las orillas y se ahogan los árboles, desaparecen los bancos de arena, se desencallan los caimanes y braman las trompas perrunas de los manatíes, las garzas se van aburriendo por el peso de las plumas y las ramas de los árboles se estiran en la corriente que lame las orillas, llueve y bajan matas de plátano completas y troncos desraizados y burros ahogados panza arriba.

Llueve en las altas montañas y en el valle y en las selvas de mangos, porque ha llegado septiembre.

Camina cubriéndose con un paraguas que compró a una anciana negra que los vendía en los portales de la Marquesa, y cuando lo vio vestido con el frac que fue de su padre, dijo: «Mi marido era tan pobre que nunca se vistió de doctor. Llévelo, doctor, para que no se le deforme el sombrero de fieltro y pueda ir esta noche al fandango», y él se fue caminando con el paraguas nuevo en busca de algo para fotografiar, primero por la calle de adelante hasta pueblo abajo, y luego regresó por la calle del medio con sus altos andenes y entró en la iglesia de Santa Bárbara de cuya plaza acababan de alzar a un hombre que se había caído en medio del aguacero. Al acercarse al tumulto reconoció al viejo andrajoso que el barquero Sánchez trajo desde El Banco hasta Mompox solo para que muriera de un infarto fulminante en la plaza que fue panteón. Observó a santa Bárbara en el altar y recordó al viejo cantar la canción *En el juego de la vida* cuando le dio un sorbo a la ginebra: *Cuatro puertas hay abiertas al que no tiene dinero.* De esas cuatro puertas, el hospital y la cárcel, la iglesia y el cementerio, el viejo había tocado ya en dos, pero solo se le abrió una, pensó.

Sale por la calle lateral sin rumbo fijo recordando con desesperación a ese pobre viejo. Va por una calle de tierra encharcada y entonces ve a tres mujeres con la cabeza cubierta con rebozos negros que vienen hacia él, una de ellas manipulando las cuentas de un rosario. «Por su dolorosísima pasión», dice la de adelante. Luego otra repite la misma frase: «Por su dolorosísima pasión». Y luego la tercera vuelve a repetirla: «Por su dolorosísima pasión».

Siguiendo el camino que ellas traían llega hasta el cementerio blanco, atraviesa el arco de calicanto y camina hasta el fondo, donde se encuentra con la estatua de una mujer de tamaño humano, que es la musa del poeta negro, Candelario, al que desde hace unos meses acompaña con una lira en la mano.

Acaricia esos pies de yeso. Lee el poema inscrito en la lápida, donde un boga piensa en su amada mientras navega en las noches bajo las estrellas rutilantes del firmamento. Piensa en esos hombres que fatigaban sus cuerpos remontando el río durante sesenta noches, que se detenían en los puertos para emborracharse, que saltaban al agua para huir de la esclavitud de trabajar sin paga porque el impuesto de alcabala era remar y remar hasta que ya no regresaran. Piensa en ellos y en dónde están y descubre que los obreros de su época, los que construyen las vías férreas y los oleoductos y los caminos, son los sustitutos de los anteriores. Gente con la vida destruida por el progreso.

Sale del cementerio y vuelve por las calles anegadas hacia el malecón. Hace fotografías de los callejones y de la gente asomada en las ventanas, expectante por la intensidad del aguacero. Las hace, aunque sabe que no va a revelarlas.

Querido Rubén:
Estos carretes que te envío son para que los reveles por mí como en los viejos tiempos. Las que te remitirá Leo 12 son fotos especiales para que las publiques en *La Mancha Negra*. Las tomé hace un mes y en ellas se ve a un grupo de militares acribillando a un grupo de civiles en las orillas del embarcadero de Aguacaliente. Hay que investigar quiénes son. Te las envío porque acaso seas la persona expedita que sabrá lo que hay que hacer y la única en quien puedo confiar algo así.

Se encuentra en unas mesas al aire libre con el barquero Sánchez, que almuerza junto con sus hijos en un comedor de la plazoleta del mercado. Están empapados tras terminar de extender la carpa para proteger la mercancía de la lluvia. Los invita a una bebida y ellos lo acogen en su mesa. Un hombre se acerca a Sánchez para saber cuánto cuesta ir en su trasbordador a Magangué. Sánchez le da un precio exorbitante. El pasajero, advertido ya del precio en otra nave, en buque y en canoa, le dice: «¿Incluye el hotel con su hermana?». Sánchez responde: «Incluye el hotel con tu madre». Simulan una discusión verbal, pero solo son fanfarronerías entre viejos amigos. Sánchez le dice que en la madrugada subirá el río con la creciente y el vapor será «desenvainado» y tardarán un día más en volver a subir toda la carga.

—Entonces no voy a alcanzarlo.

—¿Usted sabe qué es descargar y luego volver a subir tres mil bultos de maíz?

—Bogá, bogá —dice el amigo de Sánchez.

—Lo alcanzaremos.

Un borracho de gabardina oscura y bigotes largos y sombrero de alas inclinadas sale de uno de los portales insultando hacia dentro:

—Godo ’e mierda, malparido. Lisandro Montes, deberían quemarlo vivo.

Una mujer que escampa en el alero del mercado lo mira con sus ojos aterrados y comenta:

—Este Mompox no es el de antes desde que nos dejamos meter a la policía política. Aparecen mujeres mayores muertas a garrotazos en los patios de atrás, niños muertos en las canchas, ahogados que dejan la ropa en la orilla del río. Es porque los cachacos mataron al caudillo.

Una mujer sentada en una mecedora en el frente de su casa ve a la otra escapar bajo el alero y le habla.

—Ajá, Juana Bartola, ¿y tu hija?

—Está bien. Yo fui a visitarla.

—¿Y qué?

—Allá es más caliente que acá.

509

—No joda, ¿y está amañada?

—Uno se amaña donde no está.

—Eso consigue un marido y se amaña y ya.

El fragor de la lluvia compite con una andanada de música de gaitas, flautas y tamboras. Los músicos se han instalado en medio de la torre de la aduana. Un grupo de mujeres con polleras coloradas se organiza para improvisar un baile. Agitan las polleras y llevan veladoras encendidas en las manos. En la mesa ponen una botella de ron La Sierpe y el barquero Sánchez llena las copas.

Él también está sentado a la mesa y observa a las mujeres bailar. Apoya la cámara en el respaldo de la silla y fotografía aquel baile.

Una hilera de hombres baja las escaleras de la torre de la aduana y agita sombreros. Hacen parte de aquel baile que parece un cortejo de pájaros. Cuando acaba la pieza, todos aplauden y los músicos vuelven a tocar. Las mujeres sacan a bailar a los presentes. Uno de los hijos de Sánchez se niega y se pone colorado por no saber bailar. Entonces la mujer elige a otro de la mesa. Lo elige a él.

Sale a bailar con esa mujer que se ha puesto sobre su vestido una pollera de colores. Baila lentamente y trata de seguir el contoneo de sus caderas anchas.

La mujer baila tan extasiada bamboleando la pollera que sentirla le hace olvidar el dolor de huesos de las mataduras del calabozo y lo insta a diluirse en el ritmo.

Lo marea con su olor a tabaco, lo envuelve con su falda de flores, gira sobre sí misma y le da a tomar un trago de anís de media botella que las mujeres se pasan de mano en mano. Termina de bailar y luego la invita a sentarse en la mesa donde están los hijos de Sánchez.

—¿Eres de aquí?

—De aquí no, tengo que andar en burro, cruzar el río en una canoa y caminar dos horas. Vivo en las tierras de la Marquesa, pero trabajo aquí.

—¿En qué?

—Soy partera. También hago curaciones. ¿Qué te pasó en el ojo que lo tienes tapado?

—Un golpe.

—¿Te puedo ver?

Se alza el parche y le muestra el ojo.

—Veo manchas rojas y sombras por ese ojo.

—Ven conmigo que Juana Bartola te va a ayudar a recuperar la luz de tu ojo.

Caminan en silencio bajo los arcos iluminados con candiles de petróleo. Entran en una carnicería. Ella pide un pedazo de cecina. Él paga la carne sanguinolenta que el carnicero envuelve en papel. Caminan luego bajo los aleros hasta los portales de la Marquesa. Ella le pide que se acueste en el piso.

—Es cuestión de mover la sangre y espantar las sombras con humo.

Le pone la carne como un emplasto cubriendo casi toda la cara. Luego enciende un tabaco, cuyo olor impregna el andén. Se frota las manos y se las pasa por encima. Aspira el humo y lanza bocanadas sobre su cara. Finalmente, reza en su oído una oración en la que solo reconoce el nombre de la santa, santa Lucía.

Luego conversan un rato mientras llueve.

Suenan unos cohetones en el mercado.

Él quiere saber qué pasa.

Ella le dice que la vaca de candela pasó frente a la piedra de Bolívar.

—Bolívar quería liberar a todos, menos a los negros, y fue dictador.

—Allá va cabalgando entre las nubes y nos dejó la tarea de consolidar la unión.

—En estos puertos seguimos esclavos y ya de nosotros no se acuerda mi Dios.

—¿Qué es la libertad, Juana Bartola?

—La libertad es bailar cuando yo quiera. Comer lo que quiera y no tener que caminar tanto para hacerlo.

—Entonces ya eres casi libre.

—Pero no del todo. Usted sí es libre porque es hombre.

—¿Se ha enamorado alguna vez?

—Yo sí, pero ellos de mí, no. ¿Y usted?

—Ella no quiso casarse conmigo.

—Será que espera un mejor partido.

—¿El amor no basta, Juana Bartola?

—Siento decirte, pero si no hay amor al menos debe haber plata, y si no hay plata debe haber pasión. ¿O cuándo de solo besos vive el hombre?

—Pues estoy jodido, porque todo lo que tengo lo llevo conmigo.

—Cuidado con ese aparato, porque le puede salir un amigo de lo ajeno y lo deja sin sustento.

—Si su rezo me salva el ojo, con eso me basta. Lo que valía, ya lo perdí. Ahora tengo que empezar de cero y para eso necesito ver por ambos ojos.

—Bueno, hijo, uno mismo se puede curar. Vamos a tratarnos en confianza y te voy a decir la verdad, tienes el ojo así porque no has llorado. ¿Qué te avergüenza tanto?

—Me voy a Estados Unidos.

—Eso está lejos. ¿No te da miedo el mar?

—No. Quiero verlo.

—El mar no tiene nada por debajo.

Él se ríe bajo el filete sanguinolento que le cubre la cara.

—¿Por qué te ríes de mí?

—No me río de usted. Solo creo que no ha visto el mar.

—El mar sabe a sal.

—El mar es salado porque está hecho de las lágrimas que derramamos por amor.

—Si quiere curarse de su ojo tiene que llorar como el mar.

—¿Y eso es todo?

—Todas las curas parecen fáciles, pero póngase a intentarlas.

—¿Puedo quitarme ya la carne? Me va a ensuciar el traje.

Ella acerca la boca a la cuenca del ojo y succiona varias veces, luego expulsa al aire como si hubiera absorbido la sangre invisible y lo limpia con la mano.

—Mañana que se le desinflame, no lo cubra más. Cubra el ojo bueno, y así el otro se va a despertar. El corazón es más grande junto al mar, dijo Candelario el poeta.

Ella introduce una mano entre sus pechos y extrae una serie de collares que lleva colgados al cuello. Se quita uno y se lo tiende.

—Es la medalla de santa Lucía.

Cuando oye el nombre de la santa siente que algo se rompe. La partera lo abraza y le acaricia la cabeza como si lo peinara.

—Eso, mi amor. Tienes que aprender a llorar.

Luego él se limpia la nariz con un pañuelo y se quedan en silencio mientras cae la lluvia.

—Tengo que irme ya. ¿Puedo hacerle una foto?

—Ajá —dice la mujer poniéndose de pie con los brazos en jarra contra el portal de la Marquesa.

Luego él le da lo que lleva en el bolsillo y ella lo ve alejarse por el malecón.

Al alba golpean a la puerta del cuarto y es el barquero Sánchez, sin sus lentes de sol. Alumbra la habitación con una linterna. Lo mira con el ojo blanco de pescado frito y dice que ya van a zarpar.

Toma el maletín y lo sigue al embarcadero del mercado. Llueve en el brazo de Mompox. Una bruma lenta sobre el río palidece con el resplandor del alba que da forma a los árboles centenarios. Ya se eleva el río volador.

Sánchez, aferrado al timón del trasbordador, dice a la mujer que vende café en jarros de barro: «Vente conmigo a El Banco, Miguela». Ella responde: «A El Banco, no». Sánchez insiste: «En El Banco tengo mi casa y mi trabajo». Ella propone: «A Medellín, sí, pero a El Banco, no». Entonces Sánchez le dice adiós con su sombrero de barquero y su ojo de pescado, se pone las gafas de sol y empuja la barca hacia la corriente.

Ese río turbio y lento, que traza ondas como si quisiera regresarse a las montañas donde nació, es lo que había llamado su atención desde niño. Su padre, el doctor Plata, aficionado a pescar bocachicos en enero, lo llevó a la isla del Tablazo y lo cruzó en una canoa dejándolo solo de ese lado con un anzuelo y carnada. Mientras tanto regresó en la canoa para pescar en la otra orilla. Entonces bajó una gran creciente y, como ya atardecía, no pudieron cruzar para rescatar al niño. Al principio gritó, pero el fragor del agua ahogaba la voz. Luego, cuando vio que el agua subía y cubría las partes bajas de la isla, se fue hacia la cornisa y encontró una cueva donde había pinturas en las paredes. Había círculos concéntricos como estrellas titilantes y gente rana y cabezas con plumas y una gran estela como la piel de una culebra talla X. Se acomodó poniendo la espalda contra la piedra y encendió un fuego con un encendedor de piedra que le había dado su padre. A ese refugio lo eludía el viento. El fuego hecho con ramas secas y palitos lo calentó hasta la medianoche, cuando se quedó observando cómo la serpiente dibujada en la pared se juntaba con la estela blanquecina de la galaxia y se quedó dormido. En el amanecer oyó los rugidos de un jaguar y luego gritos de su padre y los pescadores llamándolo. Subió los últimos metros que le faltaban para llegar a la cima de la cornisa y entonces vio en el amanecer las curvas del río y los brazos en que se abría para caer en el de La Magdalena, donde flotaba una niebla suave como si el río estuviera a punto de hervir. A sus pies vio la silueta de los pescadores y de su padre que le hacía una foto con el armatoste de la cámara de cajón y luego le pedía que bajara de allá arriba porque podría desmoronarse.

Luego el padre le preguntaría si tuvo miedo. Le dijo que no, porque en la noche había visto el río volador. Su padre le enseñó a nombrar así a la galaxia. Desde entonces quiso saber a dónde iban los ríos. Fotografió gentes a la expectativa del desembarco del vapor, sus puertos pequeños donde aburridos bebían solo cerveza tibia, las calles principales cocidas por el sol, las cortinas de humo de los incendios y los vastos atardeceres amarillos, las crecidas turbias y los veranos de arena pútrida, las barrancas que regurgitaban, donde el río se detenía a vomitar y solían orillarse los vapores de noria para cargar la leña arrastrada y seca, los trasbordadores de vacas y los remolcadores de combustible y las gabarras y las canoas de cruzar pasajeros a ambas orillas, el limo del río que fecunda la tierra y se desliza hacia una nueva posición en noviembre, el río que se evapora en febrero formando islas de cañaverales y grietas en el barro seco, pantanos de nata putrefacta y con ojos vigilantes, trampas de caimanes, islas de chagras y ciénagas de raíces podridas donde desovan los peces de la subienda; ese río que traía arena de las montañas y se volvía corpulento por sus principales afluentes, que cruzaba llanuras hasta volverse un reguero de pintura en la depresión, lento como el canto caliente de las cigarras y lejano como el llamado al amor de las gaitas macho y profundo y burbujeante como la música de las tamboras, brillante en las noches adornado con las luces de luciérnaga de los barcos, raudo como las tormentas repentinas de rayos arborescentes que se ramificaban y entraban en la tierra en chispazos eléctricos, el río de los manatíes encallados y los caimanes perezosos que alguna vez había ido a cazar y casi fue cazado.

Allí adelante se juntan los dos brazos separados del río y se entrecruzan como serpientes de Esculapio, y entonces aparece el gran barco desencallado y los dos remolcadores que lo franquean y que poco antes con sus motores a toda máquina empujaban la rueda del expreso para maniobrar la proa liberada del arenal con un burbujeo de cachalote.

Atisba el vapor de la naviera con sus tres pisos de pasajeros escoltado por los remolcadores de la mercancía, envuelto en la neblina negra de sus chimeneas, ya desencallado por el cabrestante y perfectamente barnizado con los colores de la bandera, y con los viajeros de primera clase asomando en los barandales de la cubierta principal.

Los estibadores continúan subiendo la carga por largos tablones tremulantes, y junto a la escalerilla de pasajeros hay un puesto de policías donde logra identificar a dos hombres con gabardinas oscuras, sombreros y bigotes largos. Uno se queda viendo la pequeña embarcación que se acerca y mira al otro y mueven la cabeza afirmativamente.

El barquero observa a los tipos con desagrado y comenta que la policía política es peligrosa. Luego le insinúa que continúe con ellos a Magangué: «Venga conmigo y yo lo nombro contramaestre y hasta le arriendo este trasbordador. Se lo alquilo para que usted recupere su amor, no tiene que irse del país a comer de la que sabemos».

«Esto no se arregla en un mes, Sánchez».

Ya en tierra, apoya un sobre de papel encima de un tango de transportar tabaco y escribe. Cierra el paquete con las dos cartas y ensaliva el lacre. Apunta la dirección del amigo y pega estampillas que trae en el bolsillo de la camisa. Le tiende el sobre y el dinero a Sánchez y le pide el favor de ponerlo en la próxima oficina del correo portuario que encuentre en su camino a la persona que figura en el sobre. El barquero lee el nombre alzándose los lentes oscuros para descifrar mejor por su ojo bueno: «Rubén Gómez Piedrahita, en La Dorada, sí, cómo no».

Se despide del barquero y se aleja por el playón de tierra maletín en mano para ir a abordar el pequeño vapor de rueda tragado por el gran río.

El barco de vapor

Huele a tierra mojada y pienso en ti, Lucía. Me pierdo en tu recuerdo como me perdí en una selva, como me perdí en el cielo, como me perdí en tu pelo, como me perdí recorriendo tus pechos, como me perdí en tu nuca y los bordes de tu cara y de tu frente romana, como me perdí en la casa oscura de zaguanes y claraboyas donde fui niño y descubrí el trayecto de la luz en el polvo suspendido.

Ahora estoy ante este aguacero, raudo y repentino. Pienso en ti y en lo que te diría esta tarde si estuvieras aquí a mi lado viendo llover desde este trasbordador. Miro tu foto que guardo en el bolsillo de mi camisa y vuelvo al día en que te vimos descender de un tren al campamento que flotaba en el calor y yo no pude resistirme a tomar esa foto y a dejar abandonado el trabajo momentáneamente para ir al encuentro de la maestra pelirroja de la escuela de la concesión que ponía en movimiento el aire recalentado del mediodía con su perfume de rosas de jardín y su andar grácil de mantis religiosa, porque todos los obreros del ferrocarril observaban cómo se mecían los árboles todos al mismo tiempo, como si estuvieran bajo el agua, y cómo caminaba aquella dama distinguida con un sombrero de bombín ladeado y brazos largos rumbo al edificio solitario de la escuela en medio de dos horizontes.

Yo quería conocerla, así que fui caminando por la carrilera hasta encontrarla. Ya en la entrada del edificio solo pude presentarme con mi nombre completo y pedir prestado algún libro para leer, y mientras la maestra lo buscaba, hacerle una foto robada de perfil.

Algunas personas creyeron que tomar fotografías bajo ese bochorno y luego revelarlas en un sauna oscuro era algo como de locos, pero en realidad la fotografía es tiempo. Consiste en mirar hacia atrás como con un lente que hay que enfocar para quitar las brumas. Es una pasión para gente solitaria como yo, no solitaria a la manera de los leñadores sino de los cazadores montaraces, confinados en una soledad de la que depende su comida, la soledad de esperar a que la presa se ponga a tiro o a que cambie la luz y que el sol descifre el misterio de las formas.

Pero ya nos estamos acostumbrando a que crean que quien prefiere la soledad y perseguir una pasión es porque está loco, y no porque sigue los dictados más profundos de la consciencia. Dicen también que no se debe hablar de uno mismo pluralizando, porque el que habla con la primera persona del plural es porque no sabe dónde está su yo. Pero eso lo dicen porque ellos nunca sufrieron las fiebres palúdicas ni estuvieron viendo a su doble sentado a sus pies, porque ellos nunca se transfiguraron en dos: un alma andariega y otra que suda fiebre en el catre de un dispensario.

Las vías del tren tan paralelas y siempre separadas nos pusieron frente a frente, en el mismo lugar, pero en direc-

ciones opuestas. Éramos una solitaria y un solitario destinados a encontrarse y separarse continuamente. Mi espíritu
vagaba por el mundo siguiendo los ríos, volaba en el hidroplano o se iba de cacería a los Llanos, o entraba en una
maloca, o iba a filmar un güio en un morichal, mientras el
otro trabajaba en la construcción de una ferrovía, o estaba
como delegado en la asamblea de la huelga, o en el cuarto
oscuro de la franquicia Kodak, o en la imprenta de linotipos del periódico *La Mancha Negra* de su amigo el socialista, o en la rueda de la cumbiamba bailando con las botas
del pantalón arremangadas. En cambio tú venías directamente de la cantera donde te esculpieron en mármol como
las cariátides, Anita y Consuelo, que sostenían con fervor
militante la torre de correos del puerto del Cacique, a enseñar en la escuela. Que piensen lo que quieran porque nunca nos escondimos de los biempensantes que consideraban
pecaminoso el amor amancebado. Que hablen a ciegas,
porque ignoran todo acerca de nuestras expediciones a las
cimas de las montañas y a las ciénagas y a los desfiladeros y
a los ríos de agua caliza, ríos blancos como disueltos en leche, donde nunca habíamos visto a una mujer tan desnuda
como un querubín y tan libre, porque al ir de camino por
entre esas arenas blancas, empezabas a quitarte la ropa en el
calor y a frotar las flores de mastranto en tu piel y a bailar
con la música del gramófono de cuerda y te reías de todo y
te antojabas de frutas y nos hacías entrar en la selva de
mangos a bajar los más maduros y hacías morisquetas a la
cámara y corrías descalza.

Quienes nos vieron con ojos del pecado y censuraban
nuestra alianza porque aún no éramos marido y mujer lo
ignoraban todo de ambos. Pero a nosotros no nos importaba vivir en el pecado si el pecado nos permitía comernos la
manzana del árbol de la vida. Recuerdo algunas tardes en
que te encerrabas por horas a leer y nosotros aprovechába-
mos para fotografiar ese prodigio, un cuerpo que se deshace
de los nudos, una pelirroja acostada de perfil leyendo *Silas*

Marner de George Eliot, y cuando ya iba cayendo el sol y la luz rojiza se filtraba perpendicularmente por la ventana, eras como una crisálida adormecida en esa hamaca, el sol del ocaso lamiendo las piernas, los muslos, el ombligo, y tú nos descubrías y nos interrogabas con ideas abstractas sobre lo que era la gelatina de plata y el colodión y el bromóleo, cómo era el recuerdo que perduraba de un padre ausente, de cuántos años lo hicimos la primera vez con una mujer y con cuántas francesas del puerto nos habíamos acostado en realidad, y nosotros contestábamos con cierto humor impertinente que las francesas no eran precisamente nuestro tipo, solo dos, y se desencadenaba a continuación una guerra de cosquillas entre tú y yo. Creo que no aceptaste casarte conmigo porque temías comprometerte con un hombre como yo, andariego, alguien con una parte de la vida en la sombra y a quien crees de doble vida o de vida disipada o disoluta, pero que desde hace décadas solo es un hombre que observa y que camina. Pero insistiremos, porque nada hay en la naturaleza más parecido al humano que el río.

Andamos por el mundo en un constante movimiento, luchando por sacar todo lo que no sirve y guardando lo que sí. El río trata de encontrarse a sí mismo y de encontrar otro río. El río también tiene una parte destructora. Su propósito es entregarse a una fuerza mayor y acabar con la montaña y encontrarse con el mar llevando todo a su paso. Y aun así, con su fuerza, carga lo que puede, y lo que no, lo desecha. Divide cuando su cauce es constante y dos se encuentran separados. Pero a veces, con la misma fuerza, cambia de cauce y aquellos que estaban separados terminan unidos en la misma orilla. El río es un rival. De ahí su etimología. Un cambio de orientación puede juntar a dos enemigos pero también a dos amigos.

Por ahora voy errante. Espero que lo puedas entender. Cuando te conocí y nos enamoramos, cuando te veía enseñar a niños en medio de la nada, yo tampoco te entendía, ni tu origen, ni tu valentía de mujer solitaria, ni tu errancia, y luego con Elena, esa niña a quien protegías de la muerte. Cuando nos encontrábamos luego de meses, dormía junto a ti, desplomado por la vida, y solo dentro de tu cuerpo, en tu calor de leche, encontraba la tranquilidad y el descanso para la mía; luego me iba lejos a otra obra de la concesión y todo el tiempo te echaba de menos y te escribía cartas y te enviaba postales desde mi otra vida.

Te escribo esto ahora descendiendo por el río. Al puerto del Cacique ya no volveré. Demasiado de mí dejo en esa tierra. El sudor que me envolvió en sus arenas tibias se ha evaporado. Mis mejores recuerdos los guardo en una lata de galletas saladas. Los amigos con los que inventábamos aventuras sin objetivo, por el simple anhelo de ver el misterio de la selva y de los ríos, ya no me acompañan. Las huelgas se apagan como un rumor lejano. La cerveza del pueblo austero huele en los rincones de botellas destapadas. El salón de las francesas que son de Martinica recibe la luz del sol en sus puertas de tela rosada pero está vacío y alguien barre. Todo eso ha quedado atrás como recuerdos sueltos de otra vida que viví como si me hubieran dado el don de vivir muchas veces.

Ese festejo de los gallinazos heráldicos en las copas de los árboles y el estremecimiento de las garzas y la ventisca que desordena el pelo y el regocijo de los peces que vuelven al cauce natural del río y de los caimanes que resquebrajan sus armaduras de barro, este festejo de la vida por la llegada del tiempo de las lluvias, resulta ser algo así como un puro anhelo de tenerte. Porque tengo sed de ti.

Ahora puedes pensar, por equivocación, que nos importó poco tu larga espera, que no hicimos nada distinto a escribir cartas para postergar de nuevo la ilusión de irnos a vivir juntos una nueva vida, que preferimos quedarnos con el alcohol y las francesas de La Tuberculata y los cigarrillos Chesterfield y la cámara Kodak y la vida pálida de pagador y la rutina de las huelgas. Pero no olvides que hay barcos que nunca tocan puerto. No porque se hundan o encallen, como dice mi amigo el poeta proletario, sino porque el mal va consumiendo a cada uno de sus tripulantes y pasajeros. Y yo soy el viajero de uno de esos barcos.

El agua lo inunda todo y nos regresa al ciclo de la lluvia y la sequía. Nos preparamos de nuevo para el viaje, yo y mi doble. Nos preparamos para esta soledad navegando el río de La Magdalena desde donde se ven las lejanas y brumosas serranías hasta el mar, atravesando el cielo en un avión fugaz como la existencia, amaneciendo en las casas de las mujeres de la vida que parece fácil y que se acuestan con los peones para poder comer. Parece que todos los caminos conducían a esto, a la soledad. Y ahora lo sabemos, qué es la soledad. La soledad es estar cada vez más lejos del punto de partida.

Este aguacero que asegura la reflotación de mi barco encallado también calma la sed de la tierra y del ganado y reverdece el follaje de los árboles y marca el tiempo de la migración de las aves y empuja el agua hacia las ciénagas y llena los pantanos y se irriga por los canales y caños y suaviza las grietas de la tierra dura y humedece el limo bajo las ramas pesadas de las ceibas. Entonces pienso que el agua es la vida de la tierra, y en cómo lo más suave puede romper también lo más duro, que es la piedra.

El agua me recuerda a ti, Lucía, me recuerda tu cabellera extendida como el alga roja que vuelve a los ríos de colores en los Llanos y me recuerda el verte bañar en un patio con agua llovida, el líquido corriendo por tu cuerpo, irrigando tus cavidades y tu cruz de trigo, me recuerda cada rincón de ti, las marcas de tus venas como ríos, tus lunares, tus pechos enjabonados, y cada pliegue que al tocar o besar estremecía el corazón y tu lengua ensalivada y tu cabellera húmeda pegada a la piel pecosa de la espalda. Te recuerdo, bienamada, en este fragor de lluvia y en el canturreo del motor del trasbordador que surca el agua.

Recuerdo tu voz que se multiplica en los murmullos de la lluvia que acaricia la piel del río y susurra tu nombre, Lucía, luz de mi vida.

Doblo tu imagen primera. La guardo en el bolsillo de la camisa, junto a mi corazón, y pongo una mano dentro de la gran corriente como si de veras estuvieras aquí y acaso yo te tocara.

Si hay un río entre los dos, espero que cambie su curso después de la inundación. Que cambie su cauce y yo te encuentre. No quiero ser un río. Quiero ser agua de mar. En el río hay soledad. En el agua de mar, donde empezó la vida, está la unión de todos los ríos y todos los mares de esta vieja y buena tierra.

[*Alejandro pudo morir en ese viaje, o pudo seguir vivo en algún pueblo ribereño de la depresión momposina, o pudo haber entrado a México por Veracruz, una de las paradas que hacían los barcos cargueros de la flota Liberty. Su familia lo dio por perdido tras la muerte de su madre Mariquita, quien mantuvo en vida la esperanza del regreso.*

Su nombre no figura en la sucesión de los bienes.

Una desaparición es eso: querer saber más y no poder.

Una interrupción en la existencia.

Un momento que queda suspendido en el tiempo.

Vidas que gravitan como sombras en los atardeceres sin que nadie las vea hasta que se apaga el sol.

Esta historia no tiene final.]

Agradecimientos

Martha Nubia Bello leyó el segundo borrador de la que sería esta novela y me dijo: «El protagonista del libro es el río», así que gracias por ayudarme a centrar la atención en lo edificante y prescindir de lo oscuro. Cecilia Jiménez y Miguel Orlando Ramírez Serafinoff, miembros de la Academia de Historia de Mompox, me ilustraron sobre las tecnologías del transporte de las décadas de los treinta y cuarenta del siglo pasado y sobre la *hilea magdalenesa* y la flora y ornitología del río Magdalena. Carlos Vásquez, Orley Durán y Romel Giordanelli me dieron una ruta especial por el Magdalena Medio para entender los ritmos del río y las ruinas del pasado, espero haber aprovechado algo de tanto. Conversaciones y experiencias compartidas con Nicolás Espinosa Menéndez y Marcela Vallejo se convirtieron en fuentes sobre la intervención del ser humano en la naturaleza y los supuestos bosques deshabitados de Colombia. Gracias a Catherine Rendón, quien me hizo preguntas vitales para darle continuidad al relato. A Carolina López, la editora, por el cuidado y precisión de los detalles. A mi madre, Sara, por conservar en su memoria la memoria familiar, y a mi hermana, Sara, por propiciar que una época dura pasara con muchas risas.

Índice

MAPA DE LAS LENGUAS
UN MAPA SIN FRONTERAS 2023